CAMILO MORTÁGUA

Josué Guimarães

Camilo Mortágua

L&PM Editores

Texto de acordo com a nova ortografia.

1ª edição: outubro de 1980
13ª edição: julho de 2019

Capa: Ivan Pinheiro Machado
Revisão: Suely Bastos, Flávio Dotti Cesa e Renato Deitos

G963 Guimarães, Josué
Camilo Mortágua / Josué Guimarães – 13 ed. – Porto Alegre, L&PM , 2019.
448 p. – 21 cm

ISBN: 978-85-254-0621-7

1. Literatura brasileira - Romance. I. Título.

CDU 869.0(081)-31

Bibliotecária responsável: Zaida M. M. Preussler CRB - 10/203

Rua Comendador Coruja, 314, loja 9 – Floresta – 90.220-180
Porto Alegre – RS – Brasil / Fone: 51.3225.5777

PEDIDOS & DEPTO. COMERCIAL: vendas@lpm.com.br
FALE CONOSCO: info@lpm.com.br
www.lpm.com.br

Impresso no Brasil
Inverno de 2019

Sumário

"Criança, criança! Basta! Como fustigados por espíritos invisíveis, os cavalos solares do tempo arrebatam consigo o carro leve do nosso destino, e nada mais nos resta senão segurar firme as rédeas, com toda a nossa bravura, todo o nosso sangue-frio, e desviar as rodas ora para a direita, ora para a esquerda, aqui de uma pedra, ali de um precipício. Para onde vamos... quem o sabe? Mal nos lembramos de onde viemos."

Goethe (*Memórias*, "Poesia e Verdade")

I.

Dia 1º de abril de 1964

1. Era cedo. O relógio de parede acabara de bater onze horas. O dono do Café Viseu empilhava garrafas vazias, limpava com um trapo sujo o balcão de granitina e, por último, foi buscar a velha bomba de Flit para afugentar as moscas, que eram uma praga incômoda naqueles dias de calor. O velho Camilo permanecia na sua mesa de canto, junto à porta do mictório, bebericando um café preto e aguado, sem açúcar. Vinham da cozinha – que sempre tresandava a banha de porco e peixe frito – os primeiros odores do almoço, carne cozida com pedaços de aipim, feijão e arroz, salada de tomates e alface. O português jogou a bomba de Flit sobre a pia trincada, pegou o trapo sujo e úmido para limpar as mãos e foi sentar-se à mesa de Camilo. Outro dia, começou ele, D. Consuelo, aí de cima, me disse que o senhor além de Camilo também se chama Mortágua. E a coisa vem muito a propósito: o senhor sabe qual é a minha província lá na terrinha? Camilo meneou a cabeça, não sabia. Mas veja só o nome desta casa, seu Camilo, pelo amor de Deus, leia, Viseu, Concelho da Província de Beira Alta. Distraído, Camilo disse, não me diga! Ora, Seu Camilo, sou de lá, mas nasci no Concelho de Cinfães. Aquilo é que é lugar, choupos à beira d'água, raparigas fresquinhas, pisa-se nas flores como se fossem grama, o céu azul, ah! Pois em Viseu tem o Concelho de Mortágua. Vai ver o amigo é de lá; é de Mortágua, só pode ser. E tem mais, escute aqui, sabe por acaso qual é a terra do Doutor António de Oliveira Salazar? Pois tome nota e não esqueça mais: Santa Comba Dão, outro concelho da Província da Beira Alta. Abril em Viseu, Seu Camilo, do lado de lá, aquilo é só uma campina, as águas do Vouga e deste lado o Dão das minhas peraltices. Foi quando ele olhou para as duas portas e disse que a freguesia começava a chegar. Dali enxergava o inspetor Terézio e o escrivão Alcides, da 2ª Delegacia de Polícia, e ainda o velho Deoclides, porteiro do Instituto Espírita Dias da

Cruz. Que diabo, Seu Camilo, eles hoje não devem estar com a barriga no espinhaço, deixam-se ficar pela calçada e lá chegam outros, o Eleutério, da Importadora Popular, a Vicentina, das Casas Tigre, até parece que estão adivinhando passarinho verde.

Lá da porta o inspetor Terézio gritou para dentro: não está sabendo da revolução, Seu António? O português correu pressuroso para a porta, mas que raio de revolução era essa, tudo tão calmo, a cozinha lá dentro com a comida pronta, as mesas postas, nenhum tiro, tudo na santa paz do Senhor!

Aos poucos eles foram entrando e ocupando os seus lugares. O poeta Inácio Vilanova, bêbado como sempre, arrastando a língua para dizer que funéreo é o gargalhar da metralha/ quando a revolta estruge pelas ruas/como águas a romper suas represas... O negrinho Adão, ajudante e entregador da Comercial Acessórios, bateu nas costas do poeta e gritou para o balcão: meio copo de pura aqui para o nosso poeta! Ouviu o palavrão de todo o dia e correu para os fundos, onde a própria cozinheira lhe alcançou um completo fumegante. Revolução por aí, Adão? Sei lá, a rádio está gritando desde manhãzinha, o governador se mandou para Passo Fundo e ouvi dizer que vai ter comício hoje de noite no Largo da Prefeitura. O gurizote gritou: sabe da revolução, Seu Camilo? O velho sequer pestanejou, não moveu a cabeça, permaneceu imóvel como estava.

Logo depois o café regurgitava de fregueses, numa algaravia ensurdecedora. Seu António mesmo servia na corrida, perguntaram se ninguém tinha ali um rádio, a coisa estava engrossando. Foi quando dois camburões do Exército frearam barulhentos na porta do café e deles saltou meia dúzia de soldados com fardamento de campanha, metralhadora nas mãos, obstruíram as portas e o silêncio caiu no salão como uma pesada manta. Não se ouviu mais um garfo roçar num prato. Os soldados começaram a pedir os documentos dos primeiros e um sargento gritou que ninguém saísse do seu lugar e que fossem botando na mão seus documentos. Seu Camilo não se mexeu e Ernesto, subgerente da Autopeças Ultramar, recomendou baixinho que ele tratasse de tirar os documentos do bolso. O velho olhou para ele mansamente e notou que ainda não tocara na comida do prato. Pegou o garfo de folha e começou a misturar o arroz com o feijão, e na hora de provar sentiu que uma forte mão o agarrava pelo cachaço, exigindo-lhe os documentos. Seu António correu: o senhor tenha paciência. Seu Camilo é um bom homem, já foi coisa na vida, é meio desligado. Em resposta recebeu um safanão e foi cair sobre a mesa onde Vicentina estava, quebrando um copo. O soldado mesmo revirava os bolsos de Camilo, examinava um sujo entulho de coisas guardadas sem motivo, até que achou uma arruinada e obsoleta carteira de identidade, jogando-a a seguir bem no meio de seu prato. O velho não disse uma palavra, retirou a carteira com cuidado e começou a limpá-la com o guardanapo de papel. Retomou o trabalho de misturar a comida, como sempre fazia, e dali para a frente comeu olhando o estrupício dos soldados, a prisão de Euclides, da Importadora Auto Geral, do poeta Inácio Vilanova que acabava de declamar ó forças da maldição/ que vindes fazer onde reina a paz/ esta terra é de seus filhos/ não tem dono nem patrão. Foi levado em braços, e uma das mulheres da Pensão da Adelaide, que acabara de chegar, iniciou um tímido protesto e calou quando uma bofetada rasgou uma parte do seu lábio superior, de onde aflorou o sangue.

Seu Antônio pedia calma, que todos obedecessem às forças da ordem. Dirigia-se ao sargento com delicadeza, seus fregueses eram todos pessoas de respeito, trabalhadores, até gerentes de grandes firmas faziam ali suas refeições. Logo depois iniciavam a operação retirada, levando ainda por último o porteiro do Instituto Espírita Dias da Cruz, que não portava documentos.

O velho Camilo deixou o dinheiro sobre a mesa, bebeu o resto de água do copo e saiu tranquilo no instante em que todos começavam a falar ao mesmo tempo, revoltados e ameaçadores, mas só depois que os camburões haviam desaparecido. Subiu a escada lateral do café que dava para a Pensão Azenha, passou no alto por D. Consuelo, que respirava com dificuldade, mãos postas sobre o peito ofegante, mas afinal o que é que está se passando nesta cidade? Como o velho não respondesse nada ela correu atrás dele, mas me disseram que prenderam gente aí no café do Seu Antônio, que até o poeta Inácio foi levado. Ah, se ainda o Ramirez estivesse em casa a gente teria um rádio para se informar das coisas.

– Dizem que rebentou uma revolução – disse o velho, sem emoção alguma, fechando atrás de si a porta do quarto.

2. Ele havia deixado sobre a mesinha a carta mal iniciada para a sua filha Patrícia, que fugira de casa havia um ano, com um homem que ninguém sabia sequer o nome. "Minha filha querida: tenho sonhado todas as noites contigo e sempre que me acordo neste quarto sinto muita dor no peito e penso que vou terminar morrendo sem ver mais a minha filhinha bem-amada. Eu não tive culpa de nada e tu sabes disso melhor do que ninguém. Ainda ontem ..." A carta parara neste ponto. Camilo se dera conta de que não sabia onde a filha estava, qual o seu endereço, nem mesmo a cidade para onde fora. Tão fraquinha e desamparada! Leonor, um dia, ainda teria que pagar por tudo aquilo. Ele não clamava por vingança. Que Deus tratasse de fazer justiça. Tirou o casaco, a gravata amarrotada e puída, descalçou os sapatos cambaios e achou que devia lavar as meias que começavam a grudar em seus pés. Vestiu o pijama, calçou os chinelos e foi para o quarto de banho, levando ainda uma camiseta e um par de cuecas. Passou pelo quarto de D. Consuelo, que parecia chorar, mas assim que percebeu passos leves no corredor ela suspendeu a fungação e perguntou quem era. Não ouvindo resposta, abriu uma fresta na porta e ainda viu o velho Camilo entrando no banheiro. Gritou pedindo para que não gastasse muita água. Recomendação, aliás, que ela repetia para todos os hóspedes.

Foi quando Aderito Guarita entrou pelo corredor escuro, como se fosse perseguido por um enxame de abelhas. Estacou diante da porta de D. Consuelo, que permanecia imóvel, cara gorda e bem visível.

– Revolução! A senhora está ouvindo? Derrubaram o presidente, caiu todo o ministério e estão prendendo gente como gafanhoto! E a senhora aí sem fazer nada! Onde está a Cilita? Não vão me dizer que achou de entregar costura justamente neste dia. Só há soldados nas ruas, do Exército, aqueles da Aeronáutica com os fardamentos todos remendados, e só não tem marinheiro porque aqui não existe esse tipo de soldado, graças a Deus. Sabe o que a Brigada está fazendo, D. Consuelo? Baixando o pau em quem anda por aí, se adonaram de tudo, a cidade é deles, o país... e agora, D. Consuelo, o que a gente pode fazer?

– Cada um que pague adiantado o mês pra se poder comprar comida pra casa. Ou todo o mundo vai passar fome. Eu sei como é esse negócio. Me lembro da Revolução de 30. Lá pelas tantas a gente não encontrava nem sal para comprar. Sem falar em pão, carne, arroz e tantas coisas mais.

– Ah, meu Deus, a Cilita na rua logo hoje!

Camilo abriu a porta do banheiro e saiu com as roupas molhadas no braço. Cumprimentou o vendedor de carros usados com um gesto de cabeça e sumiu no seu quarto.

– Com este velho meio maluco não adianta falar nada, ele anda sempre no mundo da lua. Todo o dia começa uma carta para a tal da filha Patrícia e depois joga no lixo. Pra mim ele nunca teve filha nenhuma com esse nome ou se teve a pobrezinha deve ter morrido há muitos anos.

– Quer dizer que anda lendo as cartas do Seu Camilo?

– Lendo? É só agarrar o papel na lata do lixo, ora essa. Ele pouco está ligando pra isso.

D. Consuelo fez menção de que ia fechar a porta, mas estacou por um breve momento, o suficiente para dizer, irônica:

– Meta-se logo no seu quarto, vá para debaixo da cama e pode ficar tranquilo que sua mulher não demora está chegando. Agora, se ela for levada para um quartel desses por aí, fique sabendo, a rapaziada vai se lavar...

Bateu com a porta. Aderito ainda disse bem alto:

– Mais respeito com a minha esposa!

Fechou-se no quarto e de sua janela, que ficava por cima dos telheiros de zinco da oficina mecânica do andar térreo, procurava divisar uma pequena fatia da rua, na esperança de ver Cilita chegando, sã e salva. Meu Deus do céu! Quem é que vai comprar um carro usado com toda essa balbúrdia dos infernos?

3. Ao cair da tarde D. Consuelo parecia presidir uma sessão plenária, com pedidos de aparte, protestos e, acima de tudo, uma espécie de pânico que ninguém sabia bem de quê. O técnico de TV sugeriu que a palavra fosse dada pela ordem numérica dos quartos. O seu era o de número Um. Aderito, que ficava no último, o Seis, disse que concordava sob protesto. D. Consuelo não ligou para a ideia, virou-se para o velho Camilo e disse que ele devia falar. Afinal, o que fazer numa emergência dessas? Uma revolução, às vezes, chegava a durar um ano. D. Leocádia, do Quatro, disse que tinha lido sobre uma que havia durado cem anos. Seu Camilo explicou que a de cem anos não tinha sido uma revolução, mas uma guerra. Foi quando surgiu Joana D'Arc, já que se tratava de uma guerra entre a França e a Inglaterra. Mas há revoluções que duram muito. A de 30, por exemplo, aqui mesmo no Brasil, durou bastante.

Isso é o que estava interessando D. Consuelo. Precisamos abastecer a nossa despensa antes de qualquer outra providência ou todos passaremos fome. Aderito levantou o dedo: ele pedia a palavra. Sugeria que cada hóspede entregasse à dona da pensão um terço da mensalidade do mês de abril a fim de comprarem gêneros. D. Ivone, do quarto Três, protestou: os hóspedes acabavam de pagar a mensalidade relativa a março, e de onde iam tirar dinheiro para o adianto? D. Consuelo disse que a palavra voltava, pela ordem, para Seu Camilo. O velho respondeu que não se importava de pagar o mês de abril adiantado, todo ele, pois tinha ainda uma pequena reserva. D. Ivone, por sua vez, disse que ia fazer umas contas e o que sobrasse ela daria para o bolo. A hóspede do Quatro, D. Leocádia Chemale Cassel, concordou em dar um terço. Aderito, já com Cilita ao lado, observou que se a ideia tinha sido sua, ele daria o terço também, mas numa hora muito dura, de sacrifício, pois queria ver quem venderia um carro usado naqueles dias.

D. Consuelo declarou-se muito comovida com a solidariedade dos seus amigos e lembrou que se quisessem pegar ainda alguma coisa nos armazéns, o melhor era saírem com urgência. Convidou D. Ivone, D. Leocádia e perguntou se algum homem não se oferecia para ajudar nos pacotes. Seu Camilo disse que iria e Vicente Ramirez ofereceu-se com muito prazer. Foi a vez de Aderito protestar: Seu Camilo não tinha nada que andar por aí carregando pacotes, ia ele com as mulheres. Quando juntaram o dinheiro e saíram, Camilo trancou-se no quarto e recomeçou uma outra carta, desta vez para o filho João, que havia fugido. Sua letra estava trêmula e mesmo sabendo que aquela carta nunca chegaria a seu destino, pois ele não sabia o endereço do filho, sentia uma necessidade compulsiva de escrever, como se estivesse conversando com o filho, nos bons tempos. Não devia ter feito aquilo, João. Por que não veio conversar com o pai? Se a gente tivesse conversado, discutido todas as coisas, quem sabe hoje tudo não estaria diferente? Sabes, meu filho, eles falam aqui numa revolução e eu percebo que está tudo mesmo muito diferente. Já não respeitam nem os velhos. Tens notícia de tua irmã Patrícia? Eu ontem escrevi uma carta para ela. Não, não cheguei a escrever. Afinal, só me ocorreria botar no envelope Patrícia Mortágua, onde estiver. Eu um dia cheguei a te dizer... Parou de escrever e foi olhar pela janela, e não notou nada diferente no mundo. O telhado da oficina de chapeação, os pardais que vinham beliscar migalhas invisíveis, ruídos de carros e de bondes na rua. Foi buscar um pedaço de pão velho na gaveta da mesinha de cabeceira, voltou à janela, começou a esfarelar o miolo duro entre os dedos e com alegria viu que os pardais se aproximavam e vinham buscar o alimento, com desconfiança. Quando terminou o pão, voltou a sentar-se na mesinha, retomou a caneta e ainda escreveu antes de amassar o papel e jogá-lo na lata de lixo: os pardais vêm comer quase nas minhas mãos, aqui na janela, e isso prova que não há revolução nenhuma no mundo. Dentro de mais alguns dias, eles virão buscar migalhas na palma das minhas mãos.

Bateram de leve na porta. Era Cilita, mulher do vendedor de carros usados, que pedia para entrar um pouco, estava muito nervosa e com medo. Sobre o corpo uma camisola leve. Camilo notou que a roupa era quase transparente e através dela se viam as longas pernas, o bico escuro dos seios nus e uma pequena calcinha negra. Um cigarro entre os dedos, vinha pedir fogo. Camilo não fumava, mas nos seus guardados sempre havia de tudo e lá estava a caixa de fósforos. Ao acender o cigarro que pendia dos lábios pintados, ele notou que o decote era generoso e que os seios tinham, cada um deles, uma mancha escura e eriçada, e que sua pele era leitosa e perfeita. Guardou a caixa de fósforos no armário e sentou-se sem dizer nada, sentindo apenas que o seu velho coração pulsava mais forte.

– Sabe, Seu Camilo, o Aderito tem outra mulher por aí, eu sei disso. Ele ontem chegou com um perfume muito estranho na roupa.

– Não sei...

– Mas eu estou sabendo de tudo, não sou mulher para ser enganada e isso não vai ficar assim.

– É melhor ter certeza.

– Não preciso de mais nada para ter certeza. Digo isso porque o senhor podia ser meu pai e para alguém eu precisava desabafar.

Fez uma pausa dramática e exclamou:

– Vou trair o Aderito!

Levantou-se coquete, abriu a camisola num rodopio e disse:

– O senhor acha que sou mulher para alguém desprezar? Diga!

Camilo virou o rosto para a janela onde alguns pardais ainda esvoaçavam em busca de mais migalhas, e por um instante lhe passou pela cabeça que ali à sua frente estava Leonor, sua mulher, diante do amante, quem sabe repetindo aquelas mesmas palavras. Sentiu que seu estômago embrulhava-se e uma náusea súbita fechava-lhe a garganta. Cilita tornou a enrolar-se na camisola e pediu desculpas ao velho. Eu não queria escandalizar o senhor, desculpe, mas para alguém eu precisava desabafar. Sabe, Seu Camilo, tenho 24 anos e nunca dormi com outro homem. O primeiro foi o Aderito. E agora ele anda com qualquer rameira, sabe Deus se não é com uma dessas aí da Cabo Rocha, isso mesmo, uma dessas que vêm comer aqui no café do Seu António. Mas se eu pego o Aderito em flagrante, Seu Camilo, sabe o que eu faço? Dou uma navalhada nele quando estiver dormindo.

– Ah, minha filha...

– Ou faço melhor! Isso mesmo, faço melhor. Vou dormir com outro homem, de preferência com um amigo dele.

A porta do quarto estava semiaberta, qualquer pessoa que passasse pelo corredor enxergaria a moça quase despida ali dentro. Ele sentiu que começava a suar na palma das mãos. A camisola abriu mais ainda quando ela cruzou as pernas e o velho não queria olhar, temia pelo coração que pulsava mais forte.

– Pode passar gente aí pelo corredor e nos julgar mal – foi tudo o que ele conseguiu articular, voz trêmula e testa porejada.

Ela se recompôs num átimo, jogou pela janela o resto de cigarro, dirigiu-se para a porta e pediu desculpas, não tivera nenhuma intenção de provocar alguém. E depois, Seu Camilo, eu já disse, o senhor para mim é como se fosse um pai. Saiu silenciosamente, pois que viera descalça. Puxou a porta, fechando-a.

Patrícia, Leonor, uma confusão terrível de fisionomias na memória; Leonor sorrindo, meiga e gentil, Patrícia quase uma desconhecida para o velho pai que ouvia quando ela chegava tarde da noite, o barulho dos carros na frente da casa, ela saindo para as compras todos os dias e da janela de seu quarto, no segundo andar, a visão da tolda do mesmo carro, um Ford negro e lustroso. Ainda se João estivesse ali a seu lado, eles teriam tanto o que conversar, a dizer um para o outro, ele tinha o seu gênio e ambos se pareciam extraordinariamente. O corpo de Cilita era agora, na sua tonteira, o corpo da filha que ele nunca vira despido, o corpo de sua mulher que ele conhecia milímetro por milímetro, o tato suave, a carnação macia. Sua voz de contralto, dominada para que suas palavras de amor não passassem as portas e paredes e fossem ouvidas pelos filhos nos outros quartos. Retornou à janela e alegrou-se com o bando de pardais buliçosos que rodopiavam por sobre as telhas de zinco, ciscando aqui e ali os farelos de pão que iam sumindo. Sorriu triste.

4. D. Consuelo regressou com seus auxiliares. Dois empregados do Café Viseu ajudavam a carregar os pacotes e caixas, ela ia distribuindo as coisas para facilitar o entesouramento, limpava o suor com um grande pano de cozinha e disse que ao cair daquela noite as prateleiras dos empórios e armazéns estariam vazias. Tinha conseguido as últimas cinco latas de leite em pó e dez quilos de farinha de trigo. Deu com os olhos em Cilita, que viera curiosa ver as compras. Mas meu Deus do céu, só faltava as pessoas andarem nuas pelos corredores desta casa; ela não ia admitir aquela pouca-vergonha; e se o marido chegasse de repente e desse com a mulher daquele jeito, peitos de fora, camisola transparente? É só repararem nos olhos do Seu Ramirez, ele é homem como qualquer outro e que depois ninguém viesse se queixar de certas coisas. Ramirez, de fato, estava enfeitiçado pelo belo corpo de Cilita naqueles trajes transparentes, eróticos. Fingiu que ajudava a guardar os mantimentos e como não tinha mais nada a dizer, já que a moça permanecia ali, como se ninguém tivesse falado nela, brincou com D. Consuelo dizendo que ela precisava ver as mulheres que o Gomes da oficina lá de baixo tinha em grandes cartazes, e com muito menos roupa que D. Cilita.

– As coisas bonitas são para serem mostradas mesmo – disse ele num arroubo de coragem, querendo que Cilita notasse o seu interesse e o seu deslumbramento.

D. Consuelo fez um muxoxo e disse que ele não se enxergava, um homem de cinquenta anos, que já podia ser avô e que até pai de Cilita podia ser. Houve um silêncio geral, só entrecortado com o rasgar de papéis e o tinir de latas de conserva. Cilita deu meia-volta e foi esconder-se no quarto.

– Ainda bem – disse D. Consuelo. – Imaginem se numa hora dessas entra o marido por aquela porta e dá com a sua mulherzinha quase nua no meio da gente, com os homens para lá e para cá. Ah, essa menina!

Ouviram passos na escada, o vendedor de carros usados entrou de cenho franzido, deu boa tarde sem muita disposição e foi direto para o quarto. Bateu forte com a porta. Todos se entreolharam. Eles começaram a discutir. Cilita gritou desaforos. D. Consuelo disse: pronto, mais um escândalo nesta casa, mas que ninguém se meta, há semanas que essa desgraçada não leva uma boa lição. Ou vocês pensam que ela não anda de rabo aceso para receber o que é dela do primeiro que passar na rua? Eu conheço esse tipinho, meus filhos, se o marido não traz num cortado dão até para o entregador de pão. Baixou a voz, confidencial: dizem que a do Seu Camilo também não era flor que se cheirasse. E olhem o que sobrou do homem! Esse infeliz aí vai no mesmo caminho. Eu, se fosse ele, levava a mulherzinha lá para a calçada, empurrando escada abaixo e dava-lhe com o pé na bunda que ia terminar quebrando a cara na portaria do Cine Castelo.

Houve um relativo silêncio no quarto Seis, de repente a voz de Cilita era quase um gemido, ele falava bem mais baixo, ruídos da cama guenza, a desavergonhada ensinando como fazer as coisas, mais para aqui, assim não, devagar, parece que está louco, e deu o grito de sempre, já conhecido de toda a casa. Seu Camilo abriu uma fresta na porta, viu os demais que se aglomeravam em silêncio no fim do corredor. D. Consuelo apontou com o dedo para o quarto Seis e disse em voz baixa: começou a pouca-vergonha, Seu Camilo. Garanto que qualquer gato de telhado tem mais compostura. O velho tornou a fechar a porta, deitou-se de costas, mãos sob a cabeça, Leonor nos seus braços, a mesma luta sobre a grande cama coberta por um dossel cor-de-rosa com fitas brancas, seus gemidos dolentes, o quase desmaio pela perda da respiração e o soluçar posterior que era o fim da luta. Cilita, agora, gritava. E onde estaria Patrícia naquele momento? Nos braços de quem, na cama de que quarto, que diria ela na hora do amor, naquela precisa hora em que a mãe dela soluçava baixinho e jurava amor eterno? Ferrou as unhas na palma das mãos como a querer que a pele sangrasse e tapou os ouvidos para não escutar mais os gritos obscenos de Cilita, que naquela hora se parecia com as rameiras da Cabo Rocha que inventavam orgasmos espasmódicos para acrescentar na conta final algo mais pelo muito que haviam dado. Camilo não queria ouvir nada. Teve ímpetos de sair pelo corredor, arrombar a porta do Seis, bater nos dois amantes como se fossem cães sarnentos. Deixar aquela rameira inerte sobre a cama e mandar o marido para a rua vender seus automóveis de sucata.

D. Consuelo comentou que Aderito era um completo imbecil: a revolução nas ruas, os soldados prendendo meio mundo, nenhum freguês para comprar sequer uma bicicleta e ele no quarto com aquela cadela como se estivessem em plena lua de mel. Ramirez disse para a dona da pensão que ninguém era de ferro, que aquele rapaz passava semanas sem ligar a mínima para a mulher e que se ela viesse de novo exibir-se diante dos olhos dele, palavra, não ia deixar a presa escapar.

– Seu Ramirez, Seu Ramirez! – disse D. Consuelo. – Não me importa nada que o senhor faça aí fora o que bem entender, mas aqui dentro, tenha a santa paciência, não admito nenhuma falta de respeito. Se ela quer dar para o senhor, muito bem. Ali dobrando a esquina tem o Hotel da Marli, a Casa da Mãe Preta ou até mesmo a Pensão da Adelaide. Leve a mocinha pra lá e vire a bichinha do lado do avesso. Eu até posso ficar sabendo, mas o que entra por estes olhos e por estes ouvidos morre antes de chegar à boca. Agora, aqui dentro, não. Chamo o marido e conto tudo e ali na 2ª Delegacia tem gente só para quebrar esses galhos. Mas depois não me pisem mais o pé aqui dentro!

– Que é isso, D. Consuelo! Falei por falar. Lá quero me meter com a mulher dos outros?

Ela levantou os braços, deu graças a Deus e pediu que todos ajudassem a guardar os mantimentos. Disse, vitoriosa, que os espertos também morrem de fome, mas muito depois de todos os outros.

5. A pensão só fornecia café da manhã e janta, ou uma espécie de janta mais para lanche, café com leite, pão e manteiga, às vezes bolinhos fritos com a consistência de borracha, queijo amargo da colônia, geleia comprada pronta, umas tripinhas de patê e dia sim dia não um ovo estrelado. Naquela noite Seu Camilo disse que ia dar uma volta, que não estava com vontade de comer nada, precisava caminhar.

– Não me diga uma coisa dessas, Seu Camilo, o senhor não vai botar o pé para fora desta casa esta noite. As ruas estão cheias de soldados e sabe Deus o que eles não farão com um homem trocando pernas por aí, sem destino. Não senhor. Se não quer comer, tudo bem. Mas sair, não. Ele ouviu em silêncio, foi sentar-se à mesa, comportado, e esperou que os outros chegassem. Ramirez sentou-se a seu lado e só cumprimentou. D. Ivone Albuquerque Trindade – gostava que lhe dissessem todo o nome – chegou perfumada, mãos bem tratadas, unhas pintadas de branco, cabelo armado. Era ainda jovem, 45 anos no máximo, funcionária de uma casa de peles, desquitada, torcendo a chave da porta de seu quarto sempre pelo início da madrugada. D. Leocádia Cassel, funcionária pública municipal, já beirando os 60 anos bem vividos e – como dizia Ramirez – bem rebocados de base, pó de arroz e batom brilhante. E logo depois Aderito e Cilita, como dois pombinhos, ele oferecendo a cadeira para que ela sentasse primeiro, como uma dama da alta sociedade, ela meio constrangida, mancha roxa num olho, arranhão no pescoço, lábios mordidos.

– Nem um ovinho frito com pão fresco, Seu Camilo? – disse D. Consuelo, desejosa de agradar seu melhor freguês.

Ele aceitou. E por que não meia xícara de café com leite? Ora, deixe-se de luxos, Seu Camilo, esta casa é sua.

Observou discretamente Cilita e suas marcas, notou que Aderito estava alegre e brincalhão. Ramirez pensou com seus botões: como faz bem uma desaguaxada dessas! Mas um dia ainda vou mostrar a essa potranquinha com quantos paus se faz uma canoa. Esse Aderito é um água morna.

Sentiu por sob a mesa o joelho dela e um forte calor lhe subiu ao rosto. O joelho macio permanecia firme. Ramirez chegou a derramar o leite na toalha, sob os protestos de D. Consuelo: o momento não estava para jogar as coisas pela janela. Forçou mais a perna. Encontrou resistência do outro lado. Cruzou rápido o olhar com o dela e viu o seu sorriso malicioso e os olhos desavergonhados, o marido ali do lado, quase cantando de tanta satisfação.

– E os negócios de carros usados como vão? – perguntou Ramirez.

– De mal a pior – respondeu Aderito, voltando a ficar sério. – Mais um mês assim e D. Consuelo vai me dar uma moratória. Esse é um mercado muito sensível, é só darem um traque ali na esquina e já os negócios param.

– Pensei que ia tudo muito bem – disse D. Consuelo. – Como Seu Ramirez, notei que estava alegre demais para quem anda de negócios ruins. E tem mais: não quero desculpas no fim do mês, não vivo de ar.

Cilita esfriava bem o café para não queimar os lábios mordidos e disse que D. Consuelo podia ficar descansada, ela estava com várias encomendas de roupas para entregar até o fim do mês.

– Mas não me venha agora com aquela história de pedalar máquina até de madrugada, que aqui os hóspedes querem silêncio depois das dez.

– Mas eles vão compreender – disse ela, virando-se para o velho Camilo –, eu sei que o senhor não se incomoda.

– Mas eu me incomodo – disse D. Ivone, de maus modos.

Cilita olhou para a dona da casa, reparou que os outros não haviam gostado da intervenção abrupta, e disse:

– E logo a senhora que, quando chega de madrugada, bate com os saltos do sapato no assoalho e torce essa chave barulhenta! Ninguém diz nada, ninguém reclama.

– Pois acho que fazem muito bem, afinal sou maior de idade e posso chegar em casa a hora que bem entender e não tenho que dar satisfações a ninguém. Tenho dito. E mais: pago em dia.

– Só não pode impedir – respondeu Cilita irritada – que a gente fique imaginando o que andou fazendo aí pela rua altas horas da madrugada. Fazendo compras é que não seria.

D. Consuelo percebeu para onde as coisas estavam se encaminhando e deu um basta. Não queria discussões em sua casa. Cilita poderia muito bem trabalhar durante o dia e se passasse um pouco das dez todos compreenderiam. D. Ivone disse que, se o barulho da máquina fosse além das dez da noite, ligaria o seu rádio de pilha a todo o volume e queria ver quem teria moral para impedir.

– Está bem, está bem – disse D. Consuelo. – Quando chegar a hora dessa briga a gente vê como fazer. Se as senhoras não souberem se comportar, quem sabe o inspetor ali da 2ª tenha condições de botar água na fervura. Mas acho que não fica bem uma pensão que não é da Cabo Rocha mandar chamar a polícia só porque duas inquilinas não sabem se comportar como duas pessoas educadas.

Levantou-se resoluta, mãos nas cadeiras:

– Todos já se serviram? Posso tirar a mesa?

O velho Camilo, como sempre fazia, começou a ajudar a dona da pensão, sempre sob protestos, mas ele dizia que gostava de fazer aquilo, sempre distraía um pouco.

Naquela noite, quando todos já estavam recolhidos, a cidade entrecortada por sirenas de polícia e de carros militares, D. Consuelo bateu de leve na porta do velho Camilo e logo depois, falando muito baixinho, carregando cuia e chaleira, sentava-se numa velha cadeira de colônia, palha toda esfiapada, para comentar alguma coisa do dia.

– Eu só imagino o senhor, uma pessoa distinta, que a gente vê logo, aguentar esses distratos e bem na hora sagrada da comida. Trouxe um mate para o senhor, que há dois dias não se tem tempo nem para isso. O senhor acredita mesmo nesta revolução? Eles dizem que é de verdade e que o presidente da República já não manda nada. Céus! Eu só me lembro daquela outra de 50 quando perdi meu marido, veja só o senhor, eu mulher nova, ainda sem filho, ver assim de uma hora para a outra o marido desaparecer na revolução, e isso que foi para os lados de São Paulo. A erva está boa? Não sei, não, mas eu tenho achado esta marca de erva muito fraca. E o que o senhor me diz dessa rapariga aí do Seis, de camisola de dormir e de calcinhas feito uma puta da Cabo Rocha? Sei não, mas esse tal de Aderito vai terminar com dois chifres deste tamanho. Homem que não cuida da mulher sabe como é que termina.

O velho Camilo chupava o mate sem muita vontade, olhou bem para D. Consuelo e disse que não gostava de se meter na vida das pessoas. E, nessa coisa de marido e mulher, nunca se sabe quem tem razão. A senhora acha que se esse Aderito cuidar bem da mulher dele ela não vai dormir com outro homem? Mulher quando quer, D. Consuelo, nem Deus impede. Digo porque sei de muitos casos. Entregou a cuia e ficou passando o pente no cabelo ralo, pensativo. A mulher concordou com ele, que isso afinal era a pura verdade. Conhecia marido que não podia ser melhor e no entanto a mulher, lá num dia qualquer, dava de mão numa maleta e desaparecia com o primeiro que passava. Uma delas, que Deus a tenha no purgatório, se dava muito bem com o homem, viviam felizes, cinco filhos, boa casa, todo o conforto e lá um dia, pronto!, fugiu com o melhor amigo do marido. E não era amigo como esses que se conhecem hoje, eram quase irmãos, criados juntos. Essa Cilita, que Deus me perdoe, anda naquela fase que se não encontrar alguém por perto desce a escada e pega o primeiro varredor de rua que encontrar. Não adianta, eu sei. Nesta rodada a erva já me parece mais forte, mas não é das boas, lá isso não é. Escute uma coisa, Seu Camilo, será que há perigo dessa menina dar para o Ramirez? É um homem sério, que até nem é disso, vive enfurnado, mexendo nos seus aparelhos de rádio e de televisão e vou lhe dizer mais, acho até que não gosta muito de mulher. Não é certeza, é o jeito dele mesmo, eu posso até estar fazendo uma tremenda injustiça com ele. Paga em dia, é bem educado, deve ter tido uma família regular. Claro, não chega aos seus pés, isso eu posso jurar. Quem me dera ter todos os meus quartos só com pessoas da sua classe. Sei lá, não gosto de me meter na vida dos outros, mas o senhor deve ter sido muita coisa na vida, o seu jeito, suas maneiras, claro, um desastre qualquer um pode ter na vida e eu mesma conheço tantos! Este mate está melhorando, sabe como é, a erva deve queimar um pouco, daqui a uns três mates dou uma encilhada nela e vai melhorar mesmo. Por falar nisso, Seu Camilo, deixe que eu cuide de algumas das suas roupas, nem fica bem para um homem como o senhor andar na banheira lavando roupa e depois passando a ferro. Homem não foi feito para essas coisas. E muito obrigada pelo adiantamento do mês, foi uma mão na roda. Me lembro que em 30 a gente chegou a passar fome.

Camilo estava sentado na borda da cama, em mangas de camisa e chinelos. Ouvia D. Consuelo demonstrando um leve interesse, mas estava com muita vontade de sair um pouco, tomar ar fresco, olhar algumas vitrinas, tomar um cafezinho aguado no Café Viseu. Quando devolveu a cuia, agradeceu e disse que estava satisfeito. Precisava dar umas voltas, o quarto estava muito abafado. D. Consuelo tentou dissuadi-lo, a coisa pelas ruas não andava boa, numa hora dessas eles nem perguntam o nome, quem é a pessoa, de quem se trata, vão levando todo o mundo e enchendo as cadeias.

– É, mas eu vou dar uma volta. Aqui na Azenha as coisas andam calmas e depois o que é que eles vão querer com um velho?

– O senhor é quem sabe. Mas escute bem: cuidado.

6. Camilo pediu um cafezinho, no balcão mesmo. Seu António estava com a casa quase vazia, apenas uma das mesas, perto da porta, tinha dois homens tomando cerveja. O português falou baixo: andam dizendo coisas por aí de arrepiar os cabelos de quem não os tem. O nosso poeta Inácio Vilanova desapareceu como Elias, levado para os céus num carro de fogo. Dizem, olhe lá que eu não vi nada, dizem que está num dos quartéis aí do Partenon e que está apanhando como boi ladrão. E logo aquele pobre rapaz, Seu Camilo, incapaz de matar uma mosca! O velho fez sinal de que ele podia encher o copinho com mais café, olhou para os homens que tomavam cerveja e voltou a ouvir o que dizia o dono da casa. Viu aqueles tipos ali? Para mim, Seu Camilo, é gente da polícia secreta que anda atrás de comunistas.

– Eles andam querendo comunistas?

O português baixou ainda mais a voz, temia ser ouvido lá da frente: até o padre da Nossa Senhora da Medianeira, me disseram, foi levado aos empurrões para a cadeia. Revolução logo numa hora destas em que a gente pensava em faturar um pouco mais para pagar o raio desses impostos, o senhor sabe quanto o fisco me leva todos os meses? E cada dia que passa é pior. O dinheiro entra nesta gaveta aqui, não chega a esquentar e lá vai a gente levar para a Prefeitura, para o governo! Mas que se há de fazer? Se eu fecho o café, vou pegar numa dessas carrocinhas para limpar rua. E pior por pior, vai-se levando a cruz nas costas, como Nosso Senhor. Já experimentou esses bolinhos ingleses, Seu Camilo? Chegadinhos há menos de meia hora, coisa feita em casa. Camilo disse que não queria. Mais tarde, quem sabe. Às vezes a gente acorda de madrugada ou nem consegue pegar no sono, e mastigar um bolinho desses até que ajuda a passar as horas.

Seu António passou o pano sobre o balcão, chegou-se mais para junto de Camilo e disse que tinha um segredo muito sério para contar, mas estava com medo daqueles tipos estranhos, lá naquela mesa, havia horas tomando uma cerveja morna.

– Um segredo? – perguntou Camilo, meio desinteressado.

– Sabe, quem veio me contar foi o inspetor Terézio, aí da Delegacia do lado. Pode ser que seja, pode ser que não seja, nunca se sabe.

– Mas se é um segredo, Seu António, o melhor mesmo é não contar.

– Mas eu não posso, trata-se de gente conhecida, de pessoa decente, gente boa e ordeira. O senhor sabe de quem estou falando: esse vendedor de carros usados que mora aí em cima com o senhor, um tal de Aderito, casado com uma mocetona peituda de encher a noite de qualquer vivente, a tal de Cilita.

– E que tem o rapaz?

– Pois o Terézio que é amigo da gente veio me dizer que andam desconfiando dele, que é homem chegado a esse PTB do Brizola, que é chefe de um tal de Grupo dos Onze, sei lá o que vem a ser isso. Imagine, Seu Camilo, prender um homem só por isso.

– Mas eles devem estar enganados. Claro que estão enganados.

– Escute aqui, eu pouco estou ligando que prendam este ou aquele. O que me preocupa é o infeliz deixar solta por esta zona uma mulherzinha daquelas, olhe só as curvas da moça, cada peitarra de não caber na boca de um leão, caminhar de quem quer dar para um lado, dar para outro. Fique sabendo, o primeiro pilantra que passar dá de mão nela e, quando soltarem o rapaz, adeus mulher!

Um dos homens bateu palmas e o português gritou "um momento" e ainda disse para o velho que se mostrava muito aborrecido: pra mim, Seu Camilo, essa mulherzinha tem aquilo que chamam de furor uterino ou coisa que o valha. Sabe como é, quer dar da manhã à noite. Correu para atender os fregueses e voltou para buscar outra garrafa de cerveja.

Encontrou Seu Camilo a meio caminho, tentando livrar-se das mesas e das cadeiras esparramadas pela sala. Mas então já vai, Seu Camilo? Agora que a gente ia começar a conversar um pouco, sabe como é, tanta coisa que andam dizendo, tanto boato, mas aquele de que lhe falei há pouco esqueça, acho que o moço aí do lado não sabe bem onde ouviu o galo cantar. Não se preocupe.

Camilo encheu os pulmões com o ar da noite, numa mistura de gases dos canos de descarga dos carros e dos ônibus, da fumaça de cigarros de centenas de pessoas que passavam pela calçada e foi se deixando levar pela multidão, homens e mulheres aglomerados nos pontos de embarque dos ônibus, os bondes passando atulhados, com gente dependurada nas balaustradas. O Cine Castelo com suas bilheterias abertas, o saguão de entrada fracamente iluminado, pouca gente olhando os cartazes, meninos aos magotes pedindo uns troquinhos e o anúncio de uma noite abafada e inquieta.

Ao passar por duas mulheres carregadas de sacolas e pacotes, ele ouviu uma delas dizer que a mãe morava na Volta do Guerino e que era muito difícil ir até lá, pela distância e pela condução escassa e cara. Camilo voltou-se como se ela fosse uma velha conhecida, sorriu, a mulher apressou o passo puxando pelo braço a companheira, ainda se virou para ver se o velho não as perseguia. Ele se recordou do pai, o Coronel Quirino Borba Mortágua, da mãe Eudóxia que havia morrido aos 91 anos em 1940, das 150 quadras de campo nas coxilhas de Alegrete, o Rio Ibirapuitã, o velho enchendo a boca nas festas do casarão da Independência, "três léguas de campo do bom, aguadas, capões, assim de gado em cima". Ele nota que as lojas estão quase sem movimento. O dono de uma sapataria diz para o vizinho, uma casa de ferragens, que com aquela história de golpe, de revolução ou coisa que o valha, quem pagava o pato era o comércio. O outro disse: que nada, nos armazéns o senhor não encontra um pacote de palitos. Ninguém deixa de comer. É o melhor negócio. Sabe de uma coisa? Se eu um dia vier a quebrar, que Deus me guarde, abro um empório só de comida. E se vier revolução, melhor ainda, o faturamento aumenta, pode-se cobrar mais caro, ninguém pergunta pelo preço de nada. O outro disse que as pessoas costumavam dizer assim na hora do aperto, mas ele, pelo menos, só conhecia o ramo de calçados. Trabalhava nele havia mais de trinta anos. De feijão e arroz não entendia nada que já não estivesse na mesa, cozidos, postos pela mulher.

Camilo notou que vinha do bairro para o centro uma algazarra muito grande, viu que eram jovens que empunhavam faixas e cartazes, gritavam coisas que ele não conseguia entender. Procurou um desvão da parede carcomida de uma funilaria, mas assim mesmo não conseguiu impedir que o arrastassem em meio à avalancha de pessoas revoltadas, e meio aos trambolhões lembrou-se da recomendação de D. Consuelo, "numa hora dessas eles nem perguntam o nome, quem é a pessoa, de quem se trata". De repente a marcha estancou e houve correria desenfreada para todos os lados, vitrinas estilhaçadas pelos fugitivos, bombas de gás na testada e nos cerra-filas, policiais fardados munidos de grandes escudos transparentes e que batiam em homens e mulheres. A sirena de muitos carros e a girândola de luzes das camionetas militares e logo depois toda aquela confusão serenou de vez, silêncio total, a volta à solidão com a qual ele sempre sonhava quando lhe ocorria muito forte a memória dos irmãos e dos filhos, da mulher, da vida de antigamente.

7. Alguém dizia em meio à grande confusão: este velho deve estar machucado, fale com o Sargento Dagoberto para que uma ambulância leve ele para o Pronto Socorro. Mas o Pronto Socorro está atulhado, disse outra voz mais apagada, vim de lá agora mesmo e não dá para chegar na calçada. Isso não é comigo, disse o outro, tratem de levar essa peste para lá, eles que se arranjem, isso aqui não é hospital, é quartel. Camilo estava deitado num banco duro de madeira e aos poucos foi sentindo que estava machucado aqui e ali, uma dor aguda na altura do cotovelo do braço esquerdo, o rosto dolorido, os olhos ardendo como se tivessem pimenta e a perna direita formigando. Vieram soldados com maca, jogaram-no em cima dela e saíram para um pátio grande e com muita gente à paisana, carregando precariamente a maca com o velho, logo atirada sobre a traseira de uma camioneta aberta verde-oliva. Alguém de voz autoritária gritou, mas afinal para onde estão levando esse homem? Um dos soldados disse que era ordem superior, deviam deixar o velho na calçada defronte ao Pronto Socorro, que a coisa lá estava largando gente pelo ladrão. Baixem essa maca, quero ver o homem. Os dois obedeceram. Camilo viu um oficial com uniforme de campanha, suas costas doíam de encontro às pedras irregulares do pátio.

– Mas esperem aí, eu conheço esse homem.

Os soldados se entreolharam prevendo encrenca, mas não tinham nada a ver com aquilo tudo. Soldado apenas cumpre ordens.

– Doutor Camilo, eu sou o Capitão Herculano, filho do finado Emerenciano Borges, do Alegrete. Meu avô foi amigo de seu pai. Mas afinal o que houve com o senhor?

– Não sei, eu ia indo pela rua, de repente não me lembro de mais nada. Acho que estou num quartel, não é mesmo?

– Onde o senhor está morando? Ainda lá na Independência?

– Não, eu não estou mais lá, mas isso não tem importância. Se me deixarem ir eu vou a pé mesmo, é aqui perto...

– Não senhor, a viatura vai levar o senhor. Praças! Recoloquem a maca onde estava e levem aqui o Doutor Camilo para o endereço que ele der.

Voltou-se para o velho:

– Em casa o senhor chama o médico da família, sempre é melhor, e depois nos informam que o Pronto Socorro está impraticável. O senhor desculpe o engano, mas eu não podia fazer nada, nem sabia do que estava se passando. E outra coisa, doutor, procure ficar em casa nestes dias, a coisa não está muito boa. Recomendações à D. Leonor.

Esperou que os soldados cumprissem as ordens, despediu-se do velho e aguardou que a viatura saísse pelo portão central.

Camilo via o céu estrelado, a lua em quarto crescente; era jogado de um lado para outro com as manobras rápidas da camioneta. Então um soldado perguntou seu endereço. Me deixem ali pela altura do Cinema Castelo, na Azenha. O outro pilheriou: quem sabe é melhor deixar o amigo do capitão na Cabo Rocha? Aquelas meninas curam até defunto, é o que dizem. Repetiram a ordem para o motorista: Cinema Castelo, que o velhinho ainda quer pegar a sessão de hoje.

Quando estavam parando bem na frente da porta do cinema ele pediu que por favor andassem uns trinta metros, era logo ali. Foi largado na calçada, amparado na parede irregular e logo a viatura desapareceu em alta velocidade. Experimentou a perna direita, o joelho devia ter sofrido uma pancada forte, tentou mexer com o braço esquerdo e viu que nada estava quebrado. Passou a mão no rosto, notou os hematomas na face, na testa, o lábio inferior inchado e dolorido. Aos poucos foi tentando locomover-se, amparando-se na parede: as pernas o sustentavam, o problema era atravessar a faixa dupla, e apesar da hora o movimento de carros era grande. Quando o sinal lá embaixo fechou ele esperou um pouco mais e começou a travessia com muita dificuldade, um carro desviou dele e uma voz lá de dentro gritou: seu bêbado! Chegou finalmente no canteiro central e logo depois alcançava o lado oposto, quase à porta do Departamento de Limpeza Pública que ficava na esquina da Cabo Rocha. Atravessou a rua e viu com alegria que conseguiria chegar ao Café Viseu. Ao alcançá-lo, sentou-se na portalada e olhou súplice para dentro. Seu António veio correndo, mãos à cabeça. Céus! Mas o que andaram fazendo com o meu amigo? Gritou para dentro chamando o pessoal da cozinha, todos ajudaram o velho a subir a escada da pensão e lá no alto estava D. Consuelo, mãos à cintura, irritada:

– Eu não disse? As pessoas teimosas até que mereciam mais!

Os outros hóspedes vieram em socorro, abriram o quarto, puxaram a colcha da cama e deitaram o velho com jeito, podia ter algum osso quebrado. D. Consuelo ajudou a tirar o casaco, a gravata, os sapatos e as meias. Pediu que as mulheres saíssem um pouco, que Ramirez e Aderito tratariam de vestir o pijama nele.

Depois as mulheres voltaram, queriam saber afinal o que tinha havido com Seu Camilo. D. Consuelo veio logo com um chá de camomila e D. Leocádia trouxe uma garrafa de arnica para passar nas partes machucadas.

– Me deixem descansar, não foi nada.

D. Consuelo reclamou que as pessoas velhas são teimosas e que ninguém ia deixar um doente abandonado em cima de uma cama, sabe lá com que ferimentos. Botou a mão na testa do velho: eu não dizia? Ele está com febre. Espere aí, D. Ivone, prepare lá na cozinha umas duas compressas de arnica para botar nessas machucaduras; isto aqui na cara deve ter acontecido quando ele caiu nas pedras, vejam que até areia ainda tem. Vamos primeiro lavar com água pura e depois a arnica completa o serviço. E eu disse: Seu Camilo, fique em casa, nada de andar por aí feito cão abandonado, no meio dessa soldadesca que tomou conta de tudo, eles agora são os donos do mundo.

D. Ivone chegou, um prato raso com as compressas, a dona da pensão experimentou a temperatura com as costas da mão e perguntou se por acaso ela pretendia queimar a pele de Seu Camilo; que diabo, assopre um pouco, leve até a janela, não há cristão que possa aguentar água fervendo em cima das feridas.

– Como é que está se sentindo, Seu Camilo? Dói muito?

– Mas isso passa logo.

– Passa uma ova, fique sabendo. Pode não estar doendo agora, mas quando esfriar o senhor vai ver com quantos paus se faz uma canoa. Esses safados, pagos com o rico dinheirinho da gente, passam do bom e do melhor e na hora em que a gente pensa que eles estão aí para defender o contribuinte, o que acontece? Cassetete para todos os lados, cachorro amestrado em cima dos infelizes desarmados, mas isso um dia ainda vai acabar.

D. Leocádia pediu que a dona da casa moderasse a linguagem ou falasse baixo, ela era funcionária pública municipal, segunda escriturária, portanto funcionária do governo, e se alguém ouvisse tudo aquilo, o que não ia dizer? Estaria na rua no dia seguinte. Cilita, que agora tinha sobre o corpo um vestidinho de algodão e nada de sutiã, que ela sempre repetia que essas coisas eram para as velhotas de peitos caídos, que ela não precisava de escora nenhuma, dava graças a Deus que seu marido não dependia dos cofres públicos, que vivia do suor do próprio rosto, que pouco se lhe dava que o governo fosse esse ou fosse aquele, pois o principal era ter carros usados para vender.

– Eu queria ficar um pouco só – ciciou Seu Camilo, desejoso de que todos se fossem e ele pudesse descansar.

Pediu que fizessem o favor de encostar os postigos da janela, que a madrugada não demorava muito a chegar, queria ver se dormia. D. Consuelo perguntou se ele não tinha algum amigo advogado para entrar em cima daqueles brutamontes, cada cidadão tem os seus direitos, mas então que terra é esta em que um soldado pode chegar e ir batendo como se fosse na casa da mãe Joana? Depois começou a enxotar os inquilinos, que cada um fosse tratar de dormir, nada de barulho. Virando-se para Cilita, que ia saindo requebrada, disse:

– E a senhora faça o favor de sossegar o rabo esta noite e mandar o seu marido virar para a parede, ninguém hoje está para briga de gato em cima de telhado; há uma pessoa doente na casa.

Cilita deu uma rabanada cômica e saiu batendo com o salto do sapato no assoalho de madeira.

8. A grande casa da Independência, cheia de escadas, sótãos e porões, altas grades de ferro na frente, o portão central cheio de arabescos, a porta de madeira maciça lavrada, no vestíbulo o belo espelho de vidro belga *biseauté*, a imponente mesa de jantar com um renque de cadeiras de cada lado, os grossos tapetes que cobriam toda a peça, as criadas no seu eterno vaivém, os irmãos mais velhos policiando as suas breves fugas para o pátio cheio de árvores, laranjeiras, o pé de romãs, o abacateiro, os muros altos pontilhados de cacos de garrafas para que os ladrões não pulassem de noite para roubar as pratarias e os cristais. Camilo tentou virar-se na cama para afugentar as sombras do passado, mas o corpo estava dolorido e ele não conseguia sequer alcançar o copo d'água que D. Consuelo havia deixado sobre a mesinha de cabeceira. Sentia-se febril. O rosto, machucado e dolorido, parecia arder. Numa cadeira de balanço forrada de palhinha ele agora via Aníbal, um de seus irmãos. Balouçava-se com ar irônico e pronunciava palavras que ele não entendia. Aos pés da cama, desfrutável como sempre, Heloísa, uma vizinha, sorridente e cúmplice, passando as mãos nas suas pernas, voluptuosamente. Aníbal parecia agora lhe dizer: pois se tantos já dormiram com ela, por que não tu, também? Relembrava-se daquele cair de tarde, na chácara da Glória, ele a passear, esticando as pernas. De repente, ruídos vindos da pequena cabana que fora, um dia, sala de leitura do avô. Aproximara-se, cauteloso, alguém resfolegava e uma voz feminina gemia e dizia coisas ternas e imorais. Camilo, nos seus vinte e sete anos, têmporas a latejar, coração disparado, espiou por uma fresta da janela em ruínas e viu um rapaz de recados de seu pai, forte e bem apessoado, despindo a moça com nervosismo, desajeitado. Bem ao longe a casa-grande com a família reunida, seria um domingo, um feriado, sim, era Domingo de Páscoa. D. Eudóxia, matriarca, sentada no alpendre, como uma grande dama que sabia ser. Moças e rapazes espalhados pelo gramado extenso, cavalos encilhados amarrados à soga, crianças como um pequeno rebanho pastoreado por criadas de impecáveis aventais e coifas brancas orladas de rendas. As machucaduras de agora a doerem de modo quase insuportável, Aníbal balouçando-se indiferente, Heloísa aproveitando-se para avançar um pouco mais com a mão obscena e que agora lhe causava enjoo. Sim, era um Domingo de Páscoa. Ele dera a volta pelo terreno irregular, espiou outra vez, a moça inteiramente nua, deitada no chão apenas varrido, o rapaz de pé, tentando desafivelar o cinto. Foi quando teve a ideia de pisar forte sobre os gravetos secos, sacudiu uma folha de janela, tossiu, disse qualquer coisa como se estivesse acompanhado de outra pessoa. Escondeu-se na quina da casa a tempo de ver a desabalada carreira do rapaz pelo meio das árvores, como perseguido por um enxame de abelhas, então avançou decidido, apresentou-se de corpo inteiro na porta. Heloísa paralisada pelo susto, cobrindo os seios com as mãos e cruzando as pernas pudicamente. Não trocaram uma palavra. Apenas ele se limitou a tirar a roupa, sem pressa, viu quando ela se descobria sorridente, esperando que ele se deitasse a seu lado, braços estendidos, deixando-se possuir inteiramente, apertando-o com inusitada força, como se temesse que ele pudesse fugir de repente, deixando-a ali sozinha ou insatisfeita. O que lhe dissera Heloísa naqueles momentos? Não se lembrava mais. Mesmo nas outras vezes, em longas e inacabadas tardes de chuva, os requintes de fêmea experimentada, despertando nele prazeres nunca dantes imaginados. A descoberta constante de zonas erógenas insuspeitadas, a sua incansável procura de novidades, temerosa, quem sabe, de que ele pudesse um dia desaparecer de sua vida, como terminou acontecendo.

Na penumbra, agora, daquele humilde e sujo quarto, Camilo teria sorrido se os seus lábios não estivessem secos e rachados. Aníbal prosseguia no seu vaivém interminável, o pobre e desventurado Aníbal. Outra vez Heloísa, que retornava dos tempos idos e procurava lhe tocar nas partes íntimas, dando-lhe uma desagradável sensação a ponto de sentir náuseas. Quis chamar por D. Consuelo, mas a voz não lhe saía da garganta, exorcizou os fantasmas de tempos remotos e a claridade que filtrava pela janela terminou por afastar tudo aquilo da nebulosa em que se envolvera em dado momento. Finalmente sozinho. Os olhos pesados de sono, sombras e movimentos difusos como se boiassem num estranho aquário descolorido, e finalmente o sono profundo e reparador, sem sonhos nem pesadelos, como se a própria morte houvesse chegado com sua tranquila e disfarçada voracidade.

II.

Dia 2 de abril de 1964

1. Acordou-se com o martelar incessante do chapeador de carros na oficina do primeiro andar. Vozes de operários nas suas reclamações e brincadeiras diárias. Ouviu a voz de Ramirez, lá de sua janela, a gritar impropérios para os rapazes da oficina; que fossem martelar nos ouvidos da mãe. D. Consuelo, um pouco mais distante, gritou que ele fechasse a janela e entupisse os ouvidos com algodão. Um dos rapazes gritou debaixo de sua janela que ele tratasse de pular da cama e fosse pegar no pesado, chamando-o de burguês imundo, preguiçoso e boa vida.

Camilo quis mexer a cabeça e sentiu que o pescoço estava rijo e que tinha um braço e uma perna quase paralisados. Conseguiu passar a mão pelo joelho dolorido e sentiu que ele estava inchado e que os olhos pesavam em demasia e notou que no grande pátio da casa dos seus pais os bichos voavam por entre as árvores e que estava sendo levado pelas mãos da mulher de seu irmão Vinícius, Eleonora, meiga e doce, enchendo os seus nove anos de sonhos e fantasias; quis afastar os fantasmas, tentou livrar-se de um passado distante, de seu amor puro e juvenil por Eleonora, que passava horas lendo histórias encantadas para ele, nos degraus dos fundos, num canapé coberto de almofadões; ou quando ela debruçava-se sobre seu pequeno leito, no quarto repartido com o irmão dois anos mais velho, o Aníbal. Assim, perdido pelo tempo, a voz dela parecia-lhe ainda mais musical; seus longos cabelos claros enovelados displicentemente, finalizando com um coque no alto da cabeça, suas feições perfeitas, o seu permanente colar de pérolas naturais, suas mãos adejantes como pássaros e a maneira toda especial de repetir velhas histórias como se fossem sempre novas, até que ele dormia num grande lago de tranquilidade. Naquele momento, esquecido do martelar enervante, o velho Camilo parecia sentir os dedos da cunhada deslizando suavemente por sua testa, seu rosto, por sobre os olhos como a querer fechá-los; quando ele chegava da escola corria para os seus braços e só depois é que ia beijar a mãe Eudóxia, que não esperava um minuto sequer para determinar que ele fosse lavar o rosto e as mãos, que trocasse de roupa, que deixasse a mochila sobre a mesa para trabalhar nos temas passados para casa. Eleonora deslizava as mãos por seus cabelos, dizia que ia ajudá-lo naquela breve higiene de quem chegava da rua e depois penteava os seus cabelos, divertindo-se com diversos penteados; ora o que lembrava um tio meio maluco que aparecia de vez em quando para pedir dinheiro ao patriarca Quirino Borba Mortágua, ora o que lembrava os cabelos lisos e esticados, de índio, do irmão Jeziel, dezesseis anos mais velho do que ele, mais preocupado com suas máquinas e motores, numa constante e obsessiva azáfama com um grupo de amigos fanáticos que só pensava naquilo. Ou passava o pente e divertia-se muito puxando o cabelo rebelde para a testa, sob protestos do menino arreliado que só se prestava a tais brincadeiras por amar muito a cunhada generosa.

Mãos afagavam seu rosto dolorido, abriu com dificuldade os olhos, D. Consuelo examinava suas contusões e não estava mais no pátio do casarão da Independência, mas no pobre e singelo quarto da pensão, e as vozes dos pássaros voltavam a ser o martelar irritante das bigornas e da algaravia dos empregados.

– Acordou melhor, Seu Camilo?

Seu olhar era vago como se não soubesse onde estava. Esticou o pescoço e conseguiu ver um pedaço da janela e parte do telhado de zinco da oficina. Os pardais saltitavam e piavam, curiosos.

– A senhora me faria um favor?

Ela protestou, mas como fazer um favor a uma pessoa doente, toda ferida, precisando urgente de cuidados, ora essa, todos tinham a obrigação de ajudá-lo no que quer que fosse. Vá dizendo logo, o senhor manda e não pede, eu bem que dizia e repetia, não saia Seu Camilo, há uma confusão nessas ruas, a polícia tomou conta de tudo, fique em casa, acomode-se; mas que nada, o senhor é teimoso como o meu avô materno que um dia ficou muito brabo com um boi mal capado, pulou para dentro da mangueira e foi lá tirar satisfações como um toureiro e já viu, Seu Camilo, o estrupício que houve, os meses de cama, a incomodação de hospital e de médicos e logo a gente que não tinha lá essas coisas para viver. Pois o senhor fez igualzinho ao meu avô e o resultado está aqui, agora. Mas afinal, que favor quer o senhor, vamos, diga logo.

– Se a senhora pudesse, eu pediria para espalhar uns farelos de pão ali para os bichinhos, eles estão acostumados e sentem falta, a senhora sabe como são essas coisas...

Seu Camilo falara demais, tão econômico era ele para dizer meia dúzia de palavras.

– Vou buscar o seu café e trago na bandeja os farelos lá da cozinha. Mas antes, vamos fazer uma coisa.

Trouxe uma grande bacia de alumínio com água morna, sabonete e toalha, um pano desbotado para defender o corpo dos respingos d'água, examinou bem os hematomas e disse que afinal, somando tudo, ninguém tinha se machucado lá essas coisas; por aqui o sangue já está sendo absorvido, desinchou esta outra parte e agora me deixe ver este braço, ahn, o cotovelo está arranhado, mas isso se trata com mercurocromo e compressas de água e sal; levante essas cobertas, quero ver a perna, olhe só esse joelho como está, inchado como se estivesse com dor de dente, mas para tudo a gente encontra cura: compressa com água e sal e pincelada de iodo, além de arnica, é claro. Ora vejam só, um homem de respeito, de cabelos brancos e juízo na cabeça, se meter de pato a ganso em desordens de rua com essa gentinha, aos gritos de abaixo isso e viva aquilo. Ainda bem que na hora o senhor viu o que acontece, poltrão por tudo que é lado, pessoas que assistiram ao corre-corre me contaram que houve barbado que subiu muro de quatro metros correndo com os pés, sem sequer encostar as mãos. Para fugir, ninguém precisa dizer para eles como é que se faz.

Lavava o rosto do velho com delicadeza, temerosa de que estivesse doendo, depois passou arnica nas partes afetadas e por último pincelou de mercúrio as arranhaduras. Secou tudo com a toalha, recolheu os badulaques, virou-se para a janela, esses passarinhos terminam entrando aqui no quarto como se isso fosse um pombal ou coisa que o valha.

2. Alguns deles se aventuraram pelo assoalho onde uma réstia de sol banhava as tábuas carcomidas, ele ouviu a voz da mãe chamando por ele: menino, deixa esses passarinhos e entra logo que está muito frio, vais terminar apanhando um resfriado. Plínio e Francisco, os irmãos mais velhos, ainda andavam trepados pelas copas das árvores mais altas desarmando alçapões; assobiavam para ele, cúmplices, lembrando que não podia contar que eles andavam por lá. Pegou alguma coisa?, gritava ele cá debaixo. Os outros faziam sinal com as mãos, nada caíra naquele dia, mas que eles esperassem para ver no dia seguinte. Chico assoprou para ele: com pedaço de abóbora eles não caem na armadilha, sabiá-laranjeira é bicho vivo. Ouvia na sala dos fundos a voz do irmão Jeziel, mocinho, discutindo roupas e colarinhos, pedindo a carruagem para o pai, implorando ajuda da mãe. Esmeralda, a irmã triste, mais de vinte anos, bordando no seu canto, tomando chá de hora em hora, muda, passando quase despercebida pela casa-grande, braços muito bonitos e mãos bem torneadas. Jeziel costumava dizer: mas afinal que diabo acontece com a Esmeralda que não arranja por aí um namorado, o filho do Dr. Desidério, ali defronte, gente de posses, o rapaz recém-formado em Direito, instalando banca com outro colega e sempre fazendo uma elegante curvatura quando enxergava Esmeralda tímida, meio escondida por detrás dos vidros repletos de arabescos *art-noveau*. Esmeralda não queria que falassem nisso, enojava-se, corria para o segundo andar e se trancava por dentro do quarto todo revestido de panos e sedas cor-de-rosa, a Virgem Maria na cabeceira da cama, com a sua vela votiva de sempre. A mãe ralhava com os filhos, que deixassem a menina sossegada, que cada um fosse tratar de suas coisas. Eleonora a seu lado, na grande mesa da sala de jantar, com sua macia e perfumada mão pegando da sua, áspera e cascuda das traquinices do pátio, ensinando a desenhar letras redondas e bonitas, seguindo a pauta a rigor, executando cada voltinha, os pequenos arabescos, e acima de tudo o que o velho lembrava agora era o seu riso delicado de cristal estrangeiro, fugindo através dos dentes alvos e perfeitos. Quando chegava a hora de deitar, a mãe gritava lá de dentro: Eleonora, trata de botar esse menino na cama, amanhã de manhã é dia de aula e ai que ele remanche na cama, com sono ou com preguiça. Pelas mãos da cunhada ele marchava sem um protesto, passando primeiro pelo quarto de banho para lavar as mãos e o rosto, limpar os dentes, escovar os cabelos para tirar as felpas das árvores e depois o levava para o quarto, tirava do guarda-roupa o pijaminha e ordenava que trocasse de roupa enquanto ela ficava de costas para a parede, contando até dez para que ele aprendesse a não ser muito demorado na troca de roupa. Às vezes, o marido dela, seu irmão Vinícius, surgia lá de dentro, pregava-lhe um susto ao abraçá-la pelas costas e dizia, por que afinal esse menino já não está na cama, como todas as crianças de sua idade? Acusava-a de estar deseducando o irmão, olha o papai que não é de brincadeira, para com isso antes que o velhote bote o mundo abaixo. Depois carregava a mulher para fora do quarto, mas antes ela vinha apagar a luz e beijá-lo na testa, pedindo que sonhasse com os anjinhos e com ela.

– Aqui está o café – disse D. Consuelo – , fiz duas torradas com pão de sanduíche, passei manteiga, e ainda tem aqui uma fatia de cuca que consegui arranjar na padaria. Era a última, mas está fresquinha. Com esse negócio de revolução, o senhor sabe, o povo parece que está com medo de gastar o dinheirinho que tem em casa. E aqui estão os farelos para esses pardais desavergonhados. Por mim, sabe o que eu fazia? Uma passarinhada, como os italianos lá da colônia de cima da serra. Mas, enfim, o senhor é quem manda.

Dali ele podia ver o esvoaçar dos bichinhos à cata dos farelos e o piar alegre de todos eles, apesar da barulheira de ferros que vinha lá de baixo, como se aquilo fosse uma sucursal do inferno. Mastigou o pão com dificuldade, parecia ter recebido um coice no maxilar, e o café lhe descia pela garganta rascando pelo calor de encontro às mucosas doloridas. Capitão Herculano, pensou ele, um dos primeiros namorados de Patrícia, um rapaz forte e bem-disposto, agora metido naquela revolução sem pé nem cabeça, a querer saber se a sua casa ainda era aquele palacete da Independência, quem sabe até nem estaria sabendo da fuga de Leonor com o médico argentino, a perda dos seus negócios, do desfalque de João no banco onde trabalhava e finalmente o seu desaparecimento em qualquer lugar para onde fora, procurando compensar as frustrações de sua vida. Camilo, ao lembrar-se de certas passagens, sentia os olhos úmidos, João tentando entregar-lhe o dinheiro do desfalque para tentar salvar os negócios que iam de mal a pior, com os sócios mancomunados contra ele, lesando-o às claras, num verdadeiro estelionato fiscal. João viera de madrugada, arriscara-se a ser apanhado para bater de leve na janela da casa pequena onde ele se recolhera depois que Leonor o abandonara, querendo entregar-lhe uma sacola de lona. Pai, pegue este dinheiro e bote aqueles canalhas para fora dos seus negócios. Ele empurrara a sacola com veemência: foge, trata de sair do país, este dinheiro vai te fazer falta daqui para a frente, escreve para cá sempre que puderes. Apenas apertara a mão do filho, mas a sacola ficara em suas mãos. Sua vontade fora a de beijá-lo agradecido, mas viu apenas quando saltava o muro de volta e sumiu. Onde estaria agora? Escrevera uma única vez para dizer que ia procurar viver no meio dos índios, não estava mais suportando a raça branca, os homens iguais a ele. Pobre João, poderia ter voltado, ele acertara tudo com o banco. D. Consuelo entrou no quarto, sacudindo com o seu peso as tábuas frouxas.

– Então, já tomou esse café? Estava bom?

Notou o rosto triste do velho, seus olhos úmidos, quis saber se as feridas doíam muito, quem sabe pedia para que um dos médicos do Pronto Socorro viesse até ali para examiná-lo, ver como andavam aqueles ferimentos?

Quando ela saiu para levar a bandeja, Camilo tentou ensaiar uns passos, agarrando-se nos móveis, equilibrando-se na perna boa. Viu que era uma questão de treino, de força de vontade e que se continuasse assim estaria andando pela tarde. A cama lhe causava horror, era como ficar paralítico, lembrava-se de Jeziel, depender dos outros para qualquer coisa, até para beber um copo d'água. E não se conformava em usar o urinol descascado debaixo da cama, era uma humilhação sem nome. Saiu do quarto amparando-se pelas paredes, parando de vez em quando para descansar e afugentar a sensação de tontura, até que chegou ao quarto de banho e trancou-se por dentro. Ouviu a voz de Cilita no corredor, depois D. Consuelo perguntando para onde fora Seu Camilo e ele a dizer lá de dentro que tudo estava bem, que o deixassem em paz.

– Mas então era só o que faltava! – disse a dona da pensão, indignada. – Um homem todo machucado, com o joelho daquele jeito, levantando da cama e andando por aí como se estivesse bom! Por acaso não encontrou o urinol debaixo da cama?

O velho não respondeu. Cilita aproximou-se da porta do quarto de banho, bateu de leve: Seu Camilo? O senhor não está sentindo nada? Ele gritou mais uma vez: me deixem em paz, por favor, eu não tenho mais nada.

– Teimoso como uma mula! – exclamou D. Consuelo, desistindo.

Seu António gritou ao pé da escada:

– D. Consuelo! Mataram uma mulher ali na Cabo Rocha!

– Santo Deus! Agora vai ser esse enxame de polícia que parece nunca ter visto uma mulher morta. Foi facada?

– Sei lá – disse o português –, elas se matam até com caco de garrafa ou com gilete. Espia aí pela janela e veja a balbúrdia.

D. Consuelo e Cilita foram para a janela do quarto de Seu Camilo, espantaram com a correria os pardais que catavam farelos e dali só puderam ver o movimento, mulheres que gritavam, gigolôs tentando fugir pelos fundos e os efeminados se debulhando em lágrimas e levantando os braços em desespero. Um policial chegou à janela, revólver em punho, tentando acertar num homem que fugia por entre as árvores dos pátios e que pulava cercas com uma facilidade de artista de circo.

– Deve ter sido aquele bandido – disse D. Consuelo.

– Foi uma mulher da Boate Samba Quente – disse Cilita. – Veja a confusão nas peças de cima. Mas a polícia só chega depois, esses desalmados.

– E querias que eles adivinhassem e chegassem antes? Ora, tem cada uma!

Seu Camilo regressava titubeando. Ficou um pouco parado na porta, desgostoso com aquela invasão no seu dormitório, mas não disse nada. Cilita foi a primeira a vê-lo, correu ágil e tratou de ajudá-lo a chegar até à cama, abraçando-o pela cintura. O seio pontudo e rijo forçando as suas costelas, um mal-estar indizível, até que sentou-se na cama e ainda vislumbrou o belo corpo da moça através do roupão que trazia como peça única sobre a pele. Pediu que o deixassem, mas Cilita mostrou as mãos trêmulas, contou toda a história do assassinato da mulher na boate, disse que estava com muita pena da pobrezinha. Depois saiu, recomendando ao velho que ficasse na cama e que se precisasse de alguma coisa bastava chamar pelo nome dela.

3. O vendedor de automóveis recém saíra da cama e assim mesmo porque Cilita o acordara para contar a morte da mulher da boate da Cabo Rocha. Ele ainda disse, raios que um vivente não pode dormir descansado porque sempre tem uma puta com uma faca enterrada nas costas. Cilita resmungou, mas o marido terminou querendo saber detalhes e, de onde estava, Camilo percebia que ela aumentava a história e que só faltava dar o nome da mulher, coisa que ninguém sabia.

Logo depois começava a função de sempre e D. Consuelo, lá do fundo do corredor, ainda disse: deixa o homem pelo menos passar uma água na cara e uma escova nos dentes. Nossa! Nunca vi ninguém tão assanhada. Bateu de leve com os dedos na porta do quarto do velho Camilo e ouviu a sua permissão para entrar. O senhor está vendo o que já começou aí no fim do corredor, Seu Camilo? Uma trepação dos diabos, seja de manhã, seja de noite, de tarde, depois do almoço e se eu não ponho ordem e respeito nesta casa eles iam se comer no sofá aí da entrada, para que os outros passassem e vissem; para eles tanto faz. Sabe do que fiquei sabendo, Seu Camilo? O rapaz aí do Café Viseu veio até aqui em cima contar, uma pobre mulher de nome Leocádia, do Hotel da Marli, andou se desentendendo por questão de pagamento com um vigarista qualquer e a briga começou lá do outro lado da rua e veio terminar ali na boate, que àquela hora estava fechada e não tinha mais ninguém. Sabe quantas facadas, Seu Camilo? Adivinhe se for capaz! Dezoito. Um estrupício de espantar o diabo. E foi aquele mesmo que saiu pulando tudo que foi cerca que encontrava pela frente, um rufião useiro e vezeiro em bater em mulher. Um carroceiro que acaba de passar por aqui disse que a polícia já pegou o bandido lá pela rua Marcílio Dias e que a estas horas está levando a primeira lição exemplar ali na 2ª Delegacia.

E olhe que eles não brincam em serviço. Aquele tipo que serviu de garção o ano passado no café do Seu António, magro e sardento, com uma cicatriz na testa, aquele apanhou tanto que ficou dois meses na Santa Casa e isso só porque roubou uns trocos da gaveta aí debaixo. O velho não dizia nada. Então os dois começaram a ouvir bem nítido o embate entre o vendedor de carros usados e a sua mulherzinha de peitos duros e finos. O senhor já viu pouca-vergonha como esta, Seu Camilo? Me diga. Ouviu? O velho passou a mão pelos hematomas que já se diluíam e disse em voz baixa, como a não querer envolver-se naqueles assuntos da pensão:

– Mas os coitados não têm outro lugar para fazer isso.

– Ora não têm, pois que façam com mais discrição e não feito gato em cima do telhado. Escute os gritos dessa mulherzinha! Será que esse homem é assim tão bárbaro ou é pura fita para chamar a atenção dos outros? Pra mim ela quer mostrar para o Seu Ramirez do que ela é capaz numa cama. Mas que diabo, fica a gente aqui como se morasse numa pensão de mulheres.

Foi até a janela espantar uns pardais, perguntou se ele não preferia escurecer um pouco a peça. Seu Camilo agradeceu, preferia ver o sol entrar, ver os seus pardais, embora o matraquear da lataria na oficina fosse ensurdecedor.

– Vou lhe trazer um chá-da-índia com uma aspirina.

Ele protestou, não queria nada, ela que fosse tratar das suas obrigações, tinha lá os seus compromissos, não queria chá nenhum.

– Já está ficando um velho ranzinza como os outros. Vou fazer o chá e vai tomar o remédio. E outra coisa, um pouco mais de arnica nas machucaduras não ia fazer mal nenhum. Eu já volto.

4. A voz era nítida, límpida, parecia cristalizada no ar. Não podia se enganar:

– Camilo, descobre onde estou!

Era Aníbal escondido numa figueira imensa e cheia de folhas. Cabelos loiros e olhos azuis. Praticava halterofilismo, corrida rasa, salto em obstáculo, sabia manobrar como ninguém um cavalo fogoso e mal domado, fugidas noturnas para casas de mulheres e depois o velho Quirino, envergonhado, chamando o médico da família, maleta de fole, óculos na ponta do nariz, sabe o que é isso, Coronel Quirino? Imagine se for capaz! Permanganato, coleira e corrente curta para esse bichinho aprender a escolher as vacas. O velhinho chupava caramelos de alcaçuz e fedia de longe quando abria a boca para falar sempre gritando e fininho, cuspindo-se todo, amaldiçoando as doenças e ameaçando com as chamas do inferno a pneumonia que custasse muito a ceder. Aníbal estava agora no alto da árvore e Camilo podia ouvir ali debaixo o risinho sem-vergonha dele. Os dois irmãos também mais velhos vinham para ajudar no esconde-esconde, Plínio e Francisco, açulando e espicaçando o caçula na busca do outro. Vai, seu moleza, anda pamonha, sobe lá ou tem medo que apareçam as calcinhas de renda debaixo do vestidinho?

A mãe chegava no alto da escadaria que dava para o grande pátio, notava a brincadeira, ralhava enérgica e ordenava que Aníbal descesse em dois minutos, não dou mais que dois minutos senão vou até aí em cima te buscar, seu moleque safado! Os rapazes riam, Aníbal mostrava-se zangado com a mãe, era uma estraga-prazeres, queriam ver se Camilo não crescia como um boca-mole, precisava ser esperto. Ele agora parecia ver Aníbal subindo carrancudo as escadas de mármore, os pretinhos varrendo o chão de terra do pátio, grandes vassouras de piaçaba, enquanto as criadas batiam tapetes e poliam metais na grande cozinha de azulejos importados, a chapa do fogão de lenha brilhando como níquel, a grande caldeira de cobre junto ao forro de grossas tábuas de madeira de lei escura envernizadas.

Há um vozerio lá fora, gritos histéricos de mulheres, silêncio na oficina, toda a vizinhança atenta ao escândalo da polícia batendo nas casas do mulherio, tudo levado para a prisão como testemunha, efeminados desmaiando sob o riso dos operários, várias radiopatrulhas cercando o quarteirão, o Inspetor Terézio pulando uma pequena cerca de taquaras e de zinco, a perguntar ao pessoal da chapeação se nenhum malandro passara por ali. D. Consuelo entrou afoita no quarto de Seu Camilo, só faltava que eles viessem agora aqui em cima para entrar em todos os quartos como se aqui fosse uma daquelas boates da Cabo Rocha, mas se eles fizerem isso vou me queixar ao delegado, ele é novo na zona, não conhece nada por aqui. Camilo voltava aos poucos do passado, pensou em fazer sinal para Aníbal sair rápido do quarto, a polícia podia entrar ali de uma hora para outra. Viu D. Consuelo debruçada com seu imenso par de seios no peitoril da janela, começou a chamar pelo inspetor até que o homem deve ter olhado para cima. Então ela disse, mas afinal vocês pensam que o bandido ia se meter no meio de gente decente? Para onde tinha que ir, já foi. Ora, me faça o favor. Ouviu quando Terézio disse em voz mais baixa, rindo:

– Preciso examinar o quartinho aí da menina Cilita. A senhora não me deixa?

– Tenha mais vergonha na cara, seu miserável. Vou fazer queixa ao delegado, fique sabendo.

Bateu com os tampos da janela e saiu porta afora, soltando fogo pelas ventas. Camilo ainda ouviu quando ela descia a escada e ameaçava ir direto à Delegacia, que não ia permitir liberdades com a casa dela. Lá embaixo, Seu António ainda ponderou, ora modere-se D. Consuelo, na minha terra se diz que quem se mete em bulhas sai arranhado. Meter-se na polícia numa hora dessas é pedir cana na hora, pense melhor, e logo a senhora que tem casa de brios. D. Consuelo deve ter estacado, porque logo depois Seu António gritava para dentro: serve um cafezinho aqui para D. Consuelo, brinde da casa! E Seu Camilo, como está o nosso amigo? Sabe que por essas tralhas todas que pouco me rendem, não arredei pé sequer para ir ao mictório, se me perdoa a palavra, D. Consuelo, mas um homem se vê aperreado em certas horas e o remédio é apertar uma perna de encontro à outra. É a pura verdade. E a pobrezinha, a infeliz, o guarda aqui da esquina me disse, os médicos contaram na hora dezoito facadas, sendo mais de seis delas no rosto pintadinho como boneca de menina. Isso devia ser proibido por lei, D. Consuelo.

– E não é? Ora, Seu António, o senhor parece que não conhece as leis desta terra e isto que está aqui desde rapazote.

– Eu me expressei mal, D. Consuelo, eu quis dizer que devia ser proibido pela lei de Deus, isso sim, que um malfeitor desses morresse de doença maligna, aos pouquinhos, sem ter uma alma que lhe alcançasse uma caneca d'água. A senhora não acha?

D. Consuelo não respondeu e logo depois estava novamente na sua casa. Foi até a porta do quarto do vendedor de carros usados, viu que havia silêncio, perguntou:

– Terminou a função, pode-se saber?

Cilita disse lá de dentro, boca pastosa:

– Ora não amole, D. Consuelo, parece que nesta casa todo o mundo tem inveja da gente! Nós agora queremos dormir.

A porta abriu-se e saiu do escuro o vendedor ajeitando a roupa em desalinho, parou bem na frente da dona da casa, pediu licença para passar e disse que Cilita ia continuar dormindo, mas ele tinha um negócio em vista e, dada a situação nacional, nenhum negócio merecia ser jogado pela janela. Disse baixinho ao pé do ouvido de D. Consuelo: nem pela Cilita vale a pena a gente deixar de vender um Ford 48! Riu alto e saiu apressado, descendo as escadas em grande barulheira.

5. Foi preso no último degrau da escada. Seu António ficara atendendo o negócio como se nada estivesse acontecendo de novo, os policiais se postaram um de cada lado da escada, lendo um jornal qualquer, enquanto uns dois ou três mais ocupavam diversas mesas, em pontos estratégicos. Ao primeiro sinal de inquietação do dono da casa, um deles, o mais graduado, disse a ele que tratasse de cuidar do balcão, fechasse o bico, aquilo era uma operação antissubversiva.

Agarrado pelos braços, num átimo, um deles disse: Aderito Guarita? Sim senhor. Está preso. Eu, preso? Mas pode-se saber por quê? Ora não se faça de tolo, vamos adiante. Os outros deixaram as suas mesas e sumiram dentro de dois camburões que haviam ficado lá fora esperando, portas abertas e homens de metralhadoras nas mãos. O português ainda quis cobrar os cafezinhos e duas cervejas, mas desistiu. Gritou para o alto da escada: D. Consuelo, o Seu Aderito acaba de ser apanhado com a boca na botija. A dona da pensão não entendeu, perguntou, afinal o que se passava? Só que Seu Aderito foi levado pelas forças da lei, a senhora compreende? Pela polícia, D . Consuelo, que ainda por cima não me pagou os cafezinhos nem as cervejas. Gente distinta está aí, como a senhora pode ver. D. Consuelo levou as mãos à cabeça, meu Deus do céu, terminaram manchando o bom nome da minha casa, um criminoso preso aqui dentro e a gente sem saber de nada, como se tudo estivesse no melhor dos mundos. Saiu a gritar corredor afora: Cilita, Cilita, corre aqui, levaram o teu marido!

A moça abriu a porta do quarto, calcinha e sutiã. A princípio parecia não entender nada. Preso quem? D. Consuelo explicou melhor, contou tudo o que se passara lá embaixo, os dois carros da polícia esperando junto ao meio-fio e adeus Aderito; mas, por favor, minha filha, vai botar algum pano por cima do corpo, esta é uma casa decente. Mas agora D . Consuelo sentia pena da moça, foi para junto dela, vem cá, minha filha, recosta o corpo um pouquinho na cama, isso não é nada, eles devem ter se enganado, isso acontece quase todos os dias. Cilita olhou bem para a dona da casa e disse, a senhora vai me desculpar mas eu não acredito em nada do que está me dizendo, eu sei que tem muita gente por aí com inveja, que me quer ver morta, que me odeia e para essas pessoas sim é que seria muito bom que agarrassem o meu marido e o metessem num xadrez qualquer. Gritou forte e demorado: mentira!

Seu Camilo veio a custo, um pouco tonto ainda, pediu licença e entrou no quarto, pediu que cobrissem o corpo da moça com um lençol ou qualquer coisa, ele queria dizer a ela que tivesse calma, não adiantava perder a razão numa hora dessas. Eles estão prendendo secretários de Estado, políticos, gente importante e por que não poderiam prender, por engano, seu marido, que afinal é um simples vendedor de carros usados?

Cilita começou a rir histérica, apontava para o velho e ria ainda mais, depois foi serenando, serenando e passou do riso para o choro largado, aconchegando-se no peito largo e confortável da dona da casa, que se virou para o velho Camilo e pediu que segurasse um pouco a pobrezinha que ela precisava ir até a cozinha preparar um chá qualquer para acalmar a menina. Desajeitado, constrangido, Seu Camilo abraçou o corpo quase nu de Cilita e passava as mãos nos seus cabelos como se estivesse alisando os cabelos de sua filha Patrícia. As lágrimas da moça começaram a molhar sua camisa e ele não sabia o que dizer, e notou que Cilita serenava rapidamente, e logo a seguir perguntou a ele:

– Mas afinal por que levaram o meu marido?

– Não sei, minha filha.

– Mas ele nunca se meteu em política, nunca fez nada contra a lei, eu preciso saber para onde levaram o Aderito.

– Depois a gente vê. Agora trate de deitar um pouquinho, vista uma roupa, tape-se com o lençol, D. Consuelo vai trazer um chazinho para a menina descansar.

Cilita obedeceu, enxugando as últimas lágrimas, pediu um cigarro que estava em cima de uma pequena mesa auxiliar e o velho riscou um fósforo e esperou que a brasa pegasse bem, até que a moça deu uma tragada funda, mostrou-se muito calma e disse que achava engraçado tudo aquilo e perguntou a ele: se começasse a rir feito uma doida alguém ia mesmo pensar que ela fosse doida? Ele disse, não sei. É, mas eu não vou começar a rir, sabe, Seu Camilo, e quando eu fico assim não consigo pensar. O senhor podia pedir para D. Consuelo me trazer o chá com pão ou com umas torradinhas? Ele fez que sim com a cabeça e saiu do quarto, rumo à cozinha.

– O quê? Aquela infeliz quer chá com torradinhas? Mas então se fica boa de uma hora para outra e ainda por cima com fome?

Seu Camilo explicou que certas pessoas tinhas reações diferentes diante do mesmo fato. A moça sentia fome. Era só isso.

– Pois está bem, volte para lá e diga a ela que já levo o chá com torradas. Ela quer geleia ou manteiga?

– Ah, isso eu não sei. Com licença.

Quando voltou ao quarto encontrou Cilita retocando a maquilagem e acendendo outro cigarro. Sabe de uma coisa, Seu Camilo, vou sair por aí atrás do Aderito e fique sabendo que eu vou encontrar o meu marido esteja ele onde estiver. Se for preciso vou procurar o general comandante de todos os exércitos, e se o homem for durão tiro a roupa no gabinete dele e fazemos a coisa no tapete e ele vai me dizer onde o Aderito está. Que é isso, minha filha, essas coisas não são assim tão fáceis. Você até pode ser presa por desacato à autoridade. Cilita riu aberto, mostrando a bela dentadura. Deixe isso comigo, eu sei lidar com essa espécie de gente. São muito durões, muita disciplina, mas é só levantar a ponta da saia ou baixar o decote até aqui – Camilo virou o rosto, pudicamente – que eles mandam fechar a porta, abrem a braguilha e se coincidir traem a mulher com quem se casaram há meia dúzia de dias. Deixe eles comigo. Vou botar o meu melhor vestido, tenho aqui um par de meias de luxo, um bom par de sapatos, o resto se faz lá.

D. Consuelo acabara de entrar com o chá com torradas, viu aquela cena inesperada, parou; mas afinal o que está acontecendo aqui? Cilita explicou: tomaria o chá, ia vestir-se como se fosse a alguma festa de aniversário de freguês cheio de dinheiro, e assim bateria de porta em porta de todos os quartéis. Quero falar com o comandante e pronto. E se um oficialzinho de meia-tigela quiser se intrometer no que não foi chamado, chamo o menino para um canto, prometo uma boa noitada logo mais e termino chegando ao gabinete do general. A senhora não conhece general, D. Consuelo. Está tudo passando da idade, é só aparecer uma boa mulher na frente deles, querendo dar, que eles mandam a revolução à merda e tratam logo de pegar a presa da maneira que eles acharem melhor para as suas condições físicas. Ainda hoje de noite, Seu Camilo, vou fazer um general se ajoelhar diante das minhas pernas. E depois disso ele me diz o que eu quiser, pois do contrário vou até a casa dele contar tudo para a família. Nós não estamos em guerra? Pois então?

Camilo mostrou-se muito preocupado, quem sabe a menina esperava até o dia seguinte, esfriava a cabeça no travesseiro, pensava melhor... Cilita riu do velho. Primeiro, Seu Camilo, travesseiro não esfria a minha cabeça, muito pelo contrário. Segundo, pensar melhor não sei, nunca experimentei, e se acham que vou dormir esta noite aqui nesta cama sozinha, estão muito enganados. Foi tirar de um armário cambaio, de pinho descolorido pelo tempo, uma caixa de meias finas e o par de sapatos que ela disse ter ganho no seu último aniversário de casamento, no dia em que Aderito fechara dois negócios de vulto. Abriu uma gaveta e tirou lá de dentro uma calcinha de seda e rendas pretas, abriu forte os braços para mostrar como era elástica e disse:

– Agora, com licença, vou me preparar para o baile...

D. Consuelo e o velho saíram e puxaram a porta. No corredor a dona da pensão rodopiou o dedo indicador ao redor do ouvido e falou.

– Sobrou chá, Seu Camilo. Vamos lá na cozinha tomar uma xícara?

O velho a seguiu taciturno, sentaram-se os dois à mesa e tomaram o chá calados. Viram quando Cilita passava pelo corredor, rodopiando uma bolsa preta, ainda nova, tacos do sapato batendo no assoalho, espiou para a cozinha e deu um até breve. Fumava agora de piteira longa e luzidia. D. Consuelo esperou que ela chegasse ao último degrau da escada e disse para Seu Camilo:

– Essa moça tem tudo para fazer sucesso na Casa da Mãe Preta, aí na Cabo Rocha.

– E é uma pena, tão novinha ainda.

Ele pediu licença e foi para o quarto enfiar um casaco, que estava chegando a hora de descer para comer qualquer coisa no café de Seu Antônio, passou a mão pelos cabelos e prometeu, mentalmente, para os pardais que enchiam de alacridade a pobreza do seu quartinho, alguns farelos do pão que sobrasse lá embaixo. Quando ia saindo, D. Consuelo disse:

– Aconteceu tanta coisa que eu nem me lembrei, mas o senhor hoje não devia descer essa escada. Eu bem que podia ter preparado uma canjinha de frango novo para o senhor. Não custava nada.

– Obrigado. Eu preciso é de um pouco de ar novo.

6. Quando Ramirez chegou de tarde, ficou sabendo da morte da prostituta, da prisão de Aderito, da busca iniciada por Cilita. Todos estavam na hora certa ao redor da mesa, para o lanche. Ninguém quis fazer comentários, apenas perguntavam, ao chegar, como Seu Camilo estava passando das contusões. Ele repetia invariavelmente que já estava curado, que não tinha mais nada, obrigado. Ramirez, quando terminou, pediu licença, disse que não estava se sentindo muito bem, e trancafiou-se no quarto. Sentia as batidas do coração no peito, um latejar dolorido nas frontes, um suor frio e desagradável na palma das mãos. Ela podia chegar da rua de madrugada fosse a que hora fosse, mas ele iria até seu quarto, bateria de leve, entraria e dormiria com ela até o amanhecer.

III.

Dia 3 de abril de 1964

1. Três da madrugada, sapatos dependurados nos dedos para impedir que D. Consuelo a pressentisse, Cilita subiu as escadas com extremo cuidado, agarrava-se ao corrimão sebento toda a vez que o teto rodopiava, até que alcançou o piso mergulhado no breu da noite. Viu quando uma porta se abria, vinha do fundo uma claridade escassa de janela aberta, alguém se recortava no umbral, cigarro com a brasa brilhando no escuro. Cilita estacou assustada. Aquele era o quarto de Ramirez, seria ele a sombra na porta e dele o cigarro tremeluzente? Havia bebido demais, as coisas não pareciam muito certas, falou com a voz mais baixa que pôde:

– Quem é?

Num sussurro mais precavido ainda, ouviu a voz de Ramirez, que disse, aproximando-se dela:

– Sou eu. Não faz barulho, D. Consuelo ainda há pouco andou por aí, circulando como alma penada. Mas onde andava a menina até esta hora, num tempo destes, soldados por todos os cantos, esses rufiões...

– Eu quero uma aspirina – disse ela, temerosa de vomitar.

– Entra, entra... aqui eu tenho tudo.

Cilita ainda quis resistir, não sabia bem por quê, mas as mãos fortes de Ramirez a encaminharam para dentro do quartinho repleto de mesas e aparelhos. Sentou-se na beirada da cama, quase empurrada, via dali um pedaço do céu estrelado, cães a ladrar e a algazarra, já meio distante, da Cabo Rocha com suas boates cheias de armadilhas.

– Uma aspirina para a menina, um copo d'água... me diga uma coisa, encontrou o Aderito?

– Desapareceu – disse ela, abrindo os braços. Falou mais baixo: – Agora eu quero ir para o meu quarto.

– Mas vai andar pelo corredor... esta cama é de meio casal, pode ficar aqui que eu cuido bem da menina.

– Já sei o que quer de mim, Seu Ramirez... não dei pra ninguém, eu estava procurando o meu marido.

– E não achou... e não vai encontrar o rapaz tão cedo. A menina não sabe o que é uma revolução, tenho uma grande experiência de pessoas que sumiram para todo o sempre.

Ouviram lá na rua as sirenas de vários carros, gritos de gente fugindo, uma algazarra que se perdia para os lados do Posto Sagol.

Do outro lado da parede de madeira caiada, Camilo ouvia o diálogo pronunciado em voz quase imperceptível. Ouvira quando Cilita chegara ao alto da escada, quando a porta do quarto de Ramirez se abria e a pequena conversa entre os dois. Mexeu-se devagar na cama que ficava daquele lado, não gostaria que soubessem que estava acordado.

– Está bem, eu fico – disse Cilita, tirando os sapatos com os próprios pés. – Mas eu quero dormir.

– Deixa que eu tiro a roupinha da menina, está uma noite muito abafada.

Ele despiu a calça do pijama e enfiou-se na cama ao lado da moça quente e trescalando a álcool. Achegou-se por trás, passou um braço por sob a cabeça perfumada e os cabelos soltos, com a mão que pusera por cima empalmou o pequeno seio pontudo e revirado, como os que ele conhecia de fotos de índias jovens. Ela balbuciava coisas ininteligíveis, tentou livrar-se das garras fortes até que sentiu entre as pernas algo quente e rijo; começou a ajeitar-se inconsciente. Dizia Derito, Derito, meu amor; ficou de bruços, o homem veio por cima, coração batendo forte, desajeitado, até que ela própria ensinou o velho caminho das carruagens do faroeste, por trilhas batidas, mato adentro; o homem botou a mão sobre a boca bem na hora em que ela poderia acordar a casa toda, mas assim mesmo Camilo ouviu o grito abafado e logo a seguir o frenesi da moça alucinada, seus esgares e contorções, a respiração opressa, o cuidado de Ramirez que vez por outra levantava a cabeça dos travesseiros e procurava escutar qualquer ruído vindo do corredor. Camilo sentiu as têmporas a latejar, as batidas cardíacas nos pulsos, uma leve e desanimada ereção e, quando eles chegaram ao fim da breve e agitada luta, naquela silenciosa explosão de desejos satisfeitos, Camilo levantou-se apalpando a guarda da cama, o espaldar de uma cadeira e foi buscar uma toalha a fim de limpar a cama que sujara.

Depois, o silêncio. Cilita dormia, agora. Camilo podia ouvir o seu delicado ressonar. Escutava a respiração forte de Ramirez e a seguir tratou de esquecer tudo aquilo, buscando o sono que custava a chegar. Bêbados gritavam ao longe, na Cabo Rocha. Diversos ritmos de música chegavam até ali, enquanto mulheres riam alto ou gritavam como se estivessem apanhando. E estavam.

2. D. Consuelo fez questão de trazer novamente o café numa bandeja para Seu Camilo. Ele protestou, já estava bem, não tinha mais nada, os outros iam reclamar o privilégio.

– Nesta casa, saiba o senhor, quem estabelece as regras sou eu. E ai daquele que resolver protestar! Ajeitou as cobertas, apontou para tudo o que tinha trazido, puxou a cadeira e sentou-se ali perto.

– Consegui uma beleza de geleia de laranja para passar na sua torrada. Prove e me diga se não se parece com aquelas que a gente fazia em casa. Não deixe o café esfriar.

Ele se sentia constrangido e não sabia por onde começar. Quase derramou o café com a manga do pijama, muito larga. Mastigava com cuidado, bebia pequenos goles de café. Havia ainda fatias de pão fresco, com manteiga e um estranho ovo quente bem no meio de um pires florido, com uma pitada de sal ao lado. D. Consuelo tinha a testa franzida, parecia preocupada demais com qualquer coisa que ele não sabia bem o que era, até que começou a falar:

– O senhor não vai me dizer que não ouviu nada, e logo o senhor dormindo junto desta parede, sono leve...

– Ouvir o quê, D. Consuelo?

– Ora, não queira me tapear, Seu Camilo. Eu não sou nenhuma criança e só não me levantei e não acabei com a farra porque afinal fiquei a me perguntar o que havia demais que essa cadelinha trepe com o marido, que nem sei se é mesmo marido, ou com qualquer outro homem. Quase que abri a porta e vim até aqui ao lado para pegar Cilita pelo braço e levar a putinha aos tapas lá para o seu próprio quarto. Era o que merecia. Seu Ramirez, quase cinquenta anos, passando meses e meses sem mulher, nem na Cabo Rocha ele vai para se aliviar, de repente ataca a outra no corredor e zás! no nosso nariz.

– Pensei que a senhora não tivesse ouvido, o quarto tão distante.

– Para isso eu tenho ouvido de tuberculosa, Seu Camilo. E saiba que não fiz nada disso porque afinal cada um faz o que quer de sua vida, se ela deseja dar para qualquer homem, que dê, se tudo é feito na moita e no silêncio, está bem, a moral da pensão está salva. Mas palavra de honra que eu fiquei esperando aquele grito de cadela no cio que ela costuma dar na horinha e isso eu não ouvi, houve um milagre.

– Para mim, a pobrezinha devia estar muito bêbada. Sabe-se lá por onde andou. Vai ver, agora acorda e dá o maior escândalo por descobrir onde se encontra.

– E o senhor, um homem respeitável, bem aqui do lado, ouvindo até a respiração dos dois! Isso é uma pouca-vergonha.

Camilo mastigava a torrada devagar. Parecia estar agora num outro grande e luxuoso quarto, tapetes persas, cama com altas guarnições de cetim, colchão imenso e fofo, Leonor de seu lado, inteiramente nua, a pele muito alva e perfeita, os longos cabelos castanhos esparramados pelo tecido sedoso da fronha, a mão dela percorrendo seu corpo, o início da luta contida, que as paredes eram de estuque e vazavam os mais delicados sons. Leonor entregando-se como uma gata, melíflua e chorosa, as doces palavras que só ela sabia pronunciar naquelas horas de ternura e de encantamento. Na hora precisa, a ponta do largo travesseiro tapando a boca de quem gritaria em desespero, indiferente à casa toda, aos velhos que dormiam a dois quartos do deles, às crianças ao lado, à criadagem que às vezes trabalhava até altas horas da noite, passando e engomando roupas, ouvidos atentos ao grande casarão.

– O senhor parece que está surdo. Eu perguntei se gostou da geleia de laranja.

– Ah, gostei muito, é uma delícia.

– O senhor não acha que agi bem deixando que a pouca-vergonha fosse adiante, que era pior do que acordar a casa toda? Era o mesmo que botar no jornal.

– A senhora fez muito bem. E não acho que a moça vá estranhar o simples fato de acordar num outro quarto.

– Nisso o senhor tem razão. Infeliz daquele marido. Ainda bem que está preso e sabe Deus onde, nem sei se ainda está vivo. Esse negócio de Grupo dos Onze, pelo que tenho ouvido, é fogo, bota qualquer um contra a parede. Cruzes, Virgem Maria, Mãe dos Aflitos!

– É melhor deixar as coisas correrem ao natural. Vamos ver no que dá.

– Pois vou para a cozinha e sabe do que mais? Que essa menina durma com quem quiser, no quarto que bem entender, na cama de quem lhe aprouver. O senhor não acha que é isso o que devo fazer? A moral da pensão que se dane. Nós não estamos em revolução? Pois isto é o de menos.

Ela quer dar, que dê. É dela e ninguém deve meter a colher de pau onde não deve – fez uma breve pausa, levantou-se, mostrava-se preocupada. – Bem, não é bem assim. Imagine se numa hora dessas entra o marido, de surpresa, e encontra a mulherzinha dele na cama com Seu Ramirez.

Camilo acabara de tomar o café, entregou a bandeja para D. Consuelo, e disse limpando a boca com a mão:

– Não se preocupe. Ele termina entendendo e perdoando.

A dona da casa saiu com a bandeja, deu uma ligeira parada junto à porta do quarto Um e desapareceu na direção da cozinha. Pouca-vergonha, disse para si mesma, mas em voz alta. Ah, se fosse em outros tempos, logo que havia aberto a pensão, uma lista de coisas proibidas pregada em todas as portas, por dentro, proibido isso, proibido aquilo, silêncio depois das dez horas, a moral acima de tudo. Agora, Cilita na cama de Seu Ramirez, tudo o que acontecera naquela noite fatídica, e Seu Camilo a aconselhar que não se fizesse nada, que se deixasse tudo correr à vela solta. A continuarem as coisas assim, dentro em breve a Pensão Azenha, familiar, passaria a ser procurada pelos casaizinhos em busca de quarto por hora, como na Boate Samba Quente, no Salão Ouro e Prata, na Casa da Mãe Preta ou no Dancing da Floripes. Ouviu movimento no quarto de Seu Ramirez, correu para junto da porta da cozinha e de lá, um olho só espreitando, ficou atenta aos movimentos. A porta abriu-se, Cilita espiou para todos os lados, a deslavada ainda deu um último beijo na bigodeira do eletricista e saiu pé ante pé na direção de seu quarto, abriu a porta com mil cuidados e desapareceu.

Seu Camilo estava no banho quando ouviu leves batidas na porta. Era Cilita pedindo que ele apressasse, estava doidinha por um banho completo. Ele gritou lá de dentro que não ia demorar, era coisa de cinco minutos. A moça estava preocupada. Com a revolução as repartições estavam fechadas, a maioria das lojas, ninguém trabalhava, a casa estava com todos os seus hóspedes. Em breve haveria uma fila no corredor para usar o quarto de banho. D. Ivone abriu a sua porta e perguntou quantos estavam na sua frente. Cilita respondeu:

– Por enquanto só eu.

D. Leocádia fez o mesmo e rogou uma praga. Perguntou se Aderito já havia usado o banheiro e não recebeu resposta de Cilita, que fez um sinal de desdém com a mão espalmada. Ramirez ouvia o que os outros falavam no corredor e preferiu ficar quieto, embora estivesse com a bexiga estourando. Lembrou-se do mictório de homens que ficava numa saliência da parede do corredor, abriu a porta e passou por todos os olhares com seu pijama de listras vermelhas e rosas. Espremeu-se o mais possível de encontro à parede e aliviou-se com alegria. Cilita olhava para ele, quase sorrindo, enquanto as outras mulheres fechavam as portas e gritavam de dentro dos seus quartos o seu número de ordem para ocupar o banheiro.

Seu Camilo saiu arrastando os chinelos velhos, toalha e saboneteira nas mãos, cumprimentou Cilita e chegou a notar nela um olhar cúmplice que o deixou inquieto. Fechou-se no quarto, trocou de roupa, olhou para o relógio e decidiu ficar ali até depois do meio-dia, lendo qualquer coisa. Descobriu um velhíssimo exemplar de *Chanaan*, de Graça Aranha, recostou-se de encontro aos travesseiros, ajeitou bem os óculos que já estavam ficando fracos e começou a leitura sem grande apego. Queria fazer hora para descer e comer o seu ragu diário no Café Viseu. Mas era ainda muito cedo. Ouviu batidas na porta, perguntou quem era, ouviu a voz de D. Consuelo perguntando se podia entrar por dois minutos. Ele conhecia bem os dois minutos da dona da casa, mas o livro não o atraía mesmo, já fora lido tantas vezes, e ainda com o raio daquela ortografia miserável. Distorceu a chave, deixou que ela passasse, retornou à mesma posição na cama e apontou a cadeira para ela.

– Alguma novidade?

– Sei lá, Seu Camilo, eu acho que a casa inteira ficou sabendo do que se passou esta noite. Vi bem o olhar malicioso de D. Ivone e de D. Leocádia e o senhor sabe bem o tamanho da língua que elas têm. E se o marido volta de repente?

– Ah, deixe isso pra lá, D. Consuelo. Se o marido chega e dá o flagrante, é um problema deles. A senhora livra a moral da casa mandando os dois para a polícia. E pronto. Mas a senhora quer saber a minha opinião?

– Mas é claro, Seu Camilo. Se eu não ouço o senhor quem mais eu vou ouvir nesta casa?

– O Aderito não volta tão cedo.

– Então quer dizer que a Cilita vai andar por aí, de quarto em quarto?

– Pois assim me parece.

– Deus do céu! Se não for aqui no seu, que a Cilita anda de asa arrastada para o seu lado. Usando calças, Seu Camilo, a sem-vergonha se esfrega, levanta a saia e pronto. Duvido que o senhor vá aguentar uma provocação dessas, com toda aquela carnação, aquelas artimanhas, trejeitos e salamaleques. O senhor teria coragem, Seu Camilo?

O velho tossiu meio sem jeito, mas afinal onde estamos, D. Consuelo, eu a dormir com essa pobre moça que podia ser minha filha...

– O senhor tem uma, não tem?

Ele ficou ruborizado, levantou-se rápido e foi até a janela; a senhora não tem alguns farelinhos de pão para dar para esses bichinhos?

– Vou buscar na cozinha um prato cheio. Estou certa que o senhor vai se divertir a valer. Mas sabe o que é pior? É que esses bichinhos depois não saem daqui nem por decreto. Sujam tudo, vai ser um estrupício. Em todo o caso, vá lá!

Saiu, puxando a porta, o velho tornou a sentar-se na beirada da cama, tinha Patrícia agora ali na sua frente, a sua pobre filha; ele dizia para ela, sabe, minha filha, acho que estou ficando doente da cabeça. Patrícia sorria com seus dentinhos salientes, cabelos puxados para trás, seu corpinho débil e sua voz doce e suave. Lembrava-se do dia em que vieram lhe dizer que ela havia desaparecido, que fugira com um homem casado, a sua reação, a sensação de vácuo, de vazio no estômago, de toda uma vida posta fora. Depois o passar dos dias, o filho João batendo na sua janela, alta madrugada, Virgílio morto, deitado no caixão escuro entre flores miudinhas, um sorriso nos lábios, ele que vivia sumido, homem da noite, más companhias, seus conselhos, a mãe passando a protegê-lo, mas afinal o que podia acontecer de mal para um rapaz que gostava de sair de noite, reunir-se com os coleguinhas, buscar mulheres para as suas diversões, vivendo a mocidade como devia ser vivida. Ele a dizer que não, Leonor a pedir que pelo menos naquela noite, havia um compromisso anterior, ele acabaria desmoralizando o filho, como se ele fosse uma moça para merecer todos aqueles cuidados. A voz de Patrícia, as fugas da filha quando pai e mãe brigavam, tudo a desmoronar como se o tempo fizesse o seu efeito sobre as coisas, as pedras, a casa, os móveis e as pessoas. Jeziel na sua cadeira de rodas, Branca como a sua sombra, apagada e discreta, sem um queixume, uma lágrima, cuidando dos filhos, Quirino e Eudóxia, Jeziel a fanar como um vegetal e sem água. Plínio tentando olhar pela casa toda, Francisco na sua loucura e no meio de todas as sombras a luminosidade de Eleonora, a tuberculosa, delicada, terna, meiga, tomando as suas lições, ensinando, cuidando dele como se fosse seu filho, sempre disposta a uma desculpa para justificar suas faltas, para o seu desligamento constante das coisas do dia a dia. Vinícius e seu macabro ritual de suicida, seu corpo sobre a cama, os retratos dos entes queridos, o tiro certeiro que acabara de uma vez por todas com a insuportável saudade de Eleonora, que sumira para sempre. Seu desejo de morte, menino ainda, o medo de enfrentar a dor, de ver o sangue, medo de desaparecer, o pavor que tivera das coisas desconhecidas que deveriam estar por trás daquilo tudo. Perderia Aníbal, seu irmão dois anos mais velho, que cuidava junto com ele da armação dos alçapões para pegar sabiás-laranjeira que voavam de uma árvore para outra, os gordos bem-te-vis de chapéu amarelo, os pardais que vinham roubar o alpiste dos pássaros mais nobres e que eles passavam longas tardes cuidando para puxar o fio e a armadilha prendesse o pé de um deles. Ah, Aníbal, irmão de todas as horas e que um dia desapareceu como um prisioneiro morto por seus carcereiros, enterrado depois como um criminoso comum, como um pobre joão-ninguém dentro daquela família ilustre e rica da Independência.

Plínio arranjando as suas coisas para embarcar, a família temerosa, meu Deus do céu, para Londres, tão longe, deve ser uma cidade tão perigosa, todos os crimes do mundo ocorrem lá, o *fog*, os grandes parques misteriosos, os homens encapuçados, a terra onde os mordomos matam os senhores nas velhas mansões dentro dos bosques intermináveis. A noite da estreia na noite, os irmãos mais novos convencendo o pai de que ele estava na idade de conhecer mulher; o velho pensativo, mão no queixo, mas ainda tão menino; depois permitiu, mas disse com uma voz tonitruante, vê se te diverte como convém a um homem! E depois se virara para os irmãos e recomendou para que não deixassem o menino pegar doença de mulher. Jeziel na sua cadeira de rodas, a princípio soturno, depois mais descontraído, mas aquele olhar de mágoa que ele agora via diante dos seus olhos, varando o quarto pobre e acanhado. Patrícia sempre ali, presente, a filha querida. Ele a dizer, agora vá para casa, cuida de suas coisas, uma moça deve andar sempre muito bonita. Ainda mais sendo Mortágua.

D. Consuelo abriu a porta e viu o velho deitado de costas, mãos cruzadas sob a cabeça, olhos vermelhos.

– Aqui estão os farelos. Tem comida para esses bichinhos durante o mês inteiro.

Deixou o prato sobre a pequena mesa e, um pouco assustada, saiu e puxou a porta. Alguns pardais mais afoitos atravessaram a janela e vieram beliscar os farelos.

3. O cardápio, geralmente, mudava muito pouco, mas com a revolução Seu António encontrou uma boa desculpa para manter o mesmo, indefinidamente. Postou-se ao lado do velho Camilo, espalmou a mão esquerda e com o indicador da direita começou a enumerar o que não havia mais na praça:

– Saiba, Senhor Camilo, que se essa bagunça demorar mais um mês, nós vamos começar a passar fome. Isso mesmo, fome. Pensa que estou exagerando? Ali no Açougue e Fiambreria Azenha os balcões estão às moscas, o Giovani não sabe quando o matadouro vai trazer carne, a linguiça desapareceu como manteiga em focinho de cão. Aqui na Padaria Trigo de Ouro tem bolacha de campanha e pão não adianta nem perguntar, que eles riem na cara da gente. O resto aqui nesta zona esquecida por Deus é só peça de automóvel e ninguém come pneu nem acessórios, Seu Camilo. Veja o que se conseguiu hoje: uma linguicinha escondida por quem tem experiências de revolução, arroz, que isso custa mais a desaparecer, lá umas batatas inglesas e, como salada, o senhor me desculpe, uns tomates meio passados, mas bons, e folhas de alface meio murchas. Mas é o que tem e a gente deve levantar as mãos para os céus e agradecer a Nossa Senhora de Fátima pelas graças recebidas. O que salva é o tempero, o senhor pode estar certo disso. Os outros também só conseguem a mesma coisa e veja se a freguesia anda por lá. E olhe o Café como está, e isso que mal bateram onze e meia. O tempero, Seu Camilo. Pimentinha do reino, orégano, páprica, dentinho de alho a gosto, nada de economia do óleo e umas pitadas de azeite Galo na saladinha. Mas o senhor parece que não está essas coisas de fome, Seu Camilo. Algum desgosto aí com essa gentinha da pensão?

Camilo meneou a cabeça e começou a comer devagar, enquanto das outras mesas gritavam pelo português, todo mundo com pressa. Cilita desceu a escada que ficava junto à porta, vestido cor-de-rosa de pano ralo, sapatos de saltos muito compridos, cabelos apenas presos ao alto da cabeça. Aproximou-se do velho Camilo, perguntou se podia sentar ali junto com ele, o senhor sabe, esses infelizes não deixam uma mulher comer descansada, parece que não veem mulher há um ano. O velho apertou um pouco para o canto e cedeu um bom lugar para ela.

– E depois, Seu Camilo, eles me vendo aqui ao lado do senhor não têm coragem de me faltar com o respeito.

Olhou para o prato do velho, franziu a testa, puxa vida, mas esse português está se aproveitando da revolução para tirar todo o dinheiro da gente em troca dessa porcaria. Eu sei qual é a desculpa que anda dando para todo o mundo, mas é mentira. Ali no Café Coimbra até bife eles estão servindo.

– Acho que não adianta reclamar. Por que não vai almoçar lá no Coimbra?

– Preguiça, sabe, preguiça.

Ela passou as mãos no vestido meio amassado, puxou as alças do sutiã que caíam sobre os braços, chamou Seu Antônio, fincou os cotovelos na mesa e apoiou o queixo nas mãos em concha.

– Ninguém sabe dizer onde anda o Aderito, o senhor acredita nisso?

Notou o olhar espantado do velho e disse inesperadamente:

– Esta noite cheguei bêbada e dormi com o Ramirez. Bom homem. Claro, eu já sabia o que ele queria de mim; mas, Seu Camilo, eu estava a fim de dormir, tomar uma aspirina, e como ele insistiu e não custava nada dar uma alegria ao homem, terminei dando. Eu sei que o senhor ouviu tudo, afinal aquelas paredes parecem de papelão, mas o homem ficou muito feliz e eu não vou mentir agora que a coisa me contrariou muito.

O português jogou o prato feito em cima da mesa, largou os talheres e trouxe logo depois um copo d'água tirado da pena.

– Não sei se vou ter coragem de comer esse mingau.

– Não faça isso, coma. A gente não sabe o que está aí pela frente em matéria de comida.

Ela botava meia dúzia de grãos na ponta do garfo e comia com a cara mais enojada que conseguia arranjar. O velho insistiu. Ela obedecia com má vontade. Ele perguntou sem maior interesse:

– E se o seu marido não voltar, como vai fazer para pagar a conta da pensão e a comida?

– Ainda não pensei nisso, mas que diabo, uma mulher como eu deve saber se virar. Hoje de manhã não tirei dinheiro do Ramirez porque fiquei com pena dele, e depois não foi nada contratado. Fui chegando, ele na porta, eu com dor de cabeça, uma aspirina e eu sabendo bem o que ele queria e lá pelas tantas eu disse, afinal, que diabo, vai ser aqui mesmo que vou me acomodar. Me lembrei de D. Consuelo, mas ela não é minha mãe e os meus pagamentos estão em dia. Aliás, nós estamos até adiantados. É ou não é?

Camilo parara de comer. Não conseguira passar de meio prato. Cilita notou, então nem o senhor conseguiu ir até o fim dessa paçoca. Lançou um olhar panorâmico para o café cheio, as mesas repletas, disse para o velho, voz baixa:

– Não aguento ver a cara daqueles dois tiras aí da 2ª Delegacia, o tal de Terézio, e aquele outro, o tal de Alcides. Para mim eles têm culpa no cartório na prisão do Aderito. Ficam por aí farejando feito cachorro perdigueiro, dão boa tarde e bom dia, e na hora apontam o dedo duro e dizem: aquele ali também é subversivo. Que nada, eles dizem mesmo: aquele ali é comunista. Eles ganham ponto para a promoção, metem os outros na cadeia, rebentam com a vida das pessoas e fica tudo como se não houvesse acontecido nada. O senhor não acha polícia um animal ruim?

O velho Camilo tomava o cafezinho fraco, ficou surpreso com a pergunta, olhou para os lados, eu não sei do que a menina está falando. Tem uns bons, outros ruins, como tudo na vida.

– Pois para mim a polícia só tem gente que não presta. O senhor quer saber uma coisa? Nem que eu estivesse morrendo de vontade, não dava para ninguém da polícia. A não ser, é claro, se fosse presa e eles me obrigassem a dormir com qualquer um daquelas pestes.

– Fale baixo, alguém pode ouvir, não falta quem denuncie.

– Pouco se me dá. Se o Aderito não aparecer vou lá na Delegacia, meto o dedo no nariz do delegado e digo tudo o que quiser. Vai ser da mãe para baixo.

Camilo pediu licença, precisava dar uma volta, passar na farmácia para comprar uns remédios para o coração, já não conseguia suportar mais aquele cheiro de gordura que vinha da cozinha. Ela disse, pois eu também vou dar uma volta, não aguento mais essa lixeira. Camilo, meio constrangido, começou a sair, e Cilita foi atrás, requebrando-se por entre as mesas. Na rua, a tarde se anunciava bonita, temperatura agradável; o que preocupava eram os carros da polícia, que pareciam enlouquecidos. Na porta do café ela disse que ia subir, precisava mudar de roupa. Camilo sentiu um alívio e saiu para os lados da farmácia, ao lado do Café Coimbra. Olhou de longe para os cartazes coloridos do Cine Castelo, achou que podia ir ao cinema naquela noite. Pensou no que devia comprar na farmácia e decidiu: hoje vou ao cinema. Não interessava o filme. No alto da fachada ele conseguiu ler *Cleópatra, a Rainha de César*, com Pascale Petit. Ele já conhecia a história, sempre a mesma, aquelas bigas em louca disparada, o fraseado tolo dos artistas, os gestos lânguidos de uma falsa e bem maquilada Cleópatra.

4. Ao abrir a porta do quarto, Cilita levou um susto. D. Consuelo estava sentada numa cadeira junto à janela, olhos arregalados, vermelhos como os de quem havia chorado. Ramirez estava espremido de encontro à quina do pequeno guarda-roupa, um policial colado a ele. Cilita teve uma primeira reação: protestar, afinal o que faziam no seu quarto, aquilo não era praça pública. Um outro homem estava sentado noutra cadeira da sala que haviam carregado para lá, e outro remexia nas gavetas. Roupas pelo chão, papéis esparramados, gavetas fora do lugar, a cama revirada, o travesseiro rasgado, uma estatueta de São Jorge que se mantinha sempre com uma lâmpada votiva aos pés do cavalo estava quebrada no chão, em cacos.

– Cale a boquinha e sente ali – disse um homenzarrão de chapéu na cabeça. – Quero saber onde estão os papéis do seu marido.

Outro deles riu, botou a mão na cabeça demonstrando estar escandalizado, apontou para Cilita:

– Marido? E essa mulherzinha tem lá marido? Aquele tipo deve ser o gigolô.

D. Consuelo quis protestar, sabia que eles eram casados, e calou-se diante do safanão de um dos homens. O grandão gritou: quero os papéis todos, vamos, não podemos perder tempo. Cilita disse que tudo o que eles tinham estava ali no quarto. O homem quis saber se não haviam escondido nada no forro. Mas o forro daquela altura, disse ela fazendo beicinho. Um deles, o que remexia as gavetas, veio com um monte de papéis na mão:

– Isso aqui é tudo promissória velha e títulos vencidos.

– Eles são espertos. Então acha que aquele safado ia deixar os documentos aqui pelo quarto da pensão?

Virou-se para Cilita que estava branca e trêmula, examinou a moça de alto a baixo, sabe que essa franguinha dava um bom caldo lá na Delegacia? Olha só os peitinhos dela...

D. Consuelo, demonstrando uma coragem inesperada, disse:

– Se levarem a moça vou contar tudo para o delegado aqui da 2ª que é meu amigo. E vou dizer por que levaram.

– Cala a boca, velha imunda – disse um deles que estava mais perto –, pois do contrário levamos toda essa gente aqui da pensão e deixamos a casa vazia para quem quiser entrar e roubar.

O que parecia ser o mais velho deles, uma espécie de chefe, passou a mão peluda pelo seio de Cilita, por cima do vestido, exclamou admirado: eu não sei como o raio desse peitinho ainda não furou o vestido. Cilita permaneceu imóvel. O homem prosseguiu apalpando o seu corpo, apertou as carnes das coxas, machucando-a, mas o diabinho ainda está inteirinho como o quê. Virou-se para o outro:

– Escuta aqui, Lopes, vamos levar a moça, pode ser que ela tenha alguma coisa para falar sobre o tal do maridinho. Uns dois ou três dias com a gente lá não ia fazer mal a ninguém.

– Cala a boca e trata de fazer o teu trabalho. Deixa a moça – disse o outro, irritado. – Vocês só pensam nisso. E depois essa megera aí vai terminar botando a boca no mundo e nos complica.

– Leva-se a velhota e jogamos as duas nos dadinhos. O que perder entra no sacrifício.

Ramirez protestou:

– Isso não está direito, afinal vocês representam a lei.

Levou um tabefe com as costas da mão, bem sobre o olho. O chefe fez um sinal, vamos embora, de outra vez a gente faz o serviço na gatinha quente nesta cama mesmo. Ela tem jeito de ser boazinha.

Cilita permaneceu quieta, nem pestanejava. Os homens saíram deixando o quarto revirado como depois de um incêndio. D. Consuelo começou a chorar baixinho; então entram na casa da gente, fazem o que querem, batem nas pessoas, gritam, abusam das mulheres e saem como se o mundo fosse deles. Vou na 2ª me queixar. Ramirez disse que não adiantava, era gente da mesma laia, um não punia os outros, encontravam sempre uma boa desculpa para qualquer tipo de patifaria. Cilita disse que tinha sido muito bom que Seu Camilo não estivesse ali, ele ia ficar muito chocado com aquela grosseria. D. Consuelo resmungou, fora bom mesmo que seu Camilo estivesse na rua, mas por outro lado ela gostaria muito que as duas línguas de trapo, Leocádia e Ivone, estivessem presentes e que os policiais metessem a mão nos peitos de cada uma só para desmoralizar. Ramirez sorriu imaginando a cena, apesar de estar com o rosto dolorido, e disse que elas até que iam gostar de serem levadas e violentadas. D. Ivone ia agradecer a Deus, mas D. Leocádia já deve ter esquecido como se faz essas coisas. A dona da pensão mandou que Ramirez fosse com ela até a cozinha, aquele olho precisava de uma compressa com sal. Cilita adiantou-se, deixe comigo, eu trato dele, afinal foi tudo por minha causa. Pegou Ramirez pelo braço, foi perguntando se estava doendo muito, enquanto D. Consuelo fez um gesto de amuo, eles eram brancos, que se entendessem.

Ramirez sentou-se numa cadeira velha, Cilita esquentou água, dobrou uma ponta de lençol velho, passou bastante sal, empapou bem a compressa e sentou-se sobre os joelhos dele, de frente, colocando o pano molhado devagar para não queimar, ele gemeu baixinho, passou as mãos na cintura dela, puxou-a mais para si e quando D. Consuelo entrou na cozinha arregalou os olhos, mas então compressa de sal e água quente se colocava assim, montada sobre o homem? Cilita riu, disse que assim ele não sentia dor nenhuma. Que pouca-vergonha, disse a dona da casa, isso aqui está ficando pior que a Cabo Rocha.

Bem nesse momento chegava D. Leocádia carregando alguns pacotes, viu a cena e levou a mão ao peito, minha Nossa Senhora, agora ninguém respeita nem a cozinha, mas isso então é coisa que se faça? D. Consuelo pegou a mulher pelo braço, tirou-a da cozinha, a senhora trate de largar esses pacotes no seu quarto, não é nada do que está pensando, a Cilita está só colocando uma compressa no olho do Seu Ramirez, que a polícia andou por aqui e bateu nas pessoas. A polícia?, exclamou a mulher escandalizada. E aquilo é jeito de botar compressa em alguém? D. Consuelo fez que sim com a cabeça: cada um bota compressa como quer e como sabe. Cilita acha que assim é melhor. E se amanhã ou depois eles voltarem e baterem no Seu Camilo, fica a senhora encarregada de aplicar as compressas nele. Assim?, perguntou D. Leocádia ferida nos seus brios. Assim ou como achar melhor, disse a dona da casa. E agora deixa as pessoas em paz.

5. Seu Camilo sentia uma estranha vontade de caminhar; apesar do joelho que ainda se mostrava dolorido, passava agora pelo calçadão de areia da Redenção, pela Avenida João Pessoa, o parque ensolarado, os pássaros voando em bando, carros a passarem em alta velocidade, crianças que iam para o colégio, grandes nuvens que desenhavam formas estranhas no céu azul translúcido. Caminhava mais para dentro do calçadão. Temia que algum velho conhecido o identificasse, não queria que ninguém o visse assim, naquelas roupas surradas. Passou pela Faculdade de Direito, onde passara bons anos de sua vida, as recordações se atropelavam, estugou o passo, precisava vencer o passado que não lhe interessava mais. Passou pela frente do velho casarão da Santa Casa de Misericórdia, pelas casas iguais do quarteirão, pela Igreja da Conceição, os velhos portões de ferro trabalhado, os gradis cheios de arabescos, cruzou a Rua Santo Antônio e foi quando diminuiu o passo para espreitar de longe, sem perigo, o seu velho casarão senhorial, a casa do velho e austero Quirino Borba Mortágua, onde haviam nascido todos os seus irmãos e seus filhos. Virgílio, em 1933; em 38, João, e finalmente, em 45, Patrícia, sua amada Patrícia. De onde se encontrava, num desvão de muro alto, via o portão de ferro batido e sentiu que o coração quase lhe saía pela boca: o motorista abria as duas folhas cheias de arabescos, retornou e dentro de mais alguns minutos saía devagar, cuidadoso, com o carro Ford Especial, importado. Sentados no assento traseiro, Leonor ainda bela e alegre, muitas joias, e a seu lado, austero, seu novo marido, um médico argentino que passara a frequentar a casa nos últimos tempos, o Dr. Aristóbal Hector Ermandorena, cirurgião bem posto na vida, charuto sempre cravado na boca, sempre presente nas colunas sociais. O carro manobrou em sentido contrário e arrancou macio para longe. Camilo andou um pouco mais, viu no alto da escada de mármore, que abria em duas da porta de entrada para a parte de baixo, os dois velhos e cheio de lembranças leões de bronze, onde eles, quando guris, brincavam de cavalo, deixando os seus lombos reluzentes. Viu-se com a cabeça deitada no colo de Eleonora, ele com seus treze anos, a tarde desenhando sombras no chão, reproduzindo no jardim os arabescos dos gradis. A cunhada alisando seus cabelos com suas mãos de seda, a voz da mãe lá do primeiro andar, metendo a cabeça pelos vidros desenhados com areia quente e gritando: manda esse menino para o banho, ele não é nenhum nenê. Eleonora lhe dizia com voz doce, sua mãe está com muito ciúme do filhinho dela, vamos subir logo antes que fique zangada. Até que um dia Eleonora passou a viver separada, ele não podia ver a cunhada, as pessoas tomavam mil precauções, pratos esterilizados, talheres apartados, era a tuberculose que atacara a mulher de Vinícius, o irmão mais velho, engenheiro, tranquilo, amando a mulher perdidamente. Lá no alto Camilo via aqui de baixo a janela do sótão, ah, o sótão, de arcas e baús cheios de mistérios e de surpresas. Notou que uma janela se abria. Era uma das empregadas de vestes negras e aventais brancos arrendados, como se nada tivesse mudado nos últimos cinquenta anos. Escondeu-se mais. Podia ser uma das antigas e ele não queria ser reconhecido. A preta passava agora um grande pano nos vidros bisotados, cantarolava qualquer coisa, mas Camilo imaginou que aquela grande casa, oito quartos, três salões, um porão com acomodações para um exército de serviçais, um grande pátio arborizado, que tudo aquilo estava sobrando para Leonor e seu novo marido. Quando da separação não quisera ficar com nada, a não ser a pequena casa da Rua Alegria, pequena mas confortável, agora alugada para que ele pudesse pagar a pensão e comer.

Passou de cabeça baixa, colado ao muro, mas ouvia lá dentro os seus fantasmas, os irmãos Aníbal, Francisco, o coitado do Jeziel, a pobrezinha da Maria Eudóxia que morrera quando ele mal completara seis anos. A irmã Esmeralda que morrera durante a Gripe Espanhola, em 1918, a gritar que não queria morrer, que não a deixassem morrer. Ela teria quantos anos naquela ocasião? Quarenta e cinco no máximo. Não quis virar-se para trás. Plínio podia estar naquele instante no portão, acenando para ele, chamando-o. Via-o sentado ao piano correndo os dedos, como um mágico, sobre as teclas brancas e negras; às vezes Plínio o botava sobre os joelhos, pegava de suas mãos de menino dos primeiros anos de ginásio e fingia que tocava grandes sonatas, acompanhando a música com um cantarolar exagerado de maestro italiano.

Camilo não quis olhar para trás. Dobrou à direita, desceu a primeira rua em direção da Avenida Oswaldo Aranha, atravessou devagar o Parque da Redenção, crianças a correrem, os gritos infantis que traziam o seu próprio passado mais para perto. Parou um pouco à beira do lago onde as carpas fervilhavam na água, em busca de migalhas, como os pequenos pardais do seu telheiro, foi um pouco mais adiante, vislumbrou um pedaço d'água parada, curvou-se e viu o velho quase andrajoso que tentava descobrir no outro lado daquele espelho misterioso.

Carros da polícia ainda infernizavam a cidade pacata, notou que havia pelas ruas soldados do Exército com fardamentos de campanha, mas não saberia dizer o que se passava, o que ocorria naqueles dias tumultuados. Às vezes as pessoas faziam tentativas para explicar a ele o que se passava, mas aquilo tudo acontecia num outro mundo que não era exatamente o seu. Sentia-se cansado. Não saberia dizer que horas eram, o joelho machucado doía um pouco, faltava-lhe o ar e tinha a impressão de que estava caminhando ao léu, que jamais chegaria à pensão. Mas caminhava sempre, de vez em quando arrastava os pés, até que viu um banco vazio, precisava descansar, limpar o suor da testa, era naquelas horas que sentia o peso dos anos. Num relance viu o Ford negro que vinha dos lados da Rua Santana. Fez um grande esforço para esconder-se atrás de um cinamomo antigo, o coração aos pulos, pensou que numa hora daquelas é que seu coração falharia e tudo estaria acabado. O carro fez uma manobra vagarosa, o motorista falava com os dois passageiros no banco de trás, encostou no meio-fio, desceu e abriu a porta traseira, cerimonioso. O médico argentino desceu, ajudou Leonor a fazer o mesmo e pareciam dispostos a um pequeno passeio pela Redenção. Caminhavam devagar, mas na direção oposta de onde ele estava escondido como um criminoso. Por nada deste mundo queria que Leonor o visse. Os saltos do sapato enterravam no saibro do calçadão, obrigando-a a amparar-se no braço do companheiro. Dois namorados parando aqui e ali para observar melhor um pássaro, uma borboleta, alguma folhagem mais exuberante. Ciríaco, o motorista, assumira a direção e partira com o carro vagarosamente, acompanhando o casal. Camilo agarrava-se à árvore, sentiu de repente uma leve tontura, um mal-estar, vontade de deitar-se na sua cama, afundar o rosto no travesseiro áspero, dormir. Esperou que o casal se distanciasse, viu quando o motorista descia mais uma vez para abrir a porta numa curvatura. Ciríaco sempre o mesmo, deixou que o casal se acomodasse, entrou e fechou a sua porta e deslizou até desaparecer entre as árvores da outra avenida.

Trôpego, Camilo recomeçou a caminhar de volta. Viu lá adiante o movimento da Azenha, as casas de autopeças cheias de fregueses, as primeiras luzes dos letreiros das fachadas.

Entrou silenciosamente na porta do Café Viseu, viu que Seu António vinha lá de dentro quase a correr, mas o que anda o Seu Camilo a fazer a estas horas sozinho pelas ruas, quer que lhe aconteça o mesmo do outro dia? Ora essa, Seu Camilo, o senhor não é mais criança. Olhou para o alto da escada, falou em voz baixa:

– E nada do Aderito e aposto que esta noite a assanhada daquela menina vai dormir de novo com o Ramirez; imagine, um homem que podia ser pai dela. Há gente para tudo, Seu Camilo, mas aqui para nós, se uma frutinha verde destas cai nas minhas mãos, o senhor ia ver que doce de calda eu ia tirar dali...

Camilo abanou de leve para ele, pediu licença e começou a subir as escadas, sentindo que o ar lhe faltava. Passou pela cozinha, deu graças a Deus que D. Consuelo estivesse de costas, abriu a sua porta com muito cuidado, entrou silenciosamente, trancou a fechadura por dentro, tirou o casaco e deitou-se, exausto. Queria dormir, mas lembrou-se naquela tonteira do filme que passava no Castelo. Ouviu a voz da dona da casa chamando os hóspedes.

– E Seu Camilo, onde afinal anda este homem?

Bateram na sua porta. Camilo disse, com voz sumida, que estava descansando um pouco e que logo iria fazer o lanche de sempre. D. Consuelo ficou muito espantada, mas ninguém viu o Seu Camilo entrar! D. Leocádia disse que ouvira um barulho estranho na escada e depois no corredor, mas fora tudo tão discreto que não poderia imaginar que fosse Seu Camilo entrando. Ramirez foi o primeiro a sentar-se à mesa, olhou para tudo com olhos gulosos, esfregou as mãos, disse que estava com fome. D. Consuelo prosseguiu arrumando as coisas na mesa, lançou um olhar ferino para o hóspede e disse que as pessoas quando gastam muita energia em geral sentem muita fome. Logo depois chegavam D. Ivone, D. Leocádia com seu pedaço de queijo especial, feito na colônia, Cilita, com ar sonolento, e todos ouviram quando o velho Camilo abria a sua porta e vinha, arrastando os pés, sentar-se no seu lugar.

– Então Seu Camilo andou dando a sua voltinha por aí – disse D. Consuelo, ar irônico – sem medo dos soldados, da revolução, medo de nada. Parece que anda adivinhando passarinho verde.

Cilita quis saber dele como andava a cidade, se havia muita encrenca, se não ouvira falar nos presos, onde afinal estavam metendo toda essa gente. Ele disse que não vira grande coisa, dera uma volta pela Redenção, parecia tudo normal, as crianças brincando, as pessoas circulando normalmente e os carros no movimento de sempre.

– Por que não pegou um bonde Azenha e não deu uma volta pela cidade? – quis saber Ramirez.

– Eu queria caminhar, esticar as pernas, esse meu joelho está precisando de exercício. Foi só isso – disse o velho, fechando-se.

D. Ivone queixou-se dos bolinhos que estavam rijos como borracha. A dona da casa pediu desculpas meio sem paciência e disse que era aquilo exatamente o que ela sabia fazer. A senhora, por acaso, tem alguma receita melhor? D. Leocádia disse que eles podiam não estar muito macios, mas estavam gostosos.

D. Consuelo servia a todos, com agilidade incomum para a sua gordura, ia e vinha do fogão trazendo mais café e mais leite, disse para Cilita sem segundas intenções:

– A mocinha aí precisava bater por essas delegacias, ir aos quartéis, enfim, bater em todas as portas. Que diabo, o seu marido está vendo o sol quadrado e a obrigação da mulher é fazer tudo para ajudar. Ficar em casa, o dia inteiro, estirada na cama, comendo bombom e fumando, não resolve nada.

Lançou um olhar de crítica para Ramirez que comia de cabeça baixa, notou que Camilo observara a expressão da moça e que as duas hóspedes se mexiam inquietas nas cadeiras, morrendo de vontade de meter a sua colher na conversa.

O primeiro a pedir licença para levantar-se foi Camilo. Ele pediu desculpas, mas precisava ainda dar uma volta, mas que D. Consuelo não se preocupasse, era ali mesmo por perto.

– Veja lá o que vai fazer, Seu Camilo. Que não me apareça por aqui de novo todo lanhado como naquele dia.

Cilita levantou-se também, passou pelo banheiro e depois fechou-se no quarto. As duas outras fizeram o mesmo, lançaram um olhar comprido para Ramirez que ainda estava de cabeça baixa. D. Consuelo perguntou a ele se o cineminha da outra noite ia ter continuação.

– Ah, D. Consuelo, pelo amor de Deus, deixe a gente de lado.

– Como deixar de lado? Então os meus hóspedes se julgam no direito de trocar de quartos, de um homem solteiro dormir com a mulher de outro, aqui nas barbas de todos? Se a coisa continuar assim isso aqui vira casa de tolerância, se não virar coisa pior.

– D. Consuelo, a senhora sabe que eu não consigo mais nada aí fora, nem tenho dinheiro para andar pagando mulher. Que diabo, não custa nada fechar os olhos e me dar pelo menos este prazer que não custa nada para a senhora. Camaradagem!

Ela tirava a mesa e parecia em dúvida. E se o marido chegasse de repente, no meio da noite, e pegasse os dois na mesma cama? Ele tinha ideia do escândalo? Por acaso tinha passado pela cabeça dele que o Aderito ia lhe dar tantos tiros quantas balas tivesse no revólver? Mas ele não anda armado, D. Consuelo, se vem da cadeia, argumentou Ramirez com certa esperança no olhar. Está bem, ele não chega armado, mas e no dia seguinte? Já imaginou?

– Sabe de uma coisa, D. Consuelo, eu nunca tive nada na vida que chegasse aos pés dessa menina. Eu corro qualquer perigo, palavra de honra. E depois o Aderito não aparece tão cedo. Eu já fiquei sabendo que tem gente desaparecendo para sempre. Faça vista grossa, D. Consuelo, e eu prometo fazer tudo o que a senhora me pedir daqui para a frente. Se a senhora quiser, eu me ajoelho aos seus pés e peço por tudo o que há de mais sagrado.

– Pois então, se quiser, vá para o quarto dela que fica lá nos fundos. Pelo menos não incomoda o coitado do Seu Camilo.

– Ah, essa não, D. Consuelo. Aí sim é que pode dar tragédia. Se o Aderito, por um azar qualquer, chegar no meio da noite, o máximo que pode ver é que a sua mulher não está em casa. Termina saindo por aí à procura dela, quem sabe vai percorrer as boates da Cabo Rocha, sei lá, mas no meu quarto é que ele não vai se lembrar de entrar. E quando ele sair a Cilita volta correndo e depois inventa qualquer história.

– O senhor parece que pensou em tudo, não é mesmo?

– Não tenho feito outra coisa nestas horas, D. Consuelo. Essa moça me caiu do céu.

– É, de fato é homem de muita sorte. E foi cair logo em cima de sua cama. O senhor é religioso?

– Sou, D. Consuelo, graças a Deus. Lá de cima olharam para mim – disse Ramirez saindo da mesa. – Então a senhora promete fechar os olhos?

– Vá lá, mas eu quero ver até onde isso vai. Se acontecer alguma desgraça fique sabendo desde já que não foi por falta de aviso.

– Muito obrigado, D. Consuelo, que os anjos lhe protejam.

Saiu feliz, leve, assoviou um pequeno trecho de valsa e minutos depois se ouvia o ruído das suas pequenas ferramentas no trabalho de consertos elétricos. D. Consuelo foi até o quarto de Cilita, bateu e entrou. Ela estava deitada de costas, calcinha e sutiã, fumando, pernas apoiadas na parede. A dona da casa fechou a porta, puxou uma cadeira, sentou-se largada:

– Ainda nem arrumou o quarto direito, olhe como tem roupa espalhada por todos os lados. O que é que está pensando fazer?

– Nada.

– Nada, como? Vai deixar o barco andar...

– Vou.

– E quem vai pagar o quarto e a comida?

– O Seu Ramirez.

– Mas é o cúmulo pensar numa coisa dessas. Esse pobre homem não ganha para isso, vai sacrificar o infeliz.

– Ele não gosta de mulher moça e de carnes bem durinhas? Pelo menos foi o que ele me repetia sempre.

– E se o Aderito voltar?

– Se voltar, voltou. Fica tudo como está.

– Escuta aqui, minha filha, tive uma conversa com Seu Ramirez, ele está louco por você, me pediu para deixar você dormir lá com ele. Você está de acordo?

– Estou. Não consigo dormir sozinha, tenho pesadelos, chego a gritar de noite. Ele não tem muita prática mas ainda é muito homem, fique sabendo. E um bom homem. Merece um presente, a senhora não acha?

D. Consuelo levantou-se, encostou a cadeira na parede e disse que ela podia ir dormir com Seu Ramirez, mas com uma condição: sair de seu quarto depois que todos estivessem dormindo e nada de barulho pelo corredor e muito menos gritos naquela horinha que ela bem sabia qual era. Observou a perfeição do corpo da moça, sua cintura fina e suas largas cadeiras, as pernas bem torneadas, o busto provocante, o rosto bonito com uma boca carnuda e sensual. Sim, Deus fazia certas coisas à maneira dele. Lamentou o azar de Aderito e chegou a achar graça na sorte de Seu Ramirez, que já tinha deixado no capacho de entrada todas as suas ilusões. E de repente...

6. O velho Camilo ajeitou a gravata amassada, vestiu o casaco que era do tempo em que ele era mais gordo, passou um pano nos sapatos empoeirados e saiu. Encontrou de cara, no corredor, com Ramirez, que andava nervoso, de um lado para o outro.

– Algum problema, Seu Ramirez?

– Não, nenhum problema, Seu Camilo, está tudo certinho. O senhor vai passear um pouco?

– Vou ao cinema aí defronte. Passa um filme sobre Cleópatra. Só para matar o tempo.

– Faz bem, Seu Camilo, faz bem.

– E o senhor, vai sair também?

– Não, o que é isso, quem sou para andar batendo pernas por aí. E depois tenho serão para fazer hoje, estou com o serviço muito atrasado.

– Ah, então não dá mesmo para sair. Com licença, boa sorte.

Ao passar pela cozinha ouviu a voz de D. Consuelo: vai sair de novo, Seu Camilo? Está ficando desmiolado? Vai terminar preso.

– Vou ao cinema. Até logo.

Quando ela chegou ao corredor ele já estava no meio da escada. Foi até ao balcão do café, pediu um bem quente e viu que Seu António fazia a limpeza da cozinha. Saiu, a noite estava fresca, um pouco fresca demais para aqueles dias mornos que vinham fazendo, notou que havia muito movimento, atravessou a calçada, esperou pelas correntes de trânsito e começou a travessia das duas pistas, defendendo-se dos grandes ônibus, esperando que os bondes passassem. Lá estava Cleópatra, voluptuosa, deitada num divã de seda rajada, a feia cobra enrolada no seu belo pescoço, negros sacudindo grandes plumas coloridas. Não havia muita gente pela frente do cinema, o gerente estava logo atrás do porteiro, no seu controle permanente, e quase escondida atrás das grades da bilheteria a moça, Luíza, que trabalhava durante o dia nas Casas Tigre e de noite se defendia vendendo ingressos.

Seu Camilo olhou para todos os lados com medo de encontrar algum conhecido, aproximou-se sem pressa, abaixou-se e pediu um ingresso.

– O senhor por aqui, Seu Camilo? – disse ela. – Fazia tempos que o senhor não vinha ao cinema.

– Me disseram que o filme é bom.

– Não é lá essas coisas, pelo menos foi o que me disse o próprio gerente que viu hoje de manhã.

Entregou o bilhete, recebeu e contou o dinheiro e desejou boa sorte.

Ele entregou a entrada para o bilheteiro, o gerente rasgou um cumprimento comercial, fez votos de que gostasse do filme, que era considerado uma obra-prima do cinema moderno. E acrescentou orgulhoso: um filme com Pascale Petit, Seu Camilo, uma mulher de encher as medidas.

O velho ainda esperou um pouco antes de entrar para a sala de projeção e só quando tudo escureceu, iniciando o suplemento nacional, é que começou a procurar uma poltrona afastada das demais. Sentou-se na cadeira dura, começava a arrepender-se, teria sido melhor ter ficado em casa na sua cama, lendo um livro qualquer. Sentia as pernas dormentes pela longa caminhada que dera à tarde, ficou com medo de dormir na cadeira como um velho bêbado. Olhou bem para os lados, viu alguns casais de agarramento, pessoas isoladas, gente que continuava chegando e quando terminou o suplemento o cinema já estava bem mais cheio. Pelo menos quando chegasse na pensão, Ramirez já tinha travado a sua luta de cão e gato com Cilita, pois ele tinha certeza que ela voltaria ao local do "crime". Queria evitar aquela escuta enervante.

Um pouco surpreso viu que o filme não era bem o *Cleópatra, a Rainha de César*. Havia algum engano. Procurou observar a reação dos que se encontravam por perto, mas todos permaneciam impassíveis.

IV.

Noite do dia 3 de abril de 1964

1. Os namorados permaneciam agarrados, fundidos na semi-escuridão, as outras pessoas continuavam olhando para a tela como se nada houvesse acontecido; ele voltou a olhar para a tela, disposto a sair e pedir a entrada de volta, haviam trocado o filme sem avisar nada, aquilo era um desaforo. Passava a ficha técnica sobre um fundo de um grande casarão de belas grades de ferro, uma escada dupla que terminava na porta de entrada, de madeira lavrada, quatro janelões de vidros trabalhados, dois de cada lado, a janela do sótão, um jardim florido. Por alguns momentos ele ficou tão surpreso, reconhecendo cada grade, cada pilastra, as escadarias, todos os detalhes da casa da Independência, que tapou o rosto com as mãos, apertou as frontes em desespero, aquela era a sua casa, a casa grande do velho Quirino Borba Mortágua, o casarão onde D. Eudóxia imperava com mãos de ferro. De repente o nome do filme: *Uma estranha vida,* e quando os letreiros se acabaram ele viu um menino descer correndo a escada da frente, seguido logo de outro, pouquinha coisa mais velho, uma negra abriu a janela da esquerda e gritou lá de cima:

– Meninos, passem logo para dentro, está na hora do banho!

Desceram céleres por um lado e subiram na mesma velocidade pelo outro. O da frente fechou a porta e o detrás ficou batendo com os punhos, abre esta porta, sem-vergonha, tu me pagas, eu te pego depois.

Suando, trêmulo, meio tonto, confuso, Camilo reconheceu-se naquele menino que fugia do outro, reconheceu no outro o seu irmão Aníbal, a casa era a sua, a negra velha era Siá Nora, que seguia as ordens da mãe Eudóxia ao pé da letra. A câmera subiu as escadas, penetrou porta adentro, começou a percorrer sala por sala, grossos tapetes persas, os candelabros de cristal, os quadros ovalados nas paredes, o belo relógio de pé na antessala da peça maior, uma espécie de sala de jantar com uma grande mesa escura, pés torneados, um centro de mesa de prata trabalhada e logo depois ouviu a voz da mãe ralhando com os meninos, viu quando Aníbal chegou-se para perto dela, cabeça baixa, D. Eudóxia disse, não quero correrias pela casa como se isso aqui fosse um hospício. Os dois para o banho. Peguem as toalhas, roupas limpas e se fizerem mais barulho vão ver o que acontece. Próxima a uma janela aberta, o céu azul lá fora, Maria Eudóxia, a irmã mais velha, sempre triste e ensimesmada, tocava harpa acomodada numa bela cadeira de encosto redondo, forrada de veludo vermelho.

Plínio acabava de chegar do colégio. Devia ter os seus doze anos. Magro, feições delicadas, ficou na ponta dos pés para beijar a mãe, beijou a negra velha também e foi para o seu quarto deixar os livros e tirar as roupas escuras com alamares brancos. Quando Maria Eudóxia parou de tocar, recolocando a harpa na sua posição vertical, a mãe disse que ela fosse tratar de arranjar-se que a outra filha, a Esmeralda, viria para jantar com o marido, um esperto vendedor de couros.

Camilo apertava as frontes sem poder acreditar. Fez rápido uns cálculos, aquilo tudo teria se passado no início do século, talvez em 1902. Solteira, a irmã mais velha costumava ter desmaios, o médico da família costumava correr apressado, dava vidros para ela cheirar, batia no seu rosto pálido, receitava muitos remédios e mandava que ela descansasse, embora fosse a única pessoa na casa que não fazia nada, a não ser os exercícios de harpa que ela não quisera prosseguir estudando. E naqueles dias em que ela chegava a desmaiar, a mãe corria a deitá-la, cobrindo-a com grossos cobertores de Mostardas, mesmo que estivesse em pleno verão. Tomava colheradas de Vinho Vivien, era obrigada, contra a vontade, a tomar Extrato de Fígado de Bacalhau. Numa ocasião em que Maria Eudóxia tivera um ataque mais prolongado, Camilo ouvira através da porta o choro de sua mãe e as palavras de conforto do velho Quirino. A mãe dizia: e se for a peste bubônica que está grassando na Argentina e já tenha atravessado a fronteira? Que tolice, Eudóxia, essas pestes não correm assim tão depressa. Essa menina eu sei o que tem, fica calma, limpa esses olhos e não me dá demonstração de medo diante da menina.

Camilo passou dias escondido no sótão, discutindo com Aníbal o que ouvira da conversa dos pais, queria saber o que era peste bubônica, o outro tinha dúvidas, mas parecia que era doença trazida pelos ratos e que matava as pessoas em poucos dias. Mas a Maria Eudóxia não tem peste nenhuma, dizia Camilo quase chorando. Claro que não, dizia Aníbal, a mamãe é que tem medo: não vê quando a gente tosse, ela já vem correndo com vidros de remédios, pastilhas, xaropes e quando Esmeralda esteve de cama, antes de casar, veio aquele médico da maleta de fole vermelho e aplicou aquelas sanguessugas horrorosas na pobrezinha e eu sei lá, mas Esmeralda terminou ficando boa.

Camilo terminara de tomar banho, a mãe veio examinar as orelhas, debaixo das unhas, as dobras do pescoço e ordenou que fosse pentear os cabelos, botar uma roupa de domingo, queria todos os filhos muito bem arrumados, era dia do jantar que reunia toda a família. As negras na cozinha andavam num azáfama incrível, todas falavam ao mesmo tempo, os grandes pastelões saíam do forno imenso do fogão de lenha e eram guardados num armário de telas nas portas; as negrinhas mais jovens passavam panos brancos e finos nos cristais e por fim tiravam o centro de mesa de prata, a grande tira de gorgorão de seda estampada que ia de um lado a outro da mesa brilhante, esticando sobre ela uma daquelas alvíssimas toalhas de linho bordado e logo a coberta de mesa importada, em tons azuis desmaiados, representando pradarias e florestas.

Na hora do jantar o velho abriu a porta de seu gabinete, traje escuro, grossa corrente de ouro ligando um bolso ao outro do colete, os filhos desfilavam diante dele, pedindo a bênção. Era uma figura rústica, barba rala, cabelos grisalhos claros, rosto queimado pelo sol, seco no trato. Esmeralda beijava os irmãos, com preferência para o mais moço deles, Camilo; o marido dela, Deolindo Vasconcelos, mantinha-se meio à parte, era um homem de poucas luzes e sabia disso; Vinícius e Jeziel discutindo num sofá de dois lugares, o primeiro quase formado em Engenharia, e o outro, mais moço apenas um ano, colaria grau em Direito um ano depois. Francisco permanecia mais tempo junto ao pai Estava com dezoito anos e acabara de ingressar na Escola de Agronomia e Veterinária. Era a grande esperança do velho para zelar pela Estância do Capão Alto, em Alegrete, banhada em boa parte pelo Rio Ibirapuitã. Quando Chico entrara na escola o velho costumava dizer, batendo forte em suas costas: este aqui vai me substituir lá no Alegrete, são três léguas de campo como não há outras em todo o estado e duvido até que a Argentina tenha coisa melhor. Esses aí nem pensam nisso. D. Eudóxia bateu palmas, pediu que cada um ocupasse o seu lugar, os filhos esperaram que o velho sentasse primeiro, como sempre, logo depois a mãe e assim, por ordem de idade, cada um foi sentando e as conversas cessaram como por encanto. Camilo ficava entre Aníbal e a irmã Maria Eudóxia, mãos cruzadas sobre as pernas, silêncio absoluto enquanto as criadas traziam as travessas e cobriam a mesa com as iguarias todas. Nesse momento o velho Quirino juntava as mãos, baixava a cabeça, seguido por todos, e dizia com voz pausada: Senhor, nós te agradecemos pela comida que nos dás hoje, te agradecemos pelas bênçãos concedidas e pela saúde que tem mantido esta família unida, amém.

Aí o silêncio era quebrado pela algazarra e pela alegria de todos, a mãe pedia que não gritassem, senão o que poderiam pensar os vizinhos, aquela era uma casa de pessoas educadas. Os grandes pratos de comida saborosa, as travessas com quitutes especiais, segredos das pretas velhas transmitidos de geração a geração, as sobremesas de doces caseiros, as grandes compoteiras de cristal com doces de batata, de abóbora, de coco, os pudins caramelados, fios de ovos, quando os rapazes se divertiam trocando de prato até que chegassem os grandes bules de prata com café preto. Como bebida, o vinho especial para o velho Quirino, as gasosas e as gengibirras para os rapazes e moças e os copos de cerveja gelada para o marido de Esmeralda.

Depois do jantar, Maria Eudóxia executou meio a contragosto algumas peças em harpa, algumas valsas de Strauss através do virtuosismo de Plínio no piano de cauda que tomava o canto todo da sala, brilhando como uma peça espelhada.

Camilo limpava a testa porejada de suor, procurava divisar a fisionomia de alguém no escuro da sala de projeção, não podia acreditar no que os seus olhos enxergavam. Dois anos depois, no campo que cercava a mansão da fazenda de Alegrete, Maria Eudóxia já denunciava no caminhar a doença que vinha sendo a tortura dos médicos e de toda a família. Suas mãos começaram a ficar deformadas, sentia dificuldade em caminhar e em levantar-se de uma cadeira, sofria com as viagens de trem ou de carruagem, dedos transformando-se em garras; ela sem lamentar-se, a Maria Eudóxia passiva e quieta de sempre.

Foi quando o velho Quirino chegou a cavalo, um grande tordilho de pescoço em arco e peito ancho, gramado adentro, na direção dos homens que o ajudariam a apear, ele orgulhoso como nos bons tempos de campeada, de doma e marcação. O cavalo escarvava a grama cuidada, era uma espécie de jardim junto à casa principal; Maria Eudóxia tentou alcançar o pai para o abraço de chegada, o cavalo assustou-se, empinou-se perigosamente, um peão tentou segurar o bridão, a moça ficou paralisada e de repente o animal desembestou para o lado dela, derrubando-a e passando por cima como em fúria súbita. A mãe dera um grito agudo e prolongado da janela de onde se encontrava, Francisco e Seziel correram apavorados até que o animal foi sofreado pelos peões. O velho apeou cambaleante, correram todos para socorrer Maria Eudóxia que jazia braços em cruz, o vestido branco tinto de sangue, os cabelos empastados, inerte, morta. Carregada para dentro a moça foi depositada sobre um canapé acolchoado, a mãe ajoelhou-se com ar de grande espanto, o pai permaneceu de fisionomia dura, determinou que levassem o animal para a cocheira perto do galpão principal, foi até lá carregando a sua Winchester preferida, mandou que os homens segurassem o animal, fez mira demorada na testa e disparou a arma, quando o cavalo ofegava tranquilo e tentava fazer festa ao velho dono e amigo. Quando ele voltou, D. Eudóxia estava na cama do casal, inerte, os filhos ao redor dela e Camilo junto ao corpo da irmã, sem entender nada, paralisado de medo e de horror. De onde ele estava, ouvira o tiro. Sabia que o pai acabava de sacrificar o tordilho que era bom e manso, que se deixava cavalgar pelos meninos, que vinha comer torrões de açúcar na mão de cada um. Sua dor estava, naqueles instantes, dividida entre a irmã doente, e agora morta, e o cavalo amigo.

Sentiu na boca do estômago, na obscuridade da sala de projeção, um leve sintoma de náusea, além do suor que lhe empapava a camisa, escorria pelo cós das calças, começando a molhar o assento. Camilo sentia-se um pouco desnudo entre toda aquela gente espalhada pelo cinema, temeroso que de um momento para outro eles começassem a levantar-se apontando para si, aos gritos de "é ele, é ele", um medo paralisante de que o descobrissem como um dos atores principais do filme.

2. A família ainda de luto fechado assiste na Igreja de N. S. da Conceição ao casamento de Vinícius, já com 26 anos, com Eleonora, bela e diáfana, cabelos loiros e crespos, presos quase sempre por dezenas de grampos prateados, longos braços bem torneados, mãos como dois estranhos lírios, nas linhas do desenho e na beleza da pele alva e macia. Ela entrou no corredor, entre os bancos, conduzida pelo braço austero do velho Quirino Borba Mortágua, em seu traje das grandes ocasiões. D. Eudóxia mantinha-se de cabeça baixa, toda de preto, renda transparente sobre o rosto, no altar, ao lado dos padrinhos e da mãe viúva de Eleonora. A nave repleta e silenciosa, os acordes da Marcha Nupcial em ritmo mais lento, um coro de jovens enchendo o espaço de notas de rara beleza e encantamento. Camilo mantinha-se preso ao banco da frente, ao lado dos irmãos mais velhos, roupa de veludo preto e um toque de alívio no luto composto por uma gola e por punhos de linho branco, franjado. Estava com nove anos. Sentia saudade do tordilho e não conseguia mais lembrar-se com precisão da fisionomia de Maria Eudóxia, agora sempre confusa entre o seu sorriso triste e o esmagamento provocado pelo golpe involuntário do animal. Vinícius mostrava-se muito circunspecto e não olhara uma vez sequer para os lados. No meio daquela multidão bem vestida e perfumada, Eleonora parecia emergir de um halo de luz, emanava dela um misterioso brilho que não provinha propriamente de sua beleza, mas algo que lhe saía de dentro e se espargia pelo ambiente como o aroma de algum perfume exótico, exalando o odor de ervas esmagadas. E aquele colar de pérolas que parecia fazer parte de sua personalidade. As senhoras exclamavam baixinho, tapando o rosto com o leque entreaberto: que beleza de moça! Os homens não escondiam sua admiração e Eleonora dava a impressão de que estivesse sozinha na igreja, tão distante se mostrava. Camilo achou que seria muito bom ter uma cunhada assim, que viesse a gostar dele, que o protegesse, que fosse sua amiga. Alguém que fosse diferente de Maria Eudóxia, tão calada e triste e que afinal se fora sem que ele pudesse saber exatamente quem era ela, o que pensava, por que não tivera noivo, qual o motivo por que nunca casara. Lembrava-se das mãos dela nos últimos tempos, como se fossem garras de pássaros, e as suas faces encovadas e toda a preocupação de sua mãe por aquela filha que lhe parecia muito infeliz.

Na recepção, à noite, quando o casarão enchera-se de luzes e de brilhos e de perfumes, Camilo sentara-se numa marquesa, encostara a cabecinha numa grande almofada de seda lisa e adormecera no meio de todos os ruídos, das conversas brilhantes e animadas dos convidados. Quando a mãe o acordou, sacudindo-o pelos ombros, não sabia bem onde se encontrava. D. Eudóxia chamou uma das pretas, ordenou que o levasse para a cama e, quando subia a escada, com dificuldade, quis saber da criada onde estava o irmão e a cunhada nova. A preta riu da sua ingenuidade, falou perto do seu ouvido, em tom de quem vai contar um segredo: fugiram, foram para a lua de mel. Camilo ficou muito espantado, tentou voltar, disse que precisava falar com a sua mãe, mas a negra não deixou, D. Eudóxia está recebendo os convidados, vai ficar uma fera se te encontrar de volta. Mas eu quero Eleonora. Pois sim, disse a negra, amanhã ou depois ela volta. Hoje ela está com teu irmão. E riu alto enquanto fazia com que ele trocasse de roupa e fosse para o banheiro fazer a higiene de todos os dias.

Quando a preta apagou a luz e fechou a porta, Camilo ainda viu na escuridão do quarto a imagem de Eleonora em forma de luminosidade, seu rosto tranquilo, suas belas mãos, toda a sua imponência quando entrava na igreja de braço dado a seu pai, como se fossem eles os noivos. Dormiu logo.

Nas salas do primeiro andar a festa ia animada, muitos pretos engalanados a servirem bebidas, salgados e doces. As pessoas buscando nas mesas fatias de peru recheado, pernis de forno, grandes fatias de tortas cobertas com fios de ovos. Plínio, com seus quinze anos incompletos, foi obrigado, muito a contragosto, a executar uma valsa no piano de cauda. A princípio houve silêncio, quebrado aos poucos aqui e ali, depois abafado pela algazarra geral e pelos risos cristalinos das mulheres. Então ele estacou, bateu com os dois punhos sobre as teclas e saiu correndo escada acima, aos prantos. D. Eudóxia ficou muito vermelha e chocada, procurou dissimular, esse às vezes tem dessas, ele deve estar muito cansado e emocionado da cerimônia lá na igreja, não reparem, por favor, sirvam-se. Chamava os criados pelos nomes, disse qualquer coisa em voz sumida para o marido que não notara nada, pois estava discutindo assuntos de gado e de forragem com alguns amigos estancieiros. Depois ele chamou Francisco e disse para os amigos que ali estava o seu substituto naquelas terras, começara a estudar veterinária e agronomia e saberia muito bem o que fazer com uma estância. Ele afastou delicadamente a mulher, depois que ouviu o que ela dissera, fez um sinal com a mão como a dizer que não o incomodassem e a própria dona da casa tratou de esquecer a grosseria do filho.

O marido de Esmeralda, exportador de couros salgados, permanecia quieto, já meio bêbado, fuzilado pelos olhares de reprovação do velho Quirino. Por fim, a filha foi chamada por ele. Discretamente ordenou, sibilando as palavras entredentes, que tratasse de carregar com o seu marido para casa ou para uma das peças do fundo, era uma vergonha a falta de compostura do Senhor Deolindo. Esmeralda ficou escarlate, fingiu ajeitar os cabelos e alisar as pregas do vestido de tafetá chamalotado, correu para junto do marido que abriu os braços para saudá-la, alegre. A mulher ajoelhou-se a seu lado, como se fosse dizer qualquer coisa carinhosa, sibilou que o pai mandara que ele saísse imediatamente dali, que fosse para uma cama dos fundos ou para casa. Deolindo esboçou um protesto, logo cortado pela aproximação do sogro que vinha com os polegares enfiados nas cavas do colete, deu uma breve parada, seus olhos coriscaram, prosseguiu como se nada houvesse acontecido. Deolindo levantou-se da poltrona ajudado pela mulher, tentou um galanteio de boa educação com uma das senhoras que se encontrava mais perto, foi carregado para os fundos sob o vigor das mãos de Esmeralda, que o empurrou para um quarto enquanto fechava a porta e desabafava, lágrimas a escorrerem pelo rosto feio, mas então aquilo era papel que alguém fizesse no dia do casamento de Vinícius, com a casa cheia de pessoas as mais ilustres da cidade, beber como um suíno, ficar babando pela camisa em pleno salão? Ele ainda quis protestar, perdeu o equilíbrio e caiu sobre a cama. Esmeralda ainda o ajudou a colocar-se melhor, tirou-lhe as botinas, afrouxou o nó da gravata plastrão e foi sentar-se num canapé, aos prantos, sem coragem de voltar para a festa. D. Eudóxia abriu a porta, sentou-se ao lado da filha, abraçou-a, comovida, disse que aquele casamento fora um desastre, mas que ela não ligasse muito para aquilo, quase ninguém havia notado nada. Ela que tratasse de passar um pó de arroz no rosto, abanar os olhos para que perdessem a vermelhidão do choro, agora sim iam começar a notar tudo, ficava muito mal para a família um acontecimento daqueles. Essa gente, disse a dona da casa, só vem às festas para ter o que falar depois. Quanto menos pasto para os fuxicos, melhor. Esmeralda disse que ela podia voltar, dentro de mais alguns minutos estaria entre os convidados Empoou-se, foi examinar-se num grande espelho oval, recompôs o vestido, procurou tirar dos olhos os vestígios do pranto ainda fresco, abriu a porta e antes de sair ainda lançou um olhar de ódio e de desprezo para o marido grosseiro, que àquela altura já roncava estridente.

3. Meses depois, o velho Quirino na Estância do Capão Alto, D. Eudóxia gerindo quatro tachos de doces caseiros da época, no pátio, as negras com grandes pás, como remos, a mexer nos tachos de cobre, Esmeralda ajudando a mãe, Camilo trepando num pé de marmeleiro arrancando os frutos ainda verdes enquanto lá embaixo Aníbal e Plínio aparavam o que caía sustentando uma lona velha, que a mãe não queria frutas rachadas. Era um sábado luminoso de abril e muitas borboletas voavam tontas pela fumaça das fogueiras crepitantes sob os tachos, a fumaça tocada pela brisa a encher de lágrimas os olhos das mulheres. Um negrinho veio lá da frente correndo pela entrada lateral, gritando pela dona da casa, esbarrou ao pé dela: mas que diabo te tomou conta do corpo, desinfeliz? Se eu não estou aqui cais dentro de um desses tachos, me estragando o doce. O guri não conseguia falar, D. Eudóxia mandou que lhe dessem um copo d'água, sacudiu-o pelos ombros, mas afinal que fantasma ele tinha visto? Ele apontava para a rua, olhos desmesuradamente abertos, gaguejou o nome do marido de Esmeralda que veio saber do que se tratava, o pretinho dirigiu-se a ela, Seu Deolindo caíra do trapiche do porto dentro do Guaíba e desaparecera rio abaixo. Camilo e Aníbal já estavam ali, Plínio veio correndo logo, Esmeralda botou as mãos sobre o peito, disse meu Deus e amparou-se no grosso tronco de uma ameixeira. A mãe pediu aos filhos que a ajudassem a carregar a filha para dentro, as negras continuaram a mexer os longos remos, senão o doce pegava, Camilo esperou que a irmã fosse colocada numa cama e que Plínio chamasse um médico, esgueirou-se pela porta dos fundos, saiu como uma sombra pelo portão de entrada e foi correndo na direção do armazém da Voluntários da Pátria. Foi direto ao trapiche central onde havia aglomeração de gente, policiais a cavalo dispersavam os curiosos a pranchadas de espada, enquanto diversas canoas e um barco maior se deixavam levar pelas águas atrás do corpo que ora desaparecia, ora vinha à tona. Um pouco mais abaixo um negrão de braços possantes fisgou com um arpão de atracação o corpo, pelo fundilho das calcas, quase na hora em que Camilo se aproximava a correr. Viu o cunhado, de quem não gostava, ficar dependurado naquela posição ridícula, quando as canoas chegaram e uma delas, a maior, conseguiu puxar o corpo escorrendo aquela água suja do cais, repleta de laranjas e de aguapés enegrecidos, depositando-o no fundo do casco entre tarrafas, restos de peixe e cordas.

Era a segunda morte que ele via em pouco tempo e aquilo lhe parecia muito estranho, as pessoas ficavam diferentes, olhos abertos, descompostos. Depois a missa de corpo presente, outra vez o luto fechado, o odor acre das velas de sebo na igreja, de mistura com o aroma das flores, as pessoas lacrimosas, Esmeralda dura e seca ao lado do caixão todo lavrado, ladeada pelo pai de feições inexpressivas e pela mãe que vez por outra enxugava uma pequena e furtiva lágrima que ameaçava descer dos olhos pelo nariz. Os irmãos todos no primeiro banco, o padre engrolando coisas em latim, Vinícius recém-voltado da viagem de casamento, muito bem vestido, porte distinto, mãos dadas com Eleonora, que mesmo naquelas horas de tristeza parecia sobrepairar a tudo e distanciar-se do ambiente, irradiando algo que Camilo não vira em nenhuma outra mulher. Fecharam o caixão aparafusando a tampa lavrada e polida, os homens pegaram nas alças e começaram a sair em silêncio e Camilo estranhou que não tocassem órgão, que não houvesse nenhuma música para o cunhado que insistia muito com seu pai para que o menino não fosse criado como uma dama, que fosse ajudar no empório exportador depois das aulas, carregar couros salgados que fediam como carniças mas que lhe enchiam as burras de dinheiro a cada dia que passava, embora ele continuasse morando quase junto daquela fedentina, numa casinha modesta, iluminada a querosene, dando os fundos para as águas imundas do Guaíba. Deolindo fazia os despejos da casa ali mesmo e tinha um barco pequeno, manejado por um velho negro, que entrava rio adentro para buscar corotes de água limpa para beber e para o uso da casa.

No cemitério cheio de gente, caleças, jardineiras e tílburis davam ao enterro a importância que ele de fato não tinha. Mas ali estava sendo enterrado o genro de Quirino Mortágua. Esmeralda sempre ao lado do caixão, com os olhos secos e sem brilho, assistiu impassível descer o corpo – tinha pedido que não abrissem o tampo – pelas mãos hábeis dos coveiros; jogou o primeiro punhado de terra quase com raiva. Outras pessoas fizeram o mesmo, depois os homens passaram a trabalhar com as pás até que o montículo foi formado e sobre ele depositaram coroas e ramalhetes e a família formou uma grande fila e todos passavam por eles, cumprimentavam, renovavam os pêsames e saíam olhando para os nomes gravados em pedras dos que ali já se encontravam há mais tempo. A família, por fim, começou a sair. Camilo deu a mão a Esmeralda, quase sem saber por quê, mas achou que a irmã mais velha estava precisando de algum apoio e assim saíram os dois, ela impassível como sempre, ele muito orgulhoso. Antes de subir numa das caleças, ele disse para a irmã que assistira quando o cunhado fora tirado das águas, pescado pelos fundilhos da calça, escorrendo água como um saco de areia. Levou um puxão de braço pelo irmão Francisco e logo a seguir foi colocado no tílburi da mãe e do pai. Viu quando Vinícius dava a mão para Eleonora subir para uma pequena jardineira de cor verde, com leves e delicados ramos brancos pintados nos arremates; sentaram-se os dois na poltrona capitonê, ele passou o braço sobre os ombros delicados de Eleonora e deu ordens para seguir.

No fim do ano o irmão Jeziel formou-se em Direito, sem festas nem comemorações especiais, o velho contrariado que aquilo não era profissão para filho de fazendeiro, mas o jovem muito alegre, o grande anel de prata e ouro, com um rubi vistoso encravado ao centro. Depois da formatura, quando já carregava o diploma com fita verde e amarela presa com lacre no grande retângulo cheio de arabescos, ele foi para o piano, começou a dedilhar o que lhe vinha à cabeça, Eleonora sentara-se a seu lado, o pai fechou-se no escritório, enquanto a mãe determinou que os criados servissem bebidas e doces para todos. Eleonora fez sinal para Camilo, que vestia um trajinho de veludo marrom claro, botinas muito polidas, cabelos alisados com gomalina. Ele sentou-se a seus pés, ela ficou passando os dedos em garfo a tentar desfazer o penteado feio, quando Plínio começou a tocar uma antiga polca, percorrendo com olhos tristes a família que se espalhara pela sala, enquanto os negros, em curvaturas exageradas, serviam as bebidas e os doces. Camilo recostou a cabeça no colo da cunhada, sentiu que ela tossia seguidamente e quando o marido aproximou-se ela disse que estava com a garganta muito irritada e que naquela noite tomaria antes de deitar algumas colheres de xarope de mel, guaco e agrião. Eles agora ocupavam o quarto maior, do segundo andar, com vistas para o fundo, de onde se via uma parte do Guaíba, os morros distantes e, quando a tarde caía e havia nuvens no céu, os dois podiam ficar abraçadinhos numa das janelas, apreciando o que eles chamavam de o mais belo pôr do sol de todo o mundo. Era quando as águas tranquilas do rio refletiam as cores deslumbrantes do ocaso, com fachos de luz atravessando as nuvens, até que o grande disco perdia o seu brilho, avermelhava-se, ganhava tons de roxo e por fim mergulhava no horizonte para ceder lugar à noite que costumava chegar lentamente, sem pressa nenhuma.

Camilo, antes de deitar-se, passou pela porta do quarto onde Esmeralda fora posta a dormir depois que enviuvara e ouviu, meio espantado, o ruído característico de alguém que chora com receio que outros ouçam. Ficou com muita pena da irmã, deitou-se, cobriu bem a cabeça apesar do calor intenso e, sem saber por quê, chorou antes que o sono o vencesse de todo.

4. O velho Quirino achava que Camilo andava muito atrasado nos estudos. Filho meu tira anel de doutor nem que seja para cuidar das vacas da estância e saber distinguir entre um pé de milho e uma ramada de melancia, mas não quero ninguém sem instrução, como eu fiquei quando meu pai morreu. D . Eudóxia fazia um crochê delicado, sentada na sua cadeira de balanço predileta; Camilo tentava decifrar coisas difíceis numa pequena mesa de muitas gavetinhas, cabeça apoiada na mão esquerda, o sono a querer chegar, enquanto Vinícius conversava amorosamente com Eleonora numa *confidente*, um sofá da segunda metade do século passado, formada por dois assentos estofados em forma de *s*, vinda da França, um dia, ninguém sabia por quem nem quando. Estofada em dourado, com braçadeiras pequenas de mogno trabalhado; grandes franjas circundando todo o móvel. Eles ficavam de lado, de frente e costas em posições opostas, trocando palavras em voz quase sumida, mãos dadas, Eleonora preocupada com o menino de nove anos que lutava com seus cadernos sebentos, meio desesperado porque não sabia fazer as coisas.

D. Eudóxia, sem olhar, disse que ele tratasse de fazer as lições, na manhã do dia seguinte, ela sabia, haveria sabatina e ai que seu pai soubesse que ele não fora bem. Foi quando a cunhada beijou a testa do marido, encaminhou-se para junto da mesinha e do menino, puxou uma cadeira de espaldar oval forrado de veludo vermelho, disse que gostaria muito de ajudar. Camilo sentiu um alívio enorme, abriu o caderno para que ela visse os enigmas terríveis que lhe davam no colégio e a seguir Eleonora começou a explicar tudo com voz tão doce e suave, com tanta persuasão, que Camilo de repente começou a entender as coisas e a achar tudo muito fácil. O velho examinava papéis e mais papéis na mesa grande, olhou bem para a cena do filho e da nora, balançou a cabeça e perguntou se ela teria paciência para abrir a cabeça dele e botar tudo o que havia nos livros lá dentro; o menino era muito distraído. A mãe pediu ao marido que não desencorajasse o menino, ele era inteligente, apenas precisava encarar as coisas com mais vontade. E isso ele tem, disse Eleonora com sua bela voz, passando a mão sobre a cabecinha do menino agradecido.

– E onde está Esmeralda? – perguntou o velho.

– Depois que enviuvou – disse D. Eudóxia –, ela tomou conta desta casa que não deixa nada para mim. Da sala da frente aos galpões de cavalariça lá nos fundos do pátio. Pobrezinha, deixou aquele trabalho duro no empório dos couros e veio para cá como se fosse contratada para ser a nossa governanta.

– Isso é bom para ela – disse Vinícius, acendendo um charuto. – Ela assim se distrai, ela gosta disso, e se a obrigassem a ficar sentada num sofá qualquer ia terminar morrendo de tédio. Esmeralda sempre foi assim.

– Saiu à minha mãe – disse o velho Quirino –, e quem sai aos seus não degenera, não é isso o que todos dizem? Deixem a menina cuidar da casa, é uma distração.

– Mas não precisava exagerar – disse a mãe, meio contrariada.

Eleonora prosseguia na lição, carinhosamente, Camilo sentindo o perfume de suas roupas, seu hálito fresco, a suavidade de sua mão quando pegava na dele para escrever uma palavra com mais perfeição.

D. Eudóxia não queria dar o assunto Esmeralda por encerrado.

– Acho que tudo está certo, concordo em que uma pessoa nas condições dela, depois de perder o marido, precise fazer alguma coisa para se distrair. Tudo bem. Só não vejo razão para uma Mortágua transformar-se de uma hora para outra numa criada de luxo na casa dos seus próprios pais. O que vão pensar os outros, quando souberem disso?

– Isso é um problema deles – disse o marido, remexendo sempre na sua papelada –, pois aqui ninguém bebe água na orelha de ninguém.

Vinícius acercou-se da mulher, abraçou-a pelas costas:

– Chega de ensinar esses meninos burrinhos, eles não aprendem nunca. E nada de dar a ele as coisas mastigadas. Está certo que ensine, mas deve obrigá-lo a pensar pela própria cabeça. É assim que se faz – disse ele dando um leve piparote na cabeça do irmão –, enfia-se a lição por um ouvido e tapa-se o outro para que nada se perca.

Camilo ficou zangado com o irmão, disse que ele não tinha nada que se meter, que fosse tratar das suas coisas e que deixasse Eleonora em paz, ela ajudava muito.

– Está bem – disse ele, cordato –, vou subir e tratar dos meus assuntos. Espero que esta lição não entre madrugada adentro.

– Não há perigo – disse Eleonora, passando a mão de leve no rosto do menino. – Camilo é o mais inteligente da família.

– Mais do que eu? – protestou Vinícius.

– Muito mais – disse ela, sorrindo com candura, dando um leve empurrão para que ele fosse embora e não atrapalhasse mais.

O velho Quirino deu um soco sobre a grande mesa da sala de jantar, disse que as coisas não estavam indo bem, estava sendo roubado escandalosamente só porque a família fazia questão de morar na cidade, quando todos deviam estar morando lá na fronteira. Os números não combinam nunca e o capataz encontra sempre uma justificativa qualquer para mostrar que o engano é meu. E depois ainda há aquela demanda de terras dos Chaves, dez advogados a fazerem chicana, juízes corruptos, leis safadas, mas uma coisa eu digo, posso perder aquela terra toda, mas não sobra um vivo para contar a história para os seus netos. D. Eudóxia olhou para o marido marcado pela idade, setenta e dois anos nas costas, ele não teria forças para vingança nem brigas muito acirradas. Disse para o velho: por que não entrega a causa para teu filho advogado e para o Francisco que estuda agronomia?

– Se a gente morasse lá, tudo seria mais fácil.

– Morar lá, como? – repeliu com energia D. Eudóxia. – Como é que se ia educar os filhos? Tu pensas numas coisas e esqueces outras.

– Mas eu sei – disse ele –, a cidade tem os seus apelos, os teatros, as festas, a casa boa, a sociedade encasacada que uma vez por mês vem aqui para comer e beber de graça. Uns pobretões que escondem a camisa furada por debaixo do paletó lustroso de alpaca inglesa. Conheço essa gente como a palma da minha mão.

Esmeralda entrou na sala, sentou-se numa poltrona perto da mãe e disse que estava tudo nos seus lugares e que as criadas tinham ido dormir.

– Ora, Esmeralda, a gente estava agora mesmo falando nisto tudo. Precisava ficar lá dentro como uma mucama, quando bastava dar as ordens e apenas fiscalizar? Tu não és empregada de ninguém, és dona da casa.

Ela não protestou, viu Eleonora ensinando Camilo, apontou para os dois:

– E ela não é professora de ninguém e lá está dando aulas para aquele malandro que não presta atenção na escola e depois vem para casa sem saber nada.

Eleonora sorriu, disse que adorava ensinar, se não tivesse casado com Vinícius teria sido professora. E Camilo não é nada disso que vocês dizem, é um menino aplicado e essa distração é própria da idade. Não é mesmo, Camilo?

– Tu vais deixar esse menino convencido – disse D. Eudóxia, concordando no fundo com os elogios da nora.

O pai continuava irritado, eles me roubaram papéis, documentos, falta o registro daquelas terras que limitam com o Ibirapuitã, o cartório de Alegrete já alegou que eles não estão registrados lá, mandei saber nos municípios vizinhos e nada e enquanto isso o gado vai desaparecendo como se subissem em carne e osso para o céu. Mas eles vão ver...

D. Eudóxia fez um muxoxo, largou o que estava fazendo, pediu à nora que encerrasse a lição e que por favor levasse o menino para a cama, estava na hora. Beijou o filho, passou a mão nos cabelos de Eleonora, ajudou a fechar os cadernos e os livros e dirigiu-se para Esmeralda, que se mostrava cansada, olhar perdido, olhando para o vácuo.

– Minha filha, vamos deitar, amanhã é outro dia. Deves estar caindo aos pedaços. E uma coisa: não quero que isso se repita. A partir de amanhã dá ordens, fiscaliza e controla tudo, mas nada de se matar como está acontecendo. Quero que levante mais tarde, pode sestear muito bem. Dirigir uma casa não é fazer serviço pesado, ainda mais com tanta negra por aí, muitas delas se fazendo de sonsas, se escorando umas nas outras como boi de canga. Vamos.

O velho Quirino esperou que a sala esvaziasse, cruzou os braços sobre a mesa e deitou a cabeça sobre eles, raivoso. Não sentia sono, não queria dormir.

5. O velho Camilo sentia falta de ar, suava ainda mais, braços dormentes, têmporas latejando, continuava duvidando do que via. O casalzinho sentado a três cadeiras distantes não se interessava pelo filme, enovelavam-se, respiração acelerada, confundidos numa unidade emoliente e rítmica. Outros mais pareciam não se dar conta de que aquilo ali era um lugar público, que havia gente ao redor, que todos viam aquela pouca-vergonha.

Lembrou-se de Cilita e Ramirez: estariam eles repetindo a pouca-vergonha da véspera? D. Consuelo tão cheia de pruridos moralistas, afinal achara normal que a mulher de um dos hóspedes passasse a dormir no quarto de outro. E se o marido chegasse? Estava com muita sede, mas não tinha coragem de levantar-se e sair a fim de beber um copo d'água no saguão de espera. O que diriam do filme, toda a sua família ali exposta à curiosidade de meio mundo, sua ingênua predileção pela cunhada Eleonora, ele um menino de nove anos? Doía-lhe o estômago e as pernas estavam dormentes, e pensou no ridículo se aquelas cenas todas o fizessem chorar, quando o gerente, à saída, notaria; quando os demais funcionários iam perguntar a ele se o filme lhe comovera daquela maneira. Nem poderia permanecer na sala de projeção após o final da sessão, que logo vinham os fiscais retirar todas as pessoas, principalmente aqueles casaizinhos desavergonhados que gostavam de prosseguir mesmo depois que as luzes se acendiam e os assistentes começavam a retirar-se. Precisava conter-se. Ninguém reconheceria naquele velho de agora o menino que fora no vetusto e belo casarão da Independência. Esse pensamento o aliviou: só ele sabia que família era aquela, quem era o velho dono da casa, os rapazes, a irmã mais velha, a bela mulher diáfana que tinha sido a sua cunhada Eleonora.

Olhou para trás, ajeitou-se na cadeira molhada e discretamente passou para a poltrona do lado, o que não adiantou grande coisa. Ele é que estava molhado de suor, não a cadeira. Prestou atenção ao filme, viu que estava um pouco mais velho, teria já os seus treze anos. Esmeralda, cabelos grisalhos, movia-se pela casa como um feio fantasma.

6. Aníbal, com quinze anos, estuda harpa em casa, com professor particular. Sente-se envergonhado, pede para que as aulas sejam dadas na última sala do segundo andar, um pequeno quarto desguarnecido. Trancava a porta, brigava quando os irmãos mexiam com ele porque estudava harpa, que era instrumento de mulher. Numa das brincadeiras, quando se encontrava com eles um amigo morador na casa vizinha, Plínio lhe disse, exageradamente sério, imitando o pai: menino, toca para dentro que está na hora da aula de harpa com o Professor Inácio. Raivoso, Aníbal avançou contra o irmão desprevenido, tinha um galho de árvore na mão e com ele começou a bater furiosamente, ferindo-o no rosto a ponto de sangrar. Contido pelos outros, Aníbal chorava de ódio e repetia, eu te mato. Plínio ainda tentou agarrá-lo para vingar-se, mas Aníbal já havia sumido rumo ao quarto, trancando-se por dentro. D. Eudóxia examinara as feridas, passava água boricada, disse que Aníbal ia ser severamente punido. Então aquilo era coisa que se fizesse com um irmão, e ainda por cima com um irmão mais velho? Quando a mãe saiu em direção ao quarto de Aníbal, Camilo correu atrás dela, segurou-a pelo braço, mãe, a culpa não foi de Aníbal, o Plínio provocou a briga e ridicularizou o outro na frente do Adalberto aí do lado. D. Eudóxia pediu que ele contasse o que tinha acontecido. Ficou pensativa.

– Mas isso não justifica ter o Aníbal batido com uma vara no rosto do outro. Podia até cegar o irmão. Pelo menos vou dar-lhe uma lição à altura.

Camilo seguiu atrás dela, ficou a seu lado enquanto ela batia forte na porta:

– Aníbal, abra esta porta, saia daí, vamos conversar.

– Não abro, não abro e pronto.

– Aníbal, não seja teimoso, eu quero apenas conversar.

Ouviram o choro do rapaz, Camilo pediu que ela deixasse a conversa para outra hora, ele estava muito sentido com o que acontecera e com o que fizera ao irmão. D. Eudóxia decidiu esperar:

– Está bem, já que não quer conversar comigo vai conversar com seu pai assim que ele chegar. E sabe muito bem que ele não é como eu.

A porta abriu-se como por encanto, Aníbal, olhos vermelhos e inchados, olhava temeroso para a mãe e notou que Camilo estava perto.

– Camilo viu tudo, ele sabe como foi. Vamos, Camilo, conta para a mãe como se passou tudo. O Plínio quis me humilhar na frente desse Adalberto que depois sai espalhando por toda a cidade. Ele me provocou e eu não tenho sangue de barata.

– E precisava ter batido no rosto de seu irmão com uma vara cheia de pontas? Não se lembrou que podia cegar o outro?

– Não. De outra vez ele sabe que eu não sirvo para brincadeira.

– Vou ter que contar tudo para seu pai, pois caso contrário o Plínio te pega por aí e te bate para valer. Sabe como ele é.

– Eu vou andar de agora em diante sempre armado com um canivete.

– Menino! – gritou a mãe, indignada. – Se eu descobrir um canivete no seu bolso, palavra que mando teu pai te dar uma lição para nunca mais esquecer. E vai ser um negro desses que vai te bater com vara de marmeleiro.

– Eu fujo de casa e pronto!

– Cale a boca. Trate de lavar o rosto e as mãos. Depois vamos ter uma conversa diferente. Trate de arranjar-se.

Afastou-se batendo com os pés no assoalho de tábuas largas. Camilo entrou no quarto, disse que ele não precisava ter batido com a vara, tudo não passara de uma brincadeira boba, de irmão.

– É, brincadeira de irmão! E com a besta daquele Adalberto ali perto, escutando tudo. Sabe do que mais: não estudo mais harpa, nem que o pai me mate.

– Olha que o pai não é de brincadeira, Aníbal. Deixa as coisas assim e numa hora boa tu convence o velho de que quer estudar outra coisa.

– Ora, só porque tem uma harpa nesta casa logo eu é que tenho de estudar aquela porcaria! Não quero mais saber de harpa.

Camilo mandou que ele obedecesse à mãe, não custava nada, dentro de poucos minutos mais o pai estaria chegando da rua.

– E o pai não anda bom com aquele negócio de briga nas terras lá do Alegrete – disse Camilo, que não conhecia muito o problema. – Ele explode por dá cá aquela palha. Vai lavar a cara e as mãos, trata de te recompor, deixa de ser bobo senão a coisa piora.

– E tu achas que o Plínio vai me bater mesmo? – perguntou Aníbal amedrontado, olhos arregalados, a tremer.

– Isso eu ajeito com a mãe e ela não deixa. Vamos embora.

Ao descer a escada, Aníbal ficara no quarto tratando de lavar-se, Camilo encontrou Eleonora que acabara de chegar do médico. Vinha muito pálida, nem um leve rosado nas faces, olhos grandes e brilhantes. Esticou os dois braços e manteve Camilo a certa distância:

– Como vai o meu filhinho? Não deve chegar muito perto, o médico recomendou que por uns dias eu fique longe das pessoas e isso é coisa que só os médicos sabem a razão.

– Mesmo longe do Vinícius?

– Acho que sim, mas deve ser por pouco tempo.

O marido apareceu lá embaixo, subiu a escada de dois em dois de graus:

– Minha querida, por que não me esperou para não subir sozinha toda esta escada?

Abraçou-a comovido, passou a mão sobre a cabeça do irmão, que não entendia mais nada, venceu a resistência de Eleonora e beijou-a nas faces, carregando-a delicadamente para cima. Camilo ainda ficou parado olhando os dois sumirem em direção ao quarto, desceu devagar, pensativo, que doença teria Eleonora, afinal? Foi encontrar-se com Plínio que gemia pelos curativos que sua mãe lhe fazia com Água de Guerra, resmungando e ameaçando Aníbal, ele me paga, o salafrário, vou lhe dar uma lição que nunca mais vai esquecer. A mãe prosseguia nos curativos, disse que ele calasse a boca e que se batesse no irmão mais moço ia se haver com o pai e com ela própria. Não tinha nada que desmoralizar o irmão na frente dos vizinhos.

– Desmoralizar? Mas ele não estuda harpa mesmo?

– Estudava – disse a mãe, resoluta. – De hoje em diante ele vai estudar o instrumento que ele quiser. E não se fala mais nisso.

– Ah, então só porque se diz que alguém estuda um instrumento, já é motivo de mudar? Eu estou aprendendo piano e se ele disser isso aí fora eu deixo de estudar piano também?

– Tu sabes que não é nada disso. É porque dizem que harpa é instrumento de mulher.

– Piano também, ora essa.

– Mas é diferente. E sabe do que mais? Não se fala neste assunto daqui para a frente. Está tudo terminado. E o primeiro que desobedecer vai ver só com quantos paus se faz uma canoa. Entendido?

A mãe falara tão séria e agastada que Plínio ficou quieto e sentiu que a sua vingança não ia ser possível. Até um certo ponto ela ia, depois que ninguém tentasse experimentar se falava sério ou não. Pensou numa vara longa, bem áspera, com a qual batesse em Aníbal até não poder mais.

No dia seguinte D. Eudóxia saiu quase a correr da cozinha. Aníbal gritava desesperado e raivoso, enquanto os irmãos se mostravam quietos e calados.

– Afinal, o que houve por aqui novamente?

Plínio disse que a mãe perguntasse para o filho que gritava, ninguém tinha visto nada. Aníbal chorava e apontava para Plínio, gago e furioso, não conseguia dizer nada.

– Implicaste de novo com teu irmão?

– Eu, mãe? Mas se eu nem abri a boca – olhou para os demais: – Eu disse alguma coisa para ele? Falem, vamos, eu disse, eu abri a boca?

Todos fizeram sinal negativo. Aníbal enxugava os olhos com a manga do casaco e soluçando começou a dizer que o irmão tinha feito o gesto de quem toca harpa, rindo-se dele. Plínio jurou que era mentira e só Camilo, que tinha visto, sentiu remorso por não dizer à mãe que o irmão mentia, que ele havia mesmo provocado o outro. D. Eudóxia botou as mãos na cintura, fez a sua cara mais enfarruscada, depois apontou para os dois brigões e disse:

– Se isso se repetir, já sabem: vão os dois de castigo e não vão sair no sábado e no domingo. Está bem claro?

Deu meia-volta e retornou para a cozinha, onde ficou ajudando a filha Esmeralda no comando das criadas.

Camilo aproximou-se de Plínio e disse que vira ele fazer os gestos de um tocador de harpa, e que se ele tornasse a fazer aquilo ele ia contar tudo para a sua mãe. Plínio deu-lhe um safanão fraco, ameaçou bater-lhe, então ele ficava do lado do outro? Pois não perdia por esperar. Não o levaria mais para ver as regatas na raia dos Navegantes. O menino disse que não tinha importância, ele não gostava mais de provas de remo. Depois que vira tirarem o corpo do marido de Esmeralda das águas sujas do cais, afastara-se do rio como quem teme um castigo qualquer. Quando os remadores batiam com as pás na água lhe parecia que batiam na cabeça do cunhado, esfacelando-a ainda mais e tingindo de sangue o rastro deixado pelos barcos. Se Plínio não o levasse mais, melhor ainda.

7.

Eleonora passava boa parte do dia sentada numa espreguiçadeira no terraço de seu quarto, tomando xaropes e lendo, às vezes dormindo, outras vezes com o livro deitado sobre as pernas, olhar vago e distante, voltado para o céu. Quando Camilo recebia permissão para ver a cunhada, davam-lhe uma cadeira colocada longe, cerca de dois metros, de onde não podia afastar-se, segundo as ordens expressas da mãe.

– O meu queridinho tem estudado bastante? – perguntava ela com sua voz musical.

– Tenho.

– E não sente falta da professora particular para a matemática? Por enquanto eu não posso ajudar, mas acho que dentro de mais algum tempo tudo volta ao normal.

– E por que não pode me ensinar como antes?

– O doutor disse que eu estou muito fraca e que devo descansar muito. O Vinícius não quer que eu pegue numa agulha. Chega a achar que o livro que leio é muito pesado... – riu com muita graça, depois virou o rosto para o outro lado e Camilo notou que ela queria esconder uma lágrima, pois logo a seguir ela passou a ponta de seu lencinho de rendas sob os olhos.

Quando tornou a olhar para o menino, já sorria e disse que um bichinho qualquer entrara num dos seus olhos. Camilo fez sinal de que acreditava e perguntou:

– Tu não podias me contar aquela história da morte do teu pai, em pleno campo de batalha, em 93? Eu ouvi só uns pedaços, quando papai te escutava uma noite, mas achei tão bonita... Ele era muito valente?

Eleonora sorriu e disse que as pessoas deviam esquecer os mortos. Afagava carinhosamente o colar de pérolas que sempre trazia ao pescoço, com várias voltas, e disse:

– Ele era muito valente, sim. Morreu lutando no dia 3 de maio daquele ano, na batalha campal de Inhanduí.

– Havia muito soldado nessa batalha?

– Pelo que eu li, depois, papai fazia parte das tropas do General Joca Tavares, do Coronel Salgado e de Gumercindo Saraiva. Deviam ser uns seis mil e quinhentos homens.

– Puxa, tanto assim?

– Talvez até fossem mais. Pois quando eles se aproximaram do Inhanduí, afluente do Ibicuí, foram surpreendidos pelas tropas do General Francisco Rodrigues Lima e do Senador Pinheiro Machado. Eles tinham um número menor de homens, cerca de quatro mil e quinhentos ou pouco mais. A batalha durou o dia inteiro. Meu pai, o Coronel Faustino Silveira, morreu num dos choques e seu corpo só foi encontrado dois dias depois. Foi enterrado lá mesmo e se um dia passares pelo local poderás ver o belo túmulo de pedra que ergueram ali, com uma inscrição muito bonita.

– E eles ganharam a guerra?

– Houve muitas batalhas depois disso, e ela, a guerra, ficou conhecida como sendo a Revolução Federalista.

– Que idade tu tinhas quando ele morreu?

– Ah, eu era uma menininha de uns quatro anos, talvez cinco.

– Então nem ficou sabendo de nada?

– De nada, nada. Mamãe é que deve ter ficado muito abatida. Eu me lembro que durante muitos anos ela ainda falava nele, mostrava para os filhos o retrato dele, fardado, muito bonito, bigode grande de pontas viradas, pose de general prussiano, fardamento escuro cheio de alamares e dragonas com franjas que caíam sobre as mangas.

– E quantos filhos eram?

– Três. O Manuel Lucas, que morreu dois meses depois que nasceu. Ninguém ficou sabendo de que doença. A Mariana, nome tirado da minha avó materna; morreu vítima de um acidente durante os festejos de passagem do século, aqui mesmo na Redenção.

– Que acidente?

– Nossa, queres saber tudo! Ela foi atingida por um rojão de grande potência e foi a coisa mais horrível que eu vi em toda a minha vida. Ela era dois anos mais moça do que eu, tinha portanto naquele ano, deixa eu ver, tinha onze anos. Mamãe quase morreu de desgosto e eu pensei também que a vida ia se acabar naquele dia para todo o mundo. E agora uma perguntinha para o meu querido: podemos conversar sobre outras coisas?

Camilo remexeu-se na cadeira, escutou atento para ver se não vinha ninguém e perguntou rápido:

– Só uma coisa: por que não tira esse colar, de vez em quando?

Eleonora mudou de fisionomia, pensou um pouco, não queria esconder aquilo para o cunhadinho.

– Por que eu não tiro este colar nunca, não é isso? Pois este colar era de minha mãe, presente de meu pai um dia antes de embarcar com as tropas de Gumercindo Saraiva. Quando chegou a notícia de sua morte ela me levou para seu quarto, me deu o colar e disse que a partir daquela data ele era meu e que nunca devia deixar de usá-lo, que meu pai ficaria contente lá em cima. Não sei se isso acontece de verdade, mas eu gosto de fazer a vontade dela e acho que com isso agrado a memória do papai. Está satisfeito?

Camilo fez que sim com a cabeça, depois perguntou que livro ela estava lendo. Eleonora disse que era um belo livro francês, de um autor de nome Stendhal e que se intitulava *Le Rouge e le Noir*, que em português podia ser traduzido como *O Vermelho e o Negro*. Ele foi um grande autor de renome mundial e eu gosto muito deste aqui.

– Mas eu não sei francês.

– Ora, a gente aprende logo, tu vais ver.

Vinícius chegou, foi direto à mulher, beijou-a na testa sob protestos dela, afinal ele não obedecia às recomendações do médico, ele era rebelde. Vinícius fez cara feia, disse que não gostava de médico e não ia seguir recomendação nenhuma. Virou-se para Camilo, passou a mão rapidamente por seus cabelos, deixando-o arrepiado, e perguntou o que estava ele fazendo ali, cansando Eleonora com suas eternas perguntas.

– Que é isso! – protestou ela, amuada. – Ele só me dá alegria. Quero que ele venha mais seguido aqui para a gente conversar.

– Ótimo – disse Vinícius –, mas agora toca lá para baixo, Eleonora vai para a cama, está na hora de tomar outros remédios, ela precisa ficar boa até o Natal, quando faremos uma festa de marcar época.

Camilo desceu as escadas devagar, sem vontade, sentia-se meio abandonado naquele casarão quando Eleonora não descia. Ao chegar lá embaixo ouviu a voz da mãe ordenando que ele fosse pegar nos livros, estava na hora das lições. Enquanto folheava os livros e rabiscava coisas nos cadernos, sua imaginação corria os campos de batalha da Revolução de 93, via o pai dela lutando como um herói, derrubando os cavaleiros inimigos com sua espada veloz, até o golpe traiçoeiro que o matara. Sentiu ganas de estar junto e abater o inimigo como se faz com um cão raivoso. Eleonora o beijaria, agora, agradecida por ter salvo o seu pai, todos o olhariam com respeito e admiração, receberia uma grande medalha colorida, posta no seu peito pelo General comandante das tropas.

De onde estava, ouvia os estudos de violino de Francisco, o falatório das negras na cozinha e, no pátio grande, o vozeirão dos negros, mais distantes, lidando com os cavalos das carruagens.

8. Quando Camilo subiu as escadas que davam para o segundo andar, levado pela mão trêmula de sua mãe, sentiu que algo não se passava como devia. A casa estava mergulhada na semiobscuridade, havia um estranho silêncio e tudo ainda era mais fantástico porque a casa devia estar engalanada para as festas de fim de ano, dentro de dois dias seria o Natal. D. Eudóxia estacou na porta do quarto de Vinícius e de Eleonora, que só não estava mergulhado na escuridão total pela luminosidade pálida de uma lâmpada, colocada sobre uma grande cômoda de muitas gavetas e objetos antigos. Camilo vislumbrou Eleonora deitada, cabeça afundada no largo e alvo travesseiro e notou logo que lá estava o colar de pérolas com seu brilho fosco e que passava quase despercebido. A cunhada virou a cabeça para o lado da porta, ele viu quando Eleonora sorriu quase de maneira imperceptível, tirou debaixo dos lençóis uma das mãos e abanou vagarosamente para ele.

– Mamãe, eu quero ir lá perto dela.

A mãe abaixou-se e sussurrou que não podia, era proibição médica.

Ele quis protestar e D. Eudóxia colocou a mão sobre sua boca e disse que ele ficasse caladinho, senão teria que descer logo. Ele perguntou por que não podia chegar lá perto, ela era sua maior amiga. A mãe abraçou o menino, lágrimas escorrendo pelas faces, disse ainda mais baixinho, voz embargada;

– Não pode, meu filho, ela está morrendo.

Ele deu a impressão de que não entendera nada. Viu quando o médico tomava o pulso da cunhada, Vinícius rígido, apoiado na cabeceira lavrada da grande cama de madeira escura, o velho Quirino sentado numa cadeira bem longe da nora, que se mostrava paralisada. Por todo o quarto um cheiro desagradável de remédios e desinfetantes, no corredor os seus irmãos se aglomeravam e tentavam espiar por cima do ombro do irmão mais moço. D. Eudóxia puxou Camilo, que fazia tentativas de entrar cada vez mais; mandou que todos descessem sem fazer barulho e carregou Camilo para os fundos do corredor, onde havia uma janela que deixava entrar um pouco de ar fresco.

– Mamãe, que tem a Eleonora?

– Meu filho, ela está tuberculosa e os médicos não puderam fazer nada.

– Mas ela me disse há muito tempo que este Natal seria o Natal mais alegre de toda a família.

– Eu acho que era isso mesmo que a pobrezinha queria, mas os médicos dizem que ela não passa desta noite.

– E por que eu não posso chegar perto dela e conversar um pouco? Ela não ia piorar só por isso.

– Meu filho, a tuberculose é uma doença contagiosa, que passa de pessoa para pessoa com muita facilidade. Ninguém pode chegar muito perto, nada dela pode ser usado por outras pessoas.

– E como é que o Vinícius pode chegar e até dorme na mesma cama? Em marido não pega?

– Vinícius tem a cabeça muito dura e se recusou a se afastar dela como os outros. Ele disse que como marido o seu lugar era sempre ao lado dela e que não se importava se ficasse doente também. Disse que se ela morresse a vida não valeria mais nada para ele.

– Então ele está também com essa doença?

– Talvez não esteja. Há certas pessoas que a doença não ataca e pode ser que Vinícius tenha muita sorte. Ah, meu filho – disse ela desatando em largo pranto, debruçando-se no peitoril da janela –, isso não podia acontecer, Eleonora não merecia esta sorte, eu acho que Deus nos abandonou.

Camilo estranhou muito as exclamações da mãe, tão religiosa ela sempre se mostrara. Começou a chorar também e a mãe pediu, entre soluços contidos, que não fizesse barulho, de onde estava ela podia ouvir. Camilo enterrou a cabeça no regaço da mãe e depois disse, resoluto:

– Este ano não quero Natal nem Ano Novo!

A mãe disse que ninguém da família ia querer. Seria um fim de ano cheio de tristeza e de luto.

Na manhã seguinte, quando Camilo acordou, ouviu ruídos estranhos no primeiro andar, tratou de vestir-se apressadamente, desceu as escadas com a cara ainda molhada e viu muita gente aglomerada pelos cantos, um grande caixão sobre pedestal metálico e quatro velas dispostas em cada canto. Sabia que era Eleonora a morta, apesar do lenço que cobria seu rosto. Viu quando alguns homens estranhos e mal vestidos trouxeram de um canto a tampa do caixão, fechando-o. Vinícius, muito pálido, parecia feito de pedra. Não mexia com um músculo do rosto. Não olhava para lado nenhum, tinha os olhos cravados no caixão e parecia não ouvir as pessoas quando passavam por ele e davam-lhe os pêsames. Esmeralda também não chorava. Mantinha-se impassível a pouca distância do caixão. O velho Quirino afundara numa poltrona de veludo vermelho que haviam coberto com um pano preto, os espelhos também cobertos, a mãe ao lado do marido, apoiada no seu ombro, sem soluçar nem gemer, apenas deixando que as lágrimas abundantes descessem pelas faces murchas, vincando ainda mais o rosto macerado. Um padre e seu acólito chegaram, D. Eudóxia foi recebê-los, beijou a mão do sacerdote, conduziu-o a uma pequena sala onde ele abriu a sua maleta e se paramentou. Quando iniciou o ato religioso, Camilo deu meia-volta e saiu correndo para o pátio e andou um pouco sem direção. Ultrapassou as estrebarias, correu as galinhas aos pontapés e depois começou a pegar os pintinhos amarelos como pequenos e delicados pompons, esmagando-os entre duas pedras, enquanto chorava raivoso, com vontade de acabar com o mundo e com tudo o que nele existia.

9. Passou o lenço nos olhos, chorava agora no cinema, como se tudo aquilo estivesse se passando naqueles dias, como se o Natal estivesse próximo. Via na escuridão da sala, quase a seu lado, duas poltronas além, uma mulher diáfana, luminosa, belos cabelos, sorriso suave e fala mansa.

Ostentava no alvo pescoço um colar de pérolas foscas, por certo seria Eleonora. Tudo na sala de projeção continuava como antes, ninguém chorava diante da cena da morte daquela bela mulher que passara por sua vida como uma fada misteriosa, intocável, volátil, de uma beleza que atravessava as coisas e se materializava no ar, como um ectoplasma. Lembrou-se do irmão Vinícius, na sua aparente fortaleza. Limpou os olhos, comovido. O filme prosseguia. Viu logo que estavam em 1913, a irmã Esmeralda nas lides caseiras, como uma negra, rosto cada vez mais duro, gestos ríspidos, mal-humorada, trajes grosseiros. Ele acabara de chegar da rua, dezessete anos, a correr feito um doido, gritando pelo pai e pela mãe, havia passado nos exames para a Faculdade de Direito, era agora um acadêmico.

10. A mãe foi a primeira que ele encontrou D. Eudóxia abraçou o filho com lágrimas nos olhos, com que então temos breve um novo doutor nesta casa! O pai abriu a porta de seu gabinete, veio ao encontro do filho, muito bem, eu não esperava outra coisa. Camilo, num átimo, transfigurou-se, puxou a mãe para si:

– Sabe, mamãe, caiu um ponto tão difícil para os outros e que para mim estava todo na ponta da língua. Justamente aquilo que Eleonora me ensinou tantas vezes, até que entrasse na minha cabeça, como costumava dizer. Me lembrei tanto dela!

Os irmãos correram para abraçá-lo – menos Francisco, que estava cuidando naquele mês dos assuntos da estância de Alegrete, já sem uma boa parte, perdida pela ação judicial movida por uns vizinhos inimigos de morte. Um novo advogado na família, repetia a mãe. Isso merece uma comemoração. Vamos ter hoje à noite um jantar especial, quero convidar uns bons amigos que pediram tanto a Deus por ti durante os exames.

O velho Quirino chamou Plínio, que acorreu logo. Ordenou que ele fosse até os escritórios da Companhia Fiat Lux, que a eletricidade estava falhando e ele não queria que faltasse luz justamente naquela noite de jantar especial. Havia os grandes candelabros de gás, mas o cheiro que se desprendia deles empestava a comida e o ambiente ficava quase intolerável. Plínio disse que ia trocar de roupa e pediu que Camilo corresse lá nas cocheiras para mandar atrelar os cavalos num dos carros.

– Depois do almoço – disse D. Eudóxia alegre –, vamos nós dois na Rua da Praia escolher uma roupa bonita e elegante para que todos vejam desde já o advogado que vem aí. Vamos escolher também um belo par de botinas pretas com gáspea cinza, como as do teu pai.

Virou-se para os outros:

– Não quero ver ninguém molambento hoje de noite, festa é festa; estás ouvindo, Esmeralda?

A filha não disse nada, fez que sim com a cabeça e saiu da sala. A mãe se lamentou, não podia compreender a filha que se desencantara da vida de vez, que andava sempre com aquelas horríveis roupas escuras, num luto que não acabava mais. Ao passar pelo marido disse em voz baixa: e logo por aquele grosseiro vendedor de couro salgado!

Vinícius, macambúzio desde que a mulher morrera, não saía mais de casa, falava muito pouco e agradava sempre Camilo, o irmão que ele sabia que Eleonora adorava mais do que todos os outros. Era como se fosse o filho que não haviam tido. O retrato de Camilo estava ao lado dos demais retratos que ele mantinha sobre a cômoda no quarto, aquele que haviam tirado no dia do casamento, o retrato de casamento dos pais e agora, dependurado num pequeno cabide de parede, o colar de Eleonora, de pérolas opacas e quase sem vida, mas que parecia fazer parte dela como se ainda vivesse. Às vezes Vinícius chamava pelo irmão caçula, sentavam-se os dois no pequeno terraço ao lado de seu quarto, lembravam coisas passadas, mas Eleonora parecia estar entre os dois, Camilo espichava a cabeça e via no quarto a mesma cama e vinha à lembrança a cunhada no seu último dia de vida, a mesma beleza de sempre, o mesmo olhar triste, a estranha luminosidade que parecia sair de dentro dela. Camilo queria saber por que ele não voltava a trabalhar, afinal deixara o seu escritório de engenharia, os seus negócios abandonados, nunca mais botara os pés lá. Vinícius sorria amargurado, mas por que iria voltar ao trabalho? Não queria mais nada da vida, tudo perdera importância. Quando Camilo, em determinada noite, lhe sugerira casar novamente, começar tudo de novo, Vinícius olhou firme para o irmão e perguntou:

– Tu achas mesmo que eu posso encontrar outra mulher igual a Eleonora?

Apanhado de surpresa com a pergunta, Camilo não soube dar outra resposta:

– É verdade. Jamais.

Vinícius se levantara, acenou em silêncio para Camilo, entrou para o quarto e fechou a porta. O rapaz sentiu um nó na garganta, compreendeu todo o drama do irmão mais velho e desceu as escadas, lentamente, perguntando para si próprio se ele mesmo encontraria outra criatura que de longe se assemelhasse a ela. Enrijeceu os músculos do rosto e sentiu um certo tipo de orgulho por estar sabendo vencer as crises de choro, que antes eram incontroláveis. Pensou, achando certa graça, que afinal estava se tornando um homem.

Na hora do almoço o pai fizera a oração de sempre, pegou a grande faca afiada e o garfo maior e começou a cortar finas fatias de pernil, botando no prato de cada um que, por ordem, ia estendendo o braço. Era como ele sempre fazia. Com que então o menino estava agora na Faculdade, disse o velho enfiando o guardanapo no colarinho, e dentro de mais alguns anos teremos um bom advogado em casa para defender aquele litígio de terras lá do Alegrete. Disse que seu pai deixara as coisas muito atrapalhadas e que depois dois cartórios haviam sido devorados por incêndios criminosos.

– Eles estão me roubando, mas se enganam se pensam que as coisas vão ficar assim – disse ele, servindo-se de macarrão.

A mãe perguntou por Vinícius e pediu a Plínio que fosse lá em cima chamá-lo. Camilo pediu que ninguém fosse lá, o irmão estava muito abatido, falara muito na mulher que morrera, trancara-se por dentro.

– Mas ele precisa comer como qualquer ser humano – disse ela.

– Deixa o rapaz – disse o velho –, depois ele come qualquer coisa, não adianta obrigar ninguém a comer. Quando sentir fome ele desce, vai à cozinha e pede para Esmeralda qualquer coisa para matar a fome. Pobre rapaz!

Camilo pediu que deixassem a coisa com ele, depois do almoço ele mesmo iria lá em cima levar um prato feito para o irmão. Nunca vi ninguém tão abatido, palavra de honra. E não é para menos. A vida tem coisas tão esquisitas que eu às vezes fico a pensar se vale a pena as pessoas terem religião, acreditarem numa vida futura, ter fé seja lá no que for. O velho passou o guardanapo nos bigodes, lançou um olhar duro para o filho e disse que não permitia que se dissesse heresia na hora das refeições. Se Deus não existisse nós não estaríamos a esta hora reunidos em torno desta mesa, com alimento farto, todos com saúde.

– Mas Maria Eudóxia e Eleonora... – disse Camilo.

– Cale a boca, Deus sabe o que faz. Quanto sofrimento o Senhor não evitou que elas padecessem. E não se toca mais neste assunto – disse, virando-se para dentro e perguntando: – Afinal, qual é a sobremesa de hoje? Não quero saber de doce de abóbora, nem de batata-doce...

D. Eudóxia bateu palmas, impediu que Esmeralda fosse pessoalmente buscar a sobremesa e, quando uma das negras apontou na porta que dava para a cozinha, perguntou:

– Ainda tem aquele doce de figo em calda?

– Ah, isso sim, doce de figo em calda eu quero.

Neste preciso momento o estampido de um tiro, vindo de cima, deixou a todos paralisados. D. Eudóxia cruzou as mãos sobre o peito. O velho manteve a mesma posição ereta, paralisando a mão que passava o guardanapo na boca. Camilo saltou de sua cadeira e subiu a escada numa correria desenfreada, indo direto para o quarto de Vinícius. Jeziel, Plínio e Aníbal chegaram quase juntos com ele, batendo na porta e esperando que Vinícius respondesse alguma coisa. Trancada a fechadura, os irmãos se reuniram e começaram a fazer investida de ombro até que a porta abriu-se num repelão. Atrás deles já estava o velho Quirino, maxilares apertados, adivinhando a desgraça. D. Eudóxia mal atingira o último degrau, coração a querer sair pela boca. Vinícius estava recostado na cama, sobre os travesseiros, como se estivesse dormindo. Espalhados sobre a colcha os retratos dos pais, o dele e de Eleonora no dia do casamento, o colar de pérolas e o retrato de Camilo aos nove anos. Tinha na mão direita um revólver calibre 38 e do peito, altura do coração, corria um filete de sangue, manchando a camisa alva e parte da colcha. Seus olhos estavam muito abertos, assustados.

O velho Quirino impediu que a mãe entrasse, os filhos a conduziram para o quarto ao lado, Plínio desceu aos pulos os degraus e correu para os fundos em busca de um tílburi para buscar um médico, embora soubesse que nada mais ia adiantar. Camilo sentou-se ao lado do irmão que ele queria como um pai, recostou a cabeça em seu ombro e ficou ali, vazio por dentro, distante, passando as mãos pelos cabelos do morto. Esmeralda surgiu na porta, deu um grito e caiu pesadamente ao chão, como morta. Todos correram para socorrê-la, foi levada para outro quarto, Aníbal pediu às negras que se acotovelavam no alto da escadaria que trouxessem éter ou mesmo álcool e logo depois conseguia fazer com que a irmã voltasse a si. Com um ar de doida, pediu que trouxessem Vinícius, precisava revelar um segredo muito sério para ele, eu não posso morrer sem dizer uma coisa para o Vinícius, só eu sei, tragam o meu irmão, mas afinal o que estão esperando? Afastou enérgica a mão de Aníbal que tentava fazer com que ela continuasse cheirando o algodão, gritou que saíssem dali, ela queria Vinícius.

Quando o médico chegou foi atender primeiro D. Eudóxia, depois de constatar que quanto a Vinícius nada mais havia a fazer. Conversou com ela calmamente, fez com que tomasse uma colherada de um líquido escuro e de cheiro forte, conversou mais e saiu do quarto quando a velha ressonava. Quando entrou no quarto de Esmeralda foi recebido com gritos e impropérios, quem é este diabo que se mete nos quartos dos outros sem pedir licença? Eu já disse que não quero ninguém aqui! E por que Vinícius não vem se eu já chamei milhares de vezes, vamos, saiam já daqui. Encolheu-se toda quando o médico aproximou-se, sentando-se à beira da cama e abrindo sua maleta de fole. Quem é este homem? Não quero médico nenhum, ele é médico, eu não estou doente, rua daqui! O doutor falava manso com ela, dizia coisas desconexas, passou-lhe um pito carinhoso pelo desalinho do cabelo, mas então uma moça bonita assim sem passar um pente no cabelo, com este vestido tão feio, deixe eu ver aqui o seu pulso, abra bem os olhos, respire fundo, assim. Esmeralda foi perdendo a resistência, deixou-se cair sobre os travesseiros, ainda falou em Vinícius e por fim tomou as poções dadas pelo médico, que dizia que aquilo seria muito bom para ela. Eu sei, ele dizia, que você quer dormir, que está com muito sono, assim, o sono é bom, faz bem, descansa o corpo e o espírito.

Feche os olhos, relaxe os músculos, durma, nós ficamos aqui a seu lado, cuidando, não precisa temer nada.

O velho Quirino deixara a mulher e agora estava de pé na porta, atento ao que fazia o médico, fisionomia fechada, testa franzida. Quando Esmeralda dormiu, o médico levantou-se, guardou vidros e colheres na maleta, fechou-a e dirigiu-se ao dono da casa.

– Coronel, precisamos internar sua filha, antes que ela acorde. Seu estado não é nada bom. Mas deixe isso comigo, que a família já tem muitas coisas a fazer. Meus pêsames, o rapaz não merecia esta morte. A perda de sua mulher foi um golpe duro demais para ele. Se me dá licença vou providenciar a vinda de um carro para levar sua filha para a casa de saúde. Ela se recupera.

Retornou ao quarto onde Vinícius se encontrava ainda na mesma posição, Camilo passando a mão sobre seus cabelos e alisando seu rosto. Tirou da maleta um talão de receituário e começou a passar o atestado de óbito. Em determinado momento aproximou-se do cadáver, pediu a Camilo que se afastasse dele por um momento, abriu a camisa, examinou o ferimento com cuidado e voltou para concluir o atestado. Camilo retornou a seu lugar e o velho Quirino desceu as escadas, junto com o médico, a fim de tomar as providências que ele bem sabia quais eram. O médico despediu-se dele apertando a mão com vigor, num gesto de solidariedade, e saiu, puxando a porta com cuidado.

Quando no dia seguinte de manhã a família voltava do cemitério, Camilo apressou-se a entrar em casa, foi para seu quarto e começou a chorar desesperadamente, até cansar e dormir, com terríveis pesadelos. Quando acordou não sabia que horas eram, acendeu a luz sobre a mesa, abriu a gaveta, tirou lá de dentro folhas de papel, um vidro de tinta e uma caneta com pena de aço. Não sabia se começava com "meus queridos pais", ou "meus irmãos e meus pais" ou ainda "à minha família". Suas mãos tremiam, ele não estava certo de ter a coragem necessária.

11.

A família estava reunida, à noite, para a despedida de Plínio, que seguiria no dia seguinte de manhã para o Rio e de lá para Londres, onde pretendia estudar arqueologia no Museu Britânico. O velho Quirino não entendia o porquê da vontade do filho em seguir para a Europa, justamente para estudar as civilizações antigas, coisa que para ele não tinha nenhum espírito prático, bem no momento em que seus negócios de gado e de lã iam de mal a pior, sem contar as intermináveis disputas sobre terras. Aníbal se decidira: iria mesmo estudar medicina, preparava-se para os exames. D. Eudóxia movimentava-se pela casa como um fantasma, não suportava a ideia de ver o filho partir para terras distantes e estranhas. O marido já andava pelos setenta anos, começava a esquecer-se de certas coisas, apesar de forte e resistente. Plínio prometeu escrever pelo menos de quinze em quinze dias, contando as novidades.

– Mas em inglês, está bem?

D. Eudóxia disse que estava muito bem, ela ficaria mesmo sem saber mais nada sobre ele, que de inglês não sabia uma palavra.

Plínio riu muito, mostrava-se alegre para não pensarem que estivesse assustado pela aventura, beijou a mãe e fez uma tentativa para sentar-se em seu colo, na cadeira de balanço.

– As mães detestam que os filhos cresçam, então vou sentar um pouquinho no colo da minha.

– Cruzes, sai daí que morro esmagada!

Depois do jantar, regado a vinho alemão, da região do Reno, a família ainda ficou até tarde recordando casos, rindo-se de situações engraçadas de outros tempos, a mãe contando as peraltices de Plínio e de todos os outros. Só em determinado momento houve um certo constrangimento, quando numa das histórias entravam Vinícius e Maria Eudóxia. Mudaram logo de assunto, como se tivessem feito uma combinação tácita. O velho puxou o grande relógio do bolso do colete, disse que todos deveriam levantar muito cedo no dia seguinte, e que o melhor a fazer era cada um tratar de deitar-se. Chamou Plínio para seu gabinete, queria acertar os detalhes financeiros da viagem, a remessa das libras, a maneira mais prática de se comunicarem, a escolha do banco mais eficiente e como deveriam agir no caso de algum imprevisto.

Camilo mantinha-se calado a um canto, bem sentado numa cômoda poltrona de braços e de espaldar alto, como um trono. Seus olhos vermelhos denunciavam que estava caindo de sono, mas resistia através de pensamentos fugidios que não chegavam a fixar-se nisto ou naquilo. Lembrou-se dos bilhetes que tentara redigir despedindo-se da família. A pilha de papéis amassados a se acumularem na cesta ao lado da mesa de seu quarto e que depois foram todos queimados na lareira. Em nenhum momento tivera a certeza de que teria coragem de virar um revólver contra o peito e puxar o gatilho. Por isso mesmo admirava ainda mais Vinícius. Talvez fosse uma questão de grau de desespero. Afinal, o irmão perdera a mulher que mais amava no mundo, insubstituível para todo o sempre. Chegara a pensar em valer-se de um outro meio qualquer, um veneno irreversível, um salto resoluto nas águas do Guaíba, pensara até mesmo no corte das veias dos pulsos, deixando-se esvair em sangue. Para nenhuma dessas ideias tivera coragem. Recuaria na hora precisa, faltariam forças. Questionou-se sobre o problema de ser ou não um homem de coragem, quem sabe a valentia maior seria mesmo a de permanecer vivo, enfrentando a cada dia as vicissitudes que fossem surgindo, aí sim, como um verdadeiro homem.

Francisco, que chegara da estância na semana anterior, rosto crestado pelos ventos e pelo sol, aproximou-se de Aníbal e cochichou qualquer coisa; o irmão arregalou os olhos e apontou para Camilo, que notou o gesto e ficou curioso em saber de que se tratava. Foram os três para o terraço da frente, junto à porta de entrada. Francisco falou em voz baixa, temendo que ouvissem qualquer coisa lá de dentro:

– Passei muito tempo lá fora, entre vacas e cavalos e acho que chegou a hora de se dar um giro por aí, quem sabe lá na pensão do Alto da Bronze, ando atrasado em matéria de mulher. Aníbal bateu nas costas do irmão:

– Bem, eu não passei nenhum dia lá fora mas confesso que tenho andado em jejum em matéria de mulher.

Viraram-se ambos para Camilo que ficara calado. Notaram que estava constrangido. Ele disse:

– O pior é que estou caindo de sono. Quem sabe se deixam essa volta para outra noite? O que eu queria mesmo era dormir e logo.

– Espera aí – disse Aníbal –, tu escolhes uma menina bem novinha, faz o que tem que fazer e depois dorme. A gente pode chegar em casa antes do dia clarear de todo. O pai não se importa.

– E além do mais estou sem nenhum dinheiro... – disse Camilo.

– Por isso não – apressou-se em dizer Francisco –, tenho dinheiro aqui para nós três e ainda sobra para mandar abrir uma garrafa de champanha em homenagem à partida do Plínio para Londres.

– Sabe, eu preferia não ir, vão vocês dois, outro dia...

– Vamos acabar com isso. Vou mandar atrelar um dos cavalos no tílburi e está resolvido: vamos nos divertir um pouco que a vida é curta.

– Mas eu... – quis falar Camilo, logo interrompido.

– Vai, sim senhor, nada de tirar o corpo fora – disse Aníbal.

Francisco sorriu, pegou Camilo pelos dois braços, fez uma cara cômica de quem descobre algo muito engraçado:

– Mas espera aí, eu acho que Camilo ainda não foi numa dessas casas e não sabe como são. Claro que é isso! Ele está com medo que aquelas meninas mordam como bichos, sei lá. Confessa aqui para nós, em segredo: tu nunca entraste numa casa de mulheres, não é verdade?

Camilo baixou os olhos, alisou os entalhes da porta com a mão, e disse com voz sumida:

– Isso não quer dizer nada. Nunca fui mas podia ir hoje. É que estou com sono e não daria certo ir assim.

– Que nada – disse Francisco –, tu vais ver como o sono desaparece como por encanto. Vamos nos ajeitar logo, antes que fique muito tarde. Deixem comigo que eu me encarrego de dizer ao papai que a gente vai dar uma volta para se distrair um pouco. Ele sabe o que isso quer dizer.

– Mas eu... – começou a dizer Camilo, meio apavorado.

– Não senhor, nada disso. Vamos os três – disse Francisco –, na casa da Madalena, é uma linda criatura, muito minha amiga, e eu peço a ela para arranjar para o Camilo uma menina que trouxeram de Santa Maria, loira como um anjo, jeitinho de virgem, mas uma senhora professora na cama. Como é mesmo o nome dela? Diabo, na última vez que eu estive lá eu queria que ela ficasse comigo mas o raio de um velhote chegou na frente. Ah, ela se chama Nenete, deve ser nome de guerra, mas até que senta nela. Vamos logo.

A mãe viu o movimento estranho dos três, chamou Francisco à parte, afinal, o que estavam planejando? Ora, mãe, vamos nos divertir um pouco, dançar, beber dois copos de cerveja e logo depois da meia-noite a gente está de volta.

– A gente quem? – quis saber ela, com leve desconfiança.

– Eu, o Aníbal e acho que o Camilo também, que diabo, mãe, ele não é mais uma criança, um menininho. Deixe que a gente cuida dele.

– Ah, meu filho, essas casas são lugar de briga e arruaças, o teu irmão é muito novinho...

– Novinho, o Camilo? Deixe-se disso, mamãe, não vamos criar aqui em casa um maricas, pelo amor de Deus!

Ela se mostrou escandalizada, lançou um olhar furtivo para o filho caçula que não parecia muito à vontade, muito pelo contrário, e saiu da sala, subindo as escadas para o segundo andar. Plínio e o pai deixaram o escritório, encontraram-se com os demais e o velho notou algo estranho:

– Vocês devem estar tramando qualquer coisa, isso eu posso garantir. O diabo é diabo por ser velho e não por ser diabo.

Francisco podia se dar ao luxo de ser mais franco com o pai, botou a mão sobre seu ombro e disse:

– Vamos dar uma volta por aí. Levar o Camilo numa dessas casas alegres, o rapaz nem sabe que isso existe.

Plínio sorriu, acercou-se de Camilo que estava constrangido, agarrou seu pescoço como se quisesse enforcá-lo:

– Ora viva! Pois mesmo na véspera de uma viagem tão grande eu vou acompanhar vocês, quero me despedir de Porto Alegre com uma farra memorável – virou-se para o pai: – O senhor não se importa, não é mesmo?

– Não, de fato, não me importo. Só quero que olhem pelo Camilo e não me façam bagunça.

Voltou ao escritório e Plínio foi até a porta da cozinha e mandou que uma das criadas fosse nas cavalariças pedir que atrelassem outro cavalo numa das charretes, o tílburi não daria para os quatro. Retornando, o velho chamou Camilo, mandou que ele abrisse a mão e colocou dentro dela várias notas de dinheiro:

– Vê se te diverte como convém a um homem – virou-se para Francisco –, e tu tratas de não deixar que teu irmão mais novo pegue doença de mulher.

– Ora, pai, eu sei onde vou, pode ir dormir descansado.

O tílburi e a charrete saíram lépidos pelo grande portão de ferro, logo fechado pelos negros, com os irmãos alegres, cantarolando, rindo-se por qualquer coisa que um deles gritasse. Camilo ia encolhido no tílburi, junto com Francisco, sentindo que começava a suar na palma das mãos e que o coração batia mais forte, doendo-lhe as têmporas. Desesperava-se por saber que o cavalo trotava rápido na direção do desconhecido.

12. Quando o preto enorme viu aproximar-se o tílburi de Francisco, seu velho conhecido, apressou-se em sofrear o cavalo, saudando o bom cliente. Quando viu descer Camilo, apontou para o rapaz e disse:

– Ué, desta vez trouxe um menino para a Dona Madalena.

– É meu irmão, chama-se Camilo e não é menino. Estamos entendidos? – respondeu ríspido Francisco, temendo que o irmão ficasse ferido com qualquer brincadeira, piorando a situação.

– Que é isso, doutor, perguntei com todo o respeito.

A charrete chegava minutos depois, e o ajudante do leão de chácara, um mulato de nome Chico Dois Dedos, foi ajudar Plínio e Aníbal a descerem, e logo depois conduzia as duas viaturas para o pátio lateral, onde os animais, a título de brinde da casa, ganhavam uma boa ração de alfafa e de milho. Isso só acontecia na casa de Madalena. Os quatro irmãos ainda ficaram uns minutos arrumando as roupas meio amassadas pelo sacolejar da viagem, alisaram os cabelos e Francisco entrou na frente e foi logo visto pela dona da casa, que veio de braços abertos para o abraço exagerado de sempre.

– Vejam só a família Mortágua honrando a minha humilde e modesta casa – disse ela, estendendo as mãos para os outros.

Camilo tinha ficado um pouco mais para trás, confuso, o pequeno conjunto musical tocava e ele quase não ouvia nada do que diziam os irmãos e Madalena veio para o lado dele, esfuziante:

– E este moço aqui, quem é? Que belo rapaz, minha Nossa Senhora!

– Este é o Camilo, nosso irmão mais moço – disse Plínio.

– E nada de desculpas, hoje é dia de despedida de Plínio, que amanhã segue para Londres onde diz que vai estudar, mas aqui para nós ele vai passar nas armas até a rainha. Estudar, ora essa é muito boa. E por isso mesmo a Nenete vai fazer companhia para o Camilo.

– Que lindo nome – disse Madalena, fazendo uma leve careta –, mas a Nenete eu acho que já está com freguês acertado.

– Pois se é assim, passe bem, minha cara senhora, vamos procurar outra casa em que as moças não estejam ocupadas. Pessoal, vamos!

– Um momento, um momento, pelos milagres de Nossa Senhora Aparecida – exclamou Madalena, assustada pela iminência de deixar fugir todo aquele faturamento. – Eu dou um jeito, o outro rapaz é meu amigo, eu invento uma desculpa, deixem comigo.

– Ah, são outras falas – disse Francisco. – Agora nos arranje uma mesa bem colocada, mas longe daquela música miserável.

Flodoardo no piano, Elias no violino, Juca Flores no violão, mais o contrabaixo aos cuidados de Tinoco e o clarinetista Quincas, conhecido por Bom de Bico. Francisco tinha má vontade com eles, mas constituíam o melhor conjunto de todos os cabarés da cidade. Madalena mandou mudar a toalha de uma mesa maior, trouxe um vaso cheio de arabescos com rosas vermelhas e disse que aquilo ela só fazia para os melhores fregueses da casa. Falou baixo no ouvido de Francisco e ele disse em voz alta, desinibido, mas claro, toda vida, eu quero a Dulce. Para Plínio a dona da casa disse que ia trazer uma excelente moça nova na casa, a Maria de Fátima, vinda de Viamão.

– Isso é nome de santa, D. Madalena, mas vá lá – disse ele.

– Para mim – disse Aníbal –, para variar, quero a mulata Eunice.

– E aqui o mocinho – disse Madalena –, eu peço que esperem um pouquinho que eu vou tratar de arranjar as coisas lá por dentro, mas a Nenete vem para ele de qualquer maneira.

Camilo torcia as mãos por debaixo da toalha, balbuciou um não se incomode, deixe a moça lá, outro dia eu volto, não se preocupe... O irmão mais velho bateu na mesa:

– Nada disso, Nenete é tua e D. Madalena que trate de arranjar as coisas da melhor maneira. E agora, cerveja para todos.

– Para mim – disse Plínio –, prefiro começar com uma dose daquele nosso gim especial.

Camilo imaginou que a cerveja não iria vir gelada, mas meio morna, daria tudo naquele momento para tomar um refresco de limão com bastante açúcar. Mas beberia a cerveja nem que ela viesse quente, só para não passar por neófito diante dos fregueses que já ocupavam outras mesas e que chegavam cheios de intimidade com D. Madalena. Olhava para a porta, temeroso de ver entrar algum conhecido, encontrando-o naquela casa com cheiro de suor, de querosene dos grandes lampiões dependurados no teto e com o sarro dos cigarros de palha. Chegou a mulata de Aníbal, franzina de corpo, largas ancas, seios pequenos, um rosto delicado para neta de negros. Dulce veio escandalosa para o colo de Francisco, rosto pintado em excesso, boca em forma de coração, cabelos curtos plissados. Quando ria, Camilo notou meio enojado que ela só tinha os dentes da frente. Mas mesmo assim não deixava de ter uma certa beleza, quem sabe os olhos muito abertos e claros. Ou o par de seios exuberantes espremidos pelo decote rasgado e justo. D. Madalena voltou lá de dentro, puxou Francisco meio para o lado, disse qualquer coisa, o irmão fez um gesto de enfado e com as mãos ordenou que ela retornasse.

Camilo acercou-se do irmão mais velho, que diabo, deixa essa menina lá dentro, eu não quero mulher nenhuma e depois vamos terminar arranjando encrenca. Vai sentar, menino, disse o outro, quem trata desses assuntos sou eu. Levantou-se e sumiu pela mesma porta por onde saíra a dona da casa. O tempo não passava, a cerveja chegou fresquinha, o que deixou Camilo mais aliviado. Um pouco depois retornava Francisco, descontraído, brincalhão, bateu no ombro de Camilo e disse:

– O negócio ficou assim: a Nenete vai ter que sair urgente para ver a mãe que está muito mal, eu ofereci a charrete e Madalena emprestou o Coice de Mula, o guarda dela aí da frente, para levar a menina. O rapaz engoliu a pílula e foi procurar outra mulher. A charrete sai aqui pela direita, dobra a primeira rua e te espera ali. Camilo mostrou-se contrariado, mas afinal por que toda aquela encenação para arranjar uma daquelas mulheres, no fundo era tudo igual. Cala a boca, disse Francisco, aproveitando a pausa para tomar um grande gole de cerveja. E sai logo, vai caminhando a pé, devagar e lá adiante o negro te entrega a menina, aproveitem para apreciar as estrelas e dentro de uns vinte minutos voltem que o lugar de vocês aqui na mesa vai ficar guardadinho. Toca!

Madalena observava de longe as manobras, viu quando Camilo abria a porta da rua e saía, aproximou-se da mesa, trocou um olhar de entendimento com Francisco, sorriu e disse que só a morte não trazia solução. O outro já está no quarto com a Clara, aquela menina que chegou esta semana de Pelotas. Sabe, até que ele não perdeu muito, é outro brinco de menina.

13. Nenete desceu da charrete ajudada pelo crioulo, bem no momento em que Camilo chegava junto deles. Ah, então tu és o Camilo? Simpático, sabes? O leão de chácara disse que eles fossem caminhando em frente, recebera ordens de D. Madalena de seguir um pouco atrás, aquela zona era muito perigosa àquela hora da noite. Nenete agarrou-se ao braço de Camilo, beijou de leve seu rosto e sentiu que o rapaz estava terrivelmente inibido.

– Está bem, não te preocupes, vamos dar uma voltinha pela noite como dois namorados. Está certo? Meu nome é Nenete. E o teu?

– Camilo.

– Gosto muito desse nome, Camilo. Eu sou de Santa Maria e tenho dezoito anos. Pareço mais velha? Os homens dizem que eu minto, que eu devo ter no mínimo vinte. Tanto faz. Eu faço questão de parecer mais velha. Quando os velhinhos sabem que tem uma moça de dezoito anos numa pensão, correm todos pra cima da gente. E lá ficam eles fungando, se a coisa dependesse só da gente. Mas pagam bem. Olha, eu não estou dizendo isso para que tu me pagues bem. Tanto faz. Gostei de ti. Por mim, se pagares só a comissão da casa, me dou por satisfeita.

– Nada disso. Eu pago.

– Está bem, eu aceito.

Parou, retendo o braço de Camilo. Esperou que a charrete se aproximasse, dirigiu-se para o negro:

– Vamos subir. Eu já estou cansada de tanto andar. E já podemos voltar. O preto fustigou o cavalo e retornou, mas sem muita pressa. Nenete abriu a camisa de Camilo, introduziu a mão macia por ali, alisava a pele de seu peito cabeludo, deitou a cabeça em seu ombro e disse que entrariam pelos fundos e iriam direto para o quarto dela.

– Não – disse Camilo –, os meus irmãos estão nos esperando na mesa do salão. Depois a gente vai para o quarto.

– Bem, se tu queres assim...

Deixou a mão escorregar, tentou desafivelar o cinto e foi contida por Camilo, meio envergonhado pela presença do negro ao lado deles. Tocou com o cotovelo no seu seio e sentiu uma espécie de vertigem, era algo forte e rijo, volume discreto; sua perna encostava noutra perna forte e quente. Seu hálito era fresco e não cheirava a bebida velha. Quando desceram o crioulo disse que ele entrasse pela porta da frente que a menina ia pelos fundos. Quando Camilo chegou à mesa notou que Francisco já devia estar meio alto. Beijava demoradamente a mulher e tinha uma das mãos dentro do decote generoso. Plínio sumira, devia estar num dos quartos, e Aníbal levantava puxando a sua mulher pelo braço, falava com a boca-mole, mas afinal que diabo, só agora tu voltas e além do mais, sozinho? Foi quando Nenete entrou pela porta que dava para os fundos, era realmente muito bonita. Um homem tentou segurá-la pelo braço, mas ela se esquivou com muita graça e leveza. Um outro saiu atrás dela, vem aqui menina, hoje nós vamos nos divertir como nunca... D. Madalena chegou bem na hora, separou os dois, disse para o indivíduo que aquela menina já estava reservada, que ele tentasse noutro dia. Camilo continuava sentado, meio confuso, sentindo que se o sujeito ficasse com ela seria bem capaz de ir lá e bater nele. Mas ele não tinha nada que ver com a moça, ela que fosse para onde bem entendesse, que fosse com quem quisesse. Mas Nenete sentou-se ao lado dele, disse que estava morrendo de sede, esticou o braço e pegou o copo de Plínio. Bateu palmas, o garção Dudu aproximou-se e ela pediu outra cerveja bem fresquinha. Segurou o rosto de Camilo com as mãos, mas que belos olhos tem o meu amor! Lá no escuro não dava para se ver nada. Camilo ficou calado, mas sentiu que Nenete o deixava enfeitiçado, era realmente uma bela menina, dentes perfeitos, lábios carnudos e um corpo que ele sentira ser maravilhoso.

– Depois desta cerveja, meu amor, vamos para o quarto, eu estou morrendo de calor. Não queres ir? – disse a moça.

– Hoje não – disse ele, baixando os olhos. – Eu não estou muito bem, acho que amanhã vou procurar um médico.

– Mas o que está sentindo?

– Sei lá, um pouco de tontura, dor de cabeça, me dói o peito aqui, até a cerveja me faz mal e isso que só tomei um gole.

– Então vamos lá para dentro, deita um pouquinho, eu peço para D. Madalena mandar fazer um chá de losna e dentro de quinze minutos vai ver que tudo passou.

– Não, eu acho que vou para casa e volto amanhã.

– Nada disso – disse ela resoluta, puxando-o pela manga do casaco –, vamos lá para dentro.

Era um quarto pequeno e abafado, uma cama de casal não muito larga, um pequeno guarda-roupa descolorido afastado da parede, um tripé de ferro sustentando uma bacia com água; sobre uma cadeira um pires com um pedaço de sabão dentro e uma toalha dependurada no espaldar. Camilo tirou o casaco, os sapatos e deitou-se, meio desconfiado. Nenete simplesmente suspendeu o vestido, tirando-o pela cabeça. Ficou inteiramente nua. A visão que Camilo tinha dela era de baixo para cima. Os pelos entre as pernas eram claros e pareciam sumamente macios, o ventre levemente abaulado era de uma perfeição impressionante. Os seios pequenos, cheios e pontudos, o sorriso dela diante da cara de espanto do rapaz. Ainda precisa de um chá de losna? Ele tapou o rosto com o braço dobrado, disse que não, estava se sentindo melhor. Nenete deitou-se a seu lado, tirou a sua camisa com uma agilidade espantosa, desafivelou o cinto das calças, abriu a braguilha e aconchegou lá dentro uma de suas mãos habilidosas. Foi quando puxou Camilo pelos cabelos, obrigando a voltar o rosto para ela, beijando-o demoradamente, com sofreguidão.

Ele não saberia dizer quanto tempo estivera naquele quarto abafado. Ouviu vozes no corredor, bateram na porta, Francisco gritou meio divertido:

– Como é, meu filho, o dia está amanhecendo e tu não larga mais essa menina?

D. Madalena falou mais baixo, mas que diabo, Nenete, larga este menino antes que morra de cansaço. A porta abriu-se, a menina surgiu inteiramente nua, os irmãos de Camilo fizeram um oh! coletivo, olhos arregalados, esse safado pegou logo o que havia de melhor no mundo. Camilo surgiu logo depois, trazia o lençol entre os dedos, cobriu pudicamente o corpo da moça, puxando-a para dentro e fechando a porta.

– Esperem um pouco, já vou.

Eles foram tratar da charrete e do tílburi, Francisco ainda se encontrava meio bêbado, Plínio disse que eles deviam chegar em casa com cuidado e subir direto para os quartos, pois a mãe tinha o sono leve e era capaz de descobrir a coisa. Quanto a eles, tudo bem, o negócio era terem levado Camilo, a quem ela ainda julgava um menininho de dez anos.

Nenete tornou a deitar-se, disse que ele podia ir descansado, pretendia dormir o dia inteiro. Esperava por ele ao cair da tarde. Camilo segurou-a pelos ombros, forte, não te quero ver com ninguém mais nesta casa e em lugar nenhum, estás ouvindo bem? Vou te tirar daqui. Se eu souber que andou com outro homem venho aqui e te mato. Nenete arregalou os olhos, mas o meu trabalho nesta casa é este, meu querido, eu não posso me negar. Pois de agora em diante vai dizer não para qualquer um e vai dizer não para D. Madalena. Mas a casa é dela, disse a moça, sonolenta e exausta. Deixa isto comigo, disse ele, abrindo a porta e olhando para a moça pela última vez. Encontrou D. Madalena no corredor, disse que queria falar com ela. A esta hora, meu filhinho? Agora. Mas então o que se passa de tão importante assim?, disse a mulher já desarrumando o cabelo para deitar-se.

– Simplesmente uma coisa: Nenete de hoje em diante não vai mais com homem nenhum, nenhum. Ela agora é só minha!

– Mas aqui nesta casa não tem dessas coisas, meu filho. Mulher aqui vai com quem chegar primeiro.

– Pois cheguei primeiro a partir de hoje. Se eu souber que ela foi com qualquer outro, fique sabendo, trago os meus irmãos e mais os nossos negros e aqui não fica pedra sobre pedra, acabamos com a sua casa. Eu volto logo mais.

Saiu batendo com os tacos da botina, deu um puxão na porta que sacudiu com a casa e desapareceu juntando-se com os irmãos que o esperavam sem paciência.

– Que diabo, voltou para a última, é? – disse Francisco.

– Não – disse Camilo sentando-se ao lado do irmão. – Já avisei àquela megera que não quero ver Nenete com mais ninguém. De hoje em diante ela é só minha.

– Como é o negócio? – estranhou alarmado o irmão mais velho.

– De hoje em diante ela é só minha. Não consegue entender o que eu digo? Pois vai ser assim.

O irmão não disse mais nada, sacudiu as rédeas e tocou para casa. Camilo, disfarçadamente, cheirava a palma das mãos, o perfume adocicado que ficara da menina nas suas roupas e na pele. Quando chegaram no casarão da Independência, Aníbal desceu e abriu os portões, entraram todos e finalmente conseguiram chegar nos seus quartos sem que ninguém notasse nada. Exceção feita ao velho Quirino, que pegou o relógio de ouro de cima da mesinha de cabeceira, colocou os óculos e constatou contrariado a hora. Camilo deitou-se, mas não conseguiu dormir.

14. O velho Quirino estava na estância com Francisco, a casa sentia a ausência de Plínio. D. Eudóxia suspirava fundo, quase sempre, e dizia o que estará fazendo em Londres, a esta hora, o meu filho? Aníbal sabia de tudo a respeito da paixão de Camilo por Nenete, mas não tocava no assunto. Quando ia beber uma cerveja ou procurar alguma mulher nova no Alto da Bronze, ouvia de D. Madalena as histórias dos dois, Camilo com uma pequena casa de porta e janela na rua da Varzinha, com a moça teúda e manteúda, o curso de Direito meio largado de mão, um alucinado amor que D. Madalena dizia que era mais dele do que da menina. Aníbal, curioso, e no fundo meio temeroso, perguntava por que ela dizia aquilo, se andava notando qualquer traição da moça, mas a mulher negava de pés juntos, nada disso, ela é uma menina muito fiel ao Camilo, vive só para ele, nunca mais pisou os pés nesta casa e, por sinal, eu devia cobrar de vocês pelo que tenho perdido de dinheiro sem esta menina. Vinha homem da fronteira, de São Borja, de Jaguarão, até de Montevidéu surgia lá um que outro atrás de *la niña de ojos claros y concha de fuego.* Ela sacudia os braços gordos e exclamava, com ar de pena, *batió las alas, se fué...* Aníbal enfiava as mãos nos bolsos, ficava dando voltas em torno da mulher, vai ser o diabo se um dia o rapaz descobre esta menina dormindo com outro homem, aqui na casa ou lá mesmo na casa deles. Conheço bem o Camilo. D. Madalena fazia um ar sério, segredava algo como um perigo terrível, olhe, meu rapaz, o que me preocupa não é nada disso, mas eu acho que ela está tirando até o último tostão do rapaz. Precisa ver como anda vestida, as suas botinhas de pelica, suas peles, um tílburi só para os dois passearem aos domingos lá para os lados da Pedra Redonda, na praia. Sei lá, não quero me meter na vida de ninguém. Aníbal ouvia tudo, ficava pensativo, depois ia embora e quando fazia as refeições na grande mesa rica de porcelanas e talheres de prata e copos de cristal, olhava de soslaio para Camilo e dizia para os seus botões que precisava abordar o assunto com ele. Qual seria a reação de Camilo? Ele não podia imaginar. Quando a mãe reclamava que o rapaz andava meio sumido, desaparecia, chegava pela manhã, não o via mais estudando como antigamente, Aníbal espiava discretamente a reação de Camilo e notava apenas que ele se mostrava contrariado, mas indiferente às preocupações da mãe. Jeziel, bem mais velho, preparava-se para casar com uma moça meio sem graça, muito distraída, preocupada o tempo todo em agradar a futura sogra, correndo sempre para prestar os mínimos favores, pequenas gentilezas, e D. Eudóxia encantada com ela, pensando na felicidade do filho em ter encontrado uma pessoa com aquelas qualidades. Branca Barandas, descendente de espanhóis vindos através da Argentina, guardava ainda um leve sotaque dental de Barcelona e parecia uma senhora da alta roda pelos gestos educados e maneiras gentis. Camilo não suportava a futura cunhada, que tentava tratá-lo de modo maternal, ralhando delicadamente com ele porque teria chegado alta madrugada, porque se mostrava muito pálido, querendo que ele comesse cada vez mais, um jovem precisa comer muitas verduras, tomar fortificantes, comer coisas de sustância. Óleo de fígado de bacalhau, dizia ela em tom adocicado, deixa os moços fortes e espanta a tuberculose.

Na noite do casamento de Branca e Jeziel, Camilo desapareceu de casa logo depois das dez horas. O casal ia fazer uma lua de mel de poucos dias, Jeziel estava com grandes causas no seu escritório. Branca notou a ausência do cunhado, viu quando ele se esgueirava para os fundos, passando com dificuldade por entre os convidados, saiu atrás dele e finalmente o encontrou junto ao tílburi, pronto para sair.

– Mas então vai nos abandonar bem no meio da festa? E deixa a sua nova irmãzinha muito triste! Por favor, fica um pouquinho mais. Os convidados vão notar...

Camilo subiu rápido no estribo do carro, sentou-se largado no assento de couro e sacudiu violentamente com as rédeas, fazendo com que o animal desse um arranco para a frente, passando rente à moça. A roda esquerda ainda chegou a passar por cima da ponta do vestido branco, sujando-o de terra vermelha. Branca quase deu um grito, juntou com as mãos o rodado da saia e retornou correndo para dentro de casa. Jeziel, que andava à sua procura, foi recebê-la na porta dos fundos; mas onde andavas? Os convidados te procurando, está quase na hora de sairmos. Branca puxou-o para um pequeno corredor, abraçou-se no noivo e chorando contou o que houvera, que tentara impedir a saída de Camilo e que ele não só não lhe dera ouvidos como arrancara com o tílburi quase passando por cima dela. Olha a barra do meu vestido: foi a roda que passou por cima dele. Jeziel ainda ouviu o ruído do carro saindo no portão da frente, tratou de acalmar a mulher, ficou a monologar aéreo, mas esse rapaz não anda bom da cabeça, fazer uma coisa destas e logo no dia do meu casamento, com a minha mulher, deixando os convidados sem dar satisfações; já sei, é aquela mulherzinha lá da casa da Madalena, virou a cabeça do rapaz, temos que tomar uma providência urgente. Limpou os olhos da noiva, arranjou seus cabelos e se encaminharam para a sala principal, os amigos batendo palmas, afinal não haviam fugido, como as más-línguas andavam assoalhando. Novos brindes com taças de champanha. Francisco e o pai estavam num sofá de dois lugares, a um canto, conversando. Jeziel foi até lá, puxou uma cadeira, olhou para os lados e viu que não havia ninguém por perto:

– Pai, dentro de mais alguns minutos vamos sair.

– Já deviam ter ido embora – disse o velho, batendo galhofeiro na perna de Francisco. – Estão perdendo tempo sem razão nenhuma.

– E que, como é que eu vou dizer...

– Ora, rapaz, fala logo, de que se trata? Houve alguma coisa?

– Não, isto é, houve quase nada, mas fiquei preocupado.

O velho enfiou os polegares na cava do colete, como costumava fazer em determinadas horas, pediu que ele falasse antes que Branca se livrasse de alguns convidados e viesse para junto deles. Jeziel narrou em poucas palavras o que a mulher lhe contara, Camilo parecia alucinado, aliás era coisa que podia ser notada havia um certo tempo.

– Para onde teria ido? – quis saber o velho, olhando para Francisco.

– Não posso adivinhar – disse Francisco, com raiva do irmão que vinha enredar o outro junto ao pai –, mas alguma coisa ele devia estar querendo fazer com urgência. E, depois, a festa está quase acabando e ninguém vai notar a ausência de um rapaz entre tantos.

Jeziel ouviu o irmão, voltou-se para o velho que tinha o cenho carregado:

– Sabe, pai, não quero sair hoje daqui sem que o senhor fique sabendo do que se passa, Camilo é muito jovem e se alguém não tomar uma providência, o caldo entorna.

– O que quer dizer com isso? – perguntou o velho.

Francisco ainda tentou desviar o assunto, outro dia eles conversariam, aquilo não era uma hora adequada. Pediu aos céus que Branca olhasse para o lado deles. Faria um sinal, chamando-a. Mas Jeziel continuava implacável:

– Pai, Camilo está apaixonado por uma prostituta da casa da Madalena, uma menina de pouca idade, é verdade, mas tão devassa como as outras, se não for pior. E Camilo é um rapaz ingênuo nessas coisas, qualquer dia entra por esta porta e vem apresentar aos pais a sua noiva...

Branca aproximou-se, disse qualquer coisa como roubar seu noivo, e ambos retornaram para o meio do salão. Francisco ficou sem dizer nada, brincando com os dedos.

– Tu já sabias disso, não é mesmo? – perguntou o velho.

Francisco disse que sabia. E não trocaram uma palavra mais.

No dia seguinte, onze horas, Francisco foi chamado pelo pai. Sentara-se numa poltrona de couro, o velho cevava o mate, a grande chaleira de prata ao lado, fumegante, fazia tudo com estudada calma.

– Não quero que diga uma palavra sequer para Camilo a respeito do que Jeziel me contou ontem. Entendido? – disse o velho.

– Sim.

– Vamos fazer de conta que ninguém sabe de nada.

– Sim.

– Era só isso. Eu agora vou tomar o meu mate sozinho, preciso pensar em muitas coisas. Pode ir.

Francisco saiu e puxou a porta com cuidado. O pai detestava que batesse com ela, toda esculpida em madeira de lei, com volutas e caraças assinadas por um grande entalhador dos meados do século passado. Que estaria o velho pensando ou arquitetando? Ele não era homem de deixar as coisas como estavam, só por comodismo. Temeu por Camilo, mas saiu decidido a não falar nada com o rapaz, mesmo porque sabia que ele não daria ouvidos ao que os outros dissessem.

Ao cair da tarde, o velho Quirino dirigiu-se para os fundos do quintal, ultrapassou as baias e os galpões dos carros e lá ficou até quase o cair da noite. Voltou com passo firme, fisionomia dura. Eleutério, seu capataz da Estância do Capão Alto, estava na cidade, saiu logo depois dele e tudo parecia ter voltado ao normal. Durante o jantar, depois da oração do velho agradecendo a Deus o alimento que lhe haviam posto à mesa, quase ninguém trocara uma palavra, a não ser sobre trivialidades. Camilo falara pouco, apenas respondendo. O velho, várias vezes, olhava para o rapaz, furtivamente. Francisco preocupado. A mãe ignorante de tudo o que se passava.

Quando Francisco subiu para o quarto, ouviu para os lados das cocheiras alguma movimentação estranha dos animais, mas os negros andavam sempre por lá, não havia o que temer. Quando ele dormia, Camilo entrou silenciosamente em seu quarto e logo depois um dos carros saía devagar pelo amplo corredor do pátio lateral, saindo pelo portão da frente. O rapaz, mal chegado, ainda tentou enxergar, na escuridão, que carro saía àquela hora, mas estava cansado em demasia para alimentar qualquer tipo de curiosidade. Deitou-se e dormiu.

15. O tílburi parou defronte à porta de uma modesta casinha na rua da Varzinha, dois negros desceram sem fazer barulho nenhum, bateram de leve na porta. Lá de dentro, Nenete, acordada pelas batidas e muito assustada, perguntou quem eram e o que queriam. Um dos negros disse que trazia um bilhete do Senhor Camilo, que fizesse o favor de abrir a porta. Desconfiada, disse que não podia ser, porque o Senhor Camilo estava ali, dormindo. Que fossem embora senão ela o acordaria e eles seriam corridos a bala. O negro amaciou bem a voz, ela que não temesse nada, o Senhor Camilo chegara em casa havia pouco tempo e os encarregara daquela missão. Era só um bilhete. Pois então botem por debaixo da porta. Não dá, minha senhora, há outras coisas dentro do envelope, está muito grosso. Então deixem-no na soleira e vão embora. Um negro fez um sinal, subiu no tílburi e tocou o cavalo a passo, enquanto o outro permanecia à portalada, com respiração suspensa. Nenete torceu a grande chave, enfiou a cabeça pela fresta e foi logo agarrada violentamente pelo negro que tapou sua boca, esperando que o outro voltasse correndo para ajudá-lo. Amordaçada, enfiada num grande saco de pano preto, foi jogada dentro do tílburi, saindo o carro em disparada rumo ao cais. Estava tudo preparado. Um lanchão que levava carga para Rio Grande já esperava a encomenda, os negros deram ao comandante um envelope com dinheiro, se despediram e trataram de voltar para casa o mais depressa possível.

Na primeira curva um deles olhou para trás e viu o barco desatracando, riu alto e disse:

– Essa aí ninguém mais vai ver no mundo. O patrão não costuma brincar. E agora, bico calado.

16. Camilo sentado no cinema, colocou as mãos sobre os olhos e começou a chorar, a princípio de tristeza e logo após com um ódio mortal e atrasado de Jeziel e do próprio pai. Então as coisas tinham se passado assim? Exatamente assim? A traição de Jeziel no dia de seu casamento, tudo pela implicância da cunhada Branca. A maldade do pai contra uma pobre e indefesa moça e contra ele, que quase teve a vida arruinada para sempre por aquele vandalismo dos negros. Tirou o lenço do bolso, limpou os olhos e repetia baixinho, tenso de ódio: então foi ele, o meu pai? Foi ele, o miserável? E que teria acontecido com Nenete naquele porto de marinheiros bêbados da Noruega, da Holanda, de todos os países que ancoravam seus barcos naquele porto e superlotavam os bordéis? Lembrava-se bem daquela noite, a última de todas elas. Nenete agarrada a ele, choramingando, a dizer que nunca mais poderia viver sem ele, que o amava com loucura. Teria se suicidado ao ser largada no cais do porto. Teria morrido intoxicada pela bebida, ela que era fraquinha e que não resistiria a desgraça tão humilhante. Por algum momento teria passado por sua cabeça que tudo aquilo fora planejado por ele, já que conhecia os negros de sua casa? Teria reconhecido o tílburi?

Olhou ao redor. Notou que as pessoas olhavam para ele no escuro da sala de projeção e por certo notavam que ele chorava. Poderia ser um velho bêbado, comovido com as cenas do filme. Ouviu o ruído característico das sirenas dos carros policiais, prosseguia lá fora a caça aos subversivos. Chegou a pronunciar baixinho, Nenete, minha pobre Nenete. Naqueles instantes, odiou como nunca seu pai.

17. Francisco arrumava os grandes malões com suas roupas e pertences. Os negócios na estância iam de mal a pior. O velho Quirino havia resolvido que Francisco se mudaria para Alegrete e só viria à cidade passear. Alguém da família precisava tomar conta das terras, dos bichos e de tudo o mais. O velho já passara dos oitenta, mas caminhava ainda sem arrastar os pés, sua cuia inseparável para um mate que se estendia das seis da manhã até a hora de dormir. Camilo assistia ao irmão arrumar as suas coisas. Francisco disse que ia sentir muita falta daquela casa, de Porto Alegre e, virando-se para o irmão que agora vivia mergulhado num mutismo impenetrável, arredio e só, confessou que a falta maior que sentiria era a dele, Camilo. Depois do episódio do desaparecimento de Nenete, Camilo se transformara em alguém muito amargo. Francisco tentava explicar as coisas, costumava dizer que há males que vêm para bem, quem sabe quanto desgosto aquela menina ainda podia lhe dar. Camilo não dizia nada. Francisco descobriu num canto qualquer do guarda-roupa uma velha e amarelecida fotografia dos irmãos, Camilo com seis anos, foto tirada em 1902, disse ele, lá se vão treze anos, eu ficando velho e solteirão e agora lá na estância, entre vacas e carneiros, madrugadas a percorrer os campos cobertos de geada, o minuano batendo o inverno bravio, a casa sem conforto, a vida entre a peonada, no galpão, fogueira bem no meio, os homens ao redor, o chimarrão correndo a roda, os causos, cada qual inventando uma mentira maior. Camilo disse para o irmão:

– Se eu pudesse, ia contigo.

– Pois vamos lá.

– Tu achas que papai ia deixar? Para ele este curso de Direito é tudo. Se não receber o diploma e o anel, a casa vem abaixo. O velho morre de desgosto.

– Isso é verdade. Acho até que tu és o filho preferido.

– Bobagens. Antes fosse, mesmo. Para mim ele não tem preferência por nenhum dos filhos. O velho é muito duro.

Francisco pediu que o irmão sentasse sobre a tampa de um grande malão de viagem marítima, pois ele não conseguia trancar a fechadura. Ambos riram, descontraídos. Logo depois Camilo voltou à expressão séria que agora era o seu habitual.

– Às vezes – disse Francisco, meio sem saber como começar – eu fico a pensar se o desaparecimento daquela menina não é a causa de toda esta mudança que ocorreu contigo. Deixa disso. As mulheres entram e saem da vida da gente e não deixam marca. Eu já quase morri de amores por umas dez ou quinze vezes e estou vivo aqui, são e bom de lombo. Eu reconheço que aquela menina era boazinha, que gostava muito de ti...

– Mas desaparecer assim como num passe de mágica, eu voltei lá no dia seguinte, tinha me esquecido de dois livros...

A cena voltou no tempo. Camilo desceu do seu tílburi, viu a porta da rua entreaberta, sentiu o coração a disparar, entrou como um pé de vento a gritar pelo nome dela, passou pela salinha da frente, pelo pequeno corredor, entrou no quarto e deparou com a cama vazia e em desalinho, uma porta do guarda-roupa barato aberta, roupas pelo chão, correu à cozinha e viu tudo como deixara na véspera, abriu a porta dos fundos e não havia ninguém no quintal pequeno e desnudo. Saiu correndo, atravessou a rua, bateu na porta de um vizinho, queria saber se haviam visto Nenete. Bateu na casa de outros. Nada. Ninguém vira nada, ninguém sabia informar coisa nenhuma. De repente uma ideia atravessou-lhe o cérebro, pulou para o tílburi, chicoteou o cavalo e correu em direção da casa de D. Madalena. Abriu a porta da frente com a sola da botina, entrou gritando, filhos de uma puta, onde está a megera, esta alcoviteira dos infernos, quero Nenete, quero Nenete! Entrava e saía dos quartos, acordava as mulheres puxando as cobertas e gritando no ouvido de cada uma, encontrou num dos quartos um sujeito careca, de grande barriga, indignado, onde se viu entrarem no quarto da gente como se eu não pagasse muito dinheiro, sim, muito dinheiro! Finalmente D. Madalena surgiu desgrenhada na porta de seu quarto, mas o que se passa, o que o menino está pensando que é? Vou mandar a conta hoje mesmo para o seu pai, vai pagar tostão por tostão, isso eu prometo. Vamos, rua daqui!

Camilo avançou para ela, segurando-a pelas dobras do grande camisolão de dormir:

– Vamos, quero a Nenete agora mesmo, sua bruxa interesseira! Encontrou alguém que lhe encheu a barriga de dinheiro em troca da menina? Vamos, fale.

A mulher gritava, um dos seus negros apareceu só de calção justo nas pernas, listras coloridas, tronco forte de estivador. Camilo tirou da cava do colete um punhal e gritou para ele que viesse. D. Madalena ordenou que o negro recuasse, ajoelhou-se diante de Camilo, jurou que não fora ela, que jamais tiraria a mulher de nenhum Mortágua, ele bem que sabia disso.

Camilo guardou a arma, retornou pelo corredor comprido, desfilando pelas caras espantadas das mulheres que espiavam pelas portas entreabertas, tomou o seu tílburi e desapareceu sem enxergar as ruas, os olhos marejados de lágrimas. Quando chegou em casa largara o carro na entrada, subira correndo para seu quarto, trancou a fechadura e caiu na cama, em desespero. Ouviu que pessoas lá fora gritavam por seu nome, mas permaneceu mergulhado no seu desespero. Ficou assim dois dias, até que o pai chamou um serralheiro e conseguiu abrir a fechadura. O velho sentou-se na beira da cama, botou a mão no seu ombro e disse com voz tranquila e firme:

– Mortágua nenhum, até agora, agiu desta maneira com as mulheres. Tu não vais ser o primeiro. Trata de levantar-te, vai tomar um banho e desce para comer alguma coisa. Vai direto para meu escritório. Quando saiu, fez sinal para que todos sumissem, sentou na sua cadeira predileta, apanhou a cuia e começou a tomar o seu mate amargo, levemente emocionado.

Francisco bateu nas suas costas. Está pensando em fantasmas? Absorto, Camilo teve um leve estremecimento. Não, não estava pensando em nada. Por quê? Ora, disse o irmão, fica aí com os olhos cravados em coisa nenhuma, como se esperasse coisa ruim. Eu sim que era para estar mergulhado no desespero, me meter lá no fim do mundo, só bicho e campo, aquela peonada rústica, um catre para dormir, deitar com as galinhas e acordar com estrelas ainda no céu. Ah, meu velho, que vida para um homem que gosta de cabarés, teatros, reuniões, mulheres bonitas...

Duas semanas depois da partida de Francisco, em plena madrugada, a casa toda foi despertada pelo choro estridente de alguém que chegava ao mundo entre rendas e perfumes: Quirino, o primeiro filho de Jeziel e de Branca. Um gurizão de quase quatro quilos, peito cheio de ar como um fole, a gritar como se alguém estivesse batendo nele. D. Eudóxia sacudiu Camilo pelos ombros, meu filho, nasceu o filho de Jeziel, o meu neto, um menino, vai chamar-se Quirino, em homenagem ao avô. Vamos até lá. Encontraram a parteira em pleno trabalho, as negras carregando chaleiras e bacias com água quente, panos e lençóis. Jeziel mantinha-se sentado numa cadeira de braços, espaldar alto, imóvel, hirto. Repetia: Quirino Barandas Mortágua, Quirino Barandas Mortágua! A mãe sentou-se ao lado dele, disse que tudo tinha corrido maravilhosamente bem, um meninão, perfeitinho, era a cara do avô. Jeziel voltou a si, olhou ao redor, disse que ele sempre soubera que o primeiro a nascer seria um menino, isso desde o dia em que casara. E que teria o nome do avô e que saberia manter a tradição de nobreza da família. Temendo emocionar-se, o velho Quirino saiu silenciosamente, passou pela cozinha e mandou preparar o seu mate, ia começar o dia mais cedo como homenagem ao neto que ali estava. Os galos cantavam em diferentes distâncias, os cachorros latiam, as negras falavam alto na cozinha e pelos corredores. O velho foi para a sua cadeira no gabinete, cravou os cotovelos sobre as pernas e descansou a cabeça entre as mãos. Repetiu baixinho, com medo que alguém pudesse ouvi-lo: Quirino Mortágua Neto.

18. D. Eudóxia balançava-se lentamente na cadeira, Jeziel tinha o filho nos braços, orgulhoso; Branca mantinha-se a seu lado, corrigindo de vez em quando a maneira do marido segurar o filho; Esmeralda, uma sombra permanente pelos corredores e salas, mantinha-se muda ao lado da janela, de pé, vestido cinza, cabelos grisalhos e grandes sapatos de cano alto; Aníbal estava quase deitado num sofá de quatro lugares, colete justo sobre uma impecável camisa branca, engomada, o casaco dependurado na guarda de uma cadeira; Camilo perto da porta, bem vestido, botinas de gáspea e bico fino, gravata larga, escura. E na sua cadeira predileta, de pés torneados e assento redondo de veludo, encosto alto encimado por uma espécie de águia esculpida, o velho Quirino mantinha se atento à leitura da carta de Plínio, recebida naquele dia, com selo de Londres, depois de um silêncio de quase seis meses.

– Podia morrer que ninguém ficaria sabendo – disse o velho.

– Mas ele agora manda dizer o motivo. O Plínio foi sempre um rapaz muito sensato. Vamos, continua a leitura. Aníbal ajeitou-se melhor na cadeira, prosseguiu sem muita vontade:

– “Passamos cerca de cinco meses viajando pela ilha. Ah, vocês não podem sequer imaginar que país é este! Estivemos em Devon, mais ao sul, depois já estávamos em Norfolk e finalmente fomos comer um carneiro de forno, com batatas douradas, em Kingston-upon-Hull, ao norte. Não me lembro se já mandei contar que conheci aqui uma bela moça e grande companheira, Joan. Tem os olhos mais azuis que eu já vi desde que me conheço por gente. A pobrezinha não sabia nada sobre o Brasil e na Universidade lhe deram um trabalho exatamente sobre o nosso país. Ora, que melhor professor poderia encontrar senão Sir Plínio Mortágua, cavaleiro andante de Bela Figura? Nos apaixonamos como dois meninos de quinze anos. Tem sido a minha companheira de todas as viagens e terminou comigo no British

Museum, estudando também arqueologia. Dentro de mais algum tempo iremos ao Egito ver de perto as pirâmides, a Pompeia, aos subterrâneos de Roma, vamos estudar a rede de esgotos de Milão, projetada e construída por Leonardo da Vinci e que funciona até hoje às maravilhas. Mas o papai bem que podia afrouxar um pouquinho mais a bolsa."

– É só o que ele quer: dinheiro, mais dinheiro, como se as coisas aqui estivessem correndo bem. Essa é muito boa! Alguém precisa escrever urgente para esse rapaz e dizer a ele que faça as malas e volte – disse o velho Quirino, irritado e batendo com a mão espalmada sobre a perna.

D. Eudóxia pediu que ele não pintasse as coisas dessa maneira, até podia parecer que estivessem arruinados. Claro, as coisas podiam ir de maneira diferente, mas isso não significava que a miséria estivesse batendo à porta.

O velho pediu que lhe trouxessem o mate, olhou de maneira irônica para a mulher:

– Claro, não és tu quem passa o dia trancado nesse gabinete, de lápis e papel na mão, fazendo contas sobre contas. Aftosa no gado em Alegrete, uma espécie de tristeza batendo nas ovelhas, a venda de mais outro bom naco da propriedade, aqueles malditos usurpadores ainda na justiça reivindicando mais terras e esse rapaz na Europa, vivendo como um lorde, de amores com uma inglesinha que na certa só quer o seu dinheiro. Fica o Aníbal encarregado de escrever a carta, respondendo mais esta aí.

– Mas pai – disse Aníbal, erguendo-se no sofá –, eu não posso mandar dizer as coisas assim para o Plínio. Claro, se está saindo muito caro essa sua permanência na Europa, há jeito para tudo, dá-se umas voltas e ele termina compreendendo.

D. Eudóxia interrompeu o filho e disse, virando-se para o marido:

– O Aníbal vai escrever, pronto. Ele tem mais jeito para dizer as coisas. E agora, por favor, deixem ele prosseguir na leitura da carta.

Aníbal tornou a procurar uma posição mais cômoda e prosseguiu:

– "... Ontem estivemos na Torre de Londres. Sabem quando ela foi construída? Em 1078. Nem haviam descoberto o Brasil. Em 1100 foi construído o palácio Westminster Hall. Vocês precisavam estar aqui para conhecer a Igreja do Temple, de 1185, a Abadia de Westminster, de deixar a gente de boca aberta. Joan sabe tudo, é quase uma sábia. Não esquece uma data de toda a história da Inglaterra. E sabem do mais importante? Quando voltar ela vai comigo, mas antes nos casaremos aqui numa destas pequenas igrejinhas dos arredores de Londres, com jardins em volta, ao lado de grandes castelos. A guerra é que tem nos atrapalhado um pouco."

O velho Quirino levantou as mãos para o alto, antes de receber de uma das criadas a cuia e a chaleira do mate.

– Então ele ainda quer voltar trazendo essa tal de inglesa, e vai querer passagem, mais libras para as cerimônias e na certa mais dinheiro para "uma pequena lua de mel" por alguns países da Europa. O Plínio perdeu o juízo. Precisa mandar dizer a ele que não queremos nenhuma inglesa aqui, que retorne logo e sozinho. E não se fala mais nisso.

Aníbal esperou que ele começasse a chupar o seu mate, que houvesse silêncio e disse:

– Por favor, falta pouco para terminar a carta. Escutem: "Vou botar esta cartinha no correio aqui perto. Joan está indócil aqui do meu lado, pois como não sabe português me diz que estou falando mal dela. Joan é muito desconfiada. Mas já pronuncia bem direitinho o nome do papai e da mamãe, se bem que Eudóxia sai muito engraçado. Vamos agora a um pequeno bar escurinho que eles aqui chamam de 'Pub' e depois há um programa com diversos amigos para festejar o aniversário de um deles, Paul, que veio lá de um Condado distante onde fabricam umas salsichas de botar água na boca de qualquer alemão de Munique. Bem, mando um navio de beijos e abraços para serem distribuídos para todos, dizendo que morro de saudades de todo o pessoal. Peço a bênção para papai e para mamãe. Do saudoso Plínio".

Houve um silêncio. Branca perguntou se haviam mandado dizer a ele sobre o nascimento do pequeno Quirino. D. Eudóxia disse que sim, mas nunca se sabia quanto tempo demoravam as cartas para chegar ao seu destino. Camilo alisou a roupa com as mãos e saiu vagarosamente, estava na hora de ir para a Faculdade. O velho Quirino suspirou, percorreu a sala com seu olhar duro, resmungou qualquer coisa e retornou ao seu mate. Esmeralda sumiu sem que ninguém notasse. Jeziel informou que o filho adormecera em seus braços pedindo à mulher que o colocasse no berço. Depois exclamou, espreguiçando-se:

– Espero que na próxima noite ele não faça o que fez nesta madrugada. Eu, pelo menos, só fui dormir quando o dia começava a chegar.

19. Os negros andavam assustados, os olhos brancos muito arregalados, as pessoas aspiravam infusões de ervas e de remédios, tomavam xaropes de gosto amargo, evitavam sair às ruas, era a gripe espanhola, que a princípio parecia uma daquelas gripes de mudança de estação. Os médicos não conseguiam dormir mais, os jornais davam grandes manchetes da epidemia que se alastrava no Rio e em São Paulo, com centenas de mortes por dia. A cidade esvaziara, carros fúnebres andavam de um lado para o outro, chegavam notícias de que começavam a enterrar os mortos em valas abertas na Redenção. No Rio abriam valas nas praças e com o auxílio de juntas de animais que arrastavam grandes caibros de madeira pesada puxavam para dentro delas centenas de mortos, sem tempo sequer para as identificações.

O velho Quirino tomou providências, a princípio queria mandar toda a família para Alegrete, mas os médicos avisaram que eles não resistiriam à longa viagem e a doença atacava justamente os mais fracos. Os negros foram mandados para um pavilhão no Menino Deus e os médicos se valiam deles como se fossem enfermeiros, pois resistiam à gripe de maneira espantosa, pareciam imunes ao mal.

O casarão da Independência fechou seus portões de ferro, ninguém saía da casa. A despensa estava abarrotada de víveres, mas mesmo assim a mesa passou a ser menos farta e variada. Tiravam a água dos poços, coavam bem e depois a ferviam demoradamente. O velho Quirino dizia que não largaria o leme, que a gripe não entraria naquela casa e pela primeira vez elogiou Plínio, que afinal estava em Londres, longe de toda aquela desgraça. Fraquinho como ele sempre fora, seria a primeira vítima da peste. Até que Esmeralda não conseguiu sair da cama em certa manhã, queimava em febre, variava, tremia dos pés à cabeça, o médico da família chegou, da porta mesmo disse para o velho Quirino:

– É a gripe, lamento muito dizer. Vou dar os remédios recomendados e existentes na cidade e só nos resta pedir a Deus que seja piedoso.

D. Eudóxia, que se colocara um pouco atrás, saiu pelo corredor aos gritos, entrando em seu quarto e jogando-se sobre a cama, em largo choro. Camilo foi para junto dela, as negras atendiam às ordens do médico, que cada um se prevenisse tomando uns comprimidos que ajudavam a prevenir o mal. Aníbal olhava a irmã de longe, o velho Quirino caminhou até a cama, sentou-se na borda, pegou a mão da filha, pediu que ela tivesse coragem, Deus estava presente. O filho, espantado com a coragem do velho, envergonhou-se de si próprio, foi juntar-se ao pai, botou a mão sobre seu ombro, pediu que ele não se expusesse tanto. Quando saíram do quarto, Aníbal notou que o pai tinha os olhos umedecidos e ouviu quando ele disse, com tranquilidade:

– Ela não se salva. Vamos ficar um pouco juntos com tua mãe.

– O médico chegou a dizer que...

– Não disse nada. Descobri tudo só pelo olhar dele.

D. Eudóxia parara de chorar, olhou para o marido como quem espera uma notícia má, depois virou o rosto para a parede e sussurrou algo como "pensava que esta casa fosse ficar fora da desgraça". Camilo deixou os pais e foi fechar-se no seu quarto. Pensava em Esmeralda e agora que ela parecia condenada à morte procurou lembrar-se da irmã durante todos aqueles anos. Feia, casmurra, impenetrável, esquiva, incapaz de pronunciar uma palavra de carinho ou de conforto. Esmeralda era como se fosse um traste dentro daquele velho casarão de retorcidas luminárias e de belos móveis de madeira escura e forração luxuosa. Nas reuniões de família ela costumava ficar afastada do grupo principal, sentava-se numa cadeira qualquer perto de uma porta, como se a qualquer momento fosse obrigada a retirar-se, sempre triste e calada. O resto do tempo na cozinha, determinando o trabalho das criadas, nas cavalariças examinando o trato dado aos cavalos, a limpeza das carruagens, o exame minucioso dos gradis de ferro fundido em busca de pontos deteriorados. Fora sempre uma sombra, uma austera governanta, alguém estranho à família, mas que mantinha com aquela comunidade caseira uma fidelidade canina, capaz de suportar qualquer prova.

Camilo foi dar uma volta, desobedecendo o pai. Queria ver o que se passava além daqueles portões fechados e daquele casarão cheirando a desinfetante. Havia em tudo um sombrio ar de desolação e medo. O comércio sem movimento, muitas casas fechadas com cartazes pregados às portas. O *Correio do Povo* censurado, com grandes espaços em branco, enquanto o Presidente Borges de Medeiros aceitava oferta generosa de D. João Becker, Arcebispo Metropolitano, para que as autoridades usassem a Cúria como hospital. O Colégio Fernando Gomes transforma-se também em hospital, os Correios e Telégrafos não entregam a correspondência, há falta de pessoal. Estivadores morrem como moscas, no cais do porto. Alguém informa Camilo que só em outubro foram registradas mais de setecentas mortes. Nas paredes da Rua da Praia grandes cartazes pintados a mão. Como título assustador: "Influenza espanhola", e logo a seguir os conselhos que deviam ser seguidos pela população:

"a) evitar aglomerações, principalmente à noite; b) não fazer visitas; c) tomar cuidados higiênicos com o nariz e a garganta, inalações com vaselina mentolada, gargarejo de água e sal, com água iodada, com ácido cítrico, tanino e infusões com folhas de goiabeira; d) tomar sal de quinino nas doses de 25 a 50 centigramas por dia, no momento das refeições; e) os doentes devem ir para a cama, pois o repouso ajuda a cura."

Quando voltou para casa levava debaixo do braço um exemplar do *Correio*, com censura já na primeira página, determinada pelo Chefe de

Polícia, Sr. Ariosto Pinto. Entrou sem que ninguém o visse, fechou-se no quarto, foi ler o jornal. Sorriu diante de um convite insólito: a população devia visitar o Jardim Zoológico, que era um lugar de ar puro e livre de contaminação de qualquer doença. Comprimidos Preventivos Dakar, contra a influenza. Em Passo Fundo, quatrocentas pessoas atacadas. Em Alegrete, duzentas e cinquenta. Na Casa de Correção, na Volta da Cadeia, de noventa presos onze haviam morrido e setenta estavam doentes. Comprimidos "Oxiform", profiláticos e curativos. Comprimidos "Formagem Eka". Da Espanha chega a pior notícia: não existia nenhum remédio contra a influenza, por tratar-se de germe desconhecido. Na Brigada Militar novecentos e treze soldados atacados. Atentado a Lenin. Camilo sentia sono, mas o noticiário lhe interessava. Fica sabendo que Dora Kaplan acertara três tiros no líder bolchevista. Sabe-se de fuzilamentos em massa. Comemora-se em quase todo o mundo a vitória aliada contra a Alemanha, mas em Porto Alegre poucas pessoas tomam conhecimento do evento. Sete milhões de mulheres em disponibilidade. Morrem vinte milhões de homens, na guerra.

Vai levar o jornal para o pai. O velho Quirino lhe diz que uma autoridade amiga lhe revelara, em segredo, que mil duzentas e setenta e cinco pessoas haviam morrido até aquele fim de ano lúgubre. Uma negra vem comunicar ao velho que não existe mais em casa, e mesmo em nenhum outro lugar, leite, ovos e carne. Come-se o que tem, disse ele com ar zangado. Depois sentou-se na sua poltrona e começou a passar os olhos pelo noticiário. Estranhou o grande número de colunas em branco. Disse para o filho: imagine-se o que não deve estar acontecendo no Rio e em São Paulo. Será que a influenza chegou a Londres? Camilo disse que não sabia. O velho abriu os braços, mas nas últimas cartas de Plínio o rapaz mal toca na guerra, como se o mundo fosse um grande salão de festas. Parece mentira. Camilo perguntou se ele não atribuía o fato à paixão por aquela inglesinha de nome Joan, que nem sobrenome parecia ter. O velho voltou a olhar o jornal, virou-se para o filho, mas que diabo está se passando? Como este jornal veio aparecer aqui dentro de casa? Camilo mentiu, estava próximo ao portão e um vizinho que passara lhe oferecera o dele. Cheio de micróbios da gripe, pois não? Jogou o jornal no chão, pediu que lhe trouxessem álcool e exigiu que o rapaz também lavasse bem as mãos com o líquido.

Camilo obedeceu. Depois comentou com o pai:

– Com tudo isso, o senhor precisava ler aí os anúncios dos cinemas funcionando mesmo com tudo isso, com todas as proibições de evitarem aglomerações. A Companhia Brasil Cinematográfica anuncia com estardalhaço um filme notável, um tal de *Derrocada*, e ainda *Maciste, o Detetive*.

– Eles estão loucos, está louco esse Chefe de Polícia que permite uma coisa dessas, centenas de pessoas fechadas numa mesma sala, um respirando na nuca do outro. E que faz o velho Borges que não toma uma providência, que não enxerga essas coisas? Vamos, tira com o pé esse jornal aqui da sala, manda botar no fogão, que ninguém bote as mãos nele. É assim que a peste se alastra.

Levantou-se e foi para o quarto da mulher, que parecia prostrada. Esmeralda morreu dois dias depois. A mãe só ficou sabendo no dia seguinte que o corpo baixara à sepultura, no jazigo da família, no Cemitério de São Miguel e Almas. Fazia inalações de vaselina mentolada a contragosto, repetindo ao marido que não tinha mais vontade de viver, que a influenza a levasse também. O velho batia nas mesas com seu punho ainda forte, não queria aquelas cenas na frente dos filhos e dos criados, alguém precisava aguentar no osso do peito com todo o peso daquelas desgraças. E não seria ele sozinho. Tens os teus filhos, os teus netos, tens a casa para cuidar agora que Esmeralda se foi. D. Eudóxia começou a conformar-se, passou a cuidar da casa em lugar da filha, controlava ela mesma as criadas, chegava a ir ver como andavam as cavalariças e aos poucos as coisas pareciam entrar nos eixos.

De vez em quando chamava os filhos, Francisco, Aníbal e Camilo, e mais Jeziel com a mulher, dizia que deviam dar graças a Deus por não ter a doença devastado com a família toda, que eles ali estavam vivos e com saúde. Foi bom que Plínio não estivesse aqui, disse ela, sempre tão fraquinho, qualquer gripe e ele era sempre o primeiro a ficar de nariz entupido e olhos lacrimejantes. Mas e as cartas que não chegavam? Camilo informou que o Correio não dispunha de empregados e que milhares de cartas se encontravam lá, esperando que os empregados melhorassem e retornassem ao trabalho. Quem sabe uma ou duas cartas de Plínio não estão lá, no meio de todas as outras.

Francisco levantou as mãos para o alto, fez um gesto dramático: graças a Deus que a guerra terminou e que a Alemanha rendeu-se. Pelo menos Plínio está agora mais em segurança e dentro em breve estará de volta, papai mandou que ele pegasse o primeiro navio e regressasse. Branca permanecia abraçada ao filhinho. Disse que Deus fora muito bondoso para com eles, poupara o anjinho. D. Eudóxia fez o sinal da cruz e beijou um pequeno crucifixo que trazia dependurado numa correntinha de ouro, no peito. As empregadas estavam de volta, agora seria preciso cuidar da casa. Ela agora poderia dirigir melhor, diariamente, a grande mansão. Exigia que tirassem as teias de aranha que rendilhavam os candelabros e quadros, conseguiu um pouco mais de gêneros alimentícios para melhorar o cardápio, defumou todas as peças e numa noite de sábado reuniu o marido e os filhos e participou que estava esperando o Padre Benedito da Igreja da Conceição para uma missa em Ação de Graças por ter poupado a sua casa daquela catástrofe. Camilo olhou para ela, meio surpreso, e a mãe adivinhou o que lhe passava pela cabeça:

– Por ter poupado em parte, já que tivemos a infelicidade de perder a nossa querida Esmeralda.

Enxugou uma lágrima, pediu que todos passassem para a sala principal e momentos depois chegava o padre, já paramentado, iniciando a missa imediatamente, entrecortando a liturgia e dando a cerimônia por encerrada em poucos minutos. Todos se entreolharam, o padre notou, pediu desculpas:

– É que tenho ainda que rezar mais seis missas esta noite mesmo, os senhores devem compreender, acabamos de sair de uma grande desgraça. Mas Deus é generoso e poupou muitos dos seus filhos.

Bateu na testa, fez o sinal da cruz e disse:

– Senhor Nosso Deus, guarda em teu seio a tua filha dileta que deixou este mundo de dores e ranger de dentes, indo reunir-se aos bons que repousam a teu lado. Que a boa e terna Esmeralda tenha o descanso eterno. Amém.

Despediu-se de todos, recebeu o dinheiro na saída, das mãos de Aníbal, e embarcou num dos carros da casa que já o esperava no portão.

Quatro semanas depois nascia Eudóxia, a segunda filha de Branca e de Jeziel. Uma bela menina de olhos claros, quase uma reprodução do irmãozinho Quirino que andava pelos três anos. O avô lembrou-se de abrir champanha para comemorar, porque a época não comportava festas. D. Eudóxia não escondia a sua alegria. Quis dar o primeiro banho, passava horas e horas com a menina ao colo e certo dia perguntou a Camilo se não achava Esmeralda um amor de criança. Diante do espanto do filho, corrigiu rápido, perguntando-se onde tinha a cabeça, ela queria dizer Eudóxia.

No primeiro dia de aulas Camilo encontrou poucos colegas. Uns haviam morrido, outros ainda temiam ajuntamentos. Muitos professores não voltariam mais a dar aulas, levados que tinham sido pela peste. Mas aos poucos a cidade foi retornando à normalidade, chegavam navios todos os dias, as pessoas retornaram às ruas, roupas pretas ou fumo no braço ou na lapela dos casacos.

Quando Camilo recebeu seu diploma de bacharel, o pai sugeriu que se fizesse uma festinha para reunir os colegas. O filho disse que não queria, todos os outros também iam fazer qualquer coisa e por isso não viriam. Tudo foi resumido numa reunião de família, com Francisco presente, o velho Quirino chupando o seu mate, D. Eudóxia dando ordens na cozinha, Jeziel, Branca e os filhos com roupas novas, Aníbal vestido com exagero, a dizer que o anel de grau do irmão valia como uma festa onde o papa seria recebido:

– Um brinde a Sua Santidade Benedito XV!

Todos riram, D. Eudóxia beijou o filho que ela às vezes achava estranho e diferente, que seguidamente a deixava sem sono boa parte da noite. Mas era um belo tipo de homem, cabelo solto com uma parte rebelde que vivia caindo sobre a testa, indiferente às moças que os pais traziam como a sugerir que ali estava o seu par ideal para constituir família. Tratava-as com cortesia, era capaz de algum galanteio superficial, mas ficava apenas nisso. Quando a mãe lhe perguntava o que achara de fulana ou de sicrana, ele sorria irônico, dizia que só não eram Vênus porque tinham braços, mas que ele não merecia tantas prendas juntas e ao mesmo tempo. Elas deviam fazer a felicidade de outros rapazes que mereciam mais. A mãe costumava irritar-se nessas horas, não gostava daquelas suas ironias, ainda mais quando se tratava de moças realmente prendadas, de fina educação, bonitas e de famílias da alta sociedade. Ora ressaltava a habilidade de uma delas ao piano, ora a desenvoltura de outra no conhecimento do francês, havia aquelas que eram mestras em arte culinária, uma outra, filha de um coronel, que era exímia cavaleira, detentora de vários prêmios de equitação. Camilo ouvia tudo com grande paciência, de vez em quando chegava a dar a impressão de que estava interessado numa ou noutra, mas logo depois esquecia o nome da moça.

O velho Quirino pigarreou, dando a impressão de que desejava fazer um breve discurso, mas apenas disse com voz tranquila:

– Agora que tu és doutor, precisamos ver aquelas causas lá no Alegrete. Não podemos perder durante toda a vida só por incapacidade daqueles rábulas da fronteira. Precisamos ter uma longa conversa com Francisco, ver todos os casos, estudar os autos, ver as alegações deles, examinar os mapas e documentos, enfim, não vamos perder o que é nosso só porque outros entendem que as terras são deles. Não passam todos de arrivistas e estou certo que Camilo, agora, vai mostrar com quem está a razão, de que lado está a Justiça.

Camilo alegou que precisava de um pouco mais de tempo, pouco sabia de Direito, a Faculdade só dava as primeiras letras jurídicas, o resto só se conseguia através do tempo e da experiência acumulados.

– E quanto tempo tu achas preciso para meter a mão nessas questões?

– Vamos ver, não posso dizer assim de uma hora para outra.

Francisco percebeu que o pai ia irritar-se com as evasivas de Camilo e disse que seria melhor deixar esses assuntos para outra hora. Naquela noite iam somente comemorar o anel e o diploma. O velho retornou ao chimarrão, gritou para dentro pedindo mais água quente. Uma criada acorreu e D. Eudóxia foi pegar a netinha que choramingava no colo da mãe. Aníbal aproximou-se de Camilo e perguntou, em voz quase imperceptível, se ele não gostaria de comemorar mais tarde numa casa de mulheres. Na Rua da Ponte havia uma nova, dirigida por uma senhora vinda do Rio de Janeiro, inclusive trazendo meninas fresquinhas e muito experimentadas. Camilo sacudiu a cabeça, disse que agradecia, ele que fosse e depois lhe contasse como era a tal casa, mas ele tinha um outro compromisso para mais tarde. Aníbal tocou forte em seu ombro, então o jovem advogado andava se apaixonando secretamente por aí...

Quando o velho Quirino bateu com as mãos espalmadas sobre os braços de sua cadeira, levantando-se, todos sabiam que a reunião estava acabada. Aníbal tratou de sair sem ser pressentido, pisava de leve nas pedras da entrada lateral e, quando chegou ao fim da casa, assustou-se com um homem que saltava do escuro e o agarrava pelo pescoço. Quis gritar, mas viu logo que era Francisco.

– Então, seu malandro, saindo pé por pé para o mulherio e não foi capaz de me convidar, hein?

Refeito do susto, Aníbal desculpou-se, ele tinha convidado Camilo e recebeu um contra tão grande que nem se lembrara dele, Francisco. Mas achava ótimo que os dois fossem juntos.

– Como é o nome da dona de lá? – perguntou Francisco.

– Me disseram que é D. Hermengarda, uma alemã que teve cabarés em Hamburgo, depois em Paris e mais tarde, ainda muito moça, veio para o Rio e agora está aqui para alegrar as nossas noitadas. Só não entendo o Camilo.

– Eu já sei, ele está apaixonado por uma mocinha ali para os lados da Santa Casa. Outro dia um amigo meu viu o tílburi na frente do portão.

– Ah, então o safado está frequentando a casa? Vai ver é coisa séria. Vou tirar isso a limpo – disse Aníbal.

– Deixa pra lá – disse Francisco –, ele é todo cheio de coisas.

– É verdade, nunca vi ninguém mais sensível e desconfiado.

Camilo esperou que o carro com os irmãos saísse de casa, mandou atrelar um animal na sua aranha e saiu quase na mesma direção, sofreando o cavalo que queria trotar. Olhou para o anel de pedra de rubi, sorriu, tirou-o do dedo e guardou-o no bolso do colete. Quanto ao diploma veria o que fazer com ele, depois.

20. O velho Camilo, instintivamente, passou os dedos sobre a mão, em busca daquele anel que sumira para sempre. No cinema tudo continuava no mesmo. Apenas o casalzinho das proximidades continuava furiosamente indiferente ao filme. Parecia ver o velho Quirino, naquela noite, dizendo que a partir daquela data ele, Camilo, tomaria conta das questões judiciais ligadas à Estância do Capão Alto. Quem teria sido a sua namoradinha da mansão de grandes muros, perto da colina da Santa Casa de Misericórdia? Passados tantos anos, não tinha a menor lembrança.

21. No sábado de aleluia do ano seguinte, 1919, os negros entraram correndo portão adentro. Logo depois chegava o tílburi com Francisco tomando conta das rédeas, gritando pelo Coronel Quirino, pedindo socorro, havia acontecido uma desgraça. Jeziel caíra sob as rodas de uma caleche, depois de ter enroscado a ponta de sua manta num gancho dos aperos de um dos cavalos; Francisco, que estava mais atrás, correu para segurar os cavalos que haviam se assustado, sem conseguir detê-los. Trazia agora para casa o irmão inanimado, sujo de sangue, enquanto um dos negros saía a correr em busca do médico. Jeziel foi colocado na sua cama, o velho Quirino mandou que as mulheres aquecessem água, que vissem panos e desinfetantes, não adiantava cercarem o ferido, o médico não demoraria nada, seu consultório era perto dali.

À noite, durante o jantar silencioso e pesado, Jeziel recolhido ao hospital, Branca na cama, rodeada de criados, com D. Eudóxia a seu lado, recusando-se a comer fosse o que fosse. Francisco, enquanto comia moderadamente, pois estava sem fome nenhuma, contava para o pai e para os irmãos como tudo acontecera, ninguém poderia prever aquilo. Jeziel estava longe da caleche. Tudo fora obra do vento que desenrolara uma das pontas da manta comprida, assustando os cavalos, no justo momento em que prendia nos varais. Perguntou ao pai o que lhe dissera o médico.

– Ele não corre perigo de vida, mas deve ter sofrido fratura na espinha dorsal – fez uma pausa dramática, voz embargada: – Pode ficar paralítico.

– Não! – exclamou Francisco, batendo com os dois punhos sobre a mesa, fazendo saltar talheres e copos. – Não! Isso não vai acontecer, isso não pode acontecer!

Levantou-se abruptamente, jogou o guardanapo no chão e foi direto para o quarto de Branca, que se mantinha quieta, olhos arregalados, sem voz . Francisco puxou uma cadeira para junto da cama, segurou as mãos da cunhada e disse com a voz mais natural que pôde:

– Deus é grande, Jeziel vai ficar bom dentro de algum tempo. Isso vai exigir muita coragem de todos nós.

– Chegou notícia do hospital? – ela perguntou, voz sumida.

– Sim – mentiu ele –, Jeziel está reagindo muito bem ao tratamento, mas não é coisa que os médicos possam curar em algumas semanas.

– Meu Deus! – exclamou ela, tapando o rosto com as mãos.

D. Eudóxia pediu a ela que tentasse dormir, ela precisava descansar. Deixasse as crianças com ela, estariam muito bem cuidadas. A pequena Eudóxia, uma graça, estava com quase um ano, quando tentava dizer as primeiras palavras. Quirino, com quatro, corria por toda a casa e de repente irrompeu quarto adentro, abraçando-se com a mãe que não conseguiu conter o pranto. O menino queria saber por que ela chorava. Francisco pegou-o no colo, disse que a mamãe estava com muita dor de cabeça e que precisava dormir um pouquinho. Depois o nenê vem ficar aqui na cama com ela. O menino perguntou pelo pai. Francisco saiu apressado, disse que ele tinha ido fazer uma pequena viagem e voltaria logo. Foi lá na estância do vovô?, perguntou Quirino. Foi, isso mesmo, o teu pai foi lá na estância e volta no fim da semana.

Um mês depois Jeziel voltou, foi colocado com muito jeito numa cadeira de rodas, quis que o levassem por todos os cantos, confessou que estava com muitas saudades da casa e das crianças Ele sonhava, no hospital, com aquelas salas, com os móveis, com os pais e com os irmãos.

– Ah, que bom estar em casa novamente! – exclamou, emocionado.

O pequeno Quirino quis empurrar a cadeira e Camilo tratou de levantá-lo numa brincadeira que muito o divertia. Que é isso? Um menino tão bonzinho fazendo artes? Essa cadeira só pode ser empurrada ali pelo Antão. E apontou para um negro espadaúdo e de sorriso alvar. Jeziel pediu que o carregassem pela casa toda, sim, era o que ele queria.

– Quero que me levem para o pátio, quero ver as cavalariças, aquele meu baio bom de queixo...

O velho Quirino fez um gesto com a mão:

– Um momento. O médico me fez mil e uma recomendações. Primeiro, nada de grandes passeios para não sentir à noite dores nas costelas. Tu estás com um grande colete de gesso. Segundo, faz pouco tempo, muito pouco tempo que isso aconteceu e deve haver ossos mal soldados ainda.

Por enquanto, passeios pequenos pelo assoalho lustrado, sem solavancos, tudo bem devagar. E nada de crianças no colo, estás ouvindo?

Jeziel fez um trejeito e rosnou como um cão. Raios, saio do hospital, venho para casa e não muda nada!

– Como não muda nada, seu ingrato? – disse Branca, envolvendo-o delicadamente com os braços e beijando-o na testa. – Então voltou para a companhia da mulher e dos filhos, para junto dos pais e dos irmãos, para a sua casa, sua cama e não mudou nada, seu ingrato?

– Tenho o direito de ficar ranzinza, não tenho? Ora essa! Sabe lá o que é andar numa cadeira de rodas, empurrado o dia inteiro, não poder mais praticar nenhum esporte, nada de andar a cavalo... e não poder pegar os filhos no colo?

– Não pode agora – disse o velho Quirino. – Dentro de mais algumas semanas já vai fazer muita coisa que nem sonhava. E mais alguns meses, se Deus quiser, vamos botar essa cadeira de rodas na lareira enquanto tu danças uma polca ao calor do fogo. Ou achas que vais ficar o resto da vida nessa cadeira?

Houve um certo constrangimento de Francisco e de Camilo, que trocaram olhares rápidos; Aníbal pediu ao negro Antão que desse uma volta com Jeziel, todos queriam ver a nova andadura daquela carruagem. Eudóxia permanecia no colo da avó e Quirino corria ao lado do pai, que tinha sobre os joelhos uma coberta leve de lã. Pediu que o levassem para o pequeno terraço defronte à porta de entrada, de lá ficou olhando a rua e as poucas pessoas que passavam; olhou para o céu e disse que o tempo ia firmar, o crioulo deu meia-volta com a cadeira, a pedido dele, largando-a novamente. Jeziel bateu palmas. Venham ver as minhas habilidades, eu mesmo posso fazer esta cadeira andar, olhem aqui, basta forçar esses pegadores laterais, vejam, ela se move.

O velho gritou de lá onde estava:

– Pare com isso, seu doido! Tu só podes movimentar a cadeira depois que as fraturas estiverem consolidadas. O médico me recomendou duzentas vezes isso. Por enquanto só quem toca essa cadeira é o Antão.

Jeziel cruzou os braços, virou-se para o negro e disse com cara de poucos amigos que a cadeira era toda sua, que fizesse com ela o que bem entendesse. Antão olhava assustado para todos, não sabia o que pensar, ele não podia fazer nada sem que o mandassem. Camilo colocou-se atrás da cadeira e começou a empurrá-lo com jeito, devagar, dando um passeio inesperado pela casa, entrando pelas salas menores, pela copa e pela cozinha, chegou até o limite da porta dos fundos. Então agachou-se, apontou para os fundos e disse:

– Dentro de mais alguns dias eu te levo até lá. Promessa é dívida.

Jeziel olhou naquela direção, não via nada, tinha os olhos cheios d'água e um nó na garganta. Pegou a mão de Camilo e apertou-a com calor, mas não deixou que o irmão mais moço visse que ele estava emocionado e sentia-se tremendamente covarde diante de tudo aquilo.

22. Num cair de tarde de agosto, a chuva fina caindo lá fora sem fazer ruído, a casa mergulhada na penumbra, o velho Quirino na sua grande cama de cabeceira entalhada, dois leões segurando um círculo onde três iniciais: Q. B. M., entrelaçadas, davam um toque de nobreza que só o dinheiro pudera comprar. D. Eudóxia permanecia sentada numa poltrona escura posta ao lado da cama só para ela, duas negras moças permaneciam mudas e imóveis perto da porta, e os filhos conversavam em voz baixa no gabinete do pai, agora sem o perigo de que ele entrasse na peça de repente.

– Que tristeza – disse Camilo.

– Eu sei, eu sei, ou pensas que eu não sinto o mesmo? Acontece que papai está com quase oitenta e seis anos. Que diabo, a gente já devia estar acostumado com a ideia de sua morte – disse Francisco, enxugando os olhos com um lenço xadrez.

Aníbal estava sentado na cadeira giratória da escrivaninha cheia de pequenas gavetas com puxadores de porcelana com desenhos delicados de flores, batia ritmado com a mão sobre a perna, raivoso e inconformado. Francisco pediu que eles ouvissem uma coisa:

– Papai não sabe, mas estamos quase sem nada, a não ser esta casa, outras quatro de valor insignificante, meia dúzia de terrenos na cidade e um resto de terra que sobrou daqueles entreveros lá no Alegrete...

– Aquelas terras que o papai queria que eu defendesse depois de tirar o curso de direito, não é mesmo? – disse Camilo.

– Mas sobrou o quê? – quis saber Aníbal.

Francisco não saberia dizer quanto sobrara. A casa grande, os galpões e banheiras, os potreiros, parte de uma invernada, quem sabe umas trinta quadras de sesmaria, ou menos ainda.

Camilo botou a mão na testa: trinta quadras? Mas é uma loucura, fomos roubados miseravelmente, isso não pode ficar assim! Francisco sorriu triste:

– É, vocês quase nunca iam lá, garanto que não chegaram a conhecer um cem avos daquelas terras. Esta boa casa, a atração da cidade, bons cinemas, boas mulheres, esses negros todos aí para servir a gente como se ainda fossem escravos. Na verdade, como escravos. O quanto pagamos por eles? Comida, roupa velha, uns trocos para o fumo em rama e a palha de milho para o cigarrinho, um trago que outro, quando podem.

Ouviram a voz da mãe chamando por eles. Acorreram assustados, Jeziel já estava lá com Branca, o velho Quirino não conseguia falar, fazia gestos, tentava dizer algo que lhe ficava trancado na garganta. Ouvia-se a ronqueira do peito, seus olhos no fundo, a boca murcha, as mãos tremendo sobre as cobertas, tentando puxar fios invisíveis. Falava neles, naqueles arames que amarravam seus dedos, abria a boca para mostrar que sentia falta de ar. Camilo sentou-se na beira da cama, pegou numa das suas mãos, falou com ele sem dizer nada, pediu que tentasse dormir e ele cada vez arregalava mais os olhos, roncava forte, o filho sentiu que sua mão se crispava, notou que ele tivera um leve estremecimento, relaxou os músculos, revirou os olhos e deixou o queixo cair sobre o peito abaulado.

Camilo soltou com certo esforço a mão do velho, levantou-se e foi abraçar a mãe que parecia estar ausente, dormitando.

– O papai morreu – disse ele quase sem voz.

D. Eudóxia teve um estremecimento, arregalou bem os olhos, pegou as mãos do filho e pediu que fossem buscar o médico, ligeiro, alguém devia chamar o doutor. Francisco fez um sinal para Aníbal, saíram os dois para o corredor.

– Vai depressa ali no doutor – disse Francisco – , diz a ele que papai morreu e que venha depressa por causa da mamãe.

Aníbal saiu rápido; Francisco voltou, sentou-se ao lado do velho, segurou suas mãos ainda quentes, alisou seus cabelos ralos, sua barbicha sedosa, fazia questão de não pensar o que seria daquela família sem a presença dele, sem a sua autoridade, sem a sua opinião nas horas decisivas. Cerrou os dentes, mudo, e disse para ele, em pensamento, que voltaria para a Estância do Capão Alto, que cuidaria de tudo aquilo, que trataria de recuperar muito do que lhe fora roubado. Uma espécie de juramento de quem não pode falar para quem já não pode ouvir. Notou que a mãe continuava sem ainda ter percebido o que se passava. Falou baixo no ouvido de Camilo, os dois pediram que ela saísse um pouco para arrumarem o doente, ajudaram-na a levantar-se, saindo os três pelo corredor até o salão grande, onde a colocaram no sofá maior, deitando-a e colocando sob sua cabeça algumas almofadas.

– Estou sentindo muito frio – disse ela.

Camilo fez sinal para uma preta que passava, mandou que trouxesse um cobertor o mais depressa possível. Chamaram Branca, pediram que ela ficasse ali cuidando de D. Eudóxia, as crianças já tinham saído para dar uma volta de tílburi e um criado ficaria no portão, aguardando o regresso deles, para levá-los à casa do vizinho da frente, uma família amiga de muitas gerações.

Jeziel não se movera de onde estava. Sua cadeira permanecia imóvel, ele de braços caídos, inexpressivo na dor, quase indiferente. Quando Francisco tornou a entrar no quarto, ao mesmo tempo em que chegava o médico, Jeziel disse para o irmão, como quem se refere a uma pessoa desconhecida:

– Bem, ele um dia tinha mesmo que morrer, não é mesmo? Pois eu também um dia não tinha que ficar preso nesta cadeira do diabo? E por que vocês não providenciam as velas, mandam buscar carroças e mais carroças de flores? Afinal ele era o nosso pai, ou não era? Vamos, digam alguma coisa, não fiquem parados feito umas múmias. Ou será que não foi o nosso pai que morreu? Teria sido um cavalo, um negro...

Francisco aproximou-se dele, pegou firme nos seus ombros, sacudindo-o levemente com medo de machucá-lo:

– Cala a boca ou te mando levar agora mesmo de volta para o hospital. É isso o que queres?

Camilo entrou no quarto, foi para junto deles, afastou Francisco, viu que Jeziel olhava com ódio para coisa nenhuma, olhar perdido na distância, tratou de empurrar a cadeira para fora dali. Levou-o para o gabinete, fechou a porta e sentou-se a seu lado. Jeziel começou:

– Sabes o que o Francisco disse? Não sabes? Pois é, nesta casa ninguém sabe de mais nada o que acontece. Ele disse que papai morreu e eu sei que ele morreu mesmo. Mas eu te pergunto, Camilo, o que vamos nós fazer nesta casa maldita depois de tudo isso? Eu não fico aqui, ouviu bem, eu não fico aqui!

Gritava. Bateram na porta. Camilo ouviu a voz de Branca, aterrorizada. Mandou que ela esperasse lá fora, que cuidasse de sua mãe.

– Escuta aqui, Jeziel, tu não és mais nenhuma criança, tens mulher e dois filhos, não admito que te mostres fraco nesta hora. Estás ouvindo? Temos que cuidar de mamãe que está com quase setenta anos e não anda bem de saúde. Adianta esbravejar, gritar, bater, quebrar coisas? Vamos, responde!

Jeziel olhava para ele como quem olha para um estranho. Pegou a mão de Camilo, disse que o peito lhe doía muito, que jamais ia poder sair daquela cadeira maldita e que para ele a vida assim não valia um caracol.

– E tua mulher? E teus filhos? Não compreendes, Jeziel, que esta tua atitude é de extrema covardia e que se papai ainda estivesse vivo ia te dizer que um Mortágua não se entrega, não se curva, não se abala? Mas, afinal, onde estamos? Vou abrir esta porta, tua mulher está aí fora, vais mostrar a ela quem tu és, empurra esta cadeira com as tuas próprias mãos, tenta ajudar em alguma coisa, faz por ser útil, necessário, e só assim serás respeitado por todos, principalmente pelos teus filhos.

Afastou-se dele, resoluto, abriu a porta, Branca entrou assustada, ajoelhou-se aos pés do marido, pegou de suas mãos, perguntou o que estava se passando. Jeziel sorriu de modo estranho:

– Se queres saber pergunta ao Camilo. Isto, ele sabe o que se passa com todos os homens desta casa. Nós somos Mortágua, minha querida. Sabes o que quer dizer Mortágua? Pois é o que sou. E agora sai daqui. Por favor me deixem só. Não quero ver ninguém. Saiam!

Camilo ajudou Branca a levantar-se, carregando-a para fora e puxando a pesada porta. Falou em voz baixa, quase inaudível:

– Ele está transtornado com a morte do papai. Mas não é só isso, ele está inconformado com a sua cadeira e com a sua impotência diante da vida, diante de tudo e de todos. É isso. A gente precisa compreender as pessoas. Mas ele vai reagir, preciso agora falar com o doutor, ele deve olhar pelo teu marido também.

Branca começou a chorar baixinho, tapando a boca com um pequeno lenço, enquanto Camilo a conduzia para dentro, pedindo que não fizesse aquilo na frente dos outros, que tratasse de passar uma água no rosto e sobretudo que se mostrasse forte.

Chegavam alguns vizinhos, os homens da funerária se moviam pela casa com desembaraço, um deles perguntou a Aníbal onde armariam a essa e ele mostrou o salão principal, mas pediu que aguardassem um pouco, sua mãe estava lá, deitada no sofá grande. Quando Branca retornou para junto de D. Eudóxia, Francisco e Aníbal pediram que ela ajudasse a convencer a mãe a ir deitar-se num quarto, eles precisavam do salão e ela bem sabia para quê. A velha foi quase carregada nos braços, protestando, não queria sair dali, quero ficar ao lado do Quirino. Camilo ia dizendo algumas coisas, Branca também, até que a deitaram na cama de Aníbal, no andar de cima, depois de subir com grande dificuldade todos aqueles numerosos degraus. Camilo disse:

– Pronto, a senhora agora está bem acomodada, está com bastante coberta...

– E Quirino onde está? – balbuciou ela, quase sem enxergar nada na penumbra do quarto de janelas fechadas.

– Está dormindo. Não faça barulho senão ele pode acordar.

Mandaram chamar duas crioulas para que ficassem ali de guarda, cuidando da dona da casa. Se ela acordasse, deviam chamar os patrões.

Camilo disse que ia dar uma volta pelo pátio, estava precisando de ar puro. Chovia fino, ainda. Ele caminhava lentamente, sem rumo, deixando que a água empapasse os seus cabelos e só assim, se fosse encontrado por alguém, não saberiam se o rosto estava molhado pela água da chuva ou pelas lágrimas que ele não conseguia conter mais.

23. Com setenta e dois anos, reumatismo e a responsabilidade da casa, D. Eudóxia não foi ao casamento de Francisco. Sequer conhecia a moça, Dileia Ramos, a não ser pelas cartas que o filho mandava, um retrato que todos viram que estava retocado em excesso. Como não era dado a essas coisas, Camilo estranhou muito uma carta de Francisco na qual ele dizia que "Dileia pertencia à alta sociedade de Alegrete" e que "apesar de muito calada era uma excelente criatura". Ele nunca ligara para essas coisas de alta sociedade, costumava ridicularizar certos amigos da família que buscavam nos seus antepassados barões e condes, gente ligada por laços sanguíneos à família imperial. Um deles afirmava, sem documentos, que sua mãe descendia dos Leuchtenberg, que com a princesa Amélia dera a segunda imperatriz do Brasil.

Em Alegrete, representando a família, estiveram Aníbal e Camilo. Ficaram na estância, onde se notava a decadência em cada canto, a pobreza da mesa quase sempre composta de assado de rês ou de ovelha, aipim cozido, doces vindos da cidade, velhos lampiões de querosene que a tudo empestavam com a acidez de seu cheiro. O capataz, um homem velho e que passava o dia chimarreando num dos galpões, mancava de uma perna fraturada havia muitos anos e mal soldada. Peões fracos e apáticos, galinhas que vinham ciscar na porta da casa-grande, de belas janelas apodrecidas e portas deslocadas dos gonzos.

Dileia devia andar pelos trinta anos, magra e de ossos salientes, feições duras e de poucas palavras. Francisco estava mudado, chamando os irmãos para dizer que a família dela tinha terras ao lado das suas e que amanhã ou depois a estância voltaria a ser o que sempre fora. Quanto à saúde, queixava-se sempre; de uns tempos àquela parte costumava ter enxaquecas de hora inteira, os miolos a ferverem e ele com vontade de bater com a cabeça na parede. Outras vezes ele se mostrava alegre e brincalhão, cochichava ao ouvido de Camilo, a quem preferia sempre aos demais: Dileia é uma boa moça, sabes? Assim na aparência a gente não dá nada por ela, mas é uma santa. Teve três noivos e por sorte os casamentos nunca saíram. Ela é muito exigente.

Casaram-se no civil à tarde e ao cair da noite a cerimônia da igreja conseguiu atrair quase a cidade inteira. Camilo notou risos de mofa e comentários maliciosos entre muitos convidados, notou que as roupas de Francisco estavam sovadas, colarinho mal engomado, cabelo em desalinho e, bem a seu lado, ele procurando esquivar-se o mais possível, ouviu quando uma senhora dizia para outro: imagine só, fez questão de usar o vestido de noiva da avó que já morreu há mais de vinte anos; olha lá que coisa horrorosa! Camilo esticou o pescoço e sentiu uma leve tontura; a noiva levava sobre a cabeça uma espécie de bacia de cetim cheia de flores, um vestido de grande rodado, com tons de amarelo nas barras, e um véu de longa cauda que pessoas adultas impediam que se prendesse nos bancos ou no tapete felpudo do corredor. Alguém atrás, voz feminina, disse baixinho, mas não tanto que Camilo deixasse de ouvir: ele não é má pessoa, mas vai comer fogo com essa pobre coitada.

Discretamente, Camilo saiu da igreja, foi tomar um pouco de ar lá fora, procurou pela praça central da cidade algo que lhe trouxesse a infância, mas não conseguia lembrar-se de nada. A cidade lhe era estranha. Depois, no Clube Comercial, a recepção festiva, os noivos sentados numa espécie de trono armado com cadeiras comuns cobertas de cetim branco, uma grande quantidade de flores encostadas no pedestal. Passou por sua cabeça um velório de muitas luzes, os dois corpos, as pessoas tristes ao redor. Em certo momento, reconhecido por alguém que nunca vira, um velho amigo de seu pai, recebeu cumprimentos como se estivesse recebendo pêsames. Havia grandes mesas com comes e bebes, os garçãos eram gaúchos de bombacha, botas e esporas de grandes rosetas, chapéus de barbicacho e lenços vermelhos no pescoço. Dois gaiteiros tocavam a um canto e um deles, pareceu a Camilo, era cego. Aníbal acercou-se do irmão, sentaram num sofá de madeira, ficaram por alguns minutos calados, até que Aníbal não resistiu:

– Que casamento mais estranho, Santo Deus! Estou morrendo de vergonha.

– Pobre do Francisco – disse Camilo –, esperar tantos anos para encontrar a noiva dos seus sonhos e agora acontece isso.

– O pior é que a lua de mel vai ser na casa dela, aqui na cidade. Ela se recusa a viajar.

– Tanto faz, isso é o de menos – disse Camilo.

– Pois eu não sou da mesma opinião. É uma casa de três quartos, num segundo andar, eles ficam num deles, a mãe que não me parece muito boa da cabeça fica no outro e nós dois no terceiro.

– Nós vamos ficar hospedados lá?

– Claro, ou pensavas que íamos enfrentar agora de noite mais cinquenta quilômetros de estrada aberta no campo?

– Minha mãe de Deus! – exclamou Camilo.

Foi quando a mãe da noiva bateu palmas, todos silenciaram, e fez uma comunicação inusitada:

– Eu quero comunicar aos convidados da família Ramos que os noivos agora vão se retirar, o que não impede que continuem comendo e bebendo. Agradeço de todo o coração a presença dos amigos e muito obrigada.

Francisco e Dileia se levantaram com dificuldade do trono, a mãe tratava de segurar com as mãos o grande chapéu com flores e passarinhos, os convidados abriram alas e os gaiteiros tentaram tocar a marcha nupcial, não conseguindo. Havia na porta do clube uma carruagem de quatro rodas e quatro cavalos, de pelagens diferentes, a mãe veio buscar os dois irmãos do genro, obrigando-os a entrarem também na carruagem. Eles tentavam agradecer, iriam caminhando, a distância era pequena, mas a velha não aceitou desculpas nem razões: o momento era solene e eles deviam sair juntos, como mandavam as regras de bom-tom. Camilo ficou espremido entre a noiva e Francisco, mas não tinha coragem de encará-lo. Aníbal olhava para fora.

Quando desceram, Francisco deu a mão para a noiva e ela agradeceu, dizendo que nunca precisara de ajuda para descer de um carro. A casa fedia a querosene, duas negrinhas novas tentavam ajudar em alguma coisa. A velha determinou que elas esquentassem água para o chá medicinal de Dileia e perguntou se alguém mais desejava alguma coisa. Os dois irmãos agradeceram, ela ordenou a uma das negrinhas que conduzisse os moços para seu quarto, no segundo andar. Eles subiram devagar, abriram a porta, havia só uma cama de casal, eles não haviam trazido uma peça de roupa para mudar.

– Dormiremos de ceroulas – disse Camilo, assim que a negrinha saiu e fechou a porta.

Aníbal sentou-se na beira da cama dura, disse baixinho que sentia uma enorme vontade de chorar. Que ridículo, meu Deus, mas o que foi que aconteceu com o Francisco para escolher essa mulher? Camilo tirou o casaco, as botinas, afrouxou o nó da gravata, atirou-se ao comprido na cama e tapou o rosto com as mãos. Vamos fazer um juramento sagrado aqui, agora mesmo, disse ele para o irmão, sussurrando. Que juramento?, quis saber o outro. Não contarmos para ninguém o que vimos, nem mesmo para a mamãe. Está jurado, beijo os dedos em sinal de garantia. Tiraram a roupa, apagaram o lampião e se deitaram sem sono, ambos com os olhos arregalados no escuro, tentando captar ruídos vindos de fora. Ouviram a voz da noiva pedindo que Francisco apagasse a luz, não queria que ele a visse tirando os trajes de noiva. Ruído de sapatos sendo jogados no assoalho sem tapetes, algo sussurrado de leve, depois uma espécie de breve discussão e de repente um grito lancinante, ruído de objetos quebrando, de uma porta batendo e uma desenfreada correria pela casa e a voz de Dileia, esganiçada:

– Não me toca, miserável, não me toca, eu te mato...

Francisco ficara no alto da escada, pedindo dali que ela voltasse; mas afinal o que aconteceu, por favor, querida Dileia, volta, meu bem, os outros estão dormindo. Camilo bateu com a mão sobre Aníbal, sussurrou espantado, mas que diabo, esta mulher é louca mesmo.

O irmão continuava no alto da escada; volta, minha querida, foi sem querer, eu não tive nenhuma segunda intenção, vem aqui que eu explico tudo, por favor, Dileia, volta. Aníbal abriu a porta, havia pouca luz na casa, vislumbrou a sombra de Francisco sentado no último degrau da escada, quieto, cotovelos apoiados nos joelhos. Nisso abriu a porta do quarto da mãe, a mulher saiu espavorida, tropeçou em Francisco, voltou-se, miserável, pensa que a minha filha é animal de campo para ser tratada assim, amanhã de manhã ajustaremos contas. Camilo juntou-se com Aníbal, não podia acreditar naquelas cenas. A velha desceu as escadas com cuidado, gritando, Dileia, minha filha amada, Dileia, vem cá com a mamãe. A noiva gritou lá debaixo que não subiria, que ia dormir no sofá da sala. Pois eu fico contigo, minha filhinha, esse monstro nos paga amanhã, eu te juro. Aníbal e Camilo aproximaram-se do irmão que jazia quieto, parecia mergulhado num pesadelo, disse baixinho, acho que a pobrezinha enlouqueceu, mas isso não podia acontecer, assim de uma hora para outra. Camilo pediu que ele entrasse para o quarto onde eles estavam, levaram o irmão meio amparado, fecharam a porta; mas isso não tem explicação, Francisco, disse Aníbal, mas afinal o que aconteceu? Francisco disse que não sabia, tentara apenas tirar o vestido de noiva, as suas roupas e de repente, como se ela tivesse tocado em algo muito terrível, aquele grito desesperado e a fuga do quarto. Vocês acham que o casamento está desfeito? Camilo disse que talvez não, a gente sempre devia dar tempo ao tempo, talvez fosse o nervosismo da cerimônia, alguma coisa que as amigas haviam falado, sabe-se lá o que uma noiva pode sentir na sua grande noite, no momento decisivo.

– E agora, o que devo fazer? – perguntou Francisco.

– Fica aqui com a gente até amanhã de manhã, as duas estão lá embaixo num sofá, não vão subir de jeito nenhum. Esta cama dá para nós três, aperta-se um pouco.

– Que coisa ridícula – disse Aníbal, não conseguindo conter-se mais, apesar de não querer aumentar a angústia do irmão inconsolável.

Camilo procurou ajeitar-se o melhor que pôde, pediu aos irmãos que ficassem quietos e que procurassem dormir. Os dois conseguiram, mas Francisco não pregou olho a noite toda e quando os galos anunciaram a madrugada já estava na janela, olhando para a noite diferente.

24. D. Eudóxia fazia um crochê delicado, óculos na ponta do nariz, balançava suavemente a sua cadeira e perguntava a Camilo e a Aníbal como fora afinal o casamento de Francisco em Alegrete. Os rapazes se entreolhavam e cada um contava uma história mais parecida com a do outro, inventavam detalhes incríveis, falavam da noiva como alguém que na certa iria fazer a felicidade do irmão.

– E vocês, ficaram hospedados na casa da família dela?

– Claro – disse Camilo –, é uma casa muito grande e muito confortável. Dileia não nos deixou ir para a estância na noite do casamento, alegou que a viagem seria muito longa e cansativa.

– Quando voltamos – disse Aníbal – eles seguiram para a estância onde vão morar definitivamente.

– Graças ao bom Deus! – exclamou D. Eudóxia, largando por um momento o trabalho sobre o colo. – Alguém precisava ficar lá e Francisco é a pessoa mais indicada. Tomara que a moça seja uma boa dona de casa.

Camilo levantou-se, disse que tinha muita coisa ainda por fazer, precisava sair. Aníbal disse que ia mexer nos seus barros, pois desde que o pai morrera que ele estava se dedicando a moldar pequenos objetos e figuras rudimentares de barro. Primeiro tentara fazer a máscara mortuária, depois passou a reproduzir o pai, sentado na sua poltrona preferida, chimarrão em punho. Passara semanas fechado no seu quarto-estúdio, situado no primeiro andar, e quando saiu de lá carregava uma tábua-pedestal com o busto do pai, de uma semelhança que a própria D. Eudóxia se espantara, era a cara do falecido, o formato do rosto o mesmo, os olhos empapuçados, o feitio das orelhas, os cabelos ralos. Camilo ficou assombrado que o irmão tivesse feito aquilo de memória. Aníbal ficou vaidoso, voltou para o estúdio com sua obra, dizendo que precisava fazer ainda vários retoques, não gostava do queixo, o nariz não estava parecido.

Na semana seguinte chegava uma nova carta de Plínio. Anunciava o seu regresso ao Brasil, viria já casado com Joan, todos iam gostar muitíssimo dela, que falava português quase perfeito, pois todas as noites ele dava exaustivas aulas teóricas e práticas. A mãe ficou muito apreensiva, trazer assim de uma hora para outra uma criatura que ninguém conhecia e juntar com a família como se fosse gente de casa. Jeziel protestou, podia ser uma excelente moça e o principal era Plínio estar satisfeito. Branca não disse nada, talvez meio enciumada com uma nova nora que ameaçava o seu reinado quase absoluto, Camilo achou que ia se divertir com o irmão e estava doido para conhecer a reação de uma europeia em Porto Alegre, onde tudo era tão atrasado.

Quando chegou a noite, depois do jantar, Camilo vestiu a sua melhor roupa, mandou preparar a sua aranha e saiu. Rumou para a Cidade Baixa, Rua Venezianos, estacionou defronte a uma pequena casa de porta e duas janelas, manietou o cavalo, amarrou as rédeas na manivela do freio e bateu na porta. Ele ouviu tirarem a tranca de ferro dos prendedores, a chave sendo torcida na fechadura e por fim surgiu a figura delicada de Mocinha, alegre e sorridente:

– Pensei que não viesse mais – disse ela.

Ouviu-se uma voz vindo lá de dentro, autoritária por brincadeira:

– Manda esse rapaz entrar que está entrando frio na casa toda!

Camilo pegou na mão da moça, beijou sua palma e entrou feliz. Atravessaram um longo corredor de largas tábuas, vinha de dentro o cheiro acre do querosene e quando eles chegaram na sala encontraram o pai da moça sentado à mesa, rodeado de livros, a mãe bordando ou cerzindo, a peça muito pobre, dois quadros de pessoas mortas, um guarda-louça comum, poucas cadeiras e o sofá onde os dois costumavam sentar nos breves serões da família.

A namorada foi preparar uma xícara de café e Camilo perguntou como iam as coisas. O velho jogou o lápis sobre um dos livros, apontou para Camilo e disse:

– Meu filho, ser advogado deve ser muito bom, mas não sei se dá dinheiro. Olha que nesta olaria onde sou guarda-livros, o dinheiro entra fácil e isso que eles não sabem trabalhar – olhou para os lados, de maneira cômica: – Que eles não me ouçam senão me botam no olho da rua. Eu, se fosse moço, abria uma olaria amanhã de manhã. Bem administrada, dá dinheiro que não acaba nunca, ainda mais agora que a cidade está crescendo.

Camilo ouviu tudo com muito interesse:

– Pois saiba que não vou desprezar a sugestão. Estou mesmo pensando numa coisa assim, numa indústria, num comércio qualquer. Como advogado acho que terminarei morrendo de fome.

– Pois trate de abrir logo que vou para lá ajudar com o que já sei dos pequenos segredos.

Camilo pensou no velho Quirino Mortágua se estivesse vivo e soubesse que o filho ia se meter em fabriqueta de tijolos e telhas. Sorriu satisfeito. Afinal, era um desafio.

V.

Dia 4 de abril de 1964

1. Acendeu-se a luz, de repente. O velho Camilo deixou-se ficar sentado, inerme, mal percebendo o que se passava ao redor. Os espectadores saíam devagar, esperando que os corredores dessem passagem, muitos faziam comentários em voz alta, os casais caminhavam com dificuldade por entre as filas de cadeiras. Quando não havia mais ninguém, as luzes começaram a diminuir. Alguém batera com a mão no seu ombro, dizendo que a sessão havia terminado. Camilo virou-se, olhos machucados pelo contraste do escuro com a claridade, perguntou o que ele queria. O empregado do cinema repetiu que a sessão terminara, iam fechar o cinema, ele precisava sair. Veio o gerente:

– Como é, Seu Camilo, não quer ir para a casa hoje? O negócio já terminou.

Então ele se levantou devagar, começou a sair sem pressa, já na porta da rua voltou-se, um pouco nervoso, e perguntou se eles tinham certeza que o filme acabara. Todos riram. Ele que olhasse para dentro, outra sessão só no dia seguinte. Alguém brincou com ele, perguntando se queria que reservassem a mesma poltrona. Ele pareceu não ouvir nada, saiu para a calçada, a noite estava fria. Olhou e viu que o Café Viseu permanecia com suas portas abertas, com sua freguesia da noite que era uma outra bem diferente da que costumava encontrar durante o dia. Encostou-se num poste, via os bondes passando e alguns carros. Novas camionetas da polícia; tornou a olhar para a fachada cinza do cinema e lá estava o grande cartaz anunciando *Cleópatra, a Rainha de César,* aqueles guerreiros de roupas estranhas, as bigas com fogosos cavalos e sentiu que sua cabeça rodava e que a garganta lhe doía de sede. Virou-se de frente para o poste, bateu várias vezes com os punhos fechados contra ele e debruçou-se a soluçar, mas com os olhos secos e doloridos. Estou ficando louco, meu Deus do céu. Notou que o casalzinho que sentara perto dele ainda estava juntinho, esperando condução. Caminhou até eles, pediu licença, perguntou se tinham visto o filme e se haviam gostado. O rapaz olhou para ele com desconfiança, disse que tinham visto, que o filme não era lá essas coisas e carregou com a namorada para mais longe. Camilo ficou meio confuso, atravessou a rua sem olhar para os lados, houve freadas de automóveis, xingações, um soldado ficou na beira da calçada e esperou que ele chegasse mais perto:

– Mas então quer morrer, seu velho bobo? Trate de ir para casa dormir.

Camilo prosseguiu inseguro, entrou no Café, Seu António veio recebê-lo alegre, mas então foi assistir a essa tal de Cleópatra, uma mulherzinha de virar a cabeça de qualquer um, hein? Diga-me, Seu Camilo, valeu a pena ficar todo esse tempo metido lá dentro? Um cafezinho pra mudar o cuspe ou meia taça com leite, pão e manteiga? O amigo deve estar com fome. Camilo sentou-se numa cadeira de balcão, olhou demoradamente para o português, passou os olhos pelas prateleiras e disse que precisava de um trago. O português não quis acreditar. O senhor, Seu Camilo, pedindo um trago? Olhou bem para o velho, viu que ele estava diferente, olhos injetados, vermelho, mãos trêmulas. Coçou a cabeça indeciso, quem sabe o amigo vai deitar, D. Consuelo lhe prepara um chá e amanhã o dia é outro. E depois, Seu Camilo, a casa não demora muito vai fechar, eu já estou levantando as grades de madeira do chão, vou fazer a higiene, descansar.

– Então Jeziel foi denunciar ao velho que a Nenete estava comigo, e ele, o velho e sórdido Coronel Quirino Borba Mortágua, sim, o velho e sórdido Coronel Quirino, mandou caçar a menina pelos negros e determinou que fosse deixada em Rio Grande para os marinheiros suecos e noruegueses! Sabe o que ele foi, Seu António, um sujo, um desalmado! Mas eu pedi um trago e o senhor fica me olhando aí como se eu fosse um bicho de circo. Vamos, um trago.

O português passou uma água rápida num copo, abriu uma garrafa de cachaça, botou meia dose, esticou o braço no balcão e depositou o copo na frente do velho.

– Mas Seu Camilo, pelo amor de Deus, o senhor nunca bebeu na vida, vamos, fale a verdade. Por que vai beber logo hoje, a estas horas?

Camilo pegou o copo, levantou-o à altura dos olhos, contra a luz, olhou bem para o dono da casa e começou a beber devagar, engasgando-se, tossindo, olhos cheios d'água, quase sufocado.

– Eu não disse? Ovelha não é pra mato, Seu Camilo. Não precisa beber tudo, eu nem vou cobrar esta dose, é brinde da casa.

– Eles ficaram à espera, bateram na porta, fingiram que levavam uma carta minha, um deles fez que o carro ia embora e quando a pobrezinha abriu a porta, assustada, foi agarrada como um animal, amordaçada, metida num saco e levada para o cais do porto. Isso é coisa que se faça, vamos, me diga, é coisa de gente decente, de um Mortágua que honre o seu próprio nome?

– Mas raios, de quem é que o amigo está falando, agora?

– Da Nenete, fique sabendo. Da Nenete que confiava em mim, que tinha caído na vida empurrada pela miséria dos pais e que me queria como a ninguém mais na vida. Da Nenete, está ouvindo?

– Está bem, está bem, agora já sei de quem se trata.

– E o Jeziel, o bom irmão Jeziel, que Deus castigou com a paralisia, que fez penar até o último suspiro pelas maldades que praticou! Foi ele quem denunciou, o papai jamais saberia de nada se não fosse ele, aquele infeliz. Pagou como devia. Sabe, Seu António, a gente faz as coisas aqui no mundo e aqui mesmo a gente paga. Não acredito na vida lá do outro lado. Morreu, acabou.

– Não diga isso, Seu Camilo, e logo o senhor, um homem cristão, bem formado, o senhor deve acreditar em Deus.

– Pois fique sabendo que durante muito tempo eu acreditei. Agora não. Ele pode aparecer aqui na minha frente com auréola e tudo e eu digo a ele, de cara, que não acredito nele, que ele é tão bom como os outros. Mais um trago, Seu António, o outro estava pela metade.

– Mas Seu Camilo...

– Afinal, isto aqui é uma casa pública onde se pode beber ou não é? Pois então vou para outro café e pronto.

Tentou levantar-se, mas foi impedido pelo dono da casa. Afinal, bebendo ali debaixo da sua pensão, seria mais fácil carregar o homem. Que diabo se passava com ele, uma pessoa tão educada, tão quieto. Jamais bebera um gole de cerveja. Vá lá, Seu Camilo, vou encher o copo, vou fazer a sua vontade e depois não me venha culpar de nada. Encheu o copo como costumava fazer com o desaparecido poeta Inácio Vilanova, que reclamava uma gota dependurada no gargalo da garrafa. Pois se quer beber, Seu Camilo, o problema é seu, eu lavo as mãos. Estavam só os dois, um homem entrara para comprar um maço de cigarros, e mais ninguém.

– Quando a Dileia saiu correndo do quarto do meu irmão Francisco, aos gritos como uma doida, eu e Aníbal deitados no quarto ao lado, tive vontade de rir a não poder mais. Aníbal queria saber o que se passava, afinal a noiva fugia do noivo no grande dia. Aquela mulher, Seu António, não regulava bem da cabeça, assustou-se de alguma coisa que o Francisco lhe mostrou ou quis que ela pegasse, saiu como louca a gritar pela mãe e terminaram as duas dormindo no sofá da sala e nós três numa cama de casal. E isso, Seu António, na noite do casamento.

– E depois, a coisa não se deu?

– Olhe, no dia seguinte nós viemos para Porto Alegre e até hoje não sei quando foi que ele conseguiu derrubar as muralhas daquela Bastilha. Ela já andava pelos trinta e poucos anos, ninguém havia tocado com um dedo nela, a mãe nunca lhe falara sobre tais coisas, sabe como é essa gente do interior que quer manter as moças virgens até que morram. Francisco não disse nada, na manhã do dia seguinte. Despediu-se de nós, pediu que não se contasse nada para ninguém e só fiquei sabendo que uns dias depois ele levava a noiva para a estância que era do papai e por lá ficaram por muitos anos...

– Bem, então a coisa se deu! – exclamou o português com ar malicioso. – O rapaz terminou convencendo a moça que o bom mesmo ela ainda não conhecia. Deve ter sido uma luta, hein, Seu Camilo?

– Não sei. Na volta eu e Aníbal não contamos nada para mamãe, para ninguém, mentimos que o casamento tinha sido um sucesso, inventamos coisas que agradaram a velha. Vamos lá, Seu António, outra dose.

O velho já estava falando arrastado, mas firme na disposição de beber. O português chegou a pensar em pedir licença, subir a escada que ia dar na pensão, na porta ao lado, contar para D. Consuelo o que se passava com ele, mas sempre que fazia uma tentativa de sair por alguns momentos, Seu Camilo estendia o braço e o impedia de sair, que sabia muito bem o que ele estava intentando, que não adiantava chamar D. Consuelo e que se ele chamasse alguém terminava por quebrar tudo o que encontrasse pela frente. Meteu a mão no bolso, tirou um punhado de notas amassadas, botou tudo sobre o balcão, está aqui o dinheiro, tire o que quiser, mas deixe essa garrafa e trate de arranjar as suas coisas. O português mostrou-se cordato, pediu licença, ia fechar as portas, paciência, ele era maior de idade, era mais velho do que ele, ninguém podia impedir que fosse beber até cair. Depois voltou e tornou a sentar-se no mesmo lugar, quebrando a cabeça para saber que diabo havia acontecido com o velho que saíra cedo para o cinema, em estado normal, não se notava nele nada de diferente e voltava daquele jeito feito um doido, dizendo coisas sem nexo, falando nos parentes mortos, no pai e na mãe.

– Agora, tem uma coisa, Seu Camilo – disse ele –, esta casa tem um horário e ele deve ser respeitado religiosamente. Quer beber, beba, mas o limite é a hora em que preciso ir para a cama. De madrugada eu já estou aqui lidando e o senhor bom de cama pode dormir até que a casa caia em cima de sua cabeça. Viu a diferença? Pois então trate de beber essa última dose e boa noite.

Levantou-se, guardou a garrafa na prateleira, passou o trapo umedecido sobre o balcão, apagou algumas luzes e ficou de frente para o velho, braços cruzados, disposto a não ceder um milímetro.

– Pois está muito bem – disse o velho arrastando a língua –, vá dormir, cobre uma garrafa cheia, quero levar para o meu quarto e feche a sua casa para sempre, pouco me importa. Pegue o dinheiro, está ouvindo?

2. O português achou que era uma boa maneira de livrar-se dele, tirou o dinheiro relativo às doses anteriores e à garrafa que lhe entregou a seguir e pediu que o velho fosse embora, ele estava caindo de sono, estava trabalhando desde a madrugada. Seu Camilo levantou-se inseguro, garrafa bem empunhada pelo gargalo, começou a vencer cadeiras e mesas que se atravancavam à sua frente, até que encontrou a porta da pensão, o primeiro degrau, o segundo, o terceiro, a escada girando helicoidal e ele a firmar-se no corrimão seboso, mais outro degrau e finalmente alcançou o topo da escada, empurrou a porta que dava para o corredor e deu de cara com D. Consuelo, bem postada, braços cruzados, cara de poucos amigos.

– Pensa que não estava ouvindo tudo aqui de cima?

– Saia da frente, quero ir para o meu quarto.

– Não grite – disse ela, falando baixo e duro –, os hóspedes estão dormindo, não é hora de escândalo.

– Pois saia da frente senão quebro os vidros desta porta e acordo a casa inteira.

– O senhor está bêbado, Seu Camilo, e isto é uma vergonha, o senhor nunca foi disto, afinal o que está acontecendo?

Ele cambaleou de leve, aproximou-se do quarto de Ramirez e bateu com o fundo da garrafa na porta. O outro gritou lá de dentro, que diabo era aquilo, já não respeitavam as pessoas que dormiam? Camilo riu muito, então o respeitável Senhor Ramirez já podia dormir tendo a seu lado a bela Cilita.

– Estão nus, os dois? Pois se fizerem qualquer ruído, já sabem, arrombo a porta e boto os dois para o olho da rua!

D. Consuelo abriu a porta do quarto do velho, tratou de empurrá-lo com certo jeito para dentro, acendeu a luz, mas que vergonha, Seu Camilo, um homem com o seu passado, com o nome de sua família, chegar bêbado como um gambá na pensão, dar escândalo, acordar meio mundo e tudo isso por quê? Podia-se saber? Camilo sentou-se largado na cama, garrafa sempre bem segura, pediu um copo e um abridor. D. Consuelo pediu a garrafa, ela mesma abriria lá dentro. O velho sorriu malicioso, não mesmo, eu sei o que a senhora vai fazer, claro que sei, vai despejar essa rica bebidinha no ralo da pia e é bem capaz de me trazer um daqueles seus horrorosos chás de qualquer erva. Quero o abridor aqui. Escute, Seu Camilo, não me faça chamar Seu Ramirez para me ajudar a lhe tirar essa garrafa das mãos e lhe botar à força na cama. Onde se viu uma coisa dessas e logo com o senhor? Camilo olhou para ela sério, apontou o dedo como se fosse acusá-la de alguma coisa, disse:

– Eu hoje sei de tudo, está entendendo? Aquele velho não valia nada, nos manteve todo o tempo como seus escravos, mandou pegar a Nenete, jogou a pobrezinha numa barcaça miserável com ordens para que a entregassem num bordel qualquer de Rio Grande. E sabe para quê? Para que marinheiros de todos os navios se cevassem nela como uma cachorra vagabunda, encontrada no olho da rua. E sabe quem foi denunciar que ela estava vivendo comigo? O meu próprio irmão Jeziel, que terminou os seus dias numa cadeira de rodas, aquele miserável.

– Mas quem é que contou essas coisas todas, Seu Camilo?

– Quem me contou? Eu vi, fique sabendo, eu vi com estes olhos que a terra há de comer. Ninguém me contou nada, eu vi tudo em detalhes, aquela família cheia de vento que terminou pobre como uma ninhada de ratos. Eles pagaram toda aquela empáfia. Sabe quantos negros trabalhavam dia e noite naquele casarão? Sei lá, mas no mínimo dez, como nos tempos da escravatura. Como pagamento sobras de comida e um angu feito com gordura de porco rançosa. E lá fora a estância sendo comida pelos mais espertos, enquanto a família imperial se refestelava aqui em Porto Alegre, no grande casarão da Independência, como se o mundo nunca mais fosse acabar. E acabou, fique sabendo, acabou.

– Calma, Seu Camilo, tire este casaco, trate de se preparar para dormir e depois está falando muito alto, os hóspedes vão reclamar.

– Não vão coisa nenhuma, eles estão todos com a orelha colada aí na parede, eles gostam de saber da vida dos outros. E pouco se me dá, que vão para o diabo que os carregue.

Fez uma parada, olhou bem para a garrafa.

– Se não me trouxer o abridor, vou quebrar esta garrafa ali na quina da mesa e vou beber de qualquer jeito. Estamos entendidos?

D. Consuelo pensou melhor, achou que se trouxesse o abridor ele terminaria de se embebedar por completo e aí dormiria até ao meio-dia, sem incomodar ninguém mais. Trouxe o abridor, um copo e quando quis a garrafa para abri-la ele a escondeu, não mesmo, eu sei o que a senhora quer, mas nessa eu não vou. Está bem, disse ela, pode abrir, já que não confia em mim. Ficou sentada, esperando que ele bebesse mais ainda, achou melhor permanecer calada.

– Esmeralda, sabe, a minha irmã mais velha, a coitada, morreu na epidemia de gripe espanhola. Ninguém sabia bem quem era ela. Parecia uma dessas mucamas negras de antigamente. Também, coitada, sabe como morreu o marido dela? Afogado no Guaíba como um mendigo. Era uma sombra dentro de casa e até foi bom que a gripe viesse e a levasse.

Olhou a garrafa contra a luz. Tremia e a custo mantinha-se sentado, sem cair de todo sobre a cama. D. Consuelo cheia de paciência. Beba mais um gole, Seu Camilo, beber faz bem quando a gente está triste. Ele tornou a encher o copo, derramou metade da cachaça na colcha da cama, deixou a garrafa cair no chão, entornando o resto da bebida, e por fim deitou-se dizendo coisas ininteligíveis. D. Consuelo tirou-lhe os sapatos e as meias, afrouxou o nó da gravata e desabotoou a camisa, esforçou-se para colocá-lo na posição correta de dormir, estendeu sobre ele um cobertor de algodão velho, apagou a luz, saiu e puxou a porta.

Ramirez estava com a cabeça metida no vão da porta, quis saber o que estava acontecendo. Nada, disse ela, coisas da caduquice do velho. E hoje ainda me chega aqui num porre de fazer dó. Cilita espiou por trás de Ramirez, pobrezinho do Seu Camilo, deve ter acontecido alguma coisa de muito sério com ele, pois se nunca bebeu! D. Consuelo espiou para dentro, torcendo a cabeça, escandalizou-se, mas não tem um trapo qualquer para botar em cima desse corpo, sua sem-vergonha? E o senhor, Seu Ramirez, não pode mandar essa moça para a cama em lugar de ficar como nasceu aí na porta?

– Cruzes, D. Consuelo, eu estou atrás dele e só espiando é que a senhora pôde me enxergar. O problema é seu.

Deu meia, volta e foi para a cama, chamando pelo companheiro. D. Consuelo, da cozinha, para onde fora, ouviu nitidamente que aquele barulho todo havia tirado do sono profundo aqueles dois e que agora era aguentar com mais uma briga de gato em cima do telhado. Ramirez até que balbuciava qualquer coisa como vamos dormir, deixa para mais tarde, estou cansado. Mas ela insistia, miava, rosnava, gemia e suas manhas e artimanhas terminaram por despertar Ramirez de um todo, e como

D. Consuelo previra tudo recomeçava como se fosse pela primeira vez. Quando a dona da casa passou pela porta deles bateu várias vezes e pediu que fizessem as suas coisas com mais discrição, que diabo, aquilo estava virando mesmo uma esculhambação. É um que chega bêbado, outros dois que fazem amor como quem quer se matar, outro que desaparece e que no fim do mês ela queria saber de onde ia sair o dinheiro do quarto, que a mulher largara as costuras e encontrara na cama do Ramirez aquilo que sempre andava à procura. Benzeu-se contrita, que Deus olhasse para ela, que tivesse pena dos seus sofrimentos e dos seus trabalhos. Fechou-se no seu quarto, trocou a vela que iluminava São Jorge matando o Dragão; rezou muito, tirou a roupa, vestiu seu grande camisolão e enfiou-se debaixo das cobertas. Ouvia os gritos histéricos de Cilita, o barulho estridente da cama, o ritmo crescente da luta. Tapou os ouvidos, mas chegou a ouvir um grito irritado de D. Ivone Albuquerque Trindade, que ordenava que fizessem silêncio que aquilo não era casa de putas.

3. Ramirez perguntou a D. Consuelo se não deviam acordar o velho Camilo, já passavam das duas horas, ele precisava comer qualquer coisa no Café Viseu. Quem precisa comer de hora em hora pra aguentar essa mulherzinha, me desculpe, é o senhor, disse D. Consuelo, irritada. Por amor de Deus, esta casa não pode suportar mais essas cenas. Veja o que acontece com ela. Está o senhor a trabalhar e ela a dormir. Queira Deus que o marido não entre corredor adentro numa hora dessas e encontre a sua mulherzinha na cama de outro quarto, na certa sem um trapo em cima do corpo.

– E que corpo, D. Consuelo, nunca pensei que eu, com esta cara e com toda a minha feiura e ainda mais com a idade que já estou, fosse encontrar na vida uma menina igual a esta. Com tanto rapaz bonito por aí, logo eu, D. Consuelo. O que a senhora acha que eu tenho a mais do que qualquer um outro?

D. Consuelo olhou para ele muito espantada, franziu a testa:

– E como é que o senhor quer que eu saiba? Por acaso já dormimos juntos? Às vezes, pode ser, o segredo está em coisas muito íntimas. Uns têm maior, outros menor, mais grosso ou mais fino, mais comprido ou mais curto, que sei eu, são os mistérios da natureza.

Ramirez ficou pensativo, disse que era difícil comparar, mas já não podia mais pensar no dia em que tivesse que deixar Cilita.

– Sabe de uma coisa, D. Consuelo? Se esse tal de Aderito voltar, eu não vou entregar a mulher assim de mão beijada, não. Se for preciso vou exigir que ela decida com quem quer ficar, na frente de todo o mundo, com o testemunho da casa inteira.

– E se ela disser que quer ficar com o marido?

– Tenho um amigo na polícia e denuncio que ele continua se reunindo com o tal Grupo dos Onze. Volta pra cadeia no mesmo dia.

– Que mau-caráter o senhor está me saindo, Seu Ramirez. Nunca pensei que o senhor pudesse pensar numa coisa dessas.

– Ah, me tirar a mulher, pode? Denunciar o cornudo, não!

– A mulher é dele e ela é quem deve resolver com quem vai ficar. E se quer saber a opinião de uma pessoa bem vivida, um marido que recebe a mulher de volta, depois de saber tudo o que houve, pode continuar disposto a repartir sua rica mulherzinha. É o que se chama de corno manso e desses o mundo está cheio. Mas é bom não arriscar muito, que ele é jovem e pode terminar dando uma surra exemplar no intrometido.

– Ah, isso veremos – disse Ramirez, levantando a manga da camisa e exibindo um respeitável bíceps de quem costuma fazer trabalhos manuais carregando peso. – Tiro a diferença na hora e ele que vá vender carros usados noutra freguesia. D. Consuelo, não largo mais a Cilita nem por ordem desses generais que deram o golpe no dia primeiro.

– Cuidado com essa língua, o peixe morre pela boca e as paredes têm ouvido.

Calaram-se os dois. Ouviram vindo do quarto de Seu Camilo algo como um gemido ou um chamado muito fraco. D. Consuelo correu na frente, entrou, abriu um dos tampos da janela, viu o velho querendo abrir os olhos e a dizer coisas que ninguém entendia. Ramirez entrou também, puxou uma cadeira e sentou-se ao lado dele.

– Mas então, como está passando o nosso homem?

Camilo tentou enxergar quem falava, protegia os olhos com as mãos espalmadas, disse que queria água. D. Consuelo pegou de uma jarra que estava em cima da mesinha de cabeceira, encheu um copo e deu para ele, ajudando-o a levantar a cabeça, pois nem isso ele conseguia fazer. Pediu mais. Bebeu. E mais. Terminou a água da jarra e ele ainda estava com sede.

– Deve ter comido peixe para estar com tanta sede – disse Ramirez brincando.

– Tirem esse homem do meu quarto, não quero ninguém aqui, fora, rua!

Ramirez levantou-se meio assustado, mas ele só queria ajudar, fizera uma brincadeira inocente, considerava-se um bom amigo do velho.

– Tirem esse homem daqui, já disse – repetiu Camilo.

D. Consuelo pegou Ramirez pelo braço, faça o favor de sair, afinal este quarto é dele, tem direito de escolher com quem quer ficar. Não leve a mal, ele ainda está meio aéreo, a coisa ontem não foi brincadeira. Quando Ramirez saiu ela fechou a porta, sentou-se a seu lado:

– Sabe que horas são, Seu Camilo?

– Não me interessa – disse olhando para todos os lados como a temer que tivesse mais alguém ali. – D. Consuelo, a senhora vai me ajudar, eu lhe pago, vendo a casa que tenho, arranjo dinheiro, mas precisa me ajudar.

– Ora essa, Seu Camilo, não preciso de dinheiro nenhum para ajudar uma pessoa amiga. O que é que deseja?

– Quero que alugue um barco, vamos até Rio Grande, preciso saber onde está Nenete, eu não posso deixar as coisas ficarem como estão. Se for preciso entro em todos os navios ancorados, revisto os beliches, os porões, as casas de máquinas, os barcos salva-vidas, vasculho o beliche do comandante, eu vou descobrir onde esconderam a menina.

– Mas nem se vai mais de barco a Rio Grande, Seu Camilo.

– Pois vamos com qualquer condução, só não posso perder tempo – agarrou-se no braço da dona da pensão, parecia prestes a chorar –, ela volta comigo, vou levar a menina lá em casa, reunir a família, mostrar para todos a mulher que eu amo, com quem eu vivo e dizer para o meu pai que ele não passa de um traidor miserável e que se não pagou aqui na terra vai pagar num outro mundo qualquer. E o Jeziel que fique eternamente naquela cadeira de rodas para pagar a sua maldade! Ah, eu sei, a senhora deve achar que eu estou ficando louco, mas é que não conhece a história, não sabe do que me fizeram, aqueles insensíveis, pai e irmão se mancomunando para fazer a minha infelicidade e a desgraça da pobrezinha!

– Descanse um pouco mais, o senhor ainda está muito cansado. Quem sabe eu mando buscar na farmácia algum comprimido para dormir, faço um chá de camomila ou de erva-cidreira, o principal é ver se consegue dormir de novo, deve estar esgotado. Onde se viu um homem como o senhor beber daquela maneira?

– Escute aqui, por favor, não quero que as coisas de família caiam na boca do povo. Ninguém pode ficar sabendo que aquela história era sobre a minha família, eu morreria de vergonha. O Vinícius, pobrezinho, se matando com os retratos da mãe e do pai, com o meu retrato, com o de Eleonora, ele que merecia melhor sorte, que era bom, que amava aquela mulher como ninguém mais no mundo amou outra mulher. Ah, D. Consuelo, Eleonora nem parecia um ser vivo, de carne e osso. Eu me lembrava dela vagamente, uma figura etérea, incorpórea, isso mesmo, incorpórea, era assim como uma visão e ela me amava também e era como se fosse outra mãe que tratava de me cuidar, agradar, acariciar. E por que Deus aponta o seu dedo exatamente sobre a cabeça de uma criatura dessas e diz raivoso: é esta que eu quero levar, quero matar precisamente esta aqui e pronto, tudo acabado e nós continuamos rezando, acreditando nele?

– Mas Deus existe, Seu Camilo.

– Pois se existe, saiba que eu o temo mais do que qualquer satanás que possa existir por aí. É isso mesmo, eu temo a Deus sobre todas as coisas, só tenho medo, me apavoro com ele.

Esfregava as mãos nervoso, tremia, cuidava da porta e da janela, como se estivesse esperando que alguém entrasse por ali, alguém que ele talvez odiasse ou temesse muito. Afastou as cobertas, disse que precisava sair, perguntou que horas eram, ele queria sair o quanto antes, pediu que lhe alcançasse a roupa, tinha os olhos brilhantes e se mostrava assustado. Que horas são, por favor.

– Ainda não são quatro horas – disse D. Consuelo. – Quer que eu traga alguma coisa para comer? Posso fazer um sanduíche com queijo derretido e uma xícara de café com leite. Já vou dizendo, leite em pó, que do outro nem para remédio. Raios de golpe, esse! Quando tudo está em paz, quando a vida da gente começa a entrar nos eixos, pronto, lá vem meia dúzia de generais e dão um golpe. Vai comer, não vai?

– Não quero nada. Tenho sede.

– Vou buscar uma nova jarra de água mais fresquinha.

– Não estou com sede de água.

– Um momento, agora o senhor vai me ouvir e está acabado: nada de tomar outro porre, dar escândalo, chamar a atenção. Mas afinal o que lhe aconteceu que ninguém pode saber? Se teimar em querer beber novamente vou pedir para o meu amigo da 2ª Delegacia que bote um soldado aqui na porta deste quarto e só vai sair para as necessidades do banheiro. Vai beber água, cachaça nem como remédio. Estamos entendidos?

– Eu não falei de uma coisa, sabe. Nem sei como pude me esquecer. O colar de Eleonora, sempre no belo pescoço comprido e elegante, um colar que ficava bem nela a qualquer hora do dia ou da noite, com roupas caseiras ou nas grandes festas com vestidos de pura seda. Aquele colar fazia parte do corpo dela, era a continuação de sua pele, tão belas as pérolas como os seus próprios dentes. Eu era um menino, D. Consuelo, e ela perdia horas e horas me ensinando as lições, nunca perdia a paciência, jamais me ameaçou, me compreendia e de repente...

– Morreu?

– De tuberculose, no fundo de uma grande cama, grandes olhos brilhantes, a mesma placidez, o colar ainda no pescoço e depois não sei mais nada. Não se podia chegar perto, todo o mundo tinha medo da doença, menos Vinícius.

– Era o marido dela, seu irmão?

– Isso mesmo. Ele a beijava quando ninguém se animava a tocar num dedo da pobrezinha. Eu da porta do quarto vendo que com os olhos ela desejava me abraçar e se despedir, ela me tinha como filho.

– Depois, que aconteceu com ele?

– Matou-se. Ele não poderia mais viver sem ela. Eu mesmo tentei me matar, mas a covardia chegava na hora e eu ia deixando para outro dia, outra noite, sempre sem coragem, até que achei que não devia morrer e não sei se fiz bem ou se fiz mal – fez uma breve pausa, olhou bem para a dona da casa: – Sabe, eu acho que fiz mal. Afinal eu morri há tanto tempo. Há tanto tempo que não tenho a menor alegria, que nada mais deste mundo tem valor para mim.

– Mas ainda tem dois filhos.

– Não sei, acho que não tenho mais. Estou certo que não verei nenhum deles para sempre. Mas eu preciso saber que horas são.

– Eu já disse, um pouco mais das quatro e meia. Mas afinal por que está tão preocupado com as horas? Algum encontro secreto?

Ele disse que não. Calou-se um pouco. Olhava meio desconfiado para ela, examinava a cama, as roupas amassadas, alisava a calça puída, tentava pentear os cabelos com os dedos e finalmente disse que precisava mesmo tomar um banho. D. Consuelo concordou alegre, isso mesmo, um pouco de ânimo, trocar de camisa que aquela estava manchada, botar outras meias, vestir a outra roupa que estava limpa e passadinha. Foi buscar uma toalha e um novo sabonete; este aqui é presente da casa, a água está bem quentinha e enquanto toma o seu banho eu arrumo a roupa aqui, depois de arrumar esta cama que parece um ninho de cachorro, não leve a mal esta comparação, mas lá em casa era assim que a minha mãe dizia quando encontrava a cama da gente toda amassada. Onde é que está o roupão? Ah, muito bem, dependuradinho atrás da porta, vista e toque para o banho. Vai fazer um bem extraordinário.

Quando ele chegou no corredor encontrou Cilita, que se preparava para sair. A moça esticou a mão para ele, deu boa tarde e disse que ia dar uma volta por aí, estava cansada de ficar em casa feito um bicho do mato. Camilo desejou que desse um agradável passeio e entrou para o banheiro, fechando a porta e logo depois entrando para debaixo do chuveiro, aliviando uma leve pressão que sentia na cabeça e que lhe parecia uma ressaca.

4. Uma viatura da polícia abriu as duas portas traseiras e largou na calçada, bem defronte às portas do Café Viseu, alguém que parecia um molambo de gente. Alguns populares acorreram para ver de perto se conheciam o tipo, ninguém se animou a ajudá-lo a levantar-se e só quando Seu António chegou à calçada, atraído pelo zum-zum do povaréu que era sempre numeroso àquela hora, foi que Aderito recebeu o primeiro auxílio.

– Seu Aderito, mas o que foi que lhe fizeram? Por favor, me ajudem a carregar este homem lá para cima, ele mora aqui.

Um mulato se prontificou e logo depois outro, meio sestroso, pegou das pernas, iniciando a subida pela escada da pensão. Não havia ninguém no corredor, o português disse que o quarto dele devia ser o último; abriram a porta e entraram, largando o corpo massacrado sobre a cama. D. Consuelo foi a primeira a chegar.

– Mas afinal, que negócio é esse, me invadem a casa, gente estranha...

Deu com Aderito sobre a cama, rosto disforme de tanta pancada, roupa em frangalhos, sem sapatos nem camisa, lanhos sanguinolentos no peito, um olho quase fechado e enegrecido.

– Céus, mas o que fizeram com esse infeliz?

– Olhe, D. Consuelo – disse o português –, eu só sei que parou aí na porta uma viatura da polícia e lá de dentro jogaram o pobre do rapaz nas pedras da calçada. A senhora sabe, eu preciso descer, não posso deixar a minha casa abandonada e não quero me envolver com essas coisas da polícia, sabe como é, estrangeiro deve conhecer o seu lugar.

D. Consuelo pediu que alguém chamasse uma ambulância do Pronto Socorro, não podiam deixar aquele homem sem assistência em cima da cama. Queriam saber da mulher dele e Seu Camilo, que acabara de sair do banho e viera saber do que se tratava, informou que D. Cilita estava de saída quando ele ia entrando para o banho. Bonito, disse D. Consuelo, o marido aqui quase morrendo e ela saracoteando pela rua, na certa atrás de homem. Vamos, chamem uma ambulância, eu não vou me responsabilizar por um homem neste estado aqui na minha casa.

Quando Cilita chegou, ao cair da noite, entrou direto para o quarto de Ramirez. O homem estava pálido, contou a ela o que acontecera à tarde, pois D. Consuelo lhe contara tudo, e que Aderito estava no Pronto Socorro com certeza cheio de fraturas. Ela sentou desanimada, lamentou a sorte, então o haviam pegado de jeito e agora estava no Pronto Socorro? Tenham a santa paciência, eu não suporto hospital; cheiro de éter e de álcool, gente passando para cá e para lá coberta de sangue, aqueles homens todos de branco, os feridos graves sendo transportados em macas; pois que alguém fosse lá saber o estado dele, que ela não iria jamais. Seu Camilo ficara na porta do quarto, meneou a cabeça diante da reação da moça e entrou. Cilita foi para seu quarto, Ramirez atrás, ficaram discutindo em voz baixa e logo depois ele saía, atravessava o corredor, descia a escada, desaparecendo. D. Consuelo entrou no quarto de Cilita, que estava seminua deitada ao comprido, na cama, e perguntou onde fora Ramirez.

– Ele foi ver como está o Aderito. Eu detesto hospital. Já tentei entrar em vários deles e sempre desmaio assim que atravesso o primeiro corredor. O Ramirez é muito bonzinho, veja só como foi logo, mal eu pedi a ele. A senhora acha que é coisa grave?

D. Consuelo fez uma cara muito desconsolada e disse:

– Não, minha querida, de certo eles queriam que ele contasse alguma coisa e ele não contou porque não quis ou porque não sabia mesmo.

– E por isso iam bater nele? Oram vejam – disse a moça procurando o maço de cigarro e o isqueiro que estavam sobre a mesinha de cabeceira. – Só vendo para acreditar que ainda haja gente no mundo capaz de fazer uma coisa dessas.

D. Consuelo deu as costas e saiu. Encontrou no corredor com Seu Camilo, bem apressado, roupa limpa, camisa branquinha, barba feita, sapatos lustrosos e não se conteve:

– Entre ali no quarto daquela cadela desavergonhada e converse com ela, Seu Camilo; vai conhecer um tipo de mulher que não merece sequer viver na sarjeta. O marido no Pronto Socorro, todo arrebentado, e ela a mandar o amante ver como ele está porque detesta entrar em hospital. O que se pode fazer com uma mulher dessa laia, me diga?

– Não sei, D. Consuelo, cada um tem lá a sua maneira de ser.

– Mas espere aí, onde vai o senhor a esta hora sem ter lanchado ainda?

– Vou dar uma volta, tomar um pouco de ar fresco.

– Não senhor, nada disso. Vá para a mesa que já está posta, tome o seu café primeiro, seu ovinho fresco e depois dê a sua voltinha. Mas olhe lá: se me aparecer do jeito que veio ontem, já sabe, vou fechar aquela porta e esta noite dorme debaixo de uma ponte qualquer.

Camilo ficou sem saber o que fazer, olhou para o relógio e disse que tomaria só uma xícara de café, pois não sentia nenhuma fome. D. Consuelo protestou, pois ele não havia tomado café da manhã nem almoçado. Queria virar o cavalo do inglês? Um café só, repetiu ele, com o pensamento distante. Queria ver todo o filme de novo, metro por metro, sentia ódio de

Jeziel só em pensar na cena que ia rever, ele contando para o pai o seu caso com Nenete, uma bela menina perdida naquela imundície e jogada depois entre os canibais do porto de Rio Grande. Sentia necessidade de rever tudo novamente. Eleonora, que fora o grande e inesquecível encantamento de sua vida de menino. Sua morte, sua estranha maneira de sorrir.

– Está no mundo da lua, Seu Camilo? – perguntou D. Consuelo.

– Ahn? Não, eu estava pensando, quer dizer, acho que este café está um pouco quente, não sei...

– Que nada, para mim o Seu Camilo está apaixonado por alguma moça aqui da redondeza. Ele anda muito estranho de ontem para hoje. A conversa cortada pela chegada de Ramirez e Cilita, mãos dadas, sorridentes.

– Mas afinal – perguntou a dona da casa –, o senhor esteve no Pronto Socorro, visitou o Aderito, voltou de lá, não disse nada e anda ainda de mãozinha dada com a mulher do pobre coitado. Não entendo mais nada.

– O Aderito vai ficar bom, mas demora um pouco – disse Ramirez, enquanto Cilita servia o seu café. – Ele andou levando choques elétricos, passou pelo pau de arara, pelo afogamento, está com várias costelas fraturadas e uma porção mais de coisas que o médico chegou a me perguntar se o rapaz havia sido atropelado por algum touro bravo. Eu disse a ele que só conhecia o rapaz de vista e que não queria me meter em coisas dos outros. Mas o safado parece que sabia de tudo, pois me disse que aquilo tudo só podia ter sido feito pela polícia que andava pegando gente do Grupo dos Onze, um negócio de política que eu não entendo nada.

– E por isso vai continuar com a mulher dele? – disse D. Leocádia Chemale.

– Isso não tem mais jeito, não – disse D. Consuelo. – Essa menina bem que podia procurar uma outra pensão lá para o Quarto Distrito, longe daqui, carregava com Seu Ramirez, iam viver amigados e quando o Aderito ficasse bom não encontrava mais ninguém. Pra mim, esta é a melhor solução. Agora, esperar que o marido entre aqui e encontre a sua mulher no quarto de outro homem, me parece coisa de doido.

– Minha freguesia está toda por aqui, D. Consuelo, e não posso mudar de bairro como quem muda de camisa – disse Ramirez . – O Aderito antes de dois meses não consegue nem caminhar. Do Pronto Socorro ele vai direto para um hospital e ninguém sabe quando vai poder ter alta. Enquanto isso a gente encontra uma solução. Pode-se dizer isso a ele enquanto estiver na cama. Ele que se acostume com a ideia.

– E o quarto de número Seis, quem vai pagar?

– Já resolvemos, D. Consuelo. A Cilita pega as coisas dela e se muda para o meu quarto. As coisas do marido a gente pode botar naquele quartinho de guardados, lá no sótão.

– Mas tem esses dias de abril...

– Um momento, minha cara senhora – disse Ramirez, sorridente – sobre isso é que precisamos falar, pois a senhora esquece que o Aderito pagou um terço do mês adiantado para a senhora comprar gêneros para a despensa. Ou esquece isso?

– Bem, é verdade, tinha me esquecido. Então a gente acerta quando do pagamento do número Um.

– Ah, bem, agora as coisas começaram a entrar nos eixos.

Camilo levantou-se, pedindo licença, prometeu voltar mais cedo. E sem beber uma gota de álcool, disse D. Consuelo com certa autoridade. Basta o escândalo da noite passada. Desculpe, Seu Camilo, mas a gente precisa dizer as coisas. Lamento que seja para o senhor que sempre foi o exemplo desta casa. Ele baixou a cabeça, prometeu voltar sem que ninguém ouvisse os seus passos e saiu, despedindo-se com um até logo mais.

5. Sentiu que ainda dava para tomar um cafezinho aguado do Seu António, trocaram breves palavras, que a casa estava cheia, e depois saiu para a noite que se apresentava fresca. Olhou a medo os cartazes, pois não seria a primeira vez que eles trocavam de programação de um dia para o outro. Lá estava Cleópatra com a terrível cobra enrolada no pescoço, as bigas com cavalos em fúria, guerreiros com seus escudos. Continuou caminhando pela calçada oposta, observando que havia pouco movimento na frente do cinema. No seu posto o porteiro seu amigo; dentro do buraquinho gradeado da bilheteria a mesma moça; o gerente conversava com mais dois cidadãos no saguão pequeno de entrada. Resolveu chegar bem na hora de começar a sessão. Sentiu que as pulsações aumentavam, que as frontes latejavam, aos poucos o nervosismo ia tomando conta de todo ele. Já não sabia se voltava, se entrava logo e começava a suar na poltrona ou se esperava o máximo na frescura leve da noite, naqueles momentos com um ar fraco que mal sacudia os ramos das árvores.

Atravessou a rua burlando a correria dos carros e ônibus, viu o povo espremido nos bondes Glória e Teresópolis, até que atingiu a outra calçada, dirigindo-se para o cinema sem pressa, pernas frouxas, na expectativa de rever tudo aquilo que tanto o abalara na véspera. Jeziel havia procurado o pai para denunciá-lo, sim, isso ele se lembrava bem. Mas por quê? E por que a decisão do pai em praticar aquela violência contra uma moça que ele nem sequer conhecia? A morte de Eleonora. O suicídio trágico de Vinícius, seu bom amigo. A ausência de Plínio que teria chegado depois que o filme terminara. Gostaria tanto de ter visto o irmão ausente chegar com sua mulher inglesa. Lembrava-se bem dela, magrinha e alta, grandes olhos, pescoço de gazela, curiosa e querendo saber de tudo e ver tudo, como uma menina. Notou que estava quase na hora da sessão começar, apressou o passo, tirou o dinheiro do bolso, acercou-se da bilheteria e pediu para a moça uma entrada.

– Mas o senhor vai ver de novo esse filme, Seu Camilo? É uma porcaria. Por que não vai num outro cinema, ali no antigo Garibaldi, quem sabe está levando coisa melhor?

– Não. Eu quero assistir novamente este filme.

– Bem, já que o senhor insiste, é sinal de que gostou mesmo.

– E, eu gostei muito, quero ver de novo.

– Está aí o seu bilhete e o seu troco. Que se divirta.

– Obrigado – disse ele, encaminhando-se para a entrada.

O porteiro recebeu o bilhete muito surpreso, ué, o senhor de novo? Mas o filme é o mesmo de ontem, Seu Camilo. Não lhe avisaram disso?

Me avisaram, sim, disse o velho tratando de entrar logo, pois o gerente parecia querer falar com ele. O porteiro girou o dedo indicador ao redor da orelha, fazendo sinal para o gerente que notara a presença do velho novamente no mesmo filme. Mas Camilo já sumira na sala de projeção procurando uma cadeira longe dos demais espectadores. Sentou-se a tremer, olhos embaçados, o mesmo suor frio e desagradável na palma das mãos, o coração batendo acelerado e uma angústia quase insuportável.

VI.

Noite do dia 4 de abril de 1964

1. *Uma Estranha Vida* e toda a ficha técnica da véspera. Camilo reviu a casa grande com suas belas grades de ferro e ansiava por ver novamente aquele menino de seis anos a descer correndo a escada da frente, a negra velha ordenando que os guris entrassem, estava na hora do banho. Queria rever Aníbal, dois anos mais velho, seu companheiro de todas as horas; das fugas pelo pátio para colher frutas ou simplesmente para trepar nas árvores de grandes copas. Mas de repente ele sentiu que o sangue lhe fugia do rosto, quem ele via agora era Mocinha, a casa modesta onde morava a bela filha de um guarda-livros de olaria, a sala pequena, o sofá surrado. O velho sacudia o lápis entre os dedos:

– Abra uma olaria e deixe a meus cuidados a escrita e os segredos da comercialização. Sabe, tenho muitos clientes descontentes com a maneira como a casa onde estou trata a freguesia, posso conversar com eles e aposto meia dúzia de cervejas como em menos de seis meses estamos com metade dos clientes deles comprando o nosso material.

Camilo permanecia sentado no sofá, segurando de leve a mão de Mocinha, que se mostrava constrangida pelo fato do pai propor negócios ao namorado; com medo que Camilo interpretasse aquilo como um proveito a ser tirado de quem tinha dinheiro e pertencia à alta sociedade.

– Pois vamos meter mãos à obra, Seu Edmundo, escolher terreno, tratar de comprar o material, quem sabe tirar de alguma outra olaria um dos seus capatazes, eles conhecem a gente que trabalha nesse ramo.

– Isso, gostei da sua decisão – disse o velho, indo buscar na cozinha uma garrafa antiga de um vinho que ele guardava para uma ocasião especial.

– Vamos brindar à decisão com um pouco deste vinho alemão, coisa de primeiríssima, presente de um cliente particular, há muitos anos atrás, satisfeito pelo jeitinho que eu dei para safar a sua firma de uma multa municipal que liquidaria com ele. Pagou o serviço e ainda me deu esta garrafa, para qualquer grande ocasião. E esta é uma ocasião toda especial.

A mulher trouxera copos comuns e o velho parou com a garrafa no ar assim como quem está prestes a desistir de alguma coisa:

– Mas espere aí um momento, meu jovem, não quero que pense por nada deste mundo que estou interessado em que realize esse negócio para que eu possa trabalhar nele e ganhar mais dinheiro. Passo para a nova firma com salário igual ao que estou percebendo agora. Está combinado?

Camilo esperou que os copos fossem servidos, e na hora do brinde fez a saudação:

– À nova e poderosa olaria de Porto Alegre e ao meu novo sócio, Edmundo de Souza Guimarães!

O velho quase não pôde beber, de tão emocionado. A mulher limpou uma lágrima furtiva e Mocinha tapou o rosto com as mãos.

– Não posso aceitar tal coisa, Doutor Camilo, não é justo.

– Pois trate de pedir sua demissão e a partir de amanhã começaremos a tomar as primeiras providências. Sem o senhor eu não faria coisa nenhuma, não tenho experiência de negócios, o senhor passa a ser meu sócio.

O velho Edmundo abraçou Camilo. Mocinha encostou a cabeça em seu ombro. A velha saiu na direção da cozinha, ia preparar um cafezinho novo para todos.

No dia seguinte, um sábado, Camilo chegara um pouco mais cedo e perguntou ao velho Edmundo se permitia que convidasse Mocinha para um passeio na sua nova "charrete". A mãe apressou-se a dizer que tinha toda a permissão, ele era uma pessoa de respeito, só pedia que não chegassem muito tarde para não darem pasto aos falatórios da vizinhança. O senhor sabe como é, hoje em dia é muito difícil ter filha solteira. Mocinha foi preparar-se, voltou irradiando beleza, encaminharam-se todos para a porta e viram um ajuntamento de moleques e desocupados ao redor de um brilhante e belíssimo automóvel dos muitos que já circulavam pela cidade. Mocinha exclamou que nunca vira um carro tão bonito, Camilo disse que comprara naquela semana e reservara a estreia só para os dois. Era um Overland de pneus de banda branca, grande direção de madeira, bancos estofados de couro, imensos faróis dianteiros, tudo brilhando, reluzindo, capota acetinada, estribos com agarradeiras de metal e pequenos tapetes de borracha sob as portas. Camilo abriu a da frente, fez um gesto cômico de lacaio mandando a grande dama passar, ajudou-a a subir, bateu com a porta, fez a volta e entrou também, acenou para os velhos que permaneciam embasbacados diante daquela maravilha. O motor pegou com ruído forte, os curiosos se afastaram temerosos e o carro arrancou pela rua esburacada, como algo extraterreno. Ao dobrar a primeira esquina, na direção da Rua da Margem, Camilo tirou a mão direita do volante e procurou a de Mocinha, que facilitou o encontro.

– Estou morrendo de felicidade – disse ela, olhando curiosa para todos os lados.

– Era exatamente isso que eu queria – disse Camilo.

Entraram pela Praia de Belas, o carro patinou um pouco num terreno arenoso, rodavam agora por uma estrada que margeava as águas do Guaíba, raras casas ao longe, até que Mocinha ficou receosa de prosseguir, disse que estava tudo tão deserto, que se acontecesse algo por ali eles não podiam contar com nenhuma ajuda. Camilo procurou uma árvore mais frondosa, estacionou o carro barulhento sob a sua ramada ampla e desligou a máquina. Sem que ela esperasse, Camilo puxou-a para si, num longo e prolongado beijo. Quando descolaram os lábios ela respirou fundo, disse que perdera o ar, pensou que morreria sufocada. Ele riu, jurou que a amava acima de qualquer coisa. O cair da tarde ajudava, o sol se punha à frente deles, enchendo o horizonte de faixas luminosas, num crepúsculo de rara beleza. Voltaram a beijar-se, Mocinha tentou impedir que a mão dele penetrasse na blusa rendada, depois afrouxou a resistência, ela mesma desabotoou a parte de cima, achegou-se a ele, sentiu que estava sendo despida, os seios nus apontaram provocativos, os mamilos escuros e granulados, a boca de Camilo que descia pelo rosto, pelo pescoço, o colo macio como seda, o frenesi dos beijos no busto rijo e quente, as mãos que se entrecruzavam num mútuo e impetuoso auxílio, as mãos dela penetrando suas roupas, procurando algo com dificuldade, até que ele a ajudasse deixando que saltasse das roupas algo que a princípio a assustou, lágrimas de medo a escorrer pelo rosto lindo, a procura de alguma coisa que ela não saberia dizer o que fosse. Até que Camilo conseguiu despi-la inteiramente, beijando-lhe o ventre, a pronunciar frases ininteligíveis.

– Meu Deus – disse ela, sufocada –, mas não devemos fazer isso.

– Não estamos fazendo nada de mal para duas pessoas que se amam – desculpou-se Camilo, enquanto a deitava ao comprido, abrindo a porta do carro e deixando que seus cabelos ficassem dependurados sobre o largo estribo.

Mocinha enrijeceu-se, conseguiu inclinar o corpo, impediu que Camilo consumasse o que queria. Cansado, ele permaneceu ofegante ao lado e junto do belo corpo macio e quente, teria sido uma loucura, sussurrou ele, quero que me perdoes, querida, chego a passar noites em claro pensando em ti, no nosso amor que fica pela metade, nós dois naquela saleta vigiada como se fôssemos dois criminosos. Mocinha parecia ter desmaiado, inerte, olhos fechados, ele a beijou com volúpia e foi quando ela despertou, lágrimas banhando as faces rosadas, puxou-o para si, quis saber se ele não ia se desgostar com tudo aquilo, afinal não resistiria mais, que se fosse por vontade de Deus, que acontecessem as coisas. Ajeitou o corpo, sua mão encontrou o que buscava, aquilo a deixava um pouco assustada, era poderoso demais para suas fracas entranhas. Camilo sentou-se atrás da direção, fez com que ela sentasse no banco, também, jurou que saberia conter-se, estava na hora de regressarem, o dia findava com o sol vermelho e grande afundando nas águas brilhantes do Guaíba. Vestiram-se lentamente, depois Mocinha deitou a cabeça sobre o peito dele, ainda desnudo, seria capaz de ficar assim pela noite adentro.

Quando o carro arrancou, já com seus imensos faróis iluminando a estrada aberta na terra arenosa, vencendo com dificuldade os tropeços do caminho, Mocinha perguntou ao namorado o que diriam aos pais quando chegassem em casa.

– Que houve um problema qualquer com a máquina, um defeito qualquer no motor e que foi uma dificuldade encontrar alguém que pudesse ajudar no conserto.

– Não estou com o rosto muito marcado?

– Assim que sairmos desses atoleiros, eu paro um pouco e tu tratas de passar um pó de arroz e disfarçar.

Quando o carro parou, Camilo olhou ao redor, não enxergou ninguém por perto, impediu que ela se retocasse, pediu um último beijo do dia que tinha sido o mais feliz de sua vida. Íamos fazendo uma bobagem muito grande, confessou ele, e tudo por culpa exclusivamente minha. Perdi a cabeça, muito obrigado por teres resistido. Ela o beijou com ardor, aconchegou a cabeça em seu peito, disse que ele sabia que tal coisa não era verdade, houve um momento em que ela estava disposta a entregar-se e graças a ele nada acontecera. Corrigiu logo:

– Não sei, eu agora acho que devia ter acontecido. De outra vez eu não resisto um segundo sequer.

Ele ainda esperou um pouco mais para que Mocinha retocasse a pintura do rosto, ajeitasse as vestes em desalinho, desse uma arrumação nos cabelos desfeitos.

– Agora vamos, é quase noite. Céus, o que papai pode dizer!

– Deixa isso comigo, eu explico tudo.

E seguiram, o carro como um bicho estranho a sacolejar pelas ruas esburacadas, até que pararam defronte à casa de porta e duas janelas da Rua Venezianos.

2. O pai estava do lado de fora da porta, a mãe meio escondida na soleira, como se estivesse a temer algo. Camilo desceu, fez a volta, abriu a porta para Mocinha, dirigiu-se para o velho que mantinha a cara fechada.

– Tudo por culpa deste carro, Seu Edmundo – disse Camilo, fingindo estar zangado com o carro novo. – Houve qualquer coisa no motor, eu não sabia lidar com ele, até que encontramos alguém caído do céu que nos tirou das dificuldades. Fiquei com pena da Mocinha que chegou a chorar quando viu que a noite caía. O velho desanuviou a cara, mandou que eles entrassem, não queria dar margem a que os vizinhos bisbilhoteiros ficassem falando da vida dos outros. A mãe disse que chegara a pensar em uma desgraça, andar naquilo barulhento e veloz, foi correndo para a cozinha, ia fazer um chá para todos.

O velho piscou para o futuro genro, eles iam tomar um bom vinho tinto naquela noite, acabara de buscar uma garrafa no centro, na casa de um amigo de trabalho, comprara na hora, falou em voz bem baixa para que a mulher lá dentro não pudesse ouvir:

– Acertei no jogo do bicho, macaco, na centena. Estou rico, Doutor Camilo, milionário.

Eles riram, Mocinha apertou sua mão, o velho foi à cozinha trazer o vinho e aproveitando a oportunidade Camilo a beijou novamente, para espanto da moça que ficou lívida, temerosa que naquele momento um deles estivesse retornando à sala.

– Seu maluco!

– Não aguento mais, palavra de honra – disse Camilo, baixinho.

Naquela noite, depois de sair da casa da namorada, Camilo enveredou o carro para uma casa discreta, escondida no meio de um arvoredo fechado. Uma mulher abriu a porta e se mostrou assustada com aquele estranho animal resfolegante que parara à sua porta. Quando Camilo desceu, ela abriu os braços, alegre, abraçou-o com carinho, mas que diabo anda o meu filhinho numa coisa dessas que parece esconder mil cavalos na barriga? Ora viva, Beatriz acaba de livrar-se do último cliente. Vamos, entra logo, ela vai ficar radiante. Ele não quis ir para a sala principal, preferiu ir direto para o quarto onde encontrou Beatriz terminando de ajeitar-se para voltar ao salão. Não chegou a dizer boa noite, Camilo a empurrou sobre a cama, tirou rapidamente suas roupas, e ainda foi ajudar a menina que não conseguia refazer-se da surpresa e da impetuosidade do rapaz.

Madrugada alta, a moça acordou e viu o belo corpo do companheiro mergulhado num sono profundo e apaziguador. Percorreu com os dedos hábeis a pele de seu ventre, encostou a cabeça no seu sexo, sentiu que o rapaz parecia sonhar, que entrava aos poucos em ereção; agarrou-a novamente com ímpeto e decisão, como em transe:

– Mocinha querida, meu amor, meu amor...

Beatriz colocou-se feliz por cima dele, cavalgando-o, era como se tudo fosse diferente, jamais tivera nos braços um homem mais ardoroso, mais potente, quase alucinado, a chamá-la de amor, a beijar-lhe os seios, a morder seus lábios, até o desmaio total.

Quando a luz do sol batia em seu rosto, Camilo olhou vagarosamente para o quarto todo, queria saber onde estava. Viu Beatriz a seu lado, dormindo profundamente, tentou reconstituir tudo o que acontecera até ali, sentia-se esgotado, pensou em Mocinha, afinal a possuíra com a inteira loucura de quem estava de fato apaixonado.

Vestiu-se em silêncio, deixou o dinheiro sobre a mesinha de cabeceira, acrescentou algumas notas a mais, generosamente, saiu sem fazer ruído. Quando chegou em casa um dos negros correu para abrir o portão de ferro, disse que D. Eudóxia estava muito preocupada com a ausência do filho, podia ter acontecido algum desastre sério com aquele monstrengo barulhento. Encontrou a mãe no alto da escada, enrolada num velho chambre, pediu a bênção de passagem, colocou o indicador sobre seus lábios na hora em que notou que ela ia dizer qualquer coisa:

– Quietinha. Eu ainda não sei manobrar com essa geringonça e as mães não devem fazer perguntas pela manhã aos filhos que têm pelo menos vinte e oito anos.

Entrou no seu quarto, tirou a roupa e dormiu até quase a hora do almoço. Aníbal olhava para o irmão com ar de gozação, Jeziel notou:

– Esses carros Overland fazem a gente perder muito tempo. Eu teria comprado um Ford que é mais leve, mais esportivo, menos espalhafatoso.

Camilo fingiu que não era com ele. Pensava naquele instante o quanto ainda teria de rodar em busca de um pedaço de terra que lhe permitisse instalar em cima dela uma bela e moderna olaria. Falaria com os irmãos, mais tarde, sobre o dinheiro para a compra. Ele ia precisar de um bom capital para dar os primeiros passos como um homem de negócios. Tijolos, telhas, calhas e outros materiais de construção. Mais tarde uma bonita loja na Rua da Praia, com ferragens e vidros. Tintas e vitrais importados, azulejos portugueses e gradis espanhóis. Como se chamaria a firma?

– Pela última vez: vai começar a comer antes que tudo esfrie? – perguntou Aníbal, irritado.

– Ahn? Ah, sim, claro, estou com fome, muita fome. Mas afinal por que todos olham para mim? Por acaso é proibido alguém comprar um Overland com pneus de faixa branca?

– Mas o meu filho está tão distraído! – ralhou a mãe, no seu traje de seda preta.

– Para mim – disse Aníbal, sorridente, ar misterioso –, o Camilo anda apaixonado.

– Pela filha do Comendador Estácio Limeira! – exclamou Jeziel.

– Por uma preta da nossa cozinha! – gritou Aníbal, com uma certa ponta de inveja das aventuras do irmão.

A velhinha levantou da cadeira que ficava à cabeceira da mesa, pediu que todos passassem para a outra sala onde serviriam uma taça de chá. Jeziel perguntou em que dia do mês estavam, recebeu a resposta, exclamou alegre:

– Dentro de cinco dias Plínio está de volta com a sua inglesinha desconhecida.

– Os dias não passam – disse a velha, no momento em que uma das criadas entrava na sala conduzindo uma grande bandeja de prata com taças e bule de porcelana importados.

– Não consigo imaginar o tipo dessa inglesinha – exclamou Camilo tirando a sua taça da bandeja.

Jeziel foi mais realista:

– Pele bonita, ossos grandes, pé grande, mãos grandes, olhos azuis e pronúncia de matar de riso.

Aníbal descreveu a cunhada com outras características. Ao finalizar, sentenciou:

– Não dou três meses e ela estará pedindo passagem de volta para a sua amada pátria. Conheço essas moças que fazem uma aventura e depois se arrependem. E vamos levantar as mãos para os céus se ela não conseguir convencer Plínio de voltar também.

A velha mandou que eles calassem a boca, estavam a dizer tolices sobre alguém que nem sequer conheciam. Mandaria limpar a casa de cima abaixo, os metais seriam polidos, os negros já estavam vendendo os cavalos, por sinal os últimos, e as cocheiras seriam demolidas antes da chegada de Plínio e a mulher.

– Recebo o meu Auburn dentro de dois dias – disse Aníbal. – Ele terá a honra de trazer o ilustre casal do porto até aqui. Fica o Overland encarregado da bagagem.

Camilo não ouvia. Afagava em pensamento os seios de Mocinha, sentia nas mãos a pele macia e ardente da namorada, o calor que ela empregava num simples beijo, o ventre e as coxas cobertas de leve e quase invisível penugem, o momento em que ela decidira, finalmente, entregar-se. Sua recusa, o remorso que o traíra, o sentimento de culpa que o fizera recuar quando de sua rendição. Levantou-se, pediu licença, beijou D. Eudóxia na testa, deu qualquer motivo para sair com urgência, desceu as escadas dos fundos e tratou de fazer funcionar a máquina possante de seu faiscante Overland, agora com os pneus manchados de terra avermelhada da Praia de Belas. Falaria com os irmãos depois. De quanto precisaria? Duzentos contos. Duzentos e cinquenta...

3. Eles custaram a reconhecer Plínio entre a massa de passageiros que se acotovelavam a bordo, lotando a amurada do convés. Ele estava de chapéu gelo e vestia-se com apuro. A seu lado, com uma boina rosa posta de viés, uma loira alta e sorridente, sem dúvida nenhuma Joan, ansiando por conhecer os parentes do marido. O navio custou a atracar, entre gritos de comando e correria de estivadores que seguravam as grossas cordas, amarrando-as com nós complicados nas cabeças de ferro do cais. D. Eudóxia ficara no Overland, trajando as suas melhores roupas, apoiando as mãos sobre o castão de ouro e prata da sombrinha. Usava um chapéu muito grande que mal cabia entre sua cabeça de cabelos brancos e o teto do carro. Camilo abraçou-se demoradamente a Plínio, depois o afastou para apreciar melhor a sua cara, disse que ele se parecia terrivelmente com um inglês de Conan Doyle, pois acabara de reler *O Cão dos Baskervilles.*

Plínio confidenciou a ele, fala baixo, sou Sherlock Holmes em missão secreta ao Brasil. Depois passou para os braços de Aníbal, que o achou tão mudado que se encontrasse na rua não o reconheceria. Perguntou por Jeziel.

– Está em casa, seria muito difícil trazê-lo de carro por causa da cadeira.

– Cadeira?

– Bem – disse Camilo, batendo no seu ombro como a pedir desculpas –, resolvemos não mandar te dizer, mas ele está hemiplégico depois de um acidente.

– Jeziel?!

Joan permanecia meio afastada até que Plínio se deu conta, puxando-a carinhosamente para apresentar aos irmãos. Camilo desabafou, ela era exatamente o que imaginara, só não lhe ocorrera que fosse assim tão bonita. Joan agradeceu com o sotaque que eles já esperavam. Aníbal a examinou de alto abaixo, beijou sua mão numa curvatura, garantiu que se não soubesse de nada, juraria que ela fazia parte da família real inglesa. Uma das netas ou bisnetas da Rainha Vitória. Joan agradeceu mais uma vez, rindo-se muito.

– E mamãe? Ela não veio por quê?

– Está lá fora do cais, no carro, te esperando – disse Camilo.

Ele passou para Aníbal os bilhetes de identificação das bagagens de mão que em breve desceriam, pegou Joan pela mão e junto com Camilo correram para fora do portão central, morria de vontade de ver, abraçar e beijar D. Eudóxia. Estacou ao lado do carro. Abriu os braços e exclamou patético:

– A minha Rainha Vitória!

Abriu a porta, entrou com dificuldade, sentou-se ao lado dela, deitou a cabeça no seu colo, ah, minha querida, é a volta do filho pródigo, mas está mais moça do que quando eu saí de casa. Fez um sinal para que Joan se aproximasse; mamãe, esta é Joan, minha mulher, sei que vocês duas vão se dar muito bem, mas me diga antes se ela não é mesmo uma pequena maravilha de beleza e graça? D. Eudóxia estendeu a mão enluvada para a nora que chegava meio assustada, beijou-lhe as faces, eu não sabia que havia moças tão bonitas assim lá na Inglaterra! Joan sorriu, Plínio achou que ela não tivesse compreendido tudo, a velhinha falava baixo e rápido, traduziu para a mulher que riu largo e abraçou-se com a sogra, emocionada.

– Nós três aqui atrás – comandou a velha –, enquanto Camilo recebe o castigo de ser o nosso chofer no dia de hoje.

Camilo assumiu a direção, tivera o cuidado de trazer um rapazola negro para ajudar e quando a máquina pegou, depois de auxiliada pela manivela, mandou que o rapaz fosse ajudar Aníbal a descer a bagagem do casal. Afastou-se imponente livrando-se de carroças, carrinhos, cavalos e carregadores de mala, passando pela Praca da Alfândega, em direção de casa.

– Um pouco diferente de Londres – comentou Camilo, voltando-se para trás.

A velha ordenou ríspida que ele se preocupasse com as ruas cheias de gente descuidada, o povo estava perdendo o medo das máquinas barulhentas. Joan concordou, sim, era bem diferente de Londres. E acrescentou: mais simpática. Plínio, em inglês, começou a descrever as ruas por onde passavam, as repartições públicas, as belas casas de azulejos brilhantes. Camilo repreendeu o irmão, era melhor que ele só falasse em português, pois caso contrário ela viveria eternamente com dificuldades com a nova língua. Plínio notou que Joan concordava com o irmão, está bem, nem uma palavra em inglês daqui para a frente, quero ver como Joan vai se ver quando tentar falar com os criados. Ela aprende, ajuntou a mãe, quando já se aproximavam do grande portão de entrada. Joan botou a mão sobre a boca, mostrou-se maravilhada com a beleza da casa, depois com o pátio e as grandes árvores. Quando entraram, os criados formaram um pequeno corredor para os cumprimentos que D. Eudóxia achava que deviam ser feitos daquela maneira, ela também queria impressionar a nora. Estavam todos impecavelmente vestidos, a luz coada pelas janelas com vidros coloridos enchia a casa das mais diversas tonalidades, ressaltando os móveis estofados e os candelabros com pendentes de cristal. Joan pegou a mão do marido e começaram, sozinhos, a percorrer peça por peça. Ela deslumbrada com o que via, ele rememorando toda a sua infância, até que chegaram ao terraço do quarto que havia sido o seu e encontrou Jeziel sentado na sua cadeira de rodas; Branca atrás dele, mão apoiada no ombro, e os dois filhos ali juntos deles, formando um quadro triste de Gainsborough. Plínio lembrou-se do *The Linley Sisters*, da *National Gallery*. Jeziel tinha envelhecido e seu rosto estava marcado com vincos profundos. Encontrou uma Branca diferente, gorda. Quirino e Eudóxia estavam grandes e bonitos. Plínio ajoelhou-se aos pés do irmão, deitou a cabeça no seu colo e chorou. Jeziel só dizia mas o que é isso, por acaso fiquei tão horrível durante a tua ausência? Joan abraçou-se com Branca, depois beijou as crianças, Quirino másculo, onze anos, Eudóxia delicada e miudinha, recém-entrada nos seus oito anos.

D. Eudóxia e Camilo chegaram logo depois, viram os irmãos abraçados, Plínio ainda comovido e Jeziel tentando desviar o assunto para outras coisas, a querer saber de Londres, do casamento deles, se não estavam esperando filho.

– Fiz um trato com Joan: primeiro vamos viver a nossa vida, depois as crianças, e muitas. Queremos pelo menos dez filhos. Joan diz que prefere quinze, mas Joan, vocês vão ver, é completamente louca.

Todos riram. D. Eudóxia pediu para que o filho e a nora a acompanhassem, queria mostrar o quarto deles. Joan ficou deslumbrada, a grande cama com dossel, os magníficos espelhos, os tapetes persas, as lâmpadas de cabeceira de opalina rosa, a janela de grandes vidros facetados e pesadas cortinas de gorgorão cor de vinho. O casal se abraçou num momento de grande felicidade; Plínio foi beijar a mãe, não podia esperar surpresa maior, era um quarto digno do Império Britânico. Camilo anunciou que todos iam descer, em breve o almoço seria servido. Tranquilizou o irmão e a cunhada, a bagagem já estava toda no porão, depois eles mandariam os criados fazerem a transferência para cima de tudo o que eles quisessem, deixando lá os pesados e bonitos malões tacheados.

Jeziel foi levado em braços, escada abaixo, pelas mãos fortes de dois negros espadaúdos que pareciam assustar Joan. Plínio perguntou por Francisco.

– Está casado em Alegrete, mora na fazenda, mas não está bem de saúde.

– Ele está doente de quê?

– Não se sabe, ele precisa vir a Porto Alegre para consultar um especialista. Aliás, sua mulher também está precisando.

– Mas que coisa triste e logo com Francisco – disse Plínio.

– Este mês eu devo ir até Alegrete, preciso convencer Francisco de que deve vir tirar umas férias, enfim, preciso fazer qualquer coisa para convencê-lo a sair daquele buraco. Pelas notícias que temos, de pessoas amigas, algo não está se passando bem com ele e a mulher – explicou Camilo.

– Vou junto contigo – decidiu-se Plínio, naquele momento.

– Ótimo, assim poderás matar as saudades da estância, que por sinal vai de mal a pior. Estamos perdendo tudo. Tiramos de lã, este ano, menos da metade do que conseguimos no ano passado. De carne, um terço. E ainda perdemos uma outra boa fatia de terra da propriedade.

Plínio mostrou-se muito surpreso:

– Mas tudo isso está entregue ao Francisco que não está bem de saúde? Não compreendo.

Camilo sorriu tristonho, fez um gesto de passividade:

– E o pior é que ele não está bem da cabeça. A mulher, então, coitada, deve estar doida de atar.

Jeziel já estava novamente acomodado na sua cadeira, D. Eudóxia sentava-se na cabeceira da mesa, seu lugar de honra desde que o marido morrera, fez um gesto mandando que todos ocupassem seus lugares, indicou o de Plínio e o de Joan, batendo palmas para que as criadas servissem a mesa. Quando as grandes e fumegantes travessas estavam postas, ela baixou a cabeça, juntou as mãos e agradeceu a Deus pelo alimento que lhes concedia, seguido do amém de todos. Joan olhava para os pratos com curiosidade e gula, perguntava ao marido o que era isso e aquilo, pedia para provar um pouco de cada coisa, achou lindas as costelas assadas no forno, rodeadas de batatas coradas, o quibebe que achou doce e delicioso, elogiou a salada fresquinha com alfaces verde-claro, tenras e gostosas. Plínio preveniu a todos que não se assustassem se Joan morresse de indigestão, de tanto que comia. À sobremesa, D. Eudóxia observava a nora recém-chegada. Passara todo o dia anterior cuidando dos doces caseiros, fazia questão de mostrar a ela o que sabia fazer. Terminado o almoço, as criadas tiraram todos os pratos, limparam a toalha rendada de farelos e migalhas, começando a trazer as grandes compoteiras de doces de coco com ovos, doce de abóbora em pedaços, com calda, doce de batata com coco, ovos queimados, quindins, torta de nata, pudins de laranja e de leite, cremes de frutas e um centro de mesa com frutas frescas, da época, apetitosas e coloridas. Joan não podia acreditar no que via. O marido disse a ela que não se deixasse enganar, a mãe fizera tudo aquilo para impressioná-la, dando uma demonstração de suas habilidades. E isso que já havia completado setenta e sete anos, muito embora aparentasse sessenta. D. Eudóxia pediu que ele deixasse de dizer bobagens, ela já não sabia fazer doces como antigamente e a cada dia que passava sentia-se mais esquecida.

O café foi servido, como sempre, fora da mesa. Joan bebia pequenos goles e exclamava em inglês "glorioso", "glorioso", como a dizer que na sua terra o café tinha outro gosto, não se parecia com aquele. Perguntou ao marido, baixinho, se ficava feio pedir mais uma xícara. Todos riram.

Alguém na rua havia puxado a corrente da sineta de entrada. D. Eudóxia perguntou quem poderia ser e logo àquela hora. Um dos criados negros apareceu no limiar da porta, fez sinal para Camilo que se aproximou dele, falou tão baixo que os outros não entenderam uma palavra. O negro retornou e Camilo sentou-se na poltrona de onde levantara, olhou para todos, houve uma expectativa geral, ele disse:

– Um dos filhos do velho Coronel Vicente Loureiro chegou de Alegrete esta manhã e trouxe uma notícia triste: Dileia, mulher de Francisco, morreu há quase uma semana, na estância. As autoridades de lá pedem que um de nós compareça à cidade, Francisco não está em condições de tratar de todos os problemas da morte de sua mulher.

– Problemas? – estranhou Aníbal. – Então não deve ter sido de morte natural.

D. Eudóxia limpava os olhos com um pequeno lenço que carregava sempre dentro da manga. Branca abraçou-se a ela, chorosa, Jeziel exclamou "pobre Francisco". Camilo disse que um deles devia embarcar naquela noite mesmo para ajudar em tudo o que fosse possível lá fora. Plínio levantou o braço:

– Eu vou de qualquer maneira. Joan fica aqui para ir arrumando as nossas coisas, mas eu vou.

– Mas eu achava que Aníbal devia te acompanhar, ele está mais por dentro de tudo aquilo – disse Camilo, caminhando de um lado para o outro, mãos às costas, fisionomia carregada. – Eu não posso ir, devo assinar dois ou três contratos ainda esta semana, devo decidir várias coisas. Mas escutem bem, haja o que houver, Francisco deve ser trazido para cá, quer queira, quer não queira. Ele deve ter ficado ainda mais transtornado. Mandem o Antão tirar os bilhetes do noturno de hoje, quem sabe ainda consiga uma cabina com leito.

Aníbal foi tomar as primeiras providências e D. Eudóxia lamentou que mal conhecera a moça, esquecera-se inclusive de seu rosto, seus traços fisionômicos, nem sequer lhe dera um neto. Pediu que a ajudassem a subir a escada, queria descansar um pouco em seu quarto. Plínio convidou a mulher para subir também, pedindo a Camilo que encarregasse algumas das criadas de levarem as roupas dos malões para cima. Ele mesmo, auxiliado pela mulher, ajudou a mãe a subir os degraus forrados de veludo verde, lentamente, a velha sempre apoiada na sua bengala que não deixava nunca.

Um pouco mais tarde Camilo mandou chamar os irmãos, inclusive Plínio, para uma pequena reunião no gabinete que fora do velho Quirino. Fechou a porta, fez recomendações, explicou para o irmão que acabara de chegar que a Estância do Capão Alto já não era sequer a sombra daquela estância que dominava grande parte do município, que tudo ia de mal a pior e que para ele Francisco ia precisar de um sério tratamento, quem sabe até cuidados especiais em algum sanatório. Lamentou o acontecido, apesar de também mal conhecer a cunhada falecida, mas mais por Plínio que mal botara o pé em terra firme e já aconteciam coisas tão desagradáveis. Sorriu triste para o irmão, disse que ele deveria adiar aquela nova lua de mel, mas que fosse tranquilo, todos saberiam cuidar dela, distraindo-a o mais possível.

Quando Plínio voltou ao quarto as roupas dos malões lá estavam, empilhadas pelo tapete. Joan fechando a porta para dizer-lhe que os negros tinham sido muito eficientes, perguntando-lhe a que horas viajaria. Ele consultou o relógio de bolso, preso ao colete por uma fina corrente de ouro, e disse que dispunha ainda de pelo menos umas quatro horas. Joan beijou-lhe a testa, puxou as cobertas da cama, com esforço, que eram pesadas; começou a despir-se rapidamente, fez sinal para que ele fizesse o mesmo.

– Mas minha querida, é preciso ainda fazer tanta coisa...

Ela veio ajudar-lhe a desvencilhar-se de tudo, foi levado para a grande cama, não saberia dizer se contrariado pelo momento inoportuno ou se encantado pela lembrança amorosa da mulher, que sabia próxima a separação. Quando Camilo levantava a mão para bater de leve na porta, desejoso de falar com o irmão a respeito de algumas providências de última hora, ouviu o arfar de Joan, a respiração forte de Plínio e o sacolejar do macio colchão da cama sólida e incapaz de deixar transparecer muitos ruídos. Ela dizia-lhe, em inglês, doces e ardentes palavras, gemia como se estivesse sendo torturada e por fim seu grito foi abafado pelos travesseiros e o quarto retornou a um silêncio sepulcral. Camilo desceu a escada, consultou o relógio, precisava ainda comunicar-se com o pai de Mocinha, mas antes queria falar com Jeziel.

Branca estava com as crianças no pátio, Jeziel mantinha-se imóvel como uma estátua a um canto do terraço, olhando dali um pedaço da paisagem que incluía uma boa fatia do Guaíba, com pequenas embarcações que subiam e desciam o rio. Quando pressentiu a chegada do irmão virou a cadeira com mãos agora ágeis e fortes, desabafou amargurado:

– Tudo acontece e eu aqui preso nesta miserável cadeira! Um inválido que sou, é isso, Camilo, um inválido miserável, um inútil!

– Calma, que é isso? Onde está aquela fortaleza de ânimo que eu sempre invejei? Deixa o caso que nós tomamos conta. Vim aqui falar em outra coisa, outro assunto.

– Então vamos ali para o quarto, pelo menos terás onde sentar.

Camilo afundou numa poltrona, o irmão colocou-se a seu lado, mas afinal o que estava acontecendo além da morte da cunhada que mal conheciam? Não estava gostando do ar fúnebre do irmão mais moço. Camilo mostrava-se preocupado. Começou por longe, mas sem aprofundar demasiado o problema:

– Sabes, Jeziel, nossas finanças vão de mal a pior.

– Ora, não me vem com pessimismo nesta hora. Claro que eu sei que perdemos muito, que já não temos o que sempre tivemos, mas que diabo, ainda nos sobra muito para viver sem maiores dificuldades.

– Pois é isso justamente que eu temo. Com o que está acontecendo lá em Alegrete já podes imaginar como andarão os negócios. Se estavam mal, devem estar piores agora com tudo o que está acontecendo.

– E tens alguma ideia de como sair desse plano inclinado?

– Há muito que venho quebrando a cabeça numa solução que não seja esta de esperar que o maná nos caia na cabeça vindo da fronteira. Lá, o que tinha que dar, já deu. Estou tratando de montar um negócio industrial e até mesmo comercial, que seja rendoso e que tenha condições de prosperar, desde que bem cuidado. Já arranjei um sócio, já lavramos a ata de fundação, temos terras escolhidas, empregados em vista, já mandei fazer um levantamento sobre a concorrência, é um negócio viável e de futuro.

– Pode-se saber o que é ou ainda deve ser mantido em segredo?

– Trata-se de instalar uma olaria para o fabrico de tijolos e de telhas. A cidade está crescendo, há muitas obras paradas por falta desse material, a maioria das olarias são empresas familiares, sem o mínimo de agressividade. Quero montar uma indústria, não um artesanato inseguro.

– A ideia não é má, mas eu só estou a imaginar o que não diria o nosso pai se levantasse tal ideia diante dele, velho fazendeiro para quem qualquer outra atividade não é digna do nome de uma boa família. E que pensas fazer, agora?

– Arregaçar as mangas e trabalhar. Mas há um problema a ser superado, de momento.

– Capital.

– Isso, capital. Tenho de meu uns quarenta contos. Calculo, por alto, que precise de no mínimo mais uns cento e cinquenta ou duzentos.

– Eu tenho quase oitenta, mas espere aí, por que não falou com mamãe, eu sei que ela dispõe de boas reservas, ainda.

– Não sei se devo...

– Mas claro, é para o bem de todos, acho até que será uma garantia para a família. Entre nós, portanto, já temos uns cento e vinte. Mamãe entrando com o resto, temos o capital que precisas. Deixa comigo que eu falo com ela.

Camilo levantou-se mais otimista, bateu nas costas do irmão, e depois dizes que és uma pessoa inútil, um inválido. Isso se chama heresia. Vou sair agora, preciso fazer muita coisa antes de levar Plínio e Aníbal até a estação de trem. E, por falar nisso, confidenciou malicioso para o irmão que parecia não compreender aquele segredo de última hora, quando há pouco fui bater no quarto do Plínio ouvi que eles lá dentro estavam na maior e mais calorosa despedida de um casal que eu já vi em toda a minha vida. Sabe, acho que eles vão se dar bem, ela me parece uma boa moça, um tanto ingênua, meio desconcertada com mudança tão brusca de vida, mas boa pessoa. Tomara que tudo dê certo. Jeziel cruzou os dedos: tomara.

4. Encontrou em casa apenas Mocinha e a mãe. O velho Edmundo ainda estava na firma, deveria chegar dentro de, no máximo, uma hora.

Camilo mostrava-se abatido, cansado, procurou logo uma cadeira na saleta, contou que a cunhada falecera em Alegrete, que os irmãos iam para lá naquela noite mesmo, de trem. A velha disse que ia preparar um cafezinho bem quente, isso o reanimaria. Quando saiu para a cozinha Camilo abraçou Mocinha com decisão, apertou-a com paixão, beijando-a demoradamente. Ela ficou assustada, e se a mãe retornasse de surpresa? Camilo disse que não se importava com nada. Beijaram-se ainda mais quando notaram que a mãe dela havia aberto a porta dos fundos para buscar lenha para o fogão. Era um pátio comprido, oportuníssimo. Com os olhos na fresta da porta dos fundos, Camilo desnudou a namorada da cintura para cima, beijou-lhe o pescoço, os ombros, os seios, sugou-lhe os mamilos entre gemidos e ais de Mocinha que, ao mesmo tempo em que quase desmaiava de prazer, temia que o pai metesse a chave na porta ou que a mãe voltasse de repente, pegando-os em flagrante. Vencendo a resistência do rapaz, ela correu para um canto da sala, tornou a vestir a blusa, ajeitou o cabelo; seu louco, doido varrido, mas como pode perder a cabeça assim de uma hora para outra? Camilo sentou-se novamente, não aguento mais, meu amor, sonho contigo todas as noites, não consigo pensar noutra coisa. Ela permaneceu no canto onde estava, com medo que desse um outro acesso de paixão em Camilo. Mantinha-se em guarda. Nisso a mãe entrou na cozinha, fechou a porta dos fundos e os dois ouviram o ruído da chave do velho, abrindo a porta da frente.

Tomaram o café a quatro, Edmundo satisfeito, tudo corria bem, já podia contar com dois experimentados técnicos de olaria, especializados em telhas, operários não lhes faltariam, já estava tratando de encontrar um bom pedaço de terra para instalar a futura indústria, preparava o registro na Junta Comercial, faltava apenas um nome para a nova fábrica que deveria ser de capital limitado para assim pagarem menos impostos.

– Pois tenho uma boa notícia para lhe dar. Devo ter, ainda esta semana, todo o capital necessário.

Meteu a mão nos bolsos do casaco e começou a tirar dinheiro e a colocá-lo sobre a mesa, em grandes maços, para espanto da família que achava uma loucura ele andar com todo aquele dinheiro pela rua, sujeito a ser atacado por algum negro desempregado, como haviam tido notícias duas semanas atrás.

– Trouxe hoje vinte contos. Amanhã o senhor abre uma conta no Banco Pelotense ou em outro qualquer que achar melhor, quem sabe o próprio Banco Popular que dizem estar operando muito bem com as indústrias novas. Qualquer papel que eu tenha que assinar, volto amanhã à noite por aqui.

– Mas quem sabe a mulher prepara uma comidinha para a gente e o doutor janta aqui hoje?

– Muito obrigado, eu gostaria demais, mas como eu já disse à Mocinha, preciso levar agora à estação da Viação Férrea dois irmãos meus que vão para Alegrete. Morreu uma das minhas cunhadas, a que era casada com Francisco, meu irmão mais velho que toma conta da estância da família. Fica para outro dia.

– Meus pêsames – disse o velho, tratando de recolher o dinheiro que ficara espalhado sobre a mesa.

Camilo estendeu a mão para a namorada, pediu licença, ela o acompanharia até o carro, desejou um bom jantar, demorou-se pouco na despedida, roubou ainda um beijo furtivo e partiu veloz para casa, estava atrasado para apanhar os irmãos que partiriam dentro de pouco mais.

Foi o que deu para jogar as malas no assento traseiro, seguir direto para a estação do Caminho Novo e alcançar o trem na primeira batida de sino.

– De qualquer maneira tragam o Francisco, ele não pode nem deve ficar lá. Discutam o problema da estância com o capataz, Seu Eleutério, reúnam o mais possível de informações que puderem e voltem logo. Mamãe está preocupadíssima. E eu também.

Quando chegou em casa, D. Eudóxia estava arriada na grande cadeira da sala principal, abatida e preocupada. Camilo aproximou-se dela, beijou-lhe a testa, mas afinal a D. Eudóxia não pode se deixar abater assim no mais, tudo será arranjado, Plínio e Aníbal saberão o que fazer, fiz todas as recomendações, durma tranquila. Acho que dentro de uma semana, no máximo, eles estarão de volta. É só uma questão de paciência. Joan desceu e beijou a face do cunhado, quis saber se tudo correra bem, foi tranquilizada, sentou-se ao lado da sogra e pegou-lhe a mão, carinhosamente. D. Eudóxia pediu que Camilo puxasse uma cadeira para junto dela, esperou que o filho sentasse:

– Jeziel me falou naquele teu assunto. Estou de pleno acordo.

– Pois eu queria explicar tudo para a senhora, mas uma coisa e outra foi adiando a conversa e finalmente Jeziel achou melhor falar logo, que eu tinha outros problemas para resolver hoje de tarde, além de levar os dois à estação de trem. Mas eu quero que saiba que é só um empréstimo...

– Esses detalhes não interessam. Podes retirar do banco, amanhã de manhã, duzentos contos.

– Mas eu não preciso de tanto...

– Tira duzentos. Quando se instala um negócio sempre aparecem surpresas de última hora. E se precisar de mais, ainda tenho.

– O que é isso, mamãe, eu não quero montar uma fábrica de automóveis – disse Camilo, sentando-se ao lado dela, como a querer explicar bem as coisas. – Tenho um sócio que entende do ramo, mas não tem dinheiro. Precisamos comprar terras para instalar a olaria. Uns caminhões também. Estou querendo abrir uma loja de materiais de construção na Rua da Praia, que é mais apropriada para isso. E depois, bem, é uma coisa que eu gostaria de falar mais tarde, quem sabe é até melhor, mesmo...

– E por que não falar agora que estamos sentados, em família?

Camilo olhou para Joan sorrindo, esfregou as mãos nas mangas do casaco, olhou súplice para a mãe. D. Eudóxia foi mais direta, como sempre:

– É alguma coisa que não possa ser falada na frente de Joan?

A nora percebeu logo o constrangimento do cunhado, mas ela devia fazer muitas coisas lá em cima, já estava mesmo por sair.

– Não – disse a velha –, na nossa família nunca houve segredos entre ninguém. Camilo não é mais um menino e vai falar.

– Mas não é nada de importante, mamãe. O principal é eu poder sair correndo daqui, agora mesmo, e tratar de fazer as coisas sem perda de tempo.

– Não senhor – insistiu a mãe percebendo que o assunto era outro. – Vai falar agora.

– Com a senhora não é fácil, hein? Vá lá, mais dia menos dia a gente ia ter que falar, pois que seja agora. Estou pensando em casar, isto é, não assim amanhã ou depois, eu falo dentro de mais algum tempo...

– E por acaso isso deve ser considerado um crime? Quem é a moça?

– Bem, aí é que está a dificuldade em explicar. Ela é filha do meu novo sócio, um homem distinto, muito bom, mas pobre. Ele era guarda-livros de uma outra olaria, mora numa ruazinha da Cidade Baixa, numa casinha de porta e duas janelas...

– Muito bem, mas o principal eu fico sem saber. E a moça?

Camilo riu, estava com o rosto levemente afogueado:

– Ela se chama Mocinha. Assim mesmo, Mocinha. É uma excelente criatura, muito simples e modesta, muito bonita, delicada. A senhora sabe, até agora eu não tinha encontrado entre as famílias das nossas relações nenhuma moça com tantos predicados.

A velha tossiu, assoou-se de leve, mostrou-se tranquila:

– O que eu quero mesmo saber é outra coisa: gostas de fato dela ou é fogo de palha?

– Bem, eu acho que gosto, mamãe, mas tenho ainda muito tempo pela frente para saber de tudo isso. Não pretendo me casar nos próximos dois anos, vem muita coisa aí pela frente.

– Então estamos todos de acordo – disse ela, mais desafogada. – Agora vai lá dentro e manda que as criadas ponham a mesa, está ficando muito tarde para o jantar.

Já na mesa, depois da oração de graças, D. Eudóxia disse ao filho que ele deveria marcar um dia para que ela viesse conhecer a sua família, mandaria preparar um bonito jantar para recebê-la condignamente.

– Devagar, mamãe, ela morreria de medo e de susto se isso acontecesse assim de uma hora para outra. Quero fazer as apresentações por etapas, devagar, para ela ir se acostumando. Deixe esta parte comigo.

Por algum tempo comeram calados. D. Eudóxia, ao agradecer o alimento que Deus lhes concedera naquele dia, pediu pela paz de espírito do filho que perdera a esposa e pela felicidade dos outros dois que se encontravam ausentes. As crianças, Quirino e Eudóxia, já não comiam mais na copa, como era de praxe com as crianças. Eles já estavam crescidos, eram muito bem comportados, Branca tratava de ensinar-lhes bons modos à mesa e aquilo satisfazia o pai que passava o dia preso à cadeira de rodas, com pequenas explosões de cólera contra Deus, logo abrandada pelo carinho da mulher e pela aproximação dos filhos. Mas era visível o seu inconformismo. Quando Camilo dera entrada pelo largo portão manobrando o seu belo e luzidio Overland de pneus de banda branca, com metais faiscantes e assentos de couro, motor rugindo possante, Jeziel fora levado até o carro, os negros o puseram lá dentro, Camilo fez questão que ele sentasse à direção, e quando retornava à cadeira de rodas perguntara ao irmão se as fábricas de automóveis ainda não tinham inventado um modelo especial para aleijados. Camilo bateu no seu ombro e disse que ele era um homem que merecia mais conforto, teria um chofer especial, ele mesmo Camilo, de fraque e cabelo bem vaselinado. E muitas vezes passeara com Jeziel e a família, as crianças dando gritinhos de prazer, Branca maravilhada com o que os homens já estavam fazendo e Camilo jurando para si mesmo que sempre que tivesse uns minutos disponíveis trataria de carregar com Jeziel para onde ele quisesse.

Tomaram café na sala grande, D. Eudóxia voltou ao assunto que por certo lhe roubaria muitas horas de sono naquela noite:

– Como estarão eles na fronteira?

– Ora, mãe – disse Camilo –, Francisco deve estar muito abatido, eu acredito, mas Plínio e Aníbal saberão resolver tudo da melhor maneira possível. E depois, mais três ou quatro dias estão aqui, de volta.

5. Camilo tentou vislumbrar alguma coisa na escuridão da sala do cinema e notou que havia menos gente do que na véspera. Sentia uma estranha sensação de que estava sendo desnudado na frente de todas aquelas pessoas e que muitos, se o reconhecessem quando a luz retornasse, talvez rissem na cara dele e o apontassem para chacotas e brincadeiras. Mocinha. O tempo apagara de sua memória a nitidez de seu rosto, seus traços. Jamais se esquecera dela. E agora ali estava, viva e fremente, desejada e amada. A garganta seca dificultava o engolir da saliva, que se mostrava escassa. Chegou a pensar em sair por uns breves minutos e beber um pouco d'água, mesmo que fosse com as mãos na torneira do toalete mal cheiroso. Mas não tinha coragem de perder um segundo de toda aquela história. Sentia as pernas adormecidas, o coração pulsando mais forte, as têmporas latejando, como sempre. Por um instante lhe passou pela cabeça que devia estar, naqueles instantes, quase que com a idade da mãe que agora revia com sua imponência de matriarca do casarão, com toda a sua autoridade que fora sempre a sua marca registrada. Duas poltronas à frente o indefectível casalzinho de namorados que se aproveitavam do escuro e da imobilidade dos outros, para se amarem sem peias. A moça dobrara o corpo sobre o colo do rapaz e agora ele resfolegava, compassadamente, lançando de vez em quando um olhar furtivo para os lados com temor de que estivessem vendo aquilo. Alguém gritou qualquer coisa engraçada, pois muitos riram, outros assobiavam como desagradados. O velho Camilo ajeitou-se mais uma vez na poltrona dura, sentia as costas doerem e as pernas formigando. Mas sobretudo a sede.

6. D. Eudóxia quase não reconheceu o filho. Francisco estava com os cabelos grisalhos, olhos brilhantes e desconfiados, terrivelmente magro. Regressavam de Alegrete após quase um mês. Diversos telegramas haviam chegado, cada um mais estranho que o outro, dando razões diversas pela demora. Camilo, que fora à estação buscá-los, naquela manhã, conseguiu saber alguma coisa vaga através de meias palavras ditas em voz baixa pelos dois irmãos, enquanto Francisco se mostrava ausente e distante. Ficou sabendo, antes de chegar em casa, que Francisco não estava bom da cabeça e que houvera coisas mais tristes, mas era assunto para conversarem depois, fechados numa sala. D. Eudóxia não poderia saber de tudo. Mas tudo o quê?, queria saber Camilo que veio dirigindo o carro. Em casa a gente se fala, disse Plínio. Agora ali estava o filho diante da mãe. Ele foi até ao pé da escada, espiou desconfiado para cima, examinou alguns móveis, sentou-se largado numa poltrona como para experimentá-la, depois abriu os braços para a mãe, abraçou-a calorosamente, mas há quanto tempo a gente não se vê, meu Deus do céu! E papai? D. Eudóxia olhou para os outros filhos, ficou lívida, virou-se para Aníbal que estava mais perto; mas então vocês não mandaram dizer nada, como se ele fosse uma criança! O rapaz aproximou-se dela, esclareceu que precisariam primeiro fazer com que Francisco fosse dormir, pois passara a noite inteira acordado, depois conversariam. Ela sussurrou: mas então ele ficou assim? Parece, mamãe, mas o médico vai descobrir um meio de deixá-lo bom, fique descansada. O quarto dele já estava pronto, Plínio ajudou a tirar-lhe a roupa, vestir-lhe um pijama e deitá-lo com muitas promessas de que logo em seguida estaria de pé e que daria uma volta por toda a casa para rever o que ele sempre dizia que desejava, a cozinha, o pátio, o grande relógio de carrilhão, o gabinete do pai. A pedido de Plínio, Jeziel, Branca, as crianças e Joan não deviam aparecer para ele naquela manhã. Francisco estava muito cansado, havia sofrido muito, não estava dizendo coisa com coisa. D. Eudóxia, depois que Francisco acomodou-se na grande cama, mal conseguindo manter os olhos abertos, de tanto sono, pegou a mão do filho e ali permaneceu. A princípio ele ainda balbuciava algumas frases sem nexo, mas perguntou por Dileia, onde afinal se metera Dileia. A mãe pediu que ele tentasse dormir, esperou que ele ressonasse e mudou apenas de cadeira, permanecendo assustada na grande poltrona que ficava próxima à cama. A cadeira de Jeziel foi levada para o antigo gabinete do pai, os outros irmãos entraram e Camilo fechou a porta.

– Mamãe ficou lá no quarto com ele. Mas afinal, contem o que se passou para ele ter ficado nesse estado – disse Camilo.

– Eu prefiro que Plínio conte – disse Aníbal, abatido e pálido pela noite toda em claro e pelos longos dias passados na fronteira.

Plínio foi até a janela, parecia inseguro quanto ao que contar, realmente. Olhou para cada um dos irmãos, sentou-se pouco disposto, acendeu um cigarro com um demorado ritual, disse com voz sumida:

– Quando chegamos à cidade Francisco já lá estava, preso na cadeia local como um pária qualquer. Alguns amigos estavam tentando soltá-lo, mas o delegado mantinha-se irredutível.

– Preso por quê? – perguntou Camilo espantado.

– Acontece que o desaparecimento de Dileia já estava causando curiosidade entre alguns lindeiros, até que uma denúncia anônima chegou à polícia e eles foram para a estância e de fato não encontraram a mulher de Francisco.

– Mas ele, o que disse? – quis saber Jeziel.

– Não dizia coisa com coisa, falou primeiro numa viagem que a mulher teria feito ao Uruguai, depois que ela estaria numa outra estância vizinha, chegou a dizer que Dileia fora carregada, como Henoch, por um carro de fogo para o céu. Segredou ao delegado que a mulher era ligada aos espíritos e que de vez em quando perdia a materialização e sumia por semanas seguidas.

– Mas isso não pode ser, meu Deus. Francisco enlouqueceu de todo – disse Camilo.

– As histórias eram disparatadas – prosseguiu Plínio –, o que levou o delegado a mandar proceder a uma rigorosa busca pelos arredores. Não chegaram a uma distância de mais de vinte metros da casa grande. Lá estava a terra revolvida de maneira primária, o corpo de Dileia estava quase à flor do solo. Quando cravaram a primeira pá, bateram nela. Camilo cobriu o rosto com as mãos, Jeziel levou a sua cadeira para perto da janela a fim de ficar de costas para os irmãos, não queria que eles o vissem chorar. Aníbal interrompeu o irmão mais velho:

– O que aconteceu, como e por que ela foi morta, creio que jamais ficaremos sabendo. O médico da polícia disse que ela foi morta com um objeto contundente, talvez uma enxada ou uma pá, e que depois de morta teria sido perfurada a facão pelo criminoso, como se ele estivesse em fúria.

– E como conseguiram tirá-lo da cadeia? – perguntou Jeziel, sem virar a cabeça.

– Porque o Dr. Guilhermino Beltrán atestou a sua insanidade mental, recomendando que fosse trazido para Porto Alegre, onde teria condições de um tratamento melhor, que a proximidade da família poderia ajudar, e assim conseguimos inclusive que ele viesse sem custódia, já que o nome do papai continua sendo respeitado por todos lá.

– E ainda tivemos, na hora do embarque – disse Plínio –, uma cena dolorosa. A mãe de Dileia tentou alcançar Francisco, aos gritos histéricos, para matá-lo com uma faca que levava nas mãos. Chamou-o de assassino, de fera, de bandido, céus, tantas coisas, no meio de uma pequena multidão. Isso fez com que ficássemos praticamente isolados numa parte do vagão, pois ninguém queria aproximar-se dele, nem de nós.

Camilo permanecia espantado com tudo o que ouvia:

– Mas ele então necessita de internamento urgente, é um perigo mantê-lo solto pela casa, no meio das crianças, dos criados, de alguém que possa chegar. E como explicar isso para a mamãe?

Jeziel rodopiou com a cadeira, disse que a mãe era uma mulher diferente de todas as outras, precisava ficar sabendo de tudo, mesmo porque seria muita ingenuidade mantê-la na ignorância do que se passava. Pediu que deixassem com ele, saberia explicar com cuidado, de acordo com as reações dela. Bateu com as duas mãos na cabeça, exclamou um impropério, afundou o rosto entre os braços, num choro convulso. Camilo colocou-se a seu lado, mas afinal eu esperava que ninguém fosse entrar em desespero, vamos lá, Jeziel, precisamos da tua ajuda nisso tudo. O irmão levantou o rosto transfigurado, sorriu num esgar, bateu com os punhos sobre os joelhos, exclamou:

– Para vocês tudo fica mais fácil, tudo corre melhor, a vida pode ser enfrentada com um sorriso nos lábios. É isso! Mas venham aqui para o meu lugar, para esta maldita cadeira de rodas e tentem enfrentar as desgraças com essa mesma força de ânimo! Eu às vezes tenho vontade de sumir, de desaparecer, de explodir, de perder a consciência! Francisco deve ser hoje mais feliz do que eu, é isso mesmo, não me olhem assim como se eu também estivesse ficando doido. Vou terminar como ele...

Camilo postou-se a seu lado, abraçou o irmão pelos ombros, passou as mãos nos seus cabelos, disse coisas tranquilizadoras, mas sentia um nó na garganta e por um certo momento temeu que desabasse junto com ele, numa ridícula demonstração de fragilidade diante de tudo aquilo.

– E teria sido mesmo Francisco? – perguntou Camilo para os irmãos.

– Ele nunca confessou, é verdade, mas todos os indícios levam a ele.

– Mas ele podia ter assistido ao crime e ficado transtornado justamente por isso – insistiu Camilo.

– É uma hipótese muito remota – disse Plínio. – Mas acho que mesmo assim devemos insistir nela. Não sei se vocês sabem, mas, pelo que me disse o médico legista, Dileia morreu virgem.

Todos se entreolharam num grande espanto, Jeziel disse que aquilo era absurdo, Camilo chegou a afirmar que aquele médico merecia um tratamento igual pelas sandices que costumava dizer. Como pode uma mulher casada morrer virgem? E se isso fosse verdade, teria sido culpa de Francisco?

– Bem, eu não sei se tu te lembras, Camilo, que na noite de núpcias ela fugiu espavorida do quarto, foi dormir aconchegada com a mãe lá embaixo e Francisco veio dormir com a gente na mesma cama de casal que nos tocou como hóspedes.

– É verdade. Lembro sim. Mas aquilo teria passado logo, tanto assim que viajaram para a fazenda e foram morar lá fora. Não posso imaginar a mulher a fugir do marido todas as noites, ainda mais que nem a mãe dela estava lá. E se isso tivesse sido verdade, vamos e venhamos, tudo se explica com relação ao Francisco que terminaria louco mesmo diante de uma mulher assim.

– Bem, mas o que fazemos agora com ele? – perguntou Plínio.

– Interná-lo no Hospital São Pedro, é o único que existe para doenças mentais, dar a melhor assistência possível a ele, buscar na medicina algum milagre – sentenciou Camilo, quase impiedoso.

Houve um silêncio entre eles. Ouviram passos do outro lado da porta. Logo depois a voz de D. Eudóxia, perguntando se podia entrar. A porta foi aberta, a velha caminhava apoiada na sua bengala, sentou-se na cadeira oferecida, suspirou fundo, como se estivesse muito cansada.

– Então Francisco não veio bom da cabeça? Vi logo pelas coisas que disse, antes de adormecer. Mas afinal, o que houve?

Jeziel postou-se contra a luz da janela, Plínio permaneceu onde estava, a um canto, Camilo puxou uma cadeira para junto da mãe e Aníbal ficou a seu lado, mão em seu ombro:

– É verdade, mamãe. Realmente uma tragédia. Sabe-se apenas que Dileia foi morta, que isso deve ter chocado Francisco e que de lá para cá ele perdeu a noção das coisas, do tempo, da realidade, dos fatos. Ele deve ser examinado pelo nosso médico e acho que a recomendação vai ser a de interná-lo o quanto antes.

– No São Pedro, naquele cemitério de pessoas vivas?

– Dá-se um jeito num quarto separado e especial e se ele demonstrar melhoras começa a vir passar os fins de semana com a gente, até a recuperação total.

– E quem disse que pode haver recuperação total?

Camilo ficou meio sem jeito, olhou para os irmãos como a pedir ajuda, passou as mãos nos cabelos, respondeu:

– O médico de Alegrete acredita que isso possa acontecer. Precisamos saber agora a opinião do nosso próprio médico. O resto eu acho que deve ser entregue nas mãos de Deus.

A velha ficou batendo com a ponta da bengala sobre uma banqueta, sorriu irônica, disse que não podia contar muito com Deus, aquela era uma família que nem sequer ia à missa aos domingos. E quem sabe não estaria aí a melhor explicação para tudo o que caíra sobre aquela família? Então agora Francisco ia para o hospício, um Mortágua entre loucos e débeis mentais! Olhou para cada um dos filhos, sorriu de maneira enigmática, sentenciou com voz normal:

– E, apesar de tudo isso, há pessoas que pensam que eu seja uma pessoa muito frágil, que muitas coisas devem ser escondidas desta velha empedernida, de coração duro e impenetrável. Sim, porque eu estou certa que vocês se fecharam nesta sala para evitar que eu ouvisse o que discutiam, o que resolviam, sempre com a velha senhora do outro lado da porta.

Levantou-se com certa agilidade inusitada, abriu a porta com vigor e saiu, pisando mais firme do que nunca. Os irmãos se entreolharam e não disseram nada.

7. À mesa do café da manhã a família ouviu um estilhaçar de vidros no andar superior, provavelmente no quarto de Francisco, e logo após um urro que varou a casa toda, assustando os criados que se encontravam na cozinha e no pátio. Camilo foi o primeiro a subir as escadas, de dois em dois degraus, seguido de Plínio e de Aníbal. Quando abriram o quarto, ainda mergulhado na leve penumbra, acorreram os três para socorrer Francisco que sangrava nos dois braços e na cabeça. A cama revirada, o grande espelho do guarda-roupa aos pedaços por todo o chão, móveis revirados. A custo conseguiram dominá-lo. Camilo pediu que alguém fosse buscar na cozinha com as criadas panos e água quente, mandou Aníbal urgente à casa do Dr. Eurípedes, nos Moinhos de Vento, ele que viesse com urgência. D. Eudóxia e Jeziel permaneceram onde estavam, sem uma palavra, apenas atentos ao que poderia estar acontecendo lá em cima. Branca e Joan subiram também e de passagem recomendaram a uma das criadas que fosse colocar os meninos na cama. A primeira a descer foi Joan, pedindo ao marido que ficasse ao lado de Camilo. Em breve levava lençóis usados e uma das negras carregava uma bacia e uma chaleira de água quente. Branca, a pedido de Joan, desceu para tranquilizar D. Eudóxia e Jeziel. Contou em rápidas palavras o que sucedera, tudo estava sob controle, Aníbal já estava saindo para trazer o Dr. Eurípedes de casa.

– Cortes muito profundos? – perguntou D. Eudóxia, serena.

– Acho que sim, mas ainda não sabemos. Ele agora acalmou-se, está prostrado.

Joan umedecia os panos, sacudia-os para diminuir o calor e limpava, juntamente com Camilo, os ferimentos que não pareciam profundos. Na testa fora só um arranhão e só nos braços pareciam mais sérios. Deitaram Francisco na cama revirada e agora com grandes manchas de sangue ainda fresco; Camilo sempre atento para qualquer novo ataque de fúria do irmão, recomendava à cunhada que não se aproximasse demais, que ficasse sempre atenta.

– Havia uma sombra ali, naquele canto, eu sei quem era – dizia Francisco, mostrando-se assustado. – Mas ele não perde por esperar. Dileia, escuta aqui, me traz aquela Winchester lá do armário, ligeiro, eu mostro a ele com quem está tratando!

Olhava para Camilo e para Joan como se ambos fossem uns desconhecidos perigosos, tentou soerguer-se do emaranhado de lençóis e cobertores, mas foi logo contido pelo irmão que além da força empregava palavras tranquilizadoras, dizia que Dileia tinha ido lá dentro, ele podia descansar um pouco.

– Mas ele não deixa Dileia em paz, eu vi que ele estava ali e ontem quase o peguei no paiol, foi por um triz...

– Eu sei disso, mas ele não está mais aqui, a polícia o levou.

Francisco pareceu acreditar; depois percorreu os olhos pelos braços sangrando, perguntou quem era aquela mulher que lhe fazia curativos, e o irmão disse que ela se chamava Joan e era casada com Plínio. Ele sorriu largo, eu não conhecia a mulher do Plínio, mas ninguém vai acreditar numa coisa dessas e agora ela me faz curativos nos ferimentos que aquele bandido me causou. Ele foi preso? Graças a Deus. Manda avisar Dileia. Ela precisa saber disso, a pobrezinha vive fugindo dele, eu quero que alguém vá dizer a ela que o tal sujeito foi preso. Isso, era o que ele merecia, aquele covarde. Virou-se para o irmão, estas feridas estão me doendo muito, Camilo. Ele tinha duas facas e eu estava desarmado, e será que eu não vou ficar paralítico das mãos ou dos braços? Eu não quero ficar, prefiro morrer. Não quero que Dileia me veja como um inválido, eu não quero...

Entrou o médico com sua maleta preta de fole, grossa roupa de lã e colete de seda brilhante, Plínio e Aníbal chegaram juntos, mantiveram-se a distância, à porta, enquanto Joan, ajudada pela criada, carregava para baixo a bacia, a chaleira e os panos sujos. O médico olhou para o chão do quarto coberto de cacos de espelho; já ouvira a história através de Aníbal, abriu a maleta, tirou coisas lá de dentro e enquanto falava com o doente ia pincelando os talhos. Depois envolveu quase tudo em gaze, pediu que os rapazes o ajudassem a colocar Francisco na poltrona enquanto trocariam a roupa da cama. Joan mais uma vez ali estava, corajosa e muda. Minutos depois as mucamas levavam para baixo a roupa usada e a cama ficou impecável. Francisco levantou-se sozinho, custodiado por Camilo que temia uma reviravolta repentina, um novo ataque de fúria, mas o irmão deitou-se calmo, ajudou a puxar as cobertas e apenas disse que as feridas estavam doendo muito e que precisava falar com Dileia, por um minuto que fosse.

– Ela já foi dormir – disse Camilo, botando a mão sobre a sua testa.

– Esta viagem deixou a pobrezinha muito cansada. A mamãe está lá. Branca também.

O médico encaminhou-se para um canto, fez sinal para os irmãos, disse em voz baixa que os ferimentos tinham sido superficiais, coisa rara em tais casos, mas que ele precisava com urgência ser internado, se possível na tarde daquele mesmo dia. Indico o meu colega especialista em doenças dos nervos, Dr. Flores Cardoso, ele é uma autoridade no assunto. Aqui está o endereço dele, digam que foi por indicação minha e peçam que reserve vaga no hospital.

– Nós não queremos que ele fique numa enfermaria com outros, doutor – disse Camilo –, e sim num quarto isolado onde possa ser atendido de maneira mais completa. Mas, meu filho, disse o médico, surpreso, ele não poderia, de qualquer maneira, ser colocado numa enfermaria comum, pois se apresenta em estado latente de periculosidade. Não o deixem sozinho por um instante. Antes de levá-lo de casa, peço que me chamem, quero reexaminar as feridas e depois irei lá no hospital mais algumas vezes. Recolocou as suas coisas dentro da maleta, fechou-a com um estalido característico, despediu-se e Aníbal saiu atrás dele para levá-lo para casa. Camilo disse que não tinha palavras para elogiar a ajuda de Joan. A inglesinha bateu no seu rosto e lembrou que estava na hora de fazer subir D. Eudóxia que estava lá embaixo, aparentando calma, mas tensa como uma corda de violino. Camilo disse que seria bom fazerem Jeziel subir também, pois Francisco não estava com sono e seria recomendável que muitas pessoas ficassem ao redor dele naquela hora. Ele iria sair para falar com o médico indicado pelo Dr. Eurípedes e tratar de ver o problema da hospitalização do irmão. Desceu as escadas com rapidez e sumiu na direção do carro que deixara no pátio. Francisco olhou demoradamente para a velha mãe, fez menção de erguer-se dos travesseiros e D. Eudóxia colocou a palma da mão estendida sobre seu peito, fazendo com que voltasse à posição anterior:

– Nada de movimentação. O médico saiu agora mesmo daqui e recomendou muito que ficasse quietinho. Precisas descansar, o bom mesmo seria se pudesses dormir.

– Ah, mãe, não posso dormir. A senhora não conhece ele. Fica por detrás das portas, persegue Dileia, aproveita-se de quando eu durmo para assustar a pobrezinha. Eu vi, mamãe, palavra de honra, eu vi. Covarde como sempre, ele fugiu para o pátio, era noite, eu não via nada, Dileia gritava como nunca e foi aí que encontrei com ela, se debatendo.

– Por que o meu filho não fica quietinho agora e conta depois?

Plínio tocou de leve no braço da mãe, fez sinal para que ela deixasse-o falar, quem sabe descobriria alguma coisa através do que ele dizia sem nexo, princípio ou fim. D. Eudóxia concordou e permaneceu apenas com a sua mão apoiada na parte sã de um braço. Branca sentara a um canto, braços cruzados, rosto amargurado, sem expressão. Jeziel a seu lado quieto. Plínio às costas da velha. Francisco mantinha a cabeça quase imóvel, mas seus olhos percorriam os cantos da peça, esquadrinhava o teto, parecia tentar ver através das cortinas pesadas.

– Mas eu terminei pegando o bandido, mãe. Dileia devia estar segura por ele, porque eu ouvia os gritos e sabia muito bem que se debatia em desespero. Dei a primeira facada, eu estava com a própria faca de carnear do capataz, dei outras, ele me arranhou o rosto e o pescoço; eu acho que ele queria me asfixiar, até que aos poucos foi cedendo, caindo, escorregando, gritei por Dileia, mas acho que a pobrezinha, apavorada, já tinha fugido. Ora, mãe, eu tinha conseguido. E se Dileia acordasse no dia seguinte e visse o corpo daquele indivíduo ao lado da casa? A senhora já imaginou?

Fez outra pausa demorada. O silêncio do quarto tornava-se quase opressivo. D. Eudóxia apenas olhou furtivamente para Plínio, mas permaneceu impassível, não conseguia evitar pequenas contrações no rosto engelhado. Branca segurou a mão magra de Jeziel.

– Sabe o que eu fiz, mãe? Cavei como pude um buraco na terra meio solta ali perto da casa, cavei, cavei, minhas mãos chegaram a sangrar, até que joguei o corpo lá dentro e toda a terra que pude em cima dele, toda, mãe, eu não queria ver mais aquela figura na minha frente. A senhora acha que fiz mal? Diga, fiz mal, errei, eles precisavam me amarrar como um porco que se leva para o matadouro? Ah, mas eles estavam pensando que eu era um miserável de beira de estrada como tantos. A senhora precisava ver quando os meus irmãos chegaram, quando eles ouviram o nome Mortágua, a senhora precisava estar lá para sentir o orgulho que eu senti.

Pediu um copo d'água, tinha a garganta seca, queimando. Plínio ajudou a erguer a sua cabeça e Branca foi segurar o copo com cuidado para não entornar na cama.

– Eu dizia para eles: vocês estão lidando com um Mortágua, fiquem sabendo disso! E eles se curvavam diante do Plínio como se ele fosse um rei. Aníbal impunha respeito como papai nos seus tempos. Mas então se amarra um homem como se faz com um animal de corte? Ah, mas eu volto lá, mais uma semana e eles vão me ter pela frente, vou perguntar para cada um deles o seu nome todo e depois dou-lhes com o chicote na cara para deixar uma marca como se deixa a fogo na anca de um boi.

Estava exausto. Fechou os olhos por breves momentos e depois começou a examinar mais uma vez os cantos e móveis, o teto e as portas. Chamou por Dileia. Apelou para a mãe, que mandasse chamar a mulher, ele estava precisando dela naquele momento. Dileia não pode me abandonar. Fez nova tentativa de erguer-se, mas Plínio acorreu desta vez com mais energia, pronunciou o nome do irmão de maneira segura e lenta, disse que ele estava machucado e que não ficaria bom se continuasse tentando sair da cama. Com inesperada autoridade ordenou que ele ficasse quieto onde estava, que ele não era mais criança, que devia saber o que estava fazendo. Francisco pareceu muito espantado, relaxou o corpo, emitiu um fio de voz pedindo para que chamasse a mulher, ele estava precisando dela. Dileia ficou em Alegrete por uns dias, resolvendo algumas coisas e deve chegar amanhã ou depois, mentiu Plínio já sentado na beirada da cama.

8. Camilo passou pela Rua Venezianos para buscar Mocinha, havia ficado combinado que ele aproveitaria aqueles dias para procurar um bom pedaço de terra que servisse para instalar a olaria. O pai dela havia mesmo sugerido que uma vez que deveria sair por aí procurando terras, não custava nada levar Mocinha e assim ela daria um belo passeio pelos arredores da cidade que ainda não conhecia. A mãe quis preparar um farnel, podiam sentir fome e sede, Camilo achou desnecessário. Mas a cesta estava sobre a mesa, Mocinha insistiu, ele concordou e logo depois o Overland começava o giro pelos arredores, vencendo estradas inexistentes, desviando-se de árvores que ameaçavam a lataria flamante do carro, enquanto Camilo ia pedindo informações sobre as terras que mais se aproximavam do que ele queria. O velho Edmundo tivera o cuidado de dar a ele um pacote com o tipo de terra própria para olaria, a fim de que ele não se iludisse com os terrenos arenosos e cheios de pedregulhos, comuns nos morros próximos. Mocinha ia agarrada no braço do namorado, assustava-se com alguns terrenos irregulares, imaginando que o carro pudesse virar. Trocavam beijos furtivos entre uma manobra e outra. Quando encontraram à frente do caminho uma barreira intransponível de mato, Camilo desligou a máquina que se mostrava quente, disse para ela que estava gostando de procurar terreno para a olaria e que estava torcendo para que nunca o achasse. Assim eles andavam juntinhos, passeavam com a desculpa do trabalho, ninguém se lembrava deles. Puxou-a para si, ela pediu que não começasse aquilo, ficava muito nervosa, ele que olhasse para as suas mãos e para a cor de seu rosto. Não precisa, disse ele desabotoando a sua blusa, é só botar a mão aqui para se ver como está esse coraçãozinho de lebre quando se vê cercada de caçadores. Empalmou um dos seios, beijou-a demoradamente, tranquilizou-a, não havia ninguém por perto num raio de pelo menos dois quilômetros. Mas não é isso, eu tenho medo, não sei bem o que me dá nesta hora, começo a suar nas mãos e chego a pensar que posso desmaiar.

Camilo desceu do carro, tirou do assento traseiro um grande e grosso pano de lã que servia como resguardo do pó que costumava manchar o couro do estofamento, estendeu-o sobre um pedaço de relva, fez a volta no carro e conseguiu tirar Mocinha de lá, enquanto ela tentava agarrar-se na grande roda de madeira da direção. Mas depois não disse uma palavra. Deixou-se levar, deitou-se sobre o pano, parecia ter mudado de repente; viu, de baixo para cima, Camilo tirar a roupa, primeiro a camisa, depois as calças, o resto da roupa branca, o membro eréctil que do ângulo em que ela estava lhe parecia extremamente monstruoso, gigantesco. Camilo permaneceu de braços cruzados, com as pernas formando uma ponte sobre Mocinha que docilmente, ao contrário das primeiras reações, despia-se também, expressão séria mas serena, o corpo surgindo da roupa como uma grande flor de carne, mamilos, pelos e curvas, o ventre ofegante, as magníficas pernas, todo o corpo como as águas de um rio que atravessasse naquele momento a grande ponte ameaçadora que, em dado momento, ajoelhou-se sobre ela, empalmando-lhe os seios, sôfrego, à procura de seus lábios entreabertos e molhados, as mãos dela, inexperientes, manipulando o estranho animal vivo e palpitante, molhado e nervoso, até que sentiu o peso de Camilo em toda a extensão, seus joelhos fortes abrindo os seus, algo duro e viscoso que tentava encontrar um caminho que ela temia fosse descoberto, a boca úmida e entreaberta que lhe cortava a respiração e que finalmente impediu que pudesse gritar em desespero quando sentiu num átimo que aquele animal voraz penetrava-lhe sem dó nem piedade nas suas entranhas que milagrosamente absorviam seu tamanho e seu volume, como a grande lança de um cavaleiro medieval que se debruçara sobre ela para que a morte chegasse mais depressa. Camilo sentiu gosto de sangue na boca, percebeu que Mocinha estava em transe, numa fúria inimaginável, que se revolvia endoidecida, que gemia e clamava, ele com as mãos passadas pelas costas, sujeitando-lhe os ombros leitosos e macios, procurando cada vez mais atravessá-la em tentativas repetidas e rítmicas, como na apoteose de uma sinfonia de muitos pratos, percussões e oboés, até que se fundiram e o mundo começou a girar em torno deles como num cataclismo, o céu azul debaixo dos corpos como um imenso colchão de aconchego, os soluços de Mocinha, as lágrimas que ele bebia para sentir o gosto salgado, os dois ainda fundidos, coisas que ela pronunciava sem sentido, palavras sem nexo, um recomeçar lento, moderado, que aos poucos ia sendo acelerado, Mocinha conseguiu pedir que não, morreria de dor, estava inteiramente rasgada por dentro, mas algo desconhecido a empurrava para a frente e mais uma vez o mundo girou e as águas do rio se derramaram no côncavo do céu e assim eles ficaram mudos e tensos, desfazendo aos poucos a crispação final até que cada um rolou para um lado e Mocinha a chorar de prazer e de dor, Camilo desfeito, exausto, indiferente ao mundo e às coisas ligadas a ele.

9. Francisco fora recolhido ao quarto 23, na ala mais ensolarada. Passava o dia com um dos criados da mansão da Independência que fazia plantão e a noite com outro deles. Levava horas fazendo um cigarro de palha que quase nunca dava certo, o preto acendia finalmente, cuidava das brasas caídas no colchão, dava-lhe água, ouvia as longas histórias do ser misterioso que pretendia matar Dileia e sabiam responder sempre que ele perguntava pela mulher, quando exigia a presença dela no quarto: ela chega de viagem hoje, não demora muito a vir. Nos fins de semana acorriam ao hospital a velha mãe, os filhos, alguns amigos da família. Era quando renovavam o estoque de erva-mate, de fumo e de palha, quando ouviam dos médicos os relatórios do curso da doença. Só D. Eudóxia ainda alimentava uma certa esperança. Os irmãos sabiam que ele estava perdido para sempre.

Até Jeziel fazia as visitas de domingo, pela manhã. Colocavam sua cadeira junto à de Francisco, ficavam os dois em longas conversas sem muito sentido, muitas vezes relembrando os tempos de infância. Era quando Francisco conseguia pescar na memória alguns fatos isolados. E nessas ocasiões perguntava por este ou por aquele amigo. Jeziel respondia sempre com notícias boas, embora alguns dos amigos já tivessem morrido. Num desses domingos, pela parte da manhã, Camilo levou ao quarto do irmão a sua namorada. Francisco olhou bem para Mocinha, quis saber quem era, o irmão disse que era a sua noiva. Que bonita menina, disse ele. Ela se parece tanto com Dileia, vejam só a cor dos olhos, o mesmo nariz. É uma pena que ela não tenha chegado ainda, mas você ia gostar muito de conhecer a minha mulher. Sabe – ele dizia as coisas, às vezes, em tom de profundo mistério –, ela não pôde vir ainda porque aquele sujeito a persegue e é preciso livrar Dileia daquele monstro. Não fale nada para a mamãe, eu não quero que ela saiba dessas coisas tristes. E quando vão casar? Camilo ficou meio embaraçado, sorriu para Mocinha, mas disse que estavam preparando os papéis, o trabalho aumentava cada vez mais, afinal não precisavam ter pressa, Mocinha ainda podia esperar algum tempo. Inesperadamente a porta foi aberta, um enfermeiro entrou na frente, era alguém que chegava para uma visita. Entrou D. Eudóxia, imponente como sempre, bengala em punho. Camilo ficou estático. Francisco abriu os braços para saudar a mãe como se voltasse a ser o menino de outros tempos, Mocinha encolhia-se num canto, olhos espichados para o namorado. D. Eudóxia incutiu-lhe um medo, de repente, como um velho anjo vingador que houvesse descido do céu com sua espada de fogo.

– Então esta é Mocinha que o meu filho ainda não quis me apresentar! – disse a velha, impiedosa, apontando a bengala.

– Que é isso mamãe, só não houve oportunidade. Vem aqui, Mocinha, esta é mamãe. Não precisa ter medo dela, é uma meninazinha que quer passar por uma velha senhora muito enérgica e dura.

– Vem cá, minha filha, senta aqui do meu lado, deixa eu ver o teu rosto. É, Camilo tinha razão, tem uns olhos muito bonitos, uns belos cabelos, me parece ser uma menina melhor do que Camilo merece.

Passou a mão nos cabelos da moça, apontou a bengala para o filho que permanecia meio sem jeito, sentenciou:

– Não se deve confiar jamais em rapazes como esse aí. Eles não valem nada. E nós, mulheres, precisamos saber nos defender.

Mocinha ficou com o rosto rubro, a queimar. Baixou os olhos, lembrou-se de tudo o que havia acontecido, teve vontade de chorar.

– O que é isso, mamãe, a senhora termina deixando Mocinha aterrorizada. Afinal, eu nunca fui o monstro que a senhora quer pintar.

– Deixa isso pra lá, minha filha, a vida é esta mesma. Agora, só tem uma coisa: desconfia sempre dele, controla cada passo que ele der, mantém as rédeas sempre curtas. É um conselho de mãe.

Mocinha tramava os dedos, não conseguia levantar os olhos. Francisco perguntou se podia preparar um cigarro. O negro levou até ele o fumo já picado, a palha amaciada, enquanto D. Eudóxia olhava de soslaio para a moça que Camilo tinha segura pela mão. Pareceu-lhe uma boa moça, apesar de muito modesta. Pensou para si: um pouco mais de trato, só isso, mais nada. Tem tudo para ser uma senhora da família dos Mortágua. Ou estaria amolecendo os seus rígidos princípios familiares, ao admitir na linhagem da casa uma menina provinda dos subúrbios, casa de porta e duas janelas, descendente de um apagado guarda-livros? Depois olhou para o filho doido, a figura quase quixotesca, em segundos reduziu todo o orgulho sobre o qual os Mortágua haviam assentado os seus alicerces de nobreza, a imensidão de coxilhas que haviam sumido, uma pobreza que, ainda distante, já se anunciava como uma praga. Sorriu para Mocinha quando a surpreendeu num breve olhar de observação e a menina alegrou-se ao perceber que tudo afinal dera certo, que poderia, amanhã ou depois, subir aquelas imponentes escadarias, penetrar nos salões e salas atapetadas do casarão da Independência.

– A senhora sabe, mãe – disse Francisco, trabalhando o palheiro que custava a ser feito –, que outro dia eu estava pensando que já era tempo de voltar para a estância, não é justo deixar a pobre da Dileia cuidando de tudo aquilo, o Eleutério é um bom homem mas não sabe resolver nada sozinho e depois, vamos e venhamos, eu já estou cansado deste quarto, desta comida, de toda esta gente que anda por aqui a me espionar da manhã à noite, como se eu fosse um bicho.

– Vai ser preciso um pouco mais de paciência – disse a velha, imperturbável. – No próximo fim de semana vamos te levar para casa, podes dormir na tua cama, rever alguns amigos, as crianças, mas isso tudo se te comportares daqui para a frente. Ouvi dizer que de vez em quando perdes a paciência e ofendes as pessoas, queres quebrar as coisas, e se isso acontecer, nada prometido. Está bem?

Francisco olhou para ela muito assustado: mas então quem havia contado tais coisas à mãe? Havia espiões escondidos pelos cantos, quem sabe aqueles negros vagabundos que passavam o dia ali dentro como se não tivessem trabalho para pagar a comida, ou então aqueles malditos enfermeiros que gostavam de fazer as coisas à força bruta, terríveis injeções que lhe deixavam marcas roxas e doloridas pelo corpo todo, obrigando-o a tomar banho frio nos dias mais gelados e úmidos.

D. Eudóxia olhou para o filho e perguntou quem a levaria de volta, pois viera como convidada dos Vasconcelos e precisava ir. Camilo brincou: e se eu dissesse que não poderia? Ora, disse ela, levantando-se resoluta, passei muitíssimos anos da minha vida sem te conhecer e não seria por uma pequena viagem destas que eu iria ficar no meio do caminho pedindo socorro. Sabias que o bonde passa aqui na frente? Pois para mim ainda é o transporte mais seguro que existe. Despediu-se do filho doente que fumava o seu cigarrinho sem dizer nada, ensimesmado, indiferente a que fossem embora ou ficassem ali. Camilo bateu nas costas dele, despediu-se e disse que Mocinha dava adeus. Saíram todos, menos Jeziel, que aguardaria Plínio, a porta voltou a ser fechada, passaram pela portaria onde havia pouca gente e se dirigiram para o carro que estava junto do portão. O filho ajudou D. Eudóxia a subir o largo estribo, acomodando-a no banco traseiro, fez o mesmo com a moça e botou o motor em movimento, com saída suave ao gosto da mãe, rumando para casa.

O carro estacionou logo na entrada, Camilo deixou o motor em funcionamento e foi ajudar a mãe a descer. D. Eudóxia perguntou se eles não iam entrar, bem que o filho podia ter a gentileza de oferecer à moça um cálice de licor. Ele disse que gostaria muito, mas o pai dela estava esperando para discutir com ele uma porção de assuntos, a semana que ia entrar ia ser de muito trabalho e de muita decisão. Fica para outro dia, não é mesmo, querida? Mocinha concordou apenas com acenos de cabeça. D. Eudóxia aproximou-se dela, estendeu a mão e se despediu, dizendo que ela ficava devendo uma visita o quanto antes. Mocinha havia perdido a voz, tinha as mãos geladas. Viu quando Camilo dava-lhe o braço para subir a escada, quando a porta foi aberta por um criado e notou que ficara com a garganta seca de doer. Camilo voltou lépido, deu marcha a ré, rumou para a Cidade Baixa.

– Gostou da mamãe?

– E isso é pergunta que se faça? Nunca tinha visto uma senhora tão simpática e tão bem educada.

– Ah, isso é porque tu não a conheceste há alguns anos. Esta casa tremia de alto a baixo quando dava qualquer ordem. Só quem não tinha medo dela aqui era o papai. Mas o resto...

– Então deve ter mudado muito. Olha que eu quase desmaiei quando vi que era ela chegando lá no hospital. Palavra, foi o maior susto que levei em toda a vida.

Por um momento Camilo olhou para ela, cara cômica de zangado, mas e ele que pensava que o maior susto tinha sido outro muito diferente? Seu malvado, disse ela encostando o rosto afogueado no seu braço. Passei quase três noites sem conseguir dormir e tão dolorida por dentro que pensei que tivesse ficado doente, muito doente. Percorreu a mão delicada pela perna dele, joelho acima, acariciando-o com breve pressão, beijando-lhe a face. Num repelão ele retirou a sua mão, ralhou com ela, e agora como posso descer na tua casa e me apresentar diante do teu pai e da tua mãe? Olha aí como fiquei? Girou a direção, vamos rodar um pouquinho, fica quieta, preciso me acalmar. Ela ria muito e disse que já sabia o que fazer se ele a importunasse quando não devia. Quando sentiu que já podia descer, estacionou defronte à casa dela, desceram com agilidade e minutos depois estavam todos reunidos na sala, a mãe a pedir desculpas, fizera um almoço muito pobre, o pai ansioso para contar novidades a respeito dos negócios.

Meio sonolento, Camilo ouvia as dissertações do velho Edmundo, os detalhes das providências tomadas durante a semana, a relação dos terrenos mais apropriados para o negócio, os preços, vantagens e desvantagens, máquinas disponíveis, formas especiais para telha, possibilidade de outros trabalhos de cerâmica, inclusive artística, pontos de lojas, e Camilo forçando os olhos, ele havia bebido quase uma garrafa de vinho no almoço. Pediu mais um cafezinho, prontamente atendido pela velha que mal acabara de concluir a limpeza da cozinha, e a seguir dobrou a papelada toda, as anotações, rascunhos e relações de preços, fez com que o velho agarrasse tudo aquilo e foi peremptório:

– Tudo muito bem, Seu Edmundo, mas eu depois desse cafezinho vou dar mais uma volta em um ou dois lugares que considero capazes de permitir a nossa olaria, acho que estamos perdendo muito tempo. Notou o ar sonolento do velho, que aos domingos costumava tirar a sua longa sesta, e convidou sem convicção:

– Quem sabe o senhor não quer me acompanhar? Andar sozinho por aí não é nada agradável, fica-se sem ter uma alma para trocar uma opinião, ouvir um palpite ou mesmo só para conversar.

– Eu gostaria muito de ir, Doutor Camilo, mas estou caindo pelas paredes. Precisava ver o que fiz esta semana tratando de todos os detalhes. Mas que diabo, Mocinha podia aproveitar esta tarde magnífica e passear um pouco. Acho que até vai gostar mais do que andar por aí com um velho qualquer.

Virou-se para a cozinha:

– Mocinha! Veste uma roupa melhor e vai com o doutor dar uma volta – e virando-se para Camilo: – Assim eu posso tirar uma pestanazinha...

10. O carro sacolejava pela estrada irregular, os meninos acorriam para ver o monstro passar, a tarde ia pelo meio, Mocinha pegada no seu braço com medo de ser jogada para fora num solavanco maior.

– Eu não pedi nada, não sugeri, não dei indireta nenhuma, quero que saibas disso. Foi teu pai quem me disse que seria melhor só nós dois sair por aí, misturando um pouco de prazer e de trabalho.

– Mas eu não disse nada. Só estranhei que ele tivesse tomado a iniciativa – disse Mocinha, satisfeita porque tudo dera certo.

Então ela percebeu que retomavam o mesmo caminho daquele dia, as mesmas cercas, reconheceu algumas árvores grandes, casinholas de pretos abandonadas na paisagem árida, o mesmo caminho estreito e tortuoso, o bosque fechado que impedia a passagem até mesmo de uma pessoa.

– Ah, meu bem, eu acho tão perigoso aqui, sei lá, de repente pode sair alguém de qualquer lado e nós dois sem defesa...

– Mas minha querida, eu estou aqui para examinar melhor este terreno que possivelmente será o escolhido para construirmos em cima dele a nossa olaria. Nem me passou pela cabeça outra coisa.

Meio decepcionada, ela sorriu, beijou sua face, encostou a cabeça no seu ombro e enfiou a mão pela fresta da camisa. Falara por medo, mas ele bem sabia o que ela estava pensando naquela hora, se dependesse dela e de sua coragem o terreno que fosse para o inferno, já estava visto e revisto, ela o amava com loucura, sonhava todos os dias com aqueles momentos alucinantes, mas tinha medo, só isso, medo, pânico. Num dos muitos sonhos havia homens ao redor deles, rindo e apontando os dedos, alguns se aventuravam mais perto e passavam a mão no seu corpo, entre eles a cara do pai, o olhar triste da mãe.

– Escuta bem, presta atenção, não quero depois receber todas as culpas. Claro que fizemos uma loucura sem tamanho, mas longe de mim insistir de novo, pedir, implorar, te convencer. Quero que somente tu decidas.

Mocinha aconchegou-se ainda mais, depois afastou-se e começou a bater com os punhos no seu peito, dizendo que estava com ódio dele, que a provocara, que a deixara louca e que agora se mostrava frio e distante, como a querer que só ela tomasse qualquer iniciativa. Pois bem, se o terreno está visto, podemos voltar. Havia retornado ao seu lugar, distante dele, braços cruzados, fisionomia dura, séria. Camilo riu-se a valer, então a senhorita é capaz de enfurecer-se de verdade, de ficar zangada, furiosa, de mostrar-se indiferente? Ora viva, descobri uma mulher de verdade. Pegou-a pelo braço, enlaçou-a com força, beijou-a decidido.

Meio tonta, ela viu que ele descia do carro, tirava o pano do assento traseiro, estendia-o no mesmo pedaço de grama macia, rodeava o automóvel e, ao contrário do que fizera da outra vez, esperou que ela descesse. Mocinha percorreu o olhar pelos arredores; não haveria perigo de alguém surgir de repente por ali? Camilo achou graça, mostrou a ela que depois daquele mato ralo não havia mais nada, nenhuma casa que pudesse ser vista a olho nu e se alguém pretendesse chegar ali demoraria no mínimo uma hora. E de qualquer maneira o intruso seria visto muito primeiro. Tirou a camisa, deitou-se displicente, desafivelou o cinto, cruzou as mãos por trás da cabeça e disse que ia contar carneirinhos no céu azul.

– Mas não há uma nuvem no céu, meu amor!

– Pois então, como não tem nenhum carneirinho, quero contar os sinaizinhos que tens nas costas, quero contar o número de cabelos que tens no corpo. Rindo-se, mas fremente, ela ajoelhou-se a seu lado, despiu sua calça, tirou seus sapatos, Camilo ficou inteiramente nu, dramático e obsceno na sua passividade diante da fêmea que se despia ajoelhada para logo depois deitar-se e aconchegar-se a seu lado, carne com carne, boca a boca, mais senhora de si, mais ousada, quase sem nenhum vestígio de pudor, descendo o rosto pelo ventre amado, roçando os lábios nos seus pelos e, por fim, depois da nova e excitante novidade, cavalgando o parceiro como uma alucinada amazonas, segurando os seus braços, atirando a cabeça para trás, esfregando-se sobre o macho como a querer esmagá-lo, caindo sobre ele até rolarem os dois pela improvisada e dura cama, no exato momento em que ela gritava alucinada a ponto de retornar de lugar não sabido, o eco que morria na inundação das suas entranhas e nas lágrimas que escorriam pelo rosto transfigurado e quase irreconhecível pela excitante e selvagem beleza daquele momento.

Ficaram ainda algum tempo abraçados, exânimes, semiadormecidos, vendo a imensidão do céu sem nuvens. Acho que devemos tratar de voltar, disse ela, beijando seu pescoço, alisando seu corpo com as mãos molhadas, afagando algo que ainda vibrava, empapado. Ele nunca está satisfeito?, perguntou boca a boca. Nunca, respondeu ele, ajeitando-se a seu lado, abraçando-a pelas costas, puxando-a para um lado e outro, enquanto ela adivinhava as suas intenções, facilitava, ajudava, gemia, meu amor, quantas coisas tu podes inventar? Sua nuca sentia seus dentes e sua língua, as mãos machucavam seus seios, deixava-se penetrar com nova e doce sensação, com estranha e sofrida emoção, a dolorida e violenta sensação de navalha cortando, rasgando, forçando, estuprando. Agora ele a cavalgar como um mouro bravio, segurando-a firme pela cintura fina e delicada até que assumisse a posição animal que ele buscava, iniciando o ritmo de repelões fortes e violentos, indiferente aos gritos dela, aos seus gemidos e sufocos, machucando-a no seu frenesi sem fim até o momento em que desabou sobre ela, esmagando-a brutalmente.

Quando o carro retornava, tarde morrendo no horizonte, os faróis iluminando o caminho tortuoso já mergulhando na penumbra, Mocinha parecia dormir a seu lado, braços cruzados ao redor de sua cintura, mole e indiferente a tudo o mais. Ao aproximar-se das primeiras casinholas, Camilo parou o carro, pediu a ela que voltasse a ficar sentadinha como uma menina bem-comportada, pediu para ver o seu rosto, meu Deus do céu, estás com a cara marcada como se alguém tivesse te batido com duzentas varas de marmelo. Viu um pequeno córrego a descer cristalino por entre umas pedras ao lado do caminho, levou-a até lá, fez com que passasse a água fria no rosto; ele fez o mesmo, precisamos chegar em casa com um aspecto melhor, os velhos podem desconfiar. Mas quando chegaram o vento havia desfeito os vermelhões da pele, a luz era fraca e Mocinha entrou logo dizendo que ia passar uma água nas mãos e no rosto, haviam comido muita poeira na estrada.

– E poeira é coisa que não falta nesta cidade, doutor – disse o velho que acabara de sair da cama, depois de uma longa sesta.

– Sabe, Seu Edmundo, tenho a impressão que para esses lados que temos ido a terra não se presta para olaria. Muita areia e muita pedra. Mas não vamos desistir, é claro. Se não encontrarmos nos arredores da cidade, o que é exigir muito, quem sabe para os lados de Viamão ou da Aldeia dos Anjos.

– Mas aí vem aquela história do transporte e terminamos não podendo concorrer com os demais. Mas, que diabo, estamos procurando há poucos dias, vale a pena insistir.

– E quanto ao nome? Já pensou em algum?

– Em muitos, muitos mesmo – disse o velho rebuscando uma folha de papel cheia de rabiscos. – Mas acho que o melhor mesmo ainda é este aqui: Indústria de Construções Mortágua Ltda.

– Mas assim com o nome da família? Acha que está certo? Afinal não são todos os que estão na empresa e se algum dos meus irmãos quiser usar o nome para outro negócio termina dando em confusão.

– Não vejo por quê. Qualquer pessoa pode usar o seu nome para negócio seu.

– Indústria de Construções Mortágua Ltda. – repetiu Camilo, pesando bem as palavras. – É, não fica mal. Mas não acha exagero chamar de indústria uma fábrica de tijolos e telhas?

– Mas o senhor não está pensando em abrir casa na Rua da Praia, negociar mais tarde com canos, material sanitário, tijoletas, ladrilhos, madeiras e tudo o mais?

– Bem, um pouco mais tarde, sim.

– Então não pense duas vezes: Indústria de Construções e está acabado.

Mocinha veio servir um cafezinho. Carregava a bandeja de cabeça baixa, cerimoniosa. Não teve coragem de olhar o pai cara a cara. Sentia-se machucada por dentro como se um carro tivesse passado por cima dela.

11. O velho Camilo passava a mão sobre o peito onde uma leve dor de angina o incomodava. Sentia-se tonto, confuso, extremamente tenso.

Passou a mão pela calça e sentiu que estava todo molhado e aquilo ainda o deixou mais arrasado. Mocinha, Mocinha, mas afinal o que o levara a fazer aquilo com a pobre menina, simples, modesta, bonita, carinhosa, ingênua. Ele como um fauno em seu carrão zumbidor, metais a brilhar, ferros e engrenagens assustadoras, ele na direção da máquina potente como um general romano na sua biga veloz e imponente. Mocinha, Mocinha. Sentiu que os olhos ficavam cheios d'água e que a tela do cinema se distanciava, e tudo era visto através de uma estranha névoa que para ele representava o tempo que ficara para trás. Mocinha, Mocinha. Olhou em redor, quem sabe alguém estava notando todo o seu embaraço e, quem sabe, reconhecendo nele aquele rapaz diluído por tantos anos de enganos e desenganos, suas pernas amortecidas, a angina corroendo o seu peito, o coração fraco pulsando com força e repercutindo nas têmporas como antigos tambores africanos escondidos em misteriosas florestas. Mocinha, Mocinha. Passou o lenço nos olhos, esforçou-se para que a visão voltasse ao normal, precisava ver o que vinha depois, ansiava pela continuação.

12. Acabavam de sair do Cinema Thalia. *Chama do Amor*, com Ronald Colman e Vilma Banki. Camilo e Mocinha caminhavam na frente e logo atrás deles a velha, que viera para fazer companhia à filha, trôpega e um pouco surda. A rua estava movimentada, os bondes se demoravam mais para apanhar os passageiros que saíam do cinema, Mocinha ia quase dependurada no braço do namorado.

– Fazia hoje, precisamente, uma semana que eu não te via – disse ela, queixando-se.

– Mas, minha querida, o teu pai pode dizer como andamos. Nunca pensei que fôssemos ter tanto trabalho. E quando chega de noite estou caindo de cansaço. Me diz o que posso fazer?

– Meia hora não ia te fazer falta num momento qualquer, de manhã ou de tarde. Estou magoada. Acho que não me queres mais.

– Que é isso, minha querida? Prometo que na próxima semana vou te ver mais seguido.

– Hoje, para vir ao cinema, foi preciso quase eu implorar. Ou será que já tens outra mulher na tua vida?

– Ah, não vamos começar tudo de novo! Por amor de Deus, minha querida.

Chegaram ao carro, Camilo ajudou a velha a subir, a pobre andava meio adoentada, quase não pudera sair para fazer companhia à filha, depois rumaram para casa, os dois calados, Camilo constrangido, Mocinha de cara fechada.

– Tu não tens nenhum compromisso comigo – disse ela –, podes simplesmente chegar e me dizer, ótimo, tudo o que aconteceu foi maravilhoso, mas agora...

– Por favor, querida, por favor.

– Claro, tu vives a tua vida, corres por teus negócios, mas eu fico dentro de casa cuidando de varrer, limpar, cozinhar, esperar por alguém que nunca aparece...

– Esta semana vou te mandar uma criada negra excelente, filha de uma antiga empregada da mamãe.

– Não quero empregada, muito obrigada. Prefiro fazer tudo o que faço e à noite te receber por meia hora. Só para te ver, não exijo nenhum outro compromisso teu, se é que estás com medo.

– Mas nem sempre eu posso fazer isso. Pergunta ao teu pai. Às vezes saio do escritório depois da meia-noite.

– Já sei, as coisas vão continuar assim mesmo. Agora, uma coisa eu quero te dizer. A continuar assim, prefiro dar tudo por encerrado, o que passou, passou, não me deves nada, não quero te cobrar coisa nenhuma, eu seria a última a te obrigar a fazer qualquer coisa. Só te desejo felicidade.

– Escute, minha querida, vamos deixar este assunto para outro dia, tu estás nervosa, é natural, eu compreendo, mas te confesso que hoje estou muito cansado.

Chegaram defronte à casa, ele desligou o motor, ajudou a velha a descer, depois Mocinha, e demonstrou vontade de sair logo e ir embora. Mocinha fez uma cara tão triste que ele disse que tomaria um cafezinho se não fosse tão tarde. Ela segurou a sua mão, entraram todos, Mocinha demonstrava gratidão e, no fundo, renascia nela uma certa esperança de recuperação do tempo passado. A velha pediu licença, ia deitar-se. Seu Edmundo já estava dormindo havia horas. Mocinha foi colocar a chaleira na espiriteira, que o fogão estava apagado. Quando voltou, Camilo permanecia sentado no sofá, calado, olhos de sono; sorriu para ela, levantou-se, abraçando-a carinhosamente.

Mocinha deitou a cabeça sobre seu peito e começou a chorar. Não saberia se de felicidade ou de tristeza e medo. Ele foi compreensivo. Acariciou-a demoradamente, levou-a para o sofá, despiu a blusa como fazia antigamente, beijou seu pescoço, seus seios, não temiam que alguém os surpreendessem, os velhos só sairiam da cama na manhã do dia seguinte. Arrastou-a para o sofá, preparou-se, roupas apenas afastadas, ela fremindo por aquele momento sonhado que já não mais se repetia como antigamente. Lembrava-se dos passeios pelos campos, em busca de local para a olaria, as inesquecíveis loucuras que haviam aberto o mundo para ela. A diferença estava agora, em que tudo precisava ser feito no mais absoluto silêncio. O velho tinha o sono leve. Mocinha facilitou, juntaram-se amorosamente sobre o pequeno e estreito sofá, ele voltou por momentos a ser aquele jovem de tempos atrás, entrou de rijo, enquanto ela mordia as costas da mão para não gritar abafando a alucinação do reencontro sonhado, noites e noites indormidas, num desejo que mexia com as suas entranhas cada vez que vinha à lembrança, sem que ela quisesse, as loucuras a dois que haviam transformado a sua vida em dado momento.

Quando a água ferveu, Mocinha refez as roupas, saiu cambaleante e foi para a cozinha. Camilo foi buscá-la. Não queria café. Estava muito tarde. Despediu-se antes de abrir a porta da rua, saiu e rumou para casa. O coração, ainda acelerado, lhe dizia que o prazer entre os dois amainara. Chegou em casa, guardou o carro na grande garagem. O velho negro que fazia as vezes de cão de guarda e que vinha dos tempos do pai em Alegrete acorreu para fechar o portão. Os pensamentos se atropelavam na cabeça, o distanciamento de Mocinha, por sua culpa, lhe dava remorso, pensava no velho Edmundo quando viesse a desconfiar de que o sonho de casamento entre ambos se desfaria como uma bolha de sabão, justamente agora que o negócio crescia, mais um forno na olaria instalada na Estrada da Cascata, trinta e cinco hectares de excelente terra, a casa recém-aberta no melhor ponto da Rua da Praia, Aníbal tomando conta daquela parte, Plínio se interessando pelo ramo de importação de material sanitário, azulejos, metais, requintes para luxuosas mansões, vitrais franceses, vidros belgas. E Mocinha se distanciando a cada dia, as velhas e surradas desculpas de sempre e agora, nos últimos tempos, o pavor que lhe assaltava sempre que na sua imaginação vinha a ideia de uma gravidez. Ou quem sabe ele seria estéril? Ou ela? Entrou em casa pela porta do lado, torcendo a chave com extremo cuidado para não acordar ninguém, tirando os sapatos para vencer a escada como um gato, deitando-se no escuro para que nenhuma luz filtrasse por debaixo da porta e fosse despertar a velha mãe que ouvia tudo e nada dizia, o filho não lhe devia nenhuma satisfação, trabalhava, ganhava o seu dinheiro e, na verdade, era quem sustentava a casa depois que os negócios da estância haviam degringolado de todo.

Lembrava-se, cabeça enterrada no travesseiro de penas, daqueles intermináveis momentos em que os dois, mãos dadas, assistiam ao filme, as tentativas de Mocinha para um aconchego maior, suas reprimendas carinhosas porque o cinema estava cheio e sua mãe ali do lado. Os amuos dela, os repetidos gestos de quem deseja separar as mãos, ofendida, ele a pensar nos problemas do negócio, de uma ou de outra encomenda não entregue, dos papéis para registro de importador, das desavenças entre empregados, da escrita, dos resultados, das ideias de novas filiais, enquanto Ronald Colman amava discretamente Vilma Banki, um par romântico e sensual, mas tudo muito comedido, dentro das rígidas linhas da censura. Mocinha segredando ao seu ouvido que eles poderiam dar lições de amor aos dois lá da tela, que eles jamais conheceriam o que era realmente o amor. E voltava à realidade, mas logo depois discutia em pensamento a qualidade do material entregue, os defeitos de queima do forno maior, da quebra nas entregas por culpa da imperícia dos motoristas descuidados. Adormeceu como se tivesse a seu lado, junto a ele, no calor gostoso da cama, a mulher que possuíra naquela noite, no incômodo e velho sofá de uma sala qualquer, mas o rosto não era o de Mocinha, mas de Iolanda Pereira, Miss Universo, a bela mulher que levantara o orgulho do país inteiro.

13. Francisco estava um velho. Olhos cavos, rosto vincado, pele macilenta, multiplicavam-se as visões, Dileia agora morava naquele mesmo quarto, às vezes ele desconhecia um dos irmãos; o Dr. Cardoso rareava as visitas, prevenira Camilo de que a medicina nada mais tinha a fazer no caso dele, seriam tempo e dinheiro perdidos. D. Eudóxia, com enxaquecas mais frequentes, mantinha-se aparentemente forte para não preocupar a família. Quirino, no ginásio, era a sua companhia preferida para os breves passeios pelo pátio, às vezes até a praça onde as crianças se reuniam ao cair da tarde. Eudóxia, já com doze anos feitos, aprendia a bordar com a avó, ouvia histórias de fadas e de bichos, tinha sempre como companhia para a caminhada de todos os dias rumo ao colégio uma preta nova, filha de Antão, encarregada de zelar por ela e levar a sua bolsa de livros e cadernos. Na hora de fazer as lições de casa, sentadinha numa pequena mesa a um canto da sala principal, D. Eudóxia ficava observando a neta em busca de semelhanças, de traços da família, de algum detalhe fisionômico que lembrasse o avô falecido. Mas a menina era uma reprodução quase perfeita de Branca, que agora ajudava menos no trato da casa, às voltas que andava com problemas de saúde, dores nos rins, pernas inchadas, tonturas. Joan parecia ter recolhido as chaves da casa, num comando diário que a todos impressionava. Plínio reclamava, havia outras pessoas para ajudar, ela não precisava fazer o trabalho das criadas, bastaria dar ordens e fiscalizar a sua execução. Ela achava que os negros não conseguiriam entender o que ela dizia e em vez de explicar como fazer as coisas, ela própria polia pratas, limpava vidros, removia a gordura acumulada nas paredes da cozinha, lavava roupas mais delicadas, sob os protestos da sogra e do marido que ameaçavam trancá-la num quarto o dia inteiro se continuasse daquela maneira. Joan fazia-se de surda. Aos sábados preparava um farnel digno do melhor piquenique e levava para Francisco, risonha e alegre. Tratava-o como se ele estivesse apenas doente na cama de um hospital qualquer, depois de uma operação ou de um acidente. Francisco segredava para ela, sua amiga, que Dileia andava muito esquiva, que não queria mais falar com ele, vinha notando a diferença havia muitas semanas, queria que Joan a convencesse de que aquilo não era digno de uma esposa dedicada e fiel como sempre fora. Joan ouvia, concordava com a cabeça, ele podia ficar descansado, naquele dia mesmo iria ter uma longa conversa com sua mulher. Ela está ali naquela cadeira, ele dizia apontando para algo invisível. Joan encaminhava-se para lá, falava muito, tratava de convencer Dileia do que deveria fazer, de como agir com seu marido, fazia que estava ouvindo os argumentos da outra e depois retornava para o lado de Francisco e revelava que Dileia ficara magoada quando da última vez em que ele tentara bater no enfermeiro ou quando rasgara a roupa furioso. Dileia não gosta quando as pessoas ficam assim, dizia Joan com infinita paciência e alto grau de credibilidade. Quando saía, depois de comer algumas coisas com ele, para dar o exemplo, ouvia Francisco conversando suavemente com a mulher, prometendo não repetir mais nada daquilo; é que lhe dava uma dor na cabeça e depois disso nunca se lembrava do que acontecia.

D. Eudóxia, muitas vezes, assistia ao trabalho pertinaz de Joan e escondia alguma lágrima indo olhar pela janela o movimento do pátio interno, onde os doentes mais calmos passeavam encolhidos tomando sol. Jeziel reduzira suas visitas a uma vez por mês, a cadeira de rodas começara a lhe provocar dores na coluna e dolorosas escaras nas nádegas. Nos últimos meses passava a maior parte do tempo na cama, cercado de travesseiros de pena, Branca se desdobrando em atenções, os filhos preocupados com a situação do pai, Eudóxia sempre a querer saber se os médicos não tinham um remédio para ele, quase todas as pessoas doentes terminavam um dia ficando boas. Aníbal espaçara ainda mais as visitas. Levantava-se depois do meio-dia, passava um bom pedaço da tarde na loja Mortágua da Rua da Praia, onde numerosos empregados atendiam a freguesia que se revezava. Plínio abrira uma outra firma para Camilo, só para importações, e por diversas vezes chamara a atenção de Camilo para a maneira de agir de

Aníbal, que passava as noites na farra e mal cuidava dos negócios que, por sorte, iam bem apesar do seu desleixo.

Um dia Camilo recebeu em seu escritório, sobre a loja, a visita solene de Seu Edmundo. O velho se mostrava cansado, pediu licença para sentar um pouco, disse que estava trabalhando desde madrugada, um novo acidente por imperícia do técnico paralisara o forno principal das telhas, já não sabia mais o que fazer.

– Não vejo mais a minha família, doutor – disse ele, passando o lenço na testa e acomodando-se melhor na cadeira. – Aliás, Mocinha reclama a mesma coisa do senhor, ela tem andado muito abatida, às vezes não quer sair do quarto, sabe como é, as moças sentem mais essas coisas.

– Lamento muito, Seu Edmundo, mas o senhor é a minha principal testemunha. Diga isso a ela, por mim eu gostaria de ir vê-la mais seguido. Mas o que se vai fazer?

– Meia hora, lá uma vez que outra, doutor, e ela ficaria contente. Mocinha não é muito exigente.

– Vou tentar, prometo que vou tentar.

– A não ser, doutor, que o senhor não esteja mais interessado nela, a gente compreende essas coisas, ninguém pode forçar em tais assuntos, só consegue atrair desgraças. Se não está, fale com ela, explique tudo direitinho, eu ajudo, ela vai terminar compreendendo. Claro, de início a pobrezinha vai sentir, mas passa, claro que passa, é como tudo na vida.

– Mas não se trata disso, Seu Edmundo. Eu vou conversar com ela, deixe comigo. Talvez amanhã eu passe por lá, é sábado, depois do meio-dia as coisas melhoram aqui para nós.

– Obrigado, doutor, pela compreensão. Fico preocupado com a saúde dela, Mocinha é muito frágil, qualquer coisa arrasa com a menina. Por que não aproveitam para ir ao Theatro São Pedro, amanhã, vi no jornal que estão levando lá uma peça argentina, *Con las Alas Rotas.* Se não for grande coisa, pelo menos distrai. A mãe dela não poderia fazer companhia, está muito gripada e fraca, mas que diabo, os dois são pessoas ajuizadas e podem muito bem ir ao teatro sozinhos.

– Ao teatro... bem, vou pensar isso até amanhã de manhã e conforme for passo por lá mais tarde. É uma boa ideia. E agora, antes que eu esqueça, Seu Edmundo, mande alguém ainda hoje mesmo fazer uma proposta de preço para a firma que está construindo a Creche São Francisco de Assis, eles acabam de receber ajuda do governo, vão atacar as obras de rijo e podemos fornecer muito material. Há outras firmas interessadas nesse fornecimento, mas eu vou dar um cartão para o Dr. Deolindo Moura, gente das nossas relações através da minha cunhada Branca, pode ser que isso ajude na escolha do principal fornecedor.

– Vou fazer isso agora mesmo, doutor; mas eu ainda gostaria de falar sobre um outro assunto que me vem tirando o sono há várias semanas.

– Que foi?

– Desculpe, mas trata-se de um assunto delicado, eu não sei como o senhor vai interpretar o que vou dizer, mas sei que é uma pessoa capaz de entender as coisas. Como é que vou lhe dizer? Sabe, sempre que há pessoa da família envolvida em qualquer problema, as coisas se tornam muito delicadas, mas...

– Já sei. O senhor quer falar sobre o trabalho do Aníbal na loja, não é isso?

– Puxa, o senhor acaba de me tirar um peso de cima. É isso mesmo. O senhor também vem notando?

– Venho notando, sim. Vou tentar falar com ele novamente e se não der resultado vou dizer francamente que a continuar assim prefiro dar o seu salário para que fique em casa ou para que possa se sustentar numa dessas casas de prostituição em que ele vive a maior parte do tempo.

– Mas não, doutor, não faça isso, Aníbal não é má pessoa. Eu tenho outra sugestão a fazer, não fere ninguém, não mexe com a família, tudo na santa paz do Senhor.

– Que outra solução? Eu não vou esperar que ele me arruíne um negócio que até agora tem ido muito bem e só tende a crescer.

– Minha ideia é outra, doutor. Deixe eu explicar. Eu tenho um rapaz que trabalhou comigo há alguns anos, numa outra firma, que estaria disposto a assumir a gerência da loja, salário razoável, boa pessoa, correto, honestíssimo, entende do ramo e assim seu irmão ficaria mais liberado enquanto o gerente tomaria conta do negócio de fato. Isto, é claro, com seu apoio e fiscalização.

– Que idade tem ele?

– Trinta anos, doutor, solteiro, mora com a mãe e uma irmã doente. Ele está trabalhando, mas ganha pouco onde está e não tem nenhum futuro.

– Pois fale com ele, acerte salário, estou de pleno acordo. Eu mesmo digo ao Aníbal do novo empregado, dou um jeito para que não fique melindrado.

– Pode crer, doutor, será a melhor solução. Ele se chama Antero Vidal, é de Santa Maria e vem a ser meu parente distante, por parte de um tio político que já morreu.

– Tudo bem. E agora trate de conseguir o fornecimento para essa tal creche. Vai ser um prédio grande.

O velho despediu-se satisfeito, ainda abanou da porta e desceu as escadas com uma agilidade insuspeitada para a idade dele.

14. Mocinha abriu a porta, logo que ouviu baterem. Chegou a levar um susto. Era Camilo, muito bem vestido, perfumado. Esperou que entrasse, encaminharam-se para a sala, Camilo sentou-se numa cadeira, desprezando o sofá onde poderia ficar ao lado dela e perguntou o que estava fazendo naquele sábado de tarde. Ela mostrou o *Correio do Povo*, disse que para matar o tempo estava lendo mais um capítulo do folhetim "A Irmãzinha dos Pobres", de um tal Richebourg, não sabia se a pronúncia era mesmo aquela. Sorriu sem jeito e disse que ele estava muito elegante e bonito, e perguntou se ia a alguma festa importante naquele sábado. Na certa, algum fechamento de novo contrato de fornecimento de materiais. Ele disse que não; afinal, o tipo de negócio que dirigia o obrigava a andar sempre assim; no mundo dos negócios a aparência era muito importante, tanto assim que na próxima semana trocaria de carro, já escolhera um Dodge Brothers preto de capota clara, arriável, que era o carro preferido pelos executivos. Ela disse que andava muito satisfeita, já que o pai sempre dizia que os negócios iam de vento em popa. Ele merecia. Ele não se incomodava se ela fosse preparar um cafezinho, como antigamente?

– Que é isso, antigamente? Parece que não nos vemos há anos.

– Eu não disse isso, mas não nos vemos há dois meses e dez dias. Eu compreendo.

Foi para a cozinha; de onde estava, Camilo ouvia todos os ruídos, porta do armário que abria e fechava, chaleira sendo colocada sobre a chapa do fogão, louça tirada do armário e tudo aquilo lhe dava um mal-estar indizível, vontade de sair corredor afora, abrir a porta e sumir. Mocinha retornou. Dentro de mais um pouco a água estaria fervendo. Perguntou como ia a vida.

– Escuta aqui, minha querida, eu precisava conversar contigo há mais tempo, mas uma coisa e outra, um compromisso, sei lá, tudo na vida da gente vai sendo adiado.

– Não precisas dizer nada, eu já sei do que se trata, não pretendo reclamar, não vou armar escândalo, não vou sequer abrir a boca para fazer qualquer pedido. Eu devia ter adivinhado naqueles dias que nós éramos de famílias diferentes, que nada ia dar certo...

– Mas não se trata disso, não vim falar sobre o que se passou e...

– Quietinho. Fala um pouco sobre os negócios, me diz quais são os planos para o futuro, na cidade só se houve falar nas empresas Mortágua, no crescimento dos negócios...

– Pois por incrível que possa parecer, vim aqui exatamente para falar sobre isso.

– Comigo?

– Contigo. Um momento, deixa eu falar, depois tu dizes o que quiser. Os negócios vão muito bem, pretendemos abrir outra casa no próximo mês, Plínio começou a importar material sanitário da Inglaterra, chegaram os primeiros vitrais da Bélgica, enfim, as coisas vão bem e isso é inegável.

– Mas não vejo onde eu possa entrar nisso.

– Calma, eu pedi que me ouvisse. Tudo o que está acontecendo se deve, em boa parte, ao teu pai. Sem ele eu não teria feito o que está aí diante dos olhos de todos. Vim para te dizer um segredo, coisa que nem teu pai ainda sabe. Acabo de comprar, negócio fechado há cinco dias, uma casa para vocês na Rua da Figueira, próxima à ponte do Riacho e da estação do trenzinho das praias. Não é uma casa nova, mas é muito boa, grande, tem um belo pátio e é muito bem localizada.

– Mas uma casa de presente?

– Não. Devo muito ao teu pai, quero retribuir com alguma coisa. Esta casa é muito pequena, desconfortável e tu mereces muito mais.

– Mas eu não sei se papai...

– Vai aceitar, sim, porque a partir do próximo mês nós vamos alterar o capital das diversas firmas e ele terá participação maior. A casa entra como gratificação sobre os resultados do último ano.

– E como ele vai poder mobiliar?

– A casa está mobiliada da sala à cozinha. Já comprei exatamente como está. A única coisa que fiz foi mandar esvaziar o quarto que deverá ser o teu, pois achei os móveis muito escuros e pesados, e comprei novos, como presente todo especial.

Mocinha ouviu a água fervendo na cozinha e aproveitou para correr para dentro. Chegando lá encostou a cabeça na parede e chorou. Camilo foi atrás dela, abraçou-a pelas costas, mas o que é isso, a gente pensa que está fazendo alguma coisa para alegrar as pessoas e de repente vê que magoou, que feriu, que desagradou. Ora vamos, Mocinha, a água está fervendo e eu estou louco por um cafezinho. Ela enxugou os olhos, livrou-se dos braços dele e tratou de passar o café. Camilo encostou-se na mesa de canto, cruzou os braços, não sabia o que dizer, adivinhava os pensamentos dela, não tinha coragem para abordar o assunto.

– Achas que não vais gostar da casa?

Ela serviu as xícaras, tentou beber sem tremer para que xícara e pires não tilintassem; ficaram em silêncio por algum tempo, até que depositaram as xícaras sobre a mesa, encaminhando-se ambos para a sala da frente. Ficaram frente a frente, ele atraiu a cabeça dela contra seu peito e finalmente encheu-se de coragem, disse que sabia qual era a mágoa dela, a vida às vezes tinha coisas assim, nem sempre se podia comandar o destino.

– Não precisas dizer nada, podes muito bem poupar constrangimentos e atos piedosos. Eu estou conformada, estou tentando esquecer, não guardo nenhum rancor com quem me deu os maiores momentos de felicidade de toda a minha vida. Eu acho que tive até demais, não merecia tanto, logo uma menina pobre criada aqui neste pedaço da cidade reservado para as pessoas pobres. Eu só posso agradecer, mais nada.

– Não me diz uma coisa destas, por amor de Deus. Eu te quero bem, mas não posso te mentir, não quero continuar com uma coisa que, se te fere hoje, te mataria amanhã ou depois. Não pude fazer nada, há coisas que não dependem só de nós.

– Mas é exatamente o que estou tentando te dizer.

Camilo roçou seus lábios pelos dela, Mocinha virou o rosto tentando evitar, afastou-se dele, sentando-se no sofá. Passou a mão por sobre o pano gasto e descolorido, sorriu, disse que ele, o sofá, fora testemunha de tantas coisas que seria uma injustiça jogá-lo fora, agora que surgia a oportunidade de se mudarem. Camilo sentou-se ao seu lado, fez nova tentativa para atraí-la, Mocinha fugiu mais uma vez. Por que prolongar uma situação insustentável? Era um desgaste emocional inútil. A partir daquele momento passariam a ser bons amigos, apenas bons amigos. E teu pai o que irá dizer? Papai já me falou sobre isso e prometeu que teria um entendimento contigo. E é verdade, disse ele, teu pai já me tocou o assunto, ele é uma pessoa notável, minha admiração por ele só pode aumentar. Mocinha trançava e destrançava os dedos, perguntou se ele já estava apaixonado por outra moça. Que é isso!, exclamou Camilo, com sinceridade. Acho que vou terminar casando com meus negócios. Não tenho tempo para dormir, não consigo descobrir onde há alguma moça que me queira e se descobrir não vou ter tempo de passar por sua casa para dar bom dia ou boa tarde. Tu sabes, minha família ficou arruinada. As nossas propriedades de Alegrete mal deram para pagar as dívidas e no final das contas se eu não fizer assim cairemos em desgraça. Jeziel daquele jeito, Francisco no hospital – ele evitava sempre a palavra hospício –, as crianças no estudo, mamãe tão velhinha, a casa grande, os criados, os meus irmãos, tu sabes de tudo.

Por sorte, tudo está dando certo nos negócios. E isso graças à dedicação do teu pai. Nunca pagarei o que devo a ele. Olhou o relógio, levantou-se, estendeu a mão para ela, abraçou-a comovido, beijou-a longamente, num começo de calor e de paixão da parte dela que ele cortou a despedida quase abruptamente, pois não teria forças para evitar que ambos caíssem sobre o velho sofá e se despedissem como dois ardentes apaixonados. E ele não a amava mais.

15. Aníbal quase não ia mais à loja. Acordava-se muito depois do meio-dia, rosto inchado, olhos injetados, D. Eudóxia chamando sua atenção, mas afinal o que ele esperava da vida, justamente na hora em que o irmão confiava nele e esperava dele uma ajuda séria?

Ele estava estirado num canapé ao lado da sala principal, sem sapatos, olhos semicerrados, quase não ouvindo as preleções da mãe. A velha brandia a bengala de castão de ouro e prata como se quisesse bater no filho estroina. Um Mortágua levando uma vida de dissipação nesses antros de pecado, com mulheres da vida, devassas e cheias de doença, mas afinal onde estamos, não consegues enxergar a realidade, com Francisco necessitado de constantes cuidados, hospital, remédios, atenções médicas, Jeziel preso a esta maldita cadeira de rodas, a estância consumida pelas dívidas, até empregados já tivemos que dispensar. Aníbal não abriu os olhos, contestou de boca-mole:

– Mas o Camilo deu uma casa de presente para a amante.

D. Eudóxia arregalou os olhos, aproximou-se do filho, casa de presente para a amante? Mas afinal o que queres dizer com isso? Estás ficando maluco ou é a paga pelos favores e pela ajuda do teu irmão?

– Deu uma casa de presente para a amante, eu sei.

A velha ficou por uns momentos parada, depois voltou e saiu da sala, indo sentar-se na sua grande cadeira, na outra sala. Batia nervosa com a ponta da bengala no tapete, nervosa e indignada. Camilo teria mesmo uma amante? E esse negócio de dar uma casa de presente? Aníbal estava ficando louco, além de devasso. Os netos desceram a escada e foram beijar a mão da avó, pedindo a bênção. Ouviu a voz de Jeziel chamando pela mulher; passos no corredor, a voz de Branca. Lembrou-se de Francisco, um homem estranho e atemorizante metido naquele quarto malcheiroso do hospício, alguém que ela às vezes custava a reconhecer. Francisco, em quem o pai depositava tanta esperança, o único agrônomo da família, a estância estaria segura dali para a frente, o gado gordo, o charque para exportação, as barracas de lã entupidas de mercadoria, o negócio de couro salgado. E agora a viver com uma mulher morta até o dia em que fosse chamado por Deus depois de todo o sofrimento. Mas como Camilo podia dar para alguém uma casa? Estariam os seus negócios assim tão prósperos? Quase adormeceu na poltrona. Viu quando Aníbal levantou-se de onde estava, subia a escada lentamente e quando desceu vestindo o casaco, cara inchada de porrista, inseguro no caminhar, acenou para ela através de um desvão da porta e saiu. Jeziel foi trazido para baixo pelos dois criados, pediu para ficar sentado na poltrona ao lado da mãe, era bem mais macia e a cadeira de rodas o estava cansando muito. A senhora não está hoje nos seus dias. Aconteceu alguma coisa? Nada, respondeu a mãe. Ora, a gente vive junto há tantos anos que é difícil um enganar o outro. Algum bicho andou mordendo a senhora. Aníbal? Não. Não me diga que teria sido o Plínio? Não. Vamos mãe, desabafa logo. A velha recostou-se na poltrona, olhou para o teto: Camilo. Não, não me diga que ele está lhe preocupando? Soube alguma coisa a respeito dos negócios dele? Não estão indo bem?

– Aníbal me disse que ele deu uma casa para sua amante.

Jeziel olhou muito espantado para a mãe, mas a senhora ainda acredita no Aníbal? Sabe o que mais? Vai ver ele pediu mais dinheiro para o Camilo, não recebeu o que queria e veio inventar coisas para a senhora, como vingança. Mãe, o Aníbal está perdido. É uma pena, mas a bebida arruinou o rapaz de modo incrível. E por que ia inventar uma coisa assim tão precisa, lembrar-se de uma mentira tão descabelada? Ora, espere quando Camilo chegar, converse com ele, ele vai lhe dizer tudo o que se passa, ele não é de inventar desculpas, nem precisa disso, afinal o dinheiro é ele quem ganha, pode fazer dele o que quiser e a bem da verdade assumiu o lugar de papai nesta casa do jeito que ninguém mais seria capaz de fazer.

Joan desceu a escada, leve e elegante, o cabelo preso no alto da cabeça; beijou D. Eudóxia na testa, fez o mesmo com Jeziel, a velha reclamou:

– Escuta aqui, minha filha, isso não é vida que uma criatura leve. Há quantas semanas que não bota os pés para o lado de fora da porta? Vou falar hoje com o Plínio, nenhum negócio pode justificar uma pessoa afastar-se de sua casa durante todo o tempo, chega apenas para comer, dormir e some como um fantasma. Joan sorriu, disse que compreendia, os negócios estavam ainda muito verdes, exigiam muita atenção, ela compreendia, mas dentro de mais algum tempo as coisas entrariam nos eixos e tudo daria certo. D. Eudóxia pediu que ela sentasse mais perto dela, passou a mão pelos cabelos finos, quase transparentes de Joan, recomendou que ela tratasse de cuidar de sua pele, de suas mãos e unhas, não queria vê-la metida na cozinha e nos trabalhos das mucamas, ia reclamar do filho que queria mais atenção para ela. Joan retribuiu os carinhos, pediu que não falasse nada para o seu marido, ele poderia pensar que era missa encomendada. E Plínio, sempre que pode, vem logo para casa e ficamos horas conversando sobre tudo, recordando aqueles dias de Londres, fazendo planos para o futuro. Jeziel gemeu, colocando a mão na cintura, e diante dos olhares assustados da mãe e da cunhada confessou que vinha sentindo dores esquisitas na coluna, como se tivesse algo inflamado, mas podia ser só impressão ou a posição de imobilidade causada pela cadeira de rodas. Vou mandar chamar o Dr. Eurípedes, disse a mãe, nunca se deve deixar essas coisas para amanhã. Não custa nada um exame e, se for o caso, um tratamento a tempo sempre resolve. Joan subiu e voltou trazendo um travesseiro de penas, colocando-o nas costas do cunhado, aquilo poderia aliviar as tais dores. Jeziel se mostrou grato, confirmou que assim melhorava, não devia ser outra coisa senão mau jeito.

Quando anoiteceu, D. Eudóxia e Joan foram até a cozinha para determinar o que deveria ser feito para o jantar, viram quando Plínio chegava alegre como a dizer que a casa lhe fazia bem. Logo depois Camilo entrou com seu carro pela passagem lateral, largou-o na garagem dos fundos e entrou abrindo os braços para a mãe, ah, estou morrendo de cansaço, se pudesse me metia agora mesmo num banho de água quente de pelar porco e ia para a cama disposto a passar dois dias sem abrir os olhos. Foram para a sala principal, ele reclamou um mate e confessou que aquele fora o dia mais agitado da sua vida. Segurou o rosto da mãe com ambas as mãos, agachou-se a seu lado:

– Sabe o que conseguimos hoje? Pois nada mais, nada menos que o fornecimento exclusivo de tijolos e telhas para a construção do novo prédio da Alfândega da cidade, mamãe. E vencemos seis outras olarias, contra influências políticas e demais picuinhas. Os negócios vão como sempre sonhei que fossem. Não é uma sorte?

Jeziel cumprimentou o irmão e perguntou se podia cumprimentar também Plínio, pois afinal eles trabalhavam juntos. Camilo ficou surpreso: mas claro que sim, boa parte do negócio se devia a ele que havia trabalhado como poucos. Houve um silêncio enquanto esperavam que D. Eudóxia desse o sinal de irem para a mesa. A velha notou que havia algo no ar, perguntou:

– Eu não poderia estender esses cumprimentos ao Aníbal?

Diante da surpresa geral, ela prosseguiu:

– Se em lugar de Camilo os negócios estivessem nas mãos de Quirino, nos áureos tempos, Aníbal, mesmo sendo filho dele, já estaria na rua se não fosse posto para fora de casa também. Mas pelo que vejo o Camilo prefere arruinar-se a ter que tomar uma atitude com o irmão.

– A senhora se engana redondamente, mamãe – disse Camilo, fisionomia séria, ar de quem preferia não abordar aquele assunto naquela hora. – Graças a Seu Edmundo nomeamos um gerente com plenos poderes para a loja da Rua da Praia, Aníbal passou a ser apenas uma figura decorativa, para vergonha minha. Mas prefiro ainda que ele fique por lá à tarde ao invés de vê-lo perambulando pelas ruas centrais como um bêbado qualquer. Francamente, não sei o que deu nele, quando tudo parecia marchar tão bem.

– Ele me disse hoje – prosseguiu impiedosa D. Eudóxia – que tu, Camilo, tinhas dado uma casa para tua amante. Isso é verdade?

O filho riu meio triste, sacudiu a cabeça, na realidade este rapaz passou a não regular muito bem, é uma lástima. Mas vejamos onde está a verdade, onde está a mentira, onde está a vontade de falar mal das pessoas. Primeiro: não dei casa nenhuma para ninguém. Comprei uma casa na Rua da Figueira, uma boa casa como parte da sociedade que tenho com Seu Edmundo e pela sua participação dos sucessos que temos tido nos negócios. Segundo: a filha de Seu Edmundo, que vocês conhecem, que mamãe conheceu, não é minha amante, foi uma namoradinha passageira e que agora é apenas uma pessoa amiga. Terceiro: Aníbal está zangado comigo pelo fato da nomeação do novo gerente, que agora é quem decide todas as coisas na loja. Alguma pergunta mais?

Jeziel olhou para a mãe, abriu os braços, não lhe disse? Mamãe estava muito preocupada com o que Aníbal disse e me contou. E o que foi que eu lhe disse?, que com certeza o Aníbal havia pedido dinheiro para ti e que tu, talvez, não quisesse dar ou sei lá o que pode ter acontecido. Camilo bateu palmas, o Jeziel acertou em cheio. Não era por nada que papai sempre dizia que ele era o mais inteligente da família. Não há dinheiro que chegue para o Aníbal e agora ele não pode mais meter a mão na caixa registradora e tirar lá de dentro o dinheiro que precisa para distribuir às moças de sua preferência. Fica enfurecido quando o novo gerente lhe dá não o que ele quer, mas o que lhe é permitido dar, segundo instruções da direção. E só isso.

– Mas afinal o que houve entre ti e aquela moça? – quis saber a velha, meio desconfiada.

– Ora, mamãe, um namoro, a gente de repente pensa que está apaixonado, depois vê que era engano, pede desculpas, afasta-se com diplomacia e no meu caso, ainda pior, pois o pai dela é meu sócio.

– E ele, o que disse?

– Lamentou muito, estava certo que íamos casar, mas entendeu e achou melhor que as coisas ficassem claras antes que fosse tarde demais.

– Como tarde demais? – escandalizou-se D. Eudóxia.

– Bem, que a gente chegasse à conclusão de que não ia mesmo se acertar depois de casados. Tantos exemplos, hoje em dia.

Naquela noite a janta foi mais rápida, voltaram todos para a sala enquanto Branca subia para acomodar as crianças, que antes de dormir ainda deviam dar uma breve passada nas lições do colégio. Quando estavam no meio do cafezinho ouviram o ruído de um carro que teria estacionado na frente da casa, o ranger do portão de ferro, passos no areão grosso da entrada lateral, a porta que se abria e a figura grotesca de Aníbal, bêbado e furioso, perguntando pelo irmão, queria falar com Camilo, mas então pensam que sou um débil mental, que sou ainda criança, fico lá reduzido a um empregado de balcão, um sujeito que ninguém sabe de onde veio toma conta do negócio, manda e desmanda...

Camilo levantou-se com calma, dirigiu-se para o gabinete do pai e mandou que ele passasse lá para dentro. Aníbal meio que se assustou com a solenidade do irmão, quis recuar, disse que ia subir e depois desceria para conversarem.

– Não senhor, agora mesmo, nada de subir. Entra.

O outro obedeceu diante do silêncio geral, entrou seguido de Camilo que fechou a porta pesada.

Sentou-se humilde. Camilo ficou andando de um lado para o outro. Há muito que eu precisava ter uma conversa contigo, mas não tenho encontrado espaço para isso. E lamento muito. Tu sempre fostes um dos irmãos aos quais me senti mais ligado, desde os nossos tempos de infância e pela pequena diferença de idade. Dois anos apenas. Quando te entreguei a loja estava certo que podia esquecer tudo a respeito dela, tu saberias resolver problema a problema. E, afinal, no que redundou tudo? O dinheiro farto, os bordéis à disposição, a bebida franca, as más companhias, os exploradores de sempre e, quando abrimos os olhos, o que vemos na loja mais importante da organização? Uma escrita desorganizada, falta de mercadorias, abandono total, enquanto o Sr. Aníbal Mortágua mete a mão na caixa, chega depois do meio-dia, entrega a casa aos empregados eventuais até que o sócio estranho à família se vê compelido a me chamar a atenção para a loja antes que pedisse falência. Quero te cumprimentar e ao mesmo tempo aproveitar para te dizer que a partir de amanhã não precisas mais ir à loja, podes dormir até ao meio-dia, podes aproveitar para tirar uma sesta recuperadora para que a noite transcorra mais feliz e divertida.

– Mas eu...

– Podes ficar tranquilo, terás um salário mensal razoável, vai dar para as farras e para a bebida, talvez não tanto quanto ter à disposição a caixa de uma boa e grande loja. Mas é o máximo que posso fazer por ti para que a família mantenha as aparências. E para que mamãe não venha a ter que envergonhar-se de mais nada.

Aníbal olhava o irmão com ódio crescente, levantou-se da cadeira onde ficara o tempo todo, sem saber o que dizer nem responder, foi até a janela, virou-se com certa disposição: aplaudia a decisão do diretor da firma, não botaria mais os pés naquele antro de bugigangas e poeira, mas queria que ele soubesse que apesar do juízo que Camilo fazia dele, não aceitava o papel de tolo nem imbecil perante ninguém. Sabia da história da casa e que o presente fora para Mocinha como compensação pelo muito que dormira com ele. Camilo avançou para Aníbal, quase o suspendeu pela lapela, encostou-o de encontro a parede, além de tudo não passas de um canalha e não sei onde estou que não te parto esta cara, ordinário. A porta abriu-se e surgiu D. Eudóxia, imponente e silenciosa. Camilo largou o irmão que se amparou no encosto alto de uma cadeira, limpou as mãos, estava vermelho, furibundo.

Como nos tempos antigos, quando todos eram guris, a velha apontou a bengala em direção da porta e ordenou que Aníbal fosse imediatamente para seu quarto e só saísse de lá quando ela mandasse. Ele obedeceu sem a menor reação, D. Eudóxia retornou à sala, olhos cheios d'água, sentou-se de cabeça baixa e parecia arrasada. Joan sentou-se no braço da poltrona, alisava os seus cabelos brancos, tentava agradá-la, dizia que ela não ficasse triste, às vezes aquele tipo de briga entre irmãos fazia um bem extraordinário para que eles se amassem ainda mais. A velha só conseguiu dizer que Camilo não merecia aquilo, depois do que estava fazendo por todos eles. Jeziel chamou por Branca, pediu para trazerem sua cadeira, vieram os criados para transportá-lo escada acima, Branca mais atrás; lá do alto lançou um olhar para a sogra que tinha a outra nora junto dela, a velhinha sumida na poltrona grande. Plínio foi em busca de Camilo, mas encontrou a porta do quarto fechada. Bateu de leve, ouviu Camilo perguntar quem era, ele respondeu, e o irmão pediu desculpas, mas estava muito cansado e queria ver se conseguia dormir logo. Não leva a mal, Plínio, mas amanhã nós podemos conversar à vontade. Aliás, preciso mesmo conversar contigo. Plínio disse lá de fora que compreendia, que ele não se impressionasse com as doidices de Aníbal e que tratasse de dormir mesmo. Eles teriam um dia agitado a partir da manhã seguinte. Desceu para ajudar Joan a botar a mãe na cama, deram a ela um chá calmante, subiram lentamente, conversaram, acomodaram a velhinha e se recolheram para dormir também.

Deitados, lado a lado, Joan perguntou ao marido o que ele achava daquela situação entre os dois irmãos. Plínio abraçou-a pelas costas, beijou-lhe a nuca, as espáduas, os ombros macios, respondeu que preferia conversar sobre aquele assunto no dia seguinte, estava muito cansado. Seus dedos roçavam de leve os pequenos bicos dos seios dela, Joan virou-se aos poucos, aconchegou-se nos braços do marido, afastou-se para despir a roupa deixando que ele fizesse o mesmo, aproveitando a pausa para acender na mesa de cabeceira uma pequena e graciosa lamparina que dava ao quarto uma doce e tênue claridade, onde eles podiam enxergar-se mutuamente, a cabeça dele repousando sobre seu busto pequeno e rijo; desenhava arabescos com uma das mãos pelo ventre, descobria carinhosamente seus segredos, deixava-se entrever na parca claridade, esperou que ela se enovelasse por sobre seu corpo fremente, encontrasse os caminhos de sempre, a penetração vagarosa e arredia, ora ameaçando trespassá-la, ora recuando como quem quisesse fugir do campo da luta, ante os protestos veementes de Joan, feitos em voz sumida, as doces e provocantes palavras que ela só sabia pronunciar em inglês o que o excitava ainda mais. Ela sussurrou, temerosa de ser ouvida através da porta:

– Mas tu não estavas cansado, meu amor?

A resposta surgiu sem palavras.

16. Seu Edmundo entrou como uma ventania no escritório de Camilo, olhos esbugalhados, o jornal nas mãos, tartamudeava, não conseguia reunir duas palavras, apontava para a folha, mas afinal o que houve, homem? Camilo não conseguia adivinhar, o jornal tremia, nenhum título dava para ler, bateu nas costas do homem, pelo amor de Deus, fale, o que se passa, trata-se de uma nova guerra? O velho sentou-se na poltrona, braços caídos, pernas esticadas, balbuciou com voz trêmula e sumida:

– Faliu o Banco Popular.

Camilo tirou o jornal de suas mãos, procurou a notícia com avidez, leu aos pulos, mas como? Logo o Banco Popular? Mas, Seu Edmundo, quanto a firma tinha depositado lá? Muita coisa? O velho sacudia a cabeça, engolia em seco, de branco passou a corado forte, abanou-se com as mãos, pediu desculpas, ele devia prever tais coisas, afinal os negociantes tinham obrigação de saber como andavam os bancos com os quais trabalhavam. Mas tínhamos muito lá?

– Não vi ainda o total, Doutor Camilo, mas ainda ontem depositei quatro contos e quinhentos, mas o saldo...

– Pois então mande ver o saldo e venha depois me dizer.

– Já mandei...mandei verificar, doutor. Mas a culpa é minha, o senhor fique tranquilo, pago até o último tostão, está em jogo... em jogo o meu nome, o meu conceito!

– Deixe-se disso, volte para o trabalho e depois me informe quanto temos lá.

Um empregado surgiu na porta aberta, bateu com o nó dos dedos na portalada, pedindo licença para entregar alguns papéis para Seu Edmundo. O velho levantou-se como impulsionado por uma potente mola, tomou os papéis das mãos do infeliz que desapareceu logo. Camilo tomou-lhe a papelada, sentou-se em sua cadeira atrás da grande escrivaninha de fechar com cortina movediça, examinou folha por folha, jogou-as sobre a mesa:

– Afinal, ficamos só um pouquinho mais pobres e isso que ainda vamos buscar o que der na massa falida.

– Quanto, doutor?

– Trinta e dois contos e oitocentos. Nada de mais para que possa abalar o nosso prestígio e o nosso capital de giro. Ainda bem.

– Doutor, anteontem eu cheguei a estar na porta desse banco e resolvi de repente, numa ideia luminosa, levar o dinheiro para o Banco da Província. Não é nada, não é nada, eram quinze contos e pouco.

Camilo pediu que ele levasse os papéis embora, que fosse trabalhar e que não pensasse mais no assunto. O advogado da firma que tratasse de tudo o que fosse necessário para reaver o que fosse possível.

O velho encaminhou-se para o corredor, bem mais aliviado, quando Camilo o chamou para dizer que antes de sair voltasse a falar com ele, era um assunto importante.

Logo depois uma voz de falsete perguntou do lado de fora se permitia que entrasse. Camilo levantou a cabeça e viu o gerente da loja, o pomo de discórdia com Aníbal. Era um tipo vulgar, mais para gordo, bochechas inchadas, roupa impecável, colete xadrez com grossa corrente de ouro atravessada, homem moço ainda, com seus vinte e oito ou trinta anos no máximo; servil, cheio de curvaturas, como a querer demonstrar eficiência. No fundo, pensou Camilo, o tipo escarrado para cuidar com zelo da loja que a cada dia que passava mais faturava e mais fregueses ganhava. Fez um sinal com a mão para dizer que entrasse, apontou uma cadeira ao lado da mesa, disse um "às ordens" meio apagado.

– Doutor, desculpe incomodar, mas Seu Edmundo me disse que o assunto de aumentar o número de empregados era só de sua competência, bem assim como o de salários. Acontece que estamos começando a perder dinheiro na loja por falta de balconistas competentes. Os fregueses voltam irritados e acho que com o tempo terminaremos prejudicados.

– Quantos balconistas a mais?

– Pelo menos dois, doutor. Dois já me resolviam o problema por esses próximos meses.

– Contrate quatro para que não seja obrigado a me procurar novamente com o mesmo assunto. Quanto a salário o Seu Edmundo sabe qual é o estabelecido para que qualquer um inicie aqui na firma. Era só isso?

O gerente levantou-se rápido, agradeceu pela gentileza de recebê-lo, pediu desculpas por atrapalhar numa hora daquelas, deu meia-volta desequilibrado e saiu. Camilo achou graça, o rapaz não era de todo antipático e parecia ser capaz de dar conta do recado. Lembrou-se da cena da véspera com Aníbal, o quanto lhe doera dizer tudo aquilo, afastar o irmão da loja, ser obrigado a defender os negócios mesmo contra Aníbal que sempre fora o seu irmão mais chegado. Voltaria a conversar com ele, não queria que alimentasse nenhum ódio contra si. Esperaria uma boa oportunidade, quando Aníbal estivesse sóbrio, sim, mas quando? Revisou e conferiu uma montanha de notas fiscais, pedidos, relações e faturas. Cansado, atirou-se de encontro ao encosto da cadeira estofada que viera de um lote importado da Argentina, que por sua vez importara da Alemanha, cruzou as mãos atrás da cabeça, lembrou-se de Mocinha, o último encontro deles, a mágoa que a pobrezinha não conseguia esconder. Mas não havia nada a fazer. Através do pai daria a ela tudo o que fosse de bom. Ela merecia. Ou eu teria feito um papel de canalha? Era bem possível, deveria ter pensado bem em tudo antes de fazer o que fizera. Talvez tivesse arruinado a vida dela. Um canalha. Um perfeito canalha. Sim, minha querida mãe, dei mesmo uma casa para a minha amante, mas não bem para a minha amante, para a mulher que em dado momento eu pensei estar perdidamente apaixonado e não estava. Estou curando as feridas, mãe, eu sei que a senhora é a pessoa mais indicada para me compreender. Aníbal tinha razão, mas ele não sabia de nada, não tinha mais noção das coisas certas ou erradas. Olhou o relógio, as portas já deviam estar sendo fechadas, os funcionários passavam pelo corredor para lavar as mãos e vestir os seus casacos, depois de tirarem os seus punhos protetores, presos com elástico até a metade do braço.

Seu Edmundo surgiu na porta. Parecia mais tranquilo, pediu licença e entrou, disse que tinha uma pequena boa notícia a dar:

– Estive examinando o nosso problema com o Banco Popular. A coisa ficou menor. Havia dois saques ainda não anotados, um de três contos e trezentos e outro menor de dois contos e oitocentos. Assim, o nosso saldo credor no banco ficou em vinte e seis contos e setecentos.

– Ora, aí está, a coisa ficou reduzida a quase nada. E tivemos muita sorte, Seu Edmundo, pois ainda outro dia, naquela questão do fornecimento de material para a nova Alfândega, eu cheguei a acertar que todo o movimento seria feito através do Banco Popular, que havia solicitado. Eles já estavam mal e tratavam de buscar mais depósitos. Entre mortos e feridos, nenhum.

– Mas o senhor tinha pedido que eu passasse por aqui antes de sair. Alguma coisa grave, doutor? Sabe como é, gato escaldado...

– Não, nada de importante, gostaria que saíssemos juntos, quero mostrar-lhe uma coisa e enquanto isso a gente conversa sobre os problemas do dia.

Enfiou o casaco, lavou bem as mãos numa pia colocada a um canto, veio para o meio da sala enxugando dedo por dedo, perguntou pelos fornecimentos à Creche São Francisco de Assis, disse que não queria anunciar negócio em perspectiva, mas havia um por aí que na certa cairia nas mãos deles. Saíram lado a lado, desceram as escadas, encaminharam-se para o seu carro, Camilo convidou-o a que sentasse a seu lado, iria levar-lhe em casa.

– Não faça isso, doutor, fica para o outro lado, o senhor deve estar cansado, não vou permitir tal coisa.

– Sente-se aí, precisamos conversar. Trata-se de negócio.

O velho obedeceu e logo depois o carro vencia os buracos das ruas maltratadas, embora tivesse molejamento especial e os bancos fossem macios. Começou meio por longe. Estava pensando em comprar uma olaria que ficava para os lados de Viamão, mas não muito longe da cidade, soubera que o proprietário ficara viúvo e não queria mais aquele negócio, estava se preparando para regressar para a sua terra, São Borja. Faltava apenas discutir a questão do preço e a forma de pagar. Sei que ele aceita a primeira proposta que surgir. Amanhã iremos lá, nada de demonstrar grandes interesses, acho que compramos tudo aquilo por preço de banana. O velho esfregou as mãos, quem sabe não estava ali um negócio muito bom, os pedidos se avolumavam e na verdade os fornos que possuíam não estavam mais dando conta do recado.

Chegavam à Rua Venezianos. Camilo bateu na perna do velho:

– Por favor, desça e convide a sua senhora e mais Mocinha para darmos uma volta. Mas que não se demorem, senão o dia começa a escurecer.

– Mas não seria melhor outro dia, doutor?

– Como eu já lhe disse, trata-se de negócio.

– Mas como...

– Com elas, sim. E por que não? É um negócio que vai interessar as duas.

O velho desceu meio confuso, ainda olhou algumas vezes para trás, bateu na porta, Mocinha veio abrir e viu por cima de seu ombro Camilo na direção de seu carro. Cumprimentou meio sem jeito, o velho pediu que ela fosse chamar a mulher, o Doutor Camilo queria que eles fossem dar uma volta de carro, todos eles, o quanto antes. A velha veio resmungando, estava com roupa caseira, e Mocinha reclamou também que não tivera tempo sequer de passar um pente nos cabelos. O carro sacolejava pelas ruas tortuosas, passava pela Rua da Concórdia atravancada de carroças e carrinhos. Mocinha olhava intrigada para o motorista que só se preocupava com o caminho, com as pessoas que atravessavam sem olhar para os lados, buzinava, prosseguia caminho. Camilo dirigiu-se para Mocinha:

– Eu estava aqui dizendo para teu pai que os negócios estão aumentando de maneira incrível, não se tem mais tempo para tomar um copo d'água, pedidos de todos os lados, esta cidade cresce de fato. Então eu resolvi aumentar o capital das nossas firmas, teu pai terá também o seu capital bem aumentado...

– Mas, doutor, eu não posso aumentar a minha parte sem contar com muito dinheiro e o que tenho mal dá para a cova de um dente.

– ...e como parte inicial resolvi fechar um negócio bom para todos, para ele, para tua mãe, para ti.

O carro enveredou para uma espécie de calçada, parando bem defronte a uma casa de certa imponência, uma bela porta central com vidros coloridos na bandeira, três janelas de cada lado, pintada de um agradável rosa desmaiado, todos os vidros trabalhados, quatro pinhas de porcelana encimando o alto da fachada. Camilo desceu, tirou uma chave do bolso do casaco, abriu a grande fechadura polida e fez sinal para que eles descessem sem perda de tempo, o dia começava a chegar ao fim. Entrou na frente, abriu algumas janelas, atravessou uma sala de jantar ampla e bem mobiliada, abriu portas, clareou tudo o que podia e quando retornou à frente encontrou os três imobilizados na pequena saleta de entrada onde pontificava um belo cabide de espelho oval.

– Mas e por que não entram?

– Mas, Doutor, quem mora nesta casa? Não conhecemos essas pessoas e não estamos preparados para uma visita numa casa destas.

– Esta casa, Seu Edmundo, é uma compra da firma para um dos seus sócios principais. A partir de hoje esta chave deve ficar no seu bolso ou na mão de uma delas; já tratei com o mestre de obras da Olaria da Cascata, a mudança deve ser feita amanhã, se bem que eu acho que o senhor deve trazer pouca coisa de lá, a não ser objetos de uso pessoal. Mandei tratar de todos os detalhes para que não faltasse nada. Faremos o acerto depois, com os resultados futuros.

O velho encostou-se na parede, limpou o suor da testa, a mulher dele agarrou sua mão, cara de grande espanto, temendo pisar nos tapetes finos, Mocinha olhou bem para Camilo, entrou confiante, começou a examinar tudo, peça por peça, disse a ele, de passagem, que ele havia pensado em todos os detalhes e que agora gostaria de ver o seu quarto, já que tudo lá teria sido escolha sua. Camilo pegou de sua mão, conduzindo-a para uma peça com porta no fundo do corredor lateral, entrando num amplo e bem iluminado quarto, com janelão que dava para a rua. Uma bela cama com dossel cor-de-rosa, uma cômoda belíssima encimada por um espelho de cristal ovalado, cortinas rosas de tule, tapetes claros, uma pequena mesa redonda ladeada por duas cadeiras com estofamento de palhinha creme. Mocinha não chegou a entrar de todo. Ficou paralisada logo à entrada, mãos cobrindo a boca, olhos úmidos de emoção, olhou bem para Camilo, notou a alegria dele, passou de repente por sua cabeça que ele bem poderia estar tentando uma reaproximação, mas não queria acreditar, seria felicidade demais para ela que não merecia.

– Gostou?

– Não sei o que dizer.

Voltaram para a sala central e viram os pais dela passando as mãos pelos móveis, cortinas e objetos. Depois da cozinha a porta que dava para um imenso e arborizado pátio, tudo muito limpo e tratado como se fizesse parte da surpresa completa.

– Mas, Doutor Camilo, nem com o meu trabalho de dez anos eu poderei pagar esta casa...

– Isso veremos depois. Não vamos discutir este assunto agora, aqui. Em primeiro lugar quero saber se a casa agradou.

O velho ajoelhou-se antes que Camilo o impedisse e beijou as suas mãos. Ora, Seu Edmundo, não faça uma coisa dessas. Não estou lhe dando nada. Eu já disse e repito: isso é um negócio como qualquer outro. A diferença é que achei que o meu sócio principal não podia mais continuar morando naquela casinha da Rua Venezianos, pois inclusive iriam falar mal de mim, chamando-me de um indivíduo aproveitador. Mocinha está em idade de casar, precisa de uma boa casa. Virou-se para ela:

– Gostou, acha que vai ser feliz nesta casa?

Mocinha cobriu o rosto com as mãos e começou a chorar.

– Ai, ai, ai, assim não dá, não quero choro, vamos, hoje é dia de alegria, quero ver todo o mundo rindo e, se os senhores não ficarem zangados, quero comemorar a casa nova dando um beijo na face desta bela moça. Beijou-a de leve, respeitosamente, apenas pressionando forte o seu braço que tremia.

No dia seguinte eles se mudaram e Camilo, naquela mesma noite, contava para D. Eudóxia a alegria do seu sócio e as lágrimas da mulher e da filha quando viram a casa nova.

– E será que tudo isso não será para encaminhar um pedido de casamentos amanhã ou depois? – perguntou a mãe, desconfiada.

– Quanto a isso pode ficar tranquila. Não posso pensar em casamento tão cedo.

17. Seu Edmundo mantinha-se ereto na cadeira, frente a Camilo, no seu escritório, tendo declarado antecipadamente que não saberia como dizer a ele aquilo que devia, dadas as circunstâncias passadas.

– Não entendi, não, Seu Edmundo. Circunstâncias passadas?

– O senhor compreende. Não pense que vim alegar alguma coisa, longe de mim qualquer intenção indireta, mas o assunto, o senhor vai ver, é delicado, o senhor vai me dar razão...

– Ora, Seu Edmundo, deixe-se disso. O senhor parece um menino diante da professora, depois de cometer uma falta qualquer.

– Não, em absoluto, não cometi falta nenhuma. É que o assunto é difícil, levando-se em conta que um dia o senhor e Mocinha. . .

– Mas o que tem a ver Mocinha com isso?

– Pois aí é que está, justamente por tratar-se de Mocinha.

Camilo remexeu em várias pastas, procurou papéis invisíveis, teve de súbito a impressão de que Mocinha havia confessado tudo a ele, que o pai estava ali para uma reparação. Virou-se um pouco agressivo para o velho que suava, mas afinal de que se tratava, ele que falasse logo o que tinha em mente, o tempo corria, não encontrava nenhum motivo que fosse assim tão delicado. Engrossou a voz a ponto de atemorizar o velho, que não compreendia mais nada:

– Não pense o senhor que qualquer assunto pode me abalar. Nada tenho a explicar, tudo o que fiz foi consciente e se, algum dia, levado por um arroubo pessoal, quem sabe até provocado ou induzido...

– Mas, Doutor Camilo, pelo amor de Deus, eu estou aqui para lhe fazer um convite e longe de mim qualquer intenção de magoá-lo. Eu não sei se o senhor sabe, mas Mocinha há muito que vem de namoro com o subgerente da loja central, o nosso caro Ernesto Macedo, rapaz de excelentes princípios morais, cumpridor dos seus deveres, educado, correto, de inteira confiança...

Ah, mas então o senhor estava fazendo todo esse rodeio para anunciar que Mocinha pretende contratar casamento? Ora, Seu Edmundo...

Sentiu um alívio tão grande que sua vontade foi a de levantar-se, abraçar e beijar o velho. Pensou na antiga namorada, rememorou a figura ridícula do tal Ernesto que vivia de salamaleques e que adorava usar termos difíceis e colete de pano xadrez. Mocinha noiva dele. No fundo um remoto ciúme, como a dizer que ela merecia coisa melhor.

– Pois era para convidar o ilustre amigo para a festinha modesta que vamos fazer lá em casa para festejar a entrega das alianças, no próximo sábado. Só fiquei constrangido porque afinal o senhor, durante um certo tempo, me pareceu que gostava muito da minha filha, mas infelizmente as coisas nem sempre saem como a gente quer.

– Bem, lá isso é verdade, Seu Edmundo. Desejo tudo de bom para ela, vou lá, sim, quero dar o abraço no noivo felizardo e beijar a face da noiva no seu grande dia.

– Muito obrigado, eu sabia que o senhor aceitaria o convite. Hoje mesmo vou dar a grande nova à Mocinha, ela estava duvidando, me disse que o doutor era muito ocupado e que não devia forçá-lo a comparecer a uma festa assim pobre e sem grandes coisas.

– Pois diga a ela que estarei lá e levarei um bonito presente para o novo par de noivos da cidade.

Quando o velho saiu, Camilo deixou-se cair na poltrona giratória, passou o lenço na testa, botou para fora todo o ar que tinha no peito. Passou-lhe pela cabeça, num átimo, se o imbecil do subgerente saberia distinguir entre uma moça virgem de outra que já não o fosse. E se ele descobrisse a fraude da noiva e abrisse o quarto e saísse pelos corredores a proclamar que fora ludibriado, que Mocinha não era mais virgem? Não, ele não era daquele tipo. Poderia descobrir, mas ficaria quieto, trataria de esconder, no fundo ele gostava demais da noiva para armar um escândalo, o único a perder seria ele. Onde encontrar outra moça que chegasse aos pés dela? Desconfiaria algum dia que ele, Camilo, teria sido o culpado de tudo, o autor da sua desonra? Uma funcionária da limpeza entrou na sala, pedindo licença, recolheu o conteúdo das cestas de papel e saiu novamente.

Mas o pensamento foi cortado e ele pôde retornar aos seus negócios, suas previsões e cálculos.

No outro dia retomou coragem e contou para a mãe que no próximo sábado tinha um compromisso de ordem social, queria que ela mandasse fazer uma revisão nas suas roupas e camisas. Escolheria tudo na tarde do mesmo dia, nada de complicações e dúvidas. A velha olhou bem para ele, sorriu irônica, então o meu filho negociante resolvera de uma hora para outra assumir compromissos sociais, exatamente o que sempre vivia dizendo que detestava. Devia ser um caso todo especial.

– O noivado de Mocinha.

D. Eudóxia levou um choque, engoliu em seco, mas noivado de Mocinha com quem? Por certo que ele não seria o noivo! Camilo abraçou a mãe, mas então a senhora pensa que tem um filho débil mental que vai pensar em casar na flor da idade? Trinta e dois anos, flor da idade?, disse ela rindo solto como havia muito não fazia. Na tua idade o teu pai já tinha muitos filhos. Mas, afinal, quem é o felizardo que vai noivar com aquela menina? Sabes, é uma bela moça, muito bonita, gostei dela desde aquela primeira vez em que nos encontramos lá no hospital.

– Pois vai noivar com o nosso subgerente da loja, o Ernesto Macedo, sem dúvida nenhuma um rapaz de muito juízo, corretíssimo, mas no fundo, mamãe, um paspalhão de marca maior. Não é homem para Mocinha.

– Sim, claro, meu filho não quis casar com ela, não sei até onde foram as intimidades entre os dois; não confio em ti, não boto a mão no fogo por filho meu nenhum, e agora a ciumeira. Qualquer um que apareça, será sempre um paspalhão de marca maior. Ora, deixa disso. Leva um bonito presente para eles e pronto.

– Foi bom falar nisso, mamãe. Quero mesmo levar um presente, mas não tenho a mínima ideia do que possa ser. E agora descobri a solução do problema: a senhora fica encarregada de procurar um.

Nisso entrou Joan na sala, quis recuar com medo de interromper alguma conversa privada, mas D. Eudóxia fez um sinal para ela, vem cá minha filha, tenho uma missão para ti. Amanhã vai sair pelo centro, precisas encontrar um belo e bom presente para um casal de noivos. Camilo precisa levar um e não sabe o que possa ser. Quanto ao preço, ele é que te pode dizer qual o limite.

– Sem limite – disse Camilo enfiando os polegares nas cavas do colete. – A menina merece o céu e a terra.

A velha ficou batendo com a ponta da bengala sobre o tapete, como de hábito:

– Minha filha, escuta bem. Não sendo uma casa, que ele já deu, tudo o mais pode ser.

Virou-se para o filho que permanecia naquela posição meio napoleônica, tentando fazer graça, e acrescentou sorrindo:

– Sim, um presente que seja capaz de limpar a consciência de Judas.

– Ora, mamãe, o que é isso. A senhora sempre fazendo mau juízo das melhores pessoas que vivem nesta cidade. Pois fique sabendo que não houve nada do que está a imaginar. Nem eu seria capaz de uma coisa dessas.

– Mas eu não estou pensando em nada. Até agora só falamos sobre qual o presente a ser dado a um rapaz e a uma moça que contratam casamento no próximo sábado. E mais nada.

– Pois que seja um presente bonito, acima de tudo.

Fez um gesto rápido, estalou os dedos, eureca, acho que descobri o presente ideal! Sim, o presente que deixará Mocinha sem fala.

– E o rapaz?

– Ora, ora, o rapaz que se dane. Quero dar o presente para ela.

– Mas, num caso de noivado, o presente deve servir e agradar a ambos. Se possível algo para a futura casa.

– Pois então? Quem lhe disse que o presente que tenho em mira não preenche todas essas condições? Mas quando penso no presente, o que me vem à cabeça é a alegria dela, só dela. Sabem do que se trata?

– Um carro desses modernos de rodas grandes e capota arreável. Ou quem sabe um avião para o casal passear nos céus de Porto Alegre – disse D. Eudóxia divertindo-se com a preocupação do filho.

– Pois veja só: vou dar a ela um conjunto de vitrola automática, novidade avançada que acaba de chegar para a Casa Elétrica nossa vizinha ali na Rua da Praia. Além da vitrola, uma caixa de agulhas e uma coleção de discos recém-lançados no mercado. Joan, minha querida, o problema ficou mais fácil de ser resolvido. Amanhã, quando eu sair, tu vais junto, te deixo na frente da casa, compras tudo, mandas fazer pacote de presente e quero que escolhas os melhores discos. De Carmen Miranda não pode faltar. Ah, e de Francisco Alves. Minha querida, tudo o que tiver de bom. Combinado?

A mãe achou a ideia ótima, Joan ficou encantada por terem facilitado o seu trabalho e, quando Camilo lhe pediu desculpas pela encomenda, ela beijou-lhe a testa e disse que nada a agradava mais do que fazer compras.

18. Camilo fez o motor do carro funcionar, rodava macio que dava gosto, esperou alguns minutos por Joan que desceu as escadas como uma menina que tivesse sido convidada para andar de carrossel. Trajava um costumezinho cor de vinho, sapatos pretos de bicos longos, pontiagudos, e um chapeuzinho minúsculo de viés sobre os cabelos claros, num conjunto que a tornava quase uma menina de colégio. Camilo brincou com ela, vão te tomar por uma estudante ginasial e quem sabe se algum rapaz não vai te seguir em busca de um namoro. Ela se olhou muito espantada, mas eu tenho esta roupa há tanto tempo e ninguém quis me namorar. Como ninguém?, protestou Camilo. Plínio passa o dia todo a te namorar. Ainda bem que precisa trabalhar para dar uma folga para os olhos. Beijou a cunhada na face, engatou a marcha no carro e saiu pelo portão, sentindo-se feliz. Lembrou a ela tudo o que queria. Nada de economizar em ninharias. A melhor vitrola e os discos mais modernos. Ela baixava e levantava a cabeça como a dizer que estava compreendendo tudo. E que faço com tudo o que comprar? Manda que entreguem lá em casa, tu vais receber tudo e manda botar no antigo gabinete do papai, fecha a porta e guarda a chave no bolso ou em lugar muito seguro. Ela fazia que sim, que sim, com a cabeça. E quando chegar a hora de pagar, como faço? Diz ao gerente que mande a conta para mim, ele me conhece, sabe onde fica a nossa firma central, quanto a isso não haverá nenhum problema. Quando parou o carro defronte à loja A Elétrica, segurou o braço de Joan antes que ela descesse, lépida como sempre:

– Escuta uma coisa, tive uma ideia brilhante agora mesmo. Não vou sozinho à festa de noivado. Tu e Plínio vão comigo, assim nos divertiremos mais.

– Mas não fomos convidados!

– Plínio será convidado, na certa. E, se não for, faço eu o convite. E agora desce e toca a comprar feito uma doida!

Menos de uma hora depois recebeu um empregado da firma levando um maço de notas para cobrança. Era d'A Elétrica. Joan, de fato, era muito eficiente. Ah, esses ingleses, não foi por nada que chegaram a dominar este mundo todo! Somou e botou as mãos na cabeça. Nunca pensei que houvesse tanto disco na praça, mas sorriu satisfeito ao lembrar-se da hora em que Mocinha abrisse os pacotes, diante de todos, diante da cara apalermada do noivo, aquele cretino; e sempre que ouvisse um daqueles cantores pensaria nele. Sim, no fundo era isso que ele queria. Olhou-se no pequeno espelho do cabide ao lado da porta, examinou-se bem, franziu a testa e disse praticamente em voz alta: tu não passas de um canalha!

Quando chegou em casa, D. Eudóxia disse que vira os pacotes chegarem, vira também que Joan encaminhara tudo para o gabinete de Quirino e naturalmente estava curiosa para ver todas aquelas novidades e saber que discos Joan teria comprado. A nora foi chamada, Camilo mantinha-se calado, apontou para Joan:

– Mãe, só ela pode dar as informações e mostrar o que quiser.

Joan lembrou que os pacotes estavam muito bem feitos e que não daria para serem abertos sem perigo de rasgar muitos deles. Mas posso dar assim de cabeça alguns cantores mais famosos que estão naqueles pacotes. Deixem eu ver... Francisco Alves, dois ou três discos, Carmen Miranda, quatro, Pixinguinha, dois, Vicente Celestino, três ou quatro. Comprei também outros de Noel Rosa e um tal de Lamartine não me lembro do sobrenome. E também gravações de bandas de música, solos de piano e alguns tangos gravados em Buenos Aires...

Camilo espremeu a cabeça com as mãos e disse para a mãe:

– Quase fui à falência com a generosidade de Joan. E a senhora sabe da última novidade? Plínio e ela vão juntos comigo na festa de noivado.

– Eu já estava desconfiando disso. Se fosses sozinho na certa não saberias onde enfiar as mãos. Ah, meu filho, a idade deixa as pessoas sábias. Este ano, não sei se já esqueceram, completo os meus oitenta anos redondos. Pois não dizem por aí que o diabo é diabo por ser velho e não por ser diabo? É o meu caso.

– Foi um bom lembrete – disse Camilo, abraçando a mãe –, pois desde já vamos começar a tramar a maior festa de toda esta cidade.

– Não, não quero festas. Quero todos vocês perto de mim, inclusive o meu Francisco que deve andar se sentindo tão só, tão abandonado.

Joan segurou seu braço, encaminhando-a para a sua poltrona preferida. Bateu palmas e quando uma criada surgiu na porta mandou que preparassem um chá-da-índia para os três.

– A primeira comemoração dos oitenta anos – disse ela para Camilo que se mantinha quieto no umbral da porta.

Mas os artifícios da nora não surtiram efeito. D. Eudóxia retornou ao assunto. Precisavam ir ver Francisco, o pobrezinho estava ficando muito enfraquecido, quase não comia, devia estar sentindo saudades de sua casa, de sua família, dos irmãos. Camilo sacudiu a cabeça, não, mãe, Francisco está num outro mundo, ele só sente saudades de sua Dileia e esta ninguém mais pode trazer para junto dele. A senhora sabe disso, mas faz força para não acreditar. Por sorte, mamãe, Francisco não tem mais noção das coisas, está perdendo a memória, tanto assim que na última vez que estive lá, uma questão de duas semanas, custou a me reconhecer. Os médicos não dão nenhuma esperança, na verdade Francisco morreu quando ainda estava lá na estância. Eu sei que é duro, eu sei que a senhora não quer aceitar esta realidade, mas que diabo, uma pessoa que é capaz de fazer oitenta anos com toda essa fortaleza também é capaz de entender certas coisas que outros jamais entenderiam. D. Eudóxia recebeu a sua xícara de chá, olhou bem para o filho, depois para a nora, perguntou se eles não estavam pensando que pela idade ela já estava ficando de miolo mole. Quem me dera!, exclamou Camilo, que eu tivesse a metade da vitalidade que a senhora tem. Eu hoje seria um magnata.

19. O Dr. Eurípedes tomava a sua xícara de chá enquanto Camilo explicava tudo a respeito do processo mental de Aníbal, bêbado inveterado, violento, esbanjador, irresponsável. O médico quis saber como ele se comportava ao acordar-se pela manhã. Camilo achou graça; doutor, ele só acorda depois das duas horas da tarde. Muito bem, disse o médico, e quais são as suas atitudes em casa depois disso? D. Eudóxia explicou que era ela quem acompanhava o filho logo que acordava, cuidava de sua roupa e zelava pelo que ele devia comer, pois temia muito que o pobrezinho enfraquecesse como tinha sido o caso de sua nora Eleonora, que morrera tuberculosa.

– E ele não dá sinais de alienação mental, mostra-se cordato, normal?

– Ele volta a ser o meu Aníbal de sempre, doutor. Às vezes não se lembra de nada do que teria acontecido na véspera, mas se mostra preocupado com isso, chega a me dizer que tem medo de perder a memória.

– E ele bebe, a seguir?

– Bem, doutor, eu faço tudo para que ele não beba. Escondemos as garrafas, faço tudo para que ele deixe a bebida, converso com ele, falo na posição do irmão na firma, na família, no nome do pai e de início se mostra preocupado com tudo isso, mas quer beber e não sossega mais enquanto não sai para beber. Muitas vezes vai ali na esquina, num boteco de terceira categoria, doutor, para trazer cachaça para casa, como um negro.

– Mas então a situação é menos grave do que eu pensava – disse o médico colocando a xícara de chá sobre a mesa. – Vamos ter que recolhê-lo a uma clínica para tratamento de alcoolismo, é coisa de alguns meses, os casos de cura são frequentes, eu posso afirmar que as probabilidades estão do nosso lado.

Camilo quis saber se ele recomendava alguma clínica e o médico disse que havia muitas na cidade, a maioria delas razoáveis, mas se quisessem uma indicação ele não titubearia em indicar a Clínica do Dr. Rosauro, que adota o método do Dr. Pinel, um médico francês que revolucionou o tratamento de doentes mentais.

– Mas ele não é um doente mental, doutor – exclamou a mãe, horrorizada.

– Eu não disse isso, mas acontece que as pessoas são levadas à bebida, na maioria das vezes, por problemas mentais que, identificados, se tornam fáceis de cura. Há casos concretos.

– Um outro hospício São Pedro! – choramingou D. Eudóxia.

– Longe disso, pode ter certeza, os senhores poderão ir até lá antes de tomar qualquer decisão, e se não se agradarem escolheremos outro estabelecimento.

– Deixe isso comigo, mamãe, eu acompanho o Doutor Eurípedes e vejo esses detalhes. E agora uma coisa muito importante: vou mandar chamar o Plínio lá na firma, deixamos dois criados de prontidão, mas não podem deixar Aníbal acordar-se e sair. Se for necessário empregar a força, empreguem.

Jeziel entrou na sala, empurrado na sua cadeira, logo depois Branca e Joan também chegavam curiosas pelo que estava sendo tratado com o médico, Camilo colocou todos eles a par do que se passava, só Joan exclamou, condoída: pobre do Aníbal. O médico respondeu, enquanto saía:

– A senhora pode ficar descansada, o rapaz vai ficar curado em menos tempo do que se pensa. É o tratamento mais moderno e eficaz de que se tem notícia.

D. Eudóxia afundara o rosto entre as mãos, Branca e Joan postaramse a seu lado, consolando-a. A velha olhou para as duas como se fossem pessoas desconhecidas, disse que o fim de Aníbal seria igual ao fim de Francisco, preso naquele horrível casarão de doidos, atrás das grades como um criminoso comum, longe da família, dia após dia em longas conversas com fantasmas e duendes. Meu Deus do céu, que teria eu feito para merecer tão grande castigo? Às vezes chego a acreditar que há outras vidas e que isso tudo faz parte de um processo que não tem mais fim. Jeziel rodou sua cadeira para fora da sala, atravessou todo o corredor em direção da frente da casa, abriu a grande porta lavrada e deixou-se ficar no pequeno patamar que reunia os dois lados da escada principal e que dava para a rua, quase sem movimento àquela hora. Ele queria ser o primeiro a saber de Camilo sobre as condições da clínica indicada pelo médico da família, já velhinho e trôpego.

O carro entrou no portão e estacionou bem na entrada. Camilo retornara sozinho. Jeziel perguntou lá de cima:

– E o doutor, onde ficou?

– Deixei-o em casa.

Subiu rápido o lance de escadas de mármore, aproximou-se do irmão, não vais me dizer que viestes para cá só para saber da minha opinião sobre a tal clínica? Só para isso, disse Jeziel, sério. Pois posso te garantir que achei tudo ótimo, é uma casa antiga, ampla e arejada, bem-iluminada, não há grades nem aparelhos de choques elétricos, os enfermeiros não têm cara de criminosos, o Dr. Rosauro é de uma simpatia extraordinária, os quartos são bons e jamais eu poderia imaginar, se chegasse lá desprevenido, que aquilo fosse uma clínica para doentes mentais.

Entraram logo depois da chegada de Plínio, que foi posto a par do que estava sendo discutido. Camilo disse que levariam Aníbal naquele dia mesmo, o quanto antes, pois no menor descuido ele desaparece e vai beber. D. Eudóxia recebeu os filhos em nervosa expectativa, Joan e Branca estavam pálidas, Camilo relatou tudo o que vira e deu a sua impressão.

– A senhora, mamãe, poderá ir lá amanhã mesmo, vai ver como não estou exagerando nada, que é isso mesmo, e o próprio Dr. Rosauro me tranquilizou dizendo que o vício da bebida era perfeitamente curável, tinha documentos e atestados que provavam o que dizia. É um homem dos seus cinquenta e poucos anos, fez curso na França, é respeitado pela classe como um médico de grande sabedoria e conhecimentos.

Uma das criadas surgiu na porta para dizer que o senhor Aníbal estava de pé e que se preparava para sair pela porta lateral da casa. Camilo correu pela frente, mandando Plínio encontrar-se com o irmão; um negro ficara no portão, de guarda, Aníbal sentiu em dado momento que estava literalmente encurralado, ameaçou os irmãos, que não tocassem nele, que era capaz de uma violência. Camilo ficou onde estava, mãos na cintura, disse que ele se aquietasse, tudo estava sendo feito para seu bem, ele estava precisando de um tratamento, sabia tanto disso quanto as demais pessoas da família. Aníbal notou que Plínio se aproximava por trás, agachou-se com a intenção de agarrar uma pedra e não chegou a erguer o corpo, estava logo manietado e seguro. Gritava que não queria sair assim de pijama, que não era nenhum vagabundo, exigia respeito, gritou pela mãe. D. Eudóxia, amparada pelas noras e com as mãos seguras por Jeziel, tremia em convulsões de choro, não queria que o machucassem, que alguém fosse dizer a eles que tratassem o rapaz com carinho e amor. Jeziel disse que ela não precisava mandar nenhum recado para Camilo e Plínio, eles estavam procurando dar ao irmão o que o rapaz precisava. A senhora vai ver como dentro de pouco tempo ele estará de volta, assumirá outra vez a direção da loja central, espere com um pouco de paciência. As lágrimas corriam pelo rosto encarquilhado da velhinha, que agora mostrava cruamente a idade e o peso dos anos à frente daquela família de rebeldes e indomáveis.

Mais tarde Joan e Branca fizeram as malas de Aníbal e dois negros foram levá-las. A prece de D. Eudóxia, ao iniciarem o jantar daquele dia, incluiu um pedido pela saúde de Aníbal, que deixara na mesa um lugar vago. O assunto do internamento de Aníbal quase não foi tocado, a não ser quando Plínio disse que a clínica era realmente de primeira ordem e que ficara impressionado quando o médico fez questão de mostrar toda a casa. Os doentes não parecem doentes. Dá a impressão de uma pensão ou de um pequeno hotel, onde as pessoas se reúnem, em grupos, para conversar e contar casos. Aníbal se mostrou muito arredio logo de início, tomou uma injeção, acalmou-se e quando saímos estava conversando com o doutor como se fossem velhos amigos. Camilo disse que ouviu distintamente o médico perguntar ao irmão se ele jogava gamão.

– Amanhã vou lá, pediria que um de vocês me acompanhasse – disse a mãe.

Plínio disse que ele a levaria, pois Camilo tinha grandes compromissos para o dia seguinte. Joan e Branca perguntaram se poderiam ir juntas. Camilo opinou que seria melhor ir primeiro a mãe e depois elas, pois Aníbal poderia assustar-se com tanta visita no mesmo dia. Na hora do café, na sala, Joan disse que precisava contar uma novidade para Camilo: comprara roupa especial para no sábado ir ao noivado daquela moça. Plínio achou graça, imaginem vocês, Joan comprando roupa para uma festa. Isso, contando, ninguém acreditaria. Camilo bateu palmas, isso mesmo, quero levar uma cunhada europeia elegantíssima, de botar água na boca de todo o mundo. E o Plínio, já está preparado? O irmão sorriu, ora essa, vou com a minha roupa escura e acho que não passarei por mendigo. Camilo bateu nas costas dele, estava brincando, a família de Mocinha era toda ela de gente humilde, nem convinha que fossem muito arranjados como quem se prepara para assistir uma récita no Theatro São Pedro. Joan sim, era moça e desde que chegara ao Brasil não comprara um par de meias, graças ao pão-durismo do irmão; mas eles não, haveria por certo na festa muitos parentes pobres de Seu Edmundo.

Naquela noite ficaram ouvindo rádio, um boato correra por toda a cidade: rebentara uma revolução no Rio Grande e havia muita gente se inscrevendo para lutar ao lado de Getúlio Vargas. Oh, não!, exclamou Camilo, justamente quando os negócios se encaminham para o melhor, vem uma revolução! A voz do *speacker* era fanhosa, mas falava em grande movimentação de tropas para os lados de Alegrete, citava o nome de Osvaldo Aranha e quando Camilo percebeu que D. Eudóxia mostrava-se assustada, desligou o aparelho e foi taxativo: amanhã a gente fica sabendo pelo jornal, não adianta nada estragarmos a nossa noite, já que não podemos fazer nada para impedir que isso aconteça. E depois outra coisa: Jeziel não poderá inscrever-se nesses tais batalhões provisórios. Eu e Plínio não pretendemos brigar contra ninguém, a única coisa que me preocupa é como ficarão os negócios daqui para a frente. E, por falar nisso, vou entrar em contato com outros colegas, eles talvez tenham alguma ideia de como agir numa hora dessas.

– E agora, mamãe, cama! – disse Camilo ajudando-a a levantar-se da poltrona. – Vá descansar, hoje o dia não foi dos melhores, a senhora deve estar realmente cansada. Branca e Joan vão com a senhora, afinal para que foram contratadas como seus anjos da guarda?

D. Eudóxia sentia-se, de fato, arrasada. Subiu as escadas lentamente, pensamento voltado para mais um quarto de dormir que ficaria vago a partir daquela noite. Plínio disse que ia ficar um pouco com Jeziel, enquanto Camilo agarrava o chapéu e dava um até logo, rápido, sumindo na noite.

20. Quando Camilo desligou o motor de seu carro, a festa ia adiantada. Mandara mesmo dizer que chegaria um pouco atrasado. Alguns carros de modelo antigo, charretes, dois ou três tílburis surrados, cavalos magros e de cabeça baixa, aranhas e, ao lado da casa, alguns cavalos à soga. Desceram do carro sem pressa. Joan foi ajudada pelos dois irmãos a descer. Parecia uma bela princesa escandinava, com um vestido azul claro de muitas rendas, uma echarpe de seda finíssima, meias brancas, um belo e alongado sapato de camurça. Plínio fez uma mesura cômica, tenha a bondade de passar, senhora princesa das mulheres belas; saiba Vossa Majestade que vou morrer de ciúmes e que se algum homem ousar olhar para a vossa beleza, desafio o atrevido a um duelo à beira das águas do Guaíba. Abriram a porta da casa, surgiu a figura de Seu Edmundo que já estava estranhando a demora e ouvira o ruído do carro. Camilo fez sinal para os outros dois, modos, abriram a porta, comportem-se. O velho Edmundo acorreu de braços abertos, já estávamos ficando preocupados, sejam bem-vindos. Olhou encantado para Joan e disse, sem jeito, a senhora vai ser a moça mais bonita de toda a festa. Joan agradeceu, encaminhou-se para a porta de entrada, seguida por Plínio, enquanto Camilo pedia ao velho que mandasse por favor um dos seus funcionários, ou dois deles, buscar os pacotes que estavam no carro.

– Mas o meu prezado amigo parece que comprou uma loja inteira! Mocinha é bem capaz de desmaiar de satisfação. Pode entrar que eu providencio.

Quando eles entraram houve um silêncio quase geral. Camilo ficou sem saber o que fazer, viu Mocinha encaminhando-se para ele, aproveitou para quebrar aquela expectativa que deixara os três paralisados. Dois rapazes foram buscar os presentes, atrás de Mocinha o noivo, sorridente, curvando-se de maneira exagerada diante de Camilo. Plínio apresentou o noivo para a mulher: este aqui é o noivo, Joan, Ernesto Macedo; esta aqui é Joan, minha esposa. Outras pessoas vieram cumprimentar os recém-chegados, inclusive a mãe da noiva, e logo a seguir as atenções gerais se fixaram nos pacotes que os rapazes traziam da rua. Mocinha botou a mão na boca, escandalizada: mas afinal o que é isso? Camilo disse, eu mesmo não sei, só mesmo abrindo. Tiraram tudo o que havia sobre uma mesa a um canto da sala, colocaram sobre ela os pacotes e Mocinha, auxiliada por Demétrio, trataram de romper os papéis coloridos, ansiosos para saberem do que se tratava. Os convidados, na maioria parentes e pessoas simples, formaram um agrupamento em torno dos pacotes e alguns chegaram a reclamar que eles estavam demorando muito. O pacote maior foi aberto e surgiu lá de dentro uma bela e moderna vitrola elétrica, depois uma caixa com divisões para estante de discos e os demais pacotes, abertos um por um, revelavam séries diferentes de discos, todos eles novidades absolutas para a cidade.

– Nem sei como lidar com tudo isso! – exclamou Mocinha.

Camilo disse que a compra fora feita por Joan e que a cunhada recebera algumas instruções. Joan disse que tudo fora muito rápido e que ia tentar. Perguntou onde tinha uma tomada de luz. O velho Edmundo disse que casualmente bem debaixo daquela mesa. Depois de ligada Joan apertou botões aqui e ali, escolheu um disco por acaso, colocou-o no prato e apertou outro botão. O braço se movimentou, girou devagar, deixou a agulha cair no disco e todos se maravilharam com o som e com a beleza da música, um tango de Gardel que era a coqueluche da época em todas as rádios. Seu Edmundo pediu às visitas que abrissem um caminho, por favor, duas mocinhas vinham com bandejas equilibradas precariamente, uma contendo cálices de pé alto e duas garrafas de vinho rosado e a outra com canapés e doces. Foram servidos, Camilo levantou o cálice, olhou bem para Mocinha e fez um brinde pela felicidade da noiva e pela saúde do noivo, logo acompanhado por todos. Bebeu um gole do vinho doce demais para ele, logo explicado pelo velho que era francês, comprado especialmente para eles. Bebeu outro gole, depositou o cálice sobre a mesa, levantou os braços, pediu silêncio e disse que gostaria imenso de dançar com a noiva, dando exemplo para os demais presentes que se mostravam muito tristes para uma noite tão alegre. Fez um sinal pedindo licença para Ernesto, enlaçou Mocinha mantendo uma boa distância, começando a rodopiar pelos poucos espaços vazios da sala, obrigando os convidados a recuarem para junto das paredes.

– Gostaste do presente?

Mocinha olhou triste para ele, estava a ponto de chorar. Camilo notou, sorriu largo e disse a ela que sorrisse também, já que estavam sendo observados por todos. Ela obedeceu. Ainda não me respondeu, insistiu ele, pressionando levemente os dedos da mão que envolvia a sua cintura.

– Eu jogaria tudo aquilo no riacho se tu me puxasses pela mão, agora, e fugisses comigo para qualquer lugar.

– Que é isso, Ernesto é um bom rapaz, tenho certeza que dará um bom marido.

– Vou continuar sorrindo – disse ela –, mas não pensei que pudesses ser tão cínico assim.

Ambos passaram por Plínio e Joan que começavam a dançar, logo depois outros se entusiasmaram e o baile se generalizou. Camilo aproveitou-se da oportunidade para puxar para si um pouco mais o seu par; mesmo sentindo da parte dela uma resistência quase invencível.

– Por favor, vamos parar de dançar, não estou me sentindo bem.

Neste exato momento a música parou, Joan foi correndo virar o disco, tudo recomeçou, menos Camilo e Mocinha que haviam parado de dançar e se encaminhavam para onde estava o noivo, cercado de amigos.

– Aqui está a sua bela noiva, meu caro jovem, e só espero que não a deixe sentada aí pelos cantos como uma velha. Por favor, aproveite e dance também.

O rapaz olhou para ele com grande espanto, limpou o suor da testa, gaguejou, por fim confessou:

– Ora, doutor, mas eu não sei dançar.

– Que lástima – disse Camilo com um ar que ele próprio julgou cínico e que outros poderiam notar. – Pois aconselho que aprenda o quanto antes, não sabe o que está perdendo.

Plínio e Joan aproveitaram para dançar o que dava, naquela noite. Era a oportunidade que não tinham havia muito tempo. Camilo ficou sentado no sofá ao lado do velho Edmundo e sempre que o velho encaminhava a conversa para os negócios ele botava a mão sobre seu joelho e dizia em tom de ordem; hoje é proibido falar em negócios, meu caro. De vez em quando cruzava olhares com Mocinha, que logo baixava a cabeça e brincava com os dedos. Logo depois de mudar de disco, Joan falou qualquer coisa para o marido e foi tirar Camilo para dançar. Meio a contragosto ele aceitou e sempre que passava pela noiva sentia vontade de pedir licença para a cunhada e tornar a enlaçar Mocinha pela cintura, apertá-la bem de encontro a si, encostar seu rosto no dela, sentir seus seios rijos de encontro ao seu peito, seu ventre apertado contra seu corpo, beijá-la ali mesmo, na frente de todos os convidados que dariam gritos de susto e espanto, haveria desmaios e gritos. Joan notou qualquer coisa, apertou a mão de Camilo e pediu que ele fizesse o favor de, quando dançasse com ela, prestar atenção nela e não ficar de namoro com alguém daquela sala.

– Namoro? Eu? Ora essa é muito boa!

– Pensas que eu não estou notando? As mulheres custam a enganar-se – disse Joan, parando de dançar e carregando com o cunhado para junto do irmão e do pai da noiva.

– Eu já estava com ciúmes – disse Plínio, dando lugar para que ela sentasse a seu lado, ofegante que estava.

Camilo sentou-se numa outra cadeira, bebeu mais alguns goles de vinho e disse que estava ficando velho, mal dera umas voltinhas pela sala com Joan e quase perdera o fôlego.

– Mentira dele – protestou Joan, ingenuamente –, enquanto dançava comigo estava interessado em outra moça qualquer. Ele pensa que não notei.

Os olhares de Camilo e de Seu Edmundo se cruzaram num grande mal-estar, Plínio riu-se muito, disse para a mulher que Camilo era um sujeito que terminaria morrendo solteirão, amava muito mais o seu trabalho do que qualquer mulher deste mundo. Quando rapazes e moças começaram a servir um prato quente, uma espécie de lombo de porco com molho e arroz branco, Camilo levantou-se, bebeu o que restava do vinho no seu cálice e disse que precisava retirar-se, não estava se sentindo bem. Explicou que o dia fora muito agitado, ele andava com preocupações pela situação política, os negócios haviam caído a quase zero, ele precisava de tempo e de tranquilidade para pensar em todas as saídas válidas para evitar o pior. Não repare, Seu Edmundo, o senhor é a pessoa que está em melhores condições para compreender o meu estado de espírito. Vim à festa porque se tratava da filha do meu sócio, aprecio e quero muito bem essa menina, pois em caso contrário jamais teria posto os pés fora de casa hoje. Com licença, vou me despedir dos noivos e depois peço que Seu Edmundo dê uma explicação para seus amigos da minha retirada tão cedo. Joan disse que então eles iriam também juntos, mesmo porque condução, àquela hora, não era nada fácil. Camilo meteu a mão no bolso do colete, tirou as chaves do carro e deu-as para o irmão:

– Ele fica com o carro, vocês vão ficar e aproveitar todas essas músicas, dançarão por dez anos, e depois vão dormir. Não se incomodem por mim, eu encontro um jeito de ir para casa sem nenhum problema.

Encaminhou-se para os noivos que permaneciam sentados num sofá de forração azul, mãos dadas, pediu que o desculpassem, tinha outros compromissos, já tivera o privilégio de dançar com a bela noiva, queria mais uma vez desejar felicidade para os dois, deveria retirar-se. Ernesto levantou-se servil diante do chefe maior da firma, Mocinha disse que o acompanharia até a porta, caminharam juntos, ele apertou forte a mão do sócio, desejou felicidade mais uma vez, encaminharam-se para o vestíbulo de saída onde apanhou o chapéu, estendendo a mão para Mocinha. Foi quando reparou que dali ninguém os via. Passou a mão por trás de seu pescoço, puxou-a para si num movimento rápido e deu um forte e fogoso beijo na noiva, que ficou pálida de susto, como se tudo aquilo houvesse se passado em plena sala, diante de todos os olhares. Quando ele abria a porta e se encaminhava para a noite que se apresentava amena e com um céu estrelado e enluarado, ouviu de Mocinha, em voz apenas perceptível, um emocionado "meu amor" que lhe tirou a coragem sequer de lançar um breve olhar para trás.

Ajeitou demoradamente o chapéu na cabeça, enquanto caminhava a passos rápidos, como se fugisse de alguma coisa, e quando dobrou a esquina, desaparecendo do olhar que sentia estar cravado nas suas costas, enfiou as mãos nos bolsos e disse em voz alta, aproveitando-se das ruas desertas: não passo de um canalha!

21.

D. Eudóxia não pôde ir visitar o filho internado no Hospital São Pedro. Camilo e Plínio, acompanhados de Joan, deixaram a mãe na cama, com uma crise de bronquite, foram cumprir a missão dolorosa, já que sabiam que o irmão afundara definitivamente num outro mundo escuro e sem saída. Um médico novo os recebeu, acompanhou-os pelos longos e soturnos corredores de onde eles podiam ouvir gritos e urros, e ao chegarem à porta receberam o conselho de conversarem com ele pelo pequeno retângulo gradeado que fazia as vezes de janela. Camilo protestou, seria uma visita semelhante à que fariam a um zoológico; podiam abrir a porta, ele saberia conversar com Francisco, acalmando-o. O médico insistiu, mas vencido pela disposição de Camilo recomendou que pelo menos a senhora ficasse de fora. Joan conformou-se. Quando a porta foi aberta eles viram Francisco quase despido sentado na beira da cama que se mostrava suja, olhos muito grandes, desgrenhado, ossos desenhados sob a pele gretada, unhas recurvas, praticamente um desconhecido. Não lembrava mais o Francisco de outros tempos. Um enfermeiro entrou e ficou a um canto, braços cruzados, em silêncio. Plínio puxou uma cadeira, deu outra a Camilo, sentaram-se ao redor dele, então, Francisco, está precisando de alguma coisa? O doido recuou o corpo de encontro à parede, e logo vocês dois que me roubaram tudo o que eu tinha, que me tiraram Dileia, logo vocês vêm aqui conversar comigo? Enfermeiro, leve esses indivíduos daqui antes que eu perca a paciência, ora vejam, dois ladrões dentro do meu quarto, rua daqui, fora, não quero ver ninguém. Joan, apavorada, encostara-se na parede do corredor, temendo uma agressão do cunhado doente. Camilo começou a falar com a voz mais branda que conseguiu, mas então o que é isso, Francisco, virar-se contra os próprios irmãos sem nenhum motivo, que te querem bem e que nunca te fizeram nenhum mal. Mamãe não veio porque está com bronquite e o dia hoje está muito ruim aí fora. Olha ali pela janela, é um dia ventoso e bastante frio. Mas, na próxima vez, nós prometemos, ela vem te ver. Quer mandar algum recado para ela?

Francisco encolheu-se sobre a cama, as pernas raquíticas dobradas, os joelhos ossudos, as costelas salientes, a barba por fazer, aqueles homens que infundiam medo pelo que de estranho continham. Não tenho mãe nenhuma, vocês estão mentindo, me deixem em paz, me tragam Dileia ou eu esgano um por um até que me digam onde ela está. Olhou assustado para a porta, espreitou o quarto todo, examinou os irmãos, vocês são enfermeiros, eu sei, querem me pegar de novo mas eu não vou deixar, eu mato o primeiro que se aproximar! Gritou forte, como se quisesse ser ouvido a distância: Dileia, corre aqui! Eles querem me pegar! O médico olhava interrogativo para os dois irmãos, Camilo perguntou há quanto tempo ele estava assim.

– Há muitas semanas, é um processo gradual, ele quase não come nada, está cada dia que passa mais fraco, mais sujeito a alucinações. A presença dos senhores pode apressar a doença, pois está sempre em guarda contra terceiros desconhecidos.

– Mas nós não somos terceiros desconhecidos, pelo amor de Deus. Somos seus irmãos, doutor.

– Para ele não são mais, ele deixou de fazer ligações com o passado, a não ser com sua falecida mulher que está sempre presente à sua memória. Na verdade, não é mais a pessoa que os senhores conheceram.

Plínio pediu a Camilo que procurasse entender o médico, na verdade não era mais Francisco que estava ali em cima daquela cama como um bicho. O médico abriu a porta, o enfermeiro ficou em guarda, eles saíram. Joan acorreu para saber o que se passara, o marido passou o braço por cima de seus ombros, explicou que o pobre do Francisco estava irreconhecível, precisavam preparar a velha mãe, ela não poderia mais visitá-lo, sofreria um grande desgaste emocional se viesse ali. Retornaram pelos mesmos corredores, ouvindo os mesmos urros e gritos e, quando saíram do prédio vetusto, Camilo ainda tentou vislumbrar dali a janela do quarto do irmão, meneou a cabeça e perguntou como um ente humano, que diziam ser feito à imagem e à semelhança de Deus, podia chegar a tal estado. O carro mantinha as sanefas fechadas, mas mesmo assim o vento frio penetrava pelas frestas. Joan levava sobre os joelhos uma coberta grossa de lã e não sabia o que dizer. Plínio pediu ao irmão que diminuísse a marcha, precisavam discutir o que dizer à mãe, ela não se deixaria enganar por desculpas improvisadas ou por explicações infundadas. Camilo já estava rodando pelas ruas que formavam os Moinhos de Vento, dirigiu-se para uma pequena e modesta confeitaria, parou o carro e perguntou se não seria melhor conversarem numa daquelas mesas, a casa estava vazia àquela hora.

Eles pediram uma cerveja, Joan um guaraná e quando o garção voltou trazia ainda uma pequena travessa com pequenos cubos de bolo e alguns doces açucarados. Era o costume da casa. Camilo serviu a cunhada, enquanto Plínio enchia o copo dele e o seu de uma bela cerveja clara e espumante.

– Acho que eu mesmo devo conversar com mamãe – disse Camilo, pensativo –, e no meu entender só resta uma alternativa: dizer a verdade, explicar o caso de Francisco, contar o que nos disse o médico, dar a minha opinião pessoal.

– Em última análise – argumentou Plínio –, convencer mamãe que o seu filho mais velho morreu.

– Me parece que sim e creio que ela não ficará desesperada, nem sofrerá um impacto tão grande como se possa imaginar. Ela sabe disso antes mesmo do que nós. É uma lástima, palavra. Com a idade dela, merecia um pouco mais de tranquilidade. Se dependesse de mim...

Joan achou que Camilo estava certo. D. Eudóxia, apesar de não ser a mesma mulher de anos atrás, continuava de ânimo forte e muito corajosa. O que eu puder fazer, contem comigo. Plínio meio que se ergueu da cadeira para beijá-la na face, agradecido. Camilo pediu licença e fez o mesmo. Joan ficou emocionada e limpou os olhos como a querer esconder alguma lágrima inconveniente. Depois disse que estava preocupada com Aníbal, naquela outra casa de saúde, e ainda com Jeziel, que de uns tempos a esta parte se mostrava cada vez mais taciturno e fraco. Plínio segurou sua mão que ficara sobre a mesa, apertou-a com calor, e perguntou a ela se não estava arrependida de ter vindo de tão longe para passar pelos maus pedaços que vinha passando. Quer voltar? Um dia, quando eu puder, volto também e aí nos encontramos novamente. Joan sorriu com ar triste, bebeu um pequeno gole de guaraná e disse que agora não poderia mais voltar, jamais viveria numa terra que não tivesse aquela bebida maravilhosa. Os três riram, Camilo olhou o relógio, chamou o rapaz que atendia e pediu a conta. Pagou com uma nota e não aceitou o troco. O carro custou a pegar, ele explicou que era o frio, e quando chegaram em casa Joan reuniu-se com Jeziel e Branca para contar como fora a visita, enquanto os dois irmãos foram para o quarto da mãe; Plínio sentando-se numa poltrona e Camilo na própria cama.

– Pelo que estou reparando pela cara de vocês, devem ter combinado o que me dizer, depois de verem Francisco. Ele está muito pior?

– Puxa, mãe, a senhora não deixa a gente abrir a boca – disse Camilo, aparentemente zangado. – E pensa logo no pior.

– Plínio – disse a velha, virando-se para o outro que ficara calado, incapaz de esconder a tensão em que se encontrava –, quem sabe tu podes dizer o que Camilo está querendo esconder?

Plínio disse que não queriam esconder nada, apenas queriam conversar com ela, nada mais. Já sei, disse a velha, remexendo-se na cama e procurando sobre a mesinha de cabeceira cheia de vidros e caixas alguma coisa difícil de encontrar. Camilo ajudou, era um pequeno vidro de onde tirou um comprimido. Alcançou o copo d'água, esperou que ela tomasse o remédio e disse:

– Ora, mãe, ninguém quer esconder nada, a senhora mesma sabe o estado de Francisco. Está cada vez pior, não há a mais remota possibilidade de recuperação e agora nem reconhece as pessoas. – A velha deixou-se ficar com a cabeça enterrada no grande travesseiro de fronha bordada, suspirou fundo, perguntou se nem eles haviam sido reconhecidos. – Não, nem nós. Éramos não só estranhos como estranhos perigosos.

– Mas acho que a mim ele vai reconhecer. Nunca soube de um filho que não tivesse reconhecido a mãe, por mais insano que estivesse.

– Não sei, não. Eu se fosse a senhora evitaria ir lá. Pelo que notei, eles temem que Francisco agrida as pessoas, sempre que afirma que lhe roubaram a mulher.

– Aquela mulher! – disse D. Eudóxia, num misto de tristeza e de revolta.

– Ela sim – confirmou Camilo –, desde que casou que já estava alienada. Terminou arrastando Francisco na sua loucura. Eu fui testemunha involuntária do início do desastre. Eu e Aníbal. Quando casou, ela já era uma mulher completamente louca. E aquela família dela, então...

– Bem, deixa isso de lado e agora vocês vão sair, quero ficar só, estou muito cansada. E agora devem ir ver Aníbal, o pobrezinho.

– Mas com relação a este, mamãe – disse Camilo –, a senhora pode ficar bem descansada. Ele se recupera, ele não está doente, é só uma questão de tempo. Fique quietinha, depois voltaremos.

Pediram a Joan que ficasse um pouco no quarto com a velha, ela poderia precisar de alguma coisa. Trocaram algumas impressões a respeito do que Joan contara sobre Francisco e saíram.

D. Eudóxia abriu os olhos na penumbra do quarto, viu quando Joan entrara sorrateiramente, sentando-se numa cadeira ao lado da cômoda.

– Minha filha, vai te distrair um pouco, vai tomar sol, me deixa aqui sozinha, não preciso de ninguém comigo.

Joan pediu mil desculpas, mas recebera ordens de Camilo de permanecer ali. Ah, disse a velha irritada, sempre Camilo dando ordens, sempre Camilo resolvendo as coisas, afinal quem é a dona desta casa? Calou-se. Joan pediu que tentasse dormir e se precisasse de alguma coisa era só pedir. A velha conformou-se, ficou algum tempo calada e depois disse em voz quase inaudível, que Joan mal pôde ouvir:

– Camilo se parece tanto com o meu Quirino!

Naquele exato momento os dois irmãos entravam na clínica onde Aníbal fora internado. O médico estava ausente, mas um enfermeiro os atendeu, prestimoso, levando-os para dentro. Mas em lugar de encontrarem o irmão num quarto, deitado como Francisco, deram com Aníbal numa cadeira de balanço, sério, mas bem disposto.

– Ora, viva, os meus queridos irmãos vieram visitar o bêbado da família. E, por falar nisso, quando é que vou sair daqui? Não bebo mais, não quero mais saber de bebida, podem acreditar, dou a minha palavra de honra. Ah, fazem cara de quem não acredita, não é mesmo? Eu não mereço confiança, agora já têm na firma aquele balofo do Ernesto, um débil mental metido a sabido. Eu já disse que não bebo mais, perguntem ao enfermeiro aí, perguntem!

Camilo sentou-se perto dele, bateu na sua mão, pediu que ele ficasse quieto, ninguém estava dizendo nada e todos sabiam que ele ia deixar mesmo de beber, tinham certeza disso. Estava, inclusive, mais gordo e mais rosado, e isso era bom sinal para todos. Tem se distraído?

Aníbal fez uma careta, claro que se distraía; levantava-se de manhã cedo e ia logo para o bar da esquina, onde escovava os dentes com uísque; antes do almoço um aperitivo reforçado; o mesmo acontecia antes da janta e depois, das oito à meia-noite, umas rodadas de cerveja com os coleguinhas de pensionato; não acham que vivo como um príncipe russo antes do comunismo chegar?

– Bem – disse Camilo, mostrando-se desiludido –, pensei que estivesses melhor, que o tratamento começava a dar resultados, mas vejo que vais ficar aqui por mais tempo do que eu próprio imaginava. É um mau sinal este teu tipo de ironia contra os teus irmãos, contra o tratamento que sabes muito bem que é feito só para o teu bem. Plínio, vamos embora, a visita está feita, passaremos aqui outro dia quando o doutor estiver presente.

Aníbal saltou da cadeira com uma agilidade impressionante. Não, Camilo, não faz isso comigo, espera aí, vamos conversar, te coloca no meu lugar, tenta ficar aqui uma semana, uma semana só! Ajoelhou-se aos pés do irmão que tentava erguê-lo, sem resultado. Camilo, mas o que é que querem fazer comigo? Eu já disse que não pretendo beber mais, já jurei, a mãe sabe disso, todos sabem disso, querem agora me deixar nesta clínica pelo resto da vida? Camilo finalmente conseguiu que ele se levantasse, obrigou-o a sentar-se novamente, calma, vamos conversar como duas pessoas adultas, não entendo a tua reclamação se estás aqui há pouquíssimo tempo, o tratamento mal se inicia e não adianta nada entrar num dia e sair no outro. Escuta aqui, Aníbal, vais sair daqui quando o médico nos disser que já podes sair e isso depende exclusivamente de ti. Plínio veio em socorro do irmão, botou a mão espalmada sobre a perna de Aníbal, espera um pouco, vamos falar mesmo como pessoas responsáveis; ou pensas que temos prazer em que fiques confinado aqui enquanto vivemos as nossas vidas lá fora? Será que é isso? Então o teu mal seria mania de perseguição, coisa bem mais séria; olha, é preciso que a gente te diga uma coisa muito importante: para sair daqui tudo depende de ti, nada de nossa parte; se pudesses sair hoje mesmo, ou amanhã, seria uma alegria lá em casa, uma felicidade para a mãe que está na cama e a cada dia que passa fica mais fraquinha: e tu sabes o quanto a doença de Francisco ajudou a empurrar a mãe para os seus momentos de depressão; e sabes também o quanto ela está sofrendo por termos sido forçados a te internar aqui.

Aníbal levantou-se e começou a caminhar de um lado para o outro; quer dizer que não adianta eu jurar que não vou beber mais, saindo daqui, que a minha palavra vale tanto quanto a de um negro; não é isso?

– É isso mesmo – disse Camilo, abruptamente, perdendo a calma. – Quando uma pessoa chega ao ponto em que chegastes, a promessa é feita todos os dias antes de tomar mais um porre. Todo o mundo sabe disso, nós sabemos disso e tu sabes também. Não se trata, agora, de perguntar a ti se vais ou não vais mais beber. A palavra será a do médico, mesmo que ela seja contra a nossa própria opinião. Não se deixa de beber com juramentos. O melhor remédio que se conhece até agora é o tempo. Se queres mesmo sair daqui e voltar para o trabalho, para a família, a recomendação que fazemos é só uma: paciência!

Aníbal chutou violentamente uma cadeira, passou a mão sobre a mesa derrubando tudo o que se encontrava em cima dela, berrou para os irmãos que sumissem dali, que não queria vê-los nunca mais, saiam, desapareçam da minha frente, traidores! Dois enfermeiros o subjugaram com jeito, um outro começou a juntar tudo o que fora jogado no chão. Camilo mostrava-se abatido, disse ao homem que anotasse os prejuízos e que debitassem na conta. Pediu desculpas, virou-se para Aníbal que tentava livrar-se das garras poderosas dos dois enfermeiros:

– Pois faremos a tua vontade. Não viremos mais. Quando quiseres falar conosco, manda alguém nos chamar. Estimo as tuas melhoras.

Quando saíam, acompanhados por um dos funcionários da clínica, ainda ouviram os apelos do irmão que pedia desculpas, que eles voltassem, Camilo! Plínio! Venham cá, eu prometo...

Já com o carro andando os dois iam calados e não sabiam o que dizer. Por fim, Plínio perguntou o que diriam à mãe. Camilo olhava firme para a frente, pois dirigia o carro por entre vendedores ambulantes e carroças, não conseguia esconder o seu abatimento:

– Deixa comigo. Vou contar a ela tudo, não acho que o quadro tenha sido mau, apesar das aparências. Isso sempre acontece nesses casos. Afinal, antes que saíssemos, já se ouvia os apelos dele para que a gente voltasse. Ele vai terminar recuperado.

No fundo ele precisava dizer aquilo para que pudesse acreditar também, mas estava tão inseguro como o irmão. E como D. Eudóxia, depois de ouvir toda a história.

22. Com D. Eudóxia já recuperada, às voltas com as empregadas nos cuidados da casa e com os netos, Quirino se preparando para entrar na

Faculdade de Medicina e Eudóxia, nos seus alegres catorze anos, buscando amiguinhas para as suas horas de folga e para os temas do colégio feitos em conjunto, Joan perguntou a Plínio se ele estaria disposto a levá-la a um teatro ou mesmo a um cinema, afinal andavam todos metidos em casa quando alguns passeios seriam indicados para espairecer um pouco. Camilo foi abraçar a cunhada, muito bem, aquela era a sugestão mais sensata que ele ouvira nos últimos meses: espairecer um pouco.

– Agora eu faço uma pergunta meio delicada: por acaso eu poderia me convidar para ir junto?

Joan foi até ele, beijou sua testa, não poderia ter encontrado em todo o mundo um cunhado mais gentil e mais simpático. Ele perguntou: nem em Londres? A cunhada ensaiou uns passos de dança na sala, dirigiu-se à sogra que se mostrava sorridente, pegou de suas mãos e perguntou se ela não se opunha a que eles fossem a um teatro. D. Eudóxia assumiu um ar sério, afirmou que não só não se opunha como exigia que eles fossem a um bom espetáculo. Camilo pediu o jornal; o que estariam levando no São Pedro? Lá estava o anúncio grande e vistoso: uma peça em três atos, em espanhol, intitulada *Con las Alas Rotas*; e Joan? será que vai entender o espanhol? Ela disse que sim, não haveria nenhum problema, estudara espanhol antes do português, durante dois anos. Pois então está combinado, vamos no sábado que sempre é o grande dia das damas exibirem suas toaletes mais bonitas. Joan botou as mãos no rosto, mostrando-se escandalizada, mas então como é que eu vou? Camilo apontou para Plínio: esse moço aí estará obrigado a levar a minha cunhada à melhor casa de Porto Alegre, não quero ficar envergonhado no teatro, temos ainda quatro dias para os preparativos; deixem o resto comigo, amanhã mesmo manda comprar um camarote, aqui está o preço, trinta mil-réis, nada caro. D. Eudóxia levantou as mãos para o alto: trinta mil-réis, uma fortuna e este maluco ainda acha barato! Ora, mãe, um dinheiro destes a gente gasta num jantar qualquer ou, dependendo do número das pessoas, num bom chá na Confeitaria Rocco. Tudo resolvido, baixo um decreto agora mesmo: não se aceita nenhuma desculpa, a partir deste momento, visando a não ir ao teatro no sábado; por casualidade devo receber do meu alfaiate, na sexta-feira, duas novas fatiotas que mandei fazer imaginando que um dia a nossa querida Joan fizesse uma sugestão tão boa.

Na tarde de sábado, nervosa e agitada, Joan experimentava as roupas, uma costureira novinha corrigia aqui e ali, um detalhe da manga, um aperto a mais na cintura, reajustes cuidadosos, até que D. Eudóxia, notando que a hora avançava, lembrou que tudo estava bem, que ela não se preocupasse, seria mesmo a moça mais elegante da noitada, e que tratasse da maquilagem que era muito importante. Jantaram mais cedo, quase um lanche, que Joan perdera a fome e sentia o estômago constringido, a garganta apertada, os nervos à flor da pele. Sem que notassem, correu à cozinha, falou em segredo para uma das empregadas e, logo depois, sem que ninguém visse, tomava um chá de cidró para acalmar os nervos. Camilo, com a roupa que acabara de receber, a gravata importada ostentando uma bela pérola, sapatos brilhantes, cabelos bem penteados, dava a impressão de um grão-senhor que acabara de descer de um navio, no porto, vindo de um dos países da Europa. Plínio, de elegância mais discreta, reclamou do irmão, aquilo era uma covardia. Joan, finalmente, surgiu no alto da escada e lá ficou como a temer a descida; atraiu para si todos os olhares, incluindo o das criadas que espiavam pela fresta da porta da cozinha. Camilo abriu os braços, fez uma curvatura exagerada quase tocando o tapete com as mãos abertas. Plínio ficou deslumbrado com a beleza de sua mulher, ela estava mais linda do que nunca. D. Eudóxia foi mais positiva: desce, minha filha, a noite hoje vai ser inteiramente tua; e por favor tratem de chegar cedo pois é a hora em que as mulheres se examinam e quando os homens se extasiam diante das mais belas; vamos, está na hora. Joan desceu timidamente, queria saber se não havia exagerado na pintura, se o chapéu não continha plumas em demasia, se o decote não estava exagerado, se a grande flor presa ao ombro não lhe dava um aspecto de jardim suspenso. Plínio curvou o braço fazendo com que ela passasse seu braço alvo e bem torneado por ele, beijou-a de leve na testa temendo manchar a pintura e convidou Camilo para que saíssem mesmo, pois estava na hora.

Quando o carro roncou o motor, lá fora, D. Eudóxia, sozinha na sala grande, sentiu que a alegria no momento ficava toldada com a lembrança de Francisco, perdido para sempre, e de Aníbal, confinado numa clínica onde as pessoas não tinham outra coisa que fazer senão rodopiar ao redor do próprio quarto. Apoiou a cabeça no encosto alto da poltrona de couro, fechou os olhos e tratou de descansar um pouco, já que chorar, não choraria.

Ao entrarem no saguão principal já o encontraram fervilhando de pessoas elegantes, a mistura de perfumes franceses no ar, os grandes chapéus de inventiva espetacular, joias e adereços caros. Os homens deixavam chapéus e bengalas na rouparia, cumprimentavam-se respeitosamente, amigos se abraçavam e a seguir apresentavam outros amigos, Joan era a *avis rara* do encontro, afinal uma inglesa que agora se assinava Mortágua. Camilo, notou Plínio, era o destaque. Parecia conhecer a todos, movimentava-se com desenvoltura, abraçava altas personalidades, andava de um lado para outro, sempre levando pelo braço Joan, a quem fazia questão de apresentar como "a sua cunhada inglesa", mulher de Plínio, seu irmão e sócio.

Finalmente foram entrando devagar, com trocas de gentilezas nos corredores, cada um buscando suas poltronas, Camilo dirigindo-se para o camarote que ficava quase no proscênio, convidando Joan a sentar-se enquanto segurava a poltrona, Plínio a seu lado e ele próprio um pouco mais atrás, impecável na sua postura de velho frequentador de espetáculos de teatro, muito embora não fosse verdade. Percorria toda a casa com o olhar, discretamente, identificando esse ou aquele, dizendo para o irmão, lábios quase fechados, os nomes de uns e de outros. Foi quando vislumbrou, do outro lado, num camarote oposto ao seu, mesma localização, um casal de idade, a senhora de alvos cabelos bem tratados, ele um empertigado homem bem-sucedido na vida e mais à frente, com o cotovelo apoiado no veludo do camarote, uma das mulheres mais belas que ele já tinha visto na vida, pelo menos assim a distância, quando a visão era ofuscada pelo brilho das joias que faiscavam. Sentiu que fora notado, também. Sem mover-se de onde estava, abrindo os lábios de maneira imperceptível, pediu a Plínio que olhasse sem dar na vista para aquele camarote, identificou pela roupa os que nele se encontravam, quis saber se ele conhecia aquelas pessoas. Plínio descobriu o camarote, disse ao irmão que sim, que sabia quem eram. O Comendador Ulisses Medeiros, sócio de um banco, sua mulher D. Fabiana e a filha, Leonor. Camilo fingiu abaixar-se para apanhar qualquer coisa, perguntou se era solteira. O irmão sorriu para alguém que o cumprimentava na plateia e disse que sim. Depois virou-se para Joan, que parecia uma rainha de rara imponência, e disse:

– Tens um cunhado com olho de lince que descobriu aqui no teatro, rapidamente, uma bela moça, certamente a mais bela de todas, depois de ti.

Joan mostrou-se curiosa, mas onde afinal estava a tal moça? Plínio pediu discrição, não poderia olhar assim de repente, mas que procurasse ver o camarote fronteiro ao seu, era aquela moça de chapéu de plumas brancas, com detalhes de seda rosa, com luvas cor de vinho, cano alto. Ela percorreu o olhar por quase todo o teatro e passou os olhos pela figura indicada pelo marido. Virou-se para Camilo que mantinha os olhos fixos na moça e disse:

– Meus cumprimentos pelo bom gosto. Realmente é uma belíssima mulher.

Naquele instante encontrou o olhar do comendador e cumprimentou-o num gesto acentuado de simpatia. Ah, seu malandro, conheces então o pai dela!, exclamou Camilo visivelmente satisfeito; pois vais me apresentar o casal no primeiro intervalo.

– O casal ou a filha do casal? – brincou Plínio.

– Todos – disse Camilo, impaciente pela demora em começar a peça que passou a lhe interessar praticamente nada.

Após o primeiro ato – a peça era desinteressante, monótona – Camilo praticamente arrastou o irmão e a cunhada para o *foyer*, andaram o máximo que podiam, ele achando que o comendador e a família tivessem ficado no camarote, ansiava por ver de perto a moça que de longe lhe parecera uma deusa. Ouviu quando uma voz dizia às suas costas: mas então, meu caro jovem Mortágua, até que enfim saiu da concha e resolveu trazer sua bela esposa ao teatro. Camilo voltou-se e viu quando o comendador abraçava Plínio e apresentava sua mulher e sua filha ao irmão. Joan cumprimentou os três, numa postura de quem sabe que está pontificando, mas um pouco enciumada com a beleza da outra. Um pouco afastado, Camilo permaneceu quieto, como se não tivesse notado o encontro. Plínio foi buscá-lo pelo braço:

– Comendador, creio que não conhece meu irmão mais moço, Camilo, dono das empresas Mortágua. Portanto, meu patrão...

– Já o conheço de nome e de fama – disse o velho, estendendo a mão gorda e mole. – Aqui a minha senhora e minha filha Leonor.

Camilo se esforçava para manter o máximo de naturalidade, mas sentiu em Leonor, ao apertar sua mão, um leve tremor, quando ela baixou os olhos, pudicamente. O velho era expansivo, foi cumprimentado por outras pessoas e repreendeu Plínio por haver desaparecido de sua casa. Mas levantou a mão direita, estalou os dedos, ah, mas desta vez ninguém me escapa; Leonor está de aniversário na próxima quinta-feira e conto com os amigos na festinha que vamos dar; Plínio sabe o nosso endereço. Virou-se para Camilo que continuava embevecido pela moça: e espero que o senhor nos dê a honra de sua presença; garanto que vai conhecer muitas pessoas interessantes; só não posso dizer quantos anos Leonor vai fazer, pois estou proibido de revelar este segredo. Todos riram-se. Leonor, voz aveludada, olhos claros e grandes, fez um sinal de desprezo para o que o pai havia dito e revelou sem titubear:

– Ele não quer dizer porque na quinta-feira me torno maior de idade e não preciso mais dizer a ele onde vou nem o que faço. Portanto, já sabem e não peço segredo.

Virou-se para Joan e disse:

– Quero cumprimentar o Senhor Plínio pela escolha que fez na

Inglaterra, trazendo da Europa, na certa, a mulher mais bonita que lá existia.

Joan, constrangida, agradeceu e disse que se ela um dia fosse à Inglaterra receberia elogio maior e mais merecido. Riram juntas, o comendador disse que todos estavam de acordo, mas que tomaria como um insulto se eles não comparecessem ao aniversário de Leonor. Camilo apressou-se a dizer que da parte dele ele podia saber desde já que seria a última coisa na vida que ele deixaria de fazer. Leonor corou e não sabia o que fazer da bolsa e do pequeno leque de sândalo que levava nas mãos. Despediram-se, o *foyer* já estava quase vazio, por trás do pano acabavam de dar a segunda batida tradicional. Antes de entrar no corredor, Camilo voltou-se e pegou Leonor em flagrante, olhando também.

23. Na festa de aniversário, num luminoso e grande salão bem decorado, belos lustres Tiffany, Leonor pontificava mais bela do que nunca. Camilo esperou que cessassem os cumprimentos, que os rapazes e as moças começassem a dançar valsas e músicas modernas, para aproximar-se um pouco mais, depois de longos e coniventes olhares. Leonor acabara de sentar-se num sofá, demonstrando um certo cansaço, quando Camilo aproximou-se, pediu licença e sentou a seu lado.

– Sabe – disse ela, como se desabafasse –, fiquei com medo que me viesse tirar para dançar. Estava justamente procurando um lugar mais sossegado onde pudesse ficar quieta. E quero agradecer as maravilhosas flores que me mandou. Foram as mais bonitas que recebi.

Camilo não dizia uma palavra. Apenas olhava Leonor com embevecimento, fixava seus olhos como hipnotizado e depois de alguns instantes, que pareceram à moça uma eternidade, ele disse com a maior naturalidade:

– Nós ainda vamos nos casar. Tenho tanta certeza disso como estou sentado agora aqui neste sofá contigo.

Ela ficou tão surpresa que não conseguiu proferir uma palavra. Sua impressão tinha sido a de que todos na sala haviam escutado a insólita proposta de casamento de Camilo. Falou com ele como se estivesse preocupada com alguns detalhes de seu vestido, pelo amor de Deus, peço um pouco mais de compostura e de cavalheirismo, estamos numa sala cheia de amigos, há pessoas que nos observam. Ele circunvagou o olhar sem maior interesse, disse com a maior naturalidade:

– Quer dizer que se não tivesse muita gente na sala a minha proposta seria bem recebida?

– Ninguém me perguntou nada, nada tenho a responder.

– Pois bem, vou começar tudo de novo, de acordo com a praxe dos nossos tempos: a senhorita quer casar comigo?

– Bem, pelo menos agora foi feita uma pergunta, mas quero dizer que, apesar disso, conheci o cavalheiro esta semana, não posso responder uma coisa que estou longe de saber que decisão tomar. Por outro lado, tenho vários pretendentes aos quais preciso me definir em primeiro lugar. E outra coisa que não posso deixar de dizer: o cavalheiro me parece, além de precipitado, muito convencido. E isso não me agrada.

– Pois eu tenho a impressão que conheço a senhorita há muito tempo e que é o tipo de mulher que gosta das coisas positivas, que detesta rodeios e indecisões. Dentro de seis meses falo com seu pai e marco o casamento para daqui a um ano. Tudo acertado?

– Nada acertado. E com licença.

Leonor levantou-se num repente, encaminhou-se para outros grupos de convidados e Plínio disse para Joan:

– Acho que Camilo foi muito afoito com a menina. Algo aconteceu e aposto como perdeu a caça por mera precipitação.

Joan observou Camilo quieto no sofá, Leonor excessivamente falante entre pessoas mais velhas e disse ao marido que ele podia ficar tranquilo, conhecia bem as mulheres, Leonor preocupava-se em demonstrar algo exatamente ao contrário do que pensava e desejava. Ele casa com ela no dia em que quiser. Pediu licença a ele e foi sentar-se ao lado do cunhado. Pegou de sua mão, fez um ar de interrogação:

– Parece que andou querendo andar mais depressa do que devia.

– Não. Andei na medida certa, disse a ela que noivaremos em seis meses e casaremos dentro de um ano. Para não dar o braço a torcer ela saiu num rompante e foi fingir alegria junto aos demais convidados. Acha, como mulher, que estou enganado?

– Não – disse Joan, apertando sua mão e levantando-se. – Acho que tudo vai sair dentro do que foi estabelecido. Pode dormir tranquilo hoje. Plínio ficou preocupado e eu disse a ele que conhecia bem as mulheres. Ela está apaixonada por ti, também. Vai lá intrometer-te naquela roda onde ela por certo diz coisas sem nexo e a convida para dançar. Ela não tem como negar, ficaria muito feio.

Camilo sentiu vontade de beijar a cunhada na frente de todo o mundo, levantou-se também, deixou que ela se encaminhasse para junto do marido, foi ao encontro de Leonor, pediu licença aos demais e convidou a aniversariante para uma valsa. Leonor sorriu, levantou os braços aguardando que ele a enlaçasse, Camilo envolveu-a docemente e iniciaram a rodopiar lentamente, com um certo distanciamento imposto pelo cotovelo do braço esquerdo de seu par. Como é, ainda não teve tempo de pensar sobre o que conversamos? Não sei do que está falando, disse ela, olhando para os lados. Da proposta de casamento que acabei de fazer quando estávamos naquele sofá ali. Bem, trata-se de uma proposta muito séria, apenas posso dizer hoje que fiquei muito surpresa com sua maneira de falar com uma moça e nunca tinha encontrado ninguém tão petulante e tão certo de suas qualidades. Saiba, portanto, que não tenho nenhuma resposta a dar. Ele conseguiu que ela ficasse um pouco mais próxima dele, declarou que esperaria com ansiedade sua resposta, que seu amor tinha sido à primeira vista. Sábado à tarde, quatro horas, nos encontraremos na Confeitaria Central para um chá com torradas à Petrópolis. Combinado? Ela sorriu de maneira forçada, demonstrando contrariedade, o cavalheiro parece adorar mandar, decidir, resolver, enfim deve adorar tratar as pessoas como quem trata com seus criados. Só faltaria dizer com que vestido devo ir, pois já escolheu o que beberemos e o que vamos comer. Pois então discorde, diga que não quer chá, mas uma taça de café com leite, diga o vestido que irá escolher, recuse as torradas, quem sabe uns sequilhos ou fios de ovos que eles têm excelentes.

– Apesar da generosidade em me permitir certas regalias, não me concedeu o direito de não ir sábado à Confeitaria.

– Acertou. Sua presença lá é obrigatória, porque eu sei que me ama também e não me deixará sentado numa cadeira, sozinho, entregue à primeira moça que chegar.

Pararam de dançar, ela fez uma leve mesura de agradecimento, muito obrigado pelo prazer desta valsa, doutor convencido. Espero que não se canse muito esperando por mim, no sábado. Com licença.

Camilo reuniu-se ao irmão e à cunhada, contou tudo o que acontecera, Plínio achou que ele ficaria esperando o resto da vida.

– Ela vai chegar lá – disse Joan –, mas não com pontualidade. Estou certa disso.

Quando saíam, levados à porta por Leonor e seus pais, Camilo apertou forte a mão da moça, disse que esperava vê-la mais seguido e, virando-se para o comendador que dava mostras de haver bebido em excesso, disse:

– Obrigado pelo convite, foi a noite mais maravilhosa que passei na vida. E, saiba de uma coisa, o senhor tem a filha mais bonita e galante de toda a cidade.

O carro passava pelos buracos das ruas, ninguém dizia nada, Camilo devaneava, até que Plínio não se conteve:

– Olha que eu já vi atrevimento nesta minha vida, mas como este teu, hoje de noite, palavra de honra, nunca tinha visto e nunca imaginei que alguém tivesse o peito e a coragem do Doutor Camilo Mortágua!

24. O velho Camilo cobriu o rosto com as mãos encarquilhadas, teria abandonado o cinema se pudesse pelo menos levantar-se por vontade própria e sair porta afora. Leonor, a doce Leonor daqueles dias de cegueira total, quando pensava que o mundo fosse dele e que tudo se faria segundo a sua vontade. Sentia-se esgotado, a garganta seca e dolorida, os pés gelados, nervos esticados, tensos. Leonor na sua estonteante beleza daqueles dias. A gazela tímida dominada pelo macho todo-poderoso.

Ouvia o irritante roer de caramelos atrás de si, o cochicho de namorados, buzinas lá na rua. Não queria olhar para a tela, se tivesse ânimo fecharia os olhos com as mãos e deixaria tudo aquilo enterrado para sempre no passado. Mas não tinha forças para tanto e isso ainda o deixava mais arrasado e débil.

25. Leonor foi pontualíssima, segundo a teoria de Joan. Chegou com uma hora de atraso. Camilo levantou-se gentilíssimo, ofereceu a cadeira, ajudou-a, depois sentou mais a seu lado, pegou de sua mão e disse que ficava muito contente que ela tivesse vindo.

– Mas eu estou com quase uma hora de atraso – disse ela.

– Não – disse Camilo. – Para mim chegaste exatamente na hora que Joan me preveniu que chegarias. Quando eu perguntei a ela se tu virias mesmo, Joan foi bastante feminina para saber como as coisas costumam ocorrer. Ela me disse: Leonor, se disse que não contasse com ela, podes estar certo de que ela vai, mas com atraso. Chegou a calcular o tempo. Quando conheceres melhor Joan gostarás dela como uma irmã.

Examinou bem Leonor, dos pés à cabeça, encantado, apaixonado. Chamou o garção e pediu dois chás com torradas à Petrópolis. Ela protestou: insistes em decidir por mim, como meu patrão. Não, querida, podes pedir o que quiseres, eu só pensei em facilitar as coisas. Está bem, disse ela, ganhaste, quero isso mesmo. Ele segurou sua mão, disse que na semana seguinte iria à sua casa, falaria com seus pais, confessaria estar apaixonado e pediria permissão para frequentar a bela mansão dos Medeiros. Leonor sorriu. Palavra, nunca vi ninguém mais afoito, mas confesso que isso me encanta, em parte. Tudo tem seus limites e espero que não o ultrapasses com exigências descabidas. Chegaram as taças, o bule de prata, as torradas, o açucareiro, os guardanapos e Camilo deixou que o rapaz se afastasse, pediu permissão para dizer que estava apaixonado por ela e queria saber se era correspondido.

– Por favor, um pouco mais de açúcar – disse ela.

– Eu preciso saber, vamos, não te mostres assim tão indiferente.

– Agora quero provar essas torradas que me parecem muito bem feitas. Sim, uma delícia, realmente.

– Leonor, querida, responde o que estou te perguntando.

– Eu vim à Confeitaria tomar chá com torradas. Outros assuntos para depois. Ou não tens o mínimo grau de paciência?

– Está bem, vou mostrar que sou um poço de paciência. Se continuares assim, não te procuro mais, vou tentar te esquecer, afinal tenho trabalho em demasia para conseguir o que quero.

– Calma, querido, tudo tem a sua hora. Daqui há um pouco mais eu respondo tudo o que quiseres.

– Pois quero, antes de mais nada, saber se me amas.

– Mas, Camilo, por favor, eu só posso te dizer que simpatizo muito contigo, mas na verdade não sei se te amo ainda. Podes me conceder um prazo?

– Uma semana.

– Muito pouco.

– Pois não concedo um dia a mais!

– Muito bem, já que o meu senhor todo-poderoso assim o exige, dentro de uma semana darei a resposta definitiva. E, agora, que tal provares o chá com torradas? Outra coisa: gostou da minha festinha de aniversário? Vinte e um anos, cruzes, estou ficando velha. Tu não achas?

– Tenho a impressão de que estás insinuando que estou velho demais para ti. Eu tenho trinta e quatro anos, portanto treze anos a mais. Isto seria ser muito velho?

– Não. Detesto rapazes com menos de trinta. São fúteis, irresponsáveis, em geral desconhecem as coisas mais simples da vida.

– E tu já conheces todas elas, pelo visto, mesmo tendo vinte e um recém-feitos! Meus parabéns.

Saíram da confeitaria ao cair da tarde, no lusco-fusco do pôr do sol, Camilo enveredou o carro para os lados do cais, Leonor estranhou, mas afinal para onde estamos indo? Lembro muito bem que minha casa fica exatamente para aquele lado de lá. Calma, querida, não podemos perder o mais belo pôr do sol do mundo, este que se espelha nas águas tranquilas do Guaíba. Olha lá, quando o céu tem algumas nuvens a coisa fica digna de qualquer pintor da Renascença. O carro sacolejava por um caminho que nada tinha de algo parecido com estrada. Leonor agarrou-se no seu braço com medo de ser jogada fora, Camilo aproveitou-se para tê-la mais junto de si, sentindo o estranho perfume dela e finalmente estacionou além da Volta da Cadeia, dizendo para ela que o espetáculo ia começar, atenção senhoras e senhores, atenção para o mais belo crepúsculo da Terra! Leonor olhou em redor, tudo deserto, ficou com um pouco de medo, e se algum malfeitor saltasse detrás de algumas daquelas macegas altas e os atacasse? Tens a mim, querida; não basta? Pois chega mais para cá, eu te protegerei pela vida inteira. Passou o braço por sobre seus ombros, puxou-a para si, sentiu o hálito quente e o coração dela que batia disparado, aproximou-se mais, ela não virou o rosto, encarou Camilo quase como um desafio, como quem diz: beija-me se tiveres coragem! Mas ele tornou a virar-se para o sol que descia célere sobre o horizonte, como a querer mergulhar nas águas do Guaíba, apontou para lá, repara, está começando, olha o roxo à esquerda, o vermelho mais abaixo, aquele alaranjado único, o lilás maravilhoso, minha querida, é o pôr do sol! Ela apreciava a beleza da paisagem, mas no fundo estranhava as atitudes dele, estivera a ponto de beijá-la, ela se entregara mansamente e ele virara-se para a paisagem. Camilo olhou bem para ela, que permanecia olhando firme para a frente, pois não era aquilo que ele queria que ela visse? Camilo examinava o seu rosto, detalhe por detalhe, repara como o pôr do sol se reflete na tua pele, eu estou vendo um outro maravilhoso e extraordinário pôr do sol, foi aproximando-se, roçou o nariz em seu rosto, chegou sua boca perto dos lábios que fremiam, o braço direito fez com que ela caísse sobre ele e esperou que ela abrisse a boca para dizer algo; nesse preciso momento beijou-a com uma força, uma decisão que a tontearam, tirando-lhe a respiração.

Ela notou que escurecia rapidamente, pediu que a levasse para casa. Estava desfeita, lábios machucados, corpo dolorido. Camilo não dizia nada, limitava-se a dirigir o carro vencendo barrancos e buracos, até que chegou na Rua da Praia, depois de breve parada para que ela refizesse a maquilagem arrasada. Quando o carro estacionou defronte à casa dela, Camilo segurou sua mão que fora estendida para a despedida e perguntou:

– Ainda queres uma semana para responder?

Leonor tinha os olhos brilhantes, deu um suspiro profundo, meneou a cabeça diante da insistência dele, esboçou um leve sorriso:

– Camilo, eu te amo.

26. O comendador só dizia que o casamento da família Medeiros com a família Mortágua deveria ser o acontecimento do ano. Não deixava por menos. Mandara pintar toda a casa, em rosado português, os relevos em branco, grafite em todos os gradis, replantio de árvores, melhorou a iluminação externa e até a calçada e parte da rua ele mesmo mandara refazer por conta própria. Chamava a mulher para longas discussões sobre detalhes, D. Fabiana pouco interferia, pois o marido pedia opiniões por pedir, jamais mudara uma vírgula nas coisas decididas por ele.

Camilo mandara preparar um guarda-roupa impecável, camisas de cambraia suíça, ternos ingleses, sapatos italianos, vistosas gravatas francesas, muitas delas assinadas. Leonor cada dia mais bonita, os carregadores entrando e saindo com malas e caixotes, costureiras contratadas para o trabalho em casa, tecidos importados, rendas especiais, a cidade inteira tomando conhecimento dos preparativos. O comendador recusara a oferta do Clube do Comércio, não aceitara a oferta do Turner-Bund, para ele a filha casaria em sua casa, uma das mais imponentes e luxuosas dos Moinhos de Vento. Dirigindo empresas bancárias desde jovem, conseguira amealhar uma fortuna que fazia a inveja de muita gente. Era dos poucos homens de negócio que costumava dizer "nós, os ricos" e prosseguir nas conversas com a maior naturalidade. Filha única, Leonor era quase uma princesa. Os comentários na cidade eram de que ela morreria solteira, como uma das suas tias, tais seriam as exigências do pai com relação ao rapaz que a pedisse em casamento. Mas Camilo era um Mortágua, jovem e bem apessoado, dominava o comércio e a indústria de construções da cidade, morava numa das mais belas casas da Independência. Às vésperas do casamento, os noivos eram vistos rodando de carro pelas ruas centrais, frequentando as mais elegantes casas de chá, em todas as estreias de teatro, nos melhores camarotes do São Pedro durante as temporadas de ópera. Com Leonor, Camilo mantivera-se nos limites que ela mesmo havia se imposto. Em alguns locais desertos, protegidos pela sombra da tarde de inverno, eles ficavam horas no carro, agora um De Soto fechado e mais confortável, aos beijos e carícias sofridas de quem sabia e conhecia quais os limites permitidos. Quando o ardor era demasiado, Camilo desabotoava sua blusa e beijava os seios volumosos e seguros. Mas de repente ele mesmo se recompunha, assim que notava que Leonor não mais resistia e começava a entregar-se, apalpando-o, gemendo com lágrimas que não sabia conter. Camilo dizia não, era loucura, faltavam poucos dias, voltariam logo para casa, repreendia a menina travessa, afirmava-se como um senhor mais velho e respeitável.

D. Eudóxia mandara retirar seus móveis do antigo quarto, sob protestos de Camilo, pois ali ficaria o novo casal. Ela queria para si um quarto menor, ocuparia o de Francisco que morrera no ano anterior, anônimo, em loucura total, como um bicho que precisasse ser abatido para não atacar mais ninguém. Passara os últimos meses numa cela gradeada, com a comida sendo levada até ele através de uma fresta junto às lajes do chão úmido, urrando como uma fera, unhas recurvas, barba imensa, incapaz de pronunciar uma só palavra inteligível. O médico dissera que a última palavra entendida por um dos enfermeiros fora Dileia. Ocultaram por dez dias o fato para a mãe que já não era a mesma, o reumatismo aumentando, prendendo-a na cama dias e dias, a bronquite renitente, a visão que lhe faltava a cada dia, a memória fugidia. Mas de repente ela se recuperava como por milagre, ganhava novas cores, deixava de tossir, desaparecia o reumatismo, voltava a tomar conta da casa auxiliando Joan e Branca, Quirino já na Escola de Engenharia, Eudóxia com os primeiros namorados, bela e alegre, carinhosa para com o pai paralítico Camilo escolhendo os novos móveis, de jacarandá veiado e polido como um espelho, a grande e larga cabeceira com entalhes feitos à mão, a cômoda com desenhos iguais e puxadores de latão, o guarda-roupa de quatro portas, com espelhos internos de puro cristal. O toalete com tampo de cristal e espelho quadrangular, cantos arredondados, quadro giratório. Duas poltronas de encosto e braços confortáveis, lâmpadas Tiffany de cabeceira, dosséis mandados vir da França. Joan cuidava de todos os detalhes, dos jogos de cama de puro linho irlandês, dos guardanapos de mesa feitos com renda de bilro, os jogos de toalha, os tapetes laterais feitos de lã e seda.

Os negócios entregues aos cuidados de Seu Edmundo que se mostrava de uma proficiência incomum. Plínio tomava conta de um setor e Aníbal, quando passava alguns meses fora da clínica, ajudava no que podia. Mas com o passar do tempo ele mesmo acertava tudo o que estava fazendo em determinadas épocas, dizia para Camilo que ia passar as contas e tudo o mais para Ernesto, ia recolher-se à clínica pois sabia que outra crise se aproximava. Bebera na véspera até cair. Seu Edmundo radiante, mas então o solteirão empedernido ia finalmente casar-se! Conhecia o comendador, homem de grande projeção, sabia da beleza e da educação da moça, tudo era motivo de festa e de congratulações.

– E Mocinha, Seu Edmundo, o que há que ela não casa, o rapaz aí esperando, tudo pronto, o enxoval nos malões, a casa preparada e o casamento sendo adiado de um ano para o outro?

– Ah, Doutor Camilo, nunca se sabe o que se passa na cabeça de uma moça. Ela pede para esperar, o rapaz pede para casar, ela diz que ainda é cedo, ele reclama que já começam a falar. Não sei o que se passa, doutor. Mas, paciência, um dia esse casamento sai. Para mim, o senhor desculpe a franqueza, Mocinha é uma menina muito autêntica, gostou de um homem na vida e não quer casar com mais ninguém.

Camilo ficou sem jeito, não sabia o que dizer, mas afinal as coisas não podem ser assim, Seu Edmundo, Mocinha deve casar, o rapaz é boa pessoa, já está como gerente, ganha bem, só pode continuar subindo na vida. Se o senhor acha que pode adiantar alguma coisa eu estou disposto a falar com ela, dar conselhos, mostrar o quanto está errada, quem sabe ela muda de opinião? O velho coçou a cabeça, duvido muito, mas o senhor é quem sabe, passe por lá, se quiser falar sozinho com ela marque o dia e a hora e eu trato de levar a mulher para qualquer voltinha.

– Amanhã, cinco horas da tarde.

– Pois pode ir lá, não direi nada a ela, diga que pensava em me encontrar lá, uma vez que não me encontrou no escritório. Quem sabe se o senhor falar, convencer a menina, ela se decida a casar.

No dia seguinte Camilo ia bater na porta quando viu que ela estava semiaberta, empurrou, passou para o pequeno vestíbulo, bateu palmas. Mocinha veio lá de dentro meio assustada, teve um sobressalto ao ver Camilo já entrando na sala. Recuou como se um bicho estivesse à sua frente.

– Estou tão horrível assim para deixar as pessoas tão assustadas?

– Não, não... eu não esperava... sabe como é...

– Seu Edmundo não está?

– Deve estar no escritório a estas horas.

– Não está e por isso resolvi procurá-lo em casa. Peço desculpas. Posso entrar e sentar meio minuto?

– Mas claro, claro que pode, olha, senta nesta poltrona que é melhor, não, neste sofá.

Ficaram por alguns instantes sem dizer nada, ele olhando a casa, ela de pé, mal refeita do susto. Por que não senta aqui comigo? Não vou morder. Mocinha encaminhou-se devagar, insegura, trêmula. Sentou-se afastada dele, achou que devia perguntar como estava passando, se tudo corria bem. Tudo, felizmente, respondeu ele. Já deves saber que devo casar em breve, está tudo pronto, é uma trabalheira infernal. Mocinha fez com a cabeça que sim, já sabia. Lamento que as coisas conosco não tenham dado certo, mas Ernesto é um bom rapaz, só não sei por que este casamento não sai, acho que o noivado está ficando longo demais.

– Não vou casar com ele.

– Como? Acho que não entendi bem. Mas se são noivos, anel no dedo, todo o mundo esperando e decide não casar? Mas e o noivado?

– Não tem importância, ele se contenta só com o noivado.

– Não brinca comigo, minha querida, isto precisa ser resolvido. Ou então desmanchas o noivado e procura alguém a quem tu possas amar de fato.

– Camilo, acho melhor deixar as coisas como estão. O único homem que amo na vida vai casar em breve e depois não quero mais casar com ninguém. Conosco ficou provado que sou figueira do inferno, jamais terei filhos. Soube isso pelo que fizemos juntos. Ou já esquecestes?

– Não, mas isso não quer dizer nada, sabe, tem questão de dias e outros problemas podem ter influído.

– Não, estou certa. Sabes, me desfiz daquele quarto bonito que mandastes comprar para mim quando entregou esta casa para o papai, comprei outro diferente, achei que devia me desfazer de toda e qualquer lembrança. Estive a ponto de me matar, mas cheguei à conclusão de que jamais teria coragem para isso. Então vou vivendo a minha vida de todos os dias, às quartas e sábados o Ernesto vem para cá, sentamos naquele outro sofá, suporto a presença dele o que posso e depois peço que se vá, pois estou com sono. Vem ver o quarto novo...

Levantou-se ágil, puxou-o pela mão, atravessaram o corredor e entraram na peça que estava meio escura, venezianas fechadas, um delicado aroma de flores machucadas no ar. Ela acendeu a luz de cabeceira, vê só? Acha que ficou mais bonito ou mais feio? Ele disse que achava muito mais bonito, ele nunca fora um homem de bom gosto. Pois então senta aqui nesta poltrona pequena. Camilo obedeceu, meio intrigado, Mocinha numa rapidez incrível desfez-se das roupas, ficou inteiramente nua, atirou-se sobre a cama, abriu os braços, ofereceu-se a Camilo que praticamente perdera a fala, já temeroso que os pais dela pudessem voltar de uma hora para outra. Mas o que é isso, querida, não faça assim, fica boazinha, veste a roupa, eu te quero bem, não te martiriza. Sentou-se na beira da cama depois de recolher as peças de roupa espalhadas por toda a peça, começou a tentar convencê-la a não ficar assim, ela abraçou-o pelo pescoço, violenta e selvagem, arrastou-o para o leito, começou a despi-lo com fúria incontida, lágrimas lhe escorriam pelas faces, sentiu que ele reagia, que a queria, trouxe-o para cima de seu corpo, beijava-o com fúria, deixou-se penetrar até sentir que seu útero era esmagado, embatia-se como uma gata em cio até que deu um grito estridente que da rua poderiam ter escutado e caiu desmaiada sobre a cama desfeita.

Camilo levantou-se tonto e trêmulo, joelhos dobrando-se de fraqueza, apressado a refazer-se. E se os velhos chegassem naquela hora? Passou por sua cabeça, como num relâmpago, a ideia de que tudo não passara de uma armadilha preparada pelo velho para causar escândalo e impedir o casamento com Leonor. Começou a vestir Mocinha que balbuciava coisas desconexas, não conseguia vestir peça nenhuma, suas mãos tremiam, começou a implorar que ela não permanecesse assim, eles podiam chegar de repente, que poupasse os velhos daquele vexame, seria a ruína de seu próprio pai. Mocinha começou lentamente a recolocar as roupas que ele ia alcançando e por fim esticou as roupas da cama, caminhou como um fantasma pelo corredor, seguida por Camilo, sentou-se numa poltrona e apontou outra para que Camilo sentasse. Ajeitou o cabelo, pediu que ele abotoasse a camisa e apertasse o nó da gravata, disse que não queria chorar, mas que sonhava todas as noites com aquilo, que perdera a cabeça. Quando Camilo tentou falar, ela fez um sinal: nem uma palavra sobre o meu noivo, tenho ódio dele, detesto esse sujeito, não quero nada com ele. Mudou de tom, adoçou a voz:

– Eu só penso na tua felicidade, Camilo. Casa e sê muito feliz. Tu bem que mereces. Procura me esquecer, constrói a tua vida, o que passou, passou. Pelos meus olhos, não farei nada para te prejudicar, para cortar tua felicidade. Só peço a Deus que ela seja uma boa esposa, uma boa mãe de família.

Camilo não queria acreditar. Estava com a cabeça zonza. Perguntava a si próprio o que viera fazer naquela casa, se no fundo não esperava aquilo mesmo que acontecera, agora com a conivência ingênua do próprio pai. Disse que precisava sair, tinha um compromisso para dentro de quinze minutos. Mocinha o acompanhou até a porta, beijou-lhe as mãos, esperou que ele se afastasse e fechou a porta.

Camilo andou de carro por muito tempo, ao léu, fremindo ainda da loucura súbita e maravilhosa de Mocinha. Diria ao pai que o melhor era desmanchar o contrato de casamento, ela não gostava do noivo mesmo, dissera tal coisa com todas as letras. Dissera mais, que o odiava. Lamentavelmente sua missão falhara redondamente. Fizera o possível. Ela havia tomado uma decisão e não voltaria atrás. Se o pai quisesse, ele próprio se encarregaria de dizer isso ao rapaz e afastá-lo da moça.

27. Depois do casamento, na igreja, os noivos rumaram para a casa do comendador, havia muita gente na rua, se acotovelando para ver o casal passar; Leonor como se fosse uma rainha, Camilo empertigado, sério, importante. O casamento civil foi realizado em casa, o Juiz de Paz foi rápido na cerimônia, os convidados deixaram os noivos à vontade, sentados num belo sofá de veludo vermelho, colocado sobre um pequeno estrado todo forrado. Os presentes eram levados para o quarto, dezenas de garçãos serviam bebida, salgadinhos e doces; o comendador, alcoviteiro, pediu a uns amigos mais chegados que formassem uma espécie de biombo a fim de permitir que os noivos "fugissem". Ela ainda passou pelo quarto da mãe para trocar de roupa, enquanto Camilo punha o carro em movimento. A primeira noite de lua de mel eles passariam num apartamento do Grande Hotel e no dia seguinte embarcariam num Ita com destino ao Rio de Janeiro. D. Eudóxia não pudera comparecer, sua bronquite retornara com mais garra. Plínio e Joan representaram os Mortáguas; ela, como sempre, bela e requintada, Aníbal estava na clínica, o que deixara Camilo aliviado: com toda aquela bebida, ele na certa recairia de vez.

Quando o navio desatracou do cais, parentes e amigos ficaram acenando com lenços brancos, D. Fabiana derramando lágrimas abundantes, o comendador tentando consolá-la, afinal um dia as filhas casam, é o destino das pessoas. A certa distância, quando as últimas amarras caíam, Camilo pareceu descobrir, junto a um dos portões de armazém, a figura de Mocinha, com o pai e a mãe. Sentiu um aperto no coração e sem saber bem por que adivinhou que não a veria nunca mais. Ainda esgotado da noite passada no hotel, quando descobrira Leonor, lembrou-se de que em certos momentos ele tinha nos braços outra mulher que não a sua própria. Sim, lá ficara Mocinha, meio escondida no porto, esquiva, desejando a ele toda a felicidade do mundo.

– Camilo, pelo amor de Deus, abana para todos, parece que estás no mundo da lua.

Ele voltou a si, tirou o lenço do bolso e imitou a mulher que chorava, pois era a primeira vez que se afastava dos pais. Passou o braço pela cintura do marido, com a ponta dos dedos levantou a aba da camisa e ficou tocando de leve na pele da cintura. Finalmente não divisavam mais ninguém, trataram de procurar o seu camarote, desceram e subiram escadas, até que o encontraram, camas separadas, apertado e com um horrível cheiro de peixe e de maresia.

– Hoje, como vês – disse Camilo –, dormiremos separados.

– Só se o papa determinasse e assim mesmo eu ia pensar duas vezes.

Desfez-se do vestido; das roupas de baixo, ficou inteiramente nua e perguntou a ele se era pecado uma mulher recém-casada expor-se daquela maneira ao marido, assim no dia seguinte. Camilo aconchegou-se a seu lado, beijou-a, ficou abraçado e ela pediu que ficasse assim, estava inteiramente rasgada por dentro, suas entranhas pegavam fogo, precisava descansar.

– Mas assim, carne com carne, como eu sempre imaginei.

– Querida, de hoje em diante serei teu servo. E isto me dá um grande prazer.

Do Rio foram para a Bahia, da Bahia a Belém do Pará, sempre de navio. Ficaram quase dois meses em lua de mel. Na volta, D. Eudóxia reclamou, mas então desaparecem por tanto tempo como se lua de mel fosse viagem de são-nunca? Os negócios andando, Plínio às voltas com problemas, por sorte Aníbal está numa ótima fase, Jeziel com a saúde muito abalada e sei lá mais de outras novidades, que vivo enfurnada nesta casa, não tenho saído sequer para uma volta no jardim ou no pátio. Joan preparara tudo no quarto, mostrava-se carinhosa com Leonor. Branca era a mesma coisa, dizia para Quirino e Eudóxia que deviam aprender a gostar muito da nova tia, era uma pessoa da família que chegava.

Quando Camilo chegou ao escritório, os empregados da matriz formaram alas para cumprimentá-lo, Seu Edmundo chegou um pouco mais tarde, mas então chega e não manda avisar nada, eu só fiquei sabendo há poucos minutos atrás, estava na olaria da Cascata tentando resolver um problema de forno, tivemos um desastre, um deles, o forno maior, ruiu e dois operários morreram, mais quatro feridos, e a produção lá embaixo mas isso é coisa para mais tarde, agora queremos dar as boas-vindas, sua chegada nos alegra muito. Camilo, cercado por muitos, perguntou pela família dele, por sua senhora, por Mocinha. O velho balançou a mão aberta, fazendo uma cara estranha, assim, assim, mas isso eu conto depois.

Ficaram a sós. O velho fechou a porta.

– Sempre acontecendo alguma coisa, doutor, nestes meses de sua ausência, lá em casa. Minha mulher anda muito doente, já esteve internada, voltou para casa, os médicos entendem que o seu mal não tem cura. Mocinha desmanchou o noivado com o Ernesto, que se demitiu da firma e agora é subchefe de departamento de um concorrente.

– E Mocinha?

– Deve ter seguido seus conselhos naquela tarde em que deixamos os dois sozinhos. Não queria desmanchar um casamento que ela parecia detestar, mas seus argumentos parece que foram suficientes para que ela não continuasse naquele erro.

– E nenhum outro namorado?

– Que nada, doutor, Mocinha fechou-se em casa, não sai, não tem amigas, sabe o que fico pensando?, que de repente ela me procure e me diga que está disposta a entrar para um convento. Por sorte nunca foi muito dada à religião. Já imaginou se isso acontecesse para mim nesta altura da vida? Nem é bom pensar. Quando me disseram que o senhor tinha chegado, o meu primeiro pensamento foi: quem sabe o doutor pode voltar a dar conselhos para ela, Mocinha ouve muito o senhor...

– Não, por favor, não. Torna-se muito difícil a uma pessoa estranha à família dar conselhos ou imiscuir-se em problemas domésticos. Lamento muito, mas acho que Mocinha terminará por encontrar um caminho que seja de sua livre escolha. Sabe, é bem melhor.

– Pode ser, mas ela parece que jamais vai esquecer aqueles tempos em que foram namorados. Desculpe eu revelar certas coisas, mas ela mantém o seu retrato na mesinha de cabeceira, todos os presentes que recebeu do senhor naquela época estão guardados num armário feito especialmente para isso e, quando o senhor viajou com D. Leonor, ela fechou-se no quarto por mais de uma semana, sem querer nada para comer, recusava-se a falar com a gente, chorava dia e noite e só conseguimos fazer com que mudasse de ideia quando chamamos o médico e ele disse que se ela continuasse daquele jeito na certa pegaria uma tuberculose ou cairia numa grave anemia. Desculpe contar ao senhor essas coisas, mas infelizmente Mocinha apaixonou-se pelo senhor de maneira irremediável.

– Lamento muitíssimo, Seu Edmundo. O senhor sabe o quanto eu fiz para convencer Mocinha que tudo terminara, que certas coisas a gente não pode insistir, pois com o passar do tempo tudo se agrava e nada dá certo. Palavra, fiz o que estava a meu alcance.

– Não, eu sei, não estou culpando o senhor. Só queria que soubesse.

Bateram na porta, o trinco girou e Plínio surgiu, pedindo desculpas pela interrupção. Seu Edmundo levantou-se depressa, ofereceu sua cadeira ao recém-chegado, disse que já tinham conversado quase tudo, ia ter que voltar para a olaria da Cascata.

– Pois é, que coisa horrível aquilo – comentou Plínio.

Quando o velho saiu, Camilo perguntou ao irmão quais eram as novidades maiores. Plínio acendeu um cigarro para ganhar tempo, ele que muito pouco fumava, olhou para o irmão através da fumaça, cenho franzido:

– Acho que estão acontecendo coisas estranhas por aqui, desde que aquele rapaz da gerência saiu da firma.

– O tal de Ernesto?

– Esse mesmo. Começamos a perder fregueses tradicionais a cada semana, levados todos para a firma em que agora está trabalhando.

– Mas ele teria tanta força assim? – quis saber Camilo.

– Pois aí é que acho estranha a situação. Ele nunca passou de um pobre-diabo boca-mole, funcionariozinho sem importância e não teria condições de nos roubar um gato morto, que dirá um simples cliente.

– Bem, mas então o que achas que está acontecendo?

– Desconfio que temos aqui dentro alguém que o está ajudando, principalmente através de constantes atrasos de fornecimento, de material entregue sem seleção prévia e, por que não dizer?, da má qualidade dos nossos tijolos e telhas.

– E Aníbal cuidando da loja...

– Não, não faça mau juízo dele. O coitado tem feito o possível para evitar novas crises. Tenho procurado ajudá-lo, faço o possível também para que ele vença as tentações, muitas vezes fecha-se comigo no meu escritório e chora como uma criança dizendo que precisa ficar ali para não beber, tanta é a compulsão que às vezes sente. Mas tem levado os negócios bem, há um outro auxiliar com ele, rapaz de primeiríssima ordem, contador, bem organizado, determina as coisas sempre dando a impressão de que as decisões teriam sido de Aníbal.

– Então estamos produzindo maus tijolos, péssimas telhas, falhamos nas entregas, os homens da seleção resolveram cruzar os braços e o que fizeste até agora para sanar essas falhas gritantes?

– Já fiz de tudo, mantive longas discussões com Seu Edmundo que já não é a mesma pessoa, só dá desculpas, explicações que não convencem, mostra-se arredio e, agora mesmo, neste caso da explosão do maior forno da Cascata, alimento uma certa desconfiança de sabotagem.

– Mas não vejo razão para isso, parece coisa de doido!

– É o que penso, mas devo te dizer quais as minhas dúvidas.

– Está bem, vou averiguar isso. E lá em casa, como andam as coisas? Tive pouco tempo para falar com o pessoal. Joan sempre bem? Trouxe algumas coisas típicas do Nordeste para ela. Leonor é capaz até de já ter dado a ela as bugigangas todas. Para uma inglesa deve ser curioso.

– Obrigado – disse Plínio, levantando-se –, mas preciso ver de perto aquele acidente, os jornais estão lá em cima, alguém precisa estar presente para falar, inclusive com as autoridades. À noite conversamos com mais calma em casa. Pelo que sei, Branca me disse que o jantar de logo mais é todo especial.

Camilo esperou que o irmão saísse, não quis abrir nenhuma pasta, debruçou-se sobre a mesa, as ideias se atropelavam, não sabia o que pensar. De repente lembrou-se de Leonor, mas os traços fisionômicos eram os de Mocinha. Levantou-se decidido, saiu e fechou a porta. Disse a um empregado que, se alguém o procurasse, não voltaria mais naquele dia.

O jantar foi alegre, D. Eudóxia sentada na cabeceira da mesa, contente pela volta do filho, alegre pela nora que aumentava a família, pediu para fazer a oração de todos os dias. Camilo, depois do jantar, observou Jeziel e ficou penalizado. Era uma sombra do homem que fora. Em dois meses fizera uma diferença equivalente a um ano. Tinha a pele macerada, mãos em forma de garra, caíram-lhe dois dentes, o cabelo ficara mais ralo, encurvava o peito raquítico e até a voz começava a ficar irreconhecível. Aníbal, mais magro e mais velho, mantinha-se sóbrio, bebera apenas água, muito embora olhasse cobiçoso para as garrafas de vinho que circulavam de mão em mão. Depois de passarem para a sala principal, onde o café costumava ser tomado, cada um trouxe os presentes recebidos da viagem; Joan encantada com alguns objetos de artesanato índio que ela nunca vira e que achava maravilhosos, D. Eudóxia colocando na cabeça um rico chale de rendas, Branca mostrando a todos alguns cortes de seda para vestido, última moda lançada no Rio.

Um pouco mais tarde, Quirino e Eudóxia subiram, as mulheres formaram uma roda para combinar coisas e discutir o que fazer dos tecidos e dos demais presentes e os homens foram para o gabinete que tinha sido do pai e que agora era praticamente de Camilo. Fecharam a porta. Acomodaram-se da melhor maneira, Aníbal acendeu um cigarro cor de chocolate, de um pacote trazido pelo irmão e Plínio carregara lá para dentro o seu cálice de licor Stregga, indefectível após o jantar.

Camilo começou por longe, talvez não fosse oportuno falar sobre negócios, mas Aníbal, disposto a mostrar que se recuperara de todo, disse que, muito pelo contrário, havia muita coisa errada nos negócios e era bom que conversassem sobre isso.

– Por um motivo ou outro que ainda não consegui descobrir – começou Aníbal assoprando longe a fumaça cinza-clara –, temos tido dificuldades na importação de artigos que estão em falta no mercado. Ora é a Fazenda que retarda, ora os processos somem, sei lá, sempre um problema aqui e outro ali, enquanto a concorrência parece não sofrer desses males.

– O problema da produção me parece mais grave – disse Plínio – porque as coisas passaram a se deteriorar com muito mais rapidez. A olaria de Viamão, segundo Seu Edmundo, apresenta problemas de barro. Diz ele que o bolsão melhor acabou e que agora as outras áreas são arenosas e impróprias para o fabrico sequer de tijolos de terceira, pois saem quebradiços, farinhentos. Não resistem a uma viagem de caminhão. Este forno acidentado, na Cascata, funcionava muito bem, nenhum problema, sempre foi o de maior e melhor produção, de repente explode como uma bomba, causa vítimas, nos cria problemas seriíssimos. Um deles, por exemplo, foi o ter nos obrigado a abrir mão de uma concorrência ganha para um dos maiores fornecimentos da empresa, simplesmente entregando o negócio para outra firma, casualmente para aquela mesma para onde se transferiu o Ernesto.

– Vocês acham que esse rapaz tem alguma coisa que ver com tudo isso?

– Absolutamente – disse Plínio, sorrindo. – Ele é um pobre-diabo e nem sequer foi despedido. Ele foi quem tomou a iniciativa e pediu demissão, pois recebera proposta melhor. Pronto, acertamos as contas, recebeu ainda gratificações atrasadas, saiu sorridente e amigo. Não, o Ernesto nada tem a ver com isso.

Camilo mantinha-se pensativo, preocupado. Disse aos irmãos que mais do que nunca contava com eles, precisava deles, não teria condições de enfrentar todos esses problemas sozinho. E ainda por cima mistérios dignos de uma Agatha Christie. Jeziel não abria a boca. Ele estava por fora de todos os problemas que envolviam os negócios. Mostrou-se cansado, sua coluna incomodava muito depois de certa hora, precisava deitar-se e colocar bolsas de água quente sob ela. Aníbal abriu a porta, empurrou a cadeira e saiu com o irmão. A porta tornou a ser fechada.

– Plínio, precisamos encarar tudo isso de frente, não estou disposto a gerir uma firma em bancarrota. A partir de amanhã vamos começar uma análise de tudo o que está acontecendo, Seu Edmundo será chamado para esclarecer muita coisa, ele deve saber muito mais do que se pensa.

– Acha que ele pode estar tramando alguma coisa?

– Não. Mas pode não estar percebendo o que se passa. A rotina é a maior inimiga da perfeição. Olhando bem para o passado, eu não teria construído esta empresa toda se não contasse com ele. Entrei com o dinheiro e ele com o conhecimento profundo do negócio. É um bom homem, pena que não seja mais esclarecido. Mas ele nos ajudará e muito.

Levantou-se, abriu a porta, saíram ouvindo reprimendas das mulheres que eram contra aquelas reuniões só de homens, afinal tudo poderia ser discutido em família, nada de segredos e de mistérios. Camilo procurou Leonor, abraçou-a por trás, perguntou à mãe se não havia feito uma boa aquisição no mercado de esposas de Porto Alegre. Leonor protestou: então eu fui comprada como quem compra gado numa exposição pecuária, hein? Não, disse Camilo, beijando-lhe os cabelos, não falei de gado, falei no mercado de escravas brancas. Olhem bem, boa pele, bons dentes, saúde ótima, braços feitos para o trabalho pesado, servir com carinho a seu senhor. Leonor riu, apontou para ele, olhem aí o convencido, o escravo querendo passar por senhor. Querem ver uma coisa? Camilo, já para a cama, amanhã é dia de muito trabalho! Ele curvou-se passivo, deu boa noite para todos, beijou a mãe e começou a subir a escada sob o riso geral. Leonor despediu-se também. Nada como provar, na prática, quem tem razão. Lá vai o meu escravo preferido. Um dia, quando achar que ele está ficando velho e inútil, vendo-o por um preço razoável e compro outro...

28. Era um caixão de criança, de tão pequeno. A essa montada na sala principal, os espelhos cobertos com panos pretos, quadros virados para a parede, D. Eudóxia ereta na sua poltrona. Joan e Branca ao lado dela, cada uma sentada num dos braços do móvel. Quirino e Eudóxia sentadinhos num sofá ao lado da avó, os tocheiros prateados enchendo a peça com o cheiro acre das velas, Jeziel descansando para sempre de suas dores, de sua imobilidade e de sua contida revolta contra a vida. Camilo e Leonor de pé, ao lado do caixão; Plínio e Aníbal um pouco mais atrás, os visitantes que desfilavam apresentando pêsames, o aroma dos ramos de flores, das grandes coroas, o choro discreto das senhoras. D. Eudóxia e as noras com os rostos secos. Fortes e serenas. Só a filha do morto, Eudóxia, no esplendor dos seus dezessete anos, enxugava seguidamente as lágrimas que escorriam pelas faces. O irmão, agora com vinte anos, tinha o braço passado por seus ombros, acarinhando-a. Leonor pressentiu algo no andar superior, disse qualquer coisa para o marido e subiu rápido as escadas. De fato, o pequeno João, com menos de dois meses de vida, chorava nos braços da empregada que não sabia como fazê-lo calar. Leonor disse que ele devia estar com fome, sentou numa cadeira de balanço, pediu o nenê e começou a dar-lhe de mamar.

Quirino, havia um ano, chefiava um departamento de vendas e projetos, criado por sugestão dele mesmo, tornara-se o braço direito do tio. Eudóxia terminara o ginásio e não sabia o que fazer, se continuava ou não a estudar, a mãe e as tias diziam que as mulheres precisavam preparar-se para o casamento, que o estudo era mais adequado para os homens. Além de casar, ela sonhava também com alguma coisa que pudesse fazer que não fosse apenas cuidar do marido, dos filhos e da casa. Ter uma profissão. Dentista, médica, enfermeira. Mas a família não concordava com tais extravagâncias. Aprendia a costurar, a bordar, fazer tapetes, arte culinária, tricô, enfim, tudo aquilo que a tornasse, amanhã ou depois, uma exemplar mãe de família. Ela agora olhava para o caixão atarracado do pai, não se lembrava dele a não ser numa cadeira de rodas, nenhuma queixa, horas e horas lendo livros, revistas, velhos almanaques. Carregado de cima para baixo, de baixo para cima, o mesmo lugar na mesa. A seu lado o irmão mais velho, Quirino, faltando apenas dois anos para completar o curso de engenharia. Não se divertia, tinha poucos amigos, saía de casa de manhã muito cedo, às vezes vinha para o almoço, saía logo para voltar tarde da noite, dividindo-se entre o trabalho na empresa do tio, as aulas teóricas e práticas da escola e as longas e extenuantes horas de estudo, no quarto, antes de dormir.

O rapaz não queria chorar. Abraçava a irmã, espiava discretamente o estoicismo da mãe que lá estava sentada no braço da poltrona, tentando dar ânimo para a avó que permanecia firme nos seus quase noventa anos, olhos secos, que a vida lhe estancara todo o manancial de lágrimas. O caixão, a pedido de Jeziel, horas antes de morrer, permanecia fechado e não seria aberto para as despedidas. Camilo abençoava a decisão do irmão que como último desejo quisera poupar o espetáculo atroz do paralítico morto, desfigurado. Houve uma certa movimentação, homens estranhos entraram e começaram a levar as grandes coroas e a enorme quantidade de flores; um outro aproximou-se de Camilo, falou qualquer coisa a seu ouvido, ele aprovara com a cabeça, encaminhou-se para a mãe, debruçou-se sobre ela, disse que o enterro ia sair. A velha balançou a cabeça em sinal de assentimento, Branca foi para perto do caixão, chamou os filhos e todos passaram a mão sobre a madeira lustrada, como se passassem sobre o rosto do próprio morto.

Depois que todos saíram, Joan e uma das criadas ajudaram D. Eudóxia a subir a escada e ir para o quarto, deitar-se um pouco, estava tresnoitada. Quirino e Eudóxia, encontrando-se a sós, choraram em silêncio e cada um foi para seu quarto. Joan ainda ficou um pouco com a menina, não sabia o que dizer, limitou-se a passar a mão sobre seus cabelos; em pouco tempo Eudóxia dormia, todos haviam passado a noite em claro. Depois ela própria recostou-se num sofá da pequena sala e tentou dormir, mas a cabeça girava em torno de como seria a vida naquela casa depois daquela morte, Branca e os filhos sem Jeziel, que apesar de paralítico era o chefe da família, era sempre consultado, instruía Branca em muitas coisas que ela desconhecia.

Na noite daquele dia a casa permaneceu quase que inteiramente no escuro; D. Eudóxia jantou no quarto, Branca também, os irmãos comeram de maneira frugal, ninguém tinha fome. Depois se reuniram no gabinete, desta vez com a presença de Quirino que se queixara da exclusão dele toda a vez que os tios se reuniam para discutir problemas da empresa. Afinal, eu também faço parte dela, trabalho junto com todos, não vejo por que deva ficar de fora das discussões. Camilo achou a pretensão justa, pediu desculpas, ele saberia compreender, todos ainda o tinham como um menino. Aníbal abraçou o sobrinho, quis lhe dar um pouco de ânimo, teu pai descansou, meu filho, foi melhor para ele; acho até que ele ansiava por esta hora. Camilo disse que deviam dar o assunto por encerrado, pelo menos naquele dia. Todos haviam sofrido muito, a mãe suportara tudo como uma autêntica Mortágua. O rapaz girava uma correntinha no dedo indicador, sorriu com a frase do tio e perguntou:

– Mas afinal o que vem a ser uma pessoa chamar-se Mortágua? Eu acho que vou custar muito a me acostumar com isso. Para mim é como ser Vasconcelos, Almeida, Silva ou Medeiros. Não ligo muito para essas coisas, me desculpem, mas eu acho que o pessoal da minha geração não liga mais para essas coisas.

– Claro, não é nada de mais as pessoas não ligarem para tal coisa, como se com isso quisessem dizer conde, barão, duque e quejandos. Só que para nós, os mais velhos, Mortágua ficou tendo uma importância que talvez ninguém saiba explicar o real motivo. Talvez uma certa força para enfrentar adversidades ou desgraças, não sei.

Quirino olhou de soslaio para o tio Aníbal, que sempre demonstrara ser um fraco, um pusilânime, incapaz de vencer os próprios vícios, vigiado dia e noite como uma criança. Mas não disse nada. Concordou com o tio, isso talvez fosse possível. Camilo sentou-se na cadeira que fora a preferida do pai, abriu os braços:

– Ora vejam, estamos quase como numa reunião de empresa. Fora da família, só a ausência de Seu Edmundo.

– Que, por sinal – disse Plínio –, não tem me parecido o mesmo homem de tempos atrás. Não falo no trabalho, na dedicação, mas em outros detalhes menores que às vezes me deixam preocupado.

– Achas que não está sendo correto? – perguntou Camilo.

– Não sei explicar. O mais que posso dizer é que não me parece aquele mesmo homem que demonstrava uma fidelidade canina para contigo. Agora, quando surge um grande problema, ele se limita a nos comunicar e pouco ajuda para sanar o mal apontado por ele mesmo. É claro que ele, depois disso, depois de avisar, não vai para casa dormir. Volta para suas atividades normais. Antes não era assim.

– Concordas com isso, Aníbal? – disse Camilo.

– Eu não tinha prestado atenção a esses detalhes, mas agora que o Plínio falou neles, concordo. É verdade. Antigamente, quando uma partida de louças sanitárias não chegava do porto ele não vinha me dizer isso e ponto final. Ele dizia e se tocava para lá, resolvendo tudo pessoalmente, brigando, ameaçando, reclamando, fazendo o diabo. Agora passa pelo escritório e diz: Senhor Aníbal, a partida de metais que devia chegar hoje pelo Itanajé, de manhã, até agora não deu o ar de sua presença; aqui estão as guias, com licença.

Camilo sugeriu que fosse feita uma reunião com o velho e não custava nada falar claro, era a melhor maneira que conhecia de trabalho. Ficar com chove não molha não era o seu jeito.

– Pois amanhã de manhã mesmo, sem maiores delongas – disse Plínio já irritado com o que tinha ouvido. – Se quiserem eu mesmo convoco o velho, fazemos a reunião no gabinete do Aníbal que dá mais jeito, bota-se as cartas na mesa, ele se explica, tomamos as providências na hora. Se for o caso, muito obrigado pela colaboração, aqui estão as contas e até logo. Se quiser continuar como amigo, ótimo. Se quiser cortar relações, melhor ainda.

– Esperem um momento – disse Camilo, como a querer botar ordem na conversa. – Com Seu Edmundo não dá para fazer as coisas assim. Ele tem uma participação bastante razoável na empresa e não se pode pensar em botá-lo no olho da rua como um simples empregado. Para início de conversa, não se teria o dinheiro para reembolsá-lo das suas quotas de participação, além de outras despesas que isso acarretaria. Por outro lado não temos, nem teremos tão cedo, uma pessoa que esteja tão por dentro dos negócios, das escritas das firmas em particular e da empresa como um todo.

– Bem – disse Plínio –, eu não lembrei mesmo que ele tinha esta posição na empresa.

– Vamos fazer a reunião à tarde – disse Camilo –, pois assim tenho tempo pela manhã de verificar alguns dados que desconheço. E pode mesmo ser no gabinete do Aníbal.

No dia seguinte, depois do almoço, Quirino desceu as escadas e comunicou aos tios, que tomavam cafezinho, que Aníbal estava no seu quarto, no maior porre de sua vida. Camilo quase se engasgou com o gole de cafezinho que estava tomando. Plínio bateu com a mão espalmada sobre uma mesa:

– Raios! Sempre que se fala numa decisão qualquer, de responsabilidade, Aníbal vai direto para a garrafa. Vamos levá-lo logo para a clínica e depois iremos para a firma. Mas não é possível!...

– Quer dizer, adiaremos o encontro com Seu Edmundo – disse Camilo, contrariado. – Confesso a vocês que já começo a descrer deste tratamento clínico. Paga-se um horror por mês, o rapaz sai e não demora, às vezes, quinze dias, e lá se vai ele de volta, com armas e bagagens.

– Mas desta última vez Aníbal conseguiu aguentar cerca de dois meses – disse Plínio.

Acabaram com a reunião, Plínio e Camilo foram buscar Aníbal, depois de avisar a mãe e as mulheres, pediram a Quirino que fosse avisar Seu Edmundo que a tal reunião marcada para a tarde daquele dia ficava adiada para outra data a ser combinada. Camilo recomendou: se ele quiser detalhes da reunião, de que se trata, quais os assuntos, diz apenas que seria tudo de rotina, apreciação de resultados, discussão sobre novas iniciativas, estudos de ampliação. Ele vai se dar por satisfeito e assim podemos esperar um pouco mais até que Aníbal consiga se recuperar deste maldito vício.

Quando se dirigia para o escritório com Plínio, depois de deixarem Aníbal na clínica, Camilo foi rememorando os seus hábitos de trabalho com o velho Edmundo, os livros trazidos em grupos de cinco ou seis, ele nem sequer se dava ao trabalho de ler atas e registros fiscais, alterações de cotas, aumentos de capital; limitava-se a ouvir as longas e minuciosas explicações do velho e depois ia rabiscando em cada página a sua rubrica e no final de cada documento deixava a sua assinatura completa. E se as coisas escritas ali não estivessem exatamente de acordo com o que o velho dizia? Passou pela cabeça dele uma vaga hipótese de vingança do pai que via a filha única consumir-se em casa, apaixonada pelo sócio ou, quem sabe, não estaria ele a par de tudo o que houvera entre os dois e friamente tivesse arquitetado uma vingança exemplar? Bobagens. Era atribuir ao velhote uma mente maquiavélica, coisa que ele estaria longe de possuir. Um bom homem, nada mais. Preferiu não comentar nada com o irmão, que ia quieto e pensativo. Ao chegar ao escritório abriu o grande cofre, tirou documentos e papéis, pastas e tudo o mais, precisava dar uma olhadela em tudo o que estivesse em seu poder e depois da reunião com Edmundo exigiria que ele trouxesse todos os documentos da firma, ele precisava tomar pé da situação, pois alimentava esperanças de novas compras e associações, estava querendo ampliar os negócios. Era uma boa desculpa. Lembrou-se de avisar que Aníbal passaria algum tempo ausente. Ele chamava aqueles períodos de viagem. Mandou um recado para Seu Edmundo e disseram que ele só viria mais tarde, tinha sido chamado para uma reunião importante. Quando apareceu, Camilo mostrou-se muito espantado. O velho envergava uma camisa verde com o sigma no braço, calças brancas e sapatos pretos.

– Não sabia que o senhor pertencia ao integralismo.

Edmundo enrolava o casquete entre os dedos, de fato entrara para a organização levado por bons e velhos amigos, o integralismo seria a salvação do Brasil.

– O senhor vai me desculpar, mas acho que envolver política com negócio nunca deu certo. Nós aqui temos clientes integralistas e temos clientes contra os integralistas. A nossa posição deve ser de neutralidade diante dessas coisas. Confesso que o senhor me deixa bastante preocupado.

– Mas logo agora que fui promovido a centurião, Doutor Camilo?

– Isso é o de menos. Como sócios, o senhor deveria ter me comunicado que fazia parte disso aí, deveria até mesmo saber se isso me agradaria ou não. Pode ir, até esqueci o que tinha para falar com o senhor. Volte amanhã de manhã, mas sem esta camisa. Aliás, mande colocar um aviso na porta de entrada de todas as nossas firmas, comunicando que fica terminantemente proibido o ingresso em dependências da empresa de pessoas trajando fardamentos ou mesmo portando insígnias de qualquer partido político.

– Sim senhor, vou providenciar isso imediatamente. Com licença. E outra coisa, doutor, prometo nunca mais vir para o serviço vestindo as minhas insígnias que, aliás, me honram muito. Com licença!

Aníbal permanecia ainda na clínica, o médico aconselhou a deixá-lo mais tempo para melhor recuperação do organismo; Leonor achou que o marido andava com preocupações em excesso, precisava descansar, trabalhar menos, dar mais atenção à vida deles. Camilo concordou com tudo, não seria capaz de esconder para sua mulher o que se passava. O velho Edmundo, que sempre fora fiel e atencioso, distanciava-se dos demais sócios, pouco falava, não opinava sobre mais nada e suas atitudes, nos últimos tempos, davam motivo de preocupação. Numa noite, ao deitarem, Leonor mostrou-se mais carinhosa do que de costume. Colocou sobre o corpo, como única peça, uma leve e fina camisola de cambraia azulada. Esperou que ele retornasse do quarto de banho e permaneceu descoberta, lendo um jornal, apoiada nos grandes e macios travesseiros. Quando deitou-se, notou as intenções de Leonor, esticou o braço e passou a mão sobre seus ombros, sobre o alvo e suave colo, chegou-se mais a ela, a mão prosseguia explorando suaves mundos, coxilhas e vales. Leonor prendeu sua mão com o braço, mostrou o jornal para ele e apontou um anúncio vistoso, de quase meia página.

– De que se trata? – perguntou ele.

– Do novo carro lançado na praça. Trata-se de um Lincoln Zephir V-12.

– E daí? Não vais me dizer que queres comprar um deles!

– Não sei, não. Por que papai pode comprar um e nós não?

– Teu pai comprou um desses? Meus parabéns!

– Quero que me prometas que vamos comprar um também.

Camilo disse que ia pensar, pedia tempo, apenas. Não, se não me prometeres agora mesmo que me compras um desses carros, apago a luz e vou dormir, mas sem incomodação nenhuma. Fico muito cansada quando sou contrariada.

– Não vais me dizer que isso é uma chantagem!

– É.

– Pois muito bem, a respeito de comprar ou não comprar um carro novo, pensarei sobre o problema a partir da próxima semana.

Ela puxou as cobertas, apagou a luz de cabeceira, pois então eu também me reservo o direito de esperar para quando tomares uma decisão.

– Mas, minha querida, que tolice essa!

– Por favor, vamos dormir. Dentro de duas horas preciso alimentar o João. Boa noite.

Camilo recolheu a mão, ficou pensativo na escuridão do quarto, como explicar aos irmãos que iria trocar de carro assim sem mais nem menos, por puro capricho de Leonor? Ela mudaria de opinião no dia seguinte. Ou não compraria mesmo aquele outro carro e esperaria pela reação dela. Puro fogo de palha, pensou antes de cair em sono profundo.

29. João estava com dois anos e andava a cavalo sobre os joelhos de Camilo, que mostrava o filho e perguntava se o nariz não era igual ao dele, sim, concordo, os olhos são os da mãe, mas aqui o queixo, as orelhas, este jeitinho de olhar, duro e enérgico como o pai. Leonor afirmava que o menino era Medeiros da cabeça aos pés e podia apostar que o recém-nascido, o Virgílio, puxaria por sua família com certeza. D. Eudóxia balançava a cabeça, como agora era seu jeito, olhinhos irônicos. Com Leonor decidindo tudo sobre a casa, determinando, mandando, dando ordens e contraordens aos criados, a velha limitava-se a olhar para as outras noras que procuravam cercar D. Eudóxia de mais carinho. Camilo às vezes tentava conversar com Leonor, ela devia agir com mais diplomacia, a casa não era só deles, precisavam conviver bem, Joan era um amor de criatura,

Branca uma pessoa sofrida e calada. Mas a mulher argumentava que não havia casado para morar numa pensão. Quando haviam decidido morar na casa dele era justamente porque a casa era dele e portanto seria também a casa dela. Tratava todos os demais muito bem, com toda a deferência, mas queria dirigir os serviços. Quando chegara ali as criadas faziam o que bem entendiam, chegavam a entrar nas salas sem pedir licença, saíam da mesma maneira, havia descoberto armários com baratas e teias de aranha, os negros do pátio viviam dormitando pelos cantos enquanto o capim e as ervas daninhas tomavam conta de tudo. Camilo argumentava que eles estavam muito velhos, vinham dos tempos de seu pai, faziam o que podiam. Pois que sejam dispensados, pela mesma comida que eles consomem arranja-se criados de primeira ordem. Camilo às vezes tentava explicar para a mãe o que se passava, mas D. Eudóxia cortava o assunto erguendo a mão, a casa é tua, eu estou aqui esperando que Deus me mande chamar para me juntar novamente com Quirino lá em cima. E não deixava o filho tocar mais no assunto. Muitas noites as discussões entre Camilo e Leonor varavam as paredes de estuque do quarto e chegavam aos ouvidos dos demais. Não percebiam bem o que eles diziam, mas a voz enérgica de Camilo provava que ele não se conformava com certas atitudes da mulher. No dia seguinte Leonor dava mostras de ligeira mudança, mas já ao cair da tarde ela voltava ao que era, ríspida, interferindo nas mínimas coisas, determinando o cardápio daquilo que seria servido aos outros.

Um dia, depois do almoço, Camilo sentado na escrivaninha que fora do pai, Branca entrou em silêncio, fechou a porta com chave e disse a Camilo que precisava ter uma conversa séria com ele. O cunhado desconfiou logo o que fosse. Leonor está cada vez mais autoritária, não é isso? Branca fez um ar de espanto, não absolutamente, não era nada disso, gostava muito de Leonor e das crianças. O nenê, Virgílio, era um encanto, vivia no colo dela e Eudóxia passava o dia cuidando dele. Mas então o que é? Acontece, disse Branca, baixando os olhos, que Quirino está homem feito, recebe o diploma de engenharia, quer ter a sua vida, é rapaz, sabes como são esses meninos nesta idade; Eudóxia também, ela está agora com dezenove anos, começaram a aparecer os primeiros namorados, quer um pouco mais de liberdade, os tempos são outros, as moças de hoje não são como as de antigamente; e eu, confesso, ando muito nervosa, cansada, gostaria de morar só, mesmo numa casa pequena, dois quartos, eu e a minha filha num deles, Quirino no outro, uma sala não muito grande, um quarto de banho e cozinha; mais nada, isso serve para nós como uma luva.

– Mas eu não posso concordar com isso...

– Calma, querido, eu sei que vais compreender a minha posição, o desejo dos meninos em ter vida própria, o Quirino já está ganhando o seu dinheiro na empresa e agora formou-se, vai poder começar a exercer a sua profissão. Eu não vim te falar sem antes pensar muito sobre o assunto, depois de discutir com meus filhos.

Camilo ficou pensativo, passou a mão sobre os cabelos de Branca que começavam a encanecer, disse que pensava na mãe que iria sofrer muito com a ausência deles.

– Mas não vamos para outra cidade, ficaremos aqui por perto, estaremos aqui quantas vezes for possível. E outra coisa, discuti este assunto com D. Eudóxia e ela concordou plenamente, achou que era um direito meu e que eu fazia muito bem. Só exigiu que eu viesse aqui sempre, se possível todos os dias.

– Mamãe concordou? Pois bem, vamos ver essa coisa com vagar. Nós temos uma casa aqui perto, cerca de três quadras, muito boa, podemos tirar o inquilino com um simples pedido e depois trata-se de um velho viúvo que perdeu a mulher há menos de quatro meses e deve estar com vontade de sair. É uma casa regular, não tão pequena como queres, tem um belo jardim, atualmente abandonado, um excelente pátio, mando os meus homens lá para uma pequena reforma, em uma semana um jardineiro transforma o jardim e limpa o pátio. Pois bem, então eu só peço um prazo pequeno, um mês, dois no máximo. Está bem?

Branca levantou-se emocionada, beijou Camilo na testa, apertou com calor suas mãos, abriu a porta e saiu. Leonor estava sentada na sala grande, com o pequeno Virgílio no colo, aproveitou para encontrar-se com o marido, fechando a porta atrás de si.

– Olha aí esse maganão aproveitando o calorzinho do colo da mãe! Ele já mamou? – disse Camilo.

– E achas que se não tivesse mamado estaria dormindo, nesta calma toda?

Camilo explicou que estava preparando alguns papéis para levar, haveria uma reunião naquela tarde com alguns clientes importantes.

– Afinal, que conversa tão importante foi essa com Branca que não só fechou a porta como ainda passou a chave?

– Branca? Ora, minha querida, problemas dela, dos filhos.

– Venho notando suas atitudes ultimamente e quero te dizer que não me agradam nada. Essa menina faz o que quer e ela é incapaz de dizer isto aqui. O rapaz aparece em casa como um cometa e pensas que ela diz qualquer coisa para ele quando chega depois da meia-noite?

– Mas, meu bem, Quirino é um engenheiro quase formado, Eudóxia é uma menina muito bem-comportada e depois nós não podemos interferir na vida dos outros.

– Mas que segredo tão grande foi esse que foi preciso passar a chave na porta? Alguma coisa contra mim?

– Coisas da pobrezinha, mas nada demais. E contra ti por quê? Tens feito algo que a possa desgostar? Simplesmente ela quis conversar comigo sobre a necessidade de mudar-se para uma casa que seja só dela, onde possam levar uma vida com mais intimidade, Quirino está ficando um homem, Eudóxia amanhã ou depois estará com namorado frequentando a casa. É um direito dela, mamãe concordou, eu concordei, vou agora ver uma casa que é nossa, aqui perto, e que com uma pequena reforma dará perfeitamente para eles.

– E tudo às tuas custas, naturalmente.

– Mas o que é isso Leonor, pelo amor de Deus, não me venhas com esses argumentos. Então vou abandonar a viúva do meu irmão, os meus sobrinhos? E depois tem outra coisa: Jeziel tem participação no capital da empresa e que agora pertence a Branca. Ela tem direito a uma retirada mensal e Quirino tem o seu salário. Não estou fazendo esmola a ninguém.

– Acho isso muito estranho. Moram numa boa casa, têm tudo o que desejam, são bem tratados, entram e saem à hora que querem e de repente resolvem mudar-se sem maiores explicações.

– Mas eu acabei de te dar todas as explicações que acho perfeitamente válidas. Minha querida, vamos combinar uma coisa: vamos deixar que cada um decida sobre o que fazer de sua vida, nós já temos a nossa, temos problemas também, a família está crescendo. Está bem?

– Está bem, prometo não me meter mais na vida da tua família que me parece muito estranha. Se é isso o que queres, já não está mais aqui quem falou. Com licença.

Saiu, batendo forte com a porta e subindo para o quarto. Joan percebeu que eles tinham discutido, mas não comentou nada com a sogra que se mantinha quieta, o queixo apoiado no cabo da bengala, olhinhos irônicos dirigidos para a nora.

Naquele dia mesmo Camilo chamou um dos seus homens de confiança na firma, explicou o problema da casa, estava disposto a ajudar o velho a encontrar rapidamente uma casa menor para ele, depois disso queria uma reforma total na casa, banheiro novo, trocar as venezianas que estavam apodrecidas, troca dos canos d'água que estavam velhos e entupidos, jardineiro para fazer tudo o que fosse preciso, homens para a limpeza do pátio, eletricistas para remover aquela fiação velha e perigosa. Ah, outra coisa: leva o Quirino, depois, contigo, e ele poderá fazer um orçamento aproximado e dirigir as obras, como engenheiro.

O velho inquilino não quis mais casa nenhuma, preferiu ir para o quarto de um hotel, o que facilitou tudo. Quirino examinou toda a casa, fez um projeto de reforma e deu ao tio um orçamento aproximado, levando-se em conta apenas os preços de custo do material. Camilo achou muito em conta, perguntou se ele não estava querendo economizar, fazendo as coisas pela metade. O rapaz sorriu, bateu nas costas do tio, então na hora de explorar a família eu ia pensar em economia?

– Depois quero ver a relação do material a ser requisitado, vou examinar a qualidade de tudo.

Quando, dois meses depois, Branca fez a mudança, quase perdeu a fala ao percorrer a casa. Parecia ter sido construída naqueles meses. Inteiramente mobiliada, um quarto só para ela com móveis maravilhosos, outro para Eudóxia, decorado com bom gosto, alegre e juvenil, e o quarto de Quirino, onde até uma mesa de arquiteto fora colocada. Uma boa cozinha, copa e uma sala de jantar que faria bonito em qualquer festa da família. Camilo a acompanhava, explicava tudo, fizera um grande negócio com a compra daqueles móveis, pois tudo fora trocado por material de construção. Queria que eles fossem felizes na nova casa e só lamentava que Jeziel não estivesse ali, naquele momento. Branca deitou a cabeça em seu peito, abraçou-se com ele e chorou de alegria e gratidão.

– Ora, ora, mas o que é isso? Então num dia de alegria as pessoas choram também? Essa eu não sabia. Vamos, trata de fazer um café que eu encarreguei o Quirino de trazer tudo o que fosse preciso para a despensa. Minha querida, assim que mamãe estiver um pouco mais forte dessa sua última gripe, vou trazê-la aqui. Ela vai adorar tua nova casa.

30. Enfim, uma menina. Ela se chamaria Patrícia. A mãe queria que ela fosse Fabiana, nome da avó. Camilo insistiu: Patrícia. Desde rapaz que jurara que se algum dia tivesse uma filha ela se chamaria Patrícia. Pois o dia chegara, ela seria Patrícia. Leonor mostrou-se zangada. A primeira neta fora batizada como Eudóxia, nome da avó paterna, mas agora a minha filha não pode se chamar Fabiana. Por quê? Simplesmente porque a segunda filha nossa se chamará Fabiana, mas esta não. Deixa que eu explico para tua mãe, ela entenderá. João, com quatro anos, queria pegar a irmãzinha no colo, mas o pai não deixou e ele correu para fora do quarto, aos prantos.

Joan saiu correndo atrás dele, deixem que eu acalmo o menino. Virgílio olhava a irmã do colo de Branca que acabara de chegar, alegre com o nascimento da menina que Camilo tanto quisera. Leonor descobria o rostinho do bebê, escondido entre rendas e cambraias, e dizia que o narizinho era o da avó materna, o queixo do avô materno, e a boca e a testa da mãe, mas qual será a cor dos seus olhinhos? Me pareceram cinzas, mas termina ficando da cor azulada dos olhos do João. D. Eudóxia só foi ver o nenê no dia seguinte, quando levaram a pequena trouxa de lã rosa a seu quarto, ela sumida entre os travesseiros, fraquinha, quase sempre dormitando, via as pessoas de maneira difusa, precisava perguntar quem era tal pessoa, se não a reconhecesse pela voz, tateava imprecisa por sobre a mesinha de cabeceira e às vezes pedia ao neto Quirino que lesse para ela alguns trechos de livros já lidos havia muitos anos. O neto adorava a velhinha, deixava muitas vezes de ir a um cinema ou de sair com rapazes e moças para reuniões no Clube do Comércio para ficar ao lado da avó lendo trechos de livros e contando coisas que aconteciam pela cidade.

Com o passar dos meses a menina era o encanto da casa. Gorducha, risonha, chegava a dobrar o riso diante de qualquer careta. Com quatro meses deu o primeiro passeio de carro, no colo da mãe, com os irmãozinhos no assento traseiro, vigiados por uma criada branca, pois Leonor recusara qualquer ama negra. Passeando pela cidade, ela levantava a cabecinha e a mãe ia mostrando, ali os Correios e Telégrafos, ali a Delegacia Fiscal, esta é a Praça da Alfândega, as pessoas parando para ver o carrão que parecia um navio sobre quatro rodas. Leonor pediu que fossem fazer uma visita aos pais dela, a mãe já estava reclamando, o pai ameaçando deserdá-la. Camilo obedeceu, queria mesmo que eles vissem não só os netos e a filha mas o carro igual que comprara e que tinha um motor tão silencioso que parecia andar empurrado por velas ao vento. Ele costumava bater sobre o painel de instrumentos como quem bate na tábua do pescoço de um cavalo fogoso. Três anos ou mais, querida, e continua um carro de causar inveja a qualquer descendente de D. Pedro I. Passaram pela casa deles, seguiram pela rua bem calçada até que avistaram a casa do comendador. Ela disse que não iam deixar o carro na rua, que ficasse de frente para o portão e buzinasse, um empregado viria abrir. E foi o que ele fez, estacionando ao lado do Lincoln do sogro, preto luzidio, enquanto o dele era cor de vinho. Camilo desceu, ajudou Leonor com o pequeno, esperou que a empregada fizesse o mesmo com os dois maiores. Depois foi olhar de perto o carro do comendador; parece que saiu da fábrica hoje; também, teu pai quase não anda com ele, não sai quando o tempo ameaça chuva, tem um rapaz só para limpar a lataria todos os dias, polir os cromados e tirar o pó dos estofamentos; repara aqui, dá a impressão de que ele está na agência vendedora, em exposição. Ouviram a voz grossa do comendador, que vinha de braços abertos ao encontro dos netos maiores que correram para ele. Depois os netos correram para D. Fabiana, que vinha apressada e foi pegar a netinha, cumprimentando de passagem Camilo e dando um beijo rápido na filha.

– Que beleza de menina, esta vai ser a rainha de todas as moças. Eu ia guardar segredo para dar surpresa mas não posso, tenho o estômago frio: mandei buscar no Rio, deve estar chegando aqui por estes dias, um daqueles carrinhos ingleses de quatro rodas altas, molejamento de Lincoln Zephyr, capota de pelica, todo cor-de-rosa.

– Não me diga que será movido a gasolina e terá chofer, comendador! – exclamou Camilo, encantado com o presente.

– Pois fique sabendo que se existisse no mundo um carrinho assim eu mandaria buscar um para a minha Patrícia. Olha, Fabiana, que graça, é a cara dos Medeiros.

Camilo caminhava um pouco mais atrás, retrucou para implicar:

– Pois todos dizem que é a cara dos Mortágua!

Riram-se, divertidos, o comendador quis mostrar-se equânime, está bem, a metade é Medeiros e a outra metade é Mortágua. E agora vamos tomar um chá enquanto Fabiana manda preparar chocolate e doces para as crianças. Abriu um armário de seu gabinete, ficou nas pontas dos pés e tirou de lá um carrinho colorido para João e um estranho boneco desengonçado para Virgílio. D. Fabiana disse que o marido começara a dar vexame nas lojas de brinquedos, pois nunca encontrava coisas novas e bonitas para os netos. Camilo mostrou-se muito agastado, os avós iam criar os netos mimados demais. Quando João fizer seis anos vou levar toda a família para passar uns dois anos na Europa, talvez Londres, onde se encontram os parentes de Joan, só para que eles não fiquem deseducados com os mimos dos avós. O comendador levantou-se num gesto de espadachim, pois saiba que para fazer isso terá de passar por cima do meu cadáver. O chá foi servido sobre um carrinho de cristal e rodas de borracha branca, sequilhos e fatias de torta, o pequeno João não quis saber do chocolate e veio correndo tirar uma fatia de torta amanteigada, fugindo logo após quando ouviu os protestos da mãe, ele iria sujar toda a roupa limpinha do passeio. Quando o guri voltou tinha torta desde os cabelos aos sapatos e ainda queria mais. Meu Deus do céu, e agora?, exclamou Leonor horrorizada. Ora, deixa o menino quieto, disse o comendador achando graça, manda-se buscar outra muda de roupa enquanto a moça aí bota o pilantra lá na banheira, com roupa e tudo, ele vai adorar.

Ouviram o sino do portão tocar com insistência. O comendador mostrou-se irritado, que diabo querem a esta hora, podiam pelo menos ser mais educados. Ele mesmo acorreu à sala da frente, enquanto um empregado corria por fora a fim de ver quem batia daquela maneira. Era um negro da casa de Camilo, precisava falar com ele com urgência, era caso de morte.

– Camilo – gritou o comendador – , é contigo e parece coisa urgente.

Ele desceu as escadas rapidamente, perguntou ao preto de que se tratava, alguma coisa com D. Eudóxia? Não, patrão, mas lá da clínica pedem a sua presença com urgência. Houve qualquer coisa com Seu Aníbal. Camilo mandou que ele abrisse o portão e o esperasse ali, retornou para dizer que precisava sair urgente, algo se passava com Aníbal, despediu-se, perguntou se o sogro levaria Leonor e as crianças para casa, mais tarde. Claro, meu filho, claro, pode deixar isso comigo.

O carro corria perigosamente pelas ruas cheias de carrinhos e ambulantes, os bondes vagarosos, carros mal-estacionados, caminhões descarregando mercadoria. Mamãe sabe de alguma coisa? O preto disse que não, só Seu Plínio que já tinha ido para lá. Parou o carro bem defronte ao prédio vetusto da clínica, mandou que o empregado ficasse ali, bateu na porta com desespero. Encontrou logo na entrada o médico e mais tarde Plínio.

– Mas afinal o que houve com Aníbal?

– Está muito mal, o doutor acha que ele não sobrevive, problemas de cirrose aguda complicados com diabete. Ontem à noite ele parece ter subornado um dos guardas que fazem a ronda noturna e conseguiu duas garrafas de cachaça. Sobrou apenas menos da metade de uma delas.

– Meu Deus, mamãe não pode saber disso, ela não resistiria – disse Camilo.

O médico pediu que eles passassem e fossem até o quarto do irmão.

Encontraram Aníbal da cor de cera, respiração imperceptível, rouquidão, olhos semiabertos, inteiramente paralisado. Camilo olhou para o médico, como a interrogá-lo, e ele meneou a cabeça, sem esperanças. Aníbal morria uma hora depois, sem ter voltado a si. Camilo mostrava-se profundamente abatido, ficou algum tempo sentado numa poltrona com a cabeça enterrada entre as mãos. Plínio não conseguia impedir as lágrimas, foi abraçar-se com Camilo, disse que se eles não fossem fortes ninguém mais o seria. O irmão olhou para ele de maneira vaga, observou tudo em redor, fez um sinal para o médico que se aproximou:

– Por favor, eu ficaria muito grato se o senhor mandasse um dos seus ajudantes providenciar tudo com relação ao enterro.

– Quer que seja feito na sua casa?

– Não, não, por favor, isso não. Mamãe não resistiria, há crianças lá, eu preferia que fosse no próprio cemitério, numa capela, não sei se poderia ser aqui mesmo. Só lá em casa é que não. Eu quero que ela continue pensando que ele está internado aqui.

O médico mandou chamar um enfermeiro, deu ordens em voz baixa, voltou para junto de Camilo:

– Pelo que estou entendendo o senhor quer que o enterro seja acompanhado só pelos senhores dois?

– É possível, doutor, é possível.

– Não – disse Plínio, interferindo –, minha mulher Joan deve estar presente, ela jamais me perdoaria o fato de não ter contado a ela toda a verdade. Mas Joan sabe ser discreta.

O enterro foi ao cair da tarde com a presença só dos dois irmãos e da cunhada. Fazia um pouco de frio, eles ficaram até que os coveiros jogassem a última pá de terra e cravassem uma cruz tosca. Havia três coroas de grande porte, encomendadas pelo médico da clínica a pedido de Camilo. Voltaram para casa abatidos e desorientados. Durante o trajeto Camilo pediu que não contassem para ninguém mais, pelo menos por enquanto, a mãe estava muito fraquinha, Leonor em fase de amamentação, Branca já tinha seus problemas, saberia depois.

O carro fez uma ligeira parada no portão de entrada, para que Plínio e Joan descessem, como se tivessem chegado de lugares diferentes e logo depois chegava o comendador trazendo Leonor e as crianças. Ele não quis descer, estava ficando muito tarde, não gostaria que o sereno da noite caísse sobre o carro. Leonor foi encontrar Camilo no quarto da mãe sentado ao lado dela, na cama, tudo mergulhado em suave penumbra. O marido fez um sinal pedindo silêncio, colocando o indicador cruzado sobre os lábios. Ele ainda disse, estive lá na clínica visitando Aníbal, está bem melhor, deve sair na próxima semana; o médico acha recomendável que se demore mais para garantir a cura. Com voz quase inaudível, quis saber por que Quirino não viera na noite anterior ler um pouco para ela. Camilo disse que não sabia, mas na certa surgira algum problema em sua nova atividade na companhia de energia elétrica, pois já não trabalhava mais na empresa Mortágua. Ela ciciou que o neto já lhe contara tudo, que estava ganhando bastante dinheiro e que era um lugar de futuro. E Leonor, onde está? Estou aqui, D. Eudóxia. Precisa de alguma coisa? Não, minha filha, quero saber como estão os meus netos. Todos muito bem graças a Deus. Patrícia já está dormindo, João teve que tomar um banho com roupa e tudo só porque comeu uma fatia de torta amanteigada, Virgílio já não consegue sequer abrir os olhos. Amanhã eu trago eles para verem a vovó, está bem? A velha recostou a cabeça de lado no travesseiro fechou os olhos e suspirou. Camilo fez um sinal e os dois saíram em silêncio, puxando a porta sem fechá-la, deixando apenas uma fresta. Pediu a Leonor que mandasse uma das empregadas ficar sentada no quarto, longe da cama, cuidando da velhinha.

Naquela madrugada alguém bateu de leve na porta do quarto de Camilo; insistiu, Leonor acordou primeiro, acordou o marido, alguém está batendo na porta do nosso quarto. Ele saltou da cama, abriu a porta e viu, na semiobscuridade do corredor, a empregada que fora deixada no quarto da mãe. A mulher estava nervosa, disse que algo se passava com D. Eudóxia, ouvira uma ronqueira forte e depois mais nada. Camilo vestiu um roupão, pediu que chamassem Plínio e Joan, recomendou a Leonor que se levantasse, pressentia algo de ruim. Quando acendeu a luz do quarto compreendeu que a mãe estava morta, tratou de ajeitá-la na cama, com as pontas dos dedos fechou as pálpebras, puxou as cobertas e neste momento Plínio entrou seguido de Joan, logo depois Leonor e com desagrado ouviu o choramingar e as lamúrias africanas das criadas, do lado de fora do quarto, nos corredores. Joan abraçou-se com o corpo, debulhada em lágrimas, morria a sua grande amiga, sua própria mãe. Plínio custou a tirá-la dali, Leonor secava os olhos, discretamente, Camilo ajoelhara-se ao lado dela, segurando suas mãos que começavam a esfriar, tinha os pensamentos tumultuados, lembrava-se de Aníbal que ela não vira mais. Plínio mandou um criado avisar D. Branca e os netos, a madrugada ventosa virara em chuva forte, alguém no corredor ralhava com as pretas mandando-as de volta para outras tarefas, que tratassem de acender as luzes de entrada e do portão, que acendessem o fogo, fizessem chá e café.

– Ela estava tão acabadinha – disse Leonor.

– Noventa e um anos – respondeu Plínio. – Perdemos a nossa grande companheira.

Camilo continuava passando as mãos sobre a pele engelhada da morta. Ele sabia que a casa não mais seria a mesma, que a família acabava ali, durante todos aqueles longos anos ela tinha sido o esteio da mansão dos Mortágua, muito mais do que a mão de ferro e as decisões do velho Quirino.

31. Plínio e Joan conversavam com Camilo na sala menor onde havia uma estufa acesa, enquanto ouviam a chuva lá fora e o vento gelado que passava pelas frinchas de portas e janelas. Acabavam de tomar uma xícara de chá. Leonor fora deitar-se, queixando-se de gripe. As crianças dormiam. A cidade parecia deserta, não se ouvia o ruído de um carro pelas ruas. Joan dizia que não conseguia se acostumar com a casa sem D. Eudóxia. Passava horas e horas acordada, durante a noite, ouvindo ruídos estranhos como se ela andasse pelos corredores e demais peças, examinando janelas e portas para ver se estavam fechadas. Sentia falta dela na sua poltrona predileta. Falta durante as refeições. Temia adoecer se tudo continuasse assim. Plínio disse que estavam pensando em mudar-se, ir para outra casa, afinal não tinham tido filhos, eram só os dois. Não, não queria nenhuma casa de propriedade da família, eram todas grandes, não queriam mansões. Alugariam uma pequena, quem sabe até um apartamento nos novos edifícios que surgiam por vários cantos da cidade. Camilo achava um absurdo, vocês querem me deixar sozinho neste imenso casarão, com Leonor e as três crianças? Não saberiam o que fazer com os móveis ali existentes, com tantas peças, com uma mesa onde cabiam vinte pessoas, sofás, poltronas e cadeiras para um batalhão de gente, não, eles não iam embora. Plínio estava sério, parecia pouco disposto a dar ao irmão razões outras para a mudança.

– A não ser que vocês estejam cansados da nossa companhia, que não simpatizem com Leonor ou que não gostem do barulho das crianças.

– Não é bem isso – disse Plínio, visivelmente nervoso e inquieto. – É vontade mesmo de ter uma casa própria, só da gente, não somos diferentes de ninguém.

– Alguma coisa está sendo escondida de mim e eu gostaria que a confiança mútua não fosse quebrada, seja a que preço for.

Plínio calou-se, olhou constrangido para Joan, esta aproximou-se do cunhado, sentou-se numa banqueta pequena e baixa, pegou as mãos de Camilo:

– Temos sido como irmãos, Camilo, sempre fomos irmãos. Por isso mesmo precisamos nos mudar, deixar vocês levarem a vida que merecem sem a interferência de ninguém.

– Mas eu nunca disse que vocês estavam interferindo na nossa vida. Isso é um absurdo. Afinal, o que se passa em tudo isso?

– Bem – disse Plínio, levantando-se, ar resoluto –, acontece, Camilo, que muitas coisas que se passam aqui em casa não são do teu conhecimento, mas nos deixam constrangidos e muitas vezes chocados.

– Leonor?

– Sim, Leonor. Não é má pessoa, nada temos contra ela, mas depois que ela veio para cá tudo mudou. Até mesmo mamãe não se sentia mais na sua casa. As coisas passaram a ser geridas por Leonor, que determinava tudo o que devia ou não devia ser feito. Talvez até com a melhor das boas vontades. Mas a casa passou a ser dela, exclusivamente dela. E de fato é, convenhamos. Ela não está usurpando nada de ninguém.

– Mas deviam ter me falado nisso muito antes, eu teria tomado uma atitude, teria chamado a atenção de Leonor, as coisas não ocorreriam mais...

– Nada disso – disse Plínio, cortando a frase do irmão. – A solução melhor foi encontrada por Branca, que compreendeu que estava sendo demais nesta casa.

– Mas Branca não me disse que saía desta casa por causa de Leonor. Ela me deu outras razões.

– Evidente, Camilo, que ela não ia dizer isso. Tu conheces muito bem Branca, ela não ia querer criar nenhum caso. Apenas tomou a decisão que nós só não tomamos antes por causa da mamãe. Mas agora o motivo que nos prendia aqui acabou. Vamos nos mudar e se possível nas próximas duas semanas. Mas, por favor, não toca neste assunto com Leonor, não resolveria nada, pelo contrário, podia criar um fosso entre vocês dois. Sem nenhuma razão.

Camilo emudeceu. Brincava com um pequeno pedaço de papel, parecia pensar em coisas distantes, diferentes, olhou para Plínio, depois para Joan e disse que lamentava muito tudo aquilo, ia pensar melhor, aquela quantidade de criados zanzando pelos corredores e pelo pátio, eles não precisariam sequer da metade. Então vamos fazer uma coisa, a Joan tem o direito de escolher a criada que ela julgar melhor, a de sua maior simpatia, está bem? Joan olhou para o marido, não sabia se iriam mesmo precisar de uma empregada. Como não? Vocês estão bem na época de sair, ir ao cinema e ao teatro, pelo menos uma cozinheira que servirá para cuidar da casa à noite, no caso de ausência. Vai escolher uma, sim.

– Camilo tem razão, Joan. Escolhe uma.

– Bem, se não fosse fazer falta para vocês, quem sabe a Valéria ia com a gente, ela sempre foi muito chegada a mim.

– Está decidido, Valéria vai com vocês, diz isto a ela para que comece a ajudar desde já. Branca também não ficou com ninguém. Preciso falar com ela, vou mandar duas para ela, a casa é grande, tem dois filhos, ela já não é mais criança, tem direito a descansar um pouco. Eu acerto isso com Quirino entre hoje e amanhã.

Depois fez uma pausa, caminhou até a janela, espiou o pátio dali, voltou a sentar, quem diria, vamos ficar como gatos abandonados neste casarão. Quero ver a reação de Leonor.

– Ela vai preferir assim – disse Plínio. – Pode arrumar a casa a seu gosto, pode mandar trancar as peças que julgar sem serventia, quem sabe seja sua intenção trocar móveis, alguns aí têm mais de cem anos, outros estão atacados pelo cupim, ela um dia reclamou do candelabro da sala dizendo que o achava, além de muito grande, enfeitado demais. Ora, uma dona de casa sempre sabe o que fazer para que tudo fique a seu gosto.

– Se esta é a intenção de vocês, nada posso fazer para impedir. Mas saibam de uma coisa: vão contra a minha vontade e estou certo contra a vontade de Leonor. Acho que ela está sendo julgada com muita severidade. Mas deixem, eu mesmo digo a ela.

À noite, depois que Plínio e Joan saíram para ir ao cinema, Camilo aproveitou que as crianças estavam indo para a cama, que a pequena já tinha mamado e se encontrava no berço, para falar sobre a decisão do irmão e da cunhada. Explicou tudo, deu detalhes, achou que afinal eles tinham as suas razões, infelizmente não se podia fazer nada. Leonor servia dois cálices de licor, havia um grande silêncio em toda a casa, a criadagem tinha se acomodado, que o dia para todos eles começava antes do nascer do sol. Camilo ficou meio surpreso com a falta de reação da mulher.

– Que achas disso tudo?

– Eu? Ora, meu querido, eles têm toda a razão, é desagradável morar na casa dos outros ou pelo menos numa casa que ao fim das contas fica sempre mais parecida com uma pensão de luxo do que propriamente com uma residência. Eles têm os seus amigos, que não são propriamente os nossos. Nós temos os nossos que não são, em grande parte, amigos deles. Um aniversário, um jantar qualquer, cria-se sempre um certo constrangimento, algo meio coletivo, não sei explicar bem. Branca me parece estar muito feliz na sua casa e eu acredito que Joan e Plínio vão viver a sua vida com mais independência.

Levantou-se de onde estava e foi sentar no braço da poltrona do marido. Passou o braço ao redor de seu pescoço:

– E nós teremos mais liberdade, ninguém precisará exigir a todo o momento silêncio das crianças que estão na fase do barulho e das correrias. Claro, ficaremos com peças demais, móveis demais, mas Joan pode levar muita coisa daqui, além das coisas de seu quarto. Afinal cada coisa faz parte da herança deixada por D. Eudóxia.

Um pequeno gole do licor que ele sabia como espalhar com técnica por toda a boca, usufruindo o seu sabor de modo integral. Um leve mal-estar que ele não saberia de onde vinha. Camilo não disse nada, apenas sacudia a cabeça em sinal de assentimento. Do braço da poltrona ela passou para seu colo. Olha aqui uma das vantagens de morar só, sem a preocupação de que alguém possa entrar sala adentro e nos surpreender desta maneira. Posso desabotoar tua camisa, assim, descobrir teu peito, beijar onde eu quiser; podes fazer o mesmo, quero a tua mão aqui, assim, vamos, vês como estás ainda condicionado a que possamos ser surpreendidos por alguém estranho? Camilo não sabia o que pensar, estava confuso, desabotoou a blusa dela, empalmou o seio túrgido, deslizou pelo ventre macio e quente, beijaram-se demoradamente.

– Mas isto a gente sempre pôde fazer no quarto. E, depois, mesmo que fiquemos sós, haverá sempre os empregados que andam para cá e para lá, cumprindo as suas tarefas.

– Mas quando chega esta hora, meu amor, podemos até fazer amor aqui sobre o tapete, naquele sofá, até mesmo sobre a mesa. Li, não me lembro onde, que a cama também é um lugar apropriado para o amor, mas há o jardim, a cozinha, o interior do automóvel, a banheira cheia d'água quente. Olha aí uma ideia que me ocorreu agora, amor numa banheira cheia de água quente. A esta hora o reservatório de cima do fogão está estalando de quente, a gente podia encher a banheira e relaxar a tensão do dia mergulhados numa água bem esperta, quase quente.

Tirou o cálice de licor de sua mão, deixou que a sua blusa ficasse aberta como estava, puxou-o pelas mãos, vamos, meu amor, foi a melhor ideia que já tive nestes últimos meses. Mas, também, com a casa sempre tão cheia...

Quando eles entraram na banheira ela transbordou. Era uma sensação deliciosa de conforto e os corpos nus se tornavam extremamente eróticos. Abrasados, às vezes um deles mergulhava e vinha à tona com falta de ar, o que não impedia que de imediato colassem as bocas ávidas e revoluteassem como peixes; ela uma sereia de belos braços e grandes seios de bicos arroxados e grandes, duros, os ventres escorregadios, as mãos dela à procura de algo que necessitava desesperadamente, com ânsia e sofreguidão, o desajeitamento do leito improvisado, até que as coisas se encaixaram e mais água era jogada para fora, cedendo lugar para a luta que se travava no espaço restrito. Quando saíram lá de dentro, a água estava quase fria e eles tremiam, extenuados. Mal enxugados, jogaram-se na cama, cobriram-se e dormiram a seguir.

32. Camilo estava meio perdido no levantamento que fazia. Suas notas não coincidiam com outras notas de caixa, faltavam documentos, extratos bancários de que ele a princípio recebia sempre uma cópia, relação de créditos e débitos, citações fiscais, recibos, a sua mesa era um mar de pastas e papéis. Tocou a campainha, uma moça bateu de leve na porta e entrou.

– Dona Inês, por favor, depois peça para Seu Edmundo dar uma chegada aqui, preciso falar com ele.

Momentos depois ela voltava para dizer que Seu Edmundo estava numa das olarias e que só viria à tarde. Pois bem, disse ele, assim que Seu Edmundo chegar, avise-o de que quero falar com ele. A moça ia fechar a porta quando Plínio chegou. Mostrava-se extenuado, sentou-se logo, perguntou se não tinha um cafezinho para as visitas. A moça ouviu e retornou rápida, um momento, Senhor Plínio, já trago um cafezinho. Dois, gritou Camilo.

– Rapaz – disse Plínio –, ando preocupado com a nossa desorganização. Antigamente as coisas andavam sempre nos seus lugares, a gente podia controlar as entradas e saídas de material num simples abrir de pasta, a produção das olarias tinha um boletim diário, em outras palavras, tínhamos a empresa nas mãos, a qualquer momento. Mas agora...

– Pois agora mesmo, examinando aqui papéis e documentos, cheguei à mesma conclusão. Mas acho que não será difícil colocar as coisas em ordem e azeitar essa máquina como nos bons tempos. Deixei um recado para Seu Edmundo, quero conversar com ele hoje de tarde, preciso da ajuda dele, pois pelo que sei ele tem tudo na cabeça, é um arquivo ambulante. Ele pode nos ajudar muito a controlar a situação e organizar essa coisa toda. E Joan como vai?

– Muito bem, só um pouco saudosa dos pais e dos irmãos, mas isso é natural.

– Ela não estará com vontade de fazer uma viagem a Londres?

– Sabes que não perguntei isso a ela, mas quem nos diz que isso não faria um bem extraordinário a ela?

– Podias ir junto, os dois iriam rever velhos recantos, antigas confeitarias, o barzinho onde trocaram o primeiro beijo. Isso faz bem, rapaz.

– Mas a gente anda tão atrapalhado com os negócios que não sei se a hora seria oportuna.

– Pois bem, combina com ela mais para o fim do ano. Dá a viagem como presente de Natal.

– Ótima ideia.

Leonor transformara a casa. Havia móveis modernos nas peças principais. O candelabro grande fora levado para o porão e em seu lugar um outro, estranho e com que Camilo implicava solenemente, formado por hastes de ferro cromado e grandes pratos côncavos, esmaltados de azul-claro, com bordas brancas, deixando as lâmpadas à mostra. O retrato de D. Eudóxia, assinado pelo Atelier Ferrari, da Rua da Praia, executado em esmalte sobre porcelana, fora levado para o antigo gabinete do velho Quirino, onde marido e mulher ficavam lado a lado. Em toda a parede de onde saíra o retrato, quadros em profusão com fotografias das crianças trajando as suas melhores roupas, o comendador e D. Fabiana sentados num requintado sofá colocado no meio de uma floresta de plantas tropicais, pintada num painel de fundo. Ela de chapéu e o velho de casaca.

Quando Camilo reclamou do abandono do pátio, que era grande, Leonor disse que a culpa fora dele. Quando ela havia pedido que diminuísse o número de criados, principalmente os negros de quem tinha um certo medo, ele simplesmente levara todos para o trabalho das olarias, deixando apenas dois moleques que viviam dormindo nas garagens e que nada sabiam fazer. A cozinheira viera da casa dos pais dela e a copeira também, pois a mãe dizia que ficava mais tranquila sabendo que a filha estava cercada por pessoas de absoluta confiança.

João já estava no colégio, forte nos seus sete anos, lia e escrevia com facilidade, Virgílio, com cinco anos, chorava porque não deixavam que ele também fosse para a escola junto com o irmão. Patrícia acabara de completar três anos e era de uma beleza que fazia as pessoas pararem na rua para olhar e fazer festinhas. Leonor contratara uma babá para cada filho, todas brancas, sempre com seus impecáveis aventais bem passados, toucas prendendo os cabelos, exames minuciosos durante o dia todo sobre a limpeza das unhas e das mãos. Naquele cair de tarde Camilo estranhou o apuro com que as crianças estavam vestidas, Leonor belíssima como se estivesse pronta para entrar num salão de grande festa. Diante do espanto do marido, Leonor disse:

– Estávamos só te esperando para que trocasses rápido de roupa, bota uma camisa de colarinho bem engomado, penteia esse cabelo direitinho, vamos tirar uma fotografia de família.

– Mas fotografia a esta hora? E o fotógrafo?

– Ele já está no gabinete, vamos tirar lá, ele mesmo trouxe um cenário de fundo maravilhoso, com montanhas e uma cachoeira e só depende de ti para tirarmos as fotos. Ele disse que tiraria muitas para depois fazer a escolha. E dos melhores de Porto Alegre, do Atelier Sioma, ali da Rua da Praia, quase ao lado de onde trabalha o Quirino.

Ele sentou-se à esquerda dela, sentia o colarinho meio apertado, Patrícia entre os dois, Virgílio de um lado, mão no ombro da mãe, João ao lado do pai, na mesma posição do irmão. Quando o magnésio estourou, enchendo a sala de densa fumaça, a imagem da família ficou estática na tela e os letreiros começaram a descer até a palavra FIM em grandes letras.

33. Acenderam-se as luzes, as pessoas defendiam os olhos da súbita claridade, o velho Camilo tapou o rosto com as mãos geladas, ficou assim por um tempo longo e levantou-se lentamente, caminhando em zigue-zague pelo corredor que possuía um leve aclive. Passou pelo saguão, cruzou pelo gerente que lhe disse qualquer coisa que ele não ouviu, chegou à calçada e aspirou fundo o ar da noite bastante fria. Andou um pouco pela calçada, fez algumas tentativas e conseguiu chegar do outro lado, passou pela porta do Café Viseu, enxergou lá no fundo o português iniciando a limpeza noturna, prosseguiu e finalmente entrou no Café Coimbra. Sentou-se numa mesa de canto, fez sinal para um dos rapazes, pediu um copo e uma garrafa de cachaça.

– Toda a garrafa?

– Toda.

VII.

Dia 5 de abril de 1964

1. Levantou a garrafa à altura dos olhos, viu a marca, quis saber se não tinham coisa melhor, aquela era das mais zurrapas. O garção pediu desculpas, mas era a melhor que tinham em casa. Claro, disse Camilo, nem eu esperava melhor num café vagabundo desses. O dono da casa ouviu parte da conversa de onde estava, atrás da caixa, gritou de lá:

– É beber aqui dentro e fazer baderna lá na rua!

– Dane-se – exclamou o velho fazendo um sinal de desprezo com a mão.

Botou a cachaça pela metade do copo, provou, fez uma careta, merda de cachaça, porcaria, mas já que não tem outra vai esta mesma. Olhou para o garção que continuava ali, de pé e atento, querendo saber se ele não ia querer um tira-gosto qualquer; não, não quero mais nada, o que eu quero mesmo é companhia; vamos, senta aí, rapaz, traz mais um copo e vem beber comigo. A casa estava quase vazia, o português lá da caixa gritou que garção era para trabalhar, não para ficar sentado a beber com os fregueses. Eu pago em dobro, disse Camilo, apontando a cadeira a seu lado. O português falou mais alto, garção meu não senta em mesa de cliente; por que não vai aí na Cabo Rocha e não traz uma menina para pagar uma bebida? Boa ideia, disse Camilo entusiasmado. Toma – puxou uma nota do bolso e deu ao rapaz –, vai aí do lado e me convida uma dessas meninas para beber com um amigo, de graça. O garção olhou para o patrão, de lá ele fez sinal de assentimento e dentro de pouco mais entrava o rapaz acompanhado por uma estranha mulher de olhos pintados de negro, por baixo, sobrancelhas raspadas, dentes estragados, ancas enormes, disforme, grandes seios flácidos num decote exagerado que deixava entrever a pele murcha e encarquilhada.

– Essa moça disse que aceita o convite. Está bem assim?

Camilo examinou a mulher de alto a baixo, olhou quase com ódio para o garção, apontou a cadeira vazia a seu lado, sente-se que ele já vai trazer um outro copo. Pode-se saber o nome da senhorita? Almerinda, nome verdadeiro, nunca fui disso de usar nome de guerra. Isso é coisa de mulher rameira, puta desclassificada. Fui sempre uma mulher que me cuidei, não dou vexame, não bebo água na orelha de ninguém, já dormi com muito homem do governo, do comércio e militares. Soldado não, só de sargento para cima. Olhou para o português da caixa, percorreu o salão todo com um olhar cuidadoso, disse em voz baixa que no outro dia tinha sido levada presa por engano, essas coisas de revolução, foi metida numa cela com deputados e vereadores e lá pela madrugada um deles, homem de anel no dedo e camisa de seda, aproveitou a escuridão da cela, viera para seu lado e haviam feito o serviço ali mesmo, no meio do resto dos presos. E me pagou, meio escondido, mas pagou. De manhã, meu velho, eu tinha faturado mais dois e quando me largaram no olho da rua eu estava dolorida mas com uma nota firme no bolso. E o meu copo, quando vem? Ei, garção, o meu copo? Camilo esperou que ele chegasse com o pedido, perguntou a ela se não queria uns croquetes ou qualquer outra coisa que a casa tivesse. Ela quis saber o que havia mais.

– Croquetes de carne, empadinhas de camarão, pastéis, ovo cozido ou sanduíche de mortadela com queijo da colônia.

– Hein, amor? Vais querer o quê? – disse ela.

– Eu só vou querer beber, mas pode pedir o que quiser.

– Pois venha de lá uns três croquetes e duas empadinhas. Mas é tudo coisa de hoje mesmo?

– Tudo fresquinho, madame – disse o rapaz, ao afastar-se.

Camilo bebeu um pouco mais, fez novas caretas; então o teu nome é Carmelita, muito bem. Ela corrigiu de imediato, Almerinda; só não posso dizer o sobrenome que foi um juramento que fiz à minha mãe logo depois que caí na vida. Sabe como é, meu pai tinha lá seu emprego bom de vigia de uma grande fábrica, não queria saber de ter filha na noite. Almerinda. Vamos, disse Camilo já meio irritado, bebe um pouco e depois conversa. Não gosto de beber sem ter forrado o estômago com alguma coisa, senão a bebida sobe na hora e olha aí o vexame formado! Botaram na mesa um pratinho com os tira-gostos pedidos, Camilo olhou e sentiu que se mastigasse um daqueles negócios escuros e malcheirosos vomitaria na hora. Mas a mulher comeu o primeiro, deliciada, o segundo e só depois é que se animou a provar a cachaça. Não fez nenhuma careta, estalou a língua, excelente, das boas. Ela continuou comendo e bebendo, perguntou se podia mandar trazer mais uns croquetes, Camilo fez com a mão um gesto como a dizer manda buscar o que bem entender. Ela comia, bebia e não falava. Ele perguntou, perdeu a língua, por acaso? Chamei uma mulher que viesse aqui para a mesa comer, beber e conversar, ora essa. Mas conversar o quê?, quis saber ela, meio espantada. Ora essa, fala do tempo, conta qualquer história, me diz aí o que sabes fazer com um homem, olha aí um bom assunto, vamos, tuas especialidades! Ela terminou de mastigar, olhou de modo superior para ele, bebeu mais uma boa talagada.

– Essa é muito boa, quer saber as minhas especialidades! Uma mulher que tem vergonha na cara não fala nessas coisas, leva o homem para o quarto, bota o sujeito em cima de uma cama e faz o que pode e o que sabe. Escuta aqui, meu velho, duvido que exista nesta cidade alguém que saiba de mais coisas em cima de uma cama do que esta senhora que tem na sua frente! Desde o papai e mamãe até aquelas posições em que o vivente fica de cabeça para baixo, o outro se agarra no pendente da luz, sei lá mais o quê, mas uma coisa eu digo, a não ser defunto, homem morto, já no caixão, consigo que o bicho se mexa e trabalhe como gente grande. Olha aqui, depois dessa bebidinha, a gente pode ir até ali no meu quarto, fica em cima do Dancing Floripes, tem pia ao lado da janela, dá para fazer uma higiene completa. Como é, vamos?

Camilo bebeu mais uns goles. Olhou bem para ela, botou a mão no seu ombro ossudo:

– Me diz uma coisa, Carmelita...

– Almerinda, se faz favor.

– Isso, escuta aqui, Almerinda, não tem uma banheira das grandes lá no teu quarto? Uma banheira que a gente possa encher de água morna, bem esperta, e vá lá para dentro e afunde, se engasgue, se afogue e faça o diabo?

– Banheira? Mas o que é isso, meu velho? Nesta zona toda não se encontra uma banheira, fica sabendo, viu? Essa coisa aí não dá para se fazer numa pia grande?

Que pia, nem pia coisa nenhuma, exclamou Camilo, perdendo a paciência. O nosso negócio é tomar esta cachaça e ir dormir. Pagar o quê? Não fizemos nada, já vou pagar a bebida e a comida e ainda quer dinheiro? A mulher espalitava os dentes, fez cara de nojo, eu sabia que com velho a coisa sempre dá nisso; se não estivesse aqui estava agora faturando lá no meu quarto, os homens andando por aí esfomeados por mulher treinada e fica uma criatura perdendo tempo com croquetes e um pouco de bebida; essa não! Camilo teve uma ideia. Sim, uma boa ideia.

– Escuta aqui, Carmelita...

– Já disse, seu veado, meu nome é Almerinda. É surdo?

– Está bem, desculpa, Almerinda. Mas tive uma ideia. Eu moro aqui perto, ali na Pensão Azenha, em cima do Café Viseu. Vamos acabar com isso aqui, saímos, vamos para o meu quarto, tu dormes lá e amanhã de manhã pago um preço que podemos combinar agora.

– E a dona da pensão deixa?

– Deixa, sim. Ela é minha amiga, boa pessoa, eu te apresento, digo teu nome, posso até mentir que casamos e pronto. Então?

– Pois vamos lá. Vinte pratas, pagamento antecipado.

– Acertado. Garção! Vem cá rapaz, vê esta conta logo, vamos embora.

Pagou, deixou uns trocados sobre o mármore encardido da mesa e saiu meio agarrado no braço da mulher, pernas frouxas, inseguro, estômago embrulhado só pelo cheiro dos croquetes. Caminharam em curvas pela calçada, atravessaram a embocadura da Rua Cabo Rocha, àquela hora fervilhando de mulheres, rufiões e fregueses em potencial; policiamento forte, duas radiopatrulhas de prontidão, as luzes da 2ª Delegacia todas acesas. O Café Viseu de portas fechadas, mas havia luz que era vista através das soleiras por onde escorria água com sabão. Camilo empurrou a porta da pensão que cedeu com facilidade, fez a mulher passar para a frente, mandou que fosse subindo e seguiu atrás. Abriu a porta do corredor, pediu a ela que não fizesse barulho, dedo indicador cruzado sobre os lábios, andavam pé ante pé, Camilo torceu lentamente o trinco da porta e quando ia entrar ouviu a voz forte e irritada de D. Consuelo:

– Mas o que é que se passa aí, pode-se saber?

Camilo mandou a mulher passar, puxou a porta, enfrentou a dona da casa. Um homem não pode mais entrar no seu próprio quarto? Por acaso entrei em pensão errada, a senhora pode me dizer? Seu Camilo, Seu Camilo, o senhor agora deu para achar que as outras pessoas são idiotas! Que mulher foi essa que o senhor meteu aí para dentro do quarto? Vamos ver. Camilo ficou na frente da porta, braços abertos, equilíbrio difícil; aqui para entrar só passando por cima do meu cadáver! Seu Camilo, tire essa mulher aí de dentro ou vamos passar a noite aqui no corredor. Muito bem, disse ele, arrastando a língua, eu tiro esta mulher do meu quarto; ela não é casada comigo, a senhora tem todo o direito; mas primeiro vamos aí no quarto do Seu Ramirez tirar a mulher do outro que está todo quebrado no Pronto Socorro; elas por elas, ou não há mais justiça nesta casa? Seu Camilo, uma coisa nada tem a ver com outra e o senhor sabe disso; Cilita passou a viver amasiada com Seu Ramirez, vai se separar do marido que não se sabe se sai vivo ou morto do hospital, e esta vagabunda que está aí dentro não fica, isto aqui não é *rendez-vous*. O velho foi empurrado pelas costas, quase caiu de encontro à outra parede, detrás dele surgiu Almerinda, ameaçadora, pois não quero ficar, vou embora, mas ele vai me pagar o tempo perdido pra nada. Cilita e Ramirez espiavam por uma fresta da porta. D. Consuelo ficou horrorizada com a mulher, uma espécie de megera de cinema, de tão horrível. Ela foi abrir a porta do corredor que dava para a escada da rua, estendeu o braço e disse autoritária:

– Rua ou vou chamar o inspetor meu amigo aí da 2ª!

– Quero o meu dinheiro ou eu vou na Delegacia dar queixa desse velho safado!

Camilo abraçou-se com ela, quase caindo, disse que fosse embora bem bonitinha, dentro de dez minutos eles se encontrariam lá. Dancing Floripes, não é isso? Vou lá, pode me esperar, enche a banheira com água bem quente, vai ser um negócio genial, vai minha filha, eu já vou, acredita na palavra de um Mortágua. A mulher passou pela dona da casa lançando chispas de ódio contra ela, desceu batendo com as solas de madeira do sapato grosseiro nos degraus, acordando a casa inteira como se fosse noite de trovoada, D. Leocádia Chemale Cassel veio para o corredor envolta num chambre de cetim vermelho, D. Ivone Albuquerque Trindade gritou querendo saber afinal o que se passava, aquilo parecia uma casa de doidos, ia procurar outra pensão, não dava mais para aguentar aquilo todos os dias.

D. Consuelo pegou o velho pelo braço, carregou-o para dentro do quarto e ordenou que tirasse a roupa e fosse dormir. Ele sentou-se numa cadeira, meio derreado. Dormir não vou, não estou com sono. Sente-se aí, D. Consuelo, que diabo de briga é essa só porque eu estava querendo dar guarida para uma pobre criatura que encontrei abandonada na rua. Uma rameira velha e suja, Seu Camilo, mas então isso é coisa que um cavalheiro faça? Já sei, disse ele com dificuldade para falar, não se pode mais convidar uma senhora para tomar banho de banheira juntos. A senhora já fez isso? Ah, precisava ver eu e Leonor, seio deste tamanho, ela me pegando com vontade, a gente a escorregar, mas quando a coisa acertou, saia da frente, D. Consuelo, é coisa de enlouquecer um homem sensato, que a água encha o quarto de banho, que se dane, o principal é não desgrudar, é não sair lá de dentro mesmo que se beba água ou que a gente se afogue; D. Consuelo, esses dois aí do lado não sabem nada disso, diga para Cilita dar uma chegada aqui, que venham os dois, eu vou ensinar a eles como se faz amor!

– Muito bem, tudo certo, mas vá tirando a roupinha enquanto eu arrumo a cama, o senhor está precisando é de um café grande sem açúcar e um bom sono. Onde já se viu um homem da sua posição, dar para beber como qualquer vagabundo que perambula pela Cabo Rocha!

– Está bem, a senhora manda, então eu vou para a cama. Se me dá licença vou trocar a roupa no quarto de banho e depois preciso fazer algumas necessidades. Ou não posso, também?

– Pois vá. Dentro de dez minutos vou trazer um chá calmante.

Foi para a cozinha, Camilo jogou o pijama num canto da porta de um quarto, saiu pisando leve pelo corredor, passou rápido pela porta da cozinha onde D. Consuelo tratava de preparar o chá, abriu a porta com todo o cuidado e desceu as escadas para a rua. A noite fria o reanimou um pouco, dirigiu-se para a Cabo Rocha que fervilhava de gente, caminhou meio sem rumo, afinal onde ficava o raio do Dancing Floripes? Um marinheiro apontou para o fim da rua, lá adiante, à esquerda. Ele prosseguiu, achou a casa, havia uma porta grande, de garagem, pintada de preto com uma pequena porta recortada e o leão de chácara ali, firme. Descobriu uma porta ao lado, havia uma escada quase a pino, começou a subir com dificuldade, às vezes de gatinhas, até que alcançou o primeiro andar. Uma preta só de calça e sutiã apareceu pedindo passagem, ele agarrou seu braço, escuta aqui, onde fica o quarto da Carmelita?

– Aqui não tem Carmelita nenhuma e largue o meu braço!

– Claro que ela mora aqui, eu estive com ela há dez minutos...

– Só se for a Almerinda.

– Essa, essa mesma, a Almerinda!

– Siga por este corredor, a terceira porta à esquerda.

O corredor escuro cheirava a mofo, baratas atravessavam de um quarto para outro, contou as portas até que chegou à terceira. Bateu forte. Ouviu a voz dela, quem é? Ah, minha filha, abre esta porta; eu não disse que vinha? Ouviu a chave girar na fechadura, a cara da mulher que espiou para certificar-se, disse a ele que esperasse um pouquinho ali fora, tinha um freguês com ela, mas já ia sair. Ele se encostou meio zonzo, ouviu ruídos lá dentro e a porta foi aberta num repelão e um sujeito mulato saiu lá de dentro rogando pragas e o ameaçando com o dedo em riste, não podia esperar, velho idiota? Camilo sentiu a mão forte da mulher puxando-o para dentro, mas então o meu amor veio mesmo, cumpriu a palavra! Eu gosto de homem assim. Acendeu a luz e Camilo viu uma velha cama desengonçada, lençol amarfanhado formando uma maçaroca no lado dos pés, o colchão manchado à mostra, um urinol no meio da sala e ao lado da única janela uma pequena pia de louça rachada, água sempre escorrendo.

– E a banheira? – quis saber ele, tentando descobrir uma porta qualquer.

– Mas eu já disse que em todo esse quarteirão não existe uma banheira para remédio. A gente se lava depois ali na pia e é o quanto basta. Mas que mania de banheira! Parece tarado.

– Escuta aqui, sua vagabunda, eu quero uma banheira cheia d'água quente e está acabado. Se não tem, boa noite e até mais ver.

A mulher colocou-se entre ele e a porta; está muito bem, pode ir, mas eu quero o meu dinheiro. Camilo sentiu uma fúria súbita, investiu contra ela, tentou esmurrá-la mas não conseguiu; era uma mulher de grandes braços de estivador. Voltou-se, pegou uma cadeira e começou a bater com violência na pia que se espatifou em cacos para todos os lados, enquanto a mulher abria a porta e gritava por socorro, que havia um louco em seu quarto. Mulheres surgiram no corredor, o leão de chácara do Dancing subiu a escada aos saltos, dois efeminados reforçados entraram no quarto e com facilidade dominaram Camilo, começando a surrá-lo. Meio arrastado, ele foi levado escada abaixo, as mulheres gritavam histéricas, um louco, um louco, dois brigadianos surgiram abrindo caminho com seus cassetetes, agarraram o velho pelos braços e o arrastaram, rua afora, até a delegacia que ficava quase na esquina. O plantão mandou registrar a queixa das mulheres, ordenando que o jogassem no xadrez superlotado. Ele passou a mão no rosto, viu que sangrava, a cabeça doía, mas o corpo estava insensível. Um sujeito gordo e sujo ria na cara dele, então te pegaram, velhão? É isso aí, não pagou, o pau comeu. E a mulher, que tal? Camilo sentou-se no chão frio, apoiando as costas na parede de tijolo nu, viu que o chão estava todo encharcado de urina, não ligou, estava com a cabeça pesada e muito sono. Um sujeito do outro lado lhe bateu no braço, como é, tem um cigarrinho pra gente? Não, eu não fumo. Recebeu uma cusparada de raiva. Limpou-se com a manga e não chegou a reclamar. O primeiro deles esbofeteou o que havia cuspido, mais respeito com os outros, cafajeste, eu te parto a cara! Fica aí, velhão, que o primeiro que se invocar mostro o coice de mula aqui, disse apontando o braço que mal dava para ver com a cela quase toda mergulhada no escuro. Tem um dinheirinho aí? Camilo meteu a mão nos bolsos, procurou, encontrou um punhado de notas, encheu a mão e passou tudo para o companheiro de xadrez. Puxa vida, homem bom está aqui! Mas me conta, que diabo te fizeram? Camilo sentia-se pairando no ar, leve como uma pluma. A mão do outro, apertando o seu braço, era a mão de um velho amigo e companheiro de outros tempos.

– Sabe – disse Camilo em voz baixa, temendo que os outros ouvissem –, Mocinha não vai casar. Mas também aquele sujeito era uma pústula, não valia nada, um pobre-diabo. Sabe o que é um pobre-diabo?

– Sei – disse o outro.

– Um pobre-diabo. Eu fui procurar Mocinha, precisava dar uns conselhos a ela, o próprio pai havia me pedido, então ela quis me mostrar o seu quarto e, quando vi, meu Deus do céu, Mocinha estava nua deitada na cama, me chamando.

– E não tinha outro freguês esperando?

– Que freguês coisa nenhuma, seu imbecil! Freguês tinha a tua mãe!

O outro o agarrou pelo pescoço e o teria esganado se não começasse uma espécie de tumulto no xadrez, todos a gritarem, com uma briga generalizada. Os guardas acorreram, alguns inspetores de plantão também, mandaram buscar mangueiras d'água e a seguir os jorros fortes começaram a esfriar os ânimos; as portas foram abertas, os guardas entraram distribuindo borrachadas, acenderam as luzes e dentro de mais alguns minutos as coisas serenaram, quando um homem gritou que tinha um sujeito que estava matando outro por esganação. Dois mastodontes acorreram para lá e com certeiros golpes na cabeça fizeram com que o sujeito largasse o pescoço do outro, um velho que caiu pesadamente, de lado, sobre o chão molhado. Um soldado pediu que o inspetor de plantão chegasse até ali, há um homem mal, é melhor mandar o cara para o Pronto Socorro, se ainda der para salvar o infeliz. Quando o inspetor chegou e virou o corpo de barriga para cima, exclamou, mas meu Deus, é o velho Camilo aí da Pensão da Azenha! Gritou para dentro: Terézio, corre aqui, me ajuda a carregar o Seu Camilo para fora. No corredor, depois de uma xícara de café preto meio frio, Camilo abriu os olhos, cara arroxeada, quis dizer qualquer coisa e não conseguiu, desmaiando. O inspetor Terézio, ajudado pelo escrivão Alcides, conhecidos do velho, pediram ajuda para um dos brigadianos e trataram de levar Camilo para a pensão.

– Perigo de vida não tem. Ele quase morreu sufocado, mas a fraqueza dele foi bebida mesmo. Engraçado, este velho não era disto e agora deu para beber. Ontem foi a mesma coisa, pelo que me contaram.

Subiram a escada com dificuldade, ele pesava muito e estava inerte. D. Consuelo ouviu o barulho e abriu a porta:

– Eu sabia que a coisa ia dar nisso! Por aqui, por favor, este é o quarto dele. Mas o que fizeram no infeliz?

O inspetor contou o que sabia, ele estava sendo esganado por um mastodonte que vivia mais no xadrez do que na rua. Mas a senhora pode ficar descansada, agora na volta vamos dar uma lição naquele filho da puta; onde se viu tratar assim uma pessoa de idade, incapaz de fazer mal a uma mosca? D. Consuelo perguntou se não era melhor levar o velho para o Pronto Socorro, pelo menos tirava a responsabilidade de todos, podia surgir qualquer complicação, ele estava encharcado e a noite fria daquele jeito, uma pneumonia, sei lá! O inspetor disse que ela tratasse de agasalhar o infeliz, quem sabe um chá dos bons; ele amanhece novo, a senhora vai ver. Saíram todos, D. Consuelo ficou sem saber o que fazer com o velho que ficara estendido na cama, braços e pernas abertos, numa espécie de sono agitado. Decidiu pedir auxílio a Seu Ramirez, bateu de leve no quarto, ouviu a resposta dele, o senhor não pode me ajudar um pouco? Raios, esta pensão está virando pensão da Cabo Rocha, todas as noites é uma baderna diferente, a pobre da Cilita quer dormir, está cansada, e não consegue; mas eu já vou, é só o tempo de vestir a roupa.

D. Consuelo e Ramirez despiram o velho, vestiram a custo um pijama, Cilita na porta, olhando curiosa, camisola transparente deixando filtrar toda a nudez que irritava a dona da casa. Pode ficar na sua cama, minha filha, de repente entra um desses policiais aí da 2ª e encontra a senhora nua aqui no corredor. Ramirez concordou com D. Consuelo, carregou a moça para o quarto e quando ela deixou cair no chão a camisola, gritou para dentro, D. Consuelo, acho que já fiz o que podia, o resto é com a senhora. Deitou Cilita, começou por beijar seus pés, suas pernas macias, coxas, ventre, seios e logo depois a dona da pensão, horrorizada, reclamava, mas então não podia deixar essa pouca-vergonha para outra hora, com o homem doente aqui do lado? Cilita gritava histérica, D. Ivone e D. Leocádia reclamavam da porta dos seus quartos, que pouca-vergonha, uma dizia, essa vaca, a outra reforçava, invejosa, não tem compostura nem respeita as pessoas sérias.

D. Consuelo trouxe um chá, uma compressa de água fria que botou sobre a testa, limpava com um trapo algumas feridas e arranhões, notou que o pescoço dele apresentava grandes manchas roxas.

– Agora precisa tomar o chá, tem que fazer uma forcinha, levante a cabeça, um pouco mais, cuidado para não derramar, não está muito quente, assim, vai ver como isso reanima.

Trouxe mercuro cromo, passava de leve sobre os cortes e arranhões, mas então o senhor terminou fugindo para dar nisso tudo, pois não! Sabe de uma coisa: não sei o que se passa, de uma hora para outra resolveu beber, um homem fino e educado, dando vexame na rua, na frente de todo o mundo, se metendo com essas vagabundas da Cabo Rocha, indo parar na cadeia no meio daquela escória, mas pelo amor de Deus, Seu Camilo, me conte o que se passa, o que está acontecendo com o senhor, antes o senhor podia ser apontado como um modelo para qualquer um. Eu vou lhe dizer uma coisa muito séria, escute bem, depois não me venha dizer que sou uma peste, que não tenho pena das pessoas e outras coisas. Camilo olhava para ela e enxergava duas D. Consuelo. Fazia um esforço enorme para entender tudo o que ela dizia, mas entendia pouco.

– Está me ouvindo bem?

– Estou, mas ela me disse que tinha banheira e sabe o que encontrei lá? Uma pia ordinária que não cabia um gato dentro. Mas eu não fiz nada, juro que não fiz nada. Eles é que me bateram...

– Eu quero saber se está me ouvindo bem e se me entende.

– Estou ouvindo bem, claro.

– Se beber outra vez, Seu Camilo, vamos acertar as contas, lhe dou duas ou três semanas para procurar outra pensão, mas palavra de honra que não estou disposta a aguentar mais as suas bebedeiras e toda essa balbúrdia que vai terminar por arruinar a minha casa. Lamento muito dizer isso ao senhor, mas não tenho outro remédio.

– Mas a senhora sabia que o meu irmão Aníbal morreu numa clínica e que nem mamãe ficou sabendo?

– Ah, isso eu não sabia. Então o senhor ainda tinha um irmão e não dizia nada? E por que não contaram para sua mãe? Mas espere aí, sua mãe ainda vive?

– Aníbal morreu, precisava ver que enterro miserável, uns enfermeiros, dois irmãos, a cunhada e mais ninguém. Naquele mesmo dia a mamãe morreu sem saber de nada, a gente achou melhor não contar, mas não adiantou nada.

– Mas deviam contar. Então um filho morre e ninguém conta nada para a sua própria mãe?

– Pois é. A senhora também acha errado, não é? Mas agora o mal está feito e não se pode fazer mais nada.

Fechou os olhos, virou a cabeça de lado, no travesseiro, parecia que ia dormir. Mas estava bem acordado.

– Escute aqui, D. Consuelo, a senhora podia me fazer um grande favor? Eu preciso encontrar uma pessoa com urgência. O nome dela é Mocinha.

– Qual é o endereço dela?

– O endereço? Mas eu não sei o endereço. Até a casa dela foi demolida e naquele terreno construíram um edifício. Mas eu preciso encontrar essa moça. Pelo amor de Deus, D. Consuelo.

– Mas encontrar onde, numa cidade como Porto Alegre com mais de um milhão de habitantes? Esqueça isso, não vai encontrar nunca.

– Mas eu preciso falar com ela. Sabe, D. Consuelo, foi a melhor criatura que encontrei em toda a minha vida. Chegou uma hora em que a gente ia casar, depois eu desisti, já estava tudo pronto...

– Já sei. Deflorou a moça e depois do serviço feito desistiu. É sempre assim, bobas são essas moças que se entregam sem mais nem menos, dão o que têm de melhor e depois eles se acham com o direito de dizer que não gostaram e pronto, vão procurar outra.

– Não, mas eu não disse nada. Eu continuo gostando dela até hoje. Palavra, D. Consuelo, tanto é verdade que estou pedindo para a senhora encontrar Mocinha e dizer que eu estou aqui, estou precisando dela, ela que venha com urgência.

– Claro, agora que está um caco velho, agora que ela deve estar casada e cheia de filhos...

– Mentira! Mocinha não casou com ninguém, não cometa esta injúria, a melhor moça do mundo! Eu preciso falar com ela...

– Está bem, vou procurar, mas agora trate de dormir. Já imaginou essa moça chegar aqui e encontrar esse velho todo escalavrado em cima de uma cama?

D. Consuelo tratou de apagar a luz, tirou um dos travesseiros, fez com que ele ficasse de lado, puxou as cobertas bem para cima, vamos, trate de dormir, amanhã a gente conversa: eu vou procurar essa tal de Mocinha, é capaz até de andar aqui por perto, sei lá, a gente termina achando. Pronto, durma. Esperou ainda um pouco mais, sentada numa cadeira, cansada e sem entender as bebedeiras do velho. Algo se passava. Quando ouviu o ressonar de quem dorme tranquilo, saiu pé ante pé, puxou a porta e, antes de deitar, ainda passou pela cozinha para tomar uns goles de chá. Estava precisando.

2. Camilo acordou antes do meio-dia. D. Consuelo trouxe, mesmo fora de hora, a bandeja com café. Passou bem a noite? Ele olhava como se não visse ninguém. Tudo lhe parecia estranho, o quarto, a cama, o armário, a própria janela entreaberta onde os pardais vinham buscar os seus farelos. Que dia é hoje, D. Consuelo? Ela disse que era 5 de abril. A senhora sabe, eu nunca pensei em viver tantos anos; veja como são as coisas. Tem uma aspirina sobrando por aí? D. Consuelo levantou-se e foi buscar na sua pequena farmácia um comprimido contra dor de cabeça. Ele bebia o café sem vontade, não tocou nas fatias de pão. Ela se mantinha na cadeira. Séria. Que papelão, Seu Camilo! É só o que posso dizer hoje, depois de tudo passado. Que papelão! O senhor tem um nome, sempre foi pessoa de fina educação e bons modos, me aparece em casa novamente caindo pelas paredes, bêbado como um gambá e ainda por cima me traz para casa uma vagabunda da Cabo Rocha, mais velha do que eu, desfrutável e escandalosa. Ele parecia não entender nada, bebia o café aos pequenos goles, sem vontade; a senhora está exagerando, me lembro de uma pobre mulher que me trouxe até aqui, boa pessoa, só não me lembro do nome dela. Etelvina, acho que era Etelvina. Depois eu me lembro que deu uma briga, não sei bem onde, fui envolvido sem ter nada com aquilo e a senhora sabe, acordei hoje de manhã meio dolorido, me desculpe, eu não tinha nenhuma intenção de prejudicar a sua casa. D. Consuelo recolheu a bandeja. Pelo que vejo o senhor não está com fome, só bebeu o café e nada mais. Acho que está precisando de médico, quando as pessoas começam a beber desse jeito, e todos os dias, o melhor é tratar como se deve, internando numa clínica...A senhora está brincando! Está querendo me mandar para a Pinel? Sabe o que aconteceu com o pobre do Aníbal? Vivia muito bem, bebia um pouquinho hoje, outro pouquinho uns dias depois, levamos o rapaz e sabe o que aconteceu? Mataram o meu irmão com o tratamento. Eles pensam que as pessoas são cobaias, experimentam de tudo, prendem os infelizes como numa cadeia, até choques eles dão. O Aníbal, a senhora viu, morreu moço numa dessas clínicas e eu fui um dos culpados com medo que me estragasse os negócios. E veja aí onde andam os negócios, nas mãos de terceiros. Eles sim que me roubavam descaradamente e que deviam ter sido internados na clínica daquele charlatão. Uma coisa, D. Consuelo, não apareceu por aqui alguém me procurando, uma senhora de nome Mocinha? Até hoje ninguém lhe procurou aqui, Seu Camilo, que diabo, não tem um irmão, um sobrinho, um primo, essas coisas que todas as famílias têm? Não me lembro, acho que não tenho ninguém. Nem quero, sabe, D. Consuelo, não quero que eles me vejam assim, prefiro viver sozinho, levar a minha vida sem que outros tenham nada a ver com isso.

Quando D. Consuelo saiu, levando a bandeja, bateram na porta. Ele mandou que entrasse, era Cilita com um daqueles seus camisolões meio transparentes, deixando desenhados sob o tecido fino os dois mamilos grandes e escuros, bicos eriçados, a pele alva e macia do colo, o rosto bonito com aquele ar fútil e estúpido que dava uma leve irritação no velho. Sem muita cerimônia Cilita sentou-se na beira da cama; mas então o que houve, Seu Camilo, a coisa ontem andou mais preta com o senhor, foi alguma encrenca aí pela Cabo Rocha? Essa rua não presta, Seu Camilo, fuja dela como o diabo da cruz. Se o senhor quiser e estiver muito precisado de uma menina para brincar, eu tenho duas ou três, de boa família, trabalham no comércio e se defendem de vez em quando, mas tudo sem muita malícia; são boazinhas, compreensivas, elas sabem que uma pessoa na sua idade a gente precisa ter um pouquinho de paciência, mas nisso, posso lhe jurar, elas são professoras. O senhor sabe como é, nada de pressa, muita calma, jeitinho de menina nova até que a coisa vem ao natural. A Juraci, a mais nova delas, parece que teve curso no estrangeiro, nunca vi habilidade maior, sempre inventando coisa nova. Eu mesma aprendi algumas coisas com ela, o Ramirez aí do lado que o diga. Eu podia ajudar o senhor, mas com a D. Consuelo andando por aí a fiscalizar um espirro que a gente dá, não mesmo. Pegou a mão dele, pesada, abriu seus dedos, esfregando-a de leve sobre os seus mamilos. Está vendo? Camilo virou o rosto, ah, minha filha, vai embora, por favor, eu quero descansar um pouco, me deixa só. Viu?, disse ela, não há pessoa que fique indiferente. Fiz assim só para lhe mostrar que a gente pode fazer horrores sem ir no raio dessa rua onde só tem vagabunda com doença, rufião, cafetina e malandro de combinação para depenar o freguês com o golpe do suador, aquele de se esconder no guarda-roupa para tirar o dinheiro dos bolsos da vítima. Eu não quero mulher nenhuma minha filha, eu ando doente. Cilita fez um ar de espanto, mas doença dessas pegadas de mulher? Nada disso, doença da cabeça, do corpo mesmo, aqui de dentro – batia com os dedos na testa. E o médico não cura, Seu Camilo? Não, não cura. E agora me deixa só, sim, minha filha, eu ando vendo coisas que não devia, acho que vou terminar louco num hospício como o coitado do meu irmão Francisco, que também casou com uma louca e que deu no que deu, preso numa jaula como um animal feroz. Eu tenho muito medo de acabar assim. Olha, escuta aqui, eu fui um canalha com a Mocinha, fiz mal a ela, terminei casando com outra e o resultado todo o mundo sabe, uma vergonha para uma pessoa decente.

– Ah – exclamou Cilita, meio vitoriosa –, eu sabia que o senhor tinha feito alguma coisa, eu sabia. E depois dizem que os homens de mais idade não fazem nada, não se interessam pela coisa.

– Que é isso, menina! Isso foi há muitíssimos anos, eu era moço, ela não queria, tinha medo e depois terminou querendo e foi tudo ao ar livre, assim no chão, em cima da grama, a pobrezinha parecia que ia morrer e a gente repetiu e depois de novo, outra vez, mais uma até que a coisa esfriou e eu vi que não queria casar com ela, disse assim mesmo, a gente não se gosta para casar, e a última vez foi na cama dela mesma, o pai disse que eu fosse lá aconselhar a filha e ela quis de novo e eu fui um crápula sem tamanho, me aproveitando da confiança. Mas, Seu Camilo, não foi ela que quis de novo? Foi sim, mas eu não devia, eu tinha ido lá para dar um conselho, que se ela não gostasse do noivo, o que tinha de melhor a fazer era desmanchar tudo e procurar outro rapaz.

– E enquanto dava os conselhos ia comendo essa tal de Mocinha...

– Não foi assim, não senhora. Foi coisa nascida ali na hora, sem que ninguém pensasse como, uma loucura dela, eu sem poder resistir...

– E não veio filho nenhum?

– Não. Acho que ela não podia ter filhos, pobre da Mocinha.

– E nem depois, quando casou?

– Ela nunca casou, pelo menos que eu tivesse sabido.

– Nossa, que mulherzinha danada! Sabe o que se passava, Seu Camilo? Ela estava apaixonada mesmo pelo senhor. Puxa, que homem o senhor devia ser, não quero nem pensar se encontro um assim nesta altura da minha vida. Largo tudo, morro por ele, vou para uma ilha deserta!

– Ah, minha filha, agora me deixa descansar um pouco. Estou que não me aguento mais. Está bem? Outra hora a gente conversa mais, eu conto outras coisas.

Cilita ainda queria saber uma coisa só: ela era bonita assim que nem eu? O velho olhou para ela, para seu corpo, o busto saliente, os braços lisos e bem torneados, as cadeiras largas, os lábios carnudos, fez que sim com a cabeça, era assim mesmo, agora vai, sim? Preciso dormir um pouquinho mais. A moça saiu sem fazer ruído, passou pelo corredor e foi encontrar Ramirez soldando alguns fios de uma televisão quase toda desmontada. A cama ainda não tinha sido feita, ele pediu que ela botasse uma roupinha qualquer e descesse até o Café Viseu para buscar alguma coisa de comer, estava faminto. Ela tirou o que tinha sobre o corpo, deitou-se na cama desfeita, começou a passar as mãos sobre o corpo todo, gemendo. Ramirez virou-se e olhou espantado para ela, mas afinal o que é isso, está ficando maluca? Ah, meu amor, Seu Camilo me contou agora uns casos dele, quando moço, e me deixou assim, vem aqui um pouquinho, quinze minutos. O homem continuava empunhando o ferro de solda, meio apalermado, mas minha querida, só esta noite... Ela buscava excitar-se cada vez mais, seus gemidos chegaram à casa toda, da cozinha D. Consuelo gritou irada, mas vai começar tudo de novo a esta hora? Camilo sabia que estava separado dela por uma fina parede de madeira de pinho, a cabeça começou a lhe doer, depois de muito tempo notou que se excitava também e que Mocinha lhe passava as mãos pelo corpo, beijava o seu peito, sua boca, agarrava-se a ele, os gemidos eram dela, era a sua voz que ouvia, suas mãos ágeis que sabiam o que fazer. Ramirez deixou o ferro de solda sobre a mesa, no seu apoio, juntou-se com Cilita na cama barulhenta; Mocinha deitava-se de lado e o puxava com frenesi; Cilita entrava no ritmo alucinante de sempre. Camilo agora apertava os braços com medo que Mocinha fugisse outra vez, que desaparecesse de sua vida, fundiam-se sob o céu azul, o carro luzidio ali do lado, as poucas árvores, um que outro pássaro espião que cruzava rápido sobre o par entrelaçado, Mocinha gritando naquela amplidão toda, sem eco nem testemunhas senão a natureza livre onde eles se haviam refugiado. Cilita, por fim, gritou como sempre fazia e caiu de lado, em prantos.

D. Consuelo bateu na porta com a mão espalmada, mas o que é isso nesta hora do dia, acabou-se a vergonha nesta casa? Depois vamos ter uma conversa e fique sabendo, Seu Ramirez, até o fim da semana quero o quarto, tenho um bom cliente para ele. O quarto voltara ao silêncio absoluto, como se estivesse vazio. D. Consuelo viu a porta do quarto de Seu Camilo abrir-se, o velho sair meio tonto como se ainda estivesse bêbado, até desaparecer no quarto de banho, quando bateu com a porta. Ela retornou à cozinha, irada:

– Parece que todo o mundo nesta casa ficou maluco!

3. Camilo desceu as escadas com todo o cuidado, quando virava a cabeça com mais rapidez sentia o mundo girar em torno de si, tinha medo de cair. A tarde estava ensolarada, ficou um pouco na portalada, vendo as pessoas que passavam. Naquele instante desfilava pela rua uma grande quantidade de caminhões do Exército, apinhados de soldados, mas sem pressa como se não soubessem para onde ir.

– Pegaram afinal o ex-governador? – perguntou um sujeito que ia passando.

– Até agora, que eu saiba, não – disse um outro que entrava no Café Viseu. – Ele é muito vivo, se não está no Uruguai deve andar por aí nas barbas deles.

O português estava na outra porta, meio espantado pela demonstração de força, mandou que eles calassem a boca, por muito menos outros tinham voltado da prisão sem os dentes. Viu Seu Camilo encostado na porta da pensão, caminhou até ele, vamos entrar, Seu Camilo, o negócio aqui pela rua não anda dos melhores; é como dizem lá na terrinha: mais vale cautela que arrependimento. Vamos entrar, tem um café novinho de dar água na boca; mas que diabo houve hoje que não veio comer a sua comidinha aqui na casa? Não vai me dizer que agora deu para comer naquela pocilga que se chama Café Coimbra, aquilo lá servem sopa de barata, conheço aquela bisca, veio de Vila Flor, terra de judeu-novo. Ó rapaz, dois cafezinhos aqui nesta mesa. Camilo não dizia nada, deixava-se levar docilmente, o corpo lhe doía todo, aquela polução violenta o arrasara de todo, as pernas ainda tremiam, sentia-se oco e insatisfeito. Quando o rapaz veio com o café, o português mandou que ele trouxesse num pires uns croquetes recém-feitos. Não quero comer nada, adiantou o velho com certa rispidez. Ora essa, sentenciou Seu António, depois de comer, cada qual dá seu parecer; trate de provar estes acepipes, carne de primeira, tempero de mão de fada, tudo saidinho agora da banha fervente; tome lá, coma um por conta da casa. Não quero, obrigado.

O café estava quase vazio, só dois fregueses de balcão, desses que chegam, pedem um copo de água mineral e se vão. O velho Camilo olhava desconfiado para a porta, começou a beber o seu café, recusou mais vezes o croquete que cheirava bem, tinha medo de embrulhar o estômago com aquela carne engordurada. Croquetes como estes, Seu Camilo, o senhor não encontra em Porto Alegre inteira, aposto, jogo dez contra um. É carne fresca de primeira, moidinha na hora, bons temperos, orégano, umas pitadas de páprica, lá o seu alhozinho para perfumar, cebolinha bem picada, temperinho verde, pouca farinha só para dar boa junção. Que diabo, o senhor hoje parece que está adivinhando passarinho verde. Saiba de uma coisa: coma como são e beba como doente. Desprezar estes croquetes, Santa Mãe de Deus!

– Meu irmão mais velho, o Francisco, morreu lá no São Pedro.

– Louco, o coitado! Mas que triste sina, Seu Camilo. Quando foi isso? Bem que eu notei que o senhor não estava no seu dinheiro.

– O caixão dele parecia o de uma criança, estava deste tamanho.

– Meus pêsames, Seu Camilo, eu não sabia disso. Então não era para D. Consuelo baixar até aqui e contar para a gente? Eu teria ido ao enterro, Seu Camilo, com todo o sacrifício e o perigo de deixar a casa entregue às baratas. Louco de atar, é mesmo?

– No último dia ele nem chegou a me conhecer; olhava assim para o vazio, chamava pela mulher, a Dileia, parecia uma criança.

– E a mulher, na certa, já tinha fugido com outro ou andava de trapinhos misturados por aí! Mulher despreza marido louco ou pobre.

– Não foi nada disso, a Dileia já estava morta há anos.

– Ah, compreendo, isso fazia parte da loucura dele.

– Já o outro irmão meu, o Jeziel, tinha morrido há anos e ele não sabia. A mulher a cuidar dele na sua cadeira de rodas, os filhos tentando agradar, ele se sumindo, sumindo, até que morreu sem uma queixa.

– Mas quanta desgraça junta, Seu Camilo. E por que afinal não veio falar com a gente, os amigos são para essas horas.

– E Leonor como uma puta, eu bem desconfiava... – disse ele.

– Não me diga! Problemas com outra irmã!

Camilo olhou bem para ele, viu que não estava entendendo nada, era malhar em ferro frio, o português não sabia de coisa nenhuma; não quis contar mais nada, não respondeu nenhuma outra pergunta, aproveitou para pedir meia taça de café preto. Ah, do café fresquinho gostou, mas dos meus croquetes nem ver! Está bem, ó rapaz, meia taça de café preto aqui para o Seu Camilo. Levantou-se, bateu nas costas do velho, e olhe aqui, meus pêsames, meio atrasados, mas a culpa não foi minha, fiquei sabendo de tudo agora. Foi para trás do balcão, cuidar dos seus afazeres. Começavam a chegar os fregueses habituais do café da tarde. O Euclides, da Importadora Auto Geral; a Vicentina, caixa das Casas Tigre; Eleutério, balconista da Importadora Popular; Seu Ernesto, gerente da Autopeças Ultramar. O inspetor Terézio entrou com outro sujeito desconhecido, viu Seu Camilo e foi ao seu encontro, mas então, o meu amigo está melhor? Se não fosse eu, hein, tinha passado um mau pedaço. Camilo olhava para ele como para um estranho. Cheguei na hora, aquela máfia lá dentro ia fazer o diabo com o senhor. Veja lá o que vai fazer por aí, que nem todo o dia tem um Terézio para salvar os amigos. Foi com o outro para o balcão, cumprimentou os desconhecidos, acenou para um e outro e o velho Camilo ouviu bem quando ele pediu uma taça de café com leite e dois croquetes. Olhou para o relógio da parede, passava pouco das cinco. A sessão do cinema começava depois das oito e meia, ele queria que o tempo passasse mais rápido, mas tudo parecia arrastar-se como lesmas. Decidiu caminhar um pouco, devagar, só pelas redondezas. Deixou o dinheiro em cima da mesa, fez um sinal de despedida para o português que estava atarefado, retornou à rua cheia de gente, as paradas de bonde apinhadas dos ônibus também, pessoas que andavam depressa, outras que se demoravam pelas vitrinas, a procurar coisas.

Saiu para os lados do cemitério, olhava vitrinas também; atravessou a Cabo Rocha que estava meio deserta àquela hora, passou pelo Departamento de Limpeza Pública onde grupos de garis conversavam em algazarra e enchiam a rua de fumaça dos seus cigarros baratos; a 2ª Delegacia em trégua, que era hora de modorra geral; passou pela Padaria Trigo de Ouro, grandes cucas na vitrina; deixou de lado o Café Coimbra, teve vergonha de olhar lá para dentro; teve vontade de entrar na farmácia e comprar uns comprimidos contra dor de cabeça, mas resolveu deixar para depois, quem sabe na volta; teve vontade de sentar-se numa poltrona de plástico cor de vinho da casa Móveis Ponto Quente; cruzou pela Rua Marcílio Dias, onde um carro esperou paciente que ele atravessasse; olhou para dentro da Caixa Econômica Federal da Azenha, onde pessoas entravam e saíam apressadas e finalmente, defronte à Foto Azenha, demorou-se um pouco mais olhando uma vitrina com dezenas de retratos para carteira de identidade. Passou pela sua cabeça que poderia enxergar, no meio de tantas outras pessoas, um que fosse da Mocinha, entraria e perguntaria se não tinham o endereço daquela pessoa, diria que era uma parente que não via há muitos anos, precisava encontrá-la. Um rapaz chegou à porta, o senhor não quer entrar e tirar um retrato? Ele não chegou a ouvir, já estava de volta, sentia as pernas doloridas e o corpo muito cansado. Voltaria à pensão, entraria para seu quarto e cuidaria de passar a chave na fechadura para que ninguém entrasse. Foi uma longa volta, arrependia-se agora de ter caminhado tanto, tropeçava nas saliências das calçadas e se desequilibrava ao pisar nas reentrâncias das lajes quebradas. Ao passar novamente pela frente do Café Coimbra ouviu alguém gritar lá de dentro: mais uma garrafinha, velhão? Prosseguiu sem virar o rosto, estugou o passo o que pôde, mas a mesma voz disse mais de longe: volte que a Almerinda não demora bate por aqui.

Quando chegou na porta da pensão e viu a escada toda, pensou que não teria forças para alcançar o seu topo. Botaria um pé, depois outro, agarrado sempre ao corrimão sebento, descansaria depois de meia dúzia de degraus, recomeçaria tudo de novo e um dia chegaria ao corredor onde ficava o seu quarto. D. Consuelo não estava na cozinha, era a hora do seu banho; torceu o trinco, entrou em silêncio e deitou-se como viera, sem sequer tirar o sapato. A cama girava lentamente, o quarto mudava, havia um candelabro com pingentes de cristal, móveis escuros, sobre a mesinha de cabeceira existia agora um belo exemplar de lâmpada Tiffany, sobre um guardanapo de renda francesa. Leonor mandara as crianças passearem no pátio com as empregadas e agora trocava de roupa, logo depois sentava-se diante do grande espelho oval de cima da cômoda e retocava a pintura. Voltou-se para ele, atirou um beijo rápido e saiu misteriosa pela janela, desaparecendo no espaço. Tinha a cabeça dolorida e temia que a cama virasse e ele caísse sobre o assoalho, rolando para debaixo dos móveis. Depois os filhos brincavam sob a janela e ele distinguia a voz delicada de Patrícia, a de Virgílio e João brigando por qualquer coisa. No primeiro momento ele se mostrou preocupado, as crianças estariam nas imundas oficinas mecânicas ali debaixo, sujeitas a se ferirem naquelas latarias enferrujadas, ouviu a voz de alguém dizendo, meninos saiam daqui, eu já disse; teve vontade de levantar-se, mas o corpo lhe pesava e havia algo que o prendia na cama, como se estivesse envolvido por grossas teias de aranha. O trinco da porta foi movimentado de leve, a lingueta da fechadura abriu e D. Consuelo espiou para dentro do quarto mergulhado na penumbra, foi até a cama onde Camilo parecia dormir, respiração curta, de quem estivesse muito cansado, aproveitou para fechar os vidros da janela, que o ar vindo de fora estava frio e havia algazarra na oficina.

– Quem está aí? – perguntou o velho, com voz pastosa.

– Sou eu, Consuelo – disse a dona da casa, após um breve susto.

– Ah, Joan, vem cá, eu estou preocupado com Plínio, ele não tem mais idade para essas brigas, diz isso para ele, por favor. Joan, minha querida, pede que ele deixe tudo comigo, vou tratar essa canalha como ela merece.

D. Consuelo ficou muda, deslizou para a porta, saiu sem fazer ruído, o pobre do Seu Camilo devia estar variando. Seu braço roçou o trinco e fez com que a porta batesse.

– Quem anda por aí? Como podem abrir o meu quarto sem mais nem menos, chamem D. Consuelo, quero me queixar!

Ela voltou, acendeu a luz de cabeceira, mas que coisa horrível, Seu Camilo, o senhor deitado com roupa e tudo, sapatos, onde se viu isso? Pode botar o pijama, mais tarde eu trago um caldinho de galinha com pão fresco.

Parecia-lhe a mãe, D. Eudóxia, sentada ao lado de sua cama, a voz autoritária, mandando no casarão da Independência, quis saber onde estavam as crianças. Vamos, homem, acorde logo, nem fica acordado, nem dorme, isso faz mal à saúde. Que horas são?, perguntou ele. Sei lá, respondeu a mulher, meio impaciente; e que diabo lhe interessa saber a hora, pode ser oito horas, pode ser meia-noite, não interessa, não pense que vai sair por aí esta noite para me voltar de madrugada como ontem e anteontem. Quer saber a hora? Está bem, está bem, vou dar uma olhada no relógio da copa. Quando voltou ele estava sentado na cama, cabelos desmanchados, gravata torta, colarinho de pontas reviradas, com ar de grande expectativa.

– Sete horas e trinta e cinco minutos. Está satisfeito? E agora vou preparar o caldinho, mas galinha verdadeira, pão de centeio que consegui hoje ali na Trigo de Ouro, dando uma gorjeta por debaixo do balcão, isto está ficando uma vergonha, Seu Camilo, todo o mundo alega que não tem as coisas, mas quando vai uma notinha na palma da mão tudo surge como por milagre. Pouca vergonha, e a polícia aí atrás do governador como se ele é que fosse o criminoso.

Fez com que ele se deitasse novamente, quis tirar-lhe os sapatos, mas ele não deixou.

– Quietinha, D. Consuelo, deixe a minha vida em paz, quero ficar assim mesmo, sou maior de idade...

– Não parece.

Saiu e foi para a cozinha. Camilo passou as mãos nos cabelos procurando assentá-los, apagou a luz, arranjou a roupa, que a fralda da camisa saía para fora das calças, alisou a calça, amparou-se na parede com medo de cair, que as coisas ainda rodopiavam. Dirigiu-se para a porta, abriu o trinco com infinito cuidado, já não ouvia mais as crianças na sua algaravia infantil, espiou pelo corredor, àquela hora a casa era sempre modorrenta, mas não demoraria muito os hóspedes começavam a chegar. Tirou os sapatos, colocando-os debaixo de um braço, com uma das mãos apoiava-se na parede para não perder o equilíbrio. Passou rápido pela porta entreaberta da cozinha onde D. Consuelo, de costas, trabalhava sobre o fogão.

Desceu os primeiros degraus sem fazer o menor ruído, agarrava-se firme ao corrimão porque lhe parecia estar numa grande altura e se caísse de lá morreria com o pescoço quebrado. Já no último degrau, ofegante pelo esforço, sentou-se para calçar os sapatos. Quando amarrava os cordões do último, entrou D. Ivone Albuquerque Trindade, a cara muito pintada, o decote que oferecia aos olhos dos passantes a geleia flácida dos seios generosos, estacou assustada, mas afinal onde vai o senhor dessa maneira, Seu Camilo, botando os sapatos aqui na rua, só faltava mesmo estar sentado na soleira da porta para escândalo dos passantes. Houve algum problema? Camilo agarrou-se na ponta do corrimão, levantou-se com dificuldade, a senhora pode passar, a casa também é sua e por favor não precisa mencionar que me viu saindo. Para todos os efeitos estou dormindo, minha cara e bela senhora. D. Ivone achou muito estranho, na certa o velho estava fugindo de D. Consuelo para tomar outro porre igual aos dos outros dias. Ele saiu, ganhou a calçada, aspirando forte o ar fresco da noite, enquanto D. Ivone subia lentamente as escadas muito íngremes. Passou pela cozinha, deu boa noite para D. Consuelo que preparava na certa o lanche noturno, teve vontade de contar que vira o velho Camilo fugindo como um ladrão, mas preferiu ficar quieta, o pobre do homem devia andar muito infeliz.

4. Com dificuldade, D. Consuelo abriu a porta, que a bandeja atrapalhava seus movimentos. Encontrou o quarto mergulhado na escuridão, caminhou lentamente temendo tropeçar numa cadeira qualquer fora do lugar, chamou pelo velho, Seu Camilo, por favor, facilite as coisas, acenda esta maldita lâmpada de cabeceira. Tateou até encontrar uma pequena mesa que ficava ao lado do guarda-roupa, afastou roupas e objetos espalhados por cima dela, depositou a bandeja e foi acender a luz. Encontrou a cama vazia, pressentiu a fuga do velho, gritou perguntando se havia alguém no quarto de banho, foi a própria D. Ivone que surgiu na porta, bem no momento em que chegavam Ramirez e Cilita, informou que não havia ninguém no banho e que se ela queria saber de Seu Camilo ia ter que andar um pouco pela rua, pois o encontrara calçando os sapatos no primeiro degrau da escada, exatamente como alguém que fugia. Velho idiota e maldito, exclamou cansada D. Consuelo, se ele está pensando que agora todas as noites ele vai chegar em casa bêbado de não se aguentar em pé, está muito enganado. A senhora me faça o favor, me ajude a abrir esta colcha velha aqui no chão, vou colocar tudo o que é dele aqui dentro e quando voltar vai encontrar o quarto fechado e a trouxa dele ali fora da porta, no alto da escada. Não estou aqui para suportar esse tipo de coisa depois de velha.

Abriu as portas do guarda-roupa e foi jogando tudo o que encontrava lá dentro sobre a colcha, depois puxou o pano pelas pontas, deu dois nós reforçados e sozinha, sem pedir ajuda de ninguém, arrastou a trouxa para o lugar onde o velho deveria encontrá-la quando chegasse de madrugada.

– Mas vai deixar o infeliz dormir na rua? – perguntou D. Ivone.

– A casa é minha, a responsabilidade é minha, aqui mando eu e pronto. Se não estiver de acordo faça a sua trouxa também e adeus!

– Nossa Senhora, mas o que é isso comigo, D. Consuelo? Uma pessoa que paga em dia, que respeita a sua casa, que não incomoda, então merece esse tratamento? Me diga, merece?

– Desculpe, mas eu estou muito nervosa. Quer um caldinho de galinha bem quente, com pão de centeio?

– Eu?

– A senhora mesma. E por que não pode ser a senhora?

– Não, é que estou achando o tratamento bom demais. Sabe como é, quando a esmola é demais o pobre desconfia.

– Pois vá lá para a mesa, sente-se e aguarde dois segundos.

Ramirez e Cilita estranharam que só D. Ivone tivesse direito a prato especial. D. Leocádia Chemale Cassel fingiu que nem notara. D. Consuelo distribuiu os ovos fritos pelos pratos de todos, disse que o café estava forte e quente e pediu, por favor, que comessem logo, nada de embromação, estava cansada, irritada, aquele velho safado fugira como boi ladrão, na certa vai tomar outro porre, mas hoje a música é outra, de chegada encontra a trouxa dele do lado de fora da porta, hoje vou passar a chave ali. Ninguém vai sair depois do lanche? D. Leocádia disse que não, mas duvidava muito que D. Ivone ficasse em casa pelo menos uma noite.

– Meta-se com sua vida, traste de bricabraque, e me deixe em paz. Não devo nada a ninguém, não admito que se metam na minha vida.

– Calma, calma – disse D. Consuelo ainda mais irritada. – Eu lhe dou uma chave e pronto, a senhora pode voltar quando bem entender. E a senhora, D. Leocádia, por favor, não se meta na vida dos outros.

Cilita beijou Ramirez na frente de todo o mundo, disse que ela e seu amor iam ficar em casa, tinham contas a acertar naquela noite.

– De novo! – exclamou D. Consuelo, jogando uma colher sobre a mesa.

5. Lá estava Pascale Petit como Cleópatra, a cobra no seio, as vestes drapejantes, as mesmas brigas de todos os dias, guerreiros munidos de grandes espadas. O velho Camilo sentia medo de atravessar a rua e pedir o ingresso na bilheteria. A peste da mulher ia armar outro falatório, um vivente parecia proibido de assistir um filme por três vezes seguidas. Estava na hora da sessão começar. Uns quinze minutos. Não havia quase movimento, alguns rapazes formavam pequenas rodas debaixo das colunas de entrada, no saguão, como sempre, o gerente que gostava de bisbilhotar tudo, que muitas vezes entrava na sala de projeção para chamar a atenção de um casal que não estava se portando convenientemente.

Por fim tomou coragem, atravessou as duas faixas movimentadas, permaneceu encostado na parede rugosa de uma loja fechada, longe da iluminação de entrada. Queria chegar bem na hora do filme começar, suas mãos tremiam. Não sabia se ia ver a repetição de tudo, mas gostaria de rever Mocinha, de amá-la novamente naquele descampado da Cascata, a lona estendida sobre a grama, o horizonte amplo, o céu muito azul e alguns pássaros que vinham mais perto para assistir ao amor dos dois. Queria ver a mãe novamente, D. Eudóxia nos seus últimos dias, forte de espírito, valente, tranquila, como se adivinhasse todas as coisas. Poucas pessoas compravam seus ingressos e sumiam pela porta larga. Então ele tomou coragem, caminhou bem pelo costado da parede, aproximou-se do pequeno buraco gradeado da bilheteria, estendeu a mão com o dinheiro, rosto escondido pela parede superior, mas ela pegou o dinheiro, deu a entrada e segurou a mão dele:

– De novo, Seu Camilo? Mas não é possível, meu Deus do céu. Este é o último dia, ninguém mais vem assistir a essa droga, só o senhor acha essa coisa a sétima maravilha do mundo.

Ele retirou a mão num repelão, pediu a ela que não se metesse na sua vida, que tratasse da sua que faria melhor e tiraria mais proveito. Deu a entrada para o homem que ficava na porta, entrou e virou o rosto, acintosamente, para o gerente, que não se conteve.

– Pelo Seu Camilo a gente levava esse filme por mais um ano. No Garibaldi não tem nada que preste?

O velho seguiu impávido, não olhou para trás, afastou uma cortina preta e sebosa que protegia a sala de projeção da claridade do saguão e foi procurar, já no escuro, uma poltrona onde ficasse distante de qualquer um. Foi mais fácil, o cinema estava mesmo às moscas. Melhor assim, pensou. Passava um suplemento sobre as belezas de São Paulo, edifícios e mais edifícios, operários trabalhando, tudo muito lavado e limpo, cores fortes, música vibrante e no final uma bandeira nacional tremulando ao vento. Encontrou a cadeira que buscava, sentou-se trêmulo. Devia ter passado pelo Café Coimbra e tomado dois dedos de cachaça para acalmar os nervos. Não, ele sabia que se tivesse passado por lá não se limitaria aos dois dedos, mas a um copo, talvez dois. E assim perderia o filme que ele queria ver. A garganta seca, os olhos lacrimejantes, o medo de que alguém da pensão estivesse por ali e reconhecesse, no personagem, ele próprio. Olhou para trás, seus olhos ainda não se haviam habituado com a escuridão total e só quando o filme começou a ser projetado é que ele pôde divisar as pessoas ao redor, mas numa distância muito limitada. O mesmo gradil trabalhado, a casa da Independência, as escadarias, enquanto o letreiro passava pela tela, de cima para baixo. Era como se fosse uma repetição. E se fosse? Não, ele sabia que a história seria retomada. Da outra vez ele pensara a mesma coisa e não tinha havido repetição, mas continuação. Encolheu-se na cadeira, em posição fetal, deixando o corpo escorregar, o queixo a tocar nos joelhos, pés levantados do chão, o tremor das mãos quase incontrolável.

Apareceu de início um ambiente que, aos pedaços, de maneira imprecisa, lembrava o antigo gabinete do pai. Densa fumaça era abanada pelos que ali se encontravam, Leonor tossindo, João, Virgílio e Patrícia fugindo da sala, sufocados, ele tentando abrir a grande janela para que entrasse um pouco de ar. O fotógrafo recolhia a máquina, fez sinal para Camilo que saíssem ambos. Na porta, esperando que o dono da casa saísse primeiro, ele disse:

– Eu já estou acostumado, mas essa fumaça é forte demais.

VIII.

Noite do dia 5 de abril de 1964

1. Patrícia e Virgílio dormiam no mesmo quarto. A menina, com cinco anos, não quisera por nada deste mundo ficar no quarto que a mãe lhe preparara com muito carinho, todo decorado de rosa, ursos, girafas, tigres e camelos de seda e de pelúcia, cortinas transparentes com delicadas florzinhas, a cama laqueada, cabeceira com entalhes de pássaros e no alto, como um capitel, dois anjinhos barrocos segurando uma pequena coroa. Patrícia chorara muito e naquela primeira noite terminou dormindo na cama dos pais. No dia seguinte Leonor decidiu: vá lá, por algum tempo ela dorme no quarto de Virgílio que já está mocinho com seus sete anos, assim ninguém pode alegar medo. João, com nove, era mais independente e, embora ainda tivesse medo naquele grande quarto onde dormira muitas noites o tio Francisco, tratava de apertar bem os olhos na hora de dormir, embora uma lamparina ficasse acesa toda a noite, morrendo pela madrugada, quando o óleo era consumido inteiramente.

– Não sei se é por uma questão de hábito, depois de tantos anos, acho esta casa terrivelmente vazia – disse Camilo, uma noite, para a mulher que se preparava para deitar-se. – E não era só o pessoal da família, que já era grande, mas também a criadagem que circulava pelos corredores, pelas peças de serviço, o pátio com muitos negros encarregados dos carros e das garagens.

– Acho muito bom assim – disse Leonor, escovando os cabelos bonitos que caíam até as costas. – Estamos na nossa casa, tomamos o café na hora que bem entendemos, duas negras na cozinha e duas para o serviço de limpeza e as amas para as crianças. Gosto de tudo como está. Sempre sonhei com a minha casa, só minha, inteiramente minha. Basta uma vida inteira sob o mesmo teto de papai e mamãe, vivendo como eles queriam e fazendo as coisas como eles achavam que deviam ser feitas. Se eu dizia para eles que preferia uma taça de chocolate de tarde, em lugar do café, não senhora, chocolate estraga a pele das meninas. E era tudo assim. Pois agora quem determina sou eu. Se quiser tomar cinco taças de chocolate pela tarde, tomo. Se quero tomar um banho de imersão, dou ordens para que ninguém me chame, posso até dormir dentro da banheira cheia, com sais perfumados. Chego na cozinha e digo o que as empregadas devem fazer para o almoço e o que devem fazer para a janta. Não é melhor assim?

Camilo mantinha-se deitado na grande cama, já de pijama, cabeça apoiada nas mãos trançadas sobre o travesseiro de penas. Dali ele podia enxergar a mulher de corpo inteiro, agora de camisola arriada sobre as pernas, sentada numa banqueta defronte ao espelho, escovando os cabelos. Sua imaginação disparava. As costas bonitas eram as de Mocinha, as coxas firmes e bem torneadas eram as de Mocinha. Os seios empinados iguais aos de Mocinha. Leonor pediu que ele apagasse a luz de cabeceira, sentia-se constrangida ao permanecer assim quase despida diante do marido em meio a tanta luz. Camilo sorriu, perguntou se ela não preferia pentear-se ao lado dele, ela não devia saber, mas ele tirara um curso de massagem indiana com uma professora, há muitos anos.

– Se o doutor pensa que vou cair nessa armadilha, está muito enganado. E depois outra coisa: recebi um telegrama da deusa das mulheres me proibindo qualquer deslize no dia de hoje e no dia de amanhã e sei lá mais em que outros dias. Quem sabe o meu amor se vira para o outro lado e tenta dormir?

– E só agora me dizes isso, sua torturadora?

– Pensei que soubesses. Os homens de negócio costumam fazer contas com muita rapidez. Pois trata de dormir e faço votos que sonhes comigo e, aí sim, eu posso ser boazinha.

Ele continuou como estava, a visão da mulher a pentear-se era acima de tudo de uma rara beleza. Não sabia se era o reflexo do grande espelho, a tez rosada e leitosa da mulher, os seios levantados acompanhando os braços que cuidavam dos cabelos, as belas pernas seminuas, os pés descalços sobre o tapete escuro. Ela ergueu a camisola branca e rendada, foi ao quarto de banho e logo depois voltava, ralhando com ele que permanecia na mesma posição; tratou de enfiar-se debaixo das cobertas leves, beijou-lhe os lábios de leve, deu-lhe as costas e descansou a bela cabeça sobre o travesseiro fofo.

– Sabe, minha querida, eu penso que os homens deveriam ter o direito de possuir pelo menos duas mulheres. Nestes dias, por exemplo, eles teriam uma outra para compensar o jejum.

– Um direito exclusivo dos homens, não é mesmo?

– Mas, claro, os homens não têm dias...

– E quando viajam a negócios, quando chegam em casa cansados depois de longas e exaustivas reuniões e que muitas vezes se deitam sem sequer dar um beijo de boa noite nas esposas?

– Ah, mas isso é de vez em quando, ao passo que vocês, mulheres, repetem essa coisa todos os meses, inverno e verão, outono e primavera...

Camilo deixou-se escorregar até ficar com a cabeça no travesseiro, passou para debaixo das cobertas, apagou a luz de cabeceira, estendeu a mão abraçando a mulher, grudou-se a ela, pelas costas, deslizou a mão por sobre os seios, ah, meu querido, para com isso, por favor, trata de dormir. Não estou fazendo nada proibido, ninguém disse que nesses dias o homem não pode abraçar a sua mulher. Claro que não, disse ela com voz meiga e retorcendo o corpo de leve até encaixar-se nele, mas é uma tortura esse tipo de provocação. Virou o rosto, boca semiaberta, deixou que ele a beijasse com ardor, sentiu que ele entrara em forte ereção, afastou as pernas, deixou que ele se acomodasse entre elas, que loucura meu bem, os lençóis trocados hoje. Camilo estendeu o braço para o lado contrário, trouxe de lá uma toalha, a gente pode muito bem pensar nas coisas, mesmo que seja enganado à última hora. Movimentava-se devagar, usufruindo de seu calor intenso, da maciez de suas carnes, da volúpia que ela demonstrava, protegeu-se com a toalha, o ritmo aumentava a cada segundo até que abafando um gemido irrefreado esvaiu-se ao mesmo tempo em que ela pedia que ele não parasse, que prosseguisse, mais rápido, mais rápido até que mordeu as costas da mão e parou de repente, sacudida ainda por convulsões e ais; seu louco, mas então isso é coisa que se faça? Agora sim, disse ele em voz quase inaudível, posso dormir por vinte e quatro horas seguidas. Ela afastou as cobertas, recolheu com cuidado a toalha e foi fechar-se no quarto de banho. Quando voltou, meio tonta, Camilo dormia a sono solto. Enfiou-se para debaixo das cobertas, colou-se a ele com jeito e cuidado e dormiu logo.

Ao acordar ele consultou o relógio de bolso que costumava deixar sobre a mesinha, eram sete horas. Leonor dormia e esticara um braço para fora da cama, deixando um seio a descoberto. Com mil cuidados ele o cobriu com o lençol, virou-se de lado, ficou admirando as feições da esposa, sua pele de seda e bem tratada, o colo que subia e descia em respiração lenta, compassada, recordou-se da véspera, uma falsa posse que mesmo assim a levara ao orgasmo, o silêncio da casa e o cuidado dos dois quando se entregavam ao amor, o quarto de Virgílio e Patrícia quase ao lado do deles, o medo pânico de que eles pudessem ouvir qualquer ruído estranho e ininteligível, ou que, atemorizados, batessem na porta julgando que algo de mau se passasse com a mãe que poderia estar gemendo ou, quando os corpos se separavam, o choro convulso que se apossava dela, muitas vezes.

Camilo levantou-se com mil precauções, destravou a fechadura da porta, foi ao quarto de banho, escovou os dentes e retornou à cama, onde se aninhou de maneira imperceptível. Às sete e meia em ponto a empregada batia de leve, recebia ordem de entrar e servia o café na cama para os dois, um copo de laranjada, frutas da época, torradas, café com leite. Um pouco antes – ele ouvia os passos da empregada subindo a escada – Camilo acordou Leonor e pediu a ela que fechasse a camisola, a empregada estava subindo com o café. Ela se limitou a puxar o lençol e quando ouviram as batidas leves na porta ele mandou que ela entrasse e servisse o café. Leonor não quis que ela distribuísse tudo pelas mesinhas auxiliares, podia deixar a bandeja grande sobre a cômoda. Depois foi ao banheiro e quando voltou serviu ao marido e sentou-se diante de sua pequena mesa.

– Que bonita coisa fizemos ontem à noite – disse ela, de costas, temerosa de encará-lo.

– Nada demais, querida. Descobri apenas uma outra zona erógena no meu amor que jamais teria adivinhado se não fosse a tentativa feita. Há males que vêm para bem. Assim, preso entre tuas pernas, palavra que pensei que só eu fosse chegar onde cheguei. Incrível a tua sensibilidade.

– Ah, pensavas que eu fosse de serragem, de madeira. Muito obrigada pelo juízo.

Acabaram de tomar o café, ela retornou à cama, onde costumava ficar por mais meia hora, e ele foi para o banheiro, gostava de estar no escritório antes das oito e trinta. Quando colocava a gravata, defronte ao espelho oval, Leonor perguntou:

– Já descobriram alguma desonestidade daquele velho sabido?

– Seu Edmundo?

– Ele mesmo. Quando vocês abrirem os olhos, vai ser tarde. Ainda ontem conversei sobre isso com o Plínio e ele tem a mesma opinião minha, mas me disse que o velho enfeixou tudo nas suas mãos que se torna difícil descobrir qualquer coisa. Parece mentira.

– Mas, minha querida, precisamos apurar os fatos devagar e com habilidade. Não podemos abrir luta com um sócio sem ter provas na mão ou pelo menos indícios muito fortes para que se chegue a um confronto. Mas eu não creio que as coisas estejam nesse ponto. Ele tem lá as suas casmurrices, está velho, é teimoso, mas é um bom sujeito. Se não fosse ele, nada disso existiria.

– Eu sei bem como tudo começou.

– Como sabes a maneira como tudo começou? Ora essa, ele me

sugeriu abrir um negócio de olaria e depois de materiais de construção, veio como sócio pois entendia do negócio...

– E tinha uma filhinha cheia de encantos pela qual o nosso casanova logo se apaixonou.

Camilo ficou surpreso, não podia supor que alguém tivesse contado qualquer coisa para ela. Tentou desconversar:

– Ah, uma menina, naquela ocasião. Como era mesmo o nome dela? Ah, como a gente tem memória fraca!

– Mocinha.

– Isso, Mocinha. Mas como sabias?

– As mulheres, meu querido, são sempre pessoas bem informadas. Sei até que estiveste a ponto de casar com a sirigaita, naturalmente muito ingênua, sincera, prontinha para pegar pelo pé o Doutor Camilo Mortágua, jovem e bonitão descendente de uma ilustre família da fronteira.

– Essa de casar é muito boa, de fato excelente. Pobrezinha da menina.

– Tinha alguns dos meus predicados?

– Ora, Leonor, pelo amor de Deus, para com isso, deixa de tolices. E vamos supor que eu tivesse namorado a moça, que estivesse apaixonado por ela, que quisesse casar, o que teria me impedido? Afinal eu era solteiro, independente, não tinha que dar satisfações a ninguém. Teria havido algum mistério que fosse também do teu conhecimento, já que as mulheres são criaturas bem informadas?

– Podias simplesmente ter deflorado a menina.

– Mas que sandice, meu amor, não imaginava que o teu ciúme chegasse a tal ponto. Pois se tivesse acontecido tal coisa não achas que seria uma razão a mais para casar com ela?

– Quando as coisas se tornam fáceis demais, em geral os homens saciam a sua curiosidade e não casam. Com raríssimas exceções. Pelo menos comigo não conseguiste nada. Mas que tentou, tentou.

– Bem, minha querida, estou atrasado, vamos adiar esta calorosa discussão para uma outra hora. Tenho direito a um beijo ou ainda acreditas no que uma fada teria te contado?

Beijaram-se. Ele desceu a escada um pouco preocupado, beijou Patrícia, que os outros dois já tinham ido para a escola, foi tirar o carro da garagem e no caminho, rodando, sentiu uma dorida saudade de Mocinha, de sua tresloucada maneira de amar e do amor que sempre demonstrara por ele, sem tentar a mais remota chantagem pessoal. Lembrou-se que precisava discutir muitos assuntos com o velho Edmundo, bem que poderia combinar um encontro na casa dele. Assim ia rever Mocinha, quem sabe conseguiria meio minuto para estarem a sós. Mas era uma rematada loucura; não tinha mais o direito de fazer aquilo. Amava Leonor. Amava Mocinha. Como podia alguém amar duas outras pessoas com a mesma intensidade? Achou graça naquilo. Mas Seu Edmundo era capaz de convidá-lo para conversarem em casa, se ele dissesse que tinha assuntos que não podiam ser discutidos ali, sempre interrompidos por um ou por outro.

Eles já tinham telefone, a empresa instalara uma mesa central com três troncos externos e quando entrou com o carro pelo portão principal, já decidira tentar rever Mocinha. Apenas tornar a vê-la, nada mais. Teria algum outro namorado? Aquele imbecil do subgerente voltara? Entrou no escritório, os empregados da antessala o cumprimentaram com um leve erguer-se da cadeira, fechou a porta, tirou o casaco e sentou. Sobre a mesa, com um peso em cima, um bilhete assinado pelo irmão, comunicando que a mulher de Seu Edmundo havia falecido naquela madrugada e o enterro sairia às onze horas de sua casa. Ficou com o papel brincando entre os dedos, levantou o fone do gancho, Plínio atendeu do outro lado:

– Plínio? Bom dia. Acabo de chegar e li o teu bilhete. Que fazemos?

– O principal eu já fiz. Mandei flores em nome da firma, telefonei para o velho que se mostrava desconsolado e mandei dois dos nossos homens tratarem de tudo sobre o enterro para que eles não precisem se envolver nessas coisas desagradáveis.

– Naturalmente que vamos ao enterro, pelo que imagino.

– Acho que sim. Por menos que seja, por obrigação.

– Está bem. Às dez passa por aqui e vamos para lá. Tchau.

Camilo pensou um pouco, coçou a cabeça, ligou novamente para o irmão:

– Plínio, acho que devo levar a Leonor, afinal trata-se da morte da mulher dele e não dele mesmo.

– Bem, como tu achares melhor. Talvez seja o certo. A Joan eu não vou levar. Vou só.

Ligou para Leonor, contou rapidamente o que tinha acontecido, disse que se ela não estivesse disposta ele daria uma desculpa, as crianças, um compromisso qualquer coisa. Mas notou algo diferente na voz da mulher:

– Claro que vou, meu amor, é uma obrigação, ainda mais tratando-se da mulher de um sócio teu. Que horas devo estar no escritório?

– Bem, não precisa vir, eu passo por casa e te apanho. Dez menos quinze, está bem?

– Ótimo, vou tratar de me preparar. Um beijo, querido.

Quando ele desligou foi que percebeu que a boa vontade instantânea da esposa estava mais ligada na grande oportunidade de conhecer Mocinha. Ela não estaria interessada em comparecer a um enterro de uma pessoa a quem nunca vira na vida. Trataria de controlar-se. Como estaria Mocinha? Chamou o chefe de escritório, disse que precisava sair antes das dez para o enterro da senhora de Seu Edmundo, queria ver se podia assinar o máximo de papéis até aquela hora. Quando o funcionário ia saindo ele perguntou:

– Como era mesmo o nome da senhora dele?

– Dona Matilde, Doutor Camilo.

– Ah, é verdade, tinha me esquecido. Dona Matilde, uma excelente criatura, vai fazer falta naquela casa.

Camilo achou estranho que jamais houvesse perguntado pelo nome da velha, jamais a filha mencionara o nome da mãe, jamais Seu Edmundo pronunciara seu nome. Pois que a terra fosse leve para Dona Matilde, mãe de Mocinha, uma sombra dentro daquela casa, incapaz de abrir a boca para dizer fosse o que fosse. Camilo foi até o espelho do cabide de entrada, examinou-se bem, queria saber se estava apresentável para o enterro, a roupa não era muito escura, mas servia, gravata séria, estava com o cabelo bem aparado, algumas pessoas importantes poderiam comparecer, nunca seria exagero apresentar-se o melhor possível, como manda a lei dos negócios. E como queria que Mocinha o visse, numa espécie de sadismo não confessado.

Na hora combinada Plínio passou pelo seu escritório, Camilo explicou que deveriam passar em casa antes para apanhar Leonor, que demonstrou vontade de ir.

– Leonor quis ir ao enterro? Não me diga! Como as pessoas mudam de um minuto para o outro.

– Foi o que achei também, mas vá um homem querer entrar na cabeça de uma mulher!

Quando o carro passou defronte ao portão da casa, Camilo premiu a buzina algumas vezes e ficou com o irmão conversando sobre diversos assuntos da empresa. Eles viram quando a porta de entrada, no primeiro andar, no alto das escadarias, abriu-se, surgindo Leonor esplendorosa num inimaginável traje negro, chapéu de abas erguidas e um véu negro sobre o rosto que parecia assim mais leitoso e bonito. Desceu os degraus como uma rainha, imponente, solene, devagar. Camilo saltou do carro e foi a seu encontro, estendeu a mão, mas meu Deus do céu, jamais imaginei que uma mulher pudesse ficar tão bonita num traje de velório, exclamou Camilo, chamando a atenção de Plínio que tinha descido também do assento dianteiro para dar o seu lugar a ela.

– Sem querer menosprezar esse enterro, mas duvido que haja lá uma mulher mais bonita e elegante que a minha cara Leonor – disse Plínio.

– Não poderia ir vestida como uma empregadinha de balcão – disse Leonor, ajeitando os dedos dentro das luvas. – Afinal, se não estou enganada, sou a esposa do principal diretor da firma.

– Lá isso é verdade – disse Plínio –, concordo plenamente.

– Se eu soubesse que ias assim, teria trocado de roupa, vestido aquela do nosso casamento, teria trocado a camisa por uma de colarinho mais impecável e estrearia aquela gravata francesa que comprei outro dia para ir ao teatro e terminamos ficando em casa.

Plínio deu a mão para ela subir o estribo alto do carro, Camilo fez a volta e assumiu a direção, o irmão sentou-se no banco traseiro. Olhou para o relógio e disse que convinha andarem depressa, era aconselhável chegarem mais cedo. Em poucos minutos o carro chegava, havia muitos outros, pessoas que conversavam em voz baixa na frente da casa, os que estavam perto da porta abriram para que eles entrassem, o corredor estava na penumbra, passaram por pessoas desconhecidas até que entraram na sala principal onde estava o caixão entre as quatro velas. Acercaram-se mais, cumprimentando conhecidos com um simples gesto de cabeça, Seu Edmundo estava ao lado do caixão, braços cruzados, sério, e agarrada a ele, em prantos, a filha. Camilo bateu no ombro do velho, apresentou pêsames, disse que ficara sabendo momentos antes, lamentava muito. Mocinha olhou para ele como se não o conhecesse, olhos embaciados por uma cortina de lágrimas. Camilo foi o primeiro a falar, não sabia o que dizer, sentia muito, esperava que ela fosse forte. Leonor apresentou seus pêsames ao velho e estendeu a mão enluvada para a moça, que pareceu ficar deslumbrada com a beleza da outra, Camilo apresentou, esta é a minha esposa. Leonor. Mocinha ainda fez uma ligeira curvatura de joelhos, em sinal de respeito, aceitou os pêsames de Plínio e voltou a chorar no ombro do pai. Alguém oferecia cadeiras, Leonor fez a volta, passou o braço ao redor da cintura da moça, carregando-a consigo para sentar-se. Camilo estava curioso com as atitudes da mulher, desde a conversa que tivera sobre ele e a filha de seu sócio. Leonor dizia qualquer coisa muito carinhosa, tanto assim que a moça recostou a cabeça em seu ombro, um pouco mais conformada. Leonor tirara uma das luvas e afagava o rosto da outra, sinceramente penalizada. O viúvo sentou-se num pequeno sofá que haviam trazido, convidou Camilo a que fizesse o mesmo. Mantinham-se calados, várias pessoas vinham apertar a mão do velho, ele agradecia quase sem palavras. Camilo cumprimentava um que outro da firma, fez sinal para o irmão que ficara um pouco afastado, falou em seu ouvido, procura um telefone, aqui mesmo deve ter um, mas que não haja ninguém muito perto, manda fecharem as lojas e suspenderem os trabalhos nas olarias, em sinal de luto, ele havia esquecido esse detalhe importante. Plínio segredou, mas vamos ter um prejuízo enorme. Não faz mal, telefona urgente.

Quando o enterro saía, Camilo perguntou se Leonor iria com eles ao cemitério, mas a mulher disse que não – continuava abraçada à moça –, preferia ficar com Mocinha, esperaria por ele quando voltasse. Seu Edmundo disse a Camilo que logo depois das três horas estaria na empresa.

– Depois do enterro o senhor vai voltar para casa, vai descansar, deve estar esgotado. Mesmo porque determinei que suspendessem o trabalho das olarias e fechassem as lojas em sinal de luto.

– Ah, Doutor Camilo, não sei como agradecer todas essas gentilezas. Palavra que eu não esperava merecer esta honra.

– O que é isso, Seu Edmundo, lembre-se que o senhor é dos sócios de maior importância da empresa.

O velho olhou muito surpreso para ele, agradeceu mais uma vez e seguiram logo atrás do caixão, o corredor era estreito, ainda andaram um bom pedaço a pé, pegando nas alças, depois o caixão foi colocado no carro fúnebre, o das flores transbordava, e as pessoas se distribuíram pelos automóveis. No de Camilo foram Seu Edmundo, Plínio e mais dois parentes da falecida.

Algumas senhoras permaneciam na sala, em cochichos, Leonor convidou Mocinha para saírem dali, o ambiente estava muito carregado, foram para o seu quarto, recostou-se em três ou quatro travesseiros, disse que D. Leonor devia estar achando que ela era uma criatura muito feia, mas não podia fazer nada, passara a noite em claro, a mãe estivera doente durante duas semanas e sempre aquele sobressalto. Que é isso, disse Leonor, erguendo o véu negro e deixando-se ver em todo o esplendor de sua beleza, é uma das moças mais bonitas que conheci até agora, imagine-se maquilada, penteada, bem elegante, duvido que algum homem resista a tanta beleza. Meu marido sempre fez excelentes referências a teu respeito, a ponto de me deixar com ciúme e logo eu que não sou dada a essas coisas. Mas palavra que não sabia que fosse tão bonita assim. Precisas aparecer lá em casa, deves aproveitar esses primeiros dias de luto para espairecer um pouco e evitar visitas carpideiras. Muito obrigada, D. Leonor, mas não gostaria de deixar o meu pai sozinho, ainda mais agora. Mas vão os dois, fecham a casa, apagam as luzes e dão ordem às empregadas para não atenderem chamada nenhuma. Como se tivessem ido para fora por alguns dias. Eu gostaria tanto que fosses lá. Mocinha mostrava-se constrangida e meio espantada, achando Leonor um encanto de criatura e naquele momento começava a dar razão a Camilo.

– Deixe o papai chegar, eu falo para ele, quem sabe!

– Falo eu com ele, nessas coisas tenho mais experiência. Vão jantar conosco, Camilo vai ficar radiante, nada de festa, apenas uma reunião séria de bons amigos numa hora tão triste.

2. No dia seguinte, quando Camilo chegou, Leonor estava dando ordens na cozinha; aproveitou para subir rapidamente as escadas. Estava cansado, foi deitar-se um pouco, de sapato e tudo, apenas tirando o casaco e a gravata. Depois de um certo tempo, estranhando a demora do marido, Leonor perguntou a uma das empregadas se não vira o patrão chegar e a meninota disse que ele entrara havia tempo e que subira para o seu quarto. Mas como? Nem falou comigo? Mas ele não podia ver, a senhora estava na cozinha. Leonor subiu, abriu a porta do quarto, acendeu a luz central do candelabro e viu Camilo deitado, quase dormindo, quando encobriu os olhos em defesa da luz forte.

– Por favor, querida, apaga esta luz de cima.

– Então acende a da cabeceira.

Trocaram de luz, Leonor sentou-se à beira da cama, mas então chega, não vai me beijar, sobe direto para o quarto, o que se passa?

– Nada de maior, apenas estou caindo aos pedaços, foi um dia tenebroso, desses em que as encrencas começam quando a gente chega e não acabam quando saímos.

– Mas, querido, aproveita para tomar um banho bem quente, de imersão, eu preparo tudo, hoje temos convidados para o jantar.

– Eu já sabia, Seu Edmundo me disse hoje de manhã. Pensei que fosse desmaiar, palavra de honra. Ah, minha querida, isso não é momento para convidar um viúvo de ontem e sua filha choramingas. Pelo menos devia me prevenir, passei recibo de pateta, convenhamos. Leonor disse que não ia ligar para o que ele estava dizendo, ia preparar o banho, que ele tratasse de tirar a roupa, ela mesma escolheria uma outra coisa confortável, queria vê-lo bem bonito para não fazer feio perante Mocinha, que era uma beleza de criatura e, além do mais, de rara beleza. Não sei como tu, emérito conquistador que sempre foi, deixou passar em brancas nuvens uma menina tão bonita e graciosa. E que corpo, meu Deus! Vamos, vai tirando a roupa enquanto preparo o banho.

Confuso, Camilo começou por despir-se, vestiu o pijama tirado da cômoda, calçou os chinelos e foi para o quarto de banho. A banheira estava acima da metade com água fumegante, Leonor espalhou sais aromáticos, recomendou que não se deixasse dormir, saiu, puxou a porta e desceu para tratar de outras coisas. Intrigado, ele tirou o pijama, jogou longe os chinelos e entrou n'água, devagar, com medo que estivesse muito quente. Minutos depois tinha o corpo todo mergulhado e teria dormido se a sua cabeça não estivesse trabalhando para descobrir por que cargas d'água Leonor mostrara-se tão gentil com Mocinha, se haviam conversado alguma coisa, se a menina não teria deixado escapar alguma coisa. Mas se fosse assim a reação da mulher teria sido ao contrário, estaria àquela hora brigando com ele, ameaçando céus e terras, dando um escândalo dos diabos. Mas era toda suavidade, parecia disposta a assumir o lugar da mãe que se fora, um jantar especial e, na certa, uma longa e fastidiosa conversa depois da sobremesa, na hora dos licores. Que estaria tramando Leonor? Fechou os olhos, a água agia como um sedativo, o sono pesava-lhe sobre as pálpebras, lembrou-se de repente da vez em que amara Leonor naquela banheira mesma, cheia de água quente, e imaginou Mocinha ali dentro, naquele momento, envolta em torno dele, aquela fúria incontida que um dia o arrastara e que depois o tempo abrandara, sem que ele até aquele momento tivesse encontrado uma razão plausível. Gostava de Mocinha até agora, pensava; vira essa verdade na hora em que chegara junto ao caixão, quando ela descobrira o rosto para receber os pêsames. E a veria novamente naquela noite, entre o pai – que ele achava, no fundo, desconfiara de que algo existira entre os dois – e com Leonor, que se mostrava muito estranha e diferente, mais solícita do que o habitual, possivelmente na tentativa de pescar no ar uma troca de olhares comprometedores, algum gesto revelador, qualquer coisa que desse a ela razões para que a desconfiança virasse certeza. E depois sentia-se indisposto com a presença, em sua casa, do velho Edmundo, implicância de Plínio e que poderia mesmo estar preparando alguma coisa desagradável para eles.

Leonor abriu a porta sem bater, mas como?, pensei que já estivesse seco, tratando de vestir-se, na certa chegou a dormir nessa água quentinha. Ele saiu d'água e Leonor tratou de enrolá-lo na grande toalha felpuda, aproveitando-se para abrasá-lo carinhosamente.

– Enquanto te enxugas vou colocar toda a tua roupa sobre a cama, assim não ficas me chamando para saber onde está isto ou aquilo. Mandei preparar um jantar simples, mas bastante gostoso, alguns molhos especiais, sobremesa de frutas com creme e sorvete, o cafezinho na sala e depois os licores. Eu creio que nesta altura eles vão estar querendo ir embora, pelo menos o velho deve estar caindo pelas paredes. Ela não, que ainda é moça e forte.

Enquanto ele se enxugava, ela tirava dos armários as suas roupas e conversavam através da porta aberta.

– Não sei, não, mas eu achei que tu ias gostar muito da visita de hoje. Afinal a gente passa meses sem convidar ninguém, como autênticos bichos do mato. Será que andas às turras com teu sócio?

– Turras coisa nenhuma. Acontece que quando se chega em casa, depois de um dia inteiro de trabalho, o que a gente menos quer ver pela frente é alguém do próprio ambiente de trabalho que possa puxar conversa sobre coisas do dia a dia. Eu te confesso que preferia alguém com quem pudesse falar sobre música, pintura, obras de arte ou quem sabe até sobre futebol ou outras futilidades.

– Mas a moça – disse Leonor lá de dentro – não deve falar nada sobre construções, tijolos, telhas ou coisa que o valha. Nós fazemos assim, eu converso mais com o velho e tu puxas conversa com ela. Está combinado?

– Mas isso é um disparate, querida. Eu também não tenho nada para conversar com aquela moça. Ela pode ser muito boazinha, e eu acredito que seja, mas convenhamos, vou conversar com ela o quê?

– Ora, sempre há assunto para ser falado com uma mulher bonita.

– E quem te meteu na cabeça que ela é mulher bonita? No máximo bonitinha, mas bastante vulgar. É possível até que seja inteligente.

– Meu querido, deixa de conversas próprias para tentar enganar esposa. Então tu pensas que não notei o brilho dos teus olhos quando falou com ela, ontem de manhã? Acredito que até nem seja a mulher que preencha as tuas exigências como homem, mas para mim ela é daquelas que merecem uma aventura. Quem sabe duas ou três.

Ele surgiu no quarto inteiramente nu, perguntou onde estavam a cueca e a camiseta, disse que não gostava muito daquela roupa que estava em cima da cama, achava as calças muito largas e o casaco de ombreiras exageradas, reclamou da camisa cor-de-rosa, meio esporte, a coisa ficava muito informal para um jantar daquele tipo.

– Tu estás completamente por fora da etiqueta. Primeiro, o jantar não é mesmo formal. Segundo, o dono da casa pode muito bem vestir uma camisa esporte de bom padrão. Ela vai adorar.

– E daí, que me importa que ela adore ou deixe de adorar?

– Não sei, não. Mulher tem um sexto sentido. Alguém já não te disse isso, por acaso?

– Escuta aqui, Leonor – disse ele, segurando a mulher de frente, pelos dois braços –, qual é mesmo a tua intenção em tudo isso? Estás por acaso tentando me jogar nos braços dessa moça? Se é isso, não precisava preparar toda esta encenação, bastava me dizer: olha, Camilo, aquela moça é muito bonita, tens permissão para dormir com ela uma vez por mês, ou quem sabe, uma vez por semana.

– E tu irias correndo cair nos braços dela, pois não?

– Ah, minha querida, um pedido teu é uma ordem.

– Vês, estás confessando sem querer.

Camilo começou a vestir-se e perguntou a ela se não ia fazer o mesmo. Recomendou de cara fechada: e quanto a esta brincadeira sem graça, nem mais uma palavra, estamos entendidos? Vou terminar tratando mal a moça que não merece isso, só porque a senhora Dona Leonor entendeu encenar algumas pantomimas de falso ciúme e logo com a pobre moça.

Ele se olhou rapidamente no espelho oval, penteou-se rápido, fez uma breve análise de perfil, disse que não gostava daquele casaco, que era a última vez que o usaria. Leonor foi retocar a maquilagem, arranjou melhor os cabelos e escolheu um vestido discreto de generoso decote.

– Enquanto te preparas, vou para o gabinete examinar uma papelada que lá está à minha espera há mais de uma semana, inclusive algumas cartas que esqueci de levar para o escritório. Quando eles chegarem, manda alguém me chamar.

Desceu a escada, espiou a mesa posta com o que havia de melhor, a louça tcheca que havia sido presente do comendador quando do casamento deles, cristais finíssimos, talheres de prata com bordados a ouro. A toalha de linho branco com trabalho de agulha de D. Eudóxia, feita quando das comemorações de sua bodas de prata, os alvos guardanapos, a campainha de porcelana para chamar a criada. Olhou para tudo sem compreender por que todo aquele aparato para convidados tão modestos. Viu pela porta da cozinha o negro Valdomiro travestido de mordomo, as criadas com roupa branca estalando de goma e aventais pretos, coifas arrendadas. Deu meia volta, entrou no gabinete, fechou a porta, sentou-se na grande cadeira estofada e não conseguiu olhar um papel sequer. Leonor soubera de alguma coisa ou tinha sérias desconfianças; queria agora afrontar a provável rival ou quereria humilhar o velho Edmundo, que muitas vezes passava por ser o dono das firmas que compunham a grande empresa de materiais de construção? Ficou batendo com um lápis na borda do tampo de mogno da mesa, corpo atirado para trás, a mente tentando decifrar o mistério que ali estava à sua frente. É verdade que sentira um leve e imperceptível estremecimento quando seus olhos cruzaram com os de Mocinha, mas naquela hora Leonor estava cumprimentando outra pessoa. Mocinha fora discretíssima, jamais levantara os olhos para ele. Quem sabe não teria sido esse o detalhe pegado no ar por Leonor?

Bateram na porta. Ele não saberia dizer quanto tempo ficara ali dentro, perdido nos seus pensamentos. O trinco girou, a porta abriu-se, Leonor, impecável como se fosse a uma récita de gala no Theatro São Pedro, aproximou-se de Camilo, abraçando-o com carinho e enchendo a sala com seu perfume.

– O doutor sabe que as visitas acabam de chegar e que estão na sala principal sentadinhas no sofá vermelho, como dois colegiais, mãos cruzadas sobre os joelhos, olhos a vagarem por toda a peça, deslumbrados!

– E ficaram sozinhos lá, sem mais ninguém? Mas isso é uma grosseria...

– Sobre essa ofensa depois falaremos, que não quero desfazer a minha maquilagem com caretas de quem está furiosa. Plínio e Joan estão lá, são nossos convidados também esta noite, era outra surpresa que eu queria fazer para o meu amor. Está pronto? Já trabalhou o suficiente?

Quando Camilo entrou na sala o velho Edmundo e Mocinha se levantaram como impulsionados por uma mola, o dono da casa apressou o passo, sentem-se, por favor, boa noite Seu Edmundo, boa noite, minha filha, mas que bonita está e que elegante. Cumprimentou o irmão com um aceno e foi beijar Joan que estava extraordinariamente bem vestida, coisa surpreendente nela que detestava trocar suas roupas simples e esportivas. O velho Edmundo, com suas roupas surradas e seus sapatos sem graxa, mostrava-se envergonhado e pediu desculpas, pois mal tivera tempo de sair da olaria da Cascata e passar em casa para buscar a filha. Se eu soubesse que era um jantar tão fino, palavra, eu teria chegado um pouco atrasado, mas não passaria por este vexame.

– O que é isso, Seu Edmundo, Leonor sabe da maneira como a gente trabalha e não ia esperar que o senhor fosse em casa vestir um traje de casimira inglesa. Além do mais – reparou que ele trazia um fumo no antebraço esquerdo –, depois de tudo por que passou, o jantar de hoje é apenas para que se possa conversar um pouco, evitando que ficassem em casa remoendo tristezas e lembranças.

Leonor reentrou na sala, houve um silêncio breve, Plínio virou-se para Joan e perguntou se ela já tinha visto uma mulher mais bela e atraente. Leonor sorriu modesta e disse que devia tudo aos artifícios da técnica moderna, com vestidos que transformam um corpo feio em corpo escultural e com produtos de beleza que fazem verdadeiros milagres.

– Olhem aqui, se eu for agora lá no meu quarto de banho e passar uma boa água quente no rosto, garanto que na volta ninguém iria reconhecer na megera que chegava a bela dama que saíra. Mulher bonita está ali – disse, apontando para Mocinha que baixou o rosto, encabulada –, sem maiores artifícios, sem necessidade de perder horas na frente do espelho.

– A senhora exagera – foi só o que Mocinha conseguiu articular, lançando um imperceptível olhar para Camilo, que não se mostrava à vontade.

Leonor perguntou se não gostariam de tomar um aperitivo, mas o velho Edmundo agradeceu, não bebia; o mesmo disse Mocinha e os demais foram mais francos, preferiam ir logo para a mesa, estavam com fome. Leonor, que sentara na grande poltrona que fora a preferida por D. Eudóxia, levantou-se de maneira espalhafatosa, deu uma volta sobre si mesma, levantou os braços para pedir atenção e silêncio. Camilo trocou olhares com Joan e Plínio, tirou um lenço do bolso e passou-o na testa, a expectativa era geral, Mocinha olhava para ela deslumbrada, era realmente uma mulher muito bonita.

– Eu preciso dar uma explicação a todos, principalmente às nossas visitas especiais, sobre este jantar de hoje. Confesso que era para sair bem mais simples, o motivo principal mesmo era reunir nossos amigos para que espairecessem depois do rude golpe de ontem. Mas só depois que saí de lá, quando ainda fiquei conversando um pouco com Mocinha, é que me lembrei de outra coisa e decidi fazer um jantar um pouco melhorado, mais bem acabado, mas de fato nada festivo porque ainda estamos em dia de luto. Seu Edmundo é bem recebido nesta casa e Mocinha já faz parte dela.

– Mas é a primeira vez – disse Camilo, desconcertado – que vejo Leonor fazer um discurso!

– Um momento – disse ela –, ainda não dei permissão para nenhum aparte. Como eu estava dizendo, é um jantar simples para reunir dois bons amigos e, por outro lado, não deixa também de ser um jantar comemorativo e que assinala uma grande data.

Camilo encolheu-se na poltrona, Plínio ficou quebrando a cabeça, mas afinal que grande data seria aquela da qual ninguém se lembrava? Bateu na testa:

– Fim da Segunda Grande Guerra!

– Não – disse Leonor, sorridente.

– Já sei – insistiu Plínio –, queda da ditadura de Getúlio!

– Também não.

– Mas, afinal, Leonor, acho que já estava na hora de revelar que grande data é esta.

– Pois vou satisfazer a curiosidade de todos, muito embora me sinta bastante humilhada e ofendida. No dia de hoje, há treze anos, eu e Camilo nos casávamos.

Joan deu um salto da cadeira e um grito de alegria, correndo para abraçar a concunhada. Plínio foi dar o seu abraço. As visitas se levantaram e não sabiam o que fazer. Camilo afundara ainda mais na poltrona e cobria o rosto com as mãos, envergonhado. Plínio e Joan foram buscá-lo, abrasaram-no efusivamente e trataram de juntar os dois, batendo palmas ritmadas, um beijo, um beijo, um beijo! O casal permaneceu abraçado, beijando-se, por algum tempo. Depois notaram as visitas de pé e embaraçadas, foram até eles, Leonor abriu os braços para Mocinha que a abraçou, desejando um milhão de felicidades. O pai cumprimentou Camilo e depois Leonor, disse que se soubesse teria trazido pelo menos algumas dúzias de rosas.

– Então era isso! – exclamou Camilo envergonhado, com vontade de sumir-se, evaporar-se.

– Os maridos muito atarefados em geral não se lembram das datas que lhes são caras. Mas isso não importa, repetimos hoje, depois de treze anos, a nossa lua de mel. Por mim, confesso honestamente, gostaria que Camilo tivesse se lembrado e que agora estivéssemos em Paris, num daqueles pequenos hotéis para casais novos, a neve caindo lá fora e a gente no conforto do pequeno e modesto quarto com boa calefação.

Mocinha baixara a cabeça, corada, dedos se entrecruzando, o velho sorrindo desajeitado, Joan abraçada a Plínio, dizendo que se o marido tivesse esquecido a data de casamento eles iam ler no *Correio do Povo*, no dia seguinte, "mulher assassina marido por ter esquecido a data de seu casamento", o retrato dela com fumaça saindo pelo nariz e a cara dele, tirada daqueles retratinhos três por quatro de carteira de identidade, com a data dependurada no peito. Todos riram. Leonor perguntou a ela, e tu achas que não pensei muito sobre isso? O diabo é que não encontrei uma arma adequada, uma lança, uma daquelas maças antigas cheias de pontas agudas, qualquer coisa assim. E depois, perguntou Camilo, como ias conseguir viver sem mim?

O negro Valdomiro, disfarçado de mordomo, surgiu imponente na porta, bateu palmas duas vezes, ritmado, e anunciou que o jantar estava servido. Deu meia-volta e desapareceu. Leonor pediu que todos passassem, fez questão que as visitas tivessem a primazia, ficou na porta comandando, exuberante; o último foi Camilo que, ao passar por ela, disse entredentes, fingindo ódio mortal: tu me pagas!

Quando estavam jantando, as criadas muito solícitas e aprumadas, ouviram espocar foguetes lá fora e Plínio disse:

– Faz de conta que eles não estão comemorando o fim da guerra, mas sim o aniversário de casamento de Camilo e Leonor. Podem reparar, são salvas de treze tiros de cada vez. Pelo menos é o que estou ouvindo.

– Dizem, não sei – comentou Leonor com ar malicioso –, que quando um marido esquece a data de seu próprio casamento, é que anda com o pensamento em outra mulher. Mas como conheço bem Camilo e sei que a sua grande amante se chama Materiais de Construção Mortágua Ltda., fico descansada e espero que no próximo ano ele se lembre e me convide para uma viagem, que não precisa ser a Paris, mas aqui mesmo por perto, quem sabe Buenos Aires para uma bela e inesquecível noite de tango, ou então um outro jantar aqui mesmo, com os mesmos convidados, com a única diferença que ele me colocará no dedo um anel de brilhantes ou coisa parecida.

– E as crianças, por que não vieram jantar conosco, pelo menos hoje?

– Não, não quis abrir exceção. Amanhã é dia de colégio, todos devem levantar com o clarear do dia. Mas eles já abraçaram e beijaram a mãe, a aniversariante, e prometeram fazer o mesmo com o pai, amanhã bem cedo, antes de saírem. Patrícia, como não vai à escola, terá mais tempo, parece até que é a preferida do pai.

– O que é isso, Leonor? Todos eles são os meus preferidos.

Como haviam aberto diversas garrafas de um bom vinho alemão da região do Mosela, Camilo notou que o velho se excedera um pouco e se mostrava sonolento, enquanto Leonor, pelo mesmo motivo, estava cada vez mais exuberante e alegre. Mocinha mal tocava no cálice na hora dos repetidos brindes. Depois do cafezinho, na hora da saída, Leonor chamou Camilo de lado e disse que Seu Edmundo não estava em condições de dirigir seu próprio carro e que ele devia levar pai e filha para casa. Plínio adiantou-se, ficava mais fácil para ele, seria necessário apenas um pequeno desvio do trajeto de sua casa.

– Não – disse Leonor, imperativa –, Camilo vai levar os nossos convidados. E depois quero ainda conversar contigo e com Joan, vão para a casa mais tarde.

Seu Edmundo passou o lenço na boca, olhos avermelhados, tocado o suficiente para que qualquer um visse. Mocinha nervosa e preocupada. O velho disse que desculpassem, mas ele ia para casa, no outro dia precisava sair da cama muito cedo, se me permitem quero agradecer a gentileza, o jantar esteve magnífico, Mocinha deve estar cansada, a pobre de minha filha.

– Se me permite, Seu Edmundo – disse Camilo, acercando-se do sócio –, eu mesmo vou levá-los no meu carro, amanhã a gente manda um dos motoristas da firma buscar o seu, que será colocado na garagem.

– Mas eu posso dirigir muito bem, Doutor Camilo, bebi um pouco mas ainda estou em dia.

– Claro que está e não seria um cálice a mais de vinho que iria derrubar o amigo. Mas acontece que sabemos que tem passado muitas noites em claro, está cansado, não me custa nada levá-los em casa.

Mocinha agradeceu e concordou, papai não está se sentindo muito bem, eu sei, só me preocupa incomodar o senhor que já está em sua casa e que podia muito bem tratar de deitar-se logo.

– Que nada, em menos de quinze minutos estou de volta, a estas horas as ruas estão desertas.

Houve as despedidas gerais, Leonor acompanhou os convidados até a porta, despediu-se com calor, disse a Mocinha que fazia questão de vê-la mais seguido naquela casa. Ela é sua, disse quando Camilo já estava no último degrau, ajudando o velho a não errar o pé e ajudando Mocinha a caminhar por entre os canteiros, dando-lhe a mão. Do alto da escada Leonor ainda acenou, esperando alguns minutos até que eles entrassem no carro, o velho posto no assento traseiro e a filha sentando-se ao lado de Camilo. Só fechou a porta quando o carro saiu pelo portão, dobrando à esquerda e desaparecendo.

Quando voltou à sala encontrou Joan e o marido sentados no sofá grande, ela recostada no peito de Plínio que estava ansioso para saber por que afinal obrigara Camilo a sair de casa, quando ele poderia ter levado os dois com muito mais facilidade. Leonor encheu um pequeno cálice de licor, que mesmo depois do café não fora servido, sentou-se numa poltrona próxima do sofá, tirou os sapatos, encolheu as pernas, bebericou pequenos goles, olhou para os cunhados, sorriu enigmática e disse:

– Espero que tenham gostado do jantar. Mas não espero que tenham compreendido nada quando viram aqui em casa esse velho sócio de vocês lá na empresa, por obra e graça de Camilo que tem um coração deste tamanho, e mais a sua filha.

– Uma bela moça, sinceramente – disse Plínio.

– De fato, uma bela moça. Sabem, eu a conheci há muitíssimos anos, sei lá, quinze, dezesseis anos, por aí, na Confeitaria Central. E sabem com quem? Com o seu amor da época.

– Mas que memória – disse Joan.

– Pois eu não sei se ter memória é bom ou se é mau. Lembro-me bem dessa moça, tanto assim que outro dia, quando passava pelos escritórios da Rua da Praia, vi quando ela saía de lá, perguntei a um empregado quem era e o rapaz me disse: filha do Seu Edmundo.

– Aí viu, então, que era a mesma que avistara há tantos anos – disse Plínio.

– Precisamente. A mesma.

– E daí? – disse Plínio – o que havia de mal nisso tudo?

– Nada. Só de bem. Foi quando Camilo me contou da morte da mãe dela, quando fomos lá ontem e daí o convite para que viessem espairecer hoje aqui à noite, coincidindo tudo com o aniversário de meu casamento que Camilo nem sequer lembrava.

– Ora, Leonor, isso acontece – disse Plínio.

– Claro que sei que isso acontece. Até mesmo aqui em casa, como vimos hoje, pois não?

– Mas eu só não entendi uma coisa – disse Plínio, levantando-se e caminhando de um lado para outro, como costumava fazer desde que alguma coisa o intrigasse. – Qual é a ligação entre esta moça de hoje, a moça daqueles tempos remotos, o convite para que viesse participar do teu aniversário de casamento...

– Camilo – disse Leonor, bebericando um pouco mais de licor e estalando a língua contra o céu da boca.

Como Plínio e Joan se entreolhassem, Leonor foi mais clara:

– Naqueles tempos remotos, meus caros, essa moça frequentava a Confeitaria Central com Camilo, seu namorado, seu noivo, sei lá, quem sabe seu amante. Só isso.

– Mas francamente, Leonor, tudo isso por uma desconfiança de Camilo quando vocês nem sequer sabiam um da existência do outro!

– Mas acontece que até hoje Camilo tem como sócio o pai dela e não sei se até hoje eles não mantêm o mesmo relacionamento.

Plínio pegou da mão de Joan, minha querida vamos embora o quanto antes, eu não quero estar aqui quando Camilo chegar. Prefiro estar em casa, deitado, lendo algum jornal de hoje ou algum livro começado. Minha caríssima Leonor, vamos embora, uma boa noite e espero que tu sejas bastante compreensiva para não criar nenhum caso com teu marido. E se queres a minha opinião, mesmo não pedida, só posso te dizer que estás inteiramente errada em fazer o que fizeste e muito mais errada ainda se persistires nessa ideia extravagante e absurda de julgar as pessoas. Joan, vamos. Beijaram Leonor que parecia meio confusa e saíram.

Quando Camilo chegou, foi à cozinha beber água, apagou a luz da sala principal, subiu as escadas e entrou em seu quarto. Leonor estava sentada na poltrona de leitura, com uma lâmpada de pé que iluminava os seus cabelos enchendo-os de tons brilhantes, não tirara sequer as joias. Camilo aproximou-se dela, colocou as mãos na cintura, mas afinal o que se passa? Pensei que já estivesses pronta para deitar e dormir. Não estás te sentindo bem ou foi porque me esqueci da data de nosso casamento? Ora, minha querida, não deves fazer uma tempestade num copo d'água. Fez com que ela se levantasse, puxando-a pelos braços, tentou beijá-la mas não conseguiu. Leonor correu e fechou-se no quarto de banho. Gritou lá de dentro:

– Não estou disposta hoje e não quero conversar com ninguém. Por favor, vai dormir.

– Mas, minha querida, vou precisar também do quarto de banho.

– Usa o do Virgílio, vou demorar muito neste aqui.

Num gesto de cansaço, Camilo tirou o casaco, sacudiu fora os sapatos, apanhou seu pijama do guarda-roupa e foi para o outro quarto de banho. Que estaria se passando na cabeça de Leonor? Desconfiada de alguma coisa entre ele e Mocinha? Mas como? Não se recordava de nada que pudesse tê-los comprometido na véspera e muito menos naquela noite. Quem sabe porque se demorara mais do que o habitual ao levar os visitantes em casa? Apenas descera do carro, ajudara o velho a descer, abrira a porta, Mocinha adiantara-se para acender a luz do saguão de entrada, depois fora acender a luz da sala de jantar, conduziu o pai com dificuldade, enquanto ele esperava na porta que ela voltasse para despedir-se. Cruzes, dissera ela ao retornar, papai caiu duro na cama e vai dormir assim de roupa e tudo, eu não tenho forças para trocar sua roupa, palavra. Ele não é de muita bebida. Queres entrar para um cafezinho? Ele agradecera, estendera a mão para o boa-noite convencional, Mocinha o atraíra com força inesperada, beijando-o demoradamente. Com o pé, Camilo empurrara a folha da porta aberta, fechando-a de todo, podia alguém passar pela rua naquele momento. Ela se encostou na parede, estava com os olhos cheios de lágrimas, Camilo, Camilo, fico muito feliz por teres encontrado uma mulher excepcional, uma bela mulher, alguém que me parece capaz de te compreender bem, de te amar pelo resto da vida. Notei nela, nesta noite, o quando ela se orgulha de ti e o quanto a vida de vocês está acertada e feliz. Camilo puxara a cabeça dela de encontro ao seu peito, alisou seus cabelos, passou a mão por suas costas, beijou suas mãos, disse que não sabia o que poderia fazer para pedir perdão a ela, sim, ela que fora e continuava sendo uma grande mulher, um grande ser humano; e no entanto agi contigo como o mais miserável dos canalhas, aproveitando-me do teu amor por mim, abusando de tua ingenuidade e de tua confiança. Mocinha fizera um ar de grande espanto, mas é incrível que uma coisa feita a dois, consentida a dois, possa dar a um só tamanho sentimento de culpa Camilo, pelo amor de Deus, recebi tanto de ti quanto tu possas pensar que recebeste de mim; por aqueles momentos de felicidade eu te ficarei eternamente grata; não pensa mais nisso; e agora vai, estás te demorando muito e isso pode deixar Leonor preocupada, essas ruas com tantos vagabundos e assaltantes; vai e sê muito feliz.

Quando ele abriu a porta e saiu, depois de um último beijo longo e prolongado, quase não acertou a direção onde o carro se encontrava, não se lembrava mais do percurso que fizera e agora estava ali diante da ira da mulher, sem que soubesse bem por quê. Retornou ao quarto, deitou-se, apagou a luz e estava a ponto de dormir quando sentiu que Leonor saíra do quarto de banho, sentava-se na borda da cama e deitava-se a seu lado de costas. Longe um do outro. Dormiram.

3. Camilo dirigia o carro, Plínio ia a seu lado, Leonor e Joan ocupavam o banco traseiro. Quirino e sua noiva Helena, colega de trabalho na companhia de eletricidade, advogada do setor de consultoria jurídica, iam com seu carro um pouco mais atrás, levando a bagagem do casal que finalmente havia decidido, depois de longas discussões com Camilo, fazer uma viagem a Londres, onde Joan ia rever os parentes, a mãe que mandara dizer que estava muito doente. Plínio largava os negócios praticamente obrigado pelo irmão, pois a cada dia que passava mais desconfianças alimentava quanto a possíveis trapaças dos outros dois sócios, tendo como cabeça o velho Edmundo. Camilo pediu que deixasse a coisa com ele, afinal não nascera ontem, saberia controlar a situação e prometia um entendimento em regra com o velho sócio.

– Até parece que tu estás na trama – disse Plínio ao irmão. – Bem na hora em que começo a levantar o tapete para ver o cisco jogado debaixo dele, quando estou para pegar o safado pela gola do casaco, me obrigas a fazer esta viagem quando se podia muito bem esperar mais uns dois meses.

– Viaja tranquilo, aproveita o passeio, descansa a cabeça, ou terminas numa casa de saúde para tratamento de mania de perseguição. Eu pensei que depois de tantos anos eu fosse merecer um mínimo de confiança do meu irmão mais velho.

– Ora, deixa disso, Camilo. Tu mesmo já sabes de muita coisa irregular e agora queres tapar o sol com peneira. A olaria da Cascata está praticamente paralisada, o barro que prestava já foi todo tirado. A outra vai pelo mesmo caminho. Estamos perdendo grandes contratos por falta de produção. Quanto às lojas, é isso que está aí diante dos olhos de todo mundo, o governo em fase de transição, dificuldades para importar seja lá o que for, a indústria europeia e americana em fase de readaptação e reconversão e as nossas fabriquetas tentando produzir umas imitações escandalosas. Material sanitário que dura três meses e pronto.

– Pois aproveita esta tua ida à Inglaterra e vê se consegues novos fornecedores – disse Camilo, satisfeito pela ideia.

– Essa é de fazer rir um santo de pau oco. Escuta aqui, Camilo, a Inglaterra saiu desta guerra arrasada, não ficou uma indústria de pé, Londres é só escombros, estão conseguindo a pau e corda fabricar materiais para eles próprios, além de comida que está racionada.

– De fato, não havia pensado nisso.

– Pelas cartas que Joan tem recebido da família resolvemos carregar nas malas duas mudas de roupa e o resto foi preenchido com latas de goiabada, biscoitos, massas, chocolate, açúcar, cigarros, café e outras coisas que lá não existem a não ser no mercado negro e tudo de péssima qualidade.

– Está bem, te dou toda a razão, mas não podia deixar Joan aqui enquanto sua mãe se queixa por estar doente e temer não ver mais a filha. Deixa o resto comigo.

Leonor, que ouvia a conversa, disse para o cunhado que ele podia viajar tranquilo. Camilo se encarregaria de zelar por tudo. Ele contava, por exemplo, com o velho Edmundo para ajudá-lo nos levantamentos. É um homem de toda a confiança de Camilo.

Plínio virou-se para trás:

– Mas, minha querida, o velho é justamente o maior suspeito de tudo o que estamos sentindo em matéria de trapaças. Com aquele seu jeito de ingênuo, de meio burrão, vai fazendo as coisas enquanto nós, os sabidos, os doutores, vamos sendo embrulhados com mel e açúcar.

– Não posso acreditar, Plínio – disse ela, maliciosa. – O pai de Mocinha seria capaz de estar agindo desta maneira com seu benfeitor? Duvido.

Camilo virou-se e deu uma olhada para a mulher, pois pressentira perfeitamente a intenção de fazer ironia. Botou a mão direita sobre a perna do irmão, disse que estava estranhando que havia tempo Leonor não falava nessa tal de Mocinha. E olha que tudo já foi exaustivamente explicado, ela se deu por satisfeita, voltamos a ter a nossa vida normal e pelo que estou vendo, o caso da firma, que nada tem a ver com problemas pessoais, parece que terá o dom de fazer com que tudo volte à estaca zero. Pelo amor de Deus, Leonor, se vou recomeçar a ouvir de manhã à noite as mesmas coisas de anos atrás, termino te encaminhando a um psiquiatra para ver se recolocamos as coisas nos eixos. João com treze anos já tem idade de perceber as coisas, Virgílio com onze há muito que deixou de ser criança; até Patrícia, na ingenuidade dos seus nove aninhos, começou a perceber as coisas de maneira muito mais inteligente do que se possa pensar.

– Leonor – disse Plínio, pegando de sua mão que sentiu fria –, me permita que eu te diga que tudo isso não tem a mínima razão de ser. Vivo o dia inteiro com Camilo, saímos juntos, ele quase não sai à noite e assim mesmo, na maioria das vezes, contigo, e não vais me dizer que desconfias que ele possa ter uma amante. E se tivesse, convenhamos, deveria ser uma criatura muito compassiva, contentando-se em vê-lo de três em três meses, se tanto.

Joan tentou tranquilizá-la também, pediu que não deixasse arruinar o seu casamento por uma coisa totalmente infundada.

– Mas vocês mesmos sabem de tudo o que houve anteriormente – disse Leonor, olhando para fora como a buscar algum interesse longe dali.

– Ah, bem – disse Plínio –, ciúmes de vinte anos atrás. Se fosse por isso Joan morreria ao saber de todas as minhas namoradas e, o que é pior, de certos casinhos mais sérios, que afinal ninguém é de ferro.

– Está bem – disse Leonor –, não falarei mais sobre essa tal mulher. Ela que vá para o inferno. De momento eu proponho que se fale da viagem, eu sinto calafrios só em pensar que a travessia do oceano, de avião, chega a levar quinze horas ou mais. Cruzes!

– Ora – disse Joan –, é melhor do que pensar numa travessia de navio durante quase vinte dias ou pouco menos. Navegar à noite sem enxergar um palmo adiante dos olhos, podendo ir de encontro a rochas e icebergs ou até mesmo contra outros navios. Não, eu prefiro de avião, lá em cima não anda ninguém, é tudo vazio.

– Mas, minha querida – disse Camilo manobrando para chegar junto à porta principal do aeroporto –, acho que não é hora de assustar os passageiros.

Logo a seguir chegava o carro de Quirino, os carregadores correram para pegar as malas, perguntaram qual era a companhia e sumiram. Joan confessou que viajava nervosa, não saberia dizer o motivo, enquanto Plínio repetia que por ele preferia ter ficado, não gostava de aeroportos, transbordos, confusões de malas, alfândegas, passaportes, o diabo. Camilo bateu nas costas dele, ah, meu velho, eu sei que não é nada disso, que é o Sherlock frustrado que quando pensava que fosse botar a mão no mordomo assassino, via-se afastado do crime, sem maiores explicações. Vai e aproveita. Abraçou a cunhada pelos ombros, afastando-a dos demais; minha querida Joan, vê se esse rapaz se distrai um pouco, está esgotado, não quer mais ouvir ninguém, leva-o nos velhos recantos onde "em cada canto geme uma saudade", estou certo que logo depois ele esquece Porto Alegre e tudo o mais. Se quiserem ficar um pouco mais telegrafa e eu faço a remessa do dinheiro necessário, entendido? Plínio acercou-se dos dois, separou-os gentilmente, fique sabendo que perco a cabeça quando vejo alguém tentando conquistar a minha mulher. Ouviram o alto-falante anunciando a partida e a chegada de outros aviões; eles ainda tinham pelo menos uns quinze minutos até a chamada de embarque, decidiram tomar um cafezinho. Helena estava estranhando a demora de Quirino, logo depois ele chegava reclamando da falta de estacionamento. Camilo tirou os talõezinhos na caixa, ocuparam um bom pedaço do balcão, Camilo passou o braço pelo ombro da mulher, Leonor olhou para ele com ar de ressentimento, que é isso, sua boba, vamos parar com isso ou quando Plínio e Joan voltarem vão nos encontrar desquitados, cada um para um lado; e já vou avisando, os filhos ficam comigo. Quirino olhou com fingido espanto para o tio, mas já estão pensando em desquite? Olha aí, Helena, eu sempre te digo que um bom casamento é aquele cujo noivado levou pelo menos dez anos, pois só assim as pessoas ficam se conhecendo. Nós dois, por exemplo, precisamos esperar ainda quase oito anos. A moça sorriu, tomou o primeiro gole de café, passou a mão pelo rosto dele e avisou que seu pai dera um prazo de seis meses. Além disso nos casa na primeira delegacia de polícia que encontrar. Quirino bateu nas costas de Camilo, viu só, tio? Um homem não manda mais sequer na ponta do seu nariz. Vou ser obrigado a casar ainda este ano. E pelo que fiquei sabendo, Eudóxia parece que deverá fazer o mesmo, mas aí é porque mamãe acha que deve ser.

– E por que os dois não combinam e não casam no mesmo dia? – sugeriu Plínio.

– Pois olhem, é a primeira ideia genial do Plínio nestes últimos anos – disse Camilo. – Dois casamentos no mesmo dia, no mesmo local, com o mesmo padre e o mesmo Juiz de Paz. E já pensaram na economia que vão fazer?

– Desde que a lua de mel não seja no mesmo hotel e em quartos geminados – disse Quirino, divertindo-se.

O alto-falante anunciou o próximo voo, era o deles com destino ao Rio, Joan abraçou-se com Leonor e depois com Helena, Plínio fez o mesmo, foram caminhando em direção do portão de embarque, recomendações de última hora, Joan pediu a Helena e a Leonor que de vez em quando dessem uma olhada na casa que ficara entregue às empregadas, que olhassem pelos bichos, gatos e cães, pelos canários e que assim que chegassem lá escreveriam contando as aventuras da viagem.

Passaram pelo balcão da Polícia e lá de dentro, já no meio de muita gente que se acotovelava, abanaram em despedida. Quirino e Helena se despediram dos tios, precisavam estar de volta com urgência, a companhia terminava quebrando com a ausência simultânea dos dois. Vejam só, disse Helena, os departamentos jurídico e de engenharia às moscas...

Camilo e Leonor ainda esperaram um pouco, viram quando os passageiros partiam pela pista rumo ao avião, Joan ainda se voltou duas ou três vezes para acenar e Plínio fez o mesmo antes de desaparecer pela portinhola dianteira do aparelho. Queres mais um cafezinho?, quis saber Camilo. Não, quero ir para casa. Nem uma voltinha até Canoas ou Sapucaia para um pequeno e breve namoro de automóvel? Minha querida, há dias que nós só nos damos boa noite, como se estivéssemos brigados. Eu, da minha parte, posso te informar que continuo te amando e cada vez mais. A não ser que tu já estejas enfarada de mim. Ele deu a mão para que ela entrasse no carro, fez a volta, entrou, acionou o motor e saiu lentamente, mão direita agarrando forte a mão esquerda de Leonor e logo depois, sentindo que ela afrouxava a guarda, passou o braço por cima de seu ombro e fez com que ela descansasse a cabeça em seu peito, beijando seus cabelos.

– Cuidado com a direção, meu amor, terminas atropelando algum vivente descuidado.

Quando chegaram em casa o portão já estava aberto, Leonor desceu junto à porta lateral e Camilo perguntou com ar de conquistador barato:

– Posso botar o carro na garagem e namorar por meia hora uma senhorita que mora nesta casa?

Leonor abriu a porta, olhou bem para ele:

– Se conseguires tal façanha garanto que não voltas mais hoje para os escritórios. A não ser que não sejas mais o homem que eu sempre conheci. Se demorares mais de cinco minutos, fecho a porta.

Camilo acelerou cuidadosamente o motor, colocou o automóvel na garagem, entrou pelos fundos, alegre, quase saltitante, passou pela cozinha e ao passar por uma das empregadas moderou os seus arroubos, ficou sério e perguntou onde estava Patrícia. Ela respondeu que a menina tinha sido levada à Praça da Matriz e isso há menos de cinco minutos.

– Pois então avise que não quero ninguém no primeiro andar, Leonor chegou com muita dor de cabeça e eu preciso descansar um pouco.

Quando chegou ao quarto Leonor fingia estar fechando a porta. Ele protestou, puxa vida, não levei dois minutos. Ela abriu sorridente, deixou que ele entrasse, tirara o vestido e a saia, afrouxara as alças do sutiã, estava de pés descalços. Deixei algumas coisas para que tu me ajudasses. No momento em que ele, extasiado, ia tirar o casaco, ela protestou: absolutamente, eu mesma quero tirar peça por peça, é um direito que me cabe. Terminou de tirar o casaco, jogando-o no chão, a gravata, desabotoava a camisa como se realizasse um ritual estranho, enquanto Camilo a despia das últimas peças, jogava os próprios sapatos longe, o resto da roupa ficou esparramada sobre o tapete, ela tirou a colcha da cama num gesto rápido, deixou-se cair de bruços, Camilo colado a ela, passando as mãos de cima abaixo, tateando cada saliência e cada reentrância, beijando e mordendo de leve a alva nuca, os ombros, as costas, a cintura, as nádegas fornidas, as pernas maravilhosas, demorando-se na região poplítea, macia e úmida que ficava exatamente atrás dos joelhos, os pés, as solas dos pés, até que a virou de lado e finalmente de frente para ele, agora ajoelhado a seu lado, com sua poderosa arma deslumbrando a fêmea, beijando-a nos lábios entreabertos, o colo macio, os seios grandes, o ventre abaulado – parou um pouco para encostar o rosto na pele macia, perguntou se ela queria tudo a que tinha direito ou simplesmente algo mais breve –, Leonor gemia baixinho, coleava o corpo dos ombros aos quadris, como um réptil, disse que não só queria tudo a que tinha direito como alguma coisa que ele pudesse inventar. O rosto deslizou pelos sedosos pelos, a boca entreabriu-se, demorou-se em tácteis carinhos enquanto ela gemia ainda mais forte segurando-lhe os cabelos com as duas mãos, inteiriçando-se rígida e pedindo pelo amor de Deus que ele a poupasse, que ele assim a mataria, que não conseguia mais respirar. Camilo ainda percorreu a leve e quase invisível penugem das coxas, parando nos joelhos roliços e macios. E ali permaneceu enquanto ela o segurava com ambas as mãos, beijando aquele estranho e vibrátil animal estofado de sangue e de músculos que se mostrava rígido e palpitante; ele a morder os seus belos joelhos, ela abocanhando o que sempre dissera que era só seu e de mais ninguém, mordiscando-o, sugando-o, cravando as unhas afiadas na sua cintura, sufocando-se às vezes até que livrou a boca, de repente, puxou-o para cima, abraçou-se forte ao seu musculoso corpo, beijaram-se como animais até sentirem o gosto de sangue na boca, ele a procurar o caminho ansiosamente buscado, ela em negaças e fugas bem-sucedidas, conseguiu num repelão afastá-lo de cima de si, virou-se em decúbito dorsal, segurou forte duas pequenas colunatas da cabeceira da cama, levantou os quadris, abriu os pés, cravou os dentes no travesseiro e esperou que ele avançasse como um denodado guerreiro de muitas batalhas; não esperava que a violência fosse tão grande, tampouco que fosse sensível ao ponto de sentir-se rasgada e ferida no mais profundo das suas entranhas. No fundo do poço, unidos em colagem perfeita, ele parou um pouco, sem recuo nem folga, para logo depois reiniciar um leve e quase imperceptível movimento de vaivém, docemente, às vezes como se fosse abandonar o covil da serpente para num gesto rápido e imprevisível entocar-se de novo, agora mais fundo e mais forte, acelerando aos poucos, ritmado, mais rápido, até que gritou uma espécie de ordem de comando em pleno e furioso embate, quando um rio de lava escaldante sufocava a batalha que chegava ao fim entre arrancos e convulsões. E assim ficaram por muito tempo, até que ele tombou, desfalecido, e ela enxugava o pranto na fronha do amassado travesseiro.

– Meu amor... – disse ela, depois de longo silêncio.

Ele custou a responder, estava quase dormindo, seus lábios pareciam inchados, intumescidos, resmungou qualquer coisa como eu quero dormir, por favor, não posso mais.

– Meu amor... – repetiu ela, com voz apagada –, ouvi a voz de Patrícia lá embaixo.

– Deixa, fica quietinha, proibi que qualquer pessoa subisse aqui para o primeiro andar. A empregada cuida dela.

Voltaram ao silêncio, a mão de Leonor ganhando vida, deslizando por seu peito, seu ventre; ele pediu que não, que não descesse dali, sentia que algo estava em carne viva. Ela achegou-se mais a ele, enroscou-se entre suas pernas e braços, beijaram-se suavemente, com cuidado para não se machucarem ainda mais; ela puxou parte da coberta e assim ficaram até que ele acordou na penumbra morna do quarto, Leonor em volta dele como um macio e quente cipó, consultou o relógio de cabeceira, sacudiu de leve a mulher, ela resmungou, sabes que horas são? Que me importa o mundo, as horas?, disse ela, tentando aconchegar-se ainda mais. Minha querida, João e Virgílio já estão aí por baixo, não temos o que explicar às crianças. Com jeito ele se desvencilhou daqueles tentáculos inertes, sentou-se na beira da cama, levantou-se tonto, encaminhou-se para o quarto de banho, fechou a tampa do escoadouro d'água, abriu as duas torneiras, água fria e água quente, olhou-se no espelho e examinou a boca que estava inchada; puxou o lábio para fora e viu os hematomas escuros feitos pelo entrechocar dos dentes, só esperava que ninguém notasse. Entrou para o banho, renovou suas forças, enxugou-se com cuidado pois tinha alguma parte do corpo extremamente sensível ao toque de uma pena; retornou ao quarto e tratou de vestir-se rapidamente. Afastou o corpo nu de Leonor para um lado, levantou as cobertas, alisou os travesseiros e esticou o lençol que enrugara nas pontas e finalmente a cobriu inteiramente. Acendeu a luz de cabeceira, fazendo com que ela virasse instantaneamente o rosto para o outro lado, protegendo-se da luz que feria seus olhos, mas por que não me deixas dormir, querido? Vais continuar dormindo, meu amor, como se estivesse indisposta. Eu vou tratar de descer silenciosamente a escada e sem que ninguém me veja vou tentar penetrar no gabinete para que eles pensem que estive trabalhando todo este tempo. Está bem?

– Ah, meu Deus – exclamou ela, enfraquecida –, quantos artifícios se precisa fazer na nossa própria casa, no nosso próprio quarto, na nossa cama. E além de tudo com todos os direitos de quem está casada com papel passado e tudo mais. Tu não achas isto errado?

– Acho. Mas não vejo outra saída. Até já e fica quietinha. Só desce quando quiseres, está bem?

Abriu a porta do quarto, aproximou-se do alto da escada, não viu ninguém, as crianças estavam nas peças dos fundos, desceu de pernas enfraquecidas, joelhos ameaçando dobrar-se a cada passo, abriu silenciosamente a porta do gabinete, entrou e sentou-se na grande poltrona. Descansou a cabeça no espaldar alto, acendeu a luz de pé que clareava a mesa, fechou os olhos e ficou ruminando a loucura total e divina que acabara de praticar.

4. O duplo casamento fora na Igreja São José e dali os convidados se dirigiram para o Clube do Comércio, para a recepção. Quirino e Helena, Eudóxia e Otero, D. Branca destilando felicidade pelos poros, os pais de Helena muito empertigados, os de Otero mais discretos e mais velhos, Plínio e Joan como sempre, dois pombinhos que o tempo não conseguia modificar, Camilo e Leonor mais felizes, acompanhados de Virgílio, João e Patrícia, os dois rapazes arreliados com as roupas desconfortáveis, Patrícia uma graça e simpatia que a todos conquistava ao primeiro olhar. Seu Edmundo mantivera-se afastado do grupo familiar, procurara uma mesa bem de canto e ali permanecera quase todo o tempo com a filha que parecia ainda mais bonita do que era, fisionomia abatida, grandes e escuras olheiras, cumprimentando certas pessoas conhecidas com um discreto e breve sorriso, para voltar a seguir à expressão triste de sempre. Camilo, a contragosto, tratou de não tomar conhecimento de sua presença. Esperou que Leonor o convidasse para cumprimentar a moça e seu pai. Mas Leonor parecia ter tido a mesma ideia. Eles não existiam, simplesmente. Plínio e Joan é que foram até lá, cumprimentaram efusivamente os dois e retornaram às suas mesas. Quirino – observava Camilo emocionado – devia lembrar o avô naquela idade; tinha os seus traços, até mesmo as suas maneiras um tanto secas e formais. Helena, grandes olhos negros de cigana, cabelos lisos e repuxados para trás onde formavam um coque que servia de suporte ao longo véu; Eudóxia era a avó nos seus vinte e poucos anos, enquanto Otero, de cara ainda juvenil e sorriso contagiante, cumprimentava a todos e acariciava a noiva como se estivessem a sós. Havia um conjunto musical e quando alguns convidados pareciam dispostos a dançar Camilo pediu que os músicos silenciassem, fez sinal para os noivos que se aproximaram da grande mesa armada numa das paredes laterais, e disse a eles que estava bem na hora de cortarem o bolo tradicional. O que foi feito com duas espadas polidas – o pai de Otero era militar da ativa –, abaixo de palmas e estourar de luzes dos muitos fotógrafos que brigavam por uma boa colocação, obrigando-os a repetirem a mesma cena várias vezes.

Só depois que a orquestra voltou a tocar músicas ligeiras, com os primeiros pares a dançar, foi que Camilo fez um segundo sinal combinado, saiu rápido pela porta de entrada, pegou o elevador e foi buscar seu carro que ficara estacionado defronte, junto à calçada da praça da Alfândega. Os noivos tinham conseguido fugir, entraram no carro diante da curiosidade de meia dúzia de pessoas que andavam pelas redondezas e Camilo arrancou com presteza, rumando para casa onde eles trocariam de roupas, pegariam suas malas e fugiriam para a lua de mel. Camilo completou a sua missão com brilhantismo: deixou Quirino e Helena na porta do Grande Hotel, e Otero e Eudóxia no Hotel Majestic. No dia seguinte eles voariam para o Rio e de lá um casal iria para a Bahia e outro para Belo Horizonte.

Quando voltou, foi direto à sua mesa, sentou-se ao lado de Leonor, contou que tudo saíra a contento, nenhum problema e que ele estava com uma sede dos diabos. Ela apontou a taça e a garrafa de champanha. Mas não é uma sede de champanha, propriamente, disse ele, mas já que é casamento de gente rica onde só há champanha, paciência. Bebeu duas taças, tirou o lenço do bolso e enxugou a testa. Leonor bateu no seu braço.

– Não queres aproveitar e dançar um pouco?

– Bem, confesso que querer eu bem que ia querer, mas não posso esperar alguns minutos mais para descansar da correria?

– Não sei se dá para esperar, a moça pode ir embora.

– A moça?

– Sim, mais precisamente, a Mocinha. Olha lá no meio do salão, Plínio está dançando com ela, com total permissão de Joan e creio até que forçado por ela. Afinal a moça estava tão escondida lá num canto que Joan ficou com pena. Depois de Plínio, bem que podias fazer a gentileza de tirar a moça para uma valsa.

– Oh, querida, pensei que fosse para dançar contigo. Mas não vais me exigir o sacrifício de tirar a filha de Seu Edmundo para dançar agora. Tenha dó!

– Não sei, não, mas acho que tu bem gostarias de dançar um pouquinho com ela, apertar o seu corpo, dizer qualquer coisa ao ouvido dela. Garanto que ela ia se sentir a mulher mais feliz do mundo.

– Pois se queres saber a verdade, não estou nada interessado em que ela se julgue a mulher mais feliz do mundo. Eu tenho agora aqui ao meu lado uma que poderia se considerar como tal e no entanto parece disposta a brigar com seu amor.

Num relance Leonor notou que ambos estavam sendo observados por Mocinha. Virou-se rápida para Camilo:

– Pois então prova que sou a mulher mais feliz do mundo!

– Provar como? !

– Me dando um beijo apaixonado, indiferente a que os outros estejam nos olhando.

Camilo obedeceu e quando quis parar sentiu a mão em garra de Leonor sobre sua nuca, obrigando-o a um beijo que por certo estaria escandalizando todos os convidados. Quando finalmente viu-se livre daquela estranha compulsão de Leonor, passou as mãos nos cabelos, ajeitou a gravata e sorriu com ar meio imbecil para os conhecidos que os olhavam curiosos e meio escandalizados.

– Mas, minha querida, que papelão! Um casal de velhos aos beijos no salão como dois pombinhos. Nem os noivos fizeram isso. Podias esperar que pelo menos chegássemos em casa.

– Em casa eu quero mais.

– Pois como castigo não te darei nada hoje.

5. Bateram na porta do quarto. Camilo acordou-se em sobressalto, Leonor quis saber o que poderia ser.

– Quem é?

– Doutor, é o Antônio lá da garagem. Tem dois homens lá embaixo que querem falar urgente com o senhor. Peço para esperarem?

– Sim, diz que já desço.

Acendeu a luz de cabeceira. O relógio marcava três e meia da madrugada. Vestiu rápido um chambre, procurou os chinelos, desceu as escadas rapidamente. Chamou o preto Antônio e mandou que ele convidasse os homens a entrar. Ficou plantado defronte à porta, alisava os cabelos revoltos com os dedos em garfo, finalmente surgiram os estranhos, deram boa noite, pediram permissão para entrar e desculpas por incomodá-lo àquela hora. Puxaram carteiras do bolso, identificaram-se como sendo da polícia.

– Muito bem, o que desejam de mim?

Um deles, que parecia o mais graduado, avançou um pouco mais, contou que haviam recebido um comunicado da ronda noturna do centro sobre um assalto praticado contra uma loja de materiais sanitários, a firma Mortágua, não tinham conseguido prender ninguém, o vigia fora ferido com certa gravidade e já estava no Pronto Socorro, ele mesmo havia fornecido o nome do diretor da firma e o endereço, não se lembrando do telefone. Gostaríamos que o senhor nos acompanhasse para verificar os prejuízos e tomar as providências necessárias para a segurança da loja dali para a frente, pois duas das portas, uma da frente e outra da parte dos fundos, tinham sido arrombadas e feitas aos pedaços.

– Pois não, obrigado, os senhores podem voltar, tomarei algumas providências daqui mesmo por telefone e estarei lá no máximo dentro de quinze minutos, talvez menos.

Os homens se despediram, o empregado os acompanhou até o portão do jardim, Camilo retornou ao quarto e tratou de vestir-se o mais rápido possível. Enquanto se preparava para sair ia contando para a mulher tudo o que acontecera, pediu que ligasse para Plínio e para o velho Edmundo, queria que os dois estivessem lá com a maior brevidade possível. Ao lavar o rosto no quarto de banho ouviu quando Leonor ligava o telefone:

– É da casa do Senhor Edmundo? Aqui é Leonor Mortágua quem está falando. Ah, é Mocinha? Boa noite, minha filha, como tem passado? Sim, queria falar com ele mesmo. Pois não. Alô! É o Senhor Edmundo? O senhor queira desculpar, mas meu marido pede que o senhor compareça com a maior urgência nos escritórios e na loja da Rua da Praia que acabam de ser assaltados. Não senhor. Só o vigia foi seriamente ferido. Camilo ainda não sabe muita coisa, neste momento ele está saindo para lá. De nada. Boa noite.

Fez nova ligação, desta vez para o cunhado.

– É o Plínio? Aqui é Leonor. Não, que é isso, nada de tão grave assim. Espera, deixa eu falar. O Camilo me pediu para te avisar que o escritório da firma, na Rua da Praia, foi assaltado há coisa de uma hora, talvez menos. A polícia esteve aqui, o vigia está no Pronto Socorro, muito ferido, e o Camilo já está saindo para lá. É, isso mesmo. O mais depressa possível, meu querido. Acalma Joan, a pobrezinha deve ficar apavorada com tais coisas. Até logo mais.

Camilo curvou-se para beijar a mulher, saiu rápido, desceu as escadas como um menino, correu para a garagem e mandou o empregado abrir o portão da frente. Em menos de dez minutos estava lá. Muita gente sendo contida pelos soldados, ele passou pela barreira dos curiosos, identificou-se para um soldado que guardava a porta arrombada da frente, veio a seu encontro um sujeito gordo e calvo, apresentando-se como delegado daquela zona. Plínio e o velho Edmundo chegaram minutos depois. Havia gavetas arrombadas. Livros esparramados pelo chão, arquivos violados e logo passaram para os fundos onde a outra porta fora arrombada também, ainda com o cofre verde derrubado no chão, trancado entre os batentes, mas intato.

– Teria sido arrombado? – perguntou Plínio.

– Não – disse com tranquilidade Camilo. – É um cofre Berta. Eles não puderam carregar e é possível que nesta hora tenham sido pressentidos pelo vigia.

Outros funcionários foram chamados e tratavam de recolher do chão a papelada esparramada, livros de contabilidade, pastas e diversos objetos de escritório, como se o ladrão alimentasse um ódio qualquer contra a empresa.

– O senhor desconfia de alguns dos seus próprios funcionários? – perguntou o delegado.

– Para falar a verdade, não – respondeu Camilo.

O homem virou-se para Plínio, que examinava algumas pastas, querendo saber dele a mesma coisa. Plínio notou que o velho Edmundo estava quase a seu lado:

– Para ser franco, Senhor Delegado, eu tenho desconfianças, mas que ainda não me autorizam a revelar nomes, sob pena de cometer injustiças. Mas de uma coisa o senhor pode ficar certo desde já, vou dar subsídios muito importantes para os senhores dentro das próximas semanas, o mais tardar meses. Tenho algumas pistas, vou segui-las e quem sabe a coisa se esclareça muito mais depressa do que se possa imaginar.

– O senhor acha que o motivo principal foi o roubo do dinheiro ou de objetos de valor?

– Não senhor, não acredito nisso, embora a tentativa de levar o cofre possa nos levar a julgar isso. Para mim, Senhor Delegado, o motivo principal foi o roubo de documentos. Por exemplo, nesta pasta que tenho nas mãos e que contém documentos que venho arrecadando com grandes dificuldades, vejo agora que faltam três deles, por casualidade os principais. Note aqui que foram rasgados e as sobras do papel ficaram presas aos grampos.

O velho Edmundo mostrava-se muito interessado, ficou junto de Plínio enquanto ele falava com o Delegado, coçava a cabeça, mas se mantinha calado. Plínio virou-se para ele, de repente:

– E qual é a sua opinião, Seu Edmundo?

O velho levou um susto, disse que não tinha condições de formar uma opinião razoável, já que mal acabara de chegar, mas a evidência parecia indicar tentativa de roubo de dinheiro e de possíveis objetos de valor.

– E por que teriam arrombado os fichários e arquivos, por que arrancaram páginas de pastas como esta e por que não levaram, por exemplo, esta caixa contendo moedas de prata da coleção de Camilo e que ficou aqui por esquecimento, já que um interessado em comprá-las pedira a ele que trouxesse, pois gostaria de examinar as moedas? Pois aqui está a caixa intata, aberta, bem diante dos olhos da primeira pessoa que entre nesta sala. Não acha estranho?

– De fato, é muito estranho. É coisa que dá para pensar – disse o velho, observando a reação do Delegado. – E o senhor, o que pensa a respeito?

– Até agora a teoria aqui do nosso amigo – apontava para Plínio – me parece a mais acertada e viável. Os ladrões buscavam documentos e não valores. Mas isso nós já começaremos a levantar com cuidado.

Virou-se para Camilo:

– Doutor, pediria ao senhor que nos fornecesse amanhã a nominata de todos os funcionários da casa, incluindo os que teriam sido despedidos nos últimos seis meses. E possível que ainda esta manhã se possa ouvir o vigia, se os médicos consentirem. Se sobreviver, na certa reconhecerá pelo menos um dos assaltantes. O resto será fácil.

Camilo determinou que quatro homens permanecessem no prédio cuidando as portas arrombadas, que dois carpinteiros fossem chamados à primeira hora para colocar portas e fechaduras novas, ele estaria de volta antes das oito.

– Mas, Camilo – disse Plínio –, já são quase seis e meia.

– Por isso mesmo. É o tempo de ir em casa, tomar um banho, um café e voltar. E depois – puxou o irmão pelo braço para um canto –, eu agora estou convencido de que algo se passa de estranho neste reino da Dinamarca.

– Espera um pouco, Camilo – disse Plínio, segurando-o pelo braço. – Em lugar de vires direto para cá, toma o teu banho e me espera para tomarmos o café juntos na tua casa. Vamos conversar.

Enquanto tomava banho, Camilo conversava com Leonor que ajeitava os cabelos e retocava a maquilagem. Sorumbático, ele ouvia as recriminações da mulher por confiar naquele velho falso e por não querer acreditar em Plínio durante tanto tempo. O irmão estava cansado de chamar a atenção dele sobre o que estava se passando na empresa e ele sempre a menosprezar as advertências. Bem que Plínio tinha razão em não querer ir a Londres, ele adivinhava passarinho verde. Camilo enxugava-se e dizia sem convicção para a mulher que o assalto daquela noite não provava nada, a não ser o desaparecimento de alguns papéis e a dúvida lógica, mas não real, de que os motivos do crime seriam o roubo de documentos e não de valores. Até aí tudo bem; o resto veremos no decorrer deste dia.

– Deve ter sido o carro de Plínio chegando, ouvi o barulho nos pedregulhos aí do lado. Vamos descer logo para tomar o café.

– Já que estás pronta desce, recebe o Plínio, eu já vou em cinco minutos.

Ao descer, Camilo encontrou Plínio e Leonor em animada palestra, já sentados à mesa, servindo-se de frutas e saboreando o copo de suco de laranja. Ele disse um olá, sentou-se, a empregada veio servi-lo prestimosa, mas ele não estava com vontade de tocar em nada. Leonor pediu a ele que pelo menos comesse algumas frutas e tomasse uma taça de café, não ia deixá-lo voltar para os escritórios de estômago vazio. Ela sabia ser abrangente e carinhosa quando queria. Saiu de sua cadeira para abraçá-lo por trás, beijando seus cabelos, tratando de confortá-lo.

– Afinal – quis saber Camilo –, que papéis foram esses que desapareceram daquela tal pasta?

– Cópia de três atas de aumento de capital que ainda não nos tinha chegado às mãos.

– Bem, mas isso não quer dizer nada. E roubadas agora, por quê?

– Simplesmente porque as tais atas não refletem o que ficou decidido entre nós e com um detalhe importante: delas não constam a minha assinatura, que deveria ser o normal, muito embora a lei não obrigue a que todos a assinem, bastando o diretor-presidente e o diretor-gerente.

– Mas estavam assinadas por mim?

– Estavam, Camilo, e pelo visto assinadas em branco para quando o texto fosse passado a limpo não te incomodarem com pedido de novas assinaturas.

– Mas se agora roubam as atas, fica tudo como estava antes.

– Não me parece que seja bem assim o golpe deles. Ficamos sem o texto para exame de auditoria e para eles, quanto mais demorar, melhor.

– Eles quem?

– Seu Edmundo, teu velho amigo e protegido, e posteriormente o Felício dos Santos que entrou na sociedade com pequena participação para trazer para a empresa a sua pequena Olaria de Teresópolis, e mais o Adalberto Crescêncio com quem aconteceu a mesma coisa só para contribuir com quatro máquinas de fazer telha francesa e uma para tijolos furados.

Leonor sorriu com ar de tristeza, disse que com relação ao velho sacripanta Camilo se tornava incrédulo como São Tomé ao saber das coisas; podia ser que agora, com tudo o que estava vindo a furo, ele passasse a acreditar na víbora que trouxera para a empresa. E para mim, o trabalho ali não foi apenas dele que até me parece meio imbecil, mas houve o dedo de outra pessoa, a qual me recuso a citar o nome para não deixar Camilo mais nervoso.

– Ah, minha querida, não vamos misturar as coisas.

– É o que estou fazendo – respondeu ela –, não quero misturar as coisas como terminou acontecendo contigo. Podes ficar tranquilo.

– Há mais dois documentos que não encontrei na busca desta madrugada, mas que preferi não dizer nada naquela hora. Um deles é a escritura da casa onde o velho mora, passado pela firma, com um documento anexo ligando a passagem da propriedade para o seu nome ao aumento de capital da firma, quando deveria fazer parte do mesmo. Outro é o recibo geral reunindo todas as retiradas do velho nestes últimos anos, em forma praticamente de vales. Sem isso, ficaremos sem conseguir provar que ele tenha retirado o que teremos que alegar em caso de disputa judiciária. Em outras palavras, ainda estaremos devendo para ele uma quantia elevada de dinheiro, sem que tenhamos fundos para tanto.

Camilo elaborava pequenas bolinhas de miolo de pão, seu pensamento andava longe, ora vinha para mais perto, sentia ímpetos de pegar o carro, ir direto à casa do velho e matá-lo.

– Se ele tiver feito mesmo isso, Plínio, mato-o como um cão danado no escritório, na casa dele, no cano de esgoto onde meter-se.

– Calma, não adianta perder a cabeça nesta hora. É com isso que eles estão contando. Os maquiavélicos mesmo são aqueles dois safados trazidos por ele como pessoas de bem, esse tal de Crescêncio e aquele outro, Felício. Cheguei a uma conclusão curiosa, mas que falta averiguar: esses dois são os autores do golpe, induzindo o velho que no fundo é um pobre-diabo, ignorante. Mas o velho deve ter algum motivo contra ti, caso contrário não iria cuspir no prato onde comeu. Houve algum mal-entendido entre vocês?

– Jamais. Ele se mostrou sempre amigo, abnegado no trabalho, interessado no desenvolvimento da empresa, autor de sugestões as quais deram certo. Para dizer a verdade, eu sempre o considerei um amigo. E não sei de possíveis razões secretas.

– Bem, quem sabe às vezes nem tudo parece ser o que realmente é, mas para mim ele deve ter contra ti alguma coisa, um certo sentimento de orgulho ferido, o desejo de vingar-se de alguma coisa que pode ser até mesmo intriga de terceiros, ou até mesmo uma espécie de inveja pela tua posição na firma, teu conceito, teu modo de vida, sei lá.

Camilo levantou-se, vamos embora, já devem estar nos esperando, imagino que hoje seja o dia nacional das aporrinhações. Pelo menos para nós. Mas vou te pedir um favor: enquanto as coisas não estiverem esclarecidas, afasta de mim aquele velho, pois acho que não me conterei se enxergá-lo. Plínio recomendou mais uma vez calma, ninguém podia perder a cabeça, isso depõe contra nós, fazendo com que eles passem por vítimas.

Quando já estavam na porta, o telefone tocou. Camilo, mais próximo, correu para ele, tirou o fone do gancho, deu o número de seu aparelho, houve um silêncio do outro lado, ele insistiu, alô, alô, com quem deseja falar? Uma voz feminina, sumida, trêmula – ele reconheceu Mocinha – perguntou se era mesmo Camilo. Sim, é Camilo, o que deseja? Ele precisava falar da maneira mais impessoal possível. Às ordens. Novo silêncio. Gaguejando, temerosa, Mocinha disse que precisava dar duas palavras com ele, podia ser ali mesmo, pelo telefone, ela estava sozinha em casa. Pois não, pode falar. Sua voz era formal, um pouco ríspida e impaciente, por favor, fale, estou ouvindo, eu estou de saída.

– Querido, eu não sei, mas preciso te dizer que papai deve estar envolvido em alguma coisa grave.

– Sim? E por que acha isso?

– Eu não devia falar nada, tenho a impressão que estou traindo papai, mas são esses dois sujeitos que desde que entraram para a firma só têm levado papai pelos descaminhos.

– Mas o que sabe de concreto?

– Eles acabaram de sair daqui, ouvi o tal de Felício dizer que ia te reduzir a nada; o outro, o tal de Crescêncio, disse a papai, que se mostrava muito abatido, que era chegada a hora da onça beber água. Estão tramando alguma coisa contra ti, toma cuidado, por favor. Não fala nada deste meu telefonema, meu pai me mataria ou morreria de dor. Faço isso por ti, sem nenhum interesse a não ser a preocupação pela pessoa que se ama. Cuidado.

– Quem foi? – quis saber Plínio.

– Um empregado lá da firma para dizer que sabe de alguns detalhes que podem ser úteis para nós. Não quis dizer o nome, era só um aviso, mas achei meio descabelado, pode até fazer parte da trama dessa cambada.

Beijou Leonor, pegou Plínio pelo braço, saíram os dois apressados, o carro estava na frente da casa, foram no de Plínio, pois ele achava que o irmão não estava em condições nervosas ideais para dirigir. Duas quadras depois Camilo mandou o irmão estacionar junto ao meio-fio. Desliga o motor. Preciso te contar algumas coisas.

– Relativas a este caso?

– Ao que tudo indica, creio que sim.

Contou a sua história com Mocinha, o tempo em que ele frequentava a casa dela, o namoro que avançava, a proposta do pai dela para que ele abrisse uma olaria, era o negócio da ocasião, prontificou-se a ajudá-lo, pois conhecia o ramo, suas buscas de terras próprias, logo depois Mocinha o acompanhando para distrair-se, zonas ermas, o defloramento, as outras vezes, o paulatino desinteresse por ela, apesar de saber que era excelente criatura; o seu afastamento, a conversa que tivera com o velho e depois o seu casamento com Leonor, alguns outros encontros com Mocinha, ela sem nada exigir, a dizer sempre que nada interferia no amor que tinha por ele.

– Bem, aí está o outro lado que me faltava para fechar o quebra-cabeça – desabafou Plínio, recostando no encosto do banco e suspirando fundo. – A chave do enigma.

– Por que a chave do enigma?

– Porque o velho deve ter descoberto o caso ou ela mesma contou para ele, num momento de desespero. Como pai, ele arquitetou uma exemplar vingança contra quem havia desonrado o seu lar, infelicitado a vida de sua filha única. E, apesar das aparências, Mocinha deve, no fundo, ter um ódio mortal de ti.

– É o teu primeiro grande engano. Mocinha me quer bem, sei mesmo que me ama.

– Pois bem, se preferes continuar te iludindo até a morte, esse é um problema teu, mas ela te odeia, pura e simplesmente.

– Sabes quem me telefonou agora antes de sairmos? És capaz de manter um segredo de vida e morte?

– Sabes que não preciso jurar nada para ti.

– Mocinha.

– Mas... o que queria ela?

– Queria me dizer que ouvira frases soltas de uma conversa que seu pai manteve esta madrugada com Felício e Crescêncio, ela julga que o pai está sendo levado por esses dois vigaristas, me contou que um deles disse que era chegada a hora da onça beber água e que o outro afirmara que me reduziria a nada. Plínio, foi Mocinha que me avisou.

– Camilo, por amor de Deus, tu me deixas tonto, não sei mais o que pensar, se ela fez isso só deu uma brutal prova de que de fato te ama. Vamos embora, não se toca mais no nome dela daqui para a frente, nem mesmo se for vital provar a má-fé desses chantagistas.

Quando chegaram defronte ao prédio ainda havia muitos curiosos assistindo à troca de portas, vidros estilhaçados na calçada, policiais fardados dando segurança. Encontraram um inspetor que os conhecia na porta, entraram e foram direto para o escritório de Camilo, que fora o mais atingido pelo vandalismo dos assaltantes. Em dado momento ele viu o irmão saltar em direção da porta, viu que ele se interpunha entre a sala e o velho Edmundo que parecia disposto a entrar, falaram um pouco em voz baixa, o velho deu as costas e desapareceu. Plínio retornou mais calmo, olhou para o irmão que ficara tenso, bateu no seu ombro; tudo bem, ele vai esperar o desenrolar das investigações no seu escritório. Já mandei avisar aos outros dois que não apareçam aqui hoje de manhã, se possível nem de tarde, e ao mesmo tempo pedi ao Delegado que ficasse de olho nos dois, eles poderiam muito bem ser os mandantes de toda aquela coisa. O Delegado entrou, mais um escrivão, pediram um datilógrafo, fecharam a porta. Naquela hora Camilo sentiu uma vontade quase incoercível de levantar-se, dizer ao Delegado que não tinha queixa nenhuma a fazer, que ia para casa, o negócio que ficasse para os demais sócios. Mas olhou para Plínio, viu o quanto ele estava interessado em apurar tudo, em tudo saber, e permaneceu na sua cadeira, tratando de dobrar e desdobrar uma folha de papel em branco.

6. No dia seguinte Camilo e Leonor saíram de manhã muito cedo, mal clareava o dia, e foram direto para a maternidade do Hospital São Francisco conhecerem o primeiro sobrinho-neto, filho de Eudóxia. Foram a pé, o hospital ficava perto de sua casa. Amanhecera frio, Leonor ia agarrada no braço do marido que desde a véspera pouco falara, recusava-se a comentar qualquer coisa, andava soturno.

– Que bom, um menino – exclamou a meio caminho Leonor. – Qual será o nome que vão botar nele? Eu botaria o nome do avô, Jeziel. Ou do tio Francisco. Quem sabe Aníbal. Sei lá, eu escolheria um nome de família ou um outro bem bonito. Hoje em dia já ninguém usa botar nos filhos nomes de antepassados ou de parentes.

Camilo caminhava sem dizer nada. Parecia que aquilo tudo lhe era totalmente indiferente. Quando entraram, uma freira disse que não era hábito do hospital permitir a entrada de visitas àquela hora, só mais tarde.

– Não somos visitas – disse Camilo, irritado. – É nossa filha.

Diante do argumento, os dois foram encaminhados ao quarto, por longos corredores, a freira bem à frente, Leonor sorrindo diante da mentira salvadora. Mas depois disse, desde que Jeziel morreu tu passaste a ser de fato o pai dos seus filhos. É verdade. A freira abriu a porta, eles entraram, Eudóxia estava com o nenê nos braços, pálida mas sorridente. Beijaram-se, Leonor puxou as cambraias bordadas, queria ver o rostinho do bebê. O pai, que saíra havia momentos, retornou e ficou alegre ao encontrar os tios ali.

– Uma beleza de menino – disse Camilo –, meus parabéns.

– Já deram nome a ele? – perguntou Leonor.

– Já – disse Eudóxia, pegando a mão do tio. – Ele vai se chamar Camilo Mortágua Otero.

Leonor abraçou-se a ela, lágrimas nos olhos, Camilo não sabia o que dizer, mas afinal vocês podiam ter escolhido um nome mais bonito. Eudóxia disse que pensara em muitos outros nomes e finalmente chegara à conclusão de que o nome mais bonito do mundo ainda era o de Camilo. Ele agradeceu, beijando-a na testa, passou a ponta do dedo no rostinho rosado da criança e disse que apesar do nome tinha certeza que ele seria muito, muito feliz. Abraçou Otero, que não conseguia esconder a sua imensa alegria, e sentou-se, arrasado. Pela homenagem que quebrava o seu desespero das últimas semanas, das dúvidas e incertezas, do temor de perder tudo o que construíra com amor e trabalho, indiferente à fortuna do pai que terminara sumindo com o desmantelamento da família. E ali, naquele quarto, estava mais um Mortágua, neto do outro Mortágua chamado Jeziel, bisneto do velho e duro Quirino, bisneto da doce e enérgica Eudóxia que comandara a velha mansão da Independência até o último suspiro, impondo à casa uma autoridade que nascia da sua placidez e do seu imenso amor por toda a prole, morrendo um pouco em cada filho, sofrendo com as suas dores, vivendo os altos e baixos do temperamento do velho que começara com três léguas de campo e que acabara dando os primeiros passos na pobreza irreversível. Camilo Mortágua, eis ali um outro. Teria sua Mocinha, amaria sua Leonor, sofreria com seus amigos, comemoraria os grandes momentos com esperança e um dia, quem sabe, perguntaria ao parente mais próximo, como foi mesmo o homem de quem herdei o nome? Branca, que havia ido em casa, voltou nervosa, alegrou-se ao ver os cunhados, abraçou Camilo, perguntou a ele se Eudóxia lhe havia dito como era o nome da criança. Camilo demorou-se um pouco mais abraçado na cunhada, vocês foram sempre muito bons para mim e agora esta surpresa que chegou a me comover como nunca. Ele agora passou a ser o meu neto também, meu e de Leonor. A mulher sentara no braço da cadeira onde ele estava, abraçara-o carinhosamente, então o vovô ficou contente e eu, ainda jovem e moça, tornei-me avó de repente, sem que ninguém tenha pedido permissão. Bonito! Como vou explicar às minhas amigas que já sou avó? Beijou Camilo na testa, disse que daquele dia em diante cuidaria melhor do vovô, esperaria quando ele voltasse do trabalho para lhe dar o chambre de lã que o confortaria nos acessos de bronquite, as pantufas de lã para que os seus pés ficassem bem quentinhos. Branca fez sinal com o dedo em riste para a concunhada, cuidado com essas brincadeiras, os homens todos são uns vaidosos, no fundo ser avô para eles representa, sem que eles notem, um choque muito sério.

Mais tarde chegaram Quirino e Helena, foram direto à cama ver o nenê e beijar a nova mãe, depois abraçaram os demais e Leonor chamou Helena e perguntou por que afinal ela não estava num outro quarto do hospital com outro filho nos braços, pois tinham casado no mesmo dia, na mesma hora e Eudóxia saíra na frente, dando logo um Mortágua para perpetuar o nome da família. Helena disse que não sabia os motivos, mas estava morrendo de inveja de Eudóxia. Quirino abraçou a mulher pelas costas, envolveu seu ventre com as mãos abertas e anunciou a todos os presentes, com voz solene, que dentro de cinco meses, no máximo, já que como engenheiro não era muito bom nos cálculos, viria um novo neto de D. Branca. Foi uma alegria geral, Helena mostrou-se amuada, ela queria que eles notassem e não tivessem sido avisados assim, perdia a graça.

– Pois para mim, Helena dará uma neta para Branca, o que será ótimo. E que seja forte como a avó e indomável como a bisavó!

A freira veio avisar que ia levar a criança para o banho, e as visitas anunciaram que iam embora e que voltariam no dia seguinte.

– Espero que amanhã ele já esteja falando. Quando entrar no quarto, se ele não me chamar de vovô, faço com que mudem o nome dele para Asdrúbal ou Epaminondas, mas Camilo jamais.

Na calçada, formando um grupo grande, eles ainda permaneceram conversando animadamente por alguns instantes. Quirino e Helena pediram desculpas, mas precisavam sair correndo porque a companhia de Energia Elétrica não suportaria a ausência dos dois ao mesmo tempo, sob o perigo da cidade ficar toda no escuro. Deram um adeus coletivo e fugiram rápidos e lépidos. Camilo e Leonor iniciaram o retorno vagarosamente. Que tal sentir-se avô assim de uma hora para outra e com um neto de nome Camilo? Fiquei emocionado, acho que a criança merecia nome melhor. Mas quem está de fato curioso para saber como a Senhora Leonor Mortágua está se sentindo como avó sou eu. A dama jovem e elegante, a rainha das festas, a que descobriu o elixir da juventude eterna, pele lisa e rosada, fresca e macia, de repente vovó Leonor. E agora ainda não é nada, mas quando estiveres em casa numa reunião com as tuas amigas e um guri sapeca entrar na sala aos gritos de "Vovó Leonor! Vovó Leonor!", olha que eu pagaria para ver o efeito. Ora, disse ela levemente preocupada com a ideia remota, explico às minhas amigas que se trata de um sobrinho-neto. E pronto. Camilo apertou o seu braço, fez com que ela ficasse mais junto dele, ensinou-a como agir em caso de tais emergências catastróficas: nada disso, basta perguntar às alcoviteiras se já viram, em toda a existência delas, uma avó mais jovem, mais linda, mais elegante. Acho que é uma tática de mais efeito.

– Engraçado – disse Leonor –, Plínio e Joan não apareceram.

– Muito simples. Plínio já deve estar na firma, ele agora não dorme, não come, não descansa enquanto não tirar a limpo toda aquela coisa que está acontecendo lá. Mas Joan deve aparecer dentro de um pouco mais, deve estar impaciente para ver o nenê da Eudóxia. As duas sempre se entenderam muito bem, Joan termina por adotar Camilinho como neto.

Chegaram em casa, Camilo quis se despedir, mas Leonor não deixou. Enquanto ele ligava o motor do carro e deixava a máquina aquecendo, deixando o automóvel ali na entrada, ela ia mandar passar um cafezinho novo, bem quente. Depois poderia sair. Ele obedeceu, tomou o seu cafezinho na própria cozinha, sentado numa banqueta, Leonor sentada sobre os seus joelhos. Descansou a xícara sobre a mesa, trocaram um longo beijo e quando ele ia atravessando a porta da rua ouviu a mulher despedir-se.

– Espero que tudo corra bem, vovô.

7. A polícia abrandara as investigações, as pistas deixadas eram insuficientes, o vigia havia morrido naquela madrugada sem ter dito uma palavra sequer. Quando Camilo entrou em seu gabinete encontrou Plínio sentado sobre o peitoril da janela, o delegado numa poltrona largando no gabinete um mau cheiro terrível de seu charuto barato, e mais dois homens de chapéu na cabeça, encostados na parede, ladeando o chefe como dois cães de fila. Camilo deu bom dia, sentou-se à mesa, passou os olhos rapidamente por tudo o que havia por ali, virou-se para Plínio:

– Estivemos no São Francisco fazendo a primeira visita ao nosso sobrinho-neto Camilo.

– Camilo? Não me diz, mas que coisa boa. Depois do meio-dia eu e Joan vamos passar lá. Acontece que hoje saí muito cedo.

– E o senhor, delegado, teve algum progresso para saber quem andou arrombando a firma?

– Infelizmente, doutor, nada. A pessoa ou as pessoas que praticaram o crime agiram com grande conhecimento de causa. Só mexeram onde deviam e queriam, não temos uma testemunha sequer, pois o pobre do vigia não resistiu aos ferimentos e morreu; depois eu concordo aqui com o Doutor Plínio, o pivô da invasão não teria sido mesmo o roubo de objetos de valor. O cofre atravessado na porta foi só para dar impressão diversa e ele é que nos leva a julgar que uma pessoa só não teria condições para deslocar um peso tão grande. Por outro lado, o Doutor Plínio me disse que qualquer pessoa da firma sabia muito bem que não era costume guardarem grandes somas nele, as quais eram remetidas para os bancos no final de cada expediente.

– É verdade. Se abrirmos o cofre veremos que, além de papéis e certidões, ele não deve ter mais do que uns quarenta mil cruzeiros. Como vê, é uma importância que muitos costumam carregar no bolso. Mas, pelo que vejo, o senhor acha melhor dar o caso por encerrado, não é isso?

– Bem, a não ser que o senhor queira que continuemos a investigação. Esse é o nosso trabalho e para isso somos pagos pela coletividade.

– Não, muito obrigado, acho que fizeram o trabalho que deveriam ter feito; investigações agora, daqui para a frente, deverão ser de outra ordem.

Olhou para Plínio que sacudia a cabeça em sinal de plena concordância, levantou-se, estendeu a mão para o delegado que se atrapalhou com o charuto, terminando por jogá-lo apressadamente pela janela, despediram-se cordialmente e os três homens saíram com mesuras e votos de felicidade, ao mesmo tempo que se propunham ficar sempre às ordens para qualquer outra missão.

– Mandei um recado para Seu Edmundo para que ele se mantivesse afastado dos nossos escritórios, determinei aos outros dois que tratassem de cuidar das duas olarias e que também não aparecessem aqui, mandei dar férias antecipadas para meia dúzia de funcionários de confiança deles, estão fazendo um rigoroso levantamento nos estoques não só das lojas mas das olarias e estou atendendo diretamente os pedidos de material em grosso, como tijolos, telhas, cimento, cal e areia – disse Plínio.

– Bem, acho que agiu com extrema inteligência, eu não faria melhor, pelo contrário, talvez agisse com menor rigor. Agora uma pergunta que acho válida.

– Qual é?

– Será que estamos com o dedo na ferida?

Plínio coçou o queixo, confessou que já se fizera a mesma pergunta e não saberia dizer nada a respeito. Havia muitos mistérios a serem desvendados. Muita coisa não casava com outras. Puxou uma cadeira e sentou-se ao lado do irmão, de maneira que pudesse falar mais baixo.

– Sabe de uma coisa? Depois de toda a trabalheira de conferir o estoque das lojas e das olarias, talvez cheguemos a uma conclusão que poderá nos deixar tontos como as baratas.

– Não estou entendendo – disse Camilo, franzindo a testa.

– Não faltar uma peça, um parafuso, uma arruela, uma folha de lixa. E aí, onde ficamos?

– Não havia pensado nisso.

– Pois esta noite pensei bastante sobre isso e quase que chego hoje aqui bem cedo e mando suspender o tal levantamento de estoque. Mas depois disse para os meus botões; nunca é demais conferir estoques. E deixei. Mas não estou esperando nenhuma revelação, nenhuma pista por este lado.

– Mas então por onde devemos começar?

– Bem, aí é que a porca torce o rabo. É coisa para analisarmos fora daqui, na tua ou na minha casa, com calma, cabeca fria, pois desconfio que temos pela frente uma gang de *experts*. É claro que eles estão sabendo do levantamento e por certo não conseguem esconder um sorriso de vitória, como a dizer que os patinhos caíram direitinho na armadilha. Por este lado acho que fiz bem em deixar que o levantamento fosse feito, pois convém que eles julguem exatamente isso.

Fez uma pausa, caminhou um pouco pela sala, ficou algum tempo olhando pela janela e quando retornou para junto do irmão foi para fazer uma proposta:

– Vou telefonar para Joan, pedindo a ela que vá almoçar com Leonor. Telefonas para Leonor dizendo isso. Nossa explicação é a mesma, vamos almoçar aqui no centro a fim de discutirmos alguns assuntos mais urgentes da firma.

– Negócio fechado. Liga para Joan lá da tua sala que eu ligo agora mesmo para Leonor.

Plínio voltou minutos depois, tudo certo, ela ficou encantada em ver Leonor e conversarem sobre Camilinho. O irmão contou que o mesmo acontecera com a sua mulher, com uma diferença: ela queria saber se essa história de almoçar contigo era verdadeira ou se ia almoçar com alguma dessas sirigaitas por aí. Sabes como é Leonor. Vamos comer no Mário? Plínio não achou a ideia boa, era grande e eles iam encontrar muitos conhecidos por lá, quem sabe até pedindo licença para sentar-se na mesma mesa. No Palácio do Comércio? Meio longe. Então no Clube do Comércio que fica a uma quadra daqui, ora essa; e telefonemos para o nosso garção fazendo reserva de mesa bem afastada e discreta e já encomendamos o que comer para não se perder tempo lá. Plínio aplaudiu a ideia, pediu que ele telefonasse enquanto ele ia dar um giro pela loja, dizer para a sua gente de confiança que iam sair e dar algumas ordens necessárias que havia esquecido.

Era um dia de temperatura amena, havia chovido um pouco na véspera, as árvores da Praça da Alfândega estavam mais verdes, o flamboyant se esparramava como um grande chapéu irregular, os cafés fervilhavam de fregueses.

– Sabe – disse Camilo, intrigado –, eu às vezes penso, quando passo aqui por estes cafés, que ninguém trabalha em Porto Alegre. Olha que há homens que passam o dia inteiro sentados nessas mesas, discutindo não sei o quê, horas e horas no jogo dos pauzinhos, outros discutem corridas de cavalo, há os indefectíveis vendedores de relógios e joias de origem duvidosa e de valor idem...

– ...políticos de folga, jornalistas, passadores do jogo do bicho, contrabandistas, secretários de Estado, fazendeiros que só vão para o campo nos meses de veraneio, vendedores de rifa para asilos e sociedades beneficentes. Toda uma fauna, meu velho, que daria para encher um livro sob o título de *Como ganhar a vida sem fazer nada.*

– Já podes começar a escrever...

Entraram no Clube do Comércio, cumprimentaram alguns sócios que modorravam ao sol da grande porta. Já no fim do corredor, antes de chegarem ao elevador, Plínio comentou que aqueles eram da mesma fauna com a diferença que não faziam nada e não gastavam os trocados em repetidas xícaras de cafezinho. Passaram pela chapelaria, Camilo antes de entregar o seu chapéu olhou-o bem, revirou-o entre as mãos:

– Sabes de uma coisa, Plínio, este meu Ramenzoni já deu o que devia dar, preciso comprar outro chapéu mais decente.

– Pois este meu Prada está como novo depois de dois anos.

– Ainda bem. Os chapéus hoje estão custando quase como um carro Ford último tipo.

Tomaram o elevador, encontraram logo o garção conhecido que os conduziu para a mesa do canto, bem afastada do movimento maior.

Almoçaram afastados dos conhecidos e puderam, até quase duas horas da tarde, conversar à vontade. Logo que sentaram à mesa Plínio pediu ao garção que trouxesse uma garrafa de vinho, da marca de sempre. Camilo se distraiu comendo pedaços de pão com manteiga pulverizada com sal. Disse para o irmão, somos dois cegos, estamos num quarto escuro à prova de som, estamos com pés e mãos atados, enfim, como é que duas pessoas nesta situação conseguem encontrar a luz no fim do túnel?

– Se houver mesmo uma saída, não sei, não, mas vai ser difícil sair – disse Camilo, um pouco abatido. – A olaria da Cascata já deu o que tinha que dar, não adianta comprar o terreno ao lado que nos foi oferecido, a terra dele não presta, daria tijolos e telhas com a consistência de torrões de açúcar.

– Remédio?

– Quando descobrirmos outro local bom, transferir para lá o que for possível e abandonar o resto. Vender as terras, nem pensar. Só um louco compraria um terreno cheio de imensos buracos. Simplesmente abandoná-lo ao deus-dará.

– A outra olaria – prosseguiu Camilo, cedendo lugar para o garção depositar as travessas com a comida – , sei lá, aguenta uma produção razoável por mais um, quem sabe um ano e meio. Mas é um bom paliativo para que se possa procurar outro terreno em condições e que não esteja a cinquenta quilômetros de Porto Alegre.

– Importações – lembrou Plínio.

– Outro problema. Com esse negócio da guerra ficamos à mercê de um ou de outro exportador tradicional que se digne "ceder" algum material razoável. Deste uma olhada na qualidade das torneiras inglesas? É ir levando a loja de maneira criteriosa e para isso precisamos fazer um estudo acurado visando a diminuir as despesas ao máximo.

– Botar gente na rua.

– Exatamente, botar gente no olho da rua, não temos opção melhor.

– O número de sócios.

– Cinco. Imagine só uma empresa do nosso porte, com todas essas dificuldades, ter cinco sócios, cada um com sua retirada preestabelecida, mensal. Este mês, por exemplo, deu para todos. No mês que vem, não sei. E, por falar nisso, em que pé ficou a venda daqueles pedaços de terra em Alegrete que o nosso advogado mandou nos transmitir há dois meses?

Plínio disse que a carta do advogado estava com ele, na verdade nada respondera e não sabia mesmo o que mandar dizer. A oferta me pareceu tão miserável que eles devem pensar que nós estamos na entrada da Galeria Chaves pedindo esmolas.

– Mas então escreve, diz isso e pergunta se os interessados estão dispostos a oferecer um preço pelo menos com o qual se possa discutir. Eu sou de opinião que devemos vender o que ainda houver por lá, cortar o cordão umbilical, largar o campo, esquecer bois, vacas, touros, carneiros, couros e quejandos. Esta época passou para nós, fomos criados longe de tudo aquilo, papai não parecia confiar muito no futuro daquelas terras. Tanto é assim que morreu sem perguntar como estava a estância, que quando mais moço era a sua menina dos olhos. Cansou da pecuária. Eu, de minha parte, te confesso que só iria morar numa fazenda na qualidade de apenado obrigado a trabalhos forçados.

– Eu devo ter montado a cavalo umas dez vezes em toda a minha vida. Não sei direito o que seja um xiripá, um tirador, boleadeiras sei porque tenho uma lá em casa dependurada na parede como decoração, presente daquele nosso capataz que já morreu. Eleutério, não era esse o nome dele?

– Mas quem sabe a gente ainda apura algum dinheiro em Alegrete, diabo? Alguma coisa deve ter restado de todo aquele mundão de terra que se levava dias percorrendo a cavalo. Que se levava é modo de dizer, que a peonada levava quando algum bicho de estirpe nobre desaparecia.

– Pelo que estou entendendo, tu já não levas mais fé na nossa empresa, acho que estás dando tudo por perdido.

– Estamos a sós, ninguém por perto, nenhuma parede aqui parece ter ouvido; sabe, Plínio, qualquer coisa me diz aqui dentro que daqui para a frente as coisas tendem a piorar. Isso não quer dizer que eu esteja desistindo de lutar, que vou entregar tudo de mão beijada.

– O que me preocupa – disse Plínio, tornando a encher os cálices vazios – é a posição do velho Edmundo. Não sei bem qual é a tua opinião definitiva sobre ele.

– Também não sei, mas sou levado a crer que ele está sendo levado pelos outros dois.

– O caso de Mocinha não conta?

– Também não sei. Da parte dela, já te contei tudo, estou tranquilo. Se tivesse que ficar do meu lado ou do pai, caso o velho quisesse me fazer qualquer sujeira, ela optaria por mim. Podes pensar que seja convencimento, mas conheço a menina, é uma criatura de uma pureza inigualável.

– Mesmo assim dormiste não sei quantas vezes com ela, usaste e abusaste do direito de quem sabe ser alvo de uma grande paixão e afinal foi casar com outra sem levar em conta coisa nenhuma.

– Tu tens toda a razão. Eu mesmo, quantas vezes, depois de sair da casa dela, dizia em voz alta que eu não passava de um canalha. Talvez eu venha a pagar por tudo isso, embora não acredite em Deus. Ou se acredito é só para testá-lo nas horas de desespero.

– Que poderia o velho ter feito ou tentado fazer para, no caso de saber de tudo o que houve, vingar-se de ti?

– O normal seria tomar satisfações, me colocar contra a parede, exigir uma reparação através do casamento ou, se fosse outro, me dar um tiro caso eu me recusasse a qualquer exigência dele.

– Mas ele pode ter ficado sabendo depois que já estavas casado, quando já eram sócios, quando qualquer escândalo o levaria à miséria também.

– De uma coisa podes ter certeza – disse Camilo, esfarinhando miolo de pão sobre a toalha manchada de vinho –, Mocinha jamais chegaria a contar para o pai o que houve. E se ele, desconfiado, tivesse querido arrancar qualquer palavra dela, ficaria sem saber nada até morrer.

– E aquele sujeito que foi nosso subgerente e que acabou noivo dela – perguntou Plínio –, não poderia ter descoberto e revelado tudo para o velho?

– Mas descoberto de que maneira?

– Ora, noivos, certas liberdades, nas vezes em que ficavam sozinhos em casa...

– Mocinha jamais deixaria que aquele tipo a tocasse com um dedo, isso eu posso te assegurar com a mais absoluta certeza.

– Está bem, acredito em ti, acho que estás certo. Mas se, para se ver livre dele, para desmanchar o noivado, ela tivesse usado como último argumento de que não podia casar com ele porque não era mais virgem?

– Ela não faria isso. E se fizesse por que cargas d'água o culpado só poderia ter sido eu?

– Tuas liberdades na casa dela, os passeios de carro em busca dos terrenos, a inexistência de qualquer outro namorado na vida dela; ora, o pai, alertado por aquele safado, só poderia atribuir tudo a ti e com sobradas razões.

– Mas essa é uma hipótese que não posso aceitar. Com relação ao que está acontecendo, o alvo é açambarcar os negócios, tirar a gente, aos poucos, do comando da empresa... eles não querem defender a honra da menina, eles querem dinheiro. Escreve isso que estou te dizendo agora.

– Não preciso escrever, está na cara que eles querem mesmo é dinheiro, é o controle da empresa, mas a coisa pode ter nascido por motivos outros. E, para mim, só há um capaz de causar tudo isso ou pelo menos de ter sido a causa e a origem de algo que o tempo transformou em rancor surdo, em ódio aberto e letal.

Foi servida a sobremesa – fios de ovos, a maior tentação de Camilo –, ele saboreava o doce sem a menor expressão de prazer. Plínio tomava um cafezinho, não costumava comer sobremesa, olhou bem para o irmão:

– Mocinha, sem querer, foi a peça central desse desencadeamento todo. Tomara que ela nunca saiba disso, morreria de tristeza.

Camilo não chegou a comer toda a sobremesa, tentava com o indicador tirar som do cálice de vinho vazio, perguntou:

– Que fazer?

– Como tática, dar a impressão de fazer exatamente o contrário do que eles podem esperar que se faça. Nada de afobação. Vamos usar a fleuma da raça de minha mulher e, enquanto isso, tratar de arranjar cobertura para uma possível derrota final quando a luta for declarada aberta.

– Como?

– Muito simples. Procurar com cuidado, mas sem perda de tempo, bons pedaços de terra não muito distantes dos centros consumidores, especiais para olaria, próximos das estradas...

– Mas só nós dois?

– Só nós dois, e por que não? Não fizemos casamento com eles e também não precisamos declarar que estamos comprando terras. Se ficarem sabendo, pois não, há muito que andávamos à procura de terras para uma chacrinha de fim de semana. Enquanto isso eu pelo menos continuarei em busca do que eles tramam. Até lá, nós dois nos fingiremos de mortos, deitadinhos, mãos cruzadas sobre o peito, queixo amarrado com um lenço para não falar nada, pés juntinhos. E, acima de tudo, olhos fechados, como quem jamais enxergará um palmo adiante do nariz. Não achas uma boa tática?

– A tática do gambá quando recebe uma paulada.

– Perfeito, não poderias ter citado um exemplo mais adequado para esta hora que estamos vivendo.

Decidiram sair. Cumprimentaram alguns conhecidos que não viam havia muito tempo, a frequência já não era a mesma, os velhos amigos tinham sumido ou já não almoçavam mais em clubes. Retornaram ao movimento da Rua da Praia, alguns novos-ricos dando voltas na praça com os Ford recém-chegados, moças muito bem vestidas iniciando o percurso das compras, dos namoros rápidos e sem consequências, exibindo os novos vestidos da estação.

– O dedo na ferida. Isto mesmo, o dedo na ferida. Está aí uma coisa que ainda não conseguimos fazer – disse Plínio, preocupado. – Eu ainda ontem conversava com Joan e ela queria saber o que significava mesmo a expressão "dedo na ferida". Então ela concordou comigo. Quando chego em casa, irritado e indisposto, a pobrezinha me pergunta se ainda não achamos a ferida para pôr o dedo.

Chegaram na firma, entraram juntos, seguiram pelo mesmo corredor e cada um acenou com a mão ao entrar nos seus gabinetes. Camilo encontrou em sua mesa um bilhete de um funcionário, "uma senhora que não quis deixar o nome telefonou para saber do senhor".

8. Pai e filho caminhavam sob a sombra do arvoredo, Camilo sério mãos às costas, cabeça baixa; João nervoso, chutando pequenos seixos, arrancando folhas das árvores.

– Não quero filho guarda-livros, contador, tirando curso para ficar empregado o resto da vida, recebendo ordens de uns e de outros, dependendo de um cumprimento mais simpático ou de rapapés para conservar o ganha-pão.

– Bem, alguma profissão a gente deve escolher quando chega a uma certa idade, pai. Acho guarda-livros uma profissão igual a qualquer outra, posso trabalhar amanhã ou depois na tua própria empresa.

– Não. Prefiro que trabalhes em outro lugar. Se fores um mau guarda-livros não posso te despedir, se fores um excelente funcionário, os outros dirão que estás ali por protecionismo. E por que não tiras o curso de advogado?

– Não gosto de ser advogado.

– E por quê?

– Sei lá, não tenho jeito para a coisa, acho que me falta a malícia, a picardia que faz de um sujeito um bom advogado. Também não quero ser médico. Tenho pavor de sangue, detesto assistir ao sofrimento dos outros, sinto ânsias de vômito com o cheiro do éter e de formol. Engenharia também não.

– E quem sabe algum curso técnico, digamos...

– Pai, não tenho nenhuma habilidade manual, detesto física, prefiro então parar de estudar, o que até seria mais aconselhável.

– Nem tanto ao mar, nem tanto a terra. Eu não estou te proibindo de seres guarda-livros, concordo em que até seja uma profissão digna, exige uma grande integridade da pessoa, é uma função que está diretamente ligada à confiança do patrão, de maneira absoluta. Mas que diabo, um guarda-livros é um guarda-livros, será sempre um guarda-livros, por mais talentoso que seja, por mais capaz e eficiente que se mostre.

João estava ansioso para cortar a conversa, sair um pouco, dar uma volta, encontrar uns amigos. Aquela conversa o irritava e naquele dia ele não queria discutir com o pai.

– O senhor não está cansado de tanto andar? Vá descansar um pouco, eu preciso dar uma volta rápida, mais tarde a gente volta a falar no assunto.

– Não, cansado não estou, mas vejo que queres ficar por aqui nesta nossa conversa. Compreendo e não te condeno por isso. Há outros assuntos a serem discutidos, temos bastante tempo para isso. Vai.

João bateu nas suas costas, saiu rápido e logo depois subia a escada lateral da casa aos grandes pulos, de quatro em quatro degraus. Camilo sentou-se num velho banco carcomido pelo tempo, indiferente aos estragos que ele pudesse causar às suas calças, ficou algum tempo desenhando arabescos na terra solta usando uma pequena vara de cinamomo. Ouviu a voz de Leonor chamando por ele. Gritou que estava no pátio. A mulher desceu as escadas dos fundos, estava vestida como se fosse sair, mostrou-se zangada com ele que bem podia estar descansando dentro de casa, sentado numa poltrona macia e não num banco daqueles que até podia quebrar-se com o seu peso.

– Vais sair?

– Infelizmente. Tenho dentista às três horas. E tu, não vais à firma hoje de tarde?

– Vou. Meio empurrado, aguilhoado, forçado, mas vou.

– Mas, que diabo, isso não pode continuar assim, este caso se arrasta há tanto tempo e a tal firma de auditores só sabe pedir mais dinheiro, mais papéis, mais tempo e nada.

– Plínio está ainda mais nervoso e irritado do que eu – disse Camilo, respondendo contrariado à mulher, a quem não poderia esmiuçar os problemas da firma. – Conversamos mais tarde.

– E qual foi o resultado da tua conversa com o João?

– Insiste no curso de guarda-livros.

– Mas, Camilo, por amor de Deus, usa a tua autoridade de pai, ele deve tirar um curso à altura da família.

O marido olhou para ela com um leve ar irônico, comentou que a família Mortágua nunca havia ligado para essas coisas, que se tentava convencer o filho de seguir outra carreira era simplesmente porque entendia ser melhor para ele, que deixaria de ser empregado para gerir seu próprio nariz. A não ser que fosse pelo lado da família do comendador, mas então o avô materno que tratasse de convencer o rapaz a tirar outro curso mais condizente com as tradições dos Medeiros. Leonor mostrou-se zangada, queixou-se de que ele falava em tom de ironia, mas que ficasse descansado, falaria com o pai e ambos teriam uma conversa proveitosa. Beijou o marido superficialmente e começou a caminhar com certa dificuldade pelo saibro do caminho lateral.

– Queres que te deixe no dentista?

– Não, obrigado, fica a três quadras daqui e eu preciso caminhar um pouco, estou ficando com as carnes das pernas flácidas – e ele achou que era exagero da mulher, mas não insistiu. Foi para o quarto vestir-se, pegou o carro e foi para a firma. Encontrou Plínio observando dois empregados no alto de escadas, tirando algumas mercadorias das prateleiras superiores. Bateu nas costas do irmão e foi direto para seu escritório. Plínio foi atrás dele, sentou-se numa poltrona ao lado da mesa.

– E João? Deu resultado a conversa?

– Acho que não. Ele que tire o curso que achar melhor. Palavra, Plínio, no fundo eu deveria me dar por muito satisfeito que ele aceite continuar estudando, seja lá o que for. E Virgílio? Faltando dois anos para tirar o ginásio, abandonou tudo e simplesmente diz que cansou de estudar, que não foi feito para essas coisas. Ainda outro dia, repreendido pela mãe, sabe o que ele respondeu? Simplesmente que quem é bom já nasce feito, não precisa dessas coisas. Citou um amigo dele, sei lá quem é, que tirou o curso de Direito e vive bêbado no bar defendendo, segundo ele próprio, o direito de beber em paz. Virgílio me preocupa. Há duas semanas me chegou em casa depois da meia-noite, todo rasgado e sujo, escalavrado, vergões por todo o corpo, um olho negro. A explicação dele foi sucinta: briguei com um sujeito que ofendeu a minha mãe. Ora, não se pode condenar ninguém por defender a própria mãe. Da outra vez porque haviam ofendido o nome da família. Enfim, esse é o que devia ser o advogado Mortágua.

– Não te preocupes – disse Plínio, sorrindo –, ele só tem catorze anos, o tempo cura esse espírito defensor. O tempo e as surras.

Camilo examinou diversos papéis sobre a mesa, perguntou a Plínio sobre algumas novidades, o irmão disse que eram as de sempre. O auditor-chefe apresentara um relatório em cinco vias onde aconselhava a que fossem tomadas diversas medidas em salvaguarda da empresa. O teu relatório deve estar aí na tua mesa ou ficou lá na minha. Não é grande. Cinco ou seis pontos principais.

– Por exemplo? – perguntou Camilo, interessado.

– Diminuir o número de funcionários em pelo menos vinte por cento, cortar a retirada dos sócios na mesma proporção, aumentar o capital da firma em cinquenta por cento, pois com o capital de giro que temos a coisa não vai longe e deixa eu ver o que mais... ah, promover uma reunião conjunta dos sócios para um balanço total do que foi levantado até agora.

– Pois é preciso dizer a ele que não sento na mesma mesa onde estiverem aqueles três. Prefiro me retirar da firma, tratar de novos negócios, menos manter entendimentos com esses tipos.

– Podes dizer isso a ele agora, pois se encontra na casa.

– Como é o nome dele?

– Dr. Mondercil Freitas, aquele mais baixinho e careca. Me parece um bom sujeito, tratável, muito educado e goza de bom conceito nos meios fiscais.

– Manda alguém procurá-lo e dizer que o estou convidando para tomar um cafezinho aqui comigo.

Plínio aproveitou a passagem pelo corredor, a porta estava semiaberta, de um empregado do escritório, chamou-o e deu-lhe a missão.

– Quer dizer que retiraremos vinte por cento a menos do que estamos retirando até agora? Para vocês dois a medida até que não afetará muito, mas quero ver como Leonor vai receber este corte na nossa receita. Virgílio gastando o que gasta, Patrícia começando a escolher as roupas que mais lhe agradam, Leonor sem saber como economizar um tostão a menos, antes pelo contrário.

– Quem sabe o pai ajuda, ele agora é diretor de banco, ela é filha única, não vai fazer diferença.

– Eu seria o último a pensar nisso. Ia preferir quebrar pedra na rua.

Levantou-se, foi até a janela, olhou para o casario em redor, e dizer que quando instalamos o negócio aqui era meia dúzia de casas por perto, as ruas nem tinham calçamento, a não ser mesmo esta. Hoje estamos sufocados, edifícios por todos os lados, em outras palavras, a hora de começarmos a ganhar dinheiro mesmo e aqui estamos com três sócios miseráveis atravancados no nosso caminho, tudo difícil, auditoria dentro de casa, cochichos aqui e ali, perdendo concorrência todos os dias. Virou-se, mãos nos bolsos, expressão carrancuda, quando surgiu na porta o chefe dos auditores, sorridente, simpático.

– Chamou-me, Doutor Camilo?

– Ah, doutor, pedi a gentileza de uma breve visita sua, já mandei preparar um cafezinho. Entre, por favor.

Plínio puxou outra cadeira, cedeu sua poltrona ao visitante, Camilo sentou-se na sua própria cadeira; pois, doutor, o Plínio aqui me disse que o senhor entregou um pequeno relatório, já me disse quais os pontos principais...

– Há uma cópia para o senhor.

– Sim, ele me disse, mas por qualquer motivo não cheguei a vê-la. Pelo que entendi a nossa situação até que não é das melhores. Ganhar menos, entrar com mais dinheiro para a firma, botar funcionários para a rua, enfim, uma pequena revolução interna para salvar as aparências. Ou melhor, para salvar a própria empresa.

– Eu gostaria de dar notícias mais agradáveis, mas infelizmente os levantamentos efetuados por nossa equipe não me deram esta oportunidade. Agora, seria interessante uma reunião...

– Exatamente sobre isso era que desejava falar com o senhor – disse Camilo, cortando a fala do interlocutor. – Recuso-me, aliás, eu e meu irmão nos recusamos a sentar na mesma mesa em que estiverem esses três vigaristas.

– Bem, é um direito que lhe assiste e sobre o qual não me compete interferir. Nossa missão aqui é outra. Agora, a reunião prevista pela auditoria tinha por finalidade colocar algumas coisas em seus devidos lugares, preservar a posição dos senhores dentro da empresa...

– Nossa posição dentro da empresa?

– Exatamente. Como a maioria do capital está do lado deles...

Camilo saltou da cadeira como se tivesse sido mordido por uma cascavel: a maioria do capital do lado deles? Entendi bem, doutor? Ou estou entendendo as coisas todas pelo contrário? Como a maioria do capital do lado deles, nas mãos de quem, como? Afinal a auditoria está sendo feita pelos senhores.

– Calma, Doutor Camilo, estou justamente tentando explicar a situação com base nos documentos examinados, através das atas das assembleias gerais e extraordinárias, à luz de fatos concretos. Eu pensei que o senhor soubesse disso tudo.

– Mas como saber de coisas abstratas? Eu e Plínio temos pouco mais de setenta por cento do capital desta empresa. E vem o senhor e diz que eles...

–... têm exatamente cinquenta e dois por cento do capital.

– Bem que eu desconfiava de um golpe desse tipo, mas não com tal perfeição – disse Plínio.

– Em absoluto – gritou Camilo, realmente exaltado –, eu quero ver as atas de aumentos de capital, quero ver os registros na Junta Comercial, quero averiguar as minhas assinaturas.

– O senhor tem todo o direito de examinar os documentos. Se me permite vou pedir a um dos meus auxiliares para trazer os livros relativos aos dois últimos anos. E poderemos examinar juntos, eu posso estar enganado, a sua assinatura, mesmo reconhecida, pode estar falsificada, tudo pode acontecer.

Levantou-se cerimonioso, pediu licença e saiu. Plínio fechou a porta, virou-se para Camilo que parecia estar na iminência de sofrer um ataque do coração, olhos saltados das órbitas, apoplético, a andar de um lado para outro da sala como uma fera enjaulada. Plínio acercou-se dele, segurou-o pelos ombros:

– Camilo, por favor, procura manter tua calma, não podes perder as estribeiras justamente nesta hora. Quero te lembrar só de uma coisa. Pelo menos uma vez eu me lembro de haver assinado o livro de atas, logo depois de ti, com as páginas em branco, sob a alegação de que posteriormente passariam o texto a limpo. Lembra-te disso?

– E daí?

– O velho podia muito bem alterar as cifras, mudar as decisões, mesmo porque nunca pedimos para reler tudo depois de preenchido. E quantas vezes fizeste isso sozinho, a pedido do velho?

Camilo sentou-se arrasado, braços caídos, olhou vago para o irmão, sacudiu a cabeça, disse que muitíssimas vezes.

– Mas não posso acreditar, Plínio, em tamanha ignomínia!

– Ah, meu velho, depois de tudo o que me contaste, tudo é possível. Eu nem preciso olhar os livros e examinar as assinaturas. Camilo, elas são autênticas. Estamos arruinados.

Bateram de leve na porta. Plínio pediu que entrassem. Era o Dr. Mondercil que chegava com um dos seus homens que carregavam nos braços meia dúzia de livros. Camilo pediu que colocasse tudo sobre sua mesa. O chefe da auditoria abriu um dos livros, justamente o das atas de aumento de capital, procurou com cuidado algumas delas, parou, mostrou uma página para Camilo, veja, doutor, esta é sua assinatura autêntica ou tem alguma dúvida a respeito? Se tiver, tiraremos a limpo com uma peritagem à altura.

– Esta assinatura é minha.

– Esta aqui, senhor Plínio, é sua? É autêntica?

– É autêntica.

O homenzinho folheou mais, abriu outra página, mostrou mais uma vez para Camilo, esta assinatura é sua ou foi forjada?

– É minha, sem dúvida nenhuma.

– Bem, Doutor Camilo, nestas atas estão os vários aumentos de capital e sempre o Senhor Edmundo Guimarães comprava mais ações a que tinha direito através dos aumentos de capital e das bonificações, além do registro de transferência de quotas suas para o nome dele. Para ser mais preciso, o Senhor Edmundo tem quarenta e seis por cento do capital, e os outros dois sócios possuem seis por cento, divididos em partes iguais. Os três, reunidos, perfazem cinquenta e dois por cento. Acontece que eles me procuraram para um entendimento com os senhores. Por exemplo, eles não concordam com a retirada mensal de sua cunhada, Dona Branca Mortágua, por não ser a mesma sócia da empresa e porque seu falecido marido também nunca foi sócio da firma. No que têm razão.

– A retirada de Branca?

– Acalma-te, Camilo, Branca não precisa disso, o Quirino está em condições de sustentar toda a casa, melhor do que nós.

– Por outro lado, Doutor Camilo, eles querem a reunião para discutir a data de uma assembleia geral extraordinária a fim de alterar os quadros diretivos da empresa. Acredito que ele queira assumir a presidência em seu lugar.

– Pois diga a ele que assuma a presidência, que bote seus dois capangas nos postos imediatos, pois nós não pisaremos os nossos pés mais nestes escritórios, vou retirar as minhas coisas hoje mesmo, não comparecerei a assembleia nem reuniões e que a partir de amanhã eles se entenderão diretamente com os meus advogados.

– Doutor, eu aconselharia mais prudência, quem sabe um pouco de malícia, mas com a documentação que temos em mãos, o senhor não vai encontrar advogado em Porto Alegre que queira pegar a sua causa.

– Pode ficar descansado, encontrarei.

– Bem, o senhor é quem decide.

Começou a juntar os livros, delicadamente, colocou todos eles nos braços do auxiliar, pediu licença e mandou que o rapaz levasse tudo para o cofre. Logo depois despedia-se dos irmãos e saía também após um largo cumprimento antes de fechar a porta.

Camilo e Plínio ficaram em silêncio. Ouviam dali o bulício da loja, que era normal àquela hora, Plínio foi até a janela, espiou o céu azul como à procura de nuvens ou de qualquer outra coisa, depois acercou-se do irmão, passou o braço em torno dos seus ombros, encostou sua cabeça na dele, disse que ia arrumar as suas coisas no escritório.

– Vou matá-lo como quem mata um cão sarnento – disse Camilo.

– Não vais fazer nada disso. Podemos nos afastar, mas temos aqui dentro, ainda, quarenta e oito por cento. Vamos lutar na justiça de qualquer maneira. Na próxima semana vou a Alegrete ver as nossas coisas por lá, ainda temos muito dinheiro a receber daqueles lados. Roubaram o que puderam e o que quiseram, mas nós sempre tivemos mais do que eles seriam capazes de levar e de roubar. Não adianta discutirmos este assunta agora aqui, nesta pocilga, hoje à noite vou jantar na tua casa, conversaremos melhor lá; fechados no escritório, cabeça fresca, ideias nos seus lugares. Perder a cabeça é o que eles pretendem de nós. Pois vão ficar surpresos e, no fim, atemorizados e desorientados. Levo a Joan para conversar com Leonor.

9. Plínio e Camilo levaram a garrafa de licor para o gabinete, fecharam a porta depois de pedirem desculpas às mulheres e às visitas que haviam chegado inesperadamente, de Otero, Eudóxia e o filho Camilo, agora com quase dois anos, vivo, alegre, correndo pela casa toda. Leonor mantinha-se alegre e descontraída, mas Joan dividia suas preocupações em manter uma conversa agradável e caseira na sala grande e saber o que estariam os dois irmãos discutindo no gabinete. Nos últimos dias notara uma certa mudança no marido, andava mais silencioso, perdia-se às vezes olhando para um ponto vago no horizonte, perdia o fio da meada nas conversas mais banais. Logo depois Camilinho dormia nos braços da mãe, foi colocado entre almofadas de um sofá, coberto carinhosamente por um xale de lã. Leonor perguntou se não seria melhor buscar um cobertor, Eudóxia agradeceu, não precisava, eles não podiam demorar-se muito.

– Está bem, concordo contigo depois de esfriar a cabeça – disse Camilo –, mas uma surra bem dada aquele velho merece.

– Esquece isso – recomendou Plínio pela décima vez –, com violência não ganhamos nada, perdemos a razão, reforçamos a posição deles. Já telefonei para o Wolney, disse a ele que vamos passar uma procuração para ele entrar com a ação contra aquela gente, para nos representar com plenos poderes em todas as assembleias, para receber as retiradas a que temos direito, enfim, Wolney se encarrega de tudo o que for de nosso interesse junto à empresa.

– Mas Branca...

– Já falei também com Quirino, ele me disse que a mãe não precisa de um tostão da firma, o que o casal ganha dá para sustentar toda a casa e ainda para pensar em férias anuais para lugares sofisticados. Ficou mais preocupado comigo e contigo do que com a própria mãe. Quis inclusive saber se estávamos precisando de alguma coisa. É um bom rapaz.

– E quanto a irmos a Alegrete fazer um levantamento das nossas coisas?

– Bem, isso depende de marcarmos uma data. Acho que primeiro devemos regularizar a situação do Wolney como nosso procurador na firma. Depois disso é tirar um leito na Viação Férrea, rumo a Alegrete. Há lá quatro ou cinco amigos do velho que podem nos ajudar muito a esclarecer as coisas.

– Falaste tudo para Joan?

– Falei. Reagiu apenas com relação à minha saúde. Quanto aos problemas financeiros disse que não tinha a mais leve preocupação. Quem viveu parte da guerra na Europa, em Londres, é capaz de viver alegre num cano de esgoto. E depois, tu sabes, Joan é uma mulher de uma fortaleza de ânimo difícil de encontrar em muita gente com barba na cara.

– É verdade. Já eu não abordei com Leonor o assunto assim de frente, pão-pão, queijo-queijo. Com ela vai ser mais difícil. Continuo recebendo contas de costureiras, chapelarias, casas de moda, joalherias e o diabo. Pedi a ela que moderasse um pouco as compras, pois estávamos tendo algumas dificuldades na firma.

– E ela?

– Sabe como são as mulheres. De cara elas se mostram espantadas, mas eu, gastando demais? Precisas ver o que fulana estava encomendando na casa tal e isso que o marido não tem a metade da nossa reputação e das nossas possibilidades! Este mês comprei agulhas. Não fui ainda numa sapataria, estou fazendo o máximo de economia dentro de casa. E se eu digo alguma coisa a mais, que ela não está entendendo bem a situação, recomenda logo que vá bater no gabinete do pai dela que ele é diretor de banco e pode emprestar o que quiser. Com Leonor a parada é mais difícil. Mas deixa que vou com jeito.

Serviram-se de licor, degustavam pensativos, Camilo rodava a sua cadeira para um lado e outro, veja você, Plínio, tudo o que se fez até agora, o desgaste que tivemos durante todos esses anos, o dinheiro que empregamos lá dentro, o que fiz por aquele filho da puta, recebeu casa escolhida por mim, móveis comprados por mim pessoalmente, posição de destaque na firma, sim, porque eu podia ter sido muito agradecido a ele se garantisse o emprego de guarda-livros com bom salário e tinha cumprido com minha obrigação...

– Bem, falando com toda a franqueza, Mocinha entrou aí com noventa por cento da tua gratidão. Se não fosse por ela aquele velho ainda estaria como guarda-livros daquela outra firma onde trabalhava, podia ter morrido de câncer ou de ataque cardíaco que tu nem ligarias.

– Está bem, queres me atribuir mais culpa do que realmente acho que tenho. Está certo, Mocinha foi de fato um motivo importante. E quanto a isso não peço desculpas, não tiro o corpo fora, não me arrependo. Ou achas que ela está sabendo de tudo o que se passa?

– Não sei, palavra, mas alguma coisa deve saber ou pelo menos desconfiar, já que te avisou do que sabia naquela ocasião.

– Pois então? Quando desconfiou, me avisou. Para quem fez o que fiz com ela, para quem agiu como eu agi, Mocinha para mim continua sendo a mesma criatura excepcional que um dia eu conheci. Não tem culpa, é evidente, do pai ser um crápula e vigarista. Só estou pensando no dia em que descobrir toda a verdade, toda a trama.

Plínio serviu mais licor, puxou a cadeira para perto do irmão, perguntou:

– Como está de reserva de dinheiro para aguentar essa temporada de vacas magras? Eu, é bom que fique bem claro, aguento o repuxo porque tenho algumas economias, continuo com aqueles três terrenos herdados do pai quando antes de morrer decidiu fazer uma partilha prévia.

– Os meus foram vendidos quando decidi constituir a firma. Tenho uma casa não muito grande que comprei de um sujeito que se apertou e que me rende, na verdade, um aluguel insignificante. Mas espero que de Alegrete nos venha algum dinheiro vivo.

– Sobre isso não tenho dúvidas, só não sei quanto. Mas, por pouco que seja, nunca será de desprezar. Outra coisa, agora bem mais delicada, não quero que tomes as minhas palavras como indireta ou mesmo como a mais leve sugestão. Apenas para que tudo fique discutido e esclarecido. Falo desta casa.

– Bem, é um senhor patrimônio, neste ponto, com um terreno desta extensão, porque quanto à casa, em si, não acredito que ninguém a queira a não ser para demolir e construir no terreno mais um edifício. Infelizmente Porto Alegre está ficando assim. Mas há um detalhe que tu não estás levando em conta.

– Qual é?

– No testamento deles esta casa, se for vendida, deverá ter todo o dinheiro apurado, distribuído em partes iguais para seus netos. Portanto para Quirino, Eudóxia, João, Virgílio e Patrícia. O neto mais velho, Quirino, já poderia decidir, ainda mais que é engenheiro.

– Então, de cinco partes, três tocam para teus próprios filhos...

– ...e pensas que vou estimular a venda para pedir a eles o dinheiro emprestado?

– Não falei nisso, mas pelo menos eles não pesarão mais sobre as tuas economias. Creio que Leonor...

– Aí está, acabaste de dar com o martelo bem sobre a cabeça do prego. Acho que Leonor, se falarmos em vender esta casa, morre na hora de apoplexia. Esta casa, para ela, representa status, posição, projeção social. O melhor que temos a fazer é esquecer esta válvula de escape. Quem sabe, um dia qualquer, quando as coisas se tornarem realmente pretas, a gente volte a falar no assunto. Pela casa creio que não dariam muito, mas um terreno, neste ponto, com sessenta de frente por cento e dez de fundos, meu filho, vale ouro em pó, justamente agora que a moda é construir edifícios e mais edifícios.

– Tens razão. Sobrou uma última dose de licor por aí?

Camilo sorriu, concordou em que estavam com o pé a ponto de escorregar na miséria, mas ele não precisava exagerar. Perguntou ao irmão:

– Falas com Wolney novamente? Vamos ver se esta semana deixamos este assunto resolvido, eu vou aproveitar para descansar um pouco, dormir, ler, digo para Leonor que com a auditoria na empresa não se pode fazer nada lá, a não ser atrapalhar, e na próxima semana vamos a Alegrete. Acho, não sei, que com uma semana, dez dias, resolvemos os problemas. Se der para vir com o dinheiro, ótimo. Se não der, paciência. Como dizia o falecido Dr. Eurípedes, um bom panículo adiposo mantém uma pessoa viva por muito tempo, mesmo que tenha a boca costurada.

Quando abriram a porta não encontraram mais Eudóxia, o marido e o filho, tinham ido para casa. Leonor e Joan falavam em voz baixa.

– Eu gostaria de saber de quem vocês estão falando – disse Camilo.

– Só podia ser de vocês – disse ela –, pois ficarem fechados numa sala, sozinhos, deixando as mulheres do lado de fora, boa coisa não devia estar sendo tratada.

– Pois se enganam redondamente. Discutíamos – disse Plínio – sobre quem seria capaz de nos oferecer um chá bem quentinho, torradas assadas na manteiga, gotas de limão galego para perfumar a bebida. E pelo visto morreremos na mesma situação que a de dois voluntários da Legião Estrangeira no meio do deserto, sem um Gunga Din milagroso.

– Está bem – disse Leonor, levantando-se –, vou botar água a esquentar e farei o chá exigido por vossas excelências.

Plínio abraçou Joan pelas costas, espremendo-a de encontro à poltrona e tentando beijar sua nuca que ela procurava esconder a todo o transe, protestando que não estavam em casa, pedindo mais respeito, mas afinal onde estamos, para com isto, olha o teu irmão aí na frente, o que ele vai pensar de nós? Leonor chegou e bateu palmas, achou a cena digna de um filme romântico da Metro, lamentando apenas que Camilo andasse tão frio nos últimos dias que mais parecia um esquimó fora de seu iglu. O marido estava sentado numa poltrona, braços caídos e pernas estendidas, a própria imagem da desolação. Leonor apontou para ele:

– Viram? Não parece um velho de oitenta anos? Vou ver se coloco na xícara dele, esta noite, um pó mágico que comprei no cais do porto de um chinês que me garantiu que uma simples pitada numa xícara tornava um homem com a potência de um touro novo. É uma espécie de barbatana de baleia torrada, farinha de ovas de um peixe que só existe no Mar Cáspio e gema de ovo de colibri.

– Então, minha cara – disse Plínio, mostrando-se aterrorizado –, vou tratar de levar Joan para casa antes que ela tome esse tal chá. Sabe como é, pura precaução.

Leonor voltou à cozinha, demorou-se um pouco enquanto Camilo permanecia naquela mesma posição e Plínio prosseguia na tentativa de alcançar com os dentes a nuca da mulher. De olhos fechados, mas ouvindo os protestos e o riso nervoso de Joan, Camilo disse que o irmão devia ter tomado o tal chá de Leonor, pois o efeito já era bem visível. Riram-se todos, Leonor veio com a bandeja, perguntou o que haviam dito de tão engraçado, Camilo contou e ela disse que Plínio não precisava de nada daquilo, pois apesar de mais velho amava muito a sua mulher.

– Ah, eu não amo a minha – disse Camilo, apontando Leonor. – Ouviram bem o que ela disse? Na semana que vem eu e Plínio vamos ter que ir até Alegrete e lá procurarei rever velhos amores esquecidos.

– Ah, então vão a Alegrete? – disse Leonor, servindo as xícaras de chá. – E pode-se saber o que pretendem fazer lá?

Camilo levantou-se da poltrona, fez uma espécie de ginástica para desentorpecer os músculos, beijou a parte nua das costas de Leonor, serviu-se de açúcar, ficou um breve instante mexendo com a colher, provou a bebida.

– Vamos ver o que ainda nos resta, vamos tentar saber se existe alguém por lá que esteja interessado em comprar, botar o dinheiro no bolso, tomar o trem de volta e pronto. Missão cumprida, Alegrete remetido para o passado. Como tu não podes ir por causa dos meninos, Joan deverá ficar para te fazer companhia. Viajaremos solteiros.

– E por que não leva Mocinha? – perguntou Leonor, forçando um sorriso ingênuo.

– Pensei nisso, cheguei a falar com ela, mas a pobrezinha disse que não poderia deixar o velho pai dela sozinho. Iria comigo se o Plínio levasse o velho com ele. E sabe como é, irmão nunca é solidário com irmão.

– Leonor não consegue esquecer essa tal de Mocinha – disse Plínio. – Acho que vocês vão viver até noventa anos e volta e meia, entre uma bronquite e outra, ela vai ter ciúmes dela. Que animal estranho é a mulher, meu Deus!

Bateu o telefone. Camilo, que estava mais perto, estendeu o braço e atendeu. Quirino? Ah, rapaz, o que se passa? Hein? Sim, sim, mas levou logo? O que eles disseram? Sim, mas não é coisa grave, não, fica tranquilo, deixa que eu falo com Eudóxia, ela está aí? – tapou o fone com a mão espalmada: Branca teve uma crise renal aguda e foi levada para o São Francisco. Está sendo examinada agora. – Sim, escuta aqui minha querida, nada disso, mas onde se viu tal coisa, onde está a mulher forte, a mãe de família que é uma rocha? Crises renais as pessoas têm num dia e dois dias depois estão em casa, como se nada tivesse acontecido. Ora, claro, agora vens com essa de fulano ou sicrano morreu depois de uma crise igual, mas isso é uma pessoa em mil, claro, claro, enxuga esses olhos, vamos para lá agora mesmo, fica aqui perto, vai cuidar do Camilo já que este outro Camilo vive desprezado por sua querida mulherzinha. Vai descansar. Qualquer coisa telefonamos. Desligou. Parece que não preciso dizer mais nada, vocês todos ouviram o telefonema. Branca sofreu uma crise renal, Quirino disse que o médico achou o caso bastante grave, ele voltara para casa, ia buscar roupas para a mãe e para tranquilizar Eudóxia que ficara em prantos. Eu faria o seguinte: passamos todos ali pelo São Francisco, vemos como ela está e logo depois Joan e Leonor dão uma chegadinha na casa deles para ver Eudóxia.

Branca permaneceu internada, Plínio e Camilo foram do hospital para a casa dela buscar Joan e Leonor, Quirino permaneceu no quarto, atendendo a mãe.

Quando regressaram, Leonor pediu a Camilo que esperasse um pouco ali embaixo enquanto ela usava o banheiro, perguntou que horas eram, ele foi de uma precisão cronométrica: duas horas, trinta e dois minutos e quinze segundos. Ela abraçou o marido, disse que ficava penalizada dele, pois no dia seguinte estaria saindo da cama antes das sete. Amanhã não, disse ele. Resolvi, juntamente com Plínio, tirar umas férias prolongadas. Os sócios que tratem de fazer o que a gente vinha fazendo feito uns burros de puxar carroça. Vamos deixar um bilhete na porta, que nos levem o café depois das dez com recado para os meninos que tratem de não nos acordar, deitamos muito tarde. Leonor começou a subir a escada, Camilo junto dela. Não vais esperar um pouco aqui embaixo? Não, disse ele, com autoridade; vais ao quarto de banho enquanto eu redijo o bilhete para deixar na porta. Ela disse que não daria tempo. Nem eu quero, respondeu ele, dentro de dois minutos vou te ajudar; estás vendo o que é botar pó de barbatana de tubarão no chá?

Tomaram um banho juntos, bem comportados, ajudando-se mutuamente, ensaboando-se, rápidas trocas de beijos, entrelaçando-se amorosamente, ela a dizer que o marido se mantivesse como um cavalheiro, eram quase três horas da madrugada, Camilo grudando-se às suas costas, então tu já não fostes informada de que não tenho trabalho amanhã e que posso ficar na cama até a hora que bem entender? Fui informada e quero aproveitar para dormir, ouviste bem, para dormir. Conseguiu livrar-se dos seus tentáculos, saiu da banheira escorrendo água, enrolou-se imediatamente numa grande toalha, fugiu para o quarto disposta a enxugar-se livre das investidas dele. Quando Camilo chegou à porta, viu Leonor nua, sentada na beira da cama, secador de cabelos em punho, revirando os longos cabelos, sacudindo a cabeça, seios empinados pela posição dos braços, olhos fechados como se aquilo lhe desse uma espécie de gozo muito especial. Ele vestiu o pijama, secou ainda mais os cabelos que estavam úmidos, levantou as cobertas e deitou-se. Foi quando ela desligou o secador, fez-se silêncio no quarto, olhou para trás e viu o marido deitado, de costas para ela, como se dormisse. Levou ainda algum tempo escovando os cabelos, largou o aparelho sobre o tapete, enfiou-se como estava sob as cobertas e apagou a luz. Aconchegou-se por trás dele, puxou-o para junto de si mas Camilo parecia um corpo inerte. Encostou o rosto junto à sua nuca, respiração quente, os seios espetados nas suas costas, o ventre encaixado em suas nádegas, conseguiu introduzir uma de suas pernas entre as dele, abraçou-o com força e assim ficaram por algum tempo até que a mão dela, adestrada, desceu, desceu, encontrou o que buscava, sussurrou junto ao seu ouvido que não estava acreditando na sua indiferença. Ele esperou ainda algum tempo, disse que apenas queria provar que ele, Camilo Mortágua, ainda era um cavalheiro, segundo o desejo expresso por ela. E tu ainda acreditas no que eu digo? Acredito, respondeu ele virando-se um pouco mais para o seu lado, facilitando as manobras de Leonor como se não estivesse querendo; até que ficou de costas; notou quando ela afastou as cobertas, jogando-as no chão, quando premiu o botão da luz de cabeceira iluminando fracamente a cena que ela adorava ver ponto por ponto, detalhe a detalhe, o seu monstro sagrado como uma naja prenhe de venenos segura por suas mãos como a querer evitar o golpe mortal, Camilo inerte ainda, mas traído pelo latejar das frontes e o bater acelerado do coração, até que Leonor, fremente, cavalgou-o com decisão fazendo de seu púbis a cela erótica de que carecia, deixando-se cair sobre ele, seios esmagados contra seu peito forte, bocas coladas, as manobras hábeis das mãos dele abrindo caminho para a áspide vigorosa e letal, o lento caminho percorrido de baixo para cima, a dor das mucosas inicialmente secas, o hábil girar de cadeiras da fêmea ansiosa, a lubrificação que aos poucos extravasava de ambos, ela a erguer-se ajudada por ele, braços formando hastes únicas e longas, sua cabeça atirada para trás e neste preciso momento ele a puxou para si, exsurgindo suas ancas, numa avassaladora e dolorosa penetração de corpos, embate a embate, ela tomando a iniciativa do macho possuindo-o como sempre sonhara, ela dona das manobras, decidindo o ritmo, paralisando o corpo, recomeçando tudo depois de sentir que suas nádegas escaldantes esmagavam o corpo dele, recomeçando o embalo velocíssimo até que seu grito confundiu-se com o dele, os tremores involuntários de todo o corpo, da ponta dos cabelos às solas dos pés, entranhas a queimarem, a boca seca e dolorida; as lágrimas que escorriam pela face, desciam abundantes pelo colo, formavam pequenos e sinuosos riachos pelos seios enrijecidos e túmidos, para logo a seguir desabar por inteiro sobre o corpo do homem que permanecia quieto e pulsátil. Cobrindo-o por inteiro, ensopando-lhe o ventre, ela perguntou com voz sumida quantos anos haviam se passado, em que século estavam, como eles se chamavam?

10. Quirino foi esperar os tios na estação da Viação Férrea, de volta de Alegrete. Eles estavam sujos de pó, suados, cansados. Abraçaram-se, Camilo e Plínio queriam saber se tudo ia bem, se havia alguma novidade, pois esperavam demorar-se uma semana ou dez dias e acabaram ficando por lá cerca de um mês. Quirino curioso, afinal como haviam encontrado a situação da velha estância? Plínio abraçou o sobrinho com vigor, bateu no seu rosto com alegria, apontou para o bolso interno do paletó, enfiou a mão lá dentro e tirou meia dúzia de cheques de várias cores e formatos. Olha aqui, vê um por um e por favor não cai de costas. Precisaram dividir por vários bancos.

– Fizemos, ao final, meu filho, um leilão. Havia seguramente dez interessados, com destaque para um lindeiro que alegava antes de mais nada que fora amigo íntimo de papai. Depois viemos a saber que nunca vira o velho em toda a sua vida. Gente de São Borja que comprara terras e agora sonhava em crescer, crescer, comprar mais terras, eles próprios nem sabiam mesmo para que tanta terra. Mas enchiam a boca no clube, à noite, tenho tantas quadras de sesmaria aqui, tantas ali, léguas de campo, tantas mil cabeças de gado vacum Hereford, tantas mil de ovinos, equinos de meio-sangue, aguadas, capões, enfim, eles lá vivem num outro mundo.

– Venderam bem?

– Pode ser que no entender deles tenhamos torrado o que nos havia sobrado de terra, mas, na verdade – disse Camilo, com entusiasmo –, trazemos aqui cheques vivos e quentes e temos pela frente quase seis anos para receber a cada semestre uma suculenta bolada de notas.

– Ah, vamos urgente para casa, a família está sem dormir à espera dos senhores, tia Joan garantia sempre que estavam fazendo bons negócios, tia Leonor mais pessimista, nós com certeza de que tudo ia sair a contento. Vamos embora, mesmo porque o pessoal lá de casa deve estar morrendo de saudades. O carro está aqui. O rapaz ajudou a colocar as malas na parte traseira, em poucos minutos saíam do Caminho Novo e se dirigiam para os Moinhos de Vento e dali para a casa dos Mortáguas, ainda lá com seus imponentes gradis e arabescos entre edifícios de cimento armado, esquadrias brilhantes e grandes paredes de vidro.

Joan dependurou-se no pescoço do marido, depois batia furiosa no seu peito, lágrimas escorrendo pelo rosto, seu malvado, me abandonar aqui deste jeito, um telegrama só num mês inteiro de ausência, vou me divorciar! Plínio rodopiava com ela, enquanto Leonor choramingava no ombro de Camilo, se ele tornasse a fazer aquilo não a encontraria mais em casa, voltava a morar com o pai; as mulheres aqui abandonadas como objetos imprestáveis, custava tanto assim tentar um telefonema, escrever uma carta? Camilo sentou-se exausto da viagem, mas, minha querida, escuta aqui, em trinta dias passamos no máximo cinco dias na cidade, o resto todo no campo, no meio das vacas, sem boteco para comprar envelopes e selos, sem uma caixa de correio para expedir coisa nenhuma! Plínio dizia para Joan, ouve ali o que o Camilo está contando e depois pode me bater quanto quiser, pode arrumar a mala e viajar para Londres, estou disposto a suportar todas as desgraças da vida. Eudóxia veio trazer Camilo, Helena correu para mostrar a barriga de seis meses, os dois não sabiam para que lado se virar, até os empregados vinham cumprimentar respeitosamente a volta do patrão.

– Ninguém vai embora daqui agora – disse Leonor autoritária. – Mandei preparar aquele almoço para receber os dois fugitivos, não demora muito chegam João e Patrícia. E, por falar nisso, Quirino, meu amor, sobe até lá ao quarto do Virgílio e vê se consegue acordar aquele rapaz que me chegou em casa de madrugada com uma tropilha de mal-educados que terminou por acordar a vizinhança. Esse Virgílio me dá um trabalho! Mas é um amor de rapaz. Vai lá, Quirino, sacode bem, molha a cara dele, diz que o pai chegou.

Camilo ouvia tudo sem dizer nada, só olhava para a mulher com ar sério, Leonor notou, já sei, estás louco para dizer "mulher, mulher, segura este rapaz antes que ele cometa uma asneira qualquer, rédea curta com ele, mais autoridade!". Que diabo, está na flor da idade, justamente quando eles podem viver intensamente e vou eu encurtar a rédea do menino, pobrezinho, um rapagão que vira a cabeça das mulheres; ora, meu querido Camilo, nesta idade tu devias fazer coisa pior.

– É, bem se vê que tu nunca soubeste quem foi papai. Na idade do Virgílio ou eu chegava na hora do jantar para não sair mais ou tinha de me haver com ele naquele gabinete ali. Dinheiro, minha filha, uma vez por semana e tão curto que na terça-feira eu não tinha trocado sequer para o bonde. Mas hoje...

– Deixa disso, não exagera as tuas desgraças. Virgílio precisa divertir-se, tem uma turma ótima, todos filhos de grandes famílias, mas sabes como é, primeiro aproveitar a vida enquanto pode, depois aguentar o trabalho pesado, o casamento, os filhos, os compromissos. Vai, Quirino, tenta acordar o menino.

Meio a contragosto, Quirino começou a subir a escada. Sabia que ia ouvir palavrões do primo, que não o arrancaria da cama de jeito nenhum, vontade de dar-lhe uns bons tabefes, mas, enfim, não poderia dizer não à tia.

Plínio pediu que se sentassem, eles gostariam de contar algumas coisas antes de um bom banho. Estivemos na casa velha da estância e lá nos veio a lembrança do Francisco, de toda aquela tragédia, o lugar onde descobriram o corpo de Dileia, nos veio à lembrança a repercussão do caso, a vergonha por que passamos, triste fim do nosso pobre irmão. E agora, voltando lá depois de tantos anos, viemos a descobrir que a parte de campo que nos ficou foi obra e engenho dele que aguentou o assalto daqueles canalhas, ele não se deixou enganar, lutou e afinal terminou vencendo. Infelizmente, jamais ficou sabendo de nada. Pois olhem aqui – meteu a mão no bolso, tirou os cheques, abriu-os em leque –, isto aqui ainda é resultado da luta do pobre Francisco; e mais seis anos de pagamentos semestrais, com o que liquidamos as nossas terras na fronteira. Leonor disse que não podia acreditar. Pediu para ver cheque por cheque; Plínio mandou que ela chegasse mais perto, foi mostrando um por um, com gestos de prestidigitador, e quando chegou ao último pediu que ela somasse mentalmente o total e que de seis em seis meses receberiam o equivalente a um quarto daquele total, até completar o preço acertado; tudo preto no branco, firma em cartório, testemunhas, garantias concretas, caso contrário, perda do que já fora pago e devolução das terras.

Quirino desceu a escada, disse para a tia que não conseguira nada a não ser a maior coleção de palavrões de toda a sua vida; e ainda quis me jogar um copo d'água que tinha na cabeceira. Mas disseste que o pai dele estava aqui? Disse, repeti, tornei a repetir e nada. É, ele quando está com sono, disse a mãe, é a pessoa mais difícil do mundo, mas deixa que ele não demora, acorda e desce. Camilo olhou de maneira significativa para Leonor, levantou-se, disse que desculpassem, mas ele precisava encher uma banheira d'água quente e tirar a sujeira de um mês de campo e mais de quase um dia de trem, o que era pior. Leonor mandou uma empregada subir na frente e ver tudo o que o patrão ia precisar para o banho, depois ela subiria. Indicou outro quarto de banho para Plínio e quando ia chamar outra empregada Joan apressou-se a dizer que ela mesma iria ajudar o marido naquela tarefa. Quando João e Patrícia chegaram, foi outra festa. Patrícia chorou e disse que estava de mal com o pai e que não falaria com ele durante dois meses, para ele saber o quanto doía uma saudade. Camilo abraçou-se com ela, segredou bem baixinho, para que ninguém ouvisse, que ele tinha sentido mesmo mais saudades era dela, que não dissesse nada para a mãe que era muito ciumenta. O almoço transcorreu animado, todos queriam saber tudo; e tio Plínio andou a cavalo? O irmão olhou para ele e perguntou se podia mentir. Plínio disse que não; andara de carreta, de aranha e até de carroça, sentado numa tábua dura que lhe deixara dois calos em lugares bastante impróprios. Riram-se a valer. Camilo mostrava-se sério. O lugar de Virgílio continuava vago na mesa, o seu prato não fora sequer desvirado. Ao notar que Leonor o olhava, apontou com a faca para o lugar vago, sem dizer nada, apenas com ar de interrogação. A mulher levantou os ombros, fez gesto de quem não sabia de coisa nenhuma.

Branca chegou depois do almoço. Plínio e Camilo ficaram impressionados com a magreza da cunhada, as olheiras fundas, o ar abatido, encurvada, uma sombra daquela Branca dos tempos de Jeziel. Abraçaram-se carinhosamente, Plínio mostrou os cheques, na falta de coragem para dizer qualquer outra coisa; tivemos sorte, depois acertaremos a participação dos herdeiros nas terras que acabamos de vender; foi melhor do que esperávamos e ainda iremos receber o restante em prestações semestrais durante seis anos. Branca sentou-se, abatida, elogiou o trabalho deles, mas disse que não esperava muita coisa da vida, o que tinha já lhe bastava. Ora, o que é isso, disse Camilo, espero que esteja se tratando e dentro de mais algumas semanas começa a recuperar esses quilos perdidos. Ela sorriu complacente, recusou o cafezinho que acabava de chegar e pediu um copo d'água para tomar alguns comprimidos. Plínio repetiu histórias de Alegrete, a conversa tomou outros rumos, Leonor abriu os braços e anunciou que finalmente eles iam poder comprar um carro mais moderno, o deles estava caindo aos pedaços.

Camilo subiu as escadas de maneira quase imperceptível, logo depois de beber o cafezinho. Empurrou devagar a porta do quarto de Virgílio, que estava em semiescuridão, aproximou-se da janela, correu as pesadas cortinas e deixou que o sol penetrasse no quarto, enchendo-o de luz. O filho ergueu a cabeça cobrindo os olhos com as mãos, praticamente cego pela luz do dia, quem foi o filho da puta que abriu esta cortina, eu jogo uma lâmpada na cabeça, fecha esta janela, porra! O pai aproximou-se dele, sentou-se na cama, empurrou-o pelo peito fazendo com que tornasse a deitar-se novamente:

– Virgílio, é teu pai quem está aqui. Cheguei nesta casa de manhã muito cedo, almoçamos todos em família e, como sempre, havia na mesa um lugar vazio, exatamente o teu. Passei um mês fora e sou recebido por ti desta maneira, como um vagabundo da zona do baixo meretrício. E todos os dias a mesma coisa...

– Mas, pai, porra, me abrir a cortina assim na cara de manhã cedo!

– São duas horas da tarde.

– Já? Puxa vida, como passa o tempo – olhou em redor, encarou o pai com um certo receio. – Desça que tomo um banho rápido e vou para lá. Eu nem sabia que o senhor tinha chegado, não dizem nada para a gente nesta casa.

– Meu filho, quero te avisar que este tipo de vida que levas não pode continuar. Vais trabalhar ou vais estudar, das duas uma. E isso a partir da próxima semana.

– Nossa, pai, o senhor mal desce do trem e vem para cima de mim! Garanto que não disse nada para o João nem para Patrícia. E eles andam fazendo das deles por aí.

– Não soube de nada que eles tivessem feito, nem tua mãe me contou nada. Assim como não contou de seu filhinho preferido que arranca dinheiro todos os dias para gastar com prostitutas e amigos cafajestes para chegar bêbado e truculento altas horas da noite, acordando a vizinhança toda. Tua farra de despedida foi na noite que passou.

– Ah, pare com isso, pai, parece que sou um criminoso! Hoje de noite é aniversário da Teresa, eu estou convidado, a gente é meio namorado, quer dizer, assim mais ou menos, uma menina certinha, topa uma brincadeira quente...

– Tu não vais sair hoje à noite, porque justamente hoje à noite vamos ter uma longa conversa, nós três, eu, tu e Leonor.

– Hoje não dá, pai, deixe isso para amanhã que desentorto a caneca, a gente se acerta, sou até capaz de trazer a Teresa aqui em casa e provar para todos que menina certinha está ali. Só hoje, pai. Não vai me dizer que o senhor chegou de Alegrete disposto a me atucanar a vida, logo eu que não incomodo ninguém, tenho cá a minha vida independente, está aí a mãe que pode provar.

– Ora, quem sabe o avô banqueiro também não possa servir de testemunha em teu favor?

– Olhe, pai, o velho é firme com a gente. Quando a mãe se aperta, telefona para ele, eu passo por lá e ele dá os cobres sem perguntar para o que é. Não é como outros avós que eu conheço, sempre querendo posar de pai e mãe, espionando o que a gente faz, mandando empregado atrás dos netos. O vô, neste ponto, é como a mãe: respeita a independência da gente.

Camilo levantou-se, ameaçou sair, o filho gritou:

– Pai, por favor, fecha o raio dessa cortina aí.

Camilo fez que não ouviu, abriu a porta, saiu e nem sequer olhou para trás. Procurou Leonor que dizia a Joan quais seus planos para os próximos dias, insistia para que a cunhada fosse com ela ao cabeleireiro, precisava passar pela costureira para provar dois vestidos e um costumezinho simples para sair à tarde, em compras.

– Leonor, eu disse ao Virgílio que ele não vai sair hoje à noite porque havia combinado contigo uma conversa a três. Se ele te perguntar, por favor confirma.

– Ah, Camilo, mal chegaste e já começas a pressionar o rapaz, ele precisa de compreensão, de calor humano, de apoio, meu querido. Virgílio é muito inseguro, sei lá, imaturo. Se a gente não faz as vontades dele vira um doido, quer quebrar a casa toda, grita, berra e termina conseguindo o que quer. Acho que devemos fazer as coisas devagar. E depois não combinamos nada sobre esta tal de reunião à noite, não vou mentir para ele.

– Não estou pedindo que mintas, estou apenas pedindo que digas a ele que hoje à noite vamos ter uma reunião a três. Só isso.

Afastou-se calmamente, abriu a porta do gabinete e entrou, fechando-a a seguir. Leonor ficou meio confusa, olhou para Joan que não dizia nada; estás vendo, minha querida, o Camilo parece implicar com esse menino, está sempre exigindo coisas que ele nem sabe fazer e outras que ele não quer. Sabe, minha querida, o Virgílio tem muito de mim, não gosta de freio, de controles exagerados, de imposições. Como é que achas que devo agir neste caso?

– Olha, Leonor, ninguém deve meter-se na vida dos outros, ainda mais quando os problemas são entre pais e filhos.

– Acontece que o problema não é mais entre pais e filhos, mas entre mim e Camilo. Ele quer me obrigar a exercer um controle sobre o menino como se ele fosse uma menina. É um período que passa, quase todo o adolescente atravessa essas fases. O melhor é fechar os olhos, fingir que não vê e terminam as coisas entrando nos eixos. Mas de uns tempos para cá venho notando mudança no comportamento do Camilo comigo e se ele pensa que vou tolerar isso está muito enganado.

– Olha, se a gente não deve meter a colher em briga de pais e filhos, muito menos entre maridos e mulheres.

– Já sei, na hora em que a amiga pede um conselho, recebe uma desculpa. Joan, me ajuda neste caso do Virgílio com o pai. Fala com o Plínio, pede que ele converse com Camilo e faça com que o irmão saiba agir com mais diplomacia, afinal trata-se de um filho dele e não de um enjeitado.

– Acho, Leonor, que o Plínio não vai querer meter-se neste caso. E mais, hoje à noite não estaremos aqui para deixar que vocês conversem a sós, com calma, com paciência, não adianta brigar nem virar a mesa. Virgílio pode ter lá suas razões, Camilo deve ter as suas e o único conselho que eu poderia te dar, já que me pedes um, é que faças, esta noite, o papel de algodão entre cristais. Fica neutra.

– Neutra como, se o Camilo implica com o rapaz por qualquer ninharia? Se o pobrezinho chega às nove da noite, pronto, o Camilo já quer saber o motivo, que deve ter havido alguma encrenca, que boa coisa ele não deve ter feito. Se chega tarde, é aquilo que tu sabes. Em matéria de dinheiro, então, é um Deus nos acuda. Se não fosse papai o Virgílio ia andar por aí como um miserável, sem dinheiro para uma taça de café com leite.

Joan escutou tudo calada. Entendia também que a mãe estava perdendo o filho por excesso de carinho, mas não queria sequer insinuar tal coisa. Conhecia bem Leonor, sabia de todo o caso, dava razão mais a Camilo do que a ela. Despediu-se de Leonor, fez votos de que tudo corresse bem, recomendou mais uma vez que tivesse paciência e que a discussão se mantivesse sempre em alto nível.

Naquela tarde Plínio e Camilo passaram a maior parte do tempo fechados no gabinete, fazendo contas, cálculos, tratando da divisão dos resultados da venda das terras. No dia seguinte manteriam um contato prolongado com o Dr. Wolney, precisavam saber de tudo o que se passava na empresa.

– Viste que abriram mais duas casas de material sanitário aqui no centro – disse Camilo. – A concorrência parece que está descobrindo que a cidade vai mesmo crescer. Dentro em pouco a Mortágua está no rol das empresas de terceira classe. É uma lástima, depois de tanta luta.

– Por que não procuras encontrar um meio de falar com Mocinha de maneira a que ela fique sabendo de toda a verdade e trate de convencer o pai de se ver livre daqueles dois vigaristas?

– Não. Mocinha está completamente por fora de tudo isso e eu seria a última pessoa a pedir qualquer coisa para ela nesse sentido. E depois, Plínio, vou te confessar que perdi o interesse pela empresa. Não estou exagerando, é a mais pura verdade. Quero que ela se dane.

– Mas então precisamos tentar outros tipos de negócios, pois deixar este capital dormindo num cofre ou simplesmente depositado num banco seria um tipo de suicídio. Mas um negócio seguro, garantido...

– Pois é, um negócio assim há centenas de anos que os homens procuram. Um negócio seguro, garantido, talvez fosse abrir uma quitanda, afinal necessita de pouco capital, é seguro na medida em que a gente mesmo toma conta, garantido porque comer todo o mundo precisa comer, haja a crise que houver. Mas, te confesso, estou velho em demasia para ser quitandeiro.

Plínio pediu que ele não brincasse. Estavam ali com o dinheiro vivo, com remessas semestrais garantidas, deveriam pôr a cabeça a funcionar noite e dia e multiplicar o dinheiro, que aliás era também de Branca e dos netos. Camilo riscava com um lápis uma folha de papel qualquer, estrelas, cruzes, espirais; depois ficou batendo com o dedo no braço da poltrona, disse que era preciso pensar, pensar, pensar. Quando Plínio se despediu, levando Joan – depois de agradecer o convite para o jantar –, Camilo sentiu no ar que Leonor estava em guarda e que o filho desceria do quarto já pronto e preparado para mais uma noitada. Foi dar uma volta pelo pátio, pelas garagens, examinou o seu carro, estava com vontade de dar uma volta com ele, viu quando o encarregado do automóvel chegava meio sestroso, cumprimentou o rapaz, perguntou se tudo estava bem, se ele tinha obedecido as ordens de ligar por cinco minutos diários a máquina, senão a bateria perdia a carga. O rapaz disse que sim, mas com uma cara tão assustada que Camilo chegou a perguntar se havia alguma coisa que ele quisesse contar. Já sei, disse ele, esqueceu de ligar e a bateria arriou. O rapaz fez com a cabeça que não, encaminhou-se para a traseira do carro, fez sinal para o patrão que o seguisse, apontou, meio encolhido, um grande amassado na lataria.

– Mas como? Não vais me dizer que tirastes o automóvel daqui?

– Seu Virgílio – gaguejou o rapaz, apavorado.

– Mas quando ele manobrou com o carro?

– Ele saiu de noite com o automóvel, doutor. Isso aconteceu na madrugada de sábado para domingo.

– Ah, tudo bem. Pode ficar descansado, eu me encarrego disso.

– Mas, doutor, eu não queria deixar, ele me ameaçou e depois Dona Leonor me deu ordens para não me meter nisso.

– Está bem, está bem, depois mando o carro para a oficina. Amanhã mesmo.

Retornou pelo pátio, lentamente. Escurecia. Bandos de morcegos negros faziam zigue-zague a baixa altura, por cima das árvores e outros rentes a ele. Passou pela sua mente que naquela noite comeria pouco, pois já previa que o encontro não seria dos mais agradáveis.

11. Camilo farejava o ar morno da sala como se um temporal se anunciasse. Tomava seu cafezinho sentado na grande poltrona que tinha sido de sua mãe; Leonor, empertigada numa cadeira de assento de veludo; Virgílio contrariado, entre os dois, mal acomodado numa cadeira de espaldar reto. O pai não tinha pressa, a mãe observava temerosa a reação do filho, o rapaz olhava para um ponto fixo qualquer, a distância. Camilo depositou a xícara vazia sobre uma pequena mesa auxiliar, limpou os cantos da boca com um pequeno guardanapo branco, mas não disse nada.

– O senhor queria conversar comigo – disse o rapaz –, mas agora não diz nada.

– Temos muito tempo. Leonor, podias mandar me servir um cálice de licor de gengibre?

Ela bateu palmas, a criada apareceu na porta, recebeu as ordens da patroa, sumiu.

– Não vejo por que prolongar essa agonia – disse ela, impaciente, temerosa de uma explosão do filho genioso. – Fala o que queres falar e manda o rapaz embora.

– Desconfio que o meu filho saiba tudo o que vou falar – disse Camilo, decidido –, mas posso começar pelo princípio. Por maior boa vontade que se tenha, não posso concordar que Virgílio leve a vida que está levando, estudos suspensos, farras todas as noites, dinheiro fácil...

– Mas isso o avô tem ajudado – disse Leonor.

– Já vamos chegar lá – respondeu Camilo, cortando o aparte. – Dinheiro fácil, trocando as noites pelos dias, roubando meu carro da garagem, amanhã ou depois com sífilis até por dentro dos olhos. É sobre isso que quero conversar, nada mais.

– Eu não roubei carro nenhum da garagem – disse Virgílio. – Uma noite só eu precisei dele, o senhor não estava aqui, voltei e lá está de novo guardado para seu dono.

– Com dois raspões na lataria das portas e um grande amassado na traseira.

– Isso é mentira daquele sem-vergonha que cuida dele. Vai ver a culpa foi sua, ele deve andar no carro quando ninguém está em casa.

– Tu amassaste o carro, não jogues a culpa sobre mais ninguém. O rapaz não teria coragem de andar cinco metros com ele.

– Foi ele quem contou?

– Não. Eu estive lá, examinei o carro e vi os estragos. Ele disse que não poderia saber como aquilo tinha acontecido. Mas isso dos estragos no carro pouco importa. O senhor vai ter que mudar de vida e quero adiantar que é a partir de hoje.

– Mas hoje...

– Não aceito desculpas nem motivos. A partir de hoje vai deitar-se como qualquer pessoa desta casa, esta semana vai inscrever-se novamente no colégio, aos sábados poderá encontrar-se novamente com seus fiéis amigos e quanto a dinheiro a mesada será reduzida para o necessário.

Notou inquietação em Leonor, dirigiu-se a ela:

– Quanto a isso falarei amanhã com teu pai para dizer que a partir de agora ele não poderá mais dar dinheiro para os netos sem antes falar comigo. Reconheço que são seus netos, mas antes disso são meus filhos.

– Tu não podes dar ordens para o papai – disse Leonor, zangada.

– Assim como ele não pode dar dinheiro para os netos sem consultar os pais. E, depois, não pretendo dar ordens a ele, vou apenas conversar e mostrar o que se passa com o neto, pois talvez ele nem saiba de nada. A filha não deve dar muitas informações ao pai, o que é lastimável.

– Mas hoje eu preciso sair, nem que seja pela última vez.

– Parece que eu já disse que o novo regime de vida começa hoje – disse Camilo, com voz de quem não admite réplica.

– Mas, querido, isso poderia começar amanhã, afinal... – começou a dizer a mãe.

– A partir de hoje. Saindo daqui cada um vai para seu quarto e amanhã vamos tratar de reajustar as coisas. De mais a mais, o senhor está com dezesseis anos, ainda é menor, eu posso inclusive mandar fechar a pocilga onde vocês fazem farras e faço com que o dono seja trancafiado na cadeia por desviar menores.

– Camilo, eu não quero me meter nas tuas decisões, mas acho que podias dar a ele pelo menos esta noite, afinal ele precisa explicar alguma coisa a seus amigos – disse Leonor, nervosa.

– Ah, seus amigos! – exclamou Camilo, levantando as mãos para o alto. – Uma caterva de desocupados que talvez nem notem a sua ausência. Sábado ele explica tudo, portanto dentro de mais alguns dias.

– E seu eu for, pretende me bater? – perguntou Virgílio.

– Não. Não acho que seja o melhor método. Mas, para começar, a partir de agora não terá dinheiro para as suas noitadas.

– Então vou sair hoje, tenho um compromisso assumido há muito tempo. Hoje preciso ir.

Camilo levantou-se, batendo nas pernas com as mãos espalmadas, acho que estamos conversados; virou-se para a mulher: concordas em que ele saia hoje? Concordo, disse ela, acho que é um direito dele. Pois muito bem, ouviste o que a tua mãe disse, ela é corresponsável por tua educação. Saiu da sala, subiu as escadas e foi para o quarto. Leonor correu a abraçar-se ao filho que deitou a cabeça em seu colo, como uma criança, disse que o pai estava contra ele, que não ia topar com aquelas exigências e que se ele insistisse fugiria de casa. Que é isso, meu filho, matarias tua mãe de pesar, deixa que vou conversar com teu pai, ele abre mão de alguma coisa e tu voltas a estudar sem necessidade de andar com essa turma todas as noites; cada um cede um pouco e tu vais ver como tudo se acerta; e agora podes ir, explica para teus amigos que vais voltar a estudar, combina um ou dois dias por semana para os encontros. Ah, mãe, eles vão me chamar de maricas, de filhinho do papai, de criancinha de peito; vou morrer de vergonha. Que é isso, eles não vão dizer nada disso.

– Mas eu não tenho dinheiro para hoje.

Leonor foi até um armário de canto, abriu uma pequena gaveta com puxador de porcelana, levantou uns papéis e tirou de lá o dinheiro para o filho. Levas o dobro, hoje, para a despedida. Paga a conta de todos eles que assim compreenderão melhor. Virgílio beijou a mãe, agradecido, andou rápido pelo corredor, saiu pela frente, bateu forte com a porta. Lá de cima Camilo ouviu a batida, compreendeu tudo, preparou-se para dormir. Quando Leonor chegou ele já estava deitado, lendo um livro. Não trocaram uma palavra. Ela entrou no quarto de banho e quando saiu o marido já havia apagado a luz de cabeceira e parecia dormir. Enfiou-se debaixo das cobertas, ficou na dúvida se devia ou não discutir alguns pontos ainda com ele, achou melhor não dizer nada, esperaria pelo outro dia. Apenas estendeu a mão sobre o corpo dele, puxou-o para si, a mão percorrendo sua pele, sob o pijama; não sentiu nenhuma reação, encostou seu rosto nos cabelos dele, corpos colados, ele inerte. Até que adormeceu cansada.

No dia seguinte, quando acordou, Camilo já não estava mais na cama. Notou que ele ainda estava no quarto de banho, olhou o relógio de cabeceira, não eram sete horas. Ficou quieta por algum tempo numa invencível madorna, até que o marido abriu a porta e entrou, quase pronto, muito bem vestido, começando a trocar de bolso os objetos deixados na roupa que vestira no dia anterior.

– Meu amor, onde vais tão cedo hoje?

– Combinei com Plínio, vamos examinar de perto um negócio que assim de longe nos parece bom. Vou tomar café lá embaixo e já mando trazer o teu. Queres alguma coisa especial?

– Não, obrigada, ainda estou sem fome nenhuma. Voltas para o almoço?

– Claro que volto. Se houver qualquer problema, telefono.

Foi até a cama, abaixou-se e beijou a mulher na testa. Fez uma recomendação, queria ter à mesa Virgílio, não importava a hora que tivesse chegado. A partir de hoje, disse quase na porta, a família vai fazer suas refeições com todos os seus membros juntos; acho que isso é o certo. Até logo mais. Saiu e puxou a porta. Leonor virou-se de lado e dormiu novamente.

12. Eram onze horas, os dois carros pararam junto ao meio-fio, Plínio desceu de um e Camilo do outro, abriram a porta do edifício, tomaram o elevador e desceram no terceiro andar. Plínio abriu a porta com sua chave, mas antes tocara a campainha para avisar Joan de que chegava.

– Trouxe Camilo para um aperitivo. Não sei se fiz bem...

Joan foi abraçar Camilo, que bom ter vindo, pensei que nunca mais quisesse nos visitar, mas claro, para quem mora numa mansão este apartamento deve ser sufocante. Camilo retribuiu o beijo, disse que se dependesse dele já estaria fora daquela casa que se tornara imensa com a saída dos irmãos, das cunhadas, e que à noite, muitas vezes, ele sentia como se estivesse com todos em casa, como nos bons tempos em que ela chegara. Uísque com ou sem gelo? Com bastante gelo, disse Camilo. Sentou-se numa poltrona moderna, mas muito confortável, esperou que Plínio dissesse à mulher o que desejava como aperitivo, depois comentou:

– O negócio em si não me pareceu mau, mas, francamente, não posso me imaginar à frente de um negócio de pedras semipreciosas. Para começar, não sei diferençar uma esmeralda de uma turmalina. Depois vamos continuar naquela velha história de depender dos outros, de comer pela mão dos empregados especializados. Eu sei, a rentabilidade é ótima, há boas chances de exportação para a Alemanha, vende-se bem no mercado interno, há possibilidade de montar outros negócios em torno dele, como lapidação e artesanato de joias, mas tenho medo.

Joan serviu as bebidas, pediu licença, ia para a cozinha, estava sem empregada e precisava preparar o almoço, perguntou ao cunhado se não ficava com eles, Camilo agradeceu, prometera à mulher que almoçaria em casa.

– Saí de lá com a mesma opinião. O negócio me pareceu bom, os últimos balanços foram excelentes, mas não entendo nada do ramo, facilmente encontraremos um outro Edmundo para nos passar para trás.

– Portanto, nada de quebrar a cabeça, hoje de tarde mesmo telefono para agradecer a gentileza deles, mas não queremos fazer negócio. No fundo eu acho que nós queremos prosseguir procurando novos negócios até não encontrar nenhum. Já trabalhamos demais.

– Se dizes isso com cinquenta e seis anos, imagina eu que já dobrei a casa dos sessenta. Sabes, Camilo, não tenho mais aquele élan de antigamente. Tenho pensado em achar um negócio bem tranquilo, mesmo que dê pouco dinheiro, afinal somos só eu e Joan, viver este resto de vida que me sobra aproveitando um pouco mais a companhia de Joan. A pobrezinha, às vezes, chegava a passar uma semana inteira me vendo só à noite, quando eu já chegava um bagaço, muitas vezes transferindo para ela as minhas irritações do dia.

– O mesmo posso eu dizer com relação a Leonor e, pior do que isso, a pouca vivência que tenho tido com meus filhos. Agora mesmo estamos às voltas com Virgílio, o rapaz vive na farra, tivemos uma discussão desagradável ontem à noite, ele terminou saindo mais uma vez, Leonor procura proteger Virgílio de todas as maneiras, não adianta eu cortar a mesada, o avô materno enche os bolsos dele de dinheiro. Patrícia está ficando uma moça, pouco nos vemos, não conheço os problemas dela, não sei muita coisa da vida do João, que está tirando um curso de contador. Para trabalhar onde, não sei. Mas é um bom rapaz, dá as suas voltinhas, como qualquer um na idade dele, mas estuda, é relativamente caseiro, enfim, não me dá maiores preocupações.

– Um pouco mais de uísque? – perguntou Plínio.

– Não, obrigado, vou indo – disse Camilo, levantando-se e chamando Joan. – Estava ótimo o teu uísque, Joan, mas preciso ir andando. E deixa comigo, Plínio, que me encarrego de telefonar desfazendo as nossas intenções sobre o negócio das pedras.

O telefone tocou, Plínio atendeu, disse o número do aparelho, sim, era Plínio, Camilo estava com ele, ficou um pouco em silêncio, depois olhou apreensivo para o irmão, disse várias vezes sim:

– Estaremos aí em cinco minutos.

– Mas afinal o que se passa? – quis saber Camilo.

– Joan querida, fica aqui me esperando, acho que chegarei tarde para o almoço – virou-se para o irmão que se mostrava intrigado: – Vamos, Camilo, houve qualquer coisa com Virgílio, estão à tua procura.

– Mas houve o quê? Onde está ele?

– Vamos indo, ele está no Pronto Socorro, mas parece que não se trata de nada grave.

Saíram às pressas, desceram pelas escadas, foram no carro de Camilo que foi passando por sinais fechados, mãos na buzina, desesperado. Eu disse a ele que não saísse, mas Leonor achou que ele devia ir. Não deram maiores informações? Não, apenas que estava ferido, coisa de briga nesses barzinhos de segunda classe. Tiro? Não sei. Não se sabe se eles avisaram Leonor? Não sei, mas alguém achou que podias estar comigo. Então Leonor foi quem informou, só ela sabia que íamos sair juntos. O carro foi deixado mal estacionado, os dois entraram quase correndo, informaram onde o rapaz estava, subiram escadas, andaram por longos corredores, finalmente chegaram ao quarto; Camilo abriu a porta com cuidado, viu o filho na cama e, à sua cabeceira, passando a mão sobre seus cabelos em desalinho, Leonor, lacrimosa, desesperada. O médico o interceptou, o senhor é o pai? Por favor, passa para aqui um momento só.

– Muito grave, doutor?

– Creio que sim. Um tiro transfixiante que o atingiu na axila e saiu nas costas, houve hemorragia interna abundante, perfuração do pulmão esquerdo, pleura atingida...

– Possibilidades...

– Remotas. Mas, por favor, não foi isso o que eu disse à sua senhora. Tenha a bondade.

Camilo aproximou-se da cama, Virgílio estava com tubos enfiados pelo nariz, muito pálido, rosto bonito, apesar de tudo aquilo, Leonor abraçou-se ao marido, chorando de encontro ao seu peito. O rapaz girou os olhos lentamente, parecia indiferente à própria dor, Camilo fez com que Leonor fosse sentar-se numa cadeira, retornou para junto da cama, passou a mão na testa de Virgílio suada e fria, disse que ele ficasse quietinho, tudo ia sair bem. Do outro lado o médico tomava a pulsação, fez sinal para um enfermeiro, falou baixo, segundos depois ele dava uma injeção na veia do braço direito, auscultou quase todo o peito descoberto, manchado de mercurocromo, puxou as cobertas mais para cima, meneou a cabeça, desolado, Camilo fez sinal para que a mãe se aproximasse, permitiu que ela ficasse abraçando a cabeça do filho que fechara os olhos, enfraquecido. Procurou o médico.

– Tem poucos minutos de vida, Doutor Camilo – disse ele.

O pai retornou, abraçou forte a mulher, Leonor virou-se para ele e viu que o marido chorava, gritou que não podia ser, que chamassem o avô, que ele trouxesse seus médicos. Minutos depois eles foram retirados para um quarto ao lado, chegava o comendador esbaforido, mas o que houve com o meu Virgílio? Entrou no quarto, o rapaz já estava com o lençol sobre o rosto, os enfermeiros haviam retirado com incrível rapidez os tubos e esparadrapos, o velho ficou atônito à beira da cama, um enfermeiro disse que o rapaz não resistira ao ferimento. Ele correu para junto da filha que chorava comprido no braço do marido. Camilo tentava resistir, superar a emoção do momento, Plínio o abraçava pelas costas, segurando firme sua mão, e logo depois Leonor desmaiava e era colocada numa outra cama, sendo atendida pelo mesmo médico. Plínio começou a tomar as providências, ouviu a polícia, ficou sabendo que naquela madrugada o rapaz encontrara finalmente um desafeto que estava procurando, questões de mulheres, mas o outro estava armado e fora muito rápido. Plínio deu todos os dados, quando a polícia ficou sabendo que o rapaz era neto de um dos diretores do Banco da Província facilitou os tramites burocráticos, ficou acertado que o velório seria numa das capelas do próprio Cemitério São Miguel e Almas.

Nos dias que se seguiram, Camilo e Leonor não trocaram uma palavra sobre o caso. Era como se nada tivesse acontecido. Eles pareciam temerosos de se acusarem mutuamente pela morte do filho. Leonor permanecera na cama em longas crises de choro, Camilo mantinha-se calado, olhava pela casa e pelos outros dois filhos, passeava muitas vezes pelo pátio, sob a sombra das grandes árvores, depois afundava o corpo numa poltrona ao lado da cama da mulher e ali ficava, rosto apoiado nas mãos, horas a fio, alimentando-se raramente de uma coisa ou outra que Joan mandava preparar para eles, pois a cunhada chegava de manhã muito cedo e só voltava para casa quando quase todos dormiam.

Uma tarde, quando passeava ao lado de Plínio no pátio, desabafou revoltado:

– Naquela noite eu tinha proibido a saída dele a qualquer preço, mas Leonor venceu a parada, deixou que ele saísse. Se tivesse me escutado, estaria a estas horas no quarto dele, ou quem sabe estudando, ou passeando com sua namorada, sei lá.

– Para mim, Camilo – disse Plínio pegando em seu braço –, isso estava escrito, era o destino dele, se não fosse naquela noite seria numa outra qualquer em que ambos vocês tivessem dado permissão. Uma pena, uma pena, um belo rapaz, cheio de vida, eu posso avaliar o que tu sentes, só não concordo com autopunição ou com acusações de culpa num caso como este. Eu sei que tens bom senso.

Camilo parou, olhou para o irmão, meneou a cabeça, disse que estava cansado de viver.

– Não vale a pena, Plínio, palavra de honra, não vale a pena.

Sobre a mesa um jornal. Manchete: "Presidente Getúlio Vargas suicida-se com um tiro no peito".

13. Dois anos depois, com a morte de Branca, de câncer, Quirino transferiu-se para São Paulo, onde assumiu uma das diretorias da empresa de energia elétrica do Estado. Um mês depois mandava buscar o cunhado Otero e sua mulher Eudóxia. Camilo reunia-se com Plínio, quase sempre adoentado, uma enxaqueca periódica que o prostrava na cama durante um dia inteiro. O casarão da Independência tornara-se opressivo. João, chamado pelo avô assim que recebera o diploma, era agora funcionário do banco. Patrícia preparava-se para um vestibular que ela ainda não sabia bem qual fosse. Leonor preocupava-se com sua bela aparência, saía quase todas as tardes para o cabeleireiro, o dentista, o médico, para compras e pequenas visitas a amigas distantes, Camilo refugiava-se no ambiente ameno da casa de Plínio e de Joan. Às vezes almoçava lá e sesteava também sob os cuidados de Joan, que adorava o cunhado e maldizia Leonor pela sua indiferença. Um dia Camilo dissera ao irmão, mas por que a gente não passa a tomar um bom chimarrão como nos tempos de papai?

– Boa ideia – disse Plínio –, hoje mesmo vou trazer todos os apetrechos, vou no mercado escolher uma boa erva de Palmeira das Missões. Joan cuida que não nos falte água quente, assim a gente pode conversar com mais tempo.

– Por falar em mais tempo – disse Camilo –, tens falado com o Dr. Wolney sobre a empresa?

– Tenho. A coisa continua no mesmo pé, a firma parece que não vai mal de todo, basta reparar nas retiradas que continuam razoáveis.

– O velho Edmundo sempre lá, firme? E como andará a filha dele?

– Olha, isto eu não sei, mas posso perguntar ao advogado.

– Não, pelo amor de Deus, não. Quero que seja muito feliz, ela merece. Tomara que tenha casado, que tenha tido filhos.

No dia seguinte Joan acompanhava com grande interesse os preparativos para o chimarrão. Tudo lhe parecia um mistério fechado. Afinal, aquilo não passava de uma espécie de chá, mas tomado com muita complicação. Alegrava-se ao ver os dois irmãos tomando chimarrão tranquilamente na sala onde mandara colocar duas poltronas muito confortáveis para que eles pudessem permanecer ali o mais tempo possível. Calma, ela fazia trabalhos manuais, tricotava algumas peças, pequenos guardanapos de crochê, lia romances que a família lhe remetia da Inglaterra, comovia-se facilmente com as passagens mais tristes, Plínio confidenciava para o irmão que naqueles momentos ela devia estar saudosa da sua gente, da sua terra, da sua língua.

Em casa, as relações entre Camilo e Leonor iam de mal a pior. Almoçavam em silêncio, em geral só os dois. João fazia as refeições no centro e Patrícia preferia lanchar, duas ou três vezes por semana, perto do seu colégio ou na casa de alguma de suas amigas. Num desses almoços a dois, Leonor disse que estava preocupada com Patrícia, passara outro dia pela Rua Riachuelo e vira a filha num carro com um homem desconhecido. Camilo opinou que cabia a ela averiguar os fatos, saber que homem era aquele, conversar com ela. Explicou que para ele se tornava mais difícil. A não ser, querida – sua voz nessas ocasiões se tornava clara e irônica –, que não te sobre muito tempo para conversar com tua filha, eu sei, andas muito ocupada, dentista, cabeleireiro, médico, compras, reuniões sociais com amigas antigas; posso bem avaliar o quanto se torna difícil encontrar tempo em meio de tanta atividade.

– Se queres com isso me criticar por viver a minha vida, posso te adiantar que perdes tempo. Se falei no caso de Patrícia é porque achei que a obrigação tanto podia ser minha quanto tua, ainda mais que tens tido muito tempo, não contando o chimarrão diário na casa de Plínio.

O marido parecia não ter ouvido nada, serviu-se da sobremesa, depois do cafezinho, mas quis saber:

– Afinal, podes ou não podes falar com tua filha?

– Obrigado pela compreensão, falarei com ela.

– Mesmo assim, eu também falarei.

Levantou-se, subiu as escadas e ficou um breve tempo lá em cima, desceu, pegou o chapéu e quando passou pela sala Leonor pediu que ele aguardasse um momento, tinha outro assunto para falar com ele. Camilo voltou do corredor, Leonor apontou uma poltrona, por favor, senta-te um pouco ali, o assunto é breve. Ele aquiesceu, ficou com o chapéu girando entre os dedos, disse que era todo ouvidos. Leonor serviu dois pequenos cálices com licor, entregou um a ele e tornou a sentar-se, empertigada e coquete.

– Ganhei de papai, de aniversário, por sinal ocorrido há quatro dias e aproveito para lamentar que tenhas esquecido, ganhei um carro, se não estou enganada um Chevrolet. A agência deve me entregar dentro de quatro ou cinco dias, eles alegam que precisam de tempo para fazer uma revisão completa, emplacar e outras coisas.

– Mas não sabes dirigir.

– Papai me cede o chofer que lhe serve há mais de vinte anos, o Nino. Afinal, ele tem o chofer do banco e o velho Nino se queixa de ficar mofando pelos cantos. Podes ficar tranquilo, ele é muito seguro e fiel. Assim eu fico com mais liberdade, detesto tomar um táxi e não pretendo ficar te incomodando com pedidos para me levares para aqui e para ali. Acho que a notícia deve ter te deixado satisfeito.

– Desculpa eu não ter lembrado o dia do teu aniversário, teria pelo menos mandado umas rosas. E meus cumprimentos pelo régio presente do teu pai, hoje em dia não são muitas as pessoas que costumam dar automóveis último tipo como presente de aniversário. Mas, enfim, ele pode e em se tratando da filha única tudo o que fizer é pouco.

Perguntou a Leonor se podia sair. Ela disse que sim, agradecia a gentileza dele em ter ficado e prometeu ter uma conversa com Patrícia naquele mesmo dia. Acho bom, disse Camilo, afinal foste testemunha ocular do fato e assim se torna mais fácil argumentar, pois o natural seria ela negar que algum dia tivesse andado de carro com quem quer que fosse, talvez tivessem tomado outra moça por ela.

Naquele dia ele não saiu de carro, preferiu andar um pouco a pé, passaria pela Rua da Praia, pela Praça da Alfândega e depois iria para a casa de Plínio. Encontrou velhos conhecidos que o cumprimentavam cerimoniosos. Passou por perto da empresa, mas evitou cruzar por suas portas, temia ser visto por algum dos seus velhos funcionários. Demorou-se na esquina, imaginou o seu antigo escritório, os grandes depósitos, a movimentação de todos os dias, as pessoas que vinham saber de suas ordens, que o cumprimentavam respeitosamente, o valor de sua assinatura em centenas de papéis, recordou-se com nitidez da figura repulsiva do velho Edmundo, veio-lhe à mente o rosto de Mocinha, seu jeito de falar, seu belo e desejável corpo, a primeira vez em que estiveram sozinhos nos terrenos então desertos da olaria da Cascata, a grossa lona estendida sobre a grama, Mocinha desnuda sob o peso de seu corpo, a fúria com que ela se entregava ao choro convulsivo que vinha a seguir, os dois abraçados ternamente no carro, a volta para a casa dela, depois o afastamento paulatino, as desculpas, as outras vezes, até o dia em que disse a ela toda a verdade, ele não pretendia casar-se. Lembrava-se da agonia daqueles meses, a expectativa de que ela tivesse engravidado, o alívio posterior, o casamento com Leonor e Mocinha sem uma palavra de repúdio, sem guardar rancor algum, desmanchando o contrato de casamento para ficar-lhe fiel. Ele agora achava que tudo se passara daquela maneira pelo amor que Mocinha lhe devotava. Atravessou a rua, repetiu baixinho, como um louco que andasse falando sozinho pela rua, canalha, canalha, canalha, não fui outra coisa, um mísero canalha. E Leonor vingando-se, o casamento sumindo, dois estranhos sob o mesmo teto, uma situação intolerável, na certa pelo repúdio que a mulher sentia por ele, afinal um desempregado, um inútil, vivendo de velhas rendas que com o correr dos anos minguariam até chegar a zero.

Plínio estava com a sua antiga enxaqueca. Naquele dia ele tomou o chimarrão sozinho, queria saber de Joan se não existiria na cidade um médico que fosse capaz de descobrir um remédio para ele, algum tratamento, não acreditava naqueles médicos de província. Quem sabe levariam Plínio a São Paulo ou ao Rio de Janeiro, pediriam a formacão de uma junta médica de renome, a doença de Plínio tinha que ser diagnosticada, haveriam de encontrar um médico capaz de curá-lo. Joan meneava a cabeça, descrente, não acreditava que isso pudesse acontecer, começava a notar que os dedos do marido ganhavam, com o passar das semanas e dos meses, a forma de garras, ele poderia notar quando tomavam mate, em muitas ocasiões a cuia quase caía de suas mãos. Ele não conseguia abotoar suas camisas, os dedos não o ajudavam. Uns médicos falam em reumatismo deformante, outros falam em doença congênita, ainda na véspera, disse Joan com os olhos cheios d'água, ela confessou que até mesmo para caminhar notara as primeiras dificuldades de Plínio.

Camilo tomava o seu mate sem dizer nada, ouvia só, franzia a testa, olhava de soslaio para a cunhada, admirava a sua coragem, sua resistência diante das desgraças que lhe batiam à porta, sentia-se impotente para minorar aquele sofrimento, passou a mão por seus cabelos, vamos levá-lo ao Rio, está decidido. Tens alguma esperança? Tenho, disse Camilo sem muita convicção, e mesmo que não tivesse, tentaria; acertarei tudo para o fim deste mês, amanhã se fala com ele, sei que vai concordar. Ele tem pavor de avião, lembrou Joan. Ora, um homem que atravessou o Oceano Atlântico tantas vezes não pode temer uma viagem daqui ao Rio. Mas isso foi noutra época, disse Joan, ele mudou muito nos últimos anos.

Naquela noite, quando chegou em casa para jantar, viu a mesa posta, a sala vazia, subiu sem ruído a escada, ouviu a voz de Leonor no quarto de Patrícia, o choro da filha, aproximou-se da porta, colou o ouvido na frincha central, Patrícia chamava a mãe de mentirosa, ela não tinha andado de automóvel com ninguém; a mãe ameaçou bater nela se repetisse aquilo, a moça soluçava como se tivesse a boca tapada com as mãos, de repente pediu que a mãe abrisse a porta, ela queria sair antes que dissesse algumas verdades. Que verdades?, perguntou Leonor; estás por acaso me ameaçando? Estou, sim senhora, quero que me deixe em paz, faço o que eu quero, não tenho por que obedecer a senhora ou quem quer que seja; pensa que não sei que passa as tardes todas na rua, ora aqui, ora ali, com desculpas de dentista, de médico e não sei de que mais? Camilo ouviu nitidamente o estalar de uma bofetada e a seguir um silêncio opressivo. O seu primeiro impulso foi meter a mão no trinco da porta e entrar, mas conteve-se, atento. Ouvia agora o choro fininho e contido da filha e uma arenga lacrimosa e entrecortada de soluços, a princípio incompreensível, depois mais clara, a voz de Leonor chamando-a de petulante, que estava disposta a lhe dar uma lição que ela jamais esqueceria. Foi quando Camilo ouviu a filha dizer, gaguejando, eu sim é que já lhe vi mais de uma vez de automóvel com outro homem. Uma nova bofetada, os gritos histéricos de Leonor, Camilo meteu a mão na maçaneta da porta e irrompeu quarto adentro, abraçando-se com a filha que chorava com o rosto escondido entre as mãos. Leonor recuou, estava pálida, sentou-se na cama, olhava espantada para o marido que parecia disposto a investir sobre ela, tal o ódio de seu olhar. Por fim Camilo levou a filha para fora do quarto, carregou-a para o seu quarto de banho, fez com que ela lavasse o rosto com água fria, examinou as suas faces marcadas ainda pelos dedos da mãe, conversou com ela, saíram para o corredor, viram quando Leonor descia as escadas. Levou a filha para o quarto dela, deitou-a com carinho, estendeu um cobertor leve sobre seu corpo vestido, disse algumas palavras carinhosas, ele mesmo traria, depois, alguma coisa para ela comer. Permaneceu sentado na beira da cama, passava a mão pelos seus cabelos desfeitos, perguntou como se não estivesse muito interessado:

– É verdade que viste a tua mãe com outro homem num automóvel? Minha filha, se não for verdade, ela estava com toda a razão em te bater daquela maneira. Jamais poderias ter dito uma coisa destas. Não se deve levantar falso testemunho contra ninguém, muito menos contra a tua própria mãe, foi um gesto muito feio da minha filha, não quero que isto se repita.

Patrícia descobriu o rosto, olhou lacrimosa para o pai, segurou firme sua mão, balbuciou com dificuldade:

– Mas é verdade.

Camilo sentou-se à mesa no momento em que Leonor servia João, que afinal aparecera para jantar. Olá, pai, tudo bem? Camilo sentou-se, tudo bem, filho; afinal onde tem andado que não apareces nem para jantar? Trabalho, pai, trabalho; aquele banco é uma coisa e vovô não quer saber de conversa; às vezes eu penso que já sou diretor; só falta mesmo eu comparecer a todas as reuniões da diretoria, até os gerentes me adulam. Ainda bem, disse o pai, servindo-se sem vontade; o teu futuro está ali e não deves jogá-lo pela janela; e isso só se consegue com muito trabalho. Leonor não levantava a cabeça do prato, escondia os olhos vermelhos de quem chorara, respondia perguntas do filho com evasivas. Pretextou ligeira indisposição e dor de cabeça, pediu licença e subiu para o seu quarto.

– Mamãe hoje não está no dia dela – disse João, à sobremesa.

– De fato, acho que não está, não – respondeu Camilo, batendo com o cabo da colher na mesa. – Mas depois eu dou um comprimido para ela e tudo passa. Deve andar cansada. E tu, vais sair?

– Não, pai, vou ler os jornais e depois dormir. Amanhã vamos ter um dia brabo, quero chegar ao banco fresquinho como se tivesse dez anos menos.

– Fazes muito bem. Patrícia também estava com dor de cabeça, talvez seja um começo de gripe, agora vou levar um caldinho quente para ela. E, depois, como sempre, vou dormir.

– E não encontraram ainda um bom negócio, o senhor e o tio Plínio?

– Temos encontrado negócios. Bons negócios, não. E como o dinheiro é de todos e não apenas meu e do teu tio, chegamos à conclusão de que cautela e caldo de galinha não fazem mal a ninguém.

– Bem, obrigado por estarem defendendo o meu também. Quem sabe lá pelo banco a gente não descobre um bom negócio? Sabe como é, pai, de repente cai na cabeça da gente, como vindo do céu, um negócio daqueles que o vovô chama da China.

– E será que ainda existe um negócio desse tipo?

– Bem, não custa ficar na espera, de tocaia. Vou começar a bisbilhotar com um e com outro, gente que se aperta por questões de família, que perde dinheiro no pano verde do Clube do Comércio, sei lá, tantas coisas...

– Bem, vamos torcer. E agora, filho, vou encomendar ali na cozinha um caldinho para Patrícia.

14. Quando o avião aterrissou, sacudindo como guizos os metais e os vidros de bordo, Plínio vinha dormitando, Camilo de um lado e Joan do outro amparavam o seu corpo para que se mantivesse em posição vertical. Avisada, a companhia mandara para junto da escada uma cadeira de rodas e destacara alguns dos seus homens para conduzirem o doente escada abaixo. Primeiro deixaram sair todos os passageiros. Joan mostrava-se triste, abatida, quase desanimada. Ela e Camilo empurraram a cadeira, foram os primeiros a sair da sala de espera das bagagens; entregaram os talões das malas para dois carregadores, foram para a frente do aeroporto onde um vento de primavera aliviava o calor que haviam sentido a bordo. Plínio tentava enxergar alguma coisa, mas a luz do dia era muito intensa, chamou pela mulher, mas afinal onde estamos? Em Porto Alegre, querido, já estamos de volta. Que bom, eu quero a minha cama. E Camilo onde está? Foi pedir para o chofer de Leonor encostar o seu carro mais perto; estás te sentindo melhor, agora longe do avião? Tanto faz, disse ele, olhos cerrados, mãos em garra sobre os braços da cadeira, rígido, pernas cobertas por uma manta de lã xadrez, Joan a seu lado, braço passado sobre seus ombros, uma palavra carinhosa sempre na ponta da língua. Quando o carro encostou, Joan viu dentro dele, sentada no banco de trás, Leonor, bela como sempre, radiosa na sua elegância. Nino desceu, abriu a porta para que ela saísse também, Camilo deu-lhe a mão, cerimoniosamente. Caminharam os dois em direção da cadeira de rodas, as duas cunhadas se beijaram nas faces, Leonor colocou sua mão sobre a de Plínio. Joan disse para o marido que era Leonor que tinha vindo esperá-los, o doente mostrou-se muito grato, sorriu num esgar que fez mal a Leonor.

– Que bom estarem de volta – disse Leonor a Joan.

– Realmente, depois de quase um mês longe de casa a gente só pensa em voltar.

Os carregadores trouxeram as bagagens que foram acomodadas no porta-malas, dois deles ajudaram a colocar Plínio no assento traseiro, receberam gorjetas e levaram a cadeira de volta. O doente ficou entre

Leonor e Joan, Camilo sentou-se ao lado do motorista. Perguntou se o carro estava em condições. Nino pegou a ponta da orelha entre o polegar e o indicador, não podia estar melhor, doutor, e anda como poucos. Na sua ausência cuidei dele muito bem. Camilo virou-se para trás, disse em voz bem alta para Leonor que os médicos haviam tratado com carinho o seu cunhado, todos estavam com muitas esperanças de que em menos de dois meses ele já estivesse em condições de trabalhar, de divertir-se e até dirigir automóvel. Leonor exclamou que ficava muito satisfeita em saber aquilo e que nunca duvidara da recuperação de Plínio. O doente dormitava, cabeça apoiada no estofamento do encosto, de raro em raro abria os olhos sempre feridos pela luz do dia, o carro aproximava-se da Independência, Leonor perguntou se Joan não achava melhor ficarem no casarão, não gostaria que ficassem os dois sozinhos no apartamento. Joan agradeceu, mas Plínio queria ir para casa mesmo, não tinha nenhum problema, ela não saía nunca, tinham telefone para qualquer emergência e depois o marido ia entrar na fase de convalescença. Leonor notou a expressão consternada de Joan. Camilo disse a Nino que fosse direto ao apartamento do irmão, virou-se para Leonor.

– E João e Patrícia, como vão?

– Muito bem. João trabalhando como sempre; agora acaba de subir para um novo e mais importante posto; Patrícia bem nos estudos, mais caseira agora.

– Ótimo – disse ele, sem muita convicção.

Quando o carro parou defronte à porta do edifício o porteiro veio apressado oferecer-se para ajudar a subir as malas, perguntou pelo doutor, Camilo agradeceu, abriu o porta-malas e deixou que o homem pegasse toda a bagagem. Ele e Nino levaram Plínio no colo até ao elevador, abriram a porta do apartamento com certa dificuldade, entraram e foram direto ao quarto onde Joan, mais rápida, já havia tirado a colcha e agora trazia os travesseiros de penas. Logo depois Plínio dormia, bem coberto, quarto com persianas abaixadas, todos saíram do quarto, Joan foi ver o resto da casa, lamentou que não pudesse oferecer nada. Camilo pegou a sua mala que havia sido levada junto com as outras, disse a Joan que iria para casa tomar um banho e trocar de roupa, voltaria mais tarde. Leonor despediu-se e avisou que Deolinda, uma de suas empregadas, viria passar uma temporada com Joan para ajudar em tudo. A cunhada quis protestar, mas Leonor não deixou: Deolinda viria de qualquer maneira, não aceitava recusas.

Camilo voltou à noite, trazendo a empregada, uma preta gorda e simpática. E com ela uma enorme cesta contendo frutas e doces, além de leite e pão. Não precisava, disse Joan, tem um empório aqui quase ao lado. Ah, Dona Joan, disse a preta, esses doces todos foram feitos por mim e aí no empório eles não devem ter igual. Joan sorriu, claro que não, mas eu não queria incomodar. Camilo foi ver o irmão, ele estava acordado, mais senhor de si. Avisada por Camilo, Joan trouxe os vidros de remédios, todos acomodados numa grande caixa de papelão corrugado, dali pediu a Deolinda que trouxesse por favor um copo d'água e outro de leite; tirou vários comprimidos de diversos vidros, Camilo levantava a cabeça do doente, Joan fazia com que ele engolisse os comprimidos e tomasse as infusões. Plínio vinha à tona do consciente e depois parecia afundar num lago de águas escuras. De vez em quando tentava dizer alguma coisa ao irmão, sem obter êxito. Os dedos das mãos não abriam mais, seu corpo encurvava-se a cada dia, seu tamanho diminuía. Numa tarde daqueles dias ele esforçou-se muito para falar com o irmão; Camilo chegava a orelha bem perto de sua boca e só conseguia ouvir a ronqueira de seu peito, sons desconjuntados, algumas palavras adivinhadas. Em dado momento seus olhos ficaram muito abertos; com as mãos defeituosas tentava pedir a Camilo que se aproximasse. Agora sim, pronunciava algumas palavras mais claras; o irmão ouviu, meio incrédulo, quando ele pedia que o matassem, pois sofria muito. Depois voltou a mergulhar num outro mundo de trevas e de surdez. Camilo sentiu um nó na garganta ao perceber que Plínio tinha consciência das coisas, e que por isso mesmo sofria, sentia dores, estava desesperado para que tudo acabasse, não queria mais viver. Camilo não teve coragem para contar o pedido do marido; preferia que ela pensasse estar Plínio inconsciente, que não sofria mais. Longos dias e longas noites. Os médicos se revezavam, davam injeções para ele dormir e sofrer menos, deixavam bem claro que aquele processo era irreversível.

Numa tarde de sábado, João e Patrícia foram visitar o tio, compreenderam que estava tudo acabado, admiraram o estoicismo de Joan, ficaram com pena do pai que não saía mais da cabeceira do tio moribundo. Camilo emagrecera, negras olheiras lhe davam também um aspecto doentio; Patrícia quis levá-lo para casa pelo menos por uns dois ou três dias; papai, o senhor está precisando dormir um pouco, descansar. Joan ouviu, acercou-se do pai e da filha:

– Camilo, tua filha tem toda a razão, deves ir descansar um pouco, pelo menos dormir um dia inteiro – depois virou-se na direção do quarto onde Plínio dormia agora sob o efeito de calmantes e sedativos: – Aqui não há mais nada a fazer, é só esperar o fim.

Pela primeira vez Camilo notou que Joan tinha os olhos molhados e que aquela extraordinária mulher não permitia que seus sentimentos aflorassem diante de todos, mantinha-se dura e firme, sob o risco de passar por indiferente à sorte do marido. Mas só ele, Camilo, sabia o quanto ela vinha sofrendo, desde o dia em que os médicos, no Rio, reunidos numa pequena sala, haviam perguntado se poderiam falar sem subterfúgios e a seguir disseram a eles que o paciente sofria de uma doença irreversível, mais terrível ainda porque prolongada. Toda aquela viagem de volta, aqueles dias na cama com a qual ele tanto sonhava quando ainda estava mais lúcido, na sua própria casa.

Naqueles dias, Camilo saía no meio da tarde, alegava a Joan que precisava fazer isto ou aquilo, pegava o seu carro que ficava sempre à porta do edifício e começava a rodar pela cidade, na expectativa de encontrar, de ver Leonor no carro de outro homem. Voltava desanimado, chegava a pensar que Patrícia dissera aquilo apenas para vingar-se das agressões violentas da mãe, naquele dia. Parava o carro numa esquina qualquer, distante do centro, caminhava a pé cuidando dos automóveis que passavam para lá e para cá, às vezes parecia reconhecer a esposa, mas logo via que não era ela. Pensou em conversar novamente com Patrícia, saber dela se tudo o que dissera naquele momento de ódio não fora pura invenção, apenas vingança.

Quando voltava para a casa do irmão, Joan se mostrava preocupada, mas afinal o que estava se passando, queria saber se ele não se olhava num espelho, estava magro e desfigurado; mas o que estava ele procurando? Queria seguir os passos do irmão? Camilo, por favor, te cuida, todos nós precisamos de ti desesperadamente, não seja egoísta, tens uma bela filha que mal abre os olhos para o mundo, mais cedo ou mais tarde eu sei que tu e Leonor voltarão às boas, essas coisas entre casais passam, vamos, hoje vou pedir a um dos médicos que te examine e te receite algum remédio especial. Pode ser que tu não notes, mas estás ficando doente também.

Camilo, na parte da manhã, ficava horas e horas deitado num divã ao lado da cama de Plínio, que muito raramente tomava consciência das coisas em redor, pronunciando claramente algumas imprecações para logo a seguir cair naquela letargia sem fim, só a respiração ofegante e uma ronqueira desagradável que às vezes se prolongava noite adentro. À tarde, Camilo saía para a caçada da mulher e de seu suposto amante. Mato-o como quem mata um cão raivoso. Os dois, acrescentava, ruminando as palavras, cheio de ódio e de humilhação. Dividia a cidade em partes simétricas num pequeno mapa que carregava no porta-luvas do carro, fazia uma cruz sobre as partes já controladas, ela devia ter alguém que morasse pela zona dos Moinhos de Vento, quem sabe pelo Menino Deus onde ainda floresciam algumas antigas e imponentes moradias. Percorria com o auxílio da lista telefônica endereços de médicos e dentistas, observava os grandes e feios edifícios nos quais seria mais fácil localizar um pequeno apartamento para encontros. Uma noite, depois que um dos médicos de Plínio saíra, Camilo pediu que Joan sentasse a seu lado, precisava falar com ela, precisava desabafar, pois em caso contrário cairia na loucura pura e simples. Como Francisco, minha Joan. Nossa família deve ter tido muitos casos desses. Eu penso que estou entrando num processo igual e isso é terrível, prefiro meter uma bala na cabeça, ou no peito como preferiu o meu irmão Vinícius quando perdeu a sua mulher. Joan, eu termino ficando doido de atar, mas antes disso meto uma bala na cabeça. A cunhada arregalava os olhos, mas afinal o que se passa, meu querido? Eu não posso acreditar que a doença de Plínio possa te transtornar desta maneira; e como deveria estar eu, neste caso? Camilo, por favor, o que se passa? Ele esfregou várias vezes as mãos no rosto, como a querer limpá-lo de alguma coisa, de pó ou de teias de aranha, pegou as mãos da cunhada, seus olhos brilhavam, mas só depois de algum tempo conseguiu articular as palavras. Joan, eu estou sendo traído por Leonor, eu sei que estou sendo, não suporto esta situação, faço uma loucura, cometo um crime! Ela sentiu que ficara pálida, ficou confusa diante daquela confissão abrupta, mas não pode ser, Camilo, algo se passa na tua cabeça, alguém anda inventando histórias para te arruinar definitivamente, afinal viste alguma coisa, tens uma prova, algum indício forte? Não, Camilo, pelo amor de Deus, não podes deixar que te levem à loucura por meras suposições, por falatórios de quem inveja vocês, dos que não suportam a felicidade dos dois. Espera aí, chegaste a falar com Leonor, tocaste no assunto para ela, por acaso encontraste algum bilhete, ouviste um telefonema, vamos, fala, quem te meteu isso na cabeça? Camilo recostou-se no espaldar da poltrona, fechou os olhos, falava como se estivesse em transe; não, Joan, não achei bilhete nenhum, não ouvi telefonemas, não toquei no assunto com ela, aliás há tempos que nem sequer nos falamos e tudo piorou com a morte de Virgílio, naquele momento da nossa vida ouve uma ruptura, minha querida, que eu considero insanável; mas ela poderia chegar para mim e dizer: não te suporto mais, nosso amor acabou, vamos viver as nossas vidas em separado, cada um para seu lado e pronto!, mas não, ela me trai por vingança, por ódio, ela quer me humilhar, me reduzir a um trapo, não basta tudo o que temos sofrido nestes últimos tempos; ela é rancorosa, Joan, vingativa, fria nos seus propósitos; tenho andado como um cão perdigueiro atrás do rastro da caça, minha vida se transformou num inferno incurável, passo as tardes inteiras como um doido atrás dela, quero encontrá-la na companhia de um outro homem, quero ver tudo com meus próprios olhos e nesse momento não sei o que possa fazer, de fato não consigo imaginar nada depois disso. Sei que será o fim, o ponto final; que me aconselhas, Joan?

A cunhada pediu que ele ficasse como estava, olhos fechados, repousando, iria preparar um chá bem quente, ele andava muito esgotado. Foi para a cozinha, de lá espiava pela porta Camilo que permanecia obediente, só os braços esticados sobre as pernas, as mãos fechadas como se mantivesse as unhas cravadas na própria carne. Deixou a água no fogo, passou silenciosamente pela sala, entrou no quarto, queria saber como se encontrava o marido. Ele dormia, respiração fraca, boca semiaberta, a mesma ronqueira maldita. Tornou à cozinha e depois de alguns instantes trazia o chá para o cunhado que se mantivera rígido na mesma posição. Aqui está o chá, meu querido, ele vai te fazer bem. Camilo abriu os olhos devagar, parecia não saber onde se encontrava, olhou bem para Joan, disse que não sabia mais controlar o tempo, as horas não lhe diziam nada; viu a xícara fumegante, isso é para mim? Joan disse que sim, pediu que ele ficasse em posição melhor, abriu um guardanapo sobre suas pernas, descansou o pires sobre o braço largo da poltrona, e agora prova, vê se está bom de açúcar, cuidado para não te queimares.

– Que achas que devo fazer, Joan, me diz.

Ela ainda o ajudou a tomar o primeiro gole, ajudava-o a segurar a xícara, sentou-se mais perto dele, não sabia de fato o que dizer naquela hora. Ele insistiu. A voz de Joan tornou-se grave e lenta, parecia a Camilo como se fosse a de uma outra pessoa, de uma mulher estranha:

– É difícil, Camilo, encontrar as soluções para outras pessoas. Eu poderia te dizer, por exemplo, que assim como achas que ela deva falar contigo para dizer que não te ama mais, que deseja desfazer o casamento, que não suporta mais viver contigo sob o mesmo teto, quando nem mais se falam, que neste caso tu mesmo tomasses a iniciativa e não esperasses por esse tipo de tortura que ela talvez te queira impor. Esta seria uma primeira parte, mas apenas se estivesses certo de tudo o que talvez não passe de meras suposições ou desconfianças.

– Mas isso eu não posso fazer, Joan, porque simplesmente eu a amo, ainda que não acredites.

– E por que não vou acreditar? O mesmo pode estar se passando pela cabeça dela, que não quer abandonar o homem que ainda ama. Um diálogo tranquilo entre os dois bem que poderia resolver de uma vez por todas esses problemas.

– Não, ela quer me humilhar. Patrícia disse na cara dela que a tinha visto num carro com outro homem. Tu sabes, eu já te contei.

– Não, eu não sei de nada.

Camilo relembrou aquela noite em que escutara atrás da porta a discussão entre mãe e filha, tudo o que ouvira, tudo o que se passara depois. Joan ficou abatida, perguntou se a filha não teria dito aquilo para revidar a agressividade da mãe. Camilo disse que não, conhecia bem a filha para saber que ela não faria uma coisa dessas, mesmo porque ambas estavam sozinhas, não havia testemunha que pudesse ouvir. Joan voltou à carga, mas Leonor poderia ter mesmo andado num carro do marido de alguma amiga, uma gentileza qualquer, o fato em si não dizia nada sobre traição, mesmo porque Leonor, se o estivesse traindo mesmo, não se exporia na cidade, à luz do dia. Camilo terminou de tomar o chá, disse que iria deitar-se um pouco no divã junto ao irmão, levantou-se devagar, corpo pesado, bateu no braço da cunhada, sorriu triste:

– É, mas eu sei que ela me trai, e se Patrícia tivesse visto a mãe no carro do marido de alguma das suas amigas, teria sabido quem era. Não, minha querida Joan, Patrícia viu Leonor com um desconhecido. E hoje em dia ela não passa as tardes em sua casa, mas em algum lugar que não posso adivinhar.

Entrou no quarto de Plínio, ouviu logo a ronqueira enervante; passou por perto da cama, procurou vê-lo na obscuridade da peça, ele continuava dormindo ou inconsciente, um sono letárgico, às vezes interrompido por relâmpagos de lucidez e logo afundando no seu próprio e insondável mundo. Camilo deitou-se no divã, Joan acorreu para tirar-lhe os sapatos e colocar sobre seu corpo um cobertor leve de lã. Ela saiu do quarto em silêncio, sentou-se numa poltrona, enxugou os olhos e esforçou-se para não pensar em nada.

15. O Dr. Wolney combinara o encontro com Camilo às cinco da tarde, no seu escritório da Rua Uruguai. Há muito que os dois não se encontravam, havia muito assunto a ser repassado. Não foi preciso a sua secretária anunciá-lo; simplesmente ela abriu a porta do gabinete, mal avistou Camilo entrando. Tenha a bondade, doutor, ele já está à sua espera. Abraçaram-se, Camilo sentou-se na poltrona indicada, disse que o amigo não ia acreditar, mas ele, pessoalmente, perdera todo o interesse pela Indústria de Construções Mortágua Ltda.; vivo com o dinheiro que nos vem de Alegrete, os herdeiros do velho Quirino roíam os ossos do que ainda restara. O Dr. Wolney sentou-se atrás de sua escrivaninha cheia de papéis e de pastas, a secretária pediu licença para entrar, queria servir um cafezinho. Quando a moça saiu o advogado perguntou por Plínio, como estava passando, soubera que a doença era grave. Mais do que isso, doutor, respondeu Camilo, suspirando; Plínio está com uma espécie de vida vegetativa, a cada semana que passa nota-se que desaparece, que se deforma, muito raramente ganha consciência do que se passa em redor e, para ser franco, doutor, lamento apenas a situação em que vive a sua mulher Joan, uma criatura excepcional de quem não se ouve uma queixa, uma lamentação, sempre pronta para qualquer emergência, noites entrecortadas para atender Plínio que nem a reconhece mais. O advogado mostrou-se compungido, pediu que transmitisse a ela os seus sentimentos, sua solidariedade e que contasse com ele para qualquer coisa. Acendeu um cigarro, ofereceu a Camilo que agradeceu, não fumava, iniciou a conversa de maneira direta e sem rodeios:

– Acredito que a justiça se defina nos próximos meses, Doutor Camilo. Minha última petição, pedindo a liberação dos dividendos do seu grupo e mais o aumento das retiradas mensais de vinte para cinquenta por cento, não chegou a ser julgada porque um dos juízes pediu vistas.

Camilo ouvia as explicações e notícias do advogado com visível indiferença, mas cortesmente.

– Na última assembleia geral tudo foi resolvido entre mim e aqueles dois patifes, pois Seu Edmundo estava de cama, não pôde comparecer. Telefonei para a filha, Dona Mocinha, mas ela se recusou a comparecer, mesmo com procuração do pai; simplesmente disse que não entendia nada do assunto, não saberia o que fazer e não estava disposta a comparecer apenas para fazer número.

– Mas o que tinha o velho?

– Pelo que a filha disse, ele vem sofrendo, ultimamente, de bronquite, com acessos cada vez mais prolongados. Na última semana notei que ele não estava bom, mas mesmo assim conseguimos fazer uma reunião proveitosa. Vamos deixar os dois prédios da Rua da Praia, que está se valorizando demais para o ramo de negócio com o qual lidamos. O ideal seria procurarmos lojas com bons depósitos no Caminho Novo, de mais fácil acesso para caminhões e carroças, as quais já não podem entrar no perímetro central. Já temos dois em vista, um deles próximo à estação da Viação Férrea, o que é de muito valor para despachar mercadorias para o interior com tarifas mais baixas que as cobradas hoje em dia pelos caminhões.

Parava vez que outra para reacender o cigarro, dar longas tragadas e prosseguia. A olaria da Cascata foi desativada, há outros terrenos à vista para instalar uma nova e a de Viamão continua produzindo normalmente, mas com prazo não muito longo de sobrevivência. Temos diminuído sensivelmente as importações pelas mudanças da legislação brasileira, que começou a impedir que entrem no país materiais que contem com fabricação nacional semelhante. É material inferior, mas a tendência é melhorar.

– E aqueles dois tipos lá dentro?

– Quase não opinam sobre nada, principalmente quando Seu Edmundo está presente. E, quando não, eu trato de colocar os dois nos seus devidos lugares, impedindo que alguma coisa de importância seja resolvida com o voto deles.

– Ganhar a nossa causa o senhor acha difícil.

– Acho. E isso tenho dito desde o início, uma vez que as atas entraram na perícia, suas assinaturas foram reconhecidas como autênticas e o fato de alegarmos que as mesmas teriam sido assinadas em branco torna-se irrelevante perante os juízes. Na verdade, desculpe dizer isso, mas além de advogado e de cliente somos amigos, o fato em si depõe mais contra o senhor do que contra eles. Agora, há um fato que venho notando de um certo tempo a esta parte, que considero muito importante para a nossa causa, se bem que de maneira relativa. Acontece que tem havido desentendimentos entre os três sócios, principalmente entre Seu Edmundo e o tal de Felício; ora, ele pode forçar Felício a vender sua participação de três por cento para ele, passando a deter quarenta e nove por cento, mas não pode obrigar o outro a fazer o mesmo porque, segundo a constituição da sociedade, este segundo sócio só poderia vender sua parte para o outro grupo, isto é, o seu.

– E de que adianta? Para mim ele jamais venderá.

– Quem sabe? Ele pode ficar desgostoso com o velho Edmundo, pode-se criar um choque entre eles, pois é preciso que se ressalte a grande amizade entre aqueles dois indivíduos. Um deles sendo atingido, pode perfeitamente vir procurá-lo para oferecer sua parte e assim prejudicar o velho. Bem, o senhor voltaria a ter cinquenta e um por cento, com direito de reassumir seus negócios novamente.

– Acho a possibilidade muito remota. Eles terminam se entendendo. Considero os três no mesmo nível moral, são uns vigaristas.

– Mas o senhor não leva em conta um outro dado que, para mim, se apresenta importante: a filha de Seu Edmundo deve estar influenciando o pai, pois odeia os dois outros sócios. O motivo não sei, mas sempre que falo com ela D. Mocinha se refere a eles como "aqueles dois indivíduos".

– Mas ela não tem forças para modificar o pensamento e as decisões do pai. Infelizmente.

– Não sei, não. Neste caso sou bem mais otimista do que o senhor. O tempo dirá com quem está a razão. Podemos até mesmo fechar uma aposta.

– Por exemplo?

– Se eu perder pago a aposta com uma caixa de champanha francês.

– Pois aceito – disse Camilo, um pouco mais bem-humorado. – E se eu perder mando passar para seu nome uma boa quota da empresa, além, é claro, de uma caixa de champanha da marca que o amigo escolher, independente dos seus honorários.

Fizeram um brinde com as xícaras vazias de cafezinho. Camilo pediu licença, precisava sair, tinha coisas de última hora para resolver, mas prometia entrar em contato com ele mais seguido.

16. Depois do jantar, onde predominaram as conversas sobre o tempo, a chuva, o calor, o frio que caía à noite, João a contar os sucessos do banco e seu trabalho, Patrícia relatando as primeiras dificuldades de seu curso de medicina, Leonor seguia os passos de D. Eudóxia, ela mesma servia a todos, perguntando se queriam isto ou aquilo, suas mãos eram o destaque de beleza e elegância. Mas naquela noite havia uma surpresa preparada, Leonor não permitiu que ninguém levantasse da mesa antes da empregada trazer os doces; iriam para a sala apenas para o cafezinho. Camilo disse que não queria sobremesa, João ia dizer o mesmo, já quase levantando-se de sua cadeira, quando Leonor pediu que ficassem nos seus lugares, havia preparado uma surpresa muito agradável para todos. Um pouco contrariado, Camilo disse que se fosse algum tipo de doce diferente agradecia mais uma vez, mas não o queria. Leonor confessou que era um tipo de doce diferente, pediu um minuto de paciência, bateu palmas, fez um sinal na direção da cozinha, levantou-se e apagou a luz, retornando a seu lugar. Chegava à mesa uma bandeja com uma grande torta enfeitada, tendo ao centro uma vela com o número 19.

– Meus queridos, achei que devíamos comemorar modestamente os dezenove anos de Patrícia.

– Eu, de aniversário hoje? – disse Patrícia, sem acreditar.

– Eu posso garantir – respondeu Leonor –, afinal sou sua mãe.

João foi o primeiro a levantar-se e beijar a irmã, Camilo abraçou comovido Patrícia, mas que coisa imperdoável, nem o pai sabia desta data tão importante, mas vou me penitenciar trazendo amanhã o mais belo presente que encontrar. Mãe e filha ficaram abraçadas na sala escura, fracamente iluminada pela luz que coava através da porta da cozinha.

– Agora – disse Leonor – espero que todos cantemos o "Parabéns pra você". Um, dois e três!

A princípio desafinada e desencontrada, a pequena canção ganhou força e Patrícia terminou por assoprar forte a vela, apagando-a. A luz foi novamente acesa, Leonor disse que desejava tudo de bom para sua filha. Voltou-se para Camilo e perguntou se ele ainda insistia em não comer sobremesa. Ele sorriu e disse que queria uma dose dupla, tanto mais que se tratava de uma torta de fios de ovos com chocolate, duas coisas que ele adorava. Depois do cafezinho tradicional na sala, Patrícia disse que a mãe deveria ter avisado a ela com antecedência, pois tinha combinado desde a véspera, com duas colegas, o estudo de uma matéria juntas e que era o ponto fraco da turma. Mas já ganhei os parabéns, a torta, estou muito feliz. Beijou um por um com grande afeto, subiu as escadas em largas passadas, demorou-se um pouco e desceu com uma grande pasta sob o braço. Despediu-se com um aceno e saiu. João olhou o relógio, sabem, temos hoje à noite uma reunião decisiva para o banco, vovô me disse que eu não poderia faltar, mesmo que saísse um decreto do governo proibindo.

– Pelo visto – disse Leonor com uma ponta de orgulho – teu avô quer fazer de ti, em poucos anos, um diretor também daquele seu banco.

– Deus lhe ouça, mamãe. E o quanto antes, melhor.

– Mas eu nunca vi um diretor de banco que não fosse casado e não tivesse pelo menos dois ou três filhos – lembrou a mãe.

– Quanto a isso pode ficar descansada; já tenho uma candidata à vista, está só me faltando tempo para tomar coragem e pedir sua mão. Mais algumas semanas e vou trazê-la aqui para apresentar à família.

Camilo achou ótimo, perguntou se era morena ou loura, alta ou baixa, rica ou pobre. O filho bateu nas costas do pai, o senhor pode deixar as preocupações de lado, é uma rainha de beleza, a mais encantadora das mulheres que conheci em toda a minha vida.

– Mais do que eu? – quis saber Leonor.

– Ah, mãe, isso não vale. Mãe é mãe. Ninguém encontrou até hoje mulher mais bonita que a própria mãe. E, diga-se de passagem, principalmente eu. Outro dia, no banco, cheguei perto de uma turma sem ser percebido, vi quando falavam de mulheres e de repente um deles disse que fulana ou beltrana eram muito lindas, mas que ele não havia visto ainda outra mais bela do que a filha do comendador. Tratei de sair sem que me vissem. E olhem que eram rapazes de vinte a vinte e cinco anos...

Despediu-se do pai, beijou a mãe e saiu dizendo que antes das dez e meia estaria de volta. Do corredor voltou; não, hoje é sexta-feira, amanhã posso dormir até mais tarde, vou convidar a namorada para ir ao cinema na sessão das dez; isso se a reunião terminar antes dessa hora. E saiu.

Leonor voltou à sala de jantar para dar certas ordens às empregadas. Camilo pegou o jornal que estava sobre a mesinha e ali ficou virando as páginas, desinteressado do que ia lendo. Leonor retornou com dois cálices de licor, sentou-se ao lado do marido e sugeriu um brinde todo especial que no primeiro momento encheu Camilo de esperanças:

– À felicidade de nossa filha Patrícia, à saúde de todos nós.

– À felicidade de Patrícia – respondeu ele – e à nossa própria felicidade.

Beberam pequenos goles; ela perguntou se havia alguma notícia nova no jornal, ele disse que não, as notícias de todos os dias, navios que chegavam e partiam, a cotação dos cereais nos mercados internacionais, casamentos e noivados, nascimentos, crimes, atropelamentos, brigas entre as grandes nações, enfim, o trivial de todos os dias. Leonor suspirou fundo, ah, que dia cansativo, meu Deus, acho que vou aproveitar a noite que está fria para ler na cama quentinha; sei que vais preferir o teu escritório para rever papéis e outras coisas; quando subires não te constranjas se eu já estiver dormindo, pode acender a tua luz, pois com o cansaço em que me encontro nada vai conseguir me acordar.

– Não acho muito recomendável que logo depois do jantar subas para dormir. Afinal, bem que podias ficar um pouco aqui, conversaríamos, sei lá, a gente podia fazer uma coisa que é comum entre os casais, que é a de trocar ideias sobre os mais diversos fatos.

– Mas não podíamos conversar noutro dia?

– E por que noutro dia, se ambos não temos o que fazer agora, se acabamos de jantar? Por exemplo, há dias que eu estava querendo saber por que não tens ido ver Plínio, levar um pouco de conforto à pobre da Joan, pois ela tem se revelado uma criatura maravilhosa sob todos os pontos de vista. Acho que tua presença ia ser muito bom para ela.

– De fato, te confesso que não havia pensado nisso. Tu mesmo havia me dito que o Plínio está inconsciente, que não reconhece mais as pessoas e naturalmente achei que indo lá ou não indo dava no mesmo. Esqueci de Joan, é verdade. Amanhã mesmo vou lá.

– Passa-se alguma coisa contigo?

– Não, em absoluto. Por que perguntas isso?

– Não sei, não quero te fazer nenhuma acusação, assim como não quero me desculpar de nada, mas a nossa vida já não é a mesma. E eu te confesso que gostaria que retornasse a um passado que considero maravilhoso. Ontem conversei com os meus botões, quem sabe não sou eu o culpado, quem sabe não seja eu o primeiro a tomar a iniciativa, conversar com Leonor, discutirmos de maneira elevada e tranquila a nossa situação...

– É, de fato temos levado uma vida em separado. Não sei se a culpa é de um ou de outro, mas a realidade é esta e não sei se chegaremos a um acordo sobre as causas tão cedo.

– Queres dizer que consideras a situação irreversível?

– Em absoluto. Eu poderia dizer que houve coisas entre nós bastante desagradáveis, mas não a esse ponto...

– Leonor, se tu pensas em viver a tua vida, se tu achas que entre nós tudo acabou, eu serei o primeiro a reconhecer o teu direito, a te dar inteira liberdade.

– Camilo, o tempo é um grande fator de cura, inclusive para graves moléstias. Por que não termos um pouco de paciência e deixar que as coisas se ajeitem por si?

– Mas esperar até quando?

– Bem, até quando, realmente não sei. Apenas acho que devemos dar tempo ao tempo.

Levantou-se disposta a subir, passou por ele e teve um gesto inédito nos últimos anos, beijando-o na testa, respeitosamente. Vou subir, querido, pretendo ler um pouco ainda antes de dormir, espero que não fiques trancado neste escritório até altas horas. Boa noite.

Subiu lentamente, Camilo ficou olhando seu belo corpo, suas pernas bem feitas, o requebro gracioso das cadeiras, lembrou-se de outras épocas, das suas loucuras a dois e desistiu de olhar qualquer papel que fosse. Daria tempo a que ela se deitasse e subiria também. Quando chegou no quarto Leonor já havia apagado a luz de cabeceira e parecia mesmo dormir. Foi para o quarto de banho, preparou-se e procurou meter-se debaixo das cobertas sem fazer nenhuma bulha. Aconchegou-se ao enorme e macio travesseiro, notou que ela estava de costas para ele, aproximou-se com cautela, sorrateiro, seus corpos começavam a encaixar-se, fez com que ela sentisse o escaldante calor de seu membro, tentou que ela o ajudasse, facilitando as coisas; preferia assim, sem nenhuma palavra, em total silêncio, apenas a fusão dos dois corpos fremindo na calidez das cobertas; Leonor resmungou qualquer coisa, como se já estivesse dormindo, retornando à imobilidade de antes, indiferente ao que estaria sentindo junto a si, forçando a que ela afastasse uma perna da outra, algo duro e viscoso, enquanto a mão de Camilo buscava seus seios, puxando-a para si; foi quando Leonor virou-se, afastando-se, ah meu amor, estou morrendo de dor de cabeça, nem cheguei a ler porque já não conseguia enxergar direito; dorme quietinho, amanhã eu já estarei boa; não me leva a mal, passei hoje quase todo o dia assim. Camilo não disse nada; afastou-se, ficou de costas para ela, sentia a cabeça tumultuada, teve ímpetos de acender a luz e dizer a ela o que tinha trancado na garganta havia tanto tempo, que ela devia estar cansada das horas de amor com seu amante, que seu desejo carnal estaria mais do que satisfeito, bateria nela, pegaria as suas roupas e desapareceria. Humilhado, custou a conciliar o sono. Muitas coisas passaram por sua cabeça, muitos momentos, bons e maus, os pensamentos se atropelavam até que o cansaço o venceu e ele dormiu.

17. Plínio agonizava. Sua extraordinária resistência impressionava os médicos, Joan emagrecera de maneira incrível, era uma sombra daquela mulher de alguns meses atrás. O sacrifício passara a ser maior do que a sua tenacidade, superior à sua resistência. Camilo costumava passar parte da tarde ou quase toda a manhã na casa deles, obrigando Joan a deitar-se no outro quarto e dormir sem prazo para acordar. Mas ela não conseguia essa proeza a não ser por duas ou três escassas horas. Ia para junto da cama do marido e ali ficava, atenta aos remédios, ela mesma aplicando injeções, num jogo de inutilidades que não dispensaria. Joan, Joan, lhe dizia o cunhado de testa franzida, ralhando com ela como quem ralha com uma meninazinha; assim não é possível, dentro de mais alguns meses não terás forças para atravessar aquela porta e andar de uma peça para outra; estás te matando aos poucos e isso é ruim não só para ti como principalmente para o Plínio que depende só de ti. Passou então a tomar comprimidos para dormir; conseguia chegar a cinco horas de sono corrido, depois caía em prostração e quando Camilo chegava suas forças pareciam abandoná-la e ela deitava a cabeça no seu peito e chorava perdidamente. Novos comprimidos, novos pedaços de sono entrecortados por sustos e pesadelos horríveis, Camilo tentava convencê-la a descansar, ela a repetir que desejava muito mas não conseguia.

Um dia o médico saiu do quarto de Plínio, encontrou Camilo sentado na sala, disse que queria ver Joan. Passaram os dois para o outro quarto onde ela dormia inquieta; Camilo perguntou se ele queria examiná-la, o médico disse que não, fez sinal para que ambos passassem para a sala, desejava falar com franqueza e sem subterfúgios: Plínio consumia as suas últimas resistências, estava realmente no fim, nada mais a fazer, pedia que suspendessem com qualquer remédio, tudo o que fizessem seria apenas prolongar por mais algumas horas, quem sabe uns dias, aquela terrível situação de quem só se alimentava de soro, sem a mais longínqua possibilidade de recuperação. Camilo disse que ia tentar convencer Joan de agir assim. Olhou pensativo para o jovem médico:

– O senhor por acaso não estaria sugerindo uma espécie de eutanásia?

– Creio que os meus conselhos estão muito longe disso. Ele permanece com vida vegetativa há muito tempo e o senhor mesmo sabe que não há nenhuma possibilidade de recuperação. Acontece que sua vida está sendo mantida de maneira totalmente artificial, sem esperanças.

– Está bem, doutor, tentarei convencer Joan. Por favor, volte amanhã.

O médico se despediu, Camilo retornou à sua poltrona. Pouco depois a sombra do que fora Joan surgiu na porta do outro quarto. Ele apressou-se em ampará-la, perguntou como se sentia, levou-a a sentar-se a seu lado num sofá de canto. Segurou suas mãos, Joan, o médico acaba de sair, era o Dr. Marcos, ele fez questão de me dizer que a vida de Plínio está por um fio, que sua resistência tinha sido quase milagrosa durante estes últimos anos; recomendou que se suspendesse os remédios...

– Não, isso não – Joan falava como se estivesse alucinada –, não vou deixar de dar a ele um comprimido que seja...

Suspenderam a respiração. Viera do quarto um som gutural, uma espécie de gemido ou de grito, correram ambos; Joan chegou primeiro à beira da cama, Camilo passou para o outro lado, pegou as mãos retorcidas do irmão, geladas e inertes, virou seu rosto, tomou o pulso, passou para o lado de Joan, abraçou-a comovido, Joan, minha querida, Plínio acabou de expirar. Com uma decisão que surpreendeu Camilo, ela tratou de juntar as mãos deformadas do marido, começou a esticar as cobertas, pediu a Camilo que abrisse um pouco a cortina da janela para iluminar um pouco o quarto, saiu e voltou logo a seguir com uma caixa de papelão vazia que colocou junto à mesa de cabeceira e com firmeza e decisão começou a passar a mão aberta sobre o tampo, jogando para dentro da caixa todos os vidros e as caixas de remédio que jaziam ali desde o início da doença de Plínio. Nem uma lágrima, um queixume, alguma palavra que denotasse sua dor e sua revolta contra tudo aquilo. Aproximou-se do cunhado que permanecia sem saber o que dizer, perguntou se ele podia providenciar a vinda do médico para o atestado de óbito e se podia contratar os serviços de uma agência funerária. Com a tristeza estampada nos olhos secos, ela disse a Camilo que lamentava a morte de seu irmão, justamente ele que fora dos mais chegados e mais amigos. Joan, minha querida, nós dois perdemos algo insubstituível, mas eu não tenho coragem de comparar a minha dor com a tua. Nenhuma outra mulher daria o exemplo que deste; Joan, somos duas pessoas muito infelizes hoje.

O velório foi numa das capelas do Cemitério São Miguel e Almas, uma noite fria e ventosa, Joan e Camilo com os pés sobre o piso úmido e gelado de ladrilhos; João que esteve com eles por algumas horas; Leonor e Patrícia que demoraram pouco, alguns amigos, o Dr. Wolney e uma grande coroa de folhas prateadas com uma larga fita de pêsames da firma Materiais de Construções Mortágua Ltda.; Camilo agradeceu a lembrança do advogado, mas este disse que não havia sido dele a lembrança, mas a ordem partira da filha de Seu Edmundo que se encontrava na cama e afastado havia duas semanas da firma.

De madrugada, só Joan e Camilo. Ela quis saber como andavam os entendimentos dele com Leonor. Camilo sorriu triste, piores do que se poderia imaginar; Joan, o nosso casamento está terminado, não há mais volta, é como a morte. E por que não pedes a separação e não tratas de recuperar tua vida com outra pessoa? Não, Joan, primeiro preciso descobrir uma coisa atrás da qual tenho andado muito; e quando conseguir o que quero, a separação será inevitável. Ainda intentas descobrir o seu amante, não é isso? Camilo fez que sim, com a cabeça. E foi mais além: agora vou dispor de mais tempo, disporei de tempo integral para a descoberta que busco; sei que vou descobrir, simplesmente porque existe a tal figura e porque não pretendo morrer sem saber de quem se trata. Joan apertou a sua mão, mas sem violência, meu querido, tudo como as pessoas civilizadas costumam fazer; não quero que percas a tua vida só pelo prazer de tirares a vida dela, não vejo nisso nenhuma vantagem, é a tua vida pela dela; e se de fato houver na vida dela um amante, se ela te trai, não haverá razão para te rebaixares até ela.

Permaneceram um longo tempo calados. Camilo só pediu licença para sair por um minuto e voltou com meia taça de café preto para a cunhada.

– E agora, o que pretendes fazer da tua vida?

– Só me resta voltar – disse Joan, tomando devagar o seu café. – Aqui, além de ti, não tenho mais ninguém. Lá ainda me restam os meus pais, meus irmãos, algumas amigas de infância, de colégio.

– Vou sentir muito a tua ausência. Morro um pouco, mas não vejo uma saída melhor para ti.

– E quanto às dívidas feitas com a doença dele?

– Ainda não pensei, mas encontraremos um jeito. As nossas partes daquele dinheiro da venda da estância foram consumidas. Se quiseres voltar, venderemos o apartamento e creio que o dinheiro apurado dará para cobrir senão tudo pelo menos a maior parte das dívidas, reservando dinheiro para a tua viagem de volta. E, assim que vencermos a causa da empresa, remeterei para Londres a tua parte.

– Obrigado, Camilo, mas não quero nada desse dinheiro. Ele é inteiramente teu, vou deixar uma declaração nesse sentido.

– De modo algum, não aceito; mesmo porque não vou precisar.

Na hora do enterro as pessoas voltaram, Leonor e Patrícia, João, Dr. Wolney, meia dúzia de fiéis funcionários da empresa, alguns vizinhos, diversos amigos de infância. Camilo ia abraçado com Joan, que se mantinha serena e corajosa. Disse baixo para o cunhado enquanto acompanhavam o caixão sobre o carrinho de quadro rodas: fiz o firme propósito de não chorar, Camilo, e espero que o mesmo aconteça contigo; vamos ser fortes, acho que Plínio, esteja onde estiver, aprovará a nossa decisão. Camilo disse que prometia mas que não estava assim tão certo de conseguir; ela, Joan, era bem mais forte do que ele. Neste preciso momento Camilo sentiu um impacto que foi notado por Joan. Acabara de ver, entre os mausoléus laterais, Mocinha e outra senhora. O olhar de Joan acompanhou o do cunhado e percebeu tudo. E ela é muito bonita, meu querido, e que personalidade! Mas eu não sei, gaguejou ele, a quem tu estás te referindo? Joan apertou sua mão com força, eu já tive notícias dela através de Plínio e até hoje não entendi a tua decisão; chama-se Mocinha, não é isso mesmo? Camilo disse que sim ao mesmo tempo em que notou que as duas se afastavam, desaparecendo por entre as sepulturas. Confidenciou à cunhada que se o visse chorando não seria por fraqueza, nem por falta de cumprimento do combinado; ela saberia bem por quê.

No dia seguinte Camilo levou Joan para sua casa, Leonor a tratou com muito carinho, enquanto procurava vender o apartamento e apurar dinheiro. Deprimida pelas longas e intermináveis vigílias, pela tensão permanente, pela dor e, muitas vezes, pelo desespero que a assaltava em determinados momentos mais críticos, Joan levou alguns dias apenas dormindo e comendo, às vezes dando uma volta pelo braço do cunhado pelo pátio para tomar um pouco de sol.

Vendido o apartamento Camilo tranquilizou Joan, havia pago praticamente todas as dívidas e havia sobrado dinheiro para a sua viagem de volta. Leonor concordou em que ela devia regressar, ia para sua terra, para junto dos seus, não se justificava ficar no Brasil. Foram no carro de Camilo, poucas malas, Leonor e Patrícia no outro carro com o chofer da mãe e gentilmente o Dr. Wolney que fazia questão de apresentar as suas despedidas para a viúva de uma pessoa que ele estimara muito.

– Escreve, minha querida – disse Camilo, abraçando comovido a cunhada que se mostrava um pouco aérea, quase indecisa. – Eu prometo que escreverei sempre que puder e, assim que as coisas forem regularizadas na firma, remeterei aquilo que de direito é teu. Vai com Deus.

Camilo afastou-se um pouco para deixar Joan despedir-se das demais pessoas que haviam ido ao aeroporto, caminhou até a entrada de chamada dos passageiros, tentando sempre esconder os olhos marejados de lágrimas. Jamais veria Joan pelo resto de sua vida. Abanou para ela, pela última vez, quando Joan sentava-se no saguão de espera da companhia aérea, ao lado de suas bolsas de mão. Atirou um beijo e saiu do aeroporto sem despedir-se de mais ninguém. Camilo dirigiu o carro, todo o tempo, vendo as imagens deformadas como num aquário, indiferente ao que se passava pelos arredores.

18. Patrícia estava com pena do pai, sabia o quanto ele sofria com a viagem de Joan. O tempo transcorria e sempre que alguém falava nela ele saía de onde estava, caminhava de um lado para outro, procurava esconder a sua emoção. Já escrevera duas cartas para Londres e recebera um bilhete dela dizendo que acabava de chegar à capital depois de permanecer alguns meses em repouso no Condado de Carmarthen, no País de Gales; contava sobre as ruínas de um castelo normando, dos grandes relvados que circundavam o velho solar de um tal de Richard Steele; falava também do espetáculo da chegada, ao entardecer, dos barcos pesqueiros que aportavam cobertos de gaivotas na rapinagem dos peixes miúdos que iam ficando pelo caminho; suas pescarias frustradas nas águas frias do Rio Towy e, sobretudo, na imensa saudade que sentia de Porto Alegre e de todos os que deixara na cidade. João se preocupava com o pai que zanzava pela casa, saía pelo meio da tarde sem destino, voltava à noite para jantar, lia o jornal, às vezes um livro, e ia dormir. Comparada com a dele, João, uma vida vazia e sem sentido.

Numa noite, depois do jantar, João saindo direto para a casa de sua namorada, Patrícia desaparecendo com a desculpa de que precisava estudar com um grupo, Camilo e Leonor ficaram mais uma vez a sós. Ela ainda mantinha-se vestida como chegara ao cair da noite, seus cabelos presos por belos grampos de osso de tartaruga, vestido justo, sapatos de saltos longos e finos, as largas ancas bem proporcionadas.

– Aproveitaste bem a tarde, hoje? – perguntou Camilo, sem despregar os olhos do jornal.

– Não sei o que tu queres dizer com aproveitar, mas se foi no sentido de ter conseguido fazer tudo o que estava programado, posso te dizer que aproveitei bastante.

– Deves estar cansada, então?

– Mais ou menos, mas não muito. Por quê?

– Por nada, apenas preocupação por tua saúde, pelo teu bem-estar.

– E tu? Fiquei sabendo que nem saíste de casa. Acho isso muito ruim para um homem de tua idade. Não gostaria de interferir nos teus assuntos, mas acho que esse tal de Dr. Wolney está levando a coisa longe demais. Não posso imaginar uma causa destas a se arrastar por tantos anos.

– Não é culpa dele, foi culpa minha. Na verdade ele até que tem feito o que pode, com um pagamento mensal ridículo para um profissional da qualidade dele. Mas segundo suas próprias palavras, parece que o fim da comédia se aproxima.

– Tomara. Acho que já é tempo de fazer justiça com aquele velho vigarista e sua formosa filha.

Camilo sentiu onde ela queria chegar, mas fez-se de desentendido, disse com a cabeça que sim, concordava com a mulher. Repetiu uma surrada frase, a justiça tarda, mas chega.

– E Patrícia, como anda de estudos? – quis saber o pai.

– Pelo que sei, nunca vi ninguém estudar tanto. Quase todas as noites um grupo de colegas se reúne e elas ficam estudando até tarde. Para te falar a verdade, ando preocupada com a saúde dela.

– João é que vejo pouco. É preciso falar a teu pai que o rapaz parece que está se excedendo no trabalho. Amanhã ou depois pega uma tuberculose e lá se vão por água abaixo todas as ambições do mundo.

– Deixa de ser pessimista. João até que não trabalha tanto assim, come bem e até namorada conseguiu para se distrair um pouco. Acho que não é para casar, senão já teria trazido a moça aqui em casa para nos apresentar.

– Tomara que não seja, ele está muito moço para amarrar-se.

– Eu também acho – disse ela, olhando para o relógio e perguntando a ele se queria um chá com gotas de limão.

– Pois olha, aceito.

Leonor bateu palmas, surgiu a empregada na porta, ela encomendou o que queria, depois sentou-se no sofá de canto, deitou-se apoiada em almofadas, tirou os sapatos, descansou os pés no braço estofado, deixando aparecer quase um palmo de perna acima do joelho. Camilo notou e discretamente fingiu não ter reparado. Chegou a virar-se um pouco de onde estava, de maneira a não ficar de frente para ela. Vou mudar de manicure, disse ela examinando as unhas, esta moça que entrou no salão é um desastre completo, está me estragando todas as unhas. A pedicure a mesma coisa; vou reclamar na próxima semana ou mudo de salão, Porto Alegre não tem só aquele. Ele fingia ler distraído o jornal da manhã como se procurasse alguma coisa de muito interesse. Leonor levantou a perna, começou a despir a meia com cuidado, enrolando-a jeitosamente, até tirá-la de vez. Olha só o que fizeram com as minhas unhas do pé! Profissionais coisa nenhuma, para mim amadoras que não sabem ganhar a vida em outra atividade. Chegava o pé bem próximo dos olhos, Camilo notou que naquela posição Leonor ficava inteiramente descomposta, mas, afinal, pensou, estão na sala apenas marido e mulher. Finalmente chegara o dia em que ela o provocava visivelmente, preparando a gula do marido para quando subissem para o quarto. Suas têmporas latejavam, seu pulso corria, as letras se embaralhavam diante dos olhos, virou-se para ela, mas afinal ela chegou a te machucar os pés? Leonor permaneceu na mesma posição; sorriu, não, meu querido, mas fez um péssimo trabalho, a cutícula está toda aqui, lixou mal, pintou pior ainda; sabe o que mais? Não volto naquele salão.

Ouvindo os passos da empregada que trazia o chá Leonor baixou a perna, puxou o vestido, pediu que primeiro servisse o marido.

– Vais sair amanhã de tarde? – perguntou Leonor, depois de beber alguns goles de chá.

– Não sei ainda, mas creio que não. Depois da morte de Plínio e do regresso de Joan, fiquei sem ter aonde ir. Para falar a verdade acho que vou aprender a fazer tricô contigo, só para ter o que fazer. Ou mandar trocar a placa do meu carro e trabalhar na praça. Enfim, um homem em disponibilidade, ainda com saúde, boa disposição física, algum estudo, certos conhecimentos práticos sobre a vida. Não achas uma boa ideia?

– Não é de todo má.

Levantou-se, enfiou os sapatos, largou a xícara sobre uma cadeira, espreguiçou-se e disse que ia deitar-se. Por que não fazes o mesmo? A noite está um pouco fria, se a gente não estiver com sono, pode-se ler um bom livro, alguma revista, enfim, sempre é melhor do que ficar nesta sala que por ser grande me parece sempre fria; vou subir, com licença, te espero lá em cima. Subiu a escada lentamente, coleante, em atitude provocadora. Camilo ficou apreciando o espetáculo com um certo temor. E se ela fizesse tudo aquilo para chegar na hora e dizer que estava com sono, que estava com dor de cabeça ou que estava nos seus dias proibidos? Decidiu topar a parada. Largou o jornal no chão e subiu também para o quarto. Encontrou Leonor jogando os sapatos longe, tirando o outro pé de meia. Ao ver que ele chegava virou-se de costas, pediu por favor que ele puxasse o fecho metálico, abrindo o vestido de alto abaixo.

– Aproveita e desabotoa o corpinho. Ah, meu Deus, quando chegará o dia em que a mulher não vai mais precisar destas coisas incômodas que são os porta-seios? Tirou o vestido dos ombros deixando-o cair até a cintura, passou as mãos sobre os seios, e se ainda a gente tivesse isso tudo caído, mas pelo amor de Deus, os meus, apesar da idade, ainda bem que fariam o orgulho de muita mocinha de vinte anos. Ele se manteve firme, concordou com ela, sugeriu até que não usasse nada, pois afinal ninguém iria notar isso tendo o vestido ou a blusa por cima. É o que tu pensas, disse ela, qualquer mulher sabe a léguas quando uma outra está sem nada por baixo do vestido; e é um escândalo, um falatório, como se a gente estivesse cometendo um crime. Dirigiu-se para o quarto de banho, enquanto Camilo ficava ali e despia a roupa, peça por peça, quebrando a cabeça para saber onde a mulher queria chegar. Se ela me fizer isso, pensava ele, parto-lhe a cara como se estivesse num botequim de quinta classe. De repente sorriu. Passou-lhe pela cabeça algo diabólico. Ficou inteiramente nu, perguntou para ela se podia ocupar o banheiro. Ela gritou de lá que já podia estar ali, nada impedia que os dois usassem a peça juntos. Ao vê-lo, pelo espelho, teve um leve sobressalto, mas não tão leve que não o deixasse perceber. Cruzes, podias pelo menos ter posto um pijama por cima. Notou a excitação dele, disse que, se ele queria assim, pois faria o mesmo. Deixou a camisola escorregar pelos ombros e surgiu deslumbrante diante dos olhos dele, inteiramente nua, mais alva ainda sob o reflexo das lâmpadas refletidas pelo grande espelho que cobria toda a parede.

– Por que será – perguntou ela – que uma mulher nua não é nunca indecente e o homem se torna pornográfico?

– Querida, só posso esclarecer a tua dúvida dizendo que é por faltar na mulher alguma coisa, enquanto ao homem, sobra.

Ela riu, levou a mão para trás, agarrou-o firme, apertou com violência a ponto dele gemer. Mas o que é isso? Tens ódio dele? Leonor sorriu, deu lugar a Camilo na frente da pia sobre o grande balcão de mármore branco, sumindo pela porta do quarto.

– Querido, boa noite, estou com muito sono.

Ele deu boa noite, suas desconfianças cresceram, mas não disse nada. Poucos minutos depois ele se metia também debaixo das cobertas, estendeu a mão para o lado dela, encontrou seu corpo, percorreu a pele macia quente, deslizou os dedos pelo ventre, acariciou-o lentamente, desceu a mão, seus dedos emaranharam-se num mundo suave e viscoso, procurou aprofundar-se, ela gemia e pedia que ele parasse, temia sufocar-se, por favor não, para; seus braços enlearam-se ao redor do corpo dele, suas mãos buscaram o que queriam, desceu o rosto por seu peito, sua língua era a de uma víbora, açambarcou o que lhe apetecia, ajeitava-se como uma gata no cio, disse que morria de saudades, era assim que queria, virou o corpo, ficou de joelhos, cabeça afundada no travesseiro, inteiramente receptível à inevitável e sofregamente esperada investida do marido que de repente tira as mãos de cima dos seus ombros, senta-se na beira da cama, de seu lado, vira-se para a mulher que já estava com os olhos cheios d'água, queixou-se de que estava com uma terrível dor de cabeça. Leonor ficou momentaneamente paralisada, depois deixou-se cair de lado, ficou olhando para ele com os olhos muito arregalados, expressão feroz; sentou-se na cama, cobriu-se com os lençóis, viu quando ele vestia novamente: roupas debaixo, a camisa, a calça, enfiava as meias e calçava os sapatos.

– Não vais me dizer...

– Por que esta cara, minha querida Leonor? Lembrei-me agora de que preciso escrever ainda umas duas ou três cartas e não posso deixar para amanhã.

– Canalha! Porco imundo! Animal!

– Que linguagem, querida, pareces até uma puta da Cabo Rocha. Nunca imaginei que a filha única de um grande banqueiro fosse capaz de proferir tais grosserias!

– Não passas de um canalha, sim! Juro que se tivesse uma arma nas mãos te matava como se mata um animal venenoso!

– Ora, não vamos tão longe por tão pouca coisa. Se alguém tivesse o direito de fazer isso seria eu e sabes bem por que digo tal coisa. Vai dormir como uma senhora da alta sociedade, veste a tua camisola que não fica bem para uma dama dormir assim sem nenhuma roupa sobre o corpo. E depois, podes apanhar um resfriado e se tiveres que ficar na cama, não poderás correr pelos caminhos de todos os dias, deixarás consternada tua manicure, tua pedicure, tua cabeleireira, sei lá, quem sabe até teu médico preferido, teu próprio dentista. Trata de ficar boazinha. Da próxima vez, quem sabe, eu possa adiar outros compromissos para cavalgar a filha única do comendador.

Leonor afundara o rosto no travesseiro e chorava raivosa, soqueando o alvo lençol que se amarfanhava com seu ódio e agitação. Camilo abriu a porta, pediu licença, tornou a fechá-la e foi para o escritório, no primeiro andar. Fechou a porta, sentou-se na cadeira giratória, debruçou-se sobre a mesa, deitou a cabeça sobre os braços e chorou.

19. Camilo mandara preparar o quarto que fora de Jeziel, ordenou às empregadas que transferissem suas roupas para lá, arrecadou do banheiro tudo o que era seu. Era a separação. João e Patrícia notaram, não disseram nada, Leonor manteve-se como se nada tivesse acontecido. Apenas as refeições passaram a ser desagradáveis, com prolongados silêncios como se uns fossem estranhos para os outros. Tomavam o cafezinho na sala, João se despedia, Patrícia dava um beijo em cada um e sumia, Leonor vestia-se melhor do que nunca e quando as contas chegavam Camilo limitava-se a escrever no verso de cada "obséquio encaminhar ao Banco da Província, aos cuidados do comendador". Não citava sequer o nome do sogro. Logo depois Camilo saía com seu carro em busca do outro, girando pela cidade, aqui e ali, até que um dia, ao dobrar uma esquina do Menino Deus, dá com o carro dela, motorista a postos, estacionado em frente a um edifício antigo, não muito grande, uns quatro andares, placas de médicos e dentistas. Estacionou distante, veio a pé, postou-se de maneira a não ser visto, protegido por uma árvore, e esperou. De repente viu que o motorista descia do carro e abria a porta, pressuroso. Do edifício saía Leonor, bela e elegante. Embarcou no carro e logo depois se punham em marcha e desapareciam.

Camilo caminhou até a porta, espiou para o pequeno saguão sem porteiro, entrou, ficou olhando a placa indicativa dos moradores, todos indicavam alguma profissão, médico, dentista, salão de beleza. Já ia saindo quando reparou que no terceiro andar havia um conjunto vago. Um homem descia a escada, Camilo o abordou, cavalheiro, por obséquio, o senhor não pode me informar se aquele apartamento ali do terceiro andar está por alugar? O homem olhou, disse que seu gabinete ficava ao lado e que acreditava que não estivesse para alugar, pois em caso contrário haveria algum aviso na janela ou mesmo aqui no saguão; se não estou enganado, mora alguém lá, mas não posso lhe dizer quem seja, pois nunca o vi; com licença, passe bem. Camilo saiu para a calçada, olhou a fachada, tentou localizar o apartamento por fora, mas não conseguiu nada. Voltou para o carro, deu uma volta vagarosa pela cidade, passou por perto da antiga olaria da Cascata, agora um terreno sujo com algumas ruínas e muito mato ralo. Quando chegou em casa viu que o carro de Leonor já estava na garagem e o velho chofer passava uma flanela na lataria. O doutor não quer que passe uma flanela no seu? Não, muito obrigado, não importa andar com o carro meio sujo, pouco se me dá. Foi para seu quarto, tomou um banho, deitou-se para pensar, afinal lhe parecia ter achado a toca da onça.

No dia seguinte saiu logo depois do almoço, dirigiu-se para o mesmo local, deixou o carro mais longe ainda, caminhou bastante para chegar perto do edifício. Postou-se num prédio fronteiro, meio para dentro da porta, e ali ficou paciente, apesar da celeridade com que batia seu coração. Ouviu o ruído do motor de um carro, tratou de esconder-se ainda mais, viu quando o carro de Leonor chegava, quando ela descia ajudada cerimoniosamente pelo chofer, quando entrava no prédio e nele desaparecia. Ficou atento ao terceiro andar. Notou que nas duas janelas da direita acendia-se a luz. As persianas continuavam fechadas. Olhou por uma fresta de porta que outro carro estacionava bem mais adiante e que um homem bem apessoado, elegante, caminhava em direção ao prédio, lançara um olhar desconfiado para os dois lados da rua e entrava rápido na porta, sumindo. Camilo saiu de onde estava, depois de aguardar alguns momentos, atravessou a rua, passou pelo chofer de Leonor, perguntou se ela estava ali e o homem confirmou, era o prédio onde ficava o gabinete de seu dentista. Ótimo, disse Camilo, vou subir porque preciso falar com ela urgente. Segundo andar, doutor – recomendou o homem, tentando ser agradável. Ele subiu degrau a degrau sem saber exatamente o que fazer quando chegasse lá. Havia dois conjuntos de frente, um era mesmo gabinete de dentista, achou melhor perguntar à enfermeira se não estava ali a Sra. Leonor Mortágua. Não, não havia nenhuma cliente naquele momento. Ele pediu desculpas, saiu da sala de espera e ficou parado frente à porta do 302. Tocou a campainha, ouviu que pessoas andavam lá dentro, até que uma voz de homem perguntou quem era. Camilo colocou o lenço sobre a boca, alterou a voz, disse que era o zelador para entregar uma encomenda. Ouviu quando a chave girou na fechadura, a porta abriu-se numa pequena fresta, um homem espiou e ao ver Camilo tentou fechá-la violentamente, mas já muito tarde. Ele havia colocado o pé entre a folha e o batente e logo após, num safanão, escancarou a porta, entrando agressivo. O homem estava só de calças e meias, com o busto desnudo. Leonor, sentada na cama e tentando proteger-se com um lençol, parecia petrificada de horror. O homem fechou a porta, enquanto Camilo aproximou-se da mulher e num gesto rápido e vigoroso arrancou de suas mãos o lençol, deixando-a inteiramente nua, sentada numa cama mambembe, lençóis grosseiros. Camilo mantinha uma das mãos no bolso da calça; afastou-se para um canto sem proferir uma palavra. Quando o homem quis pegar a camisa para vesti-la, ele fez um gesto repentino, ele que não tentasse pegar roupa nenhuma.

– Vai sair daqui exatamente como está!

– Mas eu não posso...

– Ou prefere levar um tiro no meio das pernas?

O homem olhou pálido para Leonor que permanecia rígida como se tivesse enregelado, olhos fixos no marido. Pelo amor de Deus, Camilo, pensa nos teus filhos, pensa no escândalo, pelo amor de Deus, não faz nenhuma loucura.

– Ah, eu não posso fazer nenhuma loucura, mas tu podes, tu tens direito a frequentar todos os dias uma garçonnière, podes mentir ao chofer que vens ao dentista e nada disso é loucura. Pois ele vai sair assim como está, precisamente neste momento; vou contar até três, depois disso será um homem morto.

Com os olhos arregalados o homem abriu a porta e saiu rapidamente, deixando-a semiaberta. Camilo foi até lá e fechou-a com a ponta do pé, mão sempre no bolso.

– Camilo, pelo amor de Deus, pelo amor que tens aos teus filhos, pensa no que estás fazendo, tu me levas à loucura...

Camilo sentou-se numa cadeira desconjuntada, olhou para a peça toda, sim senhora, um quarto miserável para encontros secretos, uma pocilga imunda e aqui o casal de pombinhos a se amar como dois adolescentes; a senhora Leonor Mortágua, mãe de dois filhos, seu pai o ilustre e respeitado comendador que ocupa uma das diretorias do banco mais importante do Estado, hoje com um amante, amanhã com outro; sabes o que mereces que eu faça? Vamos ver se eu consigo raciocinar como uma pessoa que ainda não perdeu a razão de todo, que ainda pode viver solta pelas ruas da cidades, enfim, um marido corno e sensato, ao mesmo tempo; digamos que eu faça o mais indicado como castigo para a nobre dama da alta sociedade, abrir esta porta, deixar que ela leve, a título de piedade, esse lençol imundo, e saia pelas ruas ou pegue seu carro que está aí na porta, que trate de explicar da melhor maneira possível o mistério para o pobre do chofer. Ou quem sabe uma outra ideia, quem sabe mais humana, deixá-la aqui mesmo, levar embora sua roupa, sair e passar a chave na porta, ela que grite na janela pedindo socorro, que chame o seu motorista, aliás o velho motorista de seu pai. São ideias razoáveis...

– Camilo, eu te peço pelos nossos filhos...

– Sim, é verdade, temos filhos; foi uma boa e oportuna lembrança que a senhora prostituta teve neste momento, mas que não se lembrou quando devia, isto é, quando se despia diariamente para o primeiro homem que encontrasse disponível numa tarde qualquer.

– Pelo amor de Deus, não me martiriza mais, deixa que eu coloque a minha roupa, estou tremendo de frio.

– E de medo, diga-se de passagem. Pois concordo, quero provar que sou um sujeito de bom coração, humano, compreensivo.

Leonor vestia-se apressadamente, olhos fixos no marido, tremia a ponto de não conseguir ligar uma presilha. Camilo permaneceu na velha cadeira o tempo todo, como se fosse a própria imagem da paciência. A senhora crê que está totalmente vestida e pronta para sair? Leonor deixou-se cair sentada na cama, limpou os olhos das lágrimas que afloravam, sua voz ficara sumida e rouca.

– Faz o que quiseres; me mata, me dá um tiro, eu não pretendo te pedir mais nada. Posso imaginar que te sintas humilhado, assim como fui humilhada na última vez em que estivemos juntos como marido e mulher. Naquela noite eu também quis te matar, mas resolvi calar e engolir a humilhação. Estás com a faca e o queijo na mão...

– Não, não vou te matar, nunca pensei nisso. Vais sair daqui como entraste, uma senhora elegante, bem vestida, bonita, embarcarás no carro que ficou aí embaixo, darás as tuas ordens ao chofer, podes até inventar que eu fiquei em teu lugar na cadeira do dentista.

– Mas eu não vou inventar nada, não devo satisfações a ele.

– Claro, a partir de hoje és uma mulher inteiramente livre, irás fazer o que achares melhor. Eu volto hoje para casa, arrecado as minhas roupas principais, pelo menos o indispensável, direi aos meus filhos que resolvi não viver mais com a mãe deles, a honestíssima Senhora Leonor Mortágua. Irei para um hotel até achar uma solução melhor.

– Mas a casa é tua, eu é quem devo sair, vou para a casa dos meus pais...

– Não senhora. Ficarás na casa de João e Patrícia, eu é que sairei. Motivo? Incompatibilidade de gênios, é coisa que está na moda.

– Mas eu não acho justo...

– Quem deve achar isso ou aquilo sou eu. Eu não saio de casa desmoralizado, corneado e a senhora não fica em casa como uma reles puta que costuma apanhar homens na rua para levá-los para pocilgas como esta. Vê a minha delicadeza, sequer perguntei quanto estás cobrando, por hora ou por tarde. João e Patrícia compreenderão tudo, não se sentirão ultrajados, não desprezarão o pai, não odiarão a mãe. Não achas que sou uma pessoa sensata? Que tenho boa formação e que sei respeitar a mãe dos meus filhos?

– Posso sair?

Camilo levantou-se, foi até à porta, girou o trinco, abriu-a inteiramente. Fez um largo gesto, dando-lhe passagem. Ela saiu apressada e Camilo ficou apenas ouvindo o barulho dos seus saltos batendo nos degraus de granitina do velho prédio. Voltou para postar-se no centro do quarto, olhou novamente para tudo, aproximou-se da janela e, através das persianas irregulares, viu quando o velho chofer abria a porta do carro, deixando-a entrar. Logo a seguir ouviu o ruído forte do motor, o carro ia embora levando Leonor.

Abriu a porta de um velho guarda-roupa e notou que ficara lá dentro a camisa e o casaco do homem que saíra seminu rua afora. Remexeu nos bolsos, encontrou uma carteira, revirou-a em busca de um cartão, de uma identidade qualquer. Achou meia dúzia de cartões de visitas. Dr. Aribaldo Hector Ermandorena, médico. E mais nada. Nem endereço, nem telefone. Jogou a carteira dentro do armário, meteu os cartões no bolso e saiu, deixando a porta aberta.

Chegou em casa depois da janta. Encontrou João preocupado. Afinal o que se passava? A mãe fora se deitar, alegando dor de cabeça; ele não viera jantar nem telefonara; algo se passava. Sim, meu filho, vim apenas buscar as minhas roupas, acabo de me separar de tua mãe.

– Mas o que houve, pai?

– O fim de nosso casamento. Quem sabe, um dia qualquer, eu te explique tudo, ponto por ponto. Eu tenho sobradas razões para fazer isso, ela está cheia de razões para fazer o mesmo. O melhor é que tudo acabe assim, sem terremotos, gritos e ranger de dentes. Fala com tua irmã, tenta explicar isso da melhor maneira...

– Ela já saiu.

– Pois faz isso amanhã. Agora, se me permites, vou encher uma valise qualquer e levar algumas roupas para dormir num hotel aqui por perto. Amanhã volto para levar o resto. Lamento muito, meu filho, mas sinceramente espero que venhas a compreender, um dia, o que se passa hoje nesta casa.

– Pai, é irreversível?

– Para todo o sempre, meu filho.

Bateu de leve no rosto de João e subiu as escadas rapidamente. Entrou no quarto, acendeu a luz central, Leonor estava deitada sob as cobertas, moveu-se levemente quando ouviu barulho, mas ficou como estava. Camilo abriu seu guarda-roupa, tirou da prateleira de cima uma valise marrom que costumava usar em viagens curtas e foi jogando roupas lá para dentro, sem o menor cuidado. Depois foi ao quarto de banho, abriu armários e gavetas e levou o que achava que fosse precisar. Tornou a apagar a luz, saiu e fechou a porta. Na passagem, embaixo, viu João sentado numa poltrona, mãos apoiando a cabeça, abatido.

– Até amanhã, meu filho, depois eu telefono dizendo onde me encontro. Mas vou telefonar para o banco.

20. O velho Camilo sentia-se sufocado, puxou o colarinho e fez o botão saltar no escuro do cinema, afrouxou a gravata, tirou o lenço do bolso e com ele tratou de enxugar o suor do rosto. Suas mãos tremiam como se estivesse com malária. Olhou em redor, os mesmos casaizinhos que pouco se preocupavam com o filme, mais a sua frente um aglomerado de espectadores, o cinema naquela noite tivera mais sorte. Pensou se não deveria ter dado um tiro em Leonor, de qualquer maneira sua vida fora destruída. Tinha a garganta seca e dolorida, possivelmente estaria com febre. E por que não procurara Patrícia logo no dia seguinte? Teria sido, quem sabe, fundamental para a sua filha se ele tivesse tentado explicar tudo, se tivesse dito a ela certas coisas que a deixariam mais preparada para o impacto da notícia, revelada pelo irmão. Ouviu o gemido de alguém atrás de sua cadeira, palavras ditas em surdina, compreendeu bem que dois namorados se amavam na escuridão da sala, indiferentes aos que os cercavam. Tinha a camisa suada no peito e notou contrariado que o suor escorria pelo rosto, descia pelo pescoço e lhe banhava o corpo como se estivesse num forno.

21. Acomodado num pequeno hotel próximo à Santa Casa, uma espécie de pensão igual a tantas outras existentes pelas redondezas, uma altíssima escada central, quartos enfileirados num comprido corredor, Camilo não chegara a desfazer a valise. O velho que tomava conta da casa devia ter mais de setenta anos, perguntou se ele queria alguma coisa, além das toalhas pedidas. Camilo agradeceu, fechou a porta, deitou-se na cama pequena e dura, de costas, mãos trançadas sob a cabeça, olhos a descobrirem coisas no teto de pintura descascada. Tudo o que lhe acontecera nas últimas vinte e quatro horas lhe vinha à mente como num caleidoscópio mágico, pessoas, locais e falas misturadas, ele a querer convencer-se de que precisava coordenar as ideias, era urgente encontrar uma saída para tudo aquilo, algum jeito. Lembrou-se, num lampejo, da sua casa que ficava a três quadras dali, alugada a um velho funcionário aposentado, e que agora ele podia pedir para morar. Rua da Alegria 101. Procurou na valise recém-aberta o seu pijama, sua escova de dentes, o tubo de pasta; despiu-se, botou o pijama, pegou uma das toalhas e os outros objetos, enfiou os chinelos, abriu a porta e saiu em busca do quarto de banho. Ficava a duas portas da sua. Entrou e passou o trinco por dentro. Uma velha e manchada banheira, uma pia toda rachada, um cheiro acre de urina. Quando abriu a porta sentiu-se constrangido, pois mais duas pessoas, em fila, esperavam que ele saísse. Pediu desculpas e meteu-se no próprio quarto. Deitou-se e apagou a luz. Iria procurar o seu inquilino na manhã do dia seguinte, conversaria com ele, explicaria a situação, estava necessitado da casa, quem sabe pagaria uma indenização para que ele pudesse achar outra casa, fazer a mudança, enfrentar um aluguel um pouco mais alto. Pelo que se lembrava era um velho, sua mulher, uma filha ou um filho, não se lembrava bem. Era uma casa grande demais para eles. Aos poucos foi adormecendo. O homem tentara apanhar sua camisa, ele gritara, duro, vai sair daqui exatamente como está! Ou prefere um tiro no meio das pernas? A corrida dele porta afora, sabe lá o vexame dele a correr na rua só de meias, busto nu, as pessoas espantadas com aquela cena inusitada em plena luz do dia. Era o Dr. Aribaldo Hector Armendorena. Camilo, por amor de Deus, pelo amor que tens aos teus filhos, pensa no que estás fazendo, tu me levas à loucura. Camilo, eu te peço pelos nossos filhos; sim, é verdade, temos filhos. Claro, a partir de hoje és uma mulher inteiramente livre. Irei para um hotel até achar uma solução melhor. Mas a casa é tua, eu é quem devo sair, vou para a casa dos meus pais. A casa não é mais minha, é de João e Patrícia. Leonor saindo acuada do prédio, o carro afastando-se, e depois ela na grande cama do casal, possivelmente fingindo que dormia e ele a retirar as suas coisas. Era como se atirasse tudo para o ar e depois malas, camisas e sapatos a boiarem num mar encapelado, Leonor a gritar que morria afogada e ele sem querer estender a sua mão, vendo a mulher afundar-se nas águas espumantes, o céu de borrasca, mais adiante João e Patrícia tentando equilibrar-se sobre uma pequena tábua que afundaria a qualquer momento, o grito de Patrícia e o seu grito, real, forte, apavorante, acordando-se banhado em suor, a ouvir murmúrios pelo corredor, sua mão procurando na mesinha de cabeceira a chave da luz, sem encontrá-la, precisava urgente de um comprimido inexistente. Enxugou o rosto e o peito na ponta superior do lençol áspero, afundou a cabeça no duro travesseiro e tentou mais uma vez dormir.

Bateram na porta. Camilo acordou no quarto ainda escuro, estendeu a mão e não encontrou ninguém a seu lado, viu que estava num lugar estranho, perguntou quem era.

– O café, senhor. Por favor, queira abrir a porta.

Levantou-se meio tonto, andou pelas tábuas frias e abriu a porta. Uma velha trazia uma bandeja com algumas frutas, bules de café e de leite, pães, um pratinho com geleia. Colocou-a sobre uma pequena mesa ao lado do guarda-roupa, puxou a cadeira para junto dela, disse que se quisesse mais alguma coisa era só chamá-la pelo corredor. A velha saiu com uma mesura e fechou a porta. Um comprimido, pensou ele, um comprimido. A cabeça estava oca e tinha coisas soltas lá dentro. Olhou para a bandeja sem nenhum interesse, serviu-se apenas de café com leite e tornou a deitar-se. Ficou assim um largo tempo. A velha tornou a bater na porta, entrou, mas então o senhor não estava com fome nenhuma?, disse como reprimenda. Quer alguma coisa mais? Sim, disse ele, levantando-se da cama e procurando a calça que deixara sobre uma outra cadeira; pegue este dinheiro e mande alguém buscar alguns comprimidos de aspirina, estou com muita dor de cabeça. A velha agarrou o dinheiro, a bandeja e saiu. Quando retornou, Camilo dormia. Bateu de leve no seu ombro, olhe aqui a aspirina, mandei buscar logo de uma vez quatro, o troco está aqui. Por favor, fique com ele. A velha agradeceu e foi embora. Botou na língua dois comprimidos e ficou a mastigá-los até sumirem. Lembrou-se que devia ir procurar o seu inquilino, pegou a toalha, abriu a porta e foi para o banheiro. Por sorte não havia ninguém. Experimentou o chuveiro e achou ótimo que a casa tivesse água quente. Tomou um banho demorado, voltou, vestiu-se e minutos depois encontrava-se na rua, um vento frio o apanhava desprevenido, roupa leve, nada quente por baixo. Olhou a sua casa, porta com almofadas bem talhadas em madeira boa, bandeiras das janelas com vitrais coloridos, fachada de um rosa desmaiado. Ficou ainda algum tempo na calçada fronteira, depois atravessou a rua e bateu forte na porta. Parecia uma casa vazia, sem ninguém mais morando ali. Nenhum ruído, nada de vozes. Bateu outras vezes. Desolado, quando já se aprontava para retornar, ouviu leves ruídos no corredor, alguém que procurava destravar trincos e chavetas; por fim as dobradiças rangeram e na fresta aberta Camilo viu a cara do velho, uma sombra do que fora havia um ano e pouco.

– Doutor Camilo – disse ele, visivelmente alegre atrás de sua máscara de rugas e covas –, Deus foi quem mandou o senhor aqui. Eu estou doente, preciso ir para a minha terra, o senhor sabe, Santa Maria, e queria falar com o senhor a respeito da casa. O meu filho chega amanhã, vem me buscar. Entre, por favor, e desculpe a desarrumação, afinal não tenho mais ninguém para me ajudar a passar uma vassoura no chão nem tirar as teias de aranha que são uma praga.

– E sua senhora?

– Ah, doutor, ela morreu, a pobrezinha, descansou.

– Mas o senhor tinha aqui também, se não estou enganado, uma filha ou então esse filho que vem lhe buscar.

– Não, doutor, esse que vem me buscar é outro, ele é professor lá na Universidade. Minha filha casou e foi para Livramento e o rapaz arranjou um emprego em Rio Grande, na Swift, e lá se foi. E agora ando eu como uma alma penada.

– Lamento muito, sinceramente.

– Eu precisava entregar a casa para o senhor o quanto antes, doutor, já estou com o dinheiro do aluguel que ainda falta pagar bem guardadinho, está aqui na gaveta desta cômoda.

Camilo deu uma olhada pela sala, os móveis ainda eram os mesmos, as cortinas, havia três quartos, a cozinha bem grande, um gabinete que dava para a frente, um pátio regular. O velho abrira a gaveta e entregava para Camilo um embrulho de papel pardo com o dinheiro ali dentro. Ainda perguntou se sair assim de uma hora para outra não lhe causaria muito prejuízo, mas lamentava muito, não tinha condições de ficar. Não, esqueça isso, pode ir descansado. Que horas o seu filho vem amanhã? Ao meio-dia ele está por aqui, a gente come qualquer coisa num bar das redondezas e se o senhor não tivesse aparecido hoje, como se caísse do céu, a gente pretendia passar pela sua casa, pagar a diferença do aluguel e entregar a chave. Mas vamos fazer uma coisa, doutor, o senhor leva uma outra chave hoje para não ter preocupações com horários amanhã. Quando a gente sair eu boto a outra chave por debaixo da porta e pronto. Camilo agradeceu a lembrança dele, pois assim ficaria melhor.

– Mas, doutor, nem convidei o senhor a sentar um pouco!

– Muito obrigado, mas eu estou com um pouco de pressa, só passei por aqui para saber como ia, afinal nós não nos víamos há muito tempo.

– Muito obrigado, doutor, pela gentileza.

Camilo encaminhou-se para a saída, o velho saltitando atrás dele, parou no umbral da porta, estendeu a mão, despediu-se desejando que tudo corresse bem e pediu que se cuidasse.

Caminhou pelas ruas com uma estranha e boa sensação de leveza. As coisas haviam se encaixado como num jogo de quebra-cabeça. Caminhou o quanto pôde, até sentir que as solas dos pés formigavam e os joelhos se dobravam de cansaço. Entrou num café apresentável, bom serviço, tudo muito novo e brilhando, perguntou ao garção o que poderia pedir para fazer uma espécie de lanche, já que a fome não era grande. O rapaz disse que o almoço do dia era constituído de arroz com galinha desfiada, uma salada verde, sobremesa de pudim e cafezinho, tudo por um preço único. Ora, vejamos, quero experimentar esse tal almoço.

No dia seguinte, antes de fechar a conta no hotelzinho caseiro, Camilo retornou ao 101 da Rua da Alegria, bateu forte para experimentar e ter certeza de que não havia mais ninguém na casa, e depois abriu a porta com a chave que recebera do velho. Fechou-a atrás de si e começou a percorrer todas as peças, acendendo as luzes para não ter que abrir as janelas. O quarto do velho estava um pouco revirado, na cozinha havia algumas louças sujas na pia, viu que a casa toda precisava de uma faxina em regra. Apagou as luzes, atravessou o corredor e foi embora. Avisou ao velho do hotel que pretendia sair no dia seguinte, pela tarde, que tirasse a conta dele, mentiu que ia viajar. Voltaria ao casarão da Independência para buscar o seu carro, toda a sua roupa, além de lençóis, cobertores, travesseiros e toalhas. O resto compraria na manhã do dia seguinte.

Conseguiu dormir naquela segunda noite, sem pesadelos, calmo, um sono profundo e reparador. Quando a velha veio lhe trazer o café da manhã perguntou a ela se não sabia de alguém que pudesse lhe fazer uma limpeza em regra numa casa ali perto, na Rua da Alegria. A velha disse que sim, sua filha era faxineira, tinha os braços desta grossura, tem mais força que muito homem, doutor. Para quando? Camilo pensou, ia sair para comprar coisas mais necessárias para casa, principalmente para a cozinha, pela metade da tarde iria buscar as suas coisas, pois Leonor não deveria estar em casa; por certo, pensou com amargura, estaria afundada nos braços do Dr. Ermandorena. Sim, ela agora era uma mulher inteiramente livre. Virou-se para a velha que esperava uma resposta:

– Se ela pudesse estar lá logo depois do meio-dia de hoje, seria ótimo. Eu abro a casa para ela, devo sair para dar muitas voltas e retorno ao cair da noite. Ela não vai acabar o serviço hoje mesmo, é claro, mas o resto ela faz durante o dia de amanhã. Acertado?

– Deixe comigo, doutor, o senhor vai ver que mulher disposta. E outra coisa, o senhor acerta o preço antes ou depois?

– Como ela quiser. Mas não se esqueça, hoje mesmo, entre uma e uma e meia da tarde, estou lá com a casa aberta, esperando por ela.

Uma semana depois era ele quem se sentia como uma espécie de fantasma por aquela casa que ganhara um novo e brilhante aspecto. Zanzava pelo pátio, cuidava de certas plantinhas, ele mesmo aprendera a preparar seu café, sabia passar um bife na frigideira, fritar um ovo, lavar xícaras e pratos, tirar teias de aranha que apareciam de um dia para o outro, comprara meia dúzia de ratoeiras e antes de dormir colocava em cada uma a isca de queijo necessária e quando saía da cama, manhã muito cedo, encontrava um bom número de ratos imprensados sob a forte mola.

Voltou a procurar o Dr. Wolney em seu escritório, contou por alto o que havia acontecido, omitindo evidentemente a verdade da separação, deu seu novo endereço, perguntou como iam as coisas.

– Acho que estamos na reta final, consegui que a justiça me autorizasse a contratar uma perícia oficial para um levantamento contábil perfeito, apenas com a desvantagem de que o juiz ordenara a suspensão de qualquer retirada por parte dos sócios, enquanto durasse a perícia.

– E durará muito, doutor?

– Bem, Doutor Camilo, nunca se sabe, em se tratando da justiça. Conheço caso de perícia que não chegou a durar dois meses. Mas também conheci outros que pareciam não ter fim. Mas não se preocupe, como disse, estamos na reta final.

– No mais, tudo bem?

– Sim, os negócios vão bem, as vendas têm aumentado, ganhamos duas concorrências grandes do Estado no mês passado, enfim, tenho conseguido superar os problemas internos que tendem a aumentar.

– Como, eles estão de briga?

– Sim, mas o velho Edmundo quase não tem ido ao trabalho, está mais na cama do que de pé. Tenho conseguido manobrar um pouco mais porque conto com o auxílio meio secreto da filha dele.

– Como meio secreto?

– Sim, ela me dá mão forte, mas não quer que os outros dois sócios saibam disso. Ela, parece, tem ódio daqueles dois. E aqui para nós, doutor, eles não valem mesmo o que comem.

– Bem, Doutor Wolney, o senhor já tem aí o meu novo endereço, fica perto daqui, só não tenho telefone. Qualquer coisa, sabe onde me encontrar.

Levantou-se, despediu-se e saiu pensando em Mocinha que estava dando um apoio secreto ao seu representante. Como estaria Mocinha? Vira-a, pela última vez, durante o enterro de Plínio, mas fugaz como uma aparição. Parecia-lhe ainda a bela mulher que conhecera anos atrás.

22. Quando bateram na porta, Camilo ficou em dúvida, parecia noutra porta, noutra casa. Ele estava terminando de arrumar a cozinha, depois do escasso almoço que preparara com um bife mal passado, dois ovos fritos e pão. A geladeira que o antigo inquilino deixara funcionava às vezes, mas descongelava de repente e só depois de muitas batidas voltava a funcionar precariamente. Terminou de enxugar o prato e a frigideira e agora passava água nas mãos, meio engorduradas. Bateram novamente, sim, era ali mesmo. Enxugou as mãos com um velho pano de prato e foi atender. Levou um choque. João e Patrícia ali estavam; mas que surpresa, meu Deus, vocês podiam avisar e eu arrumaria a casa melhor. Abriu bem a porta e fez com que os dois passassem. Não reparem, é casa de velho solteiro, não é que me falte tempo, na verdade me falta habilitação. Os filhos o acompanharam, Camilo fez com que eles se sentassem na sala, preocupava-se com a curiosidade de Patrícia que parecia bisbilhotar tudo e mostrava desejo de conhecer a casa. Não, minha filha, outro dia, aí por dentro está numa desordem de espantar. Hoje é quinta, quando for no sábado vocês voltam e eu então posso mostrar toda a casa, tenho um pátio muito bom, sabe, é uma casa ideal para mim, só um pouco grande, é verdade; bastava um quarto, uma sala e um quartinho de banho. Para que mais? E como vão os negócios do banco?

– Muito bem, muito bem – disse João como se acordasse, pois o seu pensamento voava distante. – Acabo de receber mais uma promoção, agora sou assistente da diretoria, o avô não me deixou ser gerente de uma agência, eu me interesso muito por um tipo de experiência assim. Mas sabe como é o avô, tem as suas manias e me deixa chateado quando me apresenta a determinados clientes como sendo o futuro diretor do banco. Camilo virou-se para a filha, mas como é que uma meninazinha pode de repente transformar-se numa moça feita? E como vão os estudos? Algum namorado em vista, coisa firme? Patrícia ficou meio encabulada, como podia ter tempo para namorado com tanto estudo, casualmente estava de provas naquele mês e a coisa não era brincadeira. Levantou-se como se fosse iniciar a temida inspeção pelo pai, mas Camilo foi mais rápido, abraçou-a, beijando com carinho, nada disso, outro dia a minha filha vê toda a casa, vou mandar alguém fazer uma limpeza em regra, sabe como é, tempo a gente tem de sobra, mas falta aptidão para certos tipos de atividade. Fez com que ela sentasse novamente, virou-se para João:

– E tu, nenhuma namorada em vista?

– E lá posso eu namorar entrando no banco de manhã cedo e saindo ao anoitecer? Mas eu quero saber como andam as coisas para o senhor. A empresa continua na mesma, naquele impasse?

– Infelizmente a justiça anda tão devagar, meu filho, que quando as coisas forem resolvidas eu já estarei debaixo da terra. O que me consola é que fica para vocês.

– Mas aquele advogado o que diz, papai? Ele não estará lhe passando para trás? Não é possível uma questão dessas se arrastar por tantos e tantos anos. Parece mentira!

– Não, o Dr. Wolney tem feito o possível e o impossível, controla tudo lá dentro, tanto mais que o velho Edmundo está de cama e pelo que me disse tão cedo não se recupera, se houver recuperação.

– Mas o senhor continua recebendo a sua retirada, afinal tem quarenta e oito por cento, é um direito líquido e certo.

Camilo ficou um pouco atrapalhado, quis desconversar, claro, recebo todos os meses, dá para as despesas, afinal gasto muito pouco.

– Quanto o senhor está recebendo mensalmente, pai?

– Ora, meu filho, isso não vem ao caso. Recebo o suficiente para viver e é o que basta. Assim que a questão for decidida mudaremos de vida e creio que a coisa deva andar por perto.

– Eu podia falar com esse advogado, quem sabe se discute o caso lá com a Consultoria Jurídica do banco, eles conhecem bem esses problemas, podíamos encontrar uma saída mais rápida.

– Não, meu filho, por favor, não interfere no trabalho do Dr. Wolney, ele vai se sentir magoado, é uma pessoa de minha inteira confiança, tem-se mostrado de uma lealdade impressionante. Mensalmente ele me vem trazer o dinheiro aqui em casa. Não é muito, mas dá bem para sobreviver.

Camilo mantinha entre as suas mãos as mãos de Patrícia, olhava para ela embevecido, não sabia o que dizer, mas deixou escapar:

– E tua mãe, vai bem?

Patrícia olhou angustiada para o irmão, levantou-se e foi até a janela, o pai foi atrás dela, mas o que se passa que não podes responder uma pergunta tão simples? O que houve entre nós, tua mãe e eu, em nada interfere com vocês, ela é a mãe de vocês, não guardo nenhum tipo de rancor, seria incapaz de pronunciar uma palavra sequer contra ela.

Patrícia olhava para a paisagem lá fora, tinha os olhos cheios d'água, a voz lhe saía difícil e entrecortada:

– Ela levou lá para casa esse tal médico argentino, eu não o suporto, tenho vontade de desaparecer, ele parece o dono autêntico daquela casa que na verdade é sua.

– Que é isso, minha filha, a casa é tua e de João enquanto morarem lá e, no caso de venda, há os primos de vocês. Este assunto já foi discutido com a mãe de vocês?

João interferiu na conversa:

– Mamãe está sabendo de tudo, mas não nos dá ouvido. Outro dia eu disse a ela que precisávamos conversar e ela simplesmente disse que se fosse sobre a sua vida particular pedia a gentileza de não entrar no assunto. Duas vezes por semana eles recebem amigos para um jantar sofisticado, à luz de velas e um pianista contratado...

– Jamais me perguntou se vou bem ou mal nos exames – disse Patrícia que continuava olhando para fora –, nem me pergunta onde estive quando chego mais tarde. Ela mudou muito, papai.

– Mas escutem aqui, esta casa é grande, tem um quarto para cada um de vocês, por que não vêm morar aqui? A gente dá um jeito, que diabo!

– Não sei, pai, já pensamos nisso, mas ao mesmo tempo achamos que essa paixão da mãe acaba logo, esse médico argentino é um prepotente, convida quem ele quer e quando a mãe fala em convidar amigos dela ele pede para ela apresentar uma relação e risca nomes com a maior naturalidade, este não suporto, este outro me desagrada, este aqui não tem nenhuma projeção social e a mãe, eu sei, vai para o quarto e chora.

Camilo tornou a sentar-se, torcia as mãos, depois limpou a testa de um suor inesperado, mas isso está errado, precisamos encontrar uma solução. O filho disse que voltaria na próxima semana, quando discutiriam o assunto com mais vagar; enquanto isso ia pensando numa solução. Patrícia prometeu voltar junto. Quando Camilo fechou a porta da rua, depois que eles saíram no carro de João, tomou-se de ódio por Leonor, soqueou a parede, deitou-se desconsolado sem saber como coordenar os pensamentos diante de tudo aquilo.

23. O Dr. Wolney, sentado na poltrona que tinha sido de Camilo, em seu escritório na firma, pediu que trouxessem um cafezinho para João que o procurara para falar a respeito da situação da empresa e da posição de seu pai no quadro geral. O advogado lhe pareceu, desde logo, um bom sujeito, uma pessoa em quem se podia confiar.

– Doutor, eu estive com meu pai, conversei longamente com ele, notei que está vivendo mal e no entanto possui quase a metade do capital desta empresa. O que se passa, na realidade?

O advogado esperou que ele se servisse de açúcar, pegou a sua xícara provou o café, olhou bem para João:

– Creio que com você eu poderei falar com bastante franqueza meu filho. Esta é uma ação que vem sendo retardada pela falta de ética de colegas meus e que defendem os outros sócios. Eles se valem de todos os recursos e, infelizmente, a razão pende mais para o lado deles, uma vez que seu pai, confiando em demasia no seu outro sócio...

– Seu Edmundo.

– Esse mesmo, terminou por assinar atas em branco, do que o velho, safadamente, aproveitou-se para transferir quotas para ele, tornando-se sócio majoritário, juntamente com outros dois crápulas que conseguiu trazer aqui para dentro e que detêm seis por cento do capital. Com os quarenta e seis do velho, eles possuem cinquenta e dois por cento. Está percebendo? Eles conseguiram, inclusive, bloquear as retiradas do seu pai e, como reinvestem quase todo o lucro, dividendo não dá quase nenhum. Durante todos estes anos eu só tenho tentado tapar os buracos da canoa para salvar seu pai.

– Quer dizer que o pai não recebe nada?

– Recebe muito pouco, parte do que eu retiro como honorários eu divido com ele dizendo que são os lucros seus. Falando com franqueza, o que ele recebe mal dá para alimentar-se escassamente. Eu continuo ganhando através de pequenas causas no meu escritório, praticamente abandonado para cuidar disto aqui. A metade do que me resta daria para almoçar durante quinze dias...

João ficou pensativo, ensimesmado, tentou acender um cigarro por várias vezes e o fósforo sempre apagava. O Dr. Wolney usou o seu isqueiro, notou que as mãos de João tremiam.

– Mas não se impressione, meu filho, eu tenho quase certeza que consigo ainda neste mês a suspensão do bloqueio imposto ao seu pai e então as coisas mudarão definitivamente. A empresa é grande e fatura relativamente alto.

O rapaz levantou-se resoluto, estendeu a mão para o advogado, agradeceu a gentileza das informações, a franqueza, disse que voltaria a falar com ele.

– Venha aqui mais seguido, talvez tenhamos boas notícias.

O advogado lembrou-se de alguma coisa, pediu a João que sentasse por mais dois minutos, esquecera o principal.

– Sabe, meu filho, houve uma proposta sigilosa que, se atendida, acabará com tudo isso, seu pai volta e assume o controle geral.

– E meu pai sabe disso?

– Claro, ele sabe, mas não encontra uma saída.

– Eu poderia saber que proposta é esta, doutor?

– Claro, você é parte interessada e diretamente. Acontece que a filha do Senhor Edmundo esteve aqui esta semana, veio me procurar e desabafou o seu ódio contra os outros dois sócios, os quais, segundo versão dela, foram as pessoas que levaram o pai a agir contra o Doutor Camilo. Ela se chama Mocinha...

– Já ouvi falar nela.

– Pois ela esteve aqui e me revelou que estando o pai muito mal, concordou com uma ideia dada por ela de acabar com a perseguição ao Doutor Camilo, movida pelos dois indivíduos.

– Mas acabar como?

– Convenceu o velho a vender, ao par, metade do capital dele ao Doutor Camilo. Com isso o controle voltaria a seu pai, a ação da justiça seria suspensa pelo titular maior da empresa e botaríamos no olho da rua os dois vigaristas, que por sinal estão proibidos por mim de botar o pé aqui nesta sede.

– E o papai...

– Pobre do Doutor Camilo. Ficou emocionado a ponto de não conseguir articular uma palavra sequer. Mas de onde tirar o dinheiro para realizar a compra?

– Mas, doutor, esse é um caso que nós poderíamos dar um jeito. De quanto...

– Vamos fazer o seguinte: eu tenho aqui nesta pasta todos os documentos da empresa que deverão constar no próximo balanço, você vai encontrar as anotações que fiz de como pagar a quantia necessária, com diversos tipos de contrapropostas quanto à forma de pagamento dessa quantia que verá não ser tão pequena assim; pode levar e amanhã ou depois me devolva, por favor, porque preciso trabalhar sobre esta papelada toda. Como bancário experiente terá condições de entender muito bem a situação e, quem sabe, venha a encontrar a saída que eu busco e não encontro.

João apanhou a grossa pasta, disse que ele podia ficar tranquilo, cuidaria muito bem dela e dentro de quarenta e oito horas a devolveria, se possível, com ideias de solução.

Despediu-se apressado e saiu. Estavam numa quarta-feira. Na sexta João estava de volta, ao cair da tarde, quase fim do expediente.

– Eu já estava ficando preocupado – disse o advogado. – Eu preciso trabalhar neste fim de semana com base nos documentos aí existentes. Mas foi de palavra. E afinal, encontrou alguma solução possível?

João sentou-se, pensativo. Sabe, Doutor Wolney, é uma quantia alta mesmo; pensei em falar com meu avô, mas tive a impressão de que ele recusaria emprestar esse dinheiro e isso talvez causasse um rompimento entre nós, nada agradável; vender a casa da Independência? Quem sabe?, mas é sempre coisa demorada, a minha mãe ia se opor, há outros herdeiros, a situação não seria fácil.

– Eu cheguei a pensar em encontrar outras pessoas que quisessem se associar a seu pai, mas no fim termina dando tudo no mesmo, seu pai continua sem controle nenhum, sabe-se lá quem toparia a ideia.

João caminhava de um lado para o outro da sala, sentia-se abafado, virou-se para o advogado:

– Sabe, doutor, na próxima semana o meu pai terá dinheiro para comprar esta parte do capital e assumir o controle de tudo.

– Mas...

– Deixe comigo. Só posso lhe dizer que na próxima semana ele terá esse dinheiro. E, por favor, entre em contato com essa moça, diga a ela que a compra será feita, prepare os papéis necessários, a ata de transferência, creio que deverá convocar uma assembleia extraordinária e vamos colocar um ponto final nesta comédia que está acabando com meu pai.

– Mas, meu filho, onde vai conseguir tanto dinheiro assim de uma hora para outra?

– Deixe comigo, doutor, tenho os meus relacionamentos. O principal é tirar o pai deste novelo miserável que o está transformando num pobre-diabo, depois de tudo o que foi na vida. Até o carro ele vendeu, veja só.

– Sei disto, meu filho. Vou acender uma vela para Nossa Senhora Aparecida, minha Santa Padroeira. Espero que tudo dê certo. Vai falar com seu pai ou quer que eu mesmo fale?

– Não. Nenhuma palavra. Ele não pode saber de nada, pois caso contrário ele trataria de me impedir de agir. Que isto fique entre nós e essa moça. Telefone hoje para ela, veja a reação, que não seja mais um golpe.

– Pode ficar descansado, isso não acontecerá.

24. Camilo estava na sala com João. Notou o filho nervoso, agitado, quis saber o que se passava, houve alguma coisa em casa, aquele sujeito fez mais uma das suas? João disse não, embora ele continuasse o mesmo. O pai pediu que ele sentasse, não poderia conversar daquela maneira. Ele obedeceu, olhou firme para o pai, tentou amenizar a notícia misturando-a com outra que julgava fosse boa. Mas fez uma volta maior:

– Sabe, pai, recebemos telegrama do Rio, Eudóxia teve outro filho, mais um sobrinho-neto e sabe qual é o seu nome? Plínio.

– Ah, meu Deus, que bom. Plínio, se estivesse vivo, ficaria emocionado com uma notícia dessas. Correu tudo bem, não mandaram dizer quando vêm nos visitar?

– Correu tudo bem, é só o que sabemos.

– Mas não foi apenas esta notícia que vieste me trazer.

– Não. De fato não foi. Tem outra melhor. Conversei com o Dr. Wolney, lá na empresa, tomei conhecimento de muitas coisas, ele se mostrou muito cordial, me revelou a proposta que lhe foi feita, através dele, pela filha daquele velho que lhe passou para trás.

– Mas isso, meu filho, convém esquecer.

– Não senhor. Esta semana, o mais tardar na próxima semana, teremos uma solução para o caso. O senhor vai comprar aquela parte dele.

– Mas, com que dinheiro, rapaz? Por acaso enlouqueceu? Por favor esquece tal proposta, deixa isso pra lá, faz de conta que não sabes de nada. O Dr. Wolney não tinha permissão minha para revelar a proposta para ninguém.

– Só não falou que incluía na ordem o seu próprio filho.

– Mas não há a menor chance, João, a mais remota possibilidade. É muito dinheiro...

– Deixe isso comigo, o senhor sabe do meu relacionamento, das minhas possibilidades nesse terreno. E, depois, paga-se a dívida em menos de um ano, estive vendo o balanço que está sendo elaborado, é excelente.

– Ah, meu filho, não vamos nos encalacrar novamente.

– Pai, o assunto está resolvido, nós vamos encontrar o dinheiro necessário, telefonei hoje para o Dr. Wolney, pedi que ele fizesse a proposta de pagar a quantia em três vezes, de dois em dois meses. E ele me mandou dizer, há coisa de uma hora, que a tal moça consultou o pai e o velho aceitou, contra promissórias avalizadas pela própria empresa. Tudo certo. Esqueça isso. Agora...

João recomeçou as caminhadas, nervoso, virou-se de repente para o pai que continuava sentado com ar de quem não acredita muito no que ouve:

– Tenho também uma notícia ruim para lhe dar, não adiantava esconder por mais tempo, mais dia menos dia o senhor iria saber...

– Vamos, diga logo – exclamou Camilo, assustado.

– Patrícia desapareceu de casa há três dias.

– Como desapareceu? Algum desastre, talvez. Recorreram à polícia? Não fizeram nada? Tua mãe ficou indiferente?

– Nada disso, pai. Patrícia antes de desaparecer deixou um bilhete para mim e outro para a mãe – puxou um pequeno papel do bolso do colete –, leia aí.

Camilo colocou os óculos, leu rápido, ficou pálido, mas então ela fugiu com um médico? Que médico é este? Pode-se saber? Ela não deixou dito quem era nem para onde teriam ido? Um médico... para seguir o exemplo da mãe? E por que ela não veio conversar comigo, discutir o problema, eu saberia compreender...

– Acontece que esse tal médico é casado e tem três filhos. No dia seguinte a mulher dele esteve lá em casa, armou um escândalo que as pessoas podiam ouvir de uma quadra de distância.

– Para onde teriam ido?

– Não temos a menor ideia, mas eu acho, pai, que dentro em breve ela escreve, contando tudo. Pelo que eu apurei ela já vivia com ele há mais de um ano. Trata-se de um tal Dr. Sabino Kuntz, pelo visto filho de alemães. Dos males o menor, pai; não morreu, não sofreu nenhum acidente que a deixasse em cima de uma cama ou numa cadeira de rodas.

– Mas assim de uma hora para outra, quando sabia que podia contar comigo, que eu seria capaz de compreender...

– Essas coisas, pai, são feitas assim mesmo e depois tudo se acerta. Na verdade ela não podia mais viver com a mãe, brigavam sempre, discutiam e nos últimos dias fazia as refeições no quarto, nem descia mais para a sala de jantar. E, por falar nisso, pai, vou morar, a partir de segunda-feira, com o meu avô; ele faz questão, diz que precisa que eu esteja mais perto dele, a gente sempre precisa discutir assuntos do banco. Outra coisa que não lhe disse, mas pedi e ele concordou que eu fosse assumir a gerência do Passo da Areia, isso me agrada mais, nem que seja por uns cinco ou seis meses. Preciso dessa experiência e ele terminou concordando.

– Então a minha filha desapareceu, fugiu, não me disse nada, nem sequer passou por aqui para um beijo de despedida...

– Mas ela não podia fazer isso, pai, pois estaria revelando o que pretendia fazer. Ela ainda vai lhe escrever, vão se encontrar, o médico parece ser boa pessoa e se apaixonou por ela. Pode dar certo.

– E qual foi a reação de Leonor?

– Virou uma fera, entrou no quarto de Patrícia e praticamente quebrou tudo de ódio, não se conforma, ameaçou denunciar a filha para a polícia, mas o meu avô não permitiu, achou que seria um escândalo. No fundo, pai, ela não quer confessar, mas se acha culpada de muita coisa, inclusive desse gesto de Patrícia.

– Com que então, os dois pombinhos ficarão agora sozinhos naquela imensa casa, como dois fantasmas...

– Vai ser terrível para a mamãe, eu disse isso a ela, mas ela não concorda. Chegou a me dizer que sabia que isso ia acontecer um dia, desejava viver a sua vida, ter direito à felicidade sem a interferência de ninguém.

– Pois faço votos que consiga – disse Camilo, abalado.

– Mas nós vamos vender a casa, papai. Patrícia já havia concordado comigo, tinha me dado uma procuração, Quirino e Eudóxia também, só falta o seu beneplácito. É uma firma de construções que deseja apenas o terreno para construir um grande prédio de cimento armado com galeria no térreo.

– Vender a casa...

– Bem, estamos pensando nisso, mas uma operação desta é sempre demorada, teremos aí pela frente, quem sabe, um ano ou mais. Mas eu quero que o negócio saia. Aquela casa já não nos diz nada, que tudo o que foi vivido lá sirva de bom alicerce para o novo prédio. O senhor concorda?

– Bem, eu preciso pensar, mas acho que não há outra saída, mesmo porque eu não quero nada de sua venda, tudo é de vocês.

– Que é isso, pai. Na certa o senhor acha que já morreu. Pois está enganado, agora é que sua vida vai começar com tranquilidade e solidez.

Levantou-se, beijou as mãos do pai, prometeu voltar o mais breve possível e saiu.

25. Umas duas semanas após Camilo acordou sobressaltado com fortes batidas na janela de seu quarto. Acendeu a luz de cabeceira, olhou o relógio e viu que eram duas horas da madrugada. Era uma noite fria e ele não conseguia imaginar quem fosse. As batidas prosseguiam, devia ser alguém com muita pressa. Perguntou quem era. Ouviu aterrorizado a voz de João, sou eu, papai, abra logo. Não chegou a calçar os chinelos, puxou um dos cobertores da cama e o colocou como uma espécie de capa, correu para abrir a janela, o trinco estava meio emperrado, custou um pouco mas finalmente conseguiu o que queria, dando com a figura de João quase irreconhecível, uma grossa capa escura cobrindo todo o corpo, um chapéu estranho, o pai estendeu a mão para tocar o filho, mas vai lá na porta, precisa entrar, está fazendo muito frio aí fora. João disse que não tinha tempo, abriu a capa, tirou debaixo dela uma sacola pesada, fez um grande esforço e alcançou-a para o pai que a deixou sobre o peitoril.

– Mas o que é isso, meu filho?

– Pai, aqui está o dinheiro para comprares aquela parte do capital da empresa. Faz isso hoje de manhã mesmo, não perde tempo.

– Mas de onde é este dinheiro?

– Não se importe com isso, eu sempre disse que tinha crédito na praça, o que é preciso agora é acabar com aquela farsa lá da empresa. Eu vou indo que estou com pressa, não tenho tempo a perder, deixei meu carro aí na outra rua, nos fundos, adeus, pai, que seja muito feliz. Ainda teve tempo de pegar a mão de Camilo, beijando-a com sofreguidão. Correu pela calçada, pulou um muro baixo que dava para um terreno baldio, pronto para receber uma obra, e desapareceu na noite. Camilo ainda gritou pelo nome do filho, fez um grande esforço, mas a sacola caiu para dentro do quarto. Fechou a janela com dificuldade. Arrastou a bolsa, de lona esverdeada, acendeu a luz da peça, colocou-a sobre a cama desfeita, abriu o trinco e assustou-se com a quantidade de dinheiro existente dentro dela. Meu Deus do céu, de onde João teria conseguido tanto dinheiro assim? Tudo em notas grandes, cintadas com o valor estampado por fora, como se acabassem de sair de um banco. De um banco, pensou Camilo, de um banco, do banco onde ele trabalhava, mas que loucura fizera o filho naquele dia? Caiu de joelhos, debruçado sobre a cama e não conseguiu impedir que o choro aflorasse em desespero; pronunciava baixinho o nome do filho, mas meu Deus do céu, que loucura, que arrematada loucura, jogar fora toda uma carreira quando ele sabia que o pai jamais usaria daquele dinheiro para o fim pretendido. João, João, por que fizeste isso, meu filho, volta, pensa um pouquinho mais, retorna!

Vestiu-se, carregou a sacola para a sala, colocando-a atrás de uma pesada cadeira antiga. Foi à cozinha e preparou um café, tinha a cabeça tumultuada, onde encontrar o filho, como fazer para se ver livre daquele dinheiro, como explicar para o Dr. Wolney a procedência de toda aquela pequena fortuna? Olhou pelo vidro da janela dos fundos, a noite prosseguia escura, algumas luzes aqui e ali em escassas janelas dos edifícios em redor, o relógio que não andava, a sua cabeça que girava, a sala insegura, até que caiu pesadamente no sofá, cobriu o rosto com as mãos e se deixou assim um largo tempo, sem conseguir ordenar as ideias, pensar com clareza sobre uma saída honrosa para o filho, uma solução para o que ele julgava um desastre sem nome e sem necessidade.

Assistente da diretoria, gerente de uma agência importante, o futuro diretor que o avô apresentava aos amigos e clientes com orgulho. Sim, tentaria falar com o avô dele, estudariam juntos uma solução que não prejudicasse a carreira do rapaz. Fora um ato impensado, quem sabe ainda pudessem ocultar o desvio, repor o dinheiro e levar tudo, desfazendo um pesadelo inominável e cruel. Isso, procuraria o comendador, conversaria com ele, pai e avô encontrariam uma saída. Mas o dia não amanhecia, o relógio da sala andava numa lentidão impressionante, ele tentava não olhar por muito tempo para os ponteiros e quando o fazia apenas cinco minutos haviam transcorrido. Nunca uma madrugada se arrastara tanto em sua vida.

Tornou a fazer novo café, precisava esquentar as mãos e o corpo, a casa estava fria e o vento vindo do sul entrava pelas frestas e assobiava lúgubre, enchendo o ambiente de maus presságios.

Por fim o horizonte passou a ser delineado com uma réstia da claridade de um sol ainda distante, mas o dia amanhecia e os horrores da noite pareciam sumir aos poucos, Camilo a percorrer a casa e a abrir os tampos das janelas, em busca de mais claridade, dos indícios mais fortes do dia, já que as horas se arrastavam numa lentidão exasperante. Vez que outra ele espiava atrás e um pouco sob a poltrona a ponta gritante da sacola de lona, como se fosse um monstro de grandes olhos verdes a persegui-lo por onde andasse, quer estivesse no quarto, na cozinha, no corredor de entrada, na janela dos fundos, uma perseguição que não acabava nunca, ajudada pela escuridão da noite que muito lentamente se desfazia, transformando-se numa claridade parca, submersa em forte neblina. Finalmente o dia chegou e com ele Camilo conseguiu espantar as suas visões geradas por uma noite extensa, interminável, esgotante. Abriu algumas janelas e aspirou forte o ar frio da manhã, vindos da rua ele começou a ouvir os primeiros movimentos da cidade, o rodar dos automóveis, vozes humanas. Queria sair, dar uma volta, caminhar um pouco, desentorpecer as pernas, mas a maldita sacola de lona verde, escondida sob a poltrona, o prendia à casa com a triste lembrança do filho que surgira da escuridão como um fantasma embuçado e que lhe deixara aquela maldição aferroando a sua consciência e na qual não tocaria com um dedo sequer. Por fim, cerca de oito horas, trancou as janelas, saiu e fechou a porta da rua com duas voltas de chave, procurou o café onde costumava ir, pediu licença para dar um telefonema rápido, procurou o número que desejava e havia anotado num pequeno pedaço de papel, discou, aguardou uns instantes, ouviu a voz do próprio comendador do outro lado, disse quem era, ouviu uma resposta seca e impaciente, comendador, peço que o senhor venha à minha casa com a maior brevidade possível; do outro lado da linha o outro lhe disse que não tinha nada a tratar com ele e se fossem assuntos de negócio deveria ser procurado no banco, a partir das nove horas. Não, comendador, o senhor precisa vir à minha casa, é muito importante para o senhor, creio até que seja uma questão de vida ou morte. Como, disse a voz alterada pelo medo, que assunto é esse assim tão urgente? Trata-se de João? Isso mesmo, trata-se de João, repetiu Camilo. Mas eu já avisei a polícia, disse o comendador, era minha obrigação perante os demais membros da diretoria, não posso fazer mais nada. Pode sim, disse Camilo, eu lhe garanto que pode; basta que o senhor venha à minha casa. Deu o endereço, esperou que o outro anotasse e desligou. O homem do bar serviu um cafezinho para ele, perguntou se tudo ia bem, Camilo sorriu, sim, tudo muito bem, graças a Deus. Saiu de passo leve, caminhou respirando fundo, chegou em casa, abriu a porta, foi direto à poltrona-esconderijo, viu a ponta da sacola, deu um suspiro e se perguntou quem iria adivinhar que ali na sala, sob uma poltrona, havia uma pequena fortuna em maços cintados de banco. Sentou-se extenuado, pernas espichadas, afinal que diria o comendador quando chegasse? O velho e orgulhoso comendador de fancaria, agora sogro do amante de sua mulher. E que estaria ele pensando da fuga de sua neta, e logo com um homem casado; aquilo repercutiria muito mal no Country Club; ele não saberia como explicar para seus colegas de diretoria, tampouco o fato de sua filha única, a bela e encantadora Leonor, estar agora vivendo com um médico argentino, pura e simplesmente amasiada. Quase cochilava, a cabeça pendia para um lado, depois para outro. Ouviu um carro chegando, levantou-se, atravessou todo o corredor e, antes que o comendador batesse, abriu a porta e os dois se encararam mudos e assim ficariam se Camilo não fizesse um gesto convidando-o a entrar. O comendador caminhava à frente, olhava para todos os lados; ao entrar na sala examinou tudo com olhar crítico. Camilo pediu que ele sentasse, fez o mesmo, desculpou-se por não oferecer nada, não dispunha de empregada.

– Mas, afinal, que assunto é esse assim tão urgente?

– Eu lhe disse por telefone que se referia ao João.

– Mas este caso está encaminhado, o desfalque foi descoberto ontem mesmo ao ser o expediente fechado, o subcontador deu o alarma, procuramos o gerente e não foi mais encontrado. Quando recebemos a informação pedimos o mais absoluto sigilo, o senhor sabe que banco é como a mulher do César, mas decidimos pedir o auxílio da polícia especializada, de maneira que o assunto não fosse para os jornais.

– Denunciou o seu próprio neto?

– E que faria em meu lugar, Doutor Camilo? Pode-se saber?

– Trataria primeiro de localizar João. Inclusive poderia ser um outro e João simplesmente estivesse num apartamento com alguma namoradinha de momento.

– Ficou desde logo bem claro que só poderia ter sido ele.

– Quer dizer que a polícia anda à sua procura?

– Toda.

– E que pretende com isso?

– Em primeiro lugar, recuperar o dinheiro, e depois prender o meu neto pelo desfalque inexplicável.

– Saiba que não foi o que o senhor está pensando e o desfalque não é assim tão inexplicável.

– Mas que razões tinha ele para roubar quando eu estava lhe dando todas as oportunidades possíveis no banco?

– Simplesmente porque entendeu que o seu pai estava em maus lençóis e tentou me salvar. Um bom motivo, apesar de condenável, para um filho. Ou o senhor pensa de maneira diferente?

– Ah, quer dizer que ele tirou o dinheiro para lhe salvar a pele nos seus negócios falidos! E o engraçado é que eu nem sequer imaginei que o motivo fosse esse. Hoje em dia até os banqueiros estão ficando ingênuos, meu caro amigo.

– Creio que este não seja o adjetivo mais apropriado, senhor comendador, mas posso lhe garantir que lamento muito o que fez com seu neto e lamentarei mais ainda se souber que a mãe esteve de acordo com o que foi feito.

– Leonor é minha filha e acostumou-se, desde muito jovem, a obedecer antes de seguir seus impulsos pessoais. E depois, Doutor Camilo, não vejo por que trazer Leonor à conversa quando ela nada tem a ver com isso.

– Mas trata-se do filho dela, perdão.

– A quem não quer mais ver pela vergonha que está trazendo para toda a família.

Camilo sentiu o sangue subir às faces, teve um ódio momentâneo do cinismo do sogro, foi duro:

– Talvez não tenha sido o mesmo tipo de vergonha, senhor diretor, que eu senti quando apanhei sua filha em flagrante num quarto de terceira classe de um edifício velho e decadente.

O velho levantou-se rubro de raiva, incapaz de pronunciar uma palavra, dando a impressão de que cairia fulminado por um ataque apoplético.

– O senhor... o senhor... está escondendo João...

– Eu o chamei aqui não foi para devolver aos braços do amoroso avô o neto que praticou uma leviandade. Chamei-o para devolver algo que fala mais à sua sensibilidade, que é parte do seu sangue, que é a razão da sua existência...

– João trouxe o dinheiro para o senhor!

– Exatamente. Trouxe, me pediu que o usasse para me salvar da ruína, é verdade, mas quero devolvê-lo ao banco.

Caminhou até a poltrona, abaixou-se, puxou lá debaixo a sacola pesada que, naquele instante, lhe pareceu leve, levíssima. Encaminhou-se para o sogro e atirou aquele peso todo no peito do homem que cambaleou e só não caiu porque foi de encontro à parede, amparando-se nela. Mas seus olhos brilhavam, mudou de expressão, repetia muito obrigado como se houvesse recuperado um velho tesouro de família. Arrastou pelo corredor a sacola cheia, abriu a porta e pediu ao motorista que viesse ajudá-lo a colocar aquilo no carro; cuidado, meu filho, muito cuidado, bota no porta-malas, vamos, depressa. Voltou-se para Camilo que ficara no limiar da porta, abriu os braços agradecido, viu o dono da casa recuar e bater com a porta na sua cara. Humilhado diante do motorista que o olhava muito surpreso, fez um gesto de desdém para trás:

– O pobre homem está ficando inteiramente doido, principalmente depois que a minha filha o abandonou. É um traste. Vamos.

26. Uma noite, Camilo sentou-se na beira da cama, tirou dinheiro de todos os bolsos, esparramou as cédulas por cima da colcha, começou a reunir as notas do mesmo valor, desamassando uma por uma, depois começou a contagem, tornou a enfiar tudo num mesmo bolso, deitou-se ao comprido, mãos sob a cabeça, disposto a encontrar uma saída. Todos os acontecimentos dos últimos tempos lhe passaram pela cabeça como num caleidoscópio; precisava de outra solução, aquela em que se encontrava não servia mais. Aquela casa lhe renderia um bom aluguel, assim como estava; mobiliada, grande, bons quartos, excelente cozinha, ponto central, aparência externa agradável, sim, um bom aluguel. Procuraria uma pensão modesta, barata e, com o dinheiro da casa, dormiria, tomaria o seu café da manhã, almoçaria e ainda dava para um cinema, para uma condução qualquer, idas e voltas de bonde para a cidade, a compra de algum remédio e um pequeno pé-de-meia para quando uma doença lhe batesse à porta. Sim, era isso o que ele faria. Cortaria o nó górdio de um golpe só. Queria desaparecer, sumir, nunca mais procurar o Dr. Wolney, que Mocinha ficasse com a empresa, um dia qualquer algum herdeiro se habilitaria. Sentia-se fraco e debilitado para novas brigas, outras lutas; não tinha mais ambições na vida, queria terminar seus dias anônimo, sem grandes dores.

Na manhã do dia seguinte, como sempre fazia, preparou seu próprio café com leite em pó, pão da véspera, enfiou o casaco e saiu. A mão no bolso brincava com a chave da casa, queria encontrar uma imobiliária que se encarregasse de encontrar inquilino, que cobrasse os aluguéis religiosamente, que tratasse das reclamações, mandasse executar os consertos necessários. Ele acharia uma pensão razoável, fora do centro, longe da possibilidade de ser visto. Um pouco adiante, numa esquina, encontrou uma imobiliária, toda envidraçada, bom aspecto, balcões com muitas pessoas, letreiros luminosos, quadros com ofertas; empurrou a porta de vaivém, sentiu-se bem lá dentro, aproximou-se do balcão, foi atendido por uma moça gentil que se colocou às suas ordens. Ele disse que possuía uma casa ali perto, desejava alugar para alguém, queria saber se eles poderiam se encarregar disso. A moça abriu uma portinhola ao lado do balcão, convidando-o a entrar numa sala confortável, o cidadão que estava sentado atrás de uma grande mesa levantou-se cortês e veio atendê-lo. A moça explicou o que ele queria, foi-lhe oferecida uma poltrona, teve que responder muitas perguntas e finalmente foi chamado outro funcionário que deveria acompanhar o doutor ali até sua casa para uma avaliação do aluguel a ser cobrado. Camilo despediu-se, mas condicionou qualquer contrato a um aviso pessoal de pelo menos uns dez dias de antecedência.

Ao voltar no outro dia foi recebido com as mesmas gentilezas, parecia um cliente antigo, tornou a sentar-se no gabinete do mesmo senhor e ali preencheu uma ficha completa. Quando chegou à linha do endereço explicou ao funcionário que dali ele se mudaria para outra casa de sua propriedade, na Rua Demétrio Ribeiro, 514. Não, não queria que depositassem os aluguéis na sua conta corrente bancária, nem queria que fossem levar em sua casa, pois costumava sair muito e viajar. Ele mesmo viria buscar o aluguel ali na loja, entre os dias primeiro e três de cada mês. Tudo acertado.

Saiu pisando leve. O aluguel tinha sido arbitrado muito além do que ele poderia imaginar e recebera a informação de que a casa e o ponto eram excelentes, que pelo menos cinco candidatos em potencial já estavam na fila, ele que avisasse o dia em que a casa estaria à disposição. Sentou-se num balcão de uma lanchonete, pediu água mineral, ficou quebrando a cabeça sobre a melhor zona para escolher uma pensão. De saída eliminou o centro, a Voluntários da Pátria, toda aquela zona comercial. Menino Deus, poucas pensões. Partenon, muito barulho e sujeira. Lados do Bonfim, raras pensões. Quem sabe pela João Pessoa ou transversais. Pagou a água e saiu. O dia estava ameno, um leve friozinho que convidava a caminhar, entrou em várias pensões, a maioria sem vagas, outras muito caras. Atravessou o riacho, entrou na Azenha, casas de acessórios para automóveis em quantidade. Outras pensões de mau aspecto, até que sentiu dores nos pés, estava caminhando havia muito tempo. Viu um café, entrou, sentou-se numa mesa de canto, veio um português saber o que ele queria. Um café com leite, disse ele, e mais nada. O português voltou, colocou a xícara sobre a mesa, insistiu em que ele devia experimentar os salgadinhos da casa, uns pastéis feitos na hora. Camilo agradeceu, não estava com fome. A casa vazia não dava pressa ao homem, que terminou por dizer que ele não era daquelas redondezas, que as pessoas ele conhecia de longe. Não, de fato não era. Mas estava procurando uma pensão e nenhuma das que vira até então lhe haviam parecido boas. O português arregalou os olhos, mas pelo amor de Nossa Senhora de Fátima, o senhor com a melhor delas bem em cima da cabeça, trata-se da Pensão Azenha, de uma bela senhora que tratava os seus hóspedes como se fosse a dona de um castelo daqueles do norte de Portugal. Dona Consuelo, chama-se ela; por que o senhor não sobe agora, dá uma olhada na casa, conversa com a dona e mais: deve haver um quarto vago porque um morador dali havia saído dias antes. Gritou para dentro: ó Pedro, olha por isto aqui enquanto levo este cavalheiro aqui na casa de D. Consuelo. Subiram as escadas, Camilo desconfiado, o português muito solícito, bateu palmas assim que passou uma porta intermediária entre a escada e o corredor, apareceu a mulher que deveria ser mesmo a dona da casa. Olhe aqui, D. Consuelo, um velho amigo que deseja encontrar um bom quarto numa boa pensão, mas veja lá, nada de meter o dente no homem, preço de quem paga com pontualidade. A mulher botou as mãos na cintura, examinou Camilo de alto a baixo, pediu que ele a seguisse, abriu uma porta e disse que podia entrar e examinar. Era um quarto simples, não muito pequeno, um velho guarda-roupa, uma cama aparentemente boa, mesa de cabeceira com luz, duas cadeiras, uma boa janela que dava para outros pátios e fundos de casa.

– Aqui o senhor tem café da manhã e lanche à noite pelo preço mensal; só não damos almoço, que é negócio aí de Seu António.

– Cardápio variado, doutor, preços sem concorrência.

Camilo perguntou pelo preço mensal, achou muito barato, ficou ainda com certas dúvidas; D. Consuelo fez questão de mostrar o quarto de banho, chuveiro elétrico e muita água, banheira se o inquilino preferisse, só que no momento estava com defeito, mas isso era coisa que mandaria arrumar em breve. E poucos quartos, todos alugados para pessoas distintas e respeitosas. Veja o senhor, apenas 6 quartos? Este que está vago é o de número Dois; mora aqui, ainda, uma alta funcionária municipal, D. Leocádia; uma distinta senhora que trabalha numa casa de peles, D. Ivone; no último, o de número Seis, hospeda-se um casal, o Sr. Aderito, vendedor de carros, e sua esposa, D. Cilita; e lá no primeiro um pacato senhor que é técnico de televisão e rádio, Sr. Ramirez, não incomoda uma mosca. O café é servido no quarto e o lanche é feito na copa, muito variado, incluindo-se ovos fritos.

Camilo fazia as contas mentalmente, o preço era bom, o quarto suportável, pouca gente, e o importante é que lhe sobraria mais dinheiro.

– Pois acho que fico com o quarto. A senhora cobra ao fim de cada mês ou é antecipado?

– Não senhor. No primeiro mês costumo cobrar semanalmente, antecipado. A partir do segundo mês ao quarto mês, de quinze em quinze dias, depois de vencido o prazo. E depois disso ao fim de cada mês. O senhor compreende, somos obrigados a tomar certas precauções hoje em dia. A partir de quando o senhor quer o quarto?

– Pode ser a partir de amanhã?

– Mas claro, está tudo prontinho para receber o hóspede.

Camilo puxou o dinheiro do bolso, contou com calma, separou uma parte que meteu novamente no bolso, entregando a outra para a dona da casa. O português ficou muito satisfeito, lembrou D. Consuelo que ele era um amigo da casa, chegava a trazer-lhe bons fregueses, pessoalmente. Muito obrigado, Seu António, mas em compensação acaba de ganhar outro freguês para os seus almoços. Lá embaixo o dono do café não deixou que ele se fosse; não senhor, faço questão de oferecer um cafezinho e um croquete por conta da casa. Camilo tentou recusar, mas quando viu estava novamente sentado na mesma mesa, cafezinho na frente e um pequeno pires com o croquete. Olhou para a rua, viu que o café ficava quase defronte ao Cinema Castelo. Isso é bom, pensou ele.

27. Viu quando o Dr. Wolney abriu a porta e convidou Mocinha a entrar. O mesmo rosto de traços suaves, o mesmo e doce olhar, agora mais madura, mais elegante, talvez; ela sentou-se, o advogado estendeu a mão, meus pêsames, lamento muito a morte de seu pai. Mocinha enxugou uma lágrima rápida, tirou da bolsa vários papéis, examinou-os com cuidado:

– Doutor, eu queria acertar com o senhor a minha situação dentro da empresa.

– A senhora, com mais os seis por cento daqueles dois cavalheiros, possui a maioria do capital. Pode tranquilamente assumir a cadeira de seu pai.

– Não tenho esta intenção, doutor, mesmo porque não conheço nada deste negócio, não fui feita para isso, não pretendo assumir o lugar de papai.

– Mas veja, D. Mocinha, o Dr. Camilo não pôde comprar a metade do capital de seu pai, quando lhe foi oferecido, porque não dispunha de dinheiro para tanto. A não ser que a senhora queira colocar à venda para terceiros, o que não me parece muito fácil dada a situação jurídica da firma, que se encontra em litígio.

– Mas eu pretendo fazer outra coisa, doutor. Quero juntar a minha parte com a do Doutor Camilo, confio nele, só vou precisar de uma retirada mensal para viver.

– Como? Simplesmente juntar sem exigir nada dele?

– Mas claro que quero exigir! Ele deverá dirigir a firma que é dele também, com a condição de afastar aqueles dois tipos que foram postos aqui pelo meu pai.

– Mas com isso a senhora acaba com a pendência jurídica, pode mandar sustar tudo, a firma volta a ser o que era.

– Pois é exatamente isso que desejo. O senhor podia comunicar esta decisão ao Doutor Camilo?

– Entendo que deveríamos procurá-lo juntos, pois se eu fosse sozinho ele não acreditaria. Não sei se a senhora sabe, mas ele está separado da esposa, a filha fugiu com um médico para lugar não sabido e o filho, que era bancário, deu um desfalque e sumiu também. E mais, D. Mocinha, o Doutor Camilo se encontra em situação dificílima, com uma renda mensal que não chega para três refeições diárias.

Mocinha virou-se para a janela, foi até lá espiar os fundos dos outros edifícios, estava visivelmente emocionada. Não sei se deva ir, doutor, a não ser que o senhor ache imprescindível.

– Acho. E vamos agora mesmo, meu carro está aí na porta. Vai ser a maior notícia ouvida por ele nestes últimos quatro ou cinco anos. Venha comigo, passe, por favor, confesso à senhora que estou emocionado também, vamos depressa antes que ele saia, pois costuma caminhar muito nestes dias mais frios.

Bateram na porta, alguém girou a chave, era uma pessoa estranha, perguntou o que desejavam. O advogado disse que precisavam falar urgente com o Dr. Camilo Mortágua. Mas ele não mora aqui, alugamos esta casa de uma imobiliária. Mocinha e Wolney se entreolharam decepcionados; mas pelo menos poderia dizer o nome da imobiliária? Pois não, fica perto daqui, chama-se Intermediária de Imóveis, na esquina...

– Conheço essa imobiliária – disse o advogado. – Muito obrigado, passe bem.

Pegou Mocinha pelo braço, explicou que a imobiliária ficava bem perto, podiam ir caminhando mesmo, porque o estacionamento naquela parte da cidade não era fácil, lá eles pediriam o endereço do Dr. Camilo.

Um funcionário atendeu, ouviu as razões por que ambos procuravam o dono do imóvel, mandou buscar uma ficha de cadastro, deu o endereço. Eles agradeceram mais uma vez, retornaram para o carro e partiram para a Rua Demétrio Ribeiro, acharam o número indicado, Mocinha ficou no carro, o advogado desceu, bateu à porta, foi atendido por uma moça, conversaram algumas coisas e ele retornou ao automóvel, sentou-se na direção, desolado:

– Sabe o que a moça me disse? Que nunca ouviu falar nesse senhor, deu o nome da família que reside na casa há mais de dez anos.

– Mas então...

– Ele deu um falso endereço para não ser encontrado. Simplesmente isso. Agora, não sei como fazer.

– Doutor, agradeço a sua gentileza e pediria um último favor: que o senhor me deixasse ali no centro, preciso fazer umas compras e depois vou para casa. A não ser que esteja com o tempo curto, então tomo um táxi e faço isso.

– Absolutamente, vou levá-la. Prefere ficar em que altura?

– Nas proximidades da Rua da Praia, se não for incômodo.

O advogado disse que seria um prazer. De início permaneceram calados, depois Mocinha lamentou o que estava acontecendo. Doutor, é uma injustiça sem nome, justamente agora que tudo poderia estar resolvido; não posso me conformar. Olhava para a rua, o trânsito, tinha os olhos úmidos, temia chorar. Sabe, doutor, agora posso revelar muitas coisas que antes não podia, justamente por papai, mas eu acho que por um certo tempo Camilo chegou a me amar de fato; quanto a mim, só posso dizer que o amo até hoje, independente de tudo o que houve, ou de tudo aquilo que interferiu entre nós dois. Não pense o senhor que eu esteja pretendendo reconquistar Camilo, não; é muito tarde para isso, mas queria dar a ele o que ele sempre mereceu. Pertenci a ele fisicamente, mas alguma coisa nos separou; não guardei dele o menor ressentimento, acho que as pessoas têm todo o direito de buscar o seu melhor caminho; acontece que permaneci fiel a ele, sem que ele próprio soubesse, o que foi melhor; desculpe essas confissões assim de repente, o senhor por certo pode dizer que são problemas meus.

– Em absoluto, a senhora está redondamente enganada e estou certo que se o Doutor Camilo soubesse disso hoje voltaria para a senhora com redobrado carinho. Temos que encontrá-lo e lamento muito pela senhora.

– Muito obrigada, doutor, mas vou continuar procurando Camilo até o fim da minha vida. Ainda o procurarei.

Ao aproximar-se da Rua da Praia ela disse que ficaria ali. Agradeceu a gentileza, despediu-se dele com um longo aperto de mão e disse que se surgisse qualquer novidade ele tinha o seu endereço ou ela telefonaria para ele. O carro arrancou e Mocinha entrou a caminhar no meio da multidão, estranha ao que se passava em redor, apenas com a decisão de retornar à imobiliária para descobrir o fio da meada. Ele não poderia ter sumido, haveria um jeito de encontrá-lo. Subiu os poucos degraus da frente, foi direto ao funcionário que os havia atendido. O rapaz a reconheceu, perguntou se haviam falado com o Dr. Camilo. Mocinha disse que infelizmente não, mentiu que deveria viajar aquela noite e só queria um favor, que ele informasse se o dinheiro do aluguel era remetido diretamente para a sua nova casa. O rapaz pediu licença para conseguir uma informação precisa, voltou a seguir e disse que o Dr. Camilo havia acertado buscar o aluguel, ele mesmo, entre os dias primeiro, dois ou três de cada mês, na parte da tarde. Ela precisava de outras informações? Não, obrigada, assim saberei como encontrá-lo. Saiu mais leve, mais esperançosa, ao ver-se na rua abriu a carteira e tirou um pequeno calendário manual, consultando-o. Faltavam doze dias para o início da data marcada por ele. Voltaria ali no dia primeiro. Fez um táxi parar e foi para casa.

Na data estabelecida, de dentro de um táxi estacionado nas proximidades da imobiliária, Mocinha observava as portas principais de entrada e saída; o motorista, sabendo que a espera seria longa, acomodou-se para dormitar um pouco. Levemente tonta pelo movimento dos pedestres e pelo intenso entrar e sair da imobiliária, Mocinha perdia as esperanças conforme os minutos corriam. Viu quando as portas eram fechadas, quando as últimas pessoas se retiravam, quando as luzes diminuíam. Bateu no ombro do chofer, podiam seguir, a espera terminara. Ao chegar em casa – ela agora morava num edifício da Avenida Borges de Medeiros – Mocinha perguntou ao motorista se ele não estaria disposto a buscá-la, no dia seguinte, à mesma hora, para idêntica tarefa. Deu uma boa gorjeta e o rapaz jurou estar ali exatamente à uma e meia da tarde, ela podia ficar tranquila.

Tudo recomeçou, no dia seguinte. O motorista via na tarefa uma boa oportunidade de ganhar umas horas de sono perdidas na noite anterior, quando dobrava o serviço. Mocinha de olhos fixos naquelas portas de vidro que iam e vinham e nada de Camilo. Consultava o relógio, lembrava-se bem dos dias revelados pelo funcionário, primeiro, dois e três. Teria uma nova chance no dia seguinte, mas se mostrava inquieta e temerosa de que aquele tipo de espera não daria resultado. E se ele mandasse outra pessoa receber o aluguel? Pensou em descer do táxi, entrar na loja e sentar-se num daqueles bancos compridos colocados ao correr das paredes. Quem sabe perguntar ao funcionário se por acaso Camilo não teria mandado outra pessoa em seu lugar? Mas decidiu esperar ali. E assim ficou até ver repetir-se o fechamento das portas, a saída dos últimos clientes e o diminuir das luzes. Durante o trajeto de volta o rapaz perguntou se ela ia continuar naquela espera ou se fora o último dia. Mocinha disse que tentaria ainda outra vez no dia seguinte. Então prometo estar aqui amanhã na mesma hora, fique descansada. Ela pagou, recompensou a boa vontade dele e desapareceu pela porta do edifício.

28. No dia seguinte, último prazo dado por Camilo para receber o seu dinheiro, o horário da imobiliária esgotou-se, ela imaginou que ele pudesse estar no interior, ou quem sabe doente. Esta hipótese ainda a deixou mais nervosa. Pediu ao motorista que seguisse em frente, a espera não tinha resultado em nada. O táxi rodou como se estivesse com pouca vontade de ir embora, desceu o pequeno trecho da rua até a esquina em ponto morto, Mocinha abatida e confusa. Ao fazer a curva, lentamente, ela viu Camilo Mortágua descendo as escadas da imobiliária, revendo papéis que levava nas mãos. Pediu ao motorista que por amor de Deus tratasse de fazer a volta com urgência, precisava alcançar a pessoa que buscava e que saía do prédio naquele instante. O motorista pediu desculpas, mas a próxima rua era contramão, precisava ir um pouco além, quando seria possível retornar. O coração de Mocinha batia forte no peito, ela chegou a temer que o rapaz ouvisse. E se não o encontrasse mais? Ao aproximar-se da esquina avistou Camilo, braço estendido, um táxi parando e abrindo a porta para apanhá-lo, ela apontou o táxi para o rapaz, pediu que o seguisse sem perder de vista. O carro em que se encontrava fazia malabarismos para acompanhar o que ia à sua frente. Dirigiram-se para a Azenha, o primeiro táxi venceu as sinaleiras da Avenida Ipiranga, mas o mesmo não aconteceu com o de Mocinha. Ah, pelo amor de Deus, devia ter atravessado! Mas minha senhora, eu não podia atravessar com o sinal vermelho. Calma que ali adiante a gente o encontra de novo. A sinaleira não mudava nunca. Quem sabe houve algum problema nesses sinais? O motorista virou-se para trás, calma, minha senhora, é assim mesmo. Arrancou violentamente assim que o sinal passou para o verde, embarafustou pelo trânsito difícil, achou que devia seguir a Rua da Azenha, seria o trajeto mais provável, quando Mocinha reconheceu o táxi em que viera Camilo, parado junto à calçada, apanhando outro passageiro. Pediu ao motorista que parasse na frente, abriu a porta e desceu quase correndo. Fez um sinal, aproximou-se da porta dianteira, perguntou ao motorista onde deixara o passageiro que acabava de apanhar no centro havia poucos minutos, o homem olhou para ela meio assustado, o passageiro que eu trouxe do centro? Ah, já sei, ele desceu ali pelas proximidades do Cinema Castelo, deste lado mesmo. Era só isto? Pediu licença e arrancou. Mocinha voltou para o seu táxi, pediu a conta, pagou, o rapaz ficou surpreso, mas então a senhora vai ficar por aqui mesmo? Cuidado, dona, esta zona é da pesada. Despediu-se e foi embora.

Mocinha ficou parada no meio da calçada, recebendo esbarrões dos passantes, voltou para trás, tentava descobrir Camilo ali na rua, procurava algum hotel ou mesmo pensão, mas duas que enxergara lhe pareceram tão miseráveis que não teve sequer coragem de entrar, com alguns malandros encostados nas portaladas, prostitutas se movimentando com desenvoltura, muitos soldados circulando, fato que atribuiu aos acontecimentos políticos do dia primeiro daquele mês, quando os militares haviam derrubado o presidente da República, tomando conta do país.

29. Suando, sentindo de vez em quando pequenas vertigens passageiras, tremores que percorriam o alto da coluna até as pernas dormentes, Camilo prosseguia assistindo o filme; uma estranha sensação de vácuo no peito, o nervosismo pelos desencontros com Mocinha, as revelações absurdas que o arrasavam e no entanto prosseguia acompanhando a sua própria história, em minúcias e detalhes que até então desconhecia. Ele agora entrava pela primeira vez no Cine Castelo, a moça da bilheteria a lhe dizer que o filme não era grande coisa, mas vá lá, sempre uma pessoa se distraía um pouco. O escândalo que armara à saída, justamente ele que não bebia; chegou a cobrir o rosto com as mãos para não ver os vexames causados a D. Consuelo, a paciência da dona da Pensão, os seus cuidados. As revelações que fizera ao português do bar sobre Francisco e Dileia, afinal um problema íntimo, da família, a garrafa de cachaça que levara para o seu quarto, a discussão com D. Consuelo, a revelação da maldade de Jeziel e a decisão do pai mandando raptar Nenete e remetendo-a como uma mercadoria para os bordéis de Rio Grande.

Viu quando entrava pela segunda vez no cinema, a bilheteira a fazer sinal para o gerente que o homem devia estar ficando louco para assistir àquele filme pela segunda vez, aquela correria de bigas e as batalhas travadas entre guerreiros revestidos de pesadas armaduras. E depois o fim da sessão, ele indo direto para o Café Coimbra e pedindo cachaça, o novo porre, a exigência de que lhe trouxessem uma mulher, queria companhia para beber; afinal a megera que haviam descoberto num museu de horrores sentou-se à sua mesa, bebeu junto, a pintura a escorrer-lhe pela cara, os poucos dentes, um resto de alguém que um dia teria sido gente. Sua busca de uma banheira para repetir com outra mulher o que sentira com Leonor; aquela velha rampeira o levando para o seu infecto quarto onde existia apenas uma pia pequena e quebrada; o escândalo, a presença do leão de chácara, os pontapés recebidos, socos e bofetões – Camilo agora tapava os olhos com as mãos, horrorizado – e finalmente a cadeia da 2ª Delegacia de Polícia, depois da tentativa de levar para o seu quarto a megera encontrada no café, a revolta de D. Consuelo, o retorno à rua e tudo o mais que agora o envergonhava de maneira atroz; a sua prisão entre a ralé daquela zona, a tentativa de estrangulamento que sofrera e finalmente a presença salvadora do inspetor Terézio, que terminou por levá-lo de volta à pensão. A bondade de D. Consuelo, a ajuda dos outros, o papelão terrível que fizera naquela noite, como um arruaceiro qualquer. Sua conversa com a dona da casa, pedindo que ela o ajudasse a encontrar Mocinha e logo depois a presença provocante de Cilita que tentava dar para ele o que Ramirez conseguia sem muito esforço, as roupas provocadoras da moça, seu belo corpo e a sua longa espera para que chegasse a hora de retornar ao cinema. Precisava assistir àquela outra sessão, muito embora D. Consuelo houvesse proibido terminantemente que ele saísse. Viu quando ela jogara toda a sua roupa numa colcha velha largada no chão, a trouxa feita e deixada ao lado de fora da escada, no alto. Ele fugindo temeroso, a travessia perigosa da avenida movimentada, seu receio em aproximar-se da bilheteria e finalmente ele já dentro do cinema, buscando uma cadeira que não estivesse muito próxima das outras pessoas. E novamente toda a história de sua vida, aquele último dia em que esperava na calçada do cinema o momento oportuno para entrar. Viu Mocinha entrando na pensão, o encontro dela com D. Consuelo, o pedido que fizera para retirar da porta a trouxa com a roupa de Camilo, ela voltaria no dia seguinte para buscá-lo. Sabe, minha senhora, ele agora vai mudar de vida completamente, vai voltar a ser o que era. Prometeu voltar na manhã do dia seguinte. Desceu as escadas, permaneceu indecisa ainda um pouco mais na calçada defronte ao cinema, sem enxergá-lo, sem descobri-lo e ele penetrando no cinema como um fugitivo, temeroso que D. Consuelo mandasse alguém buscá-lo.

O filme estava no fim. Ele agora se enxergava na tela, sentado naquela mesma poltrona, enquanto as cenas se desenrolavam, até o momento em que ouviu na tela o disparo de uma arma de fogo, o ruído seco e mortal de um tiro dado no escuro, a movimentação que se seguiu, gritos histéricos das mulheres, pessoas pedindo que acendessem a luz, um tumulto de repente iluminado pelas luzes acesas dentro do cinema. Camilo viu que um homem era agarrado e desarmado, alguém disse: este homem quis matar essa pobre mulher. Ela chorava, amparada por outros, um homem que se dizia policial dava voz de prisão para o indivíduo que espumava de ódio e foi quando alguém gritou que havia um homem ferido na plateia, ele enxergou-se tentando sair da cadeira, mão no estômago, o sangue jorrando forte, ele a contorcer-se, uma mulher disse quase aos gritos: é o Seu Camilo da pensão aí da frente, eu conheço este homem! Camilo começou a sentir-se mal, viu quando seu corpo era deitado no chão e vozes angustiadas pediam que chamassem uma ambulância, o homem morria.

Palmas das mãos alagadas de suor, uma espécie de terror desconhecido, o seu raciocínio de que se tudo fora mesmo verídico, sua vida fora contada dia a dia, aquilo significava que o filme atravessara a barreira do passado para penetrar no insondável do futuro das pessoas. De repente teve a nítida sensação de que aquilo poderia mesmo acontecer com ele, que precisava fugir, pois, de seu próprio destino, tinha que impedir a consumação da sequência que avançava pelo tempo.

Apoiou as mãos nos braços da poltrona, tentou iniciar a sua fuga, aquilo não podia acontecer com ele, no momento em que Mocinha o achara, quando prometia voltar no dia seguinte; tentou correr embora as pernas não o ajudassem, ouviu perto de si o estampido de um tiro, os gritos histéricos de homens e mulheres, os pedidos lancinantes para que as luzes fossem acesas, por fim a claridade forte, um homem sendo desarmado, o choro de mulheres e uma dor aguda no ventre; levou a mão, sentiu que algo quente e viscoso grudava na sua pele, olhou assustado, sem compreender, viu que era sangue, as forças se esgotando, deixou-se cair sentado, escorregou da cadeira e desabou sobre o assoalho sujo do cinema. Alguém gritou: há um velho ferido aqui! Uma voz desconhecida disse, mas é o Seu Camilo que mora na Pensão Azenha, chamem uma ambulância, o tiro acertou nele. Rosto encostado no pó do chão, ele sentia o calor que saía do ventre escorrendo pelo corpo, homens que pediam passagem, ordens para que os curiosos se afastassem, alguém disse: ajudem aqui, vamos colocá-lo no corredor, é melhor para a maca. Só então começou a sentir dor, como se fossem facas estraçalhando suas entranhas, a sensação curiosa de paz e de reconciliação, mesmo quando depositaram a maca a seu lado e mãos fortes o ergueram, colocando-o em cima dela. Um médico tentava tamponar o ferimento, alguém perguntou se era grave, o médico respondeu que sim, mas, por favor, que se afastassem, deixem a maca passar, saiam da frente, uma mulher disse com voz esganiçada: avisem D. Consuelo de que o seu hóspede acaba de ser ferido aqui no cinema. O homem que atirara na mulher, errando o alvo era levado pelo outro corredor, aos trancos e barrancos, policiais batendo em sua cabeça com cassetetes, populares tentando agredi-lo.

Colocado na ambulância, Camilo sentia uma doce sensação de paz e tranquilidade; o velho Quirino segurava sua mão, não há de ser nada, meu filho; Eleonora beijava sua testa, limpava o suor de seu rosto, lastimava-se discretamente. D. Eudóxia chorava como no dia em que Jeziel morrera e Plínio, abraçado com Joan, repetia que ele ia ficar bom, que ele reencontraria Mocinha e que dentro de poucas semanas reassumiria seu lugar no comando das empresas. Escutava a sereia de alarma da ambulância, os solavancos que o faziam sofrer, o calor da mão de Patrícia ao seu lado; mas o que foi isso, papai, acontecer uma coisa dessas logo com o senhor, eu agora não saio mais daqui. João chorava com a cabeça deitada sobre seu peito, pedindo perdão, tentara apenas salvá-lo da ruína. Mocinha junto dele, passando de leve a mão sobre a testa úmida; nós ainda nos amamos, Camilo, nada disso é definitivo. Sentiu os seus lábios roçarem pela sua face fria, não conseguia articular uma palavra sequer, tinha a garganta seca e fechada; a sereia da ambulância estava muito distante, não sentia mais nenhuma dor, seu corpo parecia flutuar, o sono pesado não lhe deixava abrir os olhos, os sons desapareciam e finalmente ele descansou para sempre.

FIM

Sumário biobibliográfico

Josué Marques Guimarães nasceu em São Jerônimo, no Rio Grande do Sul, em 7 de janeiro de 1921. No ano seguinte sua família mudou-se para a cidade de Rosário do Sul, na fronteira com o Uruguai, onde seu pai, um pastor da Igreja Episcopal Brasileira, exercia as funções de telegrafista. Após a Revolução de 30 sua família foi para Porto Alegre, onde Josué Guimarães prosseguiu os estudos primários, completando o curso secundário no Ginásio Cruzeiro do Sul, mesma escola onde estudou o escritor Erico Veríssimo.

Em 1939 foi para o Rio de Janeiro onde, no Correio da Manhã, iniciou-se na profissão de jornalista que exerceria até o final da sua vida. Com a entrada do Brasil na Segunda Guerra, voltou para o Rio Grande, onde concluiu o curso de oficial da reserva, sendo designado para servir como aspirante no 7º R.C.I. em Santana do Livramento. Alistou-se como voluntário na FEB (Força Expedicionária Brasileira), mas foi recusado por ser casado. De volta à imprensa, segue na carreira que o faria passar pelos principais jornais e revistas do país. Trabalhou em inúmeras funções, de repórter a diretor de jornal, passando por secretário de redação, colunista, comentarista, cronista, editorialista, ilustrador, diagramador e repórter político. Quando morreu, em 1986, era o diretor da sucursal da Folha de São Paulo em Porto Alegre. Atuou como correspondente especial no Extremo Oriente em 1952 (União Soviética e China Continental) e de 1974 a 1976 como correspondente da empresa jornalística Caldas Júnior em Portugal e África.

Como homem público foi chefe de gabinete de João Goulart na Secretaria de Justiça do Rio Grande, governo Ernesto Dornelles; foi vereador em Porto Alegre pela bancada do PTB, sendo eleito vice-presidente da Câmara. De 1961 até 1964 foi diretor da Agência Nacional, hoje Empresa Brasileira de Notícias, a convite do então presidente João Goulart. A partir de 1964, perseguido pelo regime autoritário, foi obrigado a escrever sob pseudônimo e a dar consultoria para empresas privadas nas áreas comercial e publicitária.

Josué Guimarães lançou-se tardiamente – aos 49 anos – no ofício que o consagraria como um dos maiores escritores do país. Seu primeiro livro foi *Os Ladrões* reunindo contos, entre os quais o conto que dá nome ao livro, premiado no então importante Concurso de Contos do Paraná (este concurso promovido pelo Governo do Paraná foi, nas décadas de 60 e 70, o mais importante concurso literário do país, consagrando e lançando autores como Rubem Fonseca, Dalton Trevisan, João Antônio, além de muitos outros).

Sua obra – escrita em pouco menos de 20 anos – destaca-se como um acervo importante e fundamental. Democrata e humanista ferrenho, Josué Guimarães foi sistematicamente perseguido pela ditadura e os poderosos de plantão, mantendo uma admirável coerência que acabou por alijá-lo do meio cultural oficial. Depois de Erico Verissimo é, sem dúvida, o escritor mais importante da história recente do Rio Grande e um dos mais influentes e importantes do país. *A Ferro e Fogo I* (*Tempo de Solidão*) e *A Ferro e Fogo II* (*Tempo de Guerra*) – deixou o terceiro e último volume (*Tempo de Angústia*) inconcluso – são romances clássicos da literatura brasileira e sua obra-prima, as únicas obras de ficção realmente importantes que abordam a saga da colonização alemã no Brasil. A tão sonhada trilogia, que Josué não conseguiu concluir, é um romance de enorme dimensão artística, pela construção de seus personagens, emoção da trama e a dureza dos tempos que como poucos ele soube retratar com emocionante realismo. Dentro da vertente do romance histórico, Josué voltaria ao tema em *Camilo Mortágua*, fazendo um verdadeiro corte na sociedade gaúcha pós-rural, inaugurando uma trilha que mais tarde seria seguida por outros bons autores.

Seu livro *Dona Anja* foi traduzido para o espanhol e publicado pela Edivisión Editoriales, México, sob o título de *Doña Angela*.

Deixou quatro filhos do primeiro casamento e dois filhos do segundo. Morreu no dia 23 de março de 1986.

Obras publicadas:

Os Ladrões – contos (Ed. Forum), 1970

A Ferro e Fogo I (*Tempo de Solidão*) – romance (L&PM), 1972

A Ferro e Fogo II (*Tempo de Guerra*) – romance (L&PM), 1973

Depois do Último Trem – novela (L&PM), 1973

Lisboa Urgente – crônicas (Civilização Brasileira), 1975

Tambores Silenciosos – romance (Ed. Globo – Prêmio Erico Verissimo de romance), 1976 – (L&PM), 1991

É Tarde Para Saber – romance (L&PM), 1977

Dona Anja – romance (L&PM), 1978

Enquanto a Noite Não Chega – romance (L&PM), 1978

O Cavalo Cego – contos (Ed. Globo), 1979, (L&PM), 1995

O Gato no Escuro – contos (L&PM), 1982

Camilo Mortágua – romance (L&PM), 1980

Um Corpo Estranho Entre Nós Dois – teatro (L&PM),1983

Amor de Perdição – romance (L&PM), 1986

Infantis (todos pela L&PM):

A Casa das Quatro Luas – 1979

Era uma Vez um Reino Encantado – 1980

Xerloque da Silva em "O Rapto da Doroteia" – 1982

Xerloque da Silva em "Os Ladrões da Meia Noite" – 1983

Meu Primeiro Dragão – 1983

A Última Bruxa – 1987

lepmeditores

www.lpm.com.br
o site que conta tudo

IMPRESSÃO:

PALLOTTI
GRÁFICA

Santa Maria - RS | Fone: (55) 3220.4500
www.graficapallotti.com.br